U0882313

绿宝石

Fall into your light

在古代上学的日子

上

微微多 著
Wei Wei Dou

北京联合出版公司
Beijing United Publishing Co.,Ltd.

目录

下册

上册

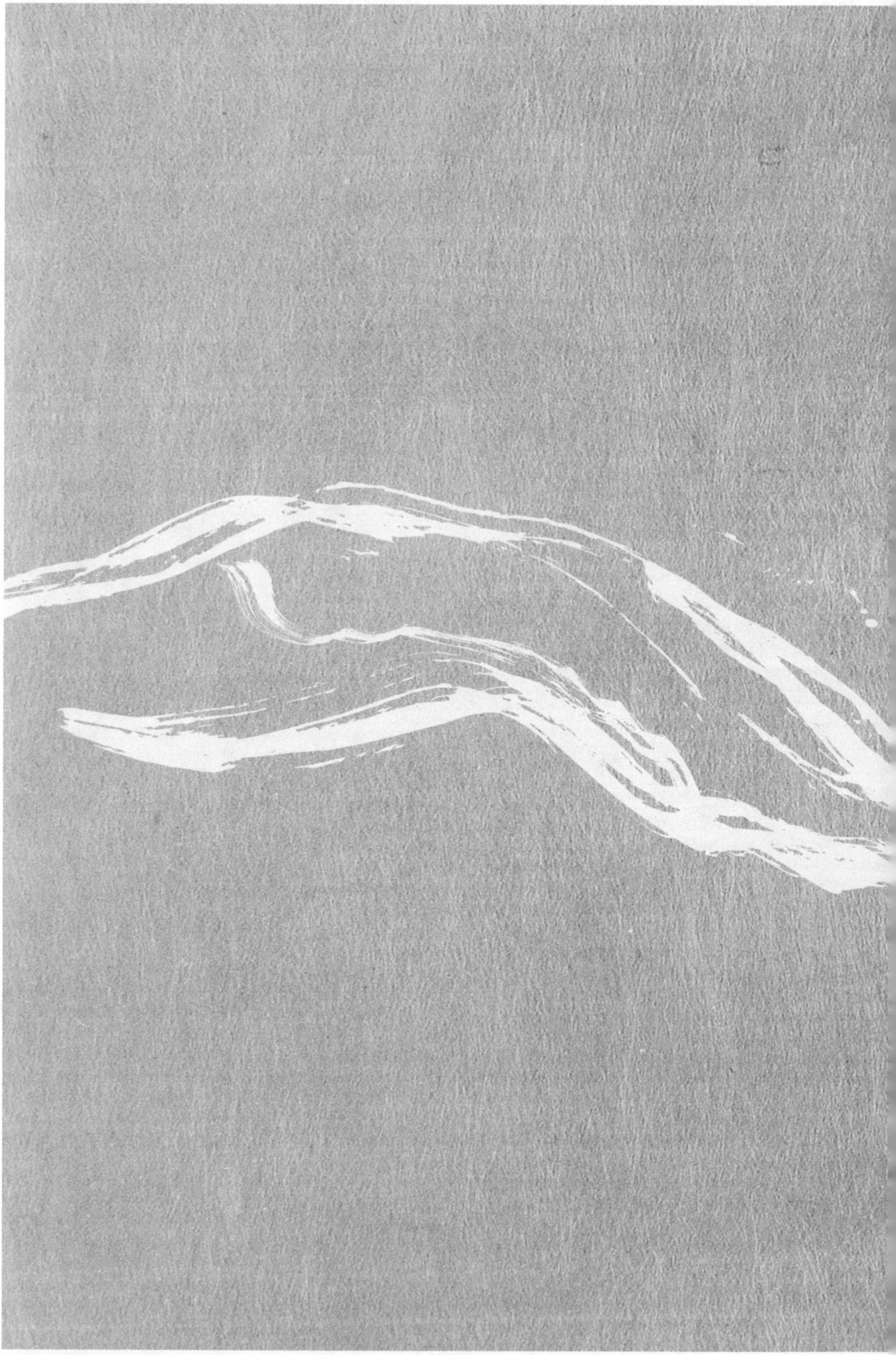

第一章

国子学

今儿是年后开学第一天，国子学门前的广场上热闹非凡。

京城的大雪下了一夜。

天未亮，户部右侍郎府。

四个身穿鸦青色袄裙的小丫鬟端着各色盥洗用具，穿过垂花门碎步走在抄手游廊上。四人皆冻得手脸通红，停在主屋门外，前头打着灯笼的那个捏着嗓子轻轻朝门里唤了一声。

不一会儿，门扉从里面被推开，小丫鬟们手里的东西依次被从房里走出来的两个穿着体面的侍女接了过去。

门又被关上，四个粗使丫头就站在门口的廊子下面等着，双手来回地搓着放到嘴边哈气取暖，脚也冰得很，却不敢动，怕惊扰了房里的小主子。

她们心里想，什么时候能熬得出息了就可以进那屋里伺候。

屋里。

睡得正香的叶勉听到外面细微的动静，翻了个身，把锦被又往上拽了拽，遮住了半张脸，喉咙里咕噜了一声，又继续睡了。屏风外头正轻手轻脚忙着暖靴熏衣的丫鬟们听到里面的声音后，都屏息，停了手上的动作。

刚把铜盆放在净架上，不小心发出声响的宝月不好意思地吐了吐舌头。大丫鬟宝雪狠瞪了她一眼，轻手轻脚地绕过一架金漆点翠的落地围屏走到架子床旁，掀开厚厚的床幔一角往里看了一眼。小主子睡得正香。

她又看了看墙角的漏刻，想了一下，终是轻轻唤道：“四少爷，卯时了。”

“……”

“四少爷？”

“……”

“四少爷，该起了。”

虽然没有回应，宝雪依旧耐心地轻唤着。

“不起！”床帐里虽带着鼻音却依旧有着少年人清亮的一道声音传了出来，似恼火又似撒娇。

屏风外头的丫头们都捂嘴忍笑。

宝雪翘起的嘴角往下压了压，她又道：“卯时了，该起来上学了。”

“不上！”

“四少爷……”

宝雪站在床边锲而不舍。

叶勉烦躁地一把把被子拽过头顶。不一会儿，闷闷的声音从被子里传来：“一刻钟，一刻钟之后再叫我。”

“那就来不及吃朝饭了。”宝雪为难道。

“肉饼放马车里。”叶勉说完又在被子里翻了个身，把后背和屁股冲着床外，那意思就是不想再废话了。

宝雪无奈地放下床幔退了下去，屏风外面早已有有眼色的丫头着人去厨房吩咐了。

叶勉觉得自己只睡了几秒钟就又被人叫起来了，虽迷迷糊糊的，却知道不能再赖了，他强忍着困意闭着眼睛坐直了身体，上半身暴露在被子外面，凉意让他稍微清醒了些。

浓黑的睫毛颤了颤，叶勉微睁双眼，眼前是宝雪递过来的清茶。他微抿了一口，温度、浓度适中，遂一仰脖子把一整杯都灌了进去。干涸了一晚的五脏六腑被润泽，起床气被压下去了一大半。

叶勉用腿碰了碰被子里依旧温热的汤婆子，用极大的意志力掀开了被子抬腿下床，披上了宝年递过来的半旧缂丝夹袄去洗漱。

用花蕊熏过的澡豆就着铜盆里的热水抹了几把脸，吸了吸鼻子，叶勉问站在旁边给他捧着脸巾子的宝荷：“你看我鼻子是不是冻红了？”

宝荷看了看自家少爷细润白皙的脸庞，抿嘴笑道："哪里就冻红了？四少爷净胡说。"

在一旁给叶勉兑漱口水的宝年把装着青盐的釉彩小罐递给旁边的一个二等丫头，嗔了叶勉一眼："可不兴再加火盆了，不然让老爷知道了又得——"

宝年还没说完就被宝雪拽了一下，悻悻地闭嘴。

叶勉畏寒，在宝丰院伺候的都知道，别人屋里都放俩火盆，他们少爷这屋里仅隔间就摆了四个。

宝雪白了宝年一眼之后笑着和叶勉说："四少爷，奴婢额上都出汗了，您就当心疼心疼我们几个吧。"

宝丰院屋里屋外各处已经随着叶勉起身燃了灯火，叶勉借着烛光看了看，宝雪额上果然出了薄薄一层密汗。

"这死冷寒天的你怎么还出汗？"叶勉诧异道。

"咱屋里暖和，奴婢动一动就热得难受。"

"算了算了，依你们就是。"

叶勉拿起牙刷蘸了些牙粉开始刷牙，屋里的大丫鬟们暗暗松了一口气。叶勉却有些郁闷，自从去年夏天莫名其妙从这副身体里醒来之后，他可遭了不少之前没遭过的罪。

虽说他的便宜老爹叶恒是个不小的官，物质生活在这个从未在历史书上出现过的大文朝实属上等，他却还是时不时地想跳脚骂街。不是他矫情或是穿越过来之前日子多富裕，而是古代的物质条件再好，也无法与现代科技为人类创造的生活配套设施相比。先说没有空调的日子他就极难适应，夏天还好，他去年来到这里的时候正赶上夏天的尾巴，着几个丫鬟打扇，屋里再用些冰盆，他倒没觉着难熬。

可大文朝冬天真的冷杀人，他们住的屋子除了房顶和地基有些砖石瓦块，其余大都是木质结构，三九寒冬的西北风一刮，屋里屋外几乎是一个温度。

这里没空调没暖气，据说，传说中的地龙只在皇宫的几个主殿里才有。他娘邱氏告知，只有北边的蛮人才用火炕，他们大文朝的人都是睡床的。

叶勉屋里用的是炭盆和熏笼，离得近了烤得慌，离得远了又冷，温度分布不均匀，只能让人在屋里各个角落多摆上几个，结果却被他那个爹大骂了一顿。他爹骂他娇气，成天就知道挑吃拣用。

在穿越过来之前，叶勉只是普通小康家庭的孩子，但是再普通，他也睡了十多年的弹簧床，这古代的板床着实让他吃不消。刚来的时候，身子下一层薄褥加一张凉簟席，硌得他骨头生疼。第二天晚上他就吩咐丫鬟在他床上加了几床被子垫在下面，结果没睡两天，新加的几床被子就被他娘命人给撤了，邱氏还教训他："正是长身体的时候，睡床怎能贪软？"

叶勉刚来，抗议无效之后也不敢耍横，强忍着睡了好些日子，直到白白的屁股上硌出两大片青印。

邱氏被吓得不轻，赶紧请大夫进府给他瞧瞧。大夫说："小公子皮肉嫩得厉害，确实要睡软褥才行。"

当晚叶侍郎从官署回来听说了，又气得大骂了他几句"没用的东西"。不过，好歹邱氏让人往宝丰院送来几床软棉褥，至此叶勉才能睡个好觉。

叶勉仔仔细细地刷了牙，又用青盐水漱了好几遍口才从丫鬟手里接过布巾子擦嘴。他可得保护好他这口牙，这时候可没麻醉针，要是有了蛀牙，简直不敢想象后果会怎样。

洗漱完，叶勉披着袄子去了里间的小耳房。丫鬟们知道四少爷这是要出恭，就没跟着。

恭桶旁边有火盆，所以这间耳房里不冷。墙角的瑞兽香炉里燃着木蜜香，恭桶里也铺着厚厚一层香木屑，整个恭房香气袅袅，令人适意得很。

叶勉坐在恭桶上，肚子里松快之后享受地眯了眯眼睛，依稀记起他刚来这里上厕所时有多抗拒。

那如厕用的草纸又糙又硬，叶勉硬着头皮用了几次，感觉自己的肛门都快裂开了，那时候要是有人能给他一卷"心心相印"，他能直接给那人跪下。

当时，他和房里贴身伺候的丫鬟婉转地表达了自己的不满。

宝荷想了一下，问："四少爷可是想用光滑一些的厕筹？"

"厕筹？"叶勉不明。

宝荷取了个竹筒给他。里面插着几根一尺长、两指宽的竹片，顶部椭圆，打磨得十分光滑。

叶勉取出一根仔细看了看，竹柄处还刻画了一些花鸟。

这时旁边的宝月歪着头，疑惑道：“四少爷不是不爱用厕筹吗？怎么今儿又想起来了？”

“用？”叶勉愣了愣，突然反应过来，“嗷”的一声从榻上蹿起三尺高，竹片被他用力甩了出去。

丫鬟们被他这副模样吓了一跳。叶勉当时把自己的手剁了的心都有，他拿起桌上的茶壶就往右手手指上浇，幸亏那茶水已经冷了，不然他的手指非被烫出水泡不可。

后来被他吓哭的宝月告诉他，他们府里的厕筹都是“一次性”的，并非像那些普通百姓家里一样反复洗刷使用，他才好受了些。

再后来他房里的丫鬟又多了一项日常工作，那就是帮四少爷熨草纸——喷水，搓软，再熨平，直到纸张柔滑细腻了叶勉才肯用，无论他去哪儿，都得让小厮给他装着他的专用擦屁股纸，上学时也不例外。

作妖作出花样的叶勉，自然又被叶侍郎劈头盖脸地一顿臭骂，邱氏也觉着奇怪，别人家的哥儿也大都是十二三岁年纪自己立了院子，不在爹娘身边娇养，怎么他们家勉哥儿自打住进了自己的宝丰院，反倒生出了一身娇病，家里那几个姐儿都没他的说道多……

◆ ◆ ◆

叶府离国子学倒是不远，将近一炷香的车程。

叶勉钻进马车时，天刚蒙蒙亮。跪坐在车厢里的小厮扶着他坐稳后，把刚填好热炭的鎏金球形袖炉塞到他怀里让他抱着，又把他身上的皮大氅拢了拢。

叶勉懒懒地合着眼睛靠在厢壁上。小厮丰今赶紧打开车厢侧边的暗格，把用油纸包好的肉饼取出来。

暗格里有热熏炉，肉饼被拿出来时还冒着热气。

丰今拨开一半油纸，把肉饼递到叶勉嘴边，说道：“四少爷，今儿这肉饼可香了，用乳鸽胸脯肉和鸽肝做的肉糜，您尝一口。”

叶勉半睁着眼睛，懒懒道：“你怎么知道？你偷吃了？”

丰今今年刚十一岁，比叶勉小两岁，他知道四少爷这是逗他呢，也不怕他，嘿嘿笑道：“可不敢，牛管家知道了要掌我的嘴，是厨上刘婶说与我的。”

叶勉微微张嘴打了个哈欠，伸手接过肉饼咬了一口，而后冲着小厮扬了扬下巴：“自去吃去，别让人知道。”

“谢四少爷赏。”

丰今咧开嘴乐得见牙不见眼，伸手抓了一个缩在角落里啃了起来。

叶勉笑了笑，他还挺待见这孩子的，长得讨人喜欢不说，人也机灵不扭捏。最重要的是，他倒霉的时候，这孩子没少和他一起编瞎话糊弄他爹，胆子大得很。

两个巴掌大的肉饼进肚之后，叶勉又灌了一口暖茶，车子就到了国子学。

今天是年后开学第一天，国子学门前的广场上热闹非凡，两条青石板路上的马车更是排了几溜长龙。

叶府的车子还没赶到正门门口就动不了了。叶勉掀开帘子往外一瞧，嚯！前边堵得和早高峰的西单北大街似的，他赶紧叫车夫把马车停到路边。车夫依言停好车马，叶勉没等小厮先下去放车凳，自己“嗖”的一下蹦下车。

国子学的学生，入门不可自带侍人。叶勉跳下车后自己拎着书袋走了。丰今赶紧小跑着跟上，想帮叶勉把书袋提到大门口，却被他不耐烦地赶了回来。

丰今站在那里看了看自家少爷的背影，又看了看别家正在小厮搀扶下慢条斯理踩着马凳下车的小公子们，不由得叹了口气，心里甚是空虚。

国子学很大，修建得十分气派，外面是高大巍峨的朱红漆门，两扇门上横七纵七各四十九颗门钉，悬顶的大漆填金匾额上的字是大文朝先祖亲笔御题的。

正门集贤门在每日早上辰时和傍晚酉时各开一次，走读的京城学子和先生们可经此门出入。平时大门紧闭，无论任什么官职，想进入国子学都得落轿，由一侧偏门进去。

叶勉怕极了这里的冷风，这地界连个高层建筑物都没有，凛凛寒风一刮，侵肌刺骨，脸上刀割似的疼。他拎着书袋匆匆走进集贤门，沿着中轴线穿过二道庸光门，然后顺着游廊向右拐了几道，就到了他平时上课的院子——启瑞院。

大文朝的国子学是四年制，第一年称为“启”，第二年称为“修”，第三年称为“知”，第四年称为“坤”，学童可在十二至十四岁时秋季报名入学。

当然，并不是所有人都有资格来这里读书。如果报名者的父亲官职为从六品之上，他便可直接被举荐至国子学贡监处，经审核合格便可入学，此为荫学；如果不是，倒不是没有机会。大文朝太平盛世数十年，天子爱才，各地寻常百姓家的孩子若读完乡学且品行才能皆优，可由当地州府举荐至国子学司业处，国子学再统一考拔，每年从中选出最优的三百人入学，此为拔贡。

叶勉是十分排斥上学的，他穿越过来之前刚刚熬过高三，传说中自由轻松又美好的大学生活，他一日都没享受过就来这里闻鸡起早了。起得有多早，他心里就有多恨。

叶勉在的这个启瑞院共有二十个学子，学子自然俱是与他一样荫学的官宦子弟。这一年启字生如此多的教院共有二十个，而各州府拔贡而来的平民之子则六十人一个教院，共设五处。

叶勉刚进平时上课的学屋，就听到有人怪叫道:“勉哥儿来了，昂渊，你快把那东西给他。”

话音一落，屋子里那些人便哈哈大笑起来。叶勉没理他们，解下黑貂皮大氅交给启瑞院的侍童，便径直走向墙角的八卦熏笼烤手。众少年嘻嘻哈哈地围了过来。

叶勉双手虚虚地搭在竹篾上，抬头道：“刚才在廊下就听你们在屋里狼哭鬼叫，也不怕训导司正听了进来抓人。”

归德将军的嫡次子李兆倚坐在书案上，吊儿郎当地哼哼两声，不以为意道：“年后第一天就来启瑞院找麻烦，我看他们是嫌日子过得太舒坦。”

众人大笑。叶勉也跟着乐了一会儿，便问独坐在后面一脸不爽的魏昂渊：“你是要给我什么，把他们勾得这副癫狂模样？”

少年们见他问，又都叽叽嘎嘎地乐了起来，一副看好戏的架势。魏昂渊瞪了他们一眼，众人赶紧忍笑闭嘴。魏昂渊这才没好气地朝叶勉扔过去一只细扁的花梨木刻花锦盒。盒子在地上滚了几滚到了叶勉脚边，叶勉忍着些许火气在众人的催促下捡起锦盒打开，脸色瞬间变得很古怪。

在一片怪笑中，叶勉起身朝魏昂渊扑了过去，把他撂倒，抡起拳头就捶。

“魏昂渊，连你也笑话我，我看你才是嫌日子过得舒坦了！”

魏昂渊被他骑在地上一边反抗一边骂，旁边那些看热闹的乐得直拍巴掌，几个锦衣少年就这样在启瑞院的学屋里叫闹起来，直到国子学的课钟鸣了第一道，魏昂渊和叶勉才从书案下爬出来。

众人也不敢再闹，赶紧把侍童叫了进来，帮他们俩重新整衣梳头。这国子学鸣钟第一道便是要预备上课了，早已习惯这些场面的侍童手脚麻利地帮两位少爷整理好衣冠。

魏昂渊气呼呼地去捡地上的锦盒，被叶勉手疾眼快地抢先夺过去塞进了书袋。

魏昂渊指着他，怒道：“叶四！把我的好东西还回来！”

叶勉的座位就在魏昂渊后面，他晃了晃脑袋装作没听见，拿起一本书装模作样地开始看。魏昂渊刚想发作就听见门口的侍童咳了两声，这是告诉他们“先生来了”，魏昂渊只好一甩袖子，恨恨地转过身去。

叶勉歪起一边嘴角，看着魏昂渊气呼呼的背影，想起二人初识之时。

魏昂渊是大文朝左丞相之子，入启瑞院第一天，众学子就隐隐以他为首。叶勉那时候刚来大文朝没几天，十分瞧不上魏昂渊仗着自己老爹官大势大就目中无人的猖狂相，魏昂渊对叶勉老是冷笑连连、眼高于顶的样子更是看不顺眼，俩人没几天就因为一点儿小摩擦大打出手。国子学重规矩，当晚俩人都没被放回府，在行思阁的诫室跪了一晚圣人像。那天左丞相府和户部右侍郎府一夜灯火通明，从主子到下人，无一人合眼。

魏小公子那是人生第一次亲自下场和别人干架，自然吃了不少亏。跪到半夜，叶勉冷静了不少，看着旁边鼻青脸肿的魏昂渊，他觉得有些不好意思，无论怎么说，他的心理年龄也比人家大了好几岁，他这么大的人和一个小孩儿较什么劲儿呢……

越琢磨越理亏的叶勉当晚就在诫室向魏昂渊道了歉。魏昂渊哪肯理他，眼风像刀子似的嗖嗖地往他身上扎，一扎一个窟窿，一看就是与他结了梁子，以后要和他没完的架势。

不过，叶勉脸皮厚，也不怕魏昂渊，后半夜一直在嬉皮笑脸地讲单口相声。他又是哄又是逗，还给魏小公子唱了几首儿歌，最后把供在圣人像前的素饼偷了来，讨好地放在魏昂渊膝下给他垫着。

叶勉长得好看，说话又有趣，比魏昂渊见过的所有人都有趣，他放下身段哄人更是招式百出，任何人被他逗笑之后都再生不起气来。因而跪了一宿迷迷糊糊的魏小公子愣是没招架住，天还没亮就原谅了他。从诫室出来时，俩人已经搂腰揽肩称兄道弟了。

诫室外面负责看守的训导司正见到这一幕不禁瞠目结舌，却也暗暗松了口气。两人和好了当然最好，不然这左丞相之子万一真咽不下这口恶气，回府添油加醋告上一状，左相府肯定不会善罢甘休，毕竟左丞相之子脸上都挂彩了，别说户部侍郎府，就是他们学里这些人也得跟着扒层皮。

那时守门的训导司正十分佩服叶勉，本来为他捏了把冷汗，哪想人家挺得起胸也弯得下腰，那水磨般缠人的赖皮功夫当真是……不提也罢。

第二日一早，叶勉回府就被叶侍郎暴揍了一顿。但是他在国子学一战成名，连左丞相之子都敢打，还给打服了。这一年启字生的小恶霸简直是横空出世，十分顺利地在国子学的行思阁挂了号。

◆ ◆ ◆

今儿午前的课是叶勉最不耐烦的时文，授课先生也是整个国子学最古板的薛老头。不到两刻钟，叶勉就觉得脑袋嗡嗡直响，恨不得塞上俩耳塞。

抬头瞥了一眼，见薛老头正在前面闭着眼睛摇头晃脑，叶勉把书袋里的锦盒掏出来把玩。盒子里面是两支笔，叶勉在心里暗哼了一声。认识他的人都知道，叶四公子一手字要多丑有多丑，比刚开蒙的小娃娃也强不了多少，这个魏昂渊居然送他两支笔，这是故意寒碜他呢!

不过，这笔的质感看着倒是十分不错，叶勉不由自主地拿出一支，仔细摩挲着光滑的笔杆。转了一圈笔杆，叶勉瞪大眼睛看了看笔杆顶部刻的“萧”字，伸手捅了捅坐在他前面的魏昂渊。魏昂渊不耐烦地回头，叶勉用唇语问他："萧笔？"

魏昂渊看着他那副"没见过世面"的样子，得意地转过头去，在一张纸上写了几个字，趁着薛老头没注意，扔在叶勉桌上。

那张纸上写着"紫貂毫"。叶勉看后不由得倒吸一口冷气，心想，这魏小子可真够神通广大的。萧家笔本就难得，一年就做那些个，还只送有缘人。他老爹就有一支鼠须萧笔,宝贝得不行,整日放在书桌上看着，从不舍得用。

年前，叶勉被叶侍郎叫进书房考校功课，因背不出书，叶侍郎抽手要打他。叶勉哪能让他打，拔腿就跑，结果不小心把书案上的笔架碰了下来，好巧不巧地一脚踩在那支鼠须萧笔上，当场就踩坏了。叶侍郎心疼得差点儿哭出声来，当晚就要擒住叶勉上家法，连叶夫人都没劝住，最后还是叶勉的祖母亲自出马才免得叶勉的屁股遭殃。不过，自此叶侍郎更不待见叶勉了，过年都没给他好脸，气得叶勉说要用私房钱去买萧笔赔给他爹，结果他爹冷笑着说："萧工的笔，若是你这等写字如春蚓秋蛇的人得了，那就不配是萧笔了。"

叶勉也被他爹气得心肝脾肺肾一起疼，却也无法。这个时代特别讲究字如其人，一手有风骨的好字对仕途是有好处的，可叶勉在前世时只在六七岁上少年宫时摸过毛笔，其他时候都是用硬笔，他才来大文朝半年，怎么可能这么快就写得一手好字？

叶勉和魏昂渊抱怨过这事儿，没想到这家伙倒上了心。

萧笔也是分三六九等的，叶侍郎的鼠须顶多是中品，而这紫貂毫可是极难得的上品。魏昂渊居然一次弄来俩！叶勉心里暗暗得意，想着今晚回府就把这两支萧笔搁在书案最显眼的位置，也不知道他爹看到了脸色会如何精彩。

国子学的授课方式对叶勉来说是有点儿变态的：一天两堂课，午前、午后各一堂，每堂课要将近两个时辰，中途不能休息，如课中想如厕，须举出恭牌请出。

叶勉每次上这种课都要尿遁几回，特别是这个薛老头的课，要是中途不出去几次透透气，他怕他会直接睡着，把薛老头气死。

把出恭牌交给助教之后，叶勉在薛老头的白眼下起身出了学屋，去了启瑞院的恭房。没一会儿，魏昂渊就跟了过来。

俩人站在一块儿小解。

完事后，侍童送上甲煎水给两人净手。

魏昂渊打了个哈欠，说："中午去玉仙楼，订好间儿了。"

"第一天上学就去？"叶勉皱了皱眉。

"无碍，午后是射课。"

"哦，那成。"叶勉了然道。教他们射箭的师傅曾是李兆他爹归德大将军麾下部将，他们晚回去一会儿，那人也不会多嘴。

叶勉一边仔细地搓着手指一边用胳膊肘拐了魏昂渊一下："哎，那个萧笔，谢了啊。"

魏昂渊从鼻孔里哼了一声，说："后悔给你这么个不识货又狼心狗肺的东西。"

叶勉哧哧直笑，抢过侍童手里的素布巾子，亲自给魏昂渊擦手："和你闹着玩儿，你还真生气不成？再说这么多天没见，不搓揉你一顿难解我对你的思念之情。"

"滚！"魏昂渊笑骂道，"这事儿没完。"

"成成成，"叶勉连连点头，"今儿玉仙楼我来付账，菜随您点。"

魏昂渊翘起嘴角。

"你说你，都这么长时间了竟还吃不惯咱们学里的膳堂，咋这么娇气？"

俩人小解完也不急着走，就坐在恭房里聊天，好不容易尿遁出来，谁耐烦这么早回去看薛老头那张臭脸。

魏昂渊深吸了一口气，满脸难以置信："叶四，你有脸说我娇气？是哪个每每净完手都要擦鱼油膏子，又是哪个书袋里装着自家熨帖的草纸？"

"我的草纸你没用？"叶勉反唇相讥，"我每天拎那么多草纸在书袋里，死沉死沉的，给谁啊？府里丫鬟们工作量都增了一倍，还没找你们左丞相府要工钱呢。"

魏昂渊向来说不过叶勉，他伸出手指着叶勉"你"了半天，也没想出反驳的话，索性站起来一甩袖子走了。叶勉大笑着追上去搂脖揽腰地闹他，俩人你拱我一下、我踹你一脚地顺着回廊回了学屋。

好不容易熬过时文课，薛老头夹着书一走，叶勉就和魏昂渊、李兆几个各自穿戴好披风大氅，径直去了国子学的西南角。

这里是一片梅林，这时节本应该花开灿烂，火红一片，却不知什么原因，整个园子都是死树，一片灰败，死气沉沉。这种地方自然少不了与之相关的鬼气森森的各种怪异故事，所以鲜少有人来，倒给启瑞院这几个人提供了一个方便的“后门”。

已经有学里的小侍童帮他们在墙根垫了几块石头，少年身子灵活，踩在石头上，手搭墙沿，借力一跃便跳上了墙头。叶勉最先上去，让魏昂渊几个依次拉着他的手上墙。墙的另一边，早有左丞相府的小厮和马车守着。

墙根堆着干草垛，五个人毫发无伤地下了地，上了马车，一整套动作不拖泥不带水，十分利落，一看就是熟门熟路。

马车行至玉仙楼后门，候在那里的掌柜亲自带着几位金贵公子去了他们常用的雅间。这玉仙楼的掌柜极会做事，知道这几位小爷是从国子学里偷溜出来的，每每都是领着他们从后门入，安排的雅间也极为隐蔽，绝不会被外边的食客冲撞了。

掌柜知道这里面有位小少爷怕冷，便着人在屋里摆了好几个熏笼，燃着上好的银霜炭，倒是有些暖和气。

“赶紧的，今儿我做东，你们要吃什么，快些点。”

早上贪睡误了朝饭，只在马上囫囵两个肉饼，哪能顶得住这一上午，如今叶勉早已饿得前胸贴后背，坐下后便催他们点菜。

桌上已经摆了几道他们常用的冷盘。魏昂渊和李兆去了净房，一道来的温寻和阮云笙就顺手点了几个菜。阮云笙是都察院左都御史之子，温寻则是礼部侍郎之子，平日里他们五个习惯一起玩乐，今儿早上起哄闹人的也是这几个，平素都是浑不论，谁也不惧惮的，没少让学里的训导司正头疼。

叶勉又加了魏昂渊爱吃的两个菜才催着侍人去厨房备菜。李兆和魏昂渊回来时，温寻已经吃上了，一口一个菠薐菜卷鹿肉吃得腮帮子鼓鼓的。李兆见了眼角直抽搐，嗤道：“寻哥儿，你再这么吃下去，小心下次翻不出墙来。”

四人大笑。温寻郁闷地扔了筷子，叶勉憋着笑给他盛了碗玉菜汤，道：“你先喝汤，肚子里占了位置，后面便吃不下那么多了。”

温寻是个小胖子，却是个漂亮的小胖子，一张圆脸白白嫩嫩，五官十分精致。一般来说，如果一个人胖了还让人觉得他长得很好看，那他绝对是个潜力股美男子，因而大家对他的食量十分上心。

其实按叶勉的审美标准，温寻顶多算体态微丰，只不过满脸婴儿肥未褪，看着比较胖。大文朝男子以挺拔修长为美，而且极其重人颜色，如果一个人长得好看，官品升得都比别人快。就连魏昂渊、李兆这几人择友都要看颜值，启瑞院也不是没有其他同窗想打入他们五人的这个圈子，奈何颜值未达标，愣是不受这五位少爷待见。

温夫人一年前就开始控制温寻的饮食，就怕他长成个大胖子。可温家的老夫人心疼孙子，明着拦却在私下补给，温寻这身肥肉最终没减下去，把温夫人愁得直掉泪，明里不敢说什么，暗地里却砸了不少花瓶。

温寻的性子素来跋扈，同辈中除了比他还嚣张的魏昂渊，他只听叶勉的话。比如现在，叶勉让他喝素汤他就喝素汤，叶勉给他夹什么菜他就吃什么菜，半点儿没有平日在府里挑食、不耐烦的模样，其他四人对此也见怪不怪。

叶勉的家世和他们四个比算是垫底的，年龄也不是他们当中最大的，他却不知不觉地在半年时间内混成了他们的“领头羊”，连魏昂渊都让他半头，这让国子学的司正们都暗地里啧啧称奇。

魏昂渊见温寻只吃叶勉布给他的菜，皱了皱眉，不客气地斥道：“温寻，你手臂是胖，不是短，菜都够不着不成？”

李兆和阮云笙喷笑。

温寻吃顿饭被人连撑两次，想发脾气又有点儿怕魏昂渊，憋得脸都红了。

叶勉夹了一块烤肉给魏昂渊，魏昂渊赌气似的把碗移开不让他放，叶勉就直接把肉塞进他嘴里：“吃你的饭，少说话。”

阮云笙笑得斜了身子，道：“勉哥儿这是过当哥哥的瘾呢。昂渊，你让他一回。”

魏昂渊冷哼了一声，顾自嘀咕道：“他都快被他那神仙哥哥逼疯了，还想给别人当哥哥呢？”

叶勉瞬间食欲全无，敛了笑意，撂下筷子道：“还让不让人吃饭，哪壶不开提哪壶是吧？”

◆ ◆ ◆

不能提的“那壶”是叶勉他哥。

叶勉前世出生在一个普通家庭，但是他有一个并不普通的哥。他哥比他大四岁，自小就长得好、学习好，智商高，情商高，从初中一路绿灯被保送到国内最好的大学——京大。他爸妈每次在外人面前提起他哥，腰杆子都挺得倍儿直，亲戚、同事还有邻居都眼巴巴地羡慕。

尤其是叶父，口里总是念叨着他们家肯定是上辈子积了德，祖坟上冒青烟，才让他儿子托生给他这个粗人做儿子，因而对大儿子十二分地宝贝，看得如眼珠子一般，一直是举全家之力供给他最好的。叶父工作十分拼命，可再忙他都会每天抽空和大儿子说说话，就算在外地出差，每晚的电话也不会断。然而自小就活在他哥光环之外的叶勉就没那么幸运了，父爱只有那么多，大都给了他哥，给他的自然是忽略和敷衍。

叶勉很委屈。男孩子小时候对父亲这个角色多多少少都有些孺慕之情，叶父如此明显地区别对待两个儿子，让小叶勉不能理解，更无法接受，他自然又哭又闹，如此却更遭叶父反感。叶父偶尔与外人谈起家里的老二，只是感叹说，他性格不好，忒招人烦。

后来叶勉长大了些，知道哭闹也不能换来父亲更多的关爱，便下意识地处处模仿他哥。见叶父最爱在亲戚面前炫耀老大被保送京大，叶勉便也立志要考京大。

叶家大哥头脑聪明，叶勉自然也不差，从小学习成绩就拔尖儿，奈何叶勉户口所在地是高考人口大省，京大的录取率又低，他在家人的不理解下固执地报考京大，结果在众人的意料之中落榜了。

复读那一年，叶勉憋着一口气，就差学着古人头悬梁锥刺股了，他吃足了苦头，好在最后成功考入京大。

可收到录取通知那天，叶勉并没有从父亲那里得到想象中的肯定和夸奖，叶父只是看着他，感慨道：“何必逞强呢，全家跟着你提心吊胆一整年，你要是再落榜，我和你妈还要不要脸？你和你哥不一样，没那金刚钻，就别揽瓷器活儿。”

叶勉气得浑身发抖，却也没和父亲争辩什么，他早已习惯自己消化负面情绪，于是一个人闷闷不乐了整个暑假。

京大开学前一天，亲戚们聚在一起为叶勉饯行。大家客套着夸赞叶勉有出息，喝高了的叶父却摆手：“勉勉不行，考了两年才考上，这还幸亏有他哥在考前给他补课，不然他准又得落榜，我们两口子还哪有脸和你们坐在这里吃饭？我家这老大啊，不仅是福星，还是我们家的救星。”

当晚叶勉失眠，一夜未睡。天快亮时，他实在觉得烦闷，便肿着眼睛偷偷溜出去透气，却不小心被一辆酒驾车撞倒，粉身碎骨的剧痛过后，再睁眼，他就到了大文朝。

在这个大文朝，叶勉也叫叶勉，这个叶勉也有一个哥哥。

要说叶勉前世的哥哥是人生赢家，那他大文朝的哥哥简直就是神仙下凡，三岁启蒙习文，四岁通诗词，五岁练武，七岁精音律，最重要的是，在这个“以貌取人”的时代，哥哥长得似谪仙一般好看。三年前，他在国子学读完坤字班，未如其他官家子弟一般捐官出仕，而是正正经经地参加了科考。殿试时，当今圣上见他人物风流，品貌绝端，更兼腹里才识非凡，文采斐然，拊掌大赞了好几个“好”字，当场便点他为榜眼。而后殿人都私传，要不是叶家大公子因年纪小吃了亏，状元及第牌何至于花落别家。

这话虽是私传，却也不是没有根据。当今圣上在殿试上依次点了状元、榜眼、探花后却不放人，盯着琼枝玉树般的叶家公子问了好一会儿的话，喜欢得什么似的，最后又金口御赐了表字“端华”才频频点头抚须大悦。自此大文朝便有了个“端华公子”，那一年甭管是官家贵女还是平民百姓家的小家碧玉，哪个不与好姐妹在闺阁里偷偷打探那端华公子是怎样“才绝冠六艺，玉面世无双”？

端华公子叶璟出仕时只十七岁。按着先例，御点的榜眼应经由吏部授予官职，一般会先安排在翰林院做从六品的文职编修。哪知皇帝快了吏部一步，在吏部选官前一天召端华公子在御书房里密谈了两个时辰，第二日一上朝便赐其从五品的大理寺正官位。官品在其次，那大理寺可是手握实权的官署，圣恩如此荣宠本已罕见，哪想一年半之后，端华公子又被提拔为大理寺少卿——从四品之职！要知道其父叶恒在户部混了半辈子也不过是从三品官位。自此天子身边的红人儿是谁还有哪个不清楚？这一年叶家府邸的门槛都不知道被踏坏了多少次。

上一世的叶勉还是有和他哥一较高下的心的，毕竟他觉得自己也不错，这一世却想也不想了，和优秀的人竞争能促使人进步，和神仙争长短不是吃饱了撑的吗？叶勉在第一眼见到他哥叶璟的时候就知道没戏，一个天上，一个地下，叶璟一举手一投足能把他比到泥里去。

哥哥如此耀眼夺目，又是嫡长子，自然会被偏爱，这戏码叶勉熟悉得很。他刚来大文朝的时候，从下人嘴里得知原主与他前世一样，为了争夺父亲的关注，见天儿地瞎闹腾，结果如何，叶勉不用问就知道。叶侍郎看他的眼神还不如前世的叶父，叶父是忽略与不耐烦，叶侍郎却会在不经意间从眼里流露出嫌弃和厌恶。叶勉第一次在叶侍郎眼里读到这种情绪时，震惊和害怕的同时，心里一阵刺痛，他分不清这是为前世的自己还是为这副身子原来的主人而痛。

在玉仙楼用完膳，五人顺着原路匆匆赶回国子学。

在死梅林墙外下了马车，叶勉率先翻墙越了过去。墙外四人搓了搓手刚想依次跟上，忽然听到叶勉在墙里一声惨叫。

“啊——”这一嗓子都叫破了音。

四人被吓得一跳，面面相觑后赶紧踩着墙下堆着的干草垛手忙脚乱地往上爬。

“勉哥儿？”

叶勉定定地立在墙下恼怒地瞪着不远处的一棵死梅树，心脏都快从嗓子眼儿蹦出来了，胸口还在剧烈地起伏着。

这片死梅林本就阴森森的，还附带几个版本的鬼故事，叶勉自打重生在这大文朝，便对这鬼神之说很是忌讳。要不是这片梅林很少有人巡视，方便他们逃学，他才不会踏进来一步，只是每次经过这儿，心里还是毛得很。

刚刚他跳下来还没站稳，就见几张黄色的冥钱被一股邪风卷着直冲自己而来，慢悠悠地落在他的靴面上又滑落在地，映着地上惨白的雪，好不瘆人！他抬眼看去，只见不远处雪地上散落着一大片还带着余烬的黄钱，一棵枯树下堆着黄澄澄的纸金元。

又一股阴风吹过，叶勉站在那儿只觉得头发丝都竖了起来。他正奓着胆子看得仔细的时候，就见那棵枯树后突然冒出个人来，只露了半边身子，一手扶着树，一只眼睛阴恻恻地盯着他看。叶勉没经住，就吓得一嗓子号了出来。

待魏昂渊等人都翻墙进来，叶勉才缓过劲儿来，抬手指着那人厉声斥道："你是什么人？躲在那里鬼鬼祟祟地做什么？"

那人又缩回树后。

李兆是个浑不论的，几步跨过去把那人从树后揪了出来，又一把推在地上。

那人一副受了惊的模样，哆哆嗦嗦地站了起来，脸色惨白地看着他们。

"看什么？"李兆一脚踹了上去，怒道，"快说！你是什么人？竟敢在国子学装神弄鬼！"

那人被踹得一趔趄，向后退了两步才稳住身子，却还是没有说话，只咬紧嘴唇弯腰作揖。

李兆眉毛一立，脚都抬起来一半了，却被叶勉拦了下来。

"他戴了镯子。"叶勉拉着李兆，朝那人手腕上努了努嘴。

李兆顿了顿，朝那人手腕上看去，又皱着眉和魏昂渊几人对视了一眼。原来，这人是他们这届启字生同窗。

国子学的学生在上学时必须佩戴学里统一配发的手镯。叶勉觉得这个手镯有点儿类似于前世学校的校徽，只不过这里每个"年级"的手镯都不一样：启字生的手镯是红色鸡血藤木，修字生的是黑檀木，知字生的是青色的药桐木，坤字生的则是棕色金刚藤所制。

这人手腕上佩戴的就是红色鸡血藤手镯。

李兆走过去，不客气地抓起那人的手腕仔细看了看，然后一脸嫌弃地撂下，冲叶勉四个不屑道："启谦院的，我说怎么都没见过。"

学子们的手镯上包着大概半指长的银片，上面刻有一字，代表学子在学里的教院。叶勉几人在启瑞院，手镯银片上刻的就是"瑞"字。

李兆刚才所言的启谦院是寒门庶民子弟所在的教院，向来和启瑞院这种官宦子弟没什么交集，从某种意义上来讲，两拨人倒也算是井水不犯河水。

大文朝阶级意识分明，就连最"开明"的地方如国子学也很维护这一观念，不然也不会把两拨人完全隔开施教。

这个学子瘦瘦弱弱的，被李兆甩了一下也没敢吱声，只是腰弯得更低了。

魏昂渊不耐烦道：“你是哑巴吗？再不说话，我就让人把你的舌头割了拿去喂狗。”

这个学子大骇，腿一软，扑通一声跪在地上，抖如筛糠。

李兆见这人如河蚌一样嘴紧都气乐了，自袖间取出一把两指长的魑兽纹金鞘袖珍匕首，嗤道：“我看昂渊这主意甚好，他那舌头没用得很，割了正相宜。”

叶勉看不下去了，推了李兆一把，说：“你拿这个吓他做什么？”

李兆瞪他：“这贱坯子冲撞了你，我这是替你教训他。”

“算了算了，到底是国子学的同窗。”叶勉拽过李兆，与他耳语，“万一他去行思阁告状，倒也麻烦。”

“他敢？”李兆脖子一梗。

“借他个胆子他也不敢！”阮云笙冷声道，“这人定是在给阴人烧奠仪，敢在国子学祭祀，我看他是想回家了。”

跪在地上的那学子猛地抬起头来，面如金纸，终于出声求饶道：“几位贵人饶了我吧！”

“哎，我冷死了！”叶勉跺着脚抱怨，“他既不会多嘴，我们和这人耽搁这么多时候作甚，还不快走？”

李兆道：“我们是在给你出气！”

魏昂渊斜了叶勉一眼，冷道：“怎么次次都是你充圣人？”

叶勉被魏昂渊这么一戗，火气也被勾起来一些，他不耐烦道：“我乐意！”说罢，他几步上前把那学子拽了起来。

叶勉拉着那学子的手，只觉得手里像握了块冰。他仔细打量了两眼，只见这个学子身上只穿着件绀色的缊袄，连个披风斗篷都没有。叶勉在心里叹了口气，把藏在袖间的小手炉取了出来塞到他手里。

“你拿着吧。一会儿我们走了，你将这里收拾干净，回去后也别多嘴，今儿这事儿就当没发生过。”

叶勉说完，只见李兆一脸无语地指着他，朝魏昂渊叫道：“叶四还真成圣人啦？”

“闭嘴！”叶勉不爽道，“你年前闯祸，我去行思阁替你顶罚的时候怎么没见你说我充圣人？”

“我……”李兆被噎得悻悻闭嘴，小声嘟囔着，“得，竟成我的不是了。”

叶勉自不会因前世受着“人人平等”的文明教育，便在大文朝要求自己的朋友更改他们早已根深蒂固的等级观念，只不过他在努力融入他们并让自己不那么“格格不入”的同时，也不喜欢他们对他的处事方式指手画脚。

阮云笙见叶勉脸色有些不好看，便咳了一声，上前化解道：“行了行了，我们走吧，耽搁这些时候已经迟了。”

魏昂渊白了叶勉一眼，说：“不是要走？还盯着那贱民看什么？”说罢便拉叶勉的手。

叶勉被他拽得一个踉跄，怒道：“魏昂渊，你牵狗呢……”

五个人稍微走远了一些，那个学子才抬起头来，抖着身子看着他们的背影，依稀还能听到他们说话的声音。

“真够倒霉的。”

“晦气死了，半路遇到这么个玩意儿。”

“君子背后不言人。”

“叶四！你够了吧？”

…………

“叶四？”那学子冻得有些青紫的嘴唇微动念道。

第二章

散学

大文朝的国子学教学内容十分丰富，礼、乐、射、御、书、数，一门不落。

酉时，国子学钟鸣三声。集贤门应声而开。

伴着吱吱呀呀的声音，候在正门外的童子小厮们都伸长脖子朝里面张望，寻摸自家小主子的身影。

不一会儿，学子们说说笑笑，成群结伴地从门里走了出来。一时间国子学门前的广场热闹如集市，同窗道别，马儿嘶鸣，各府的车夫鞭子甩得噼啪直响。

今天叶勉出来得有些晚。他午后上的是射课，校练靶场在室外，叶勉厚着脸皮尿遁了四次，足足在外头吹了快两个时辰的寒风，已经冻实了。

散学钟一响，魏昂渊和李兆先带他回了启瑞院，在学屋烤了好一会儿才往外走。

三个人一边往外走一边说话。

李兆说："这天还得好一阵儿才能暖和起来，要么下两次射课你别上了，我回去让我爹和杨教傅说说。"

"得！"叶勉赶紧阻止，"这要是让我爹知道了，指不定怎么损我呢，赶上他老人家气儿不顺，我还能落顿打！"

"你爹可真是……"魏昂渊在旁边听了直撇嘴，不过，叶父到底是长辈，他没敢把话说全。

"他现在正看我不顺眼呢。"叶勉满不在乎道，"再说，逃得了射课，还能再逃御课不成？横竖就这两个月，冻不死我。"

大文朝的国子学教学内容十分丰富，礼、乐、射、御、书、数，一门不落，和叶勉前世的应试教育完全不一样，除了文化课，这里要学贵族礼仪、音理舞韵、射箭、骑马驾车等，甚至连《易经》八卦和性教育都学。

李兆无奈地叹气，说：“在你大哥从扬州办差回来之前，你别惹他，实在不行就躲着些。”

叶勉点了点头，心想，惹不起可不就得躲着？

还没出集贤门，叶勉就看见丰今在大门外咧着嘴向他招手，旁边还站着魏昂渊和李兆两家的小厮。这下人们也是有趣，跟得久了自然知道家里小主子平时和谁家公子交好，很自觉地各自抱团，界限分明。

广场上已经没多少人了，三家的马车直接赶到集贤门正门口，叶勉也不和魏昂渊和李兆客套，道了声“明儿见”就跳上了车。

回了叶府，叶勉没有回宝丰院，而是直接去了他祖母的寿云斋。今儿晚上是要在那边用膳的。

叶府老夫人奉佛心诚，每日茹素，所以平日里并不让儿孙们陪她一起用饭。只是叶侍郎心疼老娘怕她寂寞，每逢月里头的整日子都会带着夫人和孩子们一起陪她食斋饭，后来这便成了叶府一条不成文的规矩。

寿云斋门口的小丫头争着给叶勉掀帘子。邱氏和姜氏已经到了，正在内室陪叶老夫人说话，她们带来伺候的丫鬟、婆子乌泱泱站了一地，好不热闹。

“四少爷来了。”

丫鬟、婆子们见叶勉进来，纷纷福身行礼，面上带笑。

一个穿着银红袄裙、藕荷色褙子的美貌侍女笑盈盈地从内室迎了出来，手脚十分利落地服侍叶勉脱了大氅。

“云儿姐姐，一会儿你把我头上的冠子摘了，戴了一天勒得我头皮疼。”叶勉和他祖母身边最得宠的大丫鬟云儿说道。

“是。”云儿笑着应道，“四少爷先去里间儿暖和暖和，我让人拿篦子去。”

“勉哥儿快过来，到祖母这儿来。”里面传来叶老夫人的声音。

叶勉把鸡血藤手镯也摘下来塞给云儿便进了内室，规规矩矩地给一屋子女眷请安。

叶老夫人满脸带笑地朝着叶勉招手，叶勉便走过去，一屁股挤在他祖母坐着的乌木镂雕长板榻上，两只手臂环着老人家的腰，脸贴在她的肩膀上。

祖孙俩的模样很是亲昵，叶老夫人脸上的褶子多了两道。

邱氏美目一瞪，嗔了他一眼："你身上的寒气还没散干净，也不怕过给你祖母！"

"行啦行啦，"叶老夫人不悦地打断邱氏，"寒气都在那外头大衣裳上，云儿在外间都给他脱了，哪就能过给我？"

邱氏见叶老夫人不高兴了，赶紧住了嘴，赔笑。

一旁高脚玫瑰椅上坐着一个年轻的华服美人儿，她用锦帕轻轻捂嘴，笑着转移了话题："勉哥儿一到寿云斋就使唤祖母身边的得意人儿，他自己的丫鬟倒从不带来吆喝，真真是会计算。"

叶勉冲他大嫂姜氏做了个鬼脸。丫鬟们捂着嘴乐，叶老夫人也哈哈大笑道："可不是？他自己的人他倒是宝贝得紧，怕人家冷着呢。"

"哪儿啊？"叶勉狡辩道，"我只是觉得祖母教的人好，比我屋里那些笨手笨脚的可强多了。"

"就你会说！"叶老夫人被他捧得高兴，笑了一通后意味深长地对叶夫人邱氏说："勉哥儿喜欢我这边的人儿，再过个两三年，我调教两个性子好的放他屋里。"

邱氏笑着应下。

叶勉吓了一跳，心想，亲奶奶，他这身子才多大……他正觉尴尬的时候，云儿带着个小丫头捧着篦子、头油等物事回来了。叶老夫人赶紧催他去梳头。

叶勉起身去了只隔着一层珠帘的东次间。窗边有一张黑漆贵妃榻，上面铺着厚厚的狼皮褥子，叶勉躺上去之后，小丫鬟蹲下身子伺候他脱了靴子，又在他脖子下塞了一只小巧的梅花织锦颈枕给他枕着。

云儿把他头上的玉冠摘了下来，没有直接给他梳头，而是轻轻地帮他按摩着头皮。叶勉舒坦地叹了口气，之前在靶场上吹了一下午的冷风，这会儿头正隐隐作痛。

"云儿姐姐，明儿个我下学回来给你带黄记的枣花酥可好？"

"那敢情好！"云儿笑吟吟地答应，"让他们多点些豆泥。"

“成。”

“四少爷当真偏心！”一旁正在用帕子包玉冠的小丫头不高兴地撇了撇嘴，“我们便是伺候得不好的？”

“你也有。”叶勉闭着眼睛出声安抚道，“彩儿喜欢吃糖栗子，明儿我让丰今买一大包回来。”

“谢四少爷赏。”小丫鬟彩儿这才乐起来。

云儿摇头笑了笑，没有说话。要说这叶府的规矩当属寿云斋最重，就连彩儿这个十一岁的小丫头平日里说话做事都是一板一眼，偏偏喜欢在四少爷面前娇嗔闹气，怪也只怪这位主子太会心疼人了，和她们说话时总是温温柔柔的，连平日里她们爱吃什么、玩儿什么都记得一清二楚，时不时从府外给她们带这些物事回来，哄得这群小丫头总是在背后念叨四少爷今儿来不来。

叶勉因为这事儿没少被叶侍郎嫌恶。叶侍郎觉得叶勉这么小就爱在女人身上下功夫，长大了就算不是个色坯，也会因女色误事。其实叶侍郎是冤枉叶勉了，叶勉再不是，也不可能对未成年少女有啥想法，他只是单纯地想对她们好些罢了。这世道，女人生存比男人艰难太多，眼前这些人托生成了要伺候人的丫鬟，他只是觉得她们可怜罢了。

按摩完头皮，云儿帮叶勉把头发都撩到耳后，又在他额上齐眉系了一条红绣锦缎额带固定，上面缀着的一颗白莹莹的珍珠正好在眉间偏上，衬得叶勉本就清秀风流、飞扬恣意的面庞更加好看。

这边刚梳好头，就有丫鬟进来告诉他们老爷来了，彩儿赶紧把原本放在熏笼上烤着的靴子给叶勉穿上。

◆ ◆ ◆

叶勉从东次间出去的时候，叶侍郎刚刚和叶老夫人见完礼，在一边的禅椅上落座，姜氏起身带着丫鬟们去沏茶。

屋里已不见了刚才的热络，除了正在地上忙活的，一旁侍立的下人全都眼观鼻、鼻观心，站得规规矩矩的。

“勉儿给父亲请安，父亲安好。”叶勉躬身给叶侍郎行礼。

“你这是什么样子？”

室内气氛一凝，叶勉还没起身就听到他爹不悦的声音，不解地抬起头。

叶侍郎今年还不到四十岁，皮肤白皙，保养得当，看着十分精神，只是现在绷着脸看着叶勉，面色十分冷峻。

叶侍郎看着嫡次子一脸蒙的样子更加恼火，训斥道：“刚下了学就拆了冠子、手镯，在你祖母这里衣冠不整、披头散发，你还有没有点儿规矩？”

叶勉心里不屑，说他披头散发他承认，可他哪里衣冠不整了？当真是看他不顺眼就什么罪名都往他头上安！他咬着嘴唇没有辩解，只是稍稍把头垂低了些，让人看不到他的表情。

叶老夫人看叶勉垂着脑袋如霜打的茄子一般，也不高兴了，说：“我是他祖母，他在我这里散漫些又如何？”

“娘，”叶侍郎无奈地摇了摇头，“他岂止是在您这里散漫——”

“行啦，”叶老夫人摆了摆手打断叶侍郎，“你这刚回府就训他，就不能让他安生用个饭再说？”

叶侍郎重重地叹了口气，道：“娘，您不能再什么都由着他了。您看看他，现在一点儿规矩都没有，璟哥儿七岁的时候都比他现在强。”

叶老夫人“啪”的一声把茶碗重重地撂在桌子上：“哦，合着勉哥儿是被我这个老婆子给带坏了？”

邱氏吓了一跳，赶紧坐过来，一边给叶老夫人抚背顺气，一边给叶侍郎使眼色。

叶侍郎忙立起身来：“娘，儿子不是这个意思。”

叶老夫人脾气也上来了，道：“叶侍郎现在好大的脾气，我也不敢多说什么，我今儿就给你认个错。”说着就偏头吩咐道：“云儿，跪下！”

侍在一旁的云儿赶紧跪了下去，双手伏地，头磕在地上。

“娘，您这是干什么？”叶侍郎见叶老夫人真的急了，慌乱道。

“勉哥儿这头发是我让云儿给拆的，学上那镯子也是我让人包起来的，我这个当娘的不能亲口给你道个不是，不然回头你被御史弹劾了，还得怨我，我就让云儿代我给你认个错吧。”叶老夫人冷哼道，“以后勉哥儿的事，我老婆子一概不沾手，他全权由你们教养，我看你们是不是能再教出一个璟哥儿来！”

叶老夫人这话一落，叶侍郎和邱氏哪还站得住，赶紧双双跪下，屋里的下人们也全都跪了下去，连大气都不敢喘。

叶勉无奈，也只得跪下，膝行到叶老夫人跟前，抱住老人家的大腿，脸贴在她膝上，可怜兮兮地唤了声："祖母。"

"做什么？可是要替你父亲求情？"叶老夫人板着脸问道。

"不……"他只是看不过他娘无辜被连累罢了。

叶老夫人眼角抽了抽，差点儿忍不住抽这个不争气的一巴掌，看自己儿子没抬头，赶紧给叶勉使了个眼色。

"孙儿饿了。"

邱氏赶紧道："娘，您别气坏了身子，不然谁还疼勉哥儿呢？您看他打小身子就娇，膳食稍不应时就腹内作痛。"

邱氏说完拿帕子按了按眼角，叶老夫人重重地哼了一声，说："你不怕我疼他又把他给教坏了？"这是肯给台阶下了。

邱氏在叶侍郎腰间狠狠掐了一把。

"娘，儿子知错了。"叶侍郎俯身告罪。

叶勉拽着叶老夫人绣着如意鹤纹的袖子轻轻晃了晃。

"罢了，都起来吧。"叶老夫人啜了一口茶，半晌才叹了口气，道，"父教子本是天经地义的，我以后也懒得掺和你们父子间的事。只不过我年纪大了，以后你要管教他尽管带回书房去责骂，别在我这寿云斋惹我心蜇。"

"是儿子的不是，不该在寿云斋斥子惹母亲生气。"

"罢了罢了。"叶老夫人抬了抬手："云儿起来，去看看大奶奶那边准备好了没有。"

姜氏最聪明，早在叶侍郎劈头盖脸训斥叶勉的时候便悄悄退了出去，在外面指挥丫鬟们备碗摆筷。

邱氏扶着叶老夫人带着众人来到厅堂，姜氏一副什么都不知道的模样，笑盈盈地伺候叶老夫人和邱氏入了座。

饭食期间，叶勉和姜氏唱双簧似的说话逗趣儿。不一会儿，叶老夫人便有了笑模样。气氛这才缓和了些。邱氏满意地冲姜氏点了点头。

"璟哥儿哪个日子归家？"叶老夫人到底心疼儿子，不忍看他用饭不香，便主动问了他一句。

叶侍郎一直蹙着的眉终于舒展开来，他回道："今儿刚得了璟哥儿的信儿，说是那边的案子已经收了尾，他整理好案卷便可启程。我算了下日子，他再有一个多月就能到家。”

叶勉在心里翻了个白眼，他这爹也就提到他大哥的时候才有笑模样，一脸温柔、油腻。

“当真？那可是极好！”叶老夫人听了也十分高兴。

“璟哥儿媳妇可以提前准备起来了。”叶老夫人笑着嘱咐姜氏，“他的书房要让人用合罗香每天熏一熏，再让人去寻一些干柚叶，待璟哥儿回来后给他泡澡用。这男人啊，从远处归家定要把外面那些不干净的洗刷净了才行。”

“是，祖母，孙媳记住了。”一向大方得体的姜氏难得地有些羞涩。

叶老夫人笑了起来，叹道：“璟哥儿这是第一次离府这么久，还去了那么远的地方。以后啊，这些事就不用我啰唆了，你们自会打理，再不会的问你婆婆去，她做得就很好。”

邱氏也笑道：“我会的这些也是娘教的。”

“你们都是贤惠的。”叶老夫人满意地点点头，又说，“对了，前儿个项容那小子不是送了两车金丝炭过来？我昨天用着是真不错，比咱们惯用的银霜炭好，你让人给璟哥儿那儿送半车过去备着，他回来那时候屋里还凉着呢。”

“娘，昨儿个就让人送去了。”叶侍郎笑道。

“哦。”叶老夫人点了点头，又顾自说道，“勉哥儿的宝丰院送了多少？半车估计是不够的，这孩子畏寒，用炭用得多。”

“这……”叶侍郎没有说下去。

叶勉心里冷笑，低头吃菜。

叶老夫人嘴边的笑慢慢淡了下来。邱氏和姜氏抬头，心里都有丝不好的预感。

果然叶侍郎赔笑着说：“昨儿个给您这里送了一车，剩下的就都拉到璟哥儿的碧华阁去了。我寻思着勉哥儿那边用炭用得太多，这么金贵的东西也没必要——”

叶侍郎还没说完就被叶老夫人抬手打断，冷声道：“用饭吧，别说了。”

邱氏又急又气，这事儿她是真不知情，分炭这种小事明明是她这个当家主母的分内之事，哪想到叶侍郎会横插这么一杠子。

姜氏更是尴尬，羞得脸都红了，手里的帕子攥出了褶，她被身后跟着的嬷嬷轻轻按了下肩膀才回过身来。金丝炭确是金贵的玩意儿，大都由西梵国进贡，很少流到宫外。但是这东西再怎么稀罕，她也不可能霸着小叔子的份例，这等没脸没皮的事传出去让她们姜家的脸往哪儿搁！是她大意了，昨天她院里的婆子上报时，她应该细问一番才是。

姜氏悔得不行，下意识地看了一眼叶勉，只见叶勉正跟没事人似的在那里顾自吃菜，一口一颗糖浇山芋嚼得腮帮子都是鼓着的。

气氛又冷凝了下来，这回叶勉是不准备救场的，他又不是职业救援队，凭啥每次叶侍郎在寿云斋犯蠢，都让他灭火。

这一顿饭吃得所有人都胃疼，包括叶勉，不过他是撑得，今天厨房做的菜是真不错。

饭后，姜氏侍候着给祖母和婆婆漱口喝茶，看了看大家的脸色。她不好留在这里，便起身说要走。

叶老夫人和邱氏都嘱咐她小心天黑路滑，又让人多取了两盏宫灯给她带来的丫鬟们拿着。

叶勉一仰脖子把杯里的茶喝干净，抹了抹嘴，对姜氏说："大嫂，我送你。"

众人都奇怪地看向他。

"上次你回去不是被一只黑猫给吓着了？今儿我给你壮胆儿。"

姜氏抿嘴笑道："我身边这么多人，怎么就用得着你这小人儿给壮胆儿？"

叶勉也不觉得糗，一边让丫鬟给他拿大氅穿上一边说："我再小也是男人，你身边都是丫鬟、婆子，一个吓着了，一叠声地叫唤，比那黑猫还吓人。"

众人都被他逗乐了。邱氏摸了摸叶勉的头，说："我们勉哥儿也这么一出溜就长大了。"

叶勉不自在地躲了一下，说："别摸头，摸头长不高。"

叶侍郎咳了一声，转头对邱氏说："你派人去叫丰今，让他在碧华阁等着。"

"让他来干吗？"叶勉问。

"回宝丰院给你提灯，外面大黑了。"叶侍郎不自然地说道。

“用不着。我大嫂自会安排人给我提灯。丰今刚从国子学接我回来，外面死冷寒天的，少折腾他。”

“一个下人，你还护上了？”叶侍郎刚想发火又堪堪忍住。

“我自己的人我当然要护着。”叶勉冷冷地说道，说完便转身走了。他心里到底不爽快，嘴上没忍住，发了脾气。

姜氏已穿戴好，冲几人微微一福身，便转身跟着叶勉走了。

留下叶侍郎窝了一肚子火。

◆ ◆ ◆

碧华阁离寿云斋着实有些距离，倒不是因为叶璟的院子偏，而是实际上碧华阁根本就不在叶府。

当年叶璟刚刚入仕，便与三朝老臣永安侯嫡长子的嫡次女姜南初定了亲。按官品和家世来说，姜南初是妥妥地低嫁了，奈何这个端华公子实在不一般，永安侯满府没一个说不乐意的，据说当年还是女方府里先开的口。

叶侍郎为自己的爱子寻到如此良配欣慰不已，只是为着新人大婚的院子犯愁。叶府家境自然殷实，毕竟叶恒在户部做了那么多年头，每年的冰敬、炭敬都勾人眼红，只是与永安侯府此等百年大族比起来却相差甚远。为了不让侯府亲家小瞧了叶璟，叶侍郎当即就决定弃了之前为嫡长子准备的院子，而将隔壁的院落买了下来。

隔壁的宅院之前是一户盐官的，本就装点得十分富丽，虽只有叶府一半大，但是院子里山石点缀，亭台楼阁应有尽有，甬路旁更是奇花异草，丛丛锦簇着。叶侍郎买这宅子也是下了血本的。

按规矩，嫡长子不可单独出门立府，叶侍郎便在两个院子的隔墙处开了道月亮门，这两户便是一家了，隔壁起名碧华阁。

前面丫鬟们提着四盏宫灯照路，叶勉让姜氏搭着他手臂边走边聊。

姜南初嫁进叶府也有三年了，说是看着叶勉长大的也不为过，而且叶勉现下不过十三岁，她也不忌讳那些个规矩，就大大方方地把手搭在叶勉虚撑起的手臂上。

“今儿随信回来的还有几车你哥送回来的东西，我正让人整理。本打算明后两日给各个院子送去，既然你今日来了，就过来再挑挑，一会儿让婆子们随你送到宝丰院去。”

“我又不急，大嫂明儿都理好了再送也是一样的。”

“你的那份倒不用理。”姜氏轻笑道，“其中整整一车都是你的，箱笼都不用拆。你哥在信里还嘱咐我，让你在其他箱笼里再挑挑，有喜欢的就拿去，剩下的再给别的院子分。”

“他有那么好心？”叶勉小声嘟囔。

姜氏笑着摇了摇头。

碧华阁的正院里灯火通明，院子外头好几个侍女正在那里踮着脚往这边看，见到灯光赶紧上来迎。其中两个和叶勉比较熟的见他来了，倒是十分高兴，“萝卜”“白菜”地说个不停。

小萝卜和小白菜是叶勉去年在街上买的一对儿黑白兔子，他本来打算养在宝丰院的，哪知道宝雪对兔毛过敏，他便“忍痛”将它们送到碧华阁给他哥做生辰贺礼。谁知这两只兔子到了碧华阁就开始一窝一窝地生小兔子，黑黑白白好几十只，叶璟又不能把叶勉送的生辰贺礼明着扔出去，只好单辟出来一个院子专门养兔子，他还特意拨了两个人照顾着。那一院子的味儿，气得叶侍郎又狠骂了叶勉几回。

叶勉先随着她们去看了一下新生的兔崽儿才回了正院。这时，换了家常便衣的姜氏塞给他一只海棠紫铜手炉让他抱着，然后带着他去了库房。

库房里果然有十几只箱笼摆在一边，其中有四只箱笼都打着封条，上面写着“勉”字。

“这些是你的，你回宝丰院再让人打开。”姜氏指了指这四个箱笼说道。

“嗯。”叶勉兴致缺缺地点了点头。

旁边还有几只箱子，已经开了箱盖大敞着。叶勉知道姜氏是想让他在这些里面翻出些喜欢的留着，他却看都没看一眼就径直走到另外三只箱笼旁边，上面的封条写着“父”字。

叶勉走过去，一把把封条拽开，半点儿都没客气地把箱盖掀开了。

姜氏一愣。

叶勉翻了翻，随便拿出来几块砚台、镇纸和几幅字画，说道：“我就要这些。”

“又淘气是不是？这是你大哥给父亲的。”

“就要这个，”叶勉坚持道，“反正我大哥也没给各个院子写单子，大嫂，你不说，别人就不知道。”

姜氏睨了他一眼，伸出保养得当的素手点了点他的额头：“看你大哥回来训不训你。”却又一转头冲候在一边的婆子吩咐：“给四少爷包起来，一会儿一并拿走。”

姜氏又问：“其他那些箱子不看看了？”

“不要，看不上。”

姜氏听了也不在意，说：“那走吧。我们回去，还有个物件，你大哥让我亲手交给你。”

厅堂里，叶勉打开大嫂递给他的紫檀木匣之后，没忍住笑出了声，说：“怎么今儿个都给我这东西？”

“怎么？”姜氏奇怪地问道。

盒子里是两支山马毛萧笔，是萧笔极品中的极品，因为其笔毛是由北蛮山上的野马毛所制，材料极其难得。

“今儿个白日里魏家小子也送给我两支，不过是紫貂毛的。”叶勉一边咔哧咔哧啃着苹果一边说道。

姜氏愣了愣，垂眸思索了一下才道：“魏相之子与你交好是好事，不过礼重了些，咱们要寻着由头回了礼才好，免得外面传我们家不识礼数。”

叶勉点了点头，说：“那我让人准备准备。”

“行了，你能准备什么？”姜氏轻哂道，“这东西本就是图个稀缺，你还些值钱的金玉倒不好看。我让我娘家那边帮找找看，如果有难得的稀有物件，多寻上两件回来，你大了，以后和人交往都用得上。”

叶勉不好意思地挠挠头，说：“这事儿怎能麻烦侯府？”

姜氏温声笑道：“正经姻亲，怎么是麻烦了？这些事，你不用管，自有我和母亲去操持，你安心读书便是。”

送走叶勉之后，姜氏的乳母杜妈妈才有些担心地问道：“四少爷拿了老爷的东西，万一这——”

“不用理，”姜氏轻轻打断杜妈妈，“他们父子三人的事，我们万不能插手。”

“是。”杜妈妈垂眸。

“今儿晚膳你也看到了，勉哥儿虽没闹，心里却不可能没气，让他出出气也好，左不过他老子的一些个物件，不值当什么。”

“这话在理，还是姑娘想得明白，”杜妈妈点头叹道，“心里有了气，排解一下总比攒到一块儿郁结成仇的好。”

姜氏笑了下，说：“其实勉哥儿是个大度的人，做事也明白。想起我刚嫁进叶府之时，咱们日日担忧，只怕他们兄弟不睦，以后勉哥儿娶亲后两房不合，现在看看竟是多想了。”

“这还真是。”杜妈妈扶着姜氏坐在软榻上，叹道，“也是难为四少爷了，刚受了这样的委屈，也没迁怒咱们这边，还护着姑娘回院子。”

“他这一出是要宽我们碧华阁的心，也是堵那些爱嚼舌根子的下人的嘴。”

“四少爷是真的好，再没比这更贴心的了。”杜妈妈叹道。

姜氏看了看远处忙活着的丫头，抿着嘴偷偷低声在乳母耳边说道：“比他哥强。”

“淘气！”杜妈妈虎着脸嗔道。

姜氏调皮地和乳母眨了两下眼睛，才恢复方才的端方模样。

丰今和丰明两个在前面给叶勉提灯，后面跟着好几个壮实的婆子抬着箱笼，一拨人浩浩荡荡地往宝丰院走。

一行人刚转弯穿过一个东西穿堂，便与一伙人相遇，走近了才瞧清楚是四姨娘和五少年叶乔。

“四哥。”

“四少爷。”

叶勉大大方方地受了叶乔和四姨娘的礼，又微微躬身还了四姨娘半礼。

“姨娘和五弟这是去哪儿？”

“我们刚打三哥的扶桑苑回来，送了姨娘做的黏米糕过去，还和三哥说了会儿话。”叶乔回道。

“我也刚打大哥那儿回来。晚上冷，你们快些回去吧。五弟有空去宝丰院找我玩儿。”

叶勉说完就冲四姨娘点头，带着人先走了。

四姨娘在后面盯着那几个婆子抬的几只箱笼好一会儿才被叶乔叫回神。

“姨娘，你看什么呢？快走吧，太冷了。”

四姨娘沉默了许久才叹了口气，说道：“五少爷以后也要和嫡亲的兄弟们多走动走动才好，特别是大少爷那边。”

叶乔垂头嘟囔道：“怎么走动？四哥还好些，大哥恐怕连我走到他面前都要认好久才能认出我来。”

四姨娘咬唇不语。

叶侍郎妻妾环绕，子嗣颇多，共有六子三女，其中除大少爷和四少爷为正室邱氏所出，其他子女均为庶出。

有了子嗣的侍妾全被抬了姨娘，二姨娘生的是二少爷，三姨娘生的是大姑娘（已经出阁），四姨娘生的是三少爷和五少爷，五姨娘生的是二姑娘，六姨娘儿女双全，生的是六少爷和三姑娘。

在大文朝，庶出的少爷，说是少爷，其实在嫡子面前就是半仆。

众庶子中，二少爷叶远是前途最好的，他打小就跟着大少爷读书，现跟着走马上任。如今府里哪个见了二少爷都恭恭敬敬的，但那也是人家托生得好，二姨娘是邱氏的陪嫁丫头，情分不一样。

四姨娘原是叶府的一个洒扫丫头，没有娘家撑腰，也无银钱打点下人，当年只凭那张脸得了叶侍郎一时的宠。亏得邱氏不是那爱磋磨人的，三少爷叶成也争气，虽读不好书，做事却极有条理，得了邱氏重用，帮着打理府外的庶务。这两年越发好了，他和五少爷叶乔才挺直了些腰板。

五姨娘虽只有二姑娘一个女儿，二姑娘却已订婚，现在五姨娘万事不管，一心扑在二姑娘的嫁妆上，每日去邱氏那里晨昏定省侍奉，连下冰雹都不耽搁。

六姨娘是最苦的，虽有一子一女，却并不受宠。下人都是捧高踩低的，六少爷叶枫和三姑娘跟着六姨娘，日子并不十分好过。

四姨娘想到这些，又重重地叹了口气，成哥儿以后是错不了了，只希望她的乔哥儿能……想到这儿，她加快了回院子的步伐，这些日子多给主母做些鞋袜，也好和她提提送乔哥儿去国子学的事。

◆ ◆ ◆

古代晚上也没什么娱乐活动，除了去花酒巷子胡闹的，正常人家歇息得都很早，叶勉来了半年多也适应不了这个作息时间。

宝丰院的小书房里，叶勉伏案练字，几个大丫鬟在一旁剪灯烹茶。

叶勉用的是今天新得的萧笔。他可不学他爹，喜欢也不用，就每天干看着。萧笔又不是摆件，傻不傻？

足足写了一个多时辰，叶勉才在几个丫鬟的催促下起身去洗澡。他自搬进宝丰院，爱干净也是出了名的，每日必要沐浴，多晚多冷都要洗。现在厨房的大灶上已经安排人专门每日戌时给四少爷烧洗澡水。

待头发晾干，已经到了亥时，被窝儿被几个汤婆子焐得暖烘烘的。叶勉穿着新换的白绫缎寝衣钻进暖被，干净清爽的身体每一个细胞都熨帖至极。

宝年掰了一块月麟香的香饼扔进一旁的三足鎏金香炉里，又回身把叶勉床上的罗帐放了下来。

“四少爷快歇息吧，明儿还得早起上学呢。”

“今儿轮到你值夜？”

“嗯，少爷夜里要是要茶就唤我。”

“好，小心东次间儿有鬼。”

宝年翻了个白眼，说：“奴婢又不是宝荷，四少爷可省省心早些睡吧。”说完淡定地端着青铜烛台去了东次间。

“没劲，”叶勉翻了个身撇嘴道，“还是宝荷值夜好玩儿。”

第二天一早，宝丰院自然又是一番叫起与赖床的大戏。马车都到了国子学门口，叶勉才不情不愿地把眼睛睁开。

叶勉刚进集贤门就看到披着一身玄色貂毛大氅的李兆走在前头。他看背影一眼就认了出来，这家伙因为家里基因好，身量比他们长得高壮些，走路也是大步流星的，很有几分气派。

叶勉摆好姿势，助跑冲了上去，从后面嗖的一下跳到李兆背上，把没有防备的他撞了个踉跄，差点儿摔个狗吃屎。

叶勉又快速跳下来，在一边弯腰哈哈大笑。

“好你个叶四！”

反应过来的李兆几步跨过来，手臂一伸就锁住叶勉的脖子往下压。叶勉拼蛮力拼不过他，被锁住之后只能仰着脖子一边笑一边求饶，嘴边呵出一团团雾花。李兆另一只手虚握着拳，对着他腰眼儿捽了好几下才作罢。

两兄弟闹腾完亲亲热热地一起往启瑞院走。

李兆问叶勉：“昨儿个启南院的事，你听说没有？”

“启南院怎的了？”

“怎的？他们真就把师兄们坤瑞院的院子给占了！”

“什么？”叶勉张大嘴诧异道，“你这听谁说的？不可能吧？”

“我三哥昨晚和我说的，千真万确。”李兆两拳相击，咬牙切齿道，“那帮孙子！找死！”

李兆的三哥是国子学的坤字生，他的话必错不了。

叶勉咧嘴笑了笑，心想，这下可有意思了。

大文朝的国子学共设有两处，一处自然是在叶勉所在的京城，另一处则在金陵。

金陵的国子学比京城的晚了三十几个年头才建成，学生数量也不及京城的多，只为了那些外放在南边做官的子女而设，不收平民之子。

北边比南边正统，南边却比北边富庶，两边谁也不服谁。

只是论起文章，江南学子确比北方学子好上一些，特别是近些年，连续两次的科考状元都出自金陵，两地国子学的矛盾彻底白热化。

国子学的情况自然会对朝堂有些影响。南北的师承不一样，学子们入了庙堂也自然而然地跟随自己的老师和师兄们抱团。两派中，你在暗里给我穿穿小鞋、我在背后给你捅捅刀子的事不少。当今圣上十分头痛，早朝当庭训斥过，暗地里也安抚过，可惜都没什么用。最后，不知是哪个人给皇帝出了个主意，说这事儿得从根儿上解决，要循序渐进。于是皇帝就把主意打到了国子学，有了南北学子互换“学术交流”这件事情。

去年，在圣旨的“逼迫”下，京城和金陵的国子学各派了二十个学生到另一边“游学”，旨在互相学习、互通有无，顺便为后面大规模的“学术交流互换”做先锋……于是，去年秋天叶勉入学的时候，国子学新有了个启南院，其学子便是来自金陵的二十位小公子。

南北方水土和生活习惯本就不同，这二十个十二三岁的小公子又是第一次离开家，生活得不惯再加上精神紧张导致他们接连病倒，个个都比在金陵时瘦了一圈。时刻关注着这边情况的南边父母们急了，一个个写折子去皇帝那儿“投诉”,吓得国子学的大祭酒恨不得把启南院供起来。

于是京城国子学的学子们不爽了，都是一样的学生，凭什么启南院的侍童比其他院的多？他们怎么可以有自己的厨子？他们在冬日里怎么就可以不用学骑射？

这一年南北两地的启字生不仅没有如皇帝的意互相交好，反倒先结了梁子，这也是为何李兆一提启南院就咬牙切齿。

叶勉和李兆进了启瑞院的学屋，屋子里也在议论启南院抢院子的事。

“启南院现在也太嚣张了，连坤字生师兄的院子都敢抢！”

“大祭酒一心偏着他们，他们怎么不敢？”

“坤瑞院的院子是我最喜欢的，春赏海棠夏看荷，秋游未湖冬去雪。”一人唉声叹道。

“我最爱坤瑞院临着的那片未湖，我表哥之前就是在坤瑞院读书。他说，学里就那个院子读书最适意，学屋就在湖边，春秋时节打开窗子，湖风带着花香吹过来，连上薛老头的课都不觉得烦。”

“啪！”温寻重重一拍桌子，“坤瑞院三年之后原本是我们的！南边那些学子可是不把我们启瑞院放在眼里？！”

国子学的学生随着每年换届，是连院子也要换的，比如启瑞院的学子从启字班升到修字班时，院子也会换到修瑞院，到了第四年升为坤字，自然而然也会换到坤瑞院——国子学最好的院子。

“他们现下连师兄都不放在眼里，岂会在意我们启瑞院？”阮云笙说完看向门口，“勉哥儿和兆哥儿来了。”

刚进来的俩人冲阮云笙点了点头：“老远就听你们在屋里吵。”

“还不是温寻？书案都快被他拍烂了，你管管他。”

叶勉伸手捏了捏温寻肉乎乎的后脖颈儿，温寻被凉得直缩脖子，但没躲。

“昂渊还没来？”叶勉环顾了一圈问道。

“来了。”魏昂渊清傲的声音从学屋的防风帘子外传了进来。

几个人转头看过去，只见披着一身雪貂裘的少年掀开帘子走进来，头上戴着白狐毛的耳遮子，鼻尖冻得通红，衬着精致的一张小脸。侍童上前服侍他脱斗篷，手指动了几下也没解开他斗篷防风帽的带子。少年英眉一立，不耐烦地推开身前的童子。

“蠢死了！叶四，你来。”

叶勉甚是无语。

“……我是你府里请来的长工吗？”

众人被逗得大笑，拍桌子起哄。

叶勉也是费了好一番工夫才将魏昂渊斗篷上不知怎的打了死结的绳带解开。其他人没再理会他们俩，而是接着刚才的话题讨论。

“我听人说，学里已经让人去制新匾了。过不了两天，坤瑞院的匾额就会变成启南院喽。”

“也不知我们升了坤字班会搬去哪里。”

“自然是坤瑞院。”魏昂渊一边把书袋里的笔砚往书案上摆一边说道。

“昂渊，你还不知道吧，学里已经把坤瑞院的院子给南边来的那帮孙子了，他们还——”

“我知道。”魏昂渊头都没抬打断他，“那又如何？”

“……”

叶勉伏在书案上，张嘴打了个哈欠，懒洋洋道：“现在哪个用着坤瑞院有什么打紧，三年后我们升到坤字班，直接搬过去就是了。”

李兆点头，说：“师兄让着他们是师兄们高德，我们和他们可都是同一年来的，没那么多礼让之举要做。”

温寻激动地说：“也不怕他们！”

“对！我们可不怕他们。”

“大不了打一架！”

“哈哈，那帮病秧子！”

“让他们赶紧去坤瑞院养养身子吧，到时候可别说我们欺负人。”

“哈哈哈哈……”

众人像有了主心骨一样，一改之前气闷的模样，你一句我一句地说得来劲。

国子学的课钟响了两遍，各个院子的学屋都安静下来。

启瑞院今天上午是上书法课。

学子们安静地坐在案前临着帖子，屋里偶尔能听到炭块在火盆里崩开的声音。梁先生慢慢地在青砖上踱着步子，依次纠正学子们的姿势，指点书艺。

叶勉也在很认真地写着。听到背后梁先生走近的脚步声，他紧张地咽了咽口水。果然梁先生停在他身后站了一小会儿之后便重重地叹了口气。

叶勉放下笔，少有地难为情地挠了挠头："先生，学生真的每晚都在练笔……"

梁先生抚了抚山羊胡，拿起叶勉手上的紫毫笔，又抽了一张新的竹皮纸铺在桌上，说："你定下心来再仔细看我写。"

梁先生一边慢慢地在纸上写着一边给他讲解："运笔力在腕上，不在笔端，执笔要推，而不是拖，下笔更不要犹犹豫豫……"

梁先生写完又让叶勉照着刚才的样子临给他看。又是几番之后，梁先生终忍不住扶额道："你还是再写两个月的大字吧。"

周遭的憋笑声此起彼伏……

叶勉耷拉着脑袋应是。同窗们都早已熟练中书和小楷，就他还在像个稚童一样每天写大字……

梁先生很宽厚，对学子从不忍刻薄，但还是忍不住问他："也真真是奇怪，你父亲叶侍郎曾说，你在家里念私塾之时，字虽稚灵，架构却还是在的，怎的突然半年间不但不见了风骨，连运笔的基本功都乱套了？"

叶勉心下苦笑，因为此叶勉非彼叶勉啊。

◆ ◆ ◆

午息钟敲了没一会儿，学子们就打各个院子一拥而出，奔向膳堂。

少年正是长身体的时候，不经饿。叶勉几个也速速穿了斗篷大氅，去了萃华楼。

国子学共有两个膳堂：一个是勋贵子弟去的萃华楼，每年要交不菲的膳食费；另一个则是平民之子去的悦味堂，膳食费由户部每年统一拨给学里。

两个阶层的学子泾渭分明，勋贵子弟从不会去对面的膳堂用饭，包括叶勉。他心里虽然没有什么真正的等级观念，但他用头发丝想也知道悦味堂的伙食和萃华楼的比是天上地下。

学子们坐下之后，自有侍童端着漆木托盘过来布菜。每人四小份菜一盅汤，有素有荤有河鲜，营养搭配均衡，一旬之内绝不重样。

今天的菜是砂锅鹿筋、清炸鹌鹑、姜汁鱼片、虾油青瓜，外加一盅撇了油的罐闷鸡丝汤。

叶勉饿坏了，早上太困睁不开眼，丰今给他包的早点他都没吃上，所以这边的小童一把吃食给他摆好，他就执筷子先吃上了。吃了好几口，胃里暖了些，他才抬眼，只见魏昂渊几个正一脸嫌弃地看着他。

叶勉嚼了几口，咽下嘴里的饭菜，说："看我干吗？"

魏昂渊咂舌，问他："学里的膳菜，你吃不腻吗？"

"挺好吃的啊。"

魏昂渊一副"你没救了"的表情嘟囔："你这副模样，不知道的还以为户部侍郎府揭不开锅了。"

叶勉："……"

阮云笙摸了摸下巴，说："你是不是又没用早膳？"

叶勉点头，说："起得太迟，来不及。我昨儿夜里睡得晚，子时才躺下。"

"我的天老爷！"几人大惊，"你这么着对身子可不好，你娘不管你的院子？"

阮云笙想了想又问："你夜里忙活什么呢，乌漆墨黑的。"

叶勉还没说话，就见李兆哧哧笑着说："我知道了，莫不是和哪个丫头……"

"哦？"几人暧昧地对视一眼，哄笑起来。

"去去去，都懂个屁！"叶勉不耐烦地扬扬手，一个个毛都没长齐。

李兆坏笑着道："这是恼羞成怒了？那让我猜猜是哪个。我记得上次去他府里，有个叫宝荷的美婢长得很不错，鹅蛋脸儿，樱粉唇……"

"当真？"温寻急道。

"少满嘴胡吣！"叶勉给了李兆一筷子，"坏了我屋里姑娘的名声，以后她们找不到好人家你们负责？"

俩人见叶勉有些急了，便讪讪作罢。旁边一直未作声的魏昂渊却淡淡道：“既然你觉得是好姑娘，便过两年收到屋里，还怕谁说？”

叶勉和他们讲不通道理，心累得很，却也不想和他们在这个问题上纠缠，便瞪了他们一眼，转移话题：“你们还不快吃？一会儿菜都凉了。”

几人不情不愿地拿起筷子。坐在叶勉旁边的温寻用胳膊肘捅了捅他，用眼神示意他往后看。叶勉扭过头去，忍不住挑眉，原来是启南院那些病秧子来了。他一眼便认出他们是启南院的，倒不是因为他识得他们的模样，而是金陵的学子们在装束上与他们有一处不同——他们须在腕上佩戴木镯，金陵学子们却是头戴束发银冠，银冠正中间嵌有一块红宝石，那宝石铜钱大小，成色极好。

叶勉虽不是第一次见，仍忍不住在心中感叹，难怪说两淮那边富庶。

启南院的学子们一进来，整个萃华楼都安静了些。

魏昂渊嗤了一声“暴发户”，启瑞院众人低头闷笑，只有温寻噘着嘴不开心地用筷子一下一下地戳着饭。

“怎么了？”叶勉奇怪问道。

“我要吃他们的膳菜。”

叶勉心下哂然，抬手唤了个侍童过来：“去后厨要一份启南院的膳菜过来。”

因为启南院的学子们一直不习惯北方的水土，国子学为了照顾他们的饮食习惯，不仅从南边请了厨子回来，还每月从那边运来一船耐存的当地土菜，倒也不是什么值钱玩意儿，不过这样一来，启南院的膳食和他们的却是不一样的。

这温寻平日里想吃什么吃不到？恐怕他想吃人家的新菜是假，心里不平衡才是真。

侍童明显愣了一下，在叶勉皱了眉头之后赶紧小跑去了后厨，不一会儿却愁眉苦脸地出来，小心回道：“厨房里说，南头的菜就只做了二十份。”

侍童话音一落，启瑞院的学子们都冷了脸。叶勉把要发脾气的温寻按住了，与侍童温声道：“不怕，不怪你。你再去和厨房说，就说让厨子现在做，我们可以等。”

“二十份，启瑞院的都要。”魏昂渊不爽道。

“对，我们都要。和厨房说，从今儿个开始，我们启瑞院要换口味吃南菜，待吃腻了自会知会他们换回来。”启瑞院的少年们都把筷子撂下说道。

“等等！”

侍童刚转身要走就被人叫住了。

“我们启德院也要二十份。”

叶勉回头一看，原来是启德院的齐野。这齐野是天子近臣九门提督之子，平日里也是个浑的，和李兆有些亲戚关系，所以和叶勉他们也算是熟人。

启德院向来以齐野为首，见他挑头闹，众小公子也推开面前的膳食，一副看戏不嫌台子高的模样。齐野则笑嘻嘻地和李兆在那儿挤咕眼儿。

哪想齐野的话刚撂下，启瑞院和启德院四周便都喊了起来。

“启墨院也要。”

“启厚院也要二十份南菜。”

“还有我们启庸院。”

…………

萃华楼很大，远处闹不清这里在吵什么，待打听清楚了，这一层的启字生都拍桌子闹了开来，纷纷要换南菜吃。

行思阁，国子学训导司正办理公务的地方。

叶勉和齐野正并排跪在案前的蒲团上抄着《国子学规》，大司正季老先生歪靠在一边的椅榻上慢悠悠地看书品茗。

叶勉写字慢，齐野都抄完一遍了，他却连一半都没抄完。叶勉抄完一张纸，见齐野正一脸凶狠地瞪着自己。

“我这么好看吗？”

齐野气得要吐血，他用气音骂道：“丑死了！比你的字还丑，你他娘的能不能快点儿抄？”

“别催，越催越慢！”叶勉横了他一眼。

齐野郁闷得胸口疼，待回头看到季老头正在一边悠哉喝茶，更是气不打一处来。这死老头居然要叶勉也抄完才让他起来，分明就是故意整他。

又过了半个时辰，叶勉堪堪写完，揉了揉发酸的手腕和早已跪麻的双腿，小心翼翼地站起身来。

“写完了？”季大司正漫不经心地问道。

“写好了，大司正。”俩人恭敬地答道。

季先生缓缓点头：“可知错了？”

“学生知道了。”

“那可知道哪里错了？”

叶勉垂眸，斟酌了下措辞，还没来得及开口就听齐野在旁边蔫头耷脑地嘀咕：“都说知道了，散学钟都敲完好久了。”

“你说什么？大些声音！”季大司正皱眉道。

“他说他知道错了，但是不知为何只罚我们俩。”叶勉抢在齐野前面大声回答道。

齐野张着嘴瞪圆了眼睛看着叶勉。

季大司正在榻上坐直了身体，冲叶勉冷冷一笑：“你少在我眼前闹鬼，可是想让你父亲亲自接你回叶府？”

叶勉立时𡖂了，嘻嘻赔笑道：“季大司正，学生不敢了。”

“为何独罚你俩？”季大司正没好气地瞪着他们斥道，“你们别以为老夫不在场就不知道是你二人挑头儿！”

齐野不干了，说：“季大司正，先挑事的是叶勉和那个温寻，还有魏昂渊，我可后边着呢。”

“你闭嘴！”季大司正一拍桌子厉声道，“若只是他们启瑞院闹，你没带着启德院煽风点火，后面那些院子能跟着一起闹？”

“带着启字生集体罢膳，你们怎么不去掀了天？”季大司正越说越激动，戒尺在案上拍得啪啪响，吓得叶勉和齐野直缩脖子。

“学生知错了，大司正莫气。”

季大司正喝了口茶压了压火气，又道：“老夫知道启瑞院和启德院那些个都只听你们二人号令，以后凡是这两个院子惹事，我就唯你俩是问！”

齐野：“……”

叶勉：“……”

俩人又垂着头被训斥了一盏茶的工夫，才被放出去。

这边俩人一出门，季老先生身边的一个小训导便蹙着眉过来问：“先生，大祭酒刚被户部尚书请了去，说是这事儿已经传到了御前。他们闯了这样大的祸，就只罚抄《学规》？”

季大司正无力地叹气道：“正是如此才要待大祭酒回来再做定夺。现如今学里稍有风吹草动，就有人拿此大做文章，上面又把这些个看得仔细，我们定要谨慎才是。”

小训导躬身应是。

季大司正缓缓斜身倚回椅榻上，合上双眼不知想些什么，过了好一会儿才咬牙恨道：“几个不知天高地厚的兔崽子！”

第三章 启南院

叶勉是真的好奇，

这世上真有人能把他哥比下去？

叶勉和齐野打行思阁出来的时候，散学钟已经敲完一个时辰，冬日里日头落得早，此时天色早已黑了下来。

俩人在一道垂花门前道别，各自回自己的院子去取书袋。

国子学的教苑已经无人，灯笼也是隔老远才燃着几盏，照得甬路小径影影绰绰，耳边除了风吹雪落，就只有他们自己的脚步声。

叶勉脚下生风，因常来行思阁受罚，对这条路倒是熟得很。

抄着近路绕过一座假山时，叶勉突然站住，感到后背生凉。

好像有人在哭……

“谁在那儿？”叶勉稳住心神高声喝道。

呜呜的哭声变成了幽咽，叶勉只觉汗毛都立了起来，定睛往传出哭声的假山洞里一看。

果然有“人”！

叶勉往后踉跄了两步，色厉内荏，斥道：“滚出来！你……你吓唬谁呢你？”

山洞里的“人”一边哭一边连滚带爬地出来，跪在叶勉面前。

叶勉的腿像灌了铅一样定在那儿，他抖着身子借着远处的灯笼光晕打量着那“人”，虽看不清对方的脸，却认出了他身上国子学侍童的衣裳。他紧攥的拳头放松了些，喘着粗气缓了好一会儿才哑着嗓子问：“起来。你是哪里的小童，怎的大晚上躲在这里哭？”想吓死他不成？

侍童没有起身，也没说话，只是跪在那里抽搭。

叶勉把他从雪地上硬拉起来，拽到旁边的一座亭子里，那里挂着两盏灯笼。

上台阶时，侍童被叶勉拽得一个踉跄，出声道："叶少爷。"

"呦！认得我？"叶勉诧异，一手捏起侍童的下巴对着灯笼看了看。

"哎，你是那个……"叶勉想了想，"是那个今儿在膳堂帮我们叫菜的侍童？"

侍童点了点头继续抽噎，十分伤心的模样。

叶勉回转心思，问他："可是今儿个被我们连累遭了责骂？"

叶勉刚说完，侍童"哇"的一声哭了出来，把叶勉唬得一蹦。

"哎哎哎，你哭什么啊，可是罚了银钱？我赔你就是！"叶勉说完自腰间解下一只金魁星荷包，里面只装了些散碎银子，叶勉用手颠了颠便都塞给了他。

侍童把手背到身后，不接。

"不够？"

侍童摇头，说："没罚银钱，师傅……师傅说，侍学苑要……撵我……出去。"说着，他又抽噎了一声，"我求他们……别让我走，让我去院子做洒扫……早上去……宿苑倒恭桶都行……可他们还是不准。"

叶勉顿住了，拿袖子在那侍童脸上胡乱擦了一把："这有什么？我让人和你们侍学苑的乔总管说一声，留你下来便是。"

侍童摇了摇头，说："晚了，萃华楼连顶替我的人都领进来了，是我师傅的侄儿。"

叶勉嗤了一声，道："那也无碍，明儿一早你来启瑞院找我，以后你就在我们院子里伺候。"

侍童终于停止抽噎，瞪大眼睛看着他。

叶勉将胸脯拍得啪啪作响："放心，本少爷说话最是作数！"

侍童"扑通"一声就跪了下去，叶勉手疾眼快地把他拉了起来，没让他磕头："行了行了，本就是被我连累，帮你一把也是应当的。"

"叶少爷，呜……"

"你可别哭了，"叶勉头痛，"这大冷天儿的，再哭脸都皴了。我可听说侍学苑有规矩，面有瑕者不可侍人，你把你这脸蛋儿哭花了，连我也帮不了你。"

侍童被他唬得收了声，叶勉捏捏他身上的青布袄子，道："你们的袄子太薄，快回去吧，明儿一早记得来找我。"

侍童看着他，一边抽噎一边点头。

叶勉回到启瑞院时，学屋里竟然灯火通明，门口抻脖等着的侍童见到他，赶紧冲里面喊了声："叶少爷回来了。"

魏昂渊、李兆、温寻和阮云笙都迎了出来。

叶勉心里一暖，笑道："你们都没走？"

魏昂渊走上前问他："罚了你什么？"

"跪着抄《学规》。"

几人对视了一眼，问："就这样？"

叶勉无所谓地笑笑："可不就这样？"

几人各自思量了一番，心里都有了数。

五个人齐齐往外走，温寻垂头丧气地跟在其他人后面，手里拎着所有人的书袋，四人存心逗他，都没理他。

"对了，昂渊，"叶勉一边走一边和魏昂渊说，"今儿中午在膳堂的那个侍童，你明儿个和侍学苑的乔总管说一声，把他调到咱们启瑞院来。"

"你怎么想起他来了？"

"刚回来路上撞见了，正躲在假山那里挤猫尿呢，说是侍学苑要撵他出去，哭得怪可怜的。"

"哦，不过各个院子的侍童都是有定数的，他来了这边就得调出去一个。"

"就今儿早给你解斗篷那个呗。正好你嫌他笨，以后让这个新来的专门服侍你。"

几个人大笑起来，阮云笙跟在后面无奈地摇了摇头。这个叶四只知道心疼在他面前哭的，却不知道要被他调走的那个要在背后哭多少回，对于侍童来说，在膳堂里伺候和在学屋里伺候哪能一样……

国子学的集贤门外，五家的马车都在候着，一众奴仆燃着火把、提着灯守在那里。

魏丞相和温侍郎，还有李兆、阮云笙的兄长也都来了，几个孩子赶紧上前见礼。

素来威严的魏丞相身上还穿着一品官服，应该是打官署直接过来的，见到这五个孩子，面上倒是和善，笑着让他们起身。

温寻有了父亲在身边就像有了主心骨一样，爬上温侍郎的马车之前，期期艾艾地和叶勉说："勉哥，我以后再不吃南菜了。"

叶勉终于破功，笑出了声，道："快些回去吧。明儿个膳堂必是只有南菜的，你若敢和学里说不吃，我还得再跪上一回。"

魏丞相在车里掀开车窗上的挡风帘子叫住叶勉，温和地说道："今日之事罚过便不须挂怀，明日起便不再有人提。"

叶勉眼睛一亮，恭敬地给魏丞相行了一个晚辈礼。

魏丞相笑着点了点头，又道："你们平日里都是淘气的，我也不拘着你们。只切记一事，和南边那些个，可捏酸可斗气，却不可胡闹伤了人，坏了根本。"

叶勉恭声应是。

"这里冷，我便不与你多说了。我想，你回了府里，个中缘由，你父亲自会讲与你知晓。"

"是。"

"昂渊与你——"

魏丞相还没说完，车里就传出魏昂渊不耐烦的吼声："爹，您能不能少说两句，想把他冻坏了不成？"

魏丞相摇着头无奈地拍了拍儿子的手，然后冲叶勉说道："快些回府去吧，你父亲在府里应该等急了。"

叶勉不无羡慕地恭送走了魏家和温家父子，才上了自家的马车。

牛管家心疼地给坐在车里冻得直打摆子的叶勉紧了紧大氅，又紧着拿出几块热乎点心。

"四少爷快趁热吃两口。"

叶勉看了看点心，道："我爹正拿棍子在家等着我呢吧，饭都不给吃了？"

牛管家无奈地叹了口气，道："没说要打，只是老爷着实气得不轻。"

叶勉接过牛管家手里的点心就往嘴里塞，心想，一会儿还有一场硬仗要打，不能饿着肚子和老头子斗。

“还是祖母疼我，这芸豆糕是李嬷嬷做的。”

“老夫人已派了人守在老爷书房外头了，一有动静老夫人就来，哥儿不怕。”牛管家悄声说道。

这个时候道上车马不多，没一会儿一伙人就到了家。叶勉下车后带着丰今直接去了他爹在外院的书房。

叶勉进去的时候，倒没见到叶侍郎拿着棍子堵在门口，他爹正坐在黄花梨木书案前扶额发呆。书案上的公文齐齐整整地摞成一摞，笔搁上的笔也是干净的，显然没动过。

帮叶勉打帘子的小厮小心翼翼地禀报：“老爷，四少爷来了。”

叶侍郎这才转了转眼珠子看向门口，面沉如水。

“跪下。”

叶勉为自己受了一下午罪的膝盖默哀了三秒钟，无奈地跪下。

屋里的小厮忙拿了个蒲团过来，不出意外地被叶侍郎制止了。

“就让他这么跪着！”

小厮们都弓着腰退出去之后，叶侍郎冷声道：“你就在这儿跪着反省，什么时候想明白了什么时候回话。”

叶勉感受了一下膝盖下硬邦邦且冰凉的青石砖，扯了扯嘴角小声道：“儿子知错了，今儿已经在行思阁反省了半日，现在就能和爹悔过认错。”

叶侍郎冷哼道：“哦？那你说说看。”

叶勉清了清喉咙：“启南院的同窗远道而来，我们作为本地东道主理应友爱关心，团结互助，不该心存鄙薄——”

“混账！”叶侍郎狠狠拍了下桌子，“你少拿糊弄训导司正那套来糊弄我，你当你爹是傻子不成？”

叶勉低着头翻了个白眼，不吱声了。

叶侍郎瞪着眼睛喘着粗气道：“自打你启蒙便没指望过你什么，只想你安安分分读完国子学，别成了每日只会放鹰遛狗、吃喝玩乐的纨绔子弟，你竟连这也不肯遂我的心不成？”

“勉儿不敢。”

“你不敢？你还有什么不敢的？”叶侍郎厉声斥道，“整日在学里惹是生非，我叶恒的颜面都被你丢尽了！你哥在念书时，哪个不人前人后羡慕我？到了你这里，那些人只差指着我后脊梁耻笑了！”

叶勉深深地吸了口气。

“今儿你更长本事了，居然闹出了国子学，惊动了上面，明儿个你是不是要闹到天上去？”

叶勉咬了咬嘴唇，忍不住辩解道：“我只是给温寻要了一份南菜而已，哪想后面会闹这么大？我又不是成心的。”

“混账东西！你还敢与我顶嘴？”叶侍郎气极了，顺手抄起案上一块卧马白玉镇纸砸了过去。所幸他扔得不准，但镇纸落地碎裂的渣子崩了毫无防备的叶勉一身一脸。

叶勉被这“啪”的一声巨响吓得过了好久才缓过神来，他抬起手摸了摸眉心火辣刺疼的地方，再一看，手指上沾着血迹。

叶勉火了！这是哪里来的后爹？

◆ ◆ ◆

叶侍郎火大，叶勉脾气也不小，跪了一下午，膝盖如针扎似的疼，只吃了那两块芸豆糕，早就饿得心浮气躁，这一镇纸算是压倒他的最后一根稻草。

叶侍郎还在指着他鼻子骂：“你个不孝子，天天在府里像娇小姐一样挑拣家用就算了，在学里竟也不知收敛，成日地招惹是非，你是想气死你老子不成？”

“爹是嫌我丢您脸？”叶勉抬头。

“丢我脸是小,你就不怕连累了你大哥？”叶侍郎说到这里更激动了，“璟哥儿怎么会有你这样的弟弟？早知如此，当初我就不该让你娘把你生下来！”

叶勉嗤笑道：“您现在后悔也不是来不及。”

“你说什么？”

“我说，”叶勉抬眼看向他，吊儿郎当道，“您现在后悔也来得及。”

叶勉紧抿着唇，目光灼灼，叶侍郎下意识没有说话，叶勉却继续道：“孩儿不孝，为以后不给父亲丢脸，不再拖累兄长，勉儿请父亲今晚就写书与族里，将我除名。之后，除了一身布衣，勉儿必不带走叶府一针一线，今后生丧病娶也不劳您挂心，是荣是辱也和您叶府再无半点儿瓜葛！”

叶勉说得清楚，叶侍郎却过了很久才回过神来，顿时大惊失色，之后怒火攻心：“你个孽障！你……你……”

叶侍郎浑身发抖，指着他说不出话。叶勉却一脸冷静地看着他。前世今生他都和“父亲”这个角色相克，早些离了他，两边都清净，他再惨也就是去街上讨饭而已，晚了说不定会被车撞死！

“你……”叶侍郎缓了好一会儿才顺气，他四下寻摸了一会儿，抓起书案上的黄铜戒尺大步跨过来，不顾头不顾脑地抽了下去。

“我今天就打死你这个孽障！免了那个麻烦去族里除你的名！”

叶侍郎这次下手极重，可叶勉并没像之前一样跑开躲闪，只是用双手护着头，疼得龇牙咧嘴，眼前直发黑，泪水哗哗地往下流，嘴里却还不要命地喊着:“你打吧，打死我咱们两清！打不死，您就去写断亲书！”

门外扒门缝的两个小厮早在叶勉口出要断绝父子关系时就吓得腿肚子抽筋了，其中一个连滚带爬地去找老夫人和叶夫人。另一个是丰今，他见叶侍郎要打死人了，便顾不得自己是什么身份，推开门就闯进去护住叶勉。

叶侍郎抬腿就给了丰今一脚。丰今年纪小，哪禁得起叶侍郎这结结实实的一脚，登时就飞出去好几米，脑袋磕在地上，整个人就起不来了。

“你是个什么东西？也敢到我书房里放肆？四少爷现在这么混账，就是因为有你们挑唆！待我惩治完他再揭你们的皮！”

叶勉眼看着丰今脑袋重重地磕在地上就动不了了，吓得不行，又急又怒，吼道：“自己的儿子教不好，竟赖在一个十岁小儿身上，这是什么鬼逻辑，你的户部侍郎是买来的吗？”

叶侍郎被叶勉的口不择言气得乱了神志，重新抡起戒尺打了下去。

就在叶勉疼得魂飞魄散，觉得自己可能要交待在这儿的时候，院子里传来女人的哭喊声。

“叶恒，你给我住手！打死了我儿子，我与你拼命！”

邱氏不顾仪态地大步跑进来，后面吵吵嚷嚷地跟了一溜的丫鬟、婆子。

此时叶勉的手上还有脖颈儿上已经青紫一片，脸因为护得及时，只有左腮挨了两下，现在都肿胀起来，嘴唇也因为疼痛难忍而全部咬破，鲜血直流，整个面目看起来十分可怖。

叶夫人看到叶勉抬头的样子直接昏厥过去了，丫鬟们吓得大哭，经事的婆子又是掐人中又是泼茶水的。

叶侍郎的书房正热闹着，叶老夫人在丫鬟的搀扶下赶了过来。看到叶勉之后，眼泪唰的一下就掉了下来，她也不顾什么人前教子还是背后教子了，举起鹿头檀木拐棍就往叶侍郎身上打。

叶侍郎刚看到叶勉抬头的惨相时有些悔意，头脑也清醒了些，现在老夫人打他，他不敢躲，脸色凄惶，只道："娘别气坏了身子。"

"你别叫我娘，我没你这样的儿子！虎毒尚且不食子，我偏生了你这么个心狠的，怪道勉哥儿要离了你去，我看我也离了你去，最遂你的心！"

叶老夫人说完就放声哭了起来，叶侍郎听得更是伤心。

这时，邱氏醒了过来。叶勉正掐着她的虎口紧张地看着她，邱氏看到他这副鬼样子，又大哭起来。苦了叶勉，他顶着一张破相的脸，一边安慰哭得撕心裂肺的娘，另一边还得去劝正气得捶胸顿足的祖母。

满屋子丫鬟跟着急的急，哭的哭，外面地上更是跪了满院子的姨娘、庶子、庶女和有头有脸的奴仆。

叶勉只觉得脑袋瓜子嗡嗡直响，爆炸似的疼，终于在又一次起身时，眼前一黑，昏了过去。

世界清静了。

梦里，叶勉又一次见到了他前世的家人——他妈和他哥正在医院的停尸房里抱着他被撞得不成人形的尸体哭得肝肠寸断，他爸坐在地上捂着脸，眼泪从指缝中流出。

唉，又是哭，怎么他身边的所有人都这么能哭？叶勉看着爸妈和哥哥哭得这么伤心，也跟着难过。他半透明的手一一抚过他们的脸，又心疼地摸了摸他哥的头发，怎么白了这么多，前两日不还是好好的？叶勉再也忍不住，也伤心地哭出声来。

…………

"我的儿！"

"四少爷！"

在锦被里发热一天一夜的叶勉，突然像个幼儿一样啼哭不止，却怎么都唤不醒。

叶夫人吓得不行，一叠声地让丫鬟把守在外厅的大夫叫进内室。

大夫摸了摸叶勉的脉象，又翻开他紧闭的眼皮看了看，面色凝重地思索着。跟着进来的叶侍郎被大夫的脸色吓得够呛，忙问："可是小儿有何不妥当？"

"叶侍郎待老夫施针看看。"

跟来的医童拿出一筒鹿皮卷，上面排列着许多长短粗细不一的银针。大夫在叶勉几处穴位施了针，叶勉渐渐止了啼哭，却还是不醒。

这时叶老夫人已进来了。

大夫收了针，冲几人摇头道："哥儿怕是魇着了，若在平日倒也无妨，只是四少爷现下正发热，如若再不醒便容易伤了心神，若真落下病根，再不能治的。"

叶夫人一把捂住嘴："我可怜的勉儿。"

叶老夫人颤颤巍巍地求道："邱大夫，我这孙儿平日里是个特别玲珑的孩子，可不能这么小就伤了身子。"

叶侍郎也紧张了，道："邱大夫，不管多难得多金贵的药材，只要您说，我们便去淘换，您千万多费心。"

邱大夫想了想，叹了口气，道："这话本不该老夫这个医者说，只是四少爷看着可怜，我就多嘴说些不该说的。"

"邱大夫。"叶侍郎拱手。

邱大夫赶紧还礼道："四少爷恐是在梦里被什么绊住了脚，不愿意回来或是回不来……"

邱大夫话只说了一半，叶家人却已听得十分明白。

第二天天还没亮，姜氏急急地回了永安侯府。她前脚进门，后脚就把在家颐养天年的老侯爷拉去了北屏山，和早已在隐的灵全道人求了几副道符和一只五谷福袋。

◆ ◆ ◆

三日后。

魏昂渊和李兆蹬了靴子齐齐跳上床，魏昂渊直接钻进叶勉热乎乎的被窝儿。

“你这顿揍挨得值，不用去上学，还能大白天舒舒服服地躺在床上。”

叶勉斜了他一眼，哼了一声，道：“要么我也抽你一顿，咱哥俩一起躺着可好？”

魏昂渊嘿嘿笑着，伸手去抓他的腰，故意闹他。

“哎哎，别闹，”叶勉被冰得一激灵，身子弹起一尺高，“老子背上还有伤呢！”

“背上也有？我看看！”李兆从床尾爬过去，掀开叶勉的被子，又把他的寝衣撩了起来。

魏、李两人齐齐倒吸了一口凉气。

李兆道：“叶侍郎也忒狠了，多大个事儿，至于下这么重的手？”

叶勉扯了扯嘴角，期期艾艾道：“倒也不是因为那事儿挨的揍，主要是那天晚上我没忍住，和他顶了几句，还说了几句不中听的，把老爷子给惹火了。”

叶勉不想再说这事儿，就问他们：“你们怎么这个时候来，和学里告假了？”

“没。”李兆靠在床角的湖蓝色素面大引枕上打了个哈欠，道，“我们刚从玉仙楼用膳回来，回学里路上，昂渊说他渴睡，没精神上学，我们便掉头来寻你了。”

“你都三日没去学里了，学里也怪没劲的。”魏昂渊抱怨道。

“那晌午你们就在我这儿睡个午觉，养好精神明日好站廊子。”

“正不耐烦听他们讲书。”俩人毫不在意。

叶勉唤来丫鬟加了两床被子和枕头，伺候他们歇晌。

“你们下去一个到东次间儿睡，床上躺不开咱们仨。”

魏昂渊躺在叶勉铺了好几层软褥的暖床上，觉得身子像陷在云彩里一样，自然不肯下去。他一扭头推了推李兆：“兆哥儿下去。”

李兆轻踹了叶勉一脚：“东次间儿是给你守夜的下人睡的，别当爷不知道。”

叶勉无奈，转头吩咐丫鬟抬了张黄花梨木单翘头的贵妃榻进来，然后说："那你在这榻上，咱们仨说说话。"

李兆"嘁"了一声跳下床，嘟囔道："谁耐烦和你们挤？"

那边丫鬟在地上忙活着给李兆垫枕盖被，这边魏昂渊侧身躺在床上问叶勉："你可知学里为何急急地将坤瑞院的院子给了南边那些个？"

"不是大祭酒想给那些病秧子换个好地儿上课吗？"

"他们哪有这脸面？"魏昂渊摇了摇头。

叶勉挑眉。

魏昂渊没有卖关子："是因为金陵长公主府的庄珝也要来京城读书，听说他已经启程了。"

"庄珝？"叶勉听到这个名字时愣怔了下，他虽来这里时间不长，却对此人的名字不陌生。这个庄珝年纪不大却算是个"风云人物"，要是在现代，绝对是见天儿地上热搜的流量明星。

"他来京城不是应该进宫读太学吗，关启南院什么事，莫不是要来国子学？"

"正是。"

"这是为何？"叶勉想不通。

"我也打听不到，连我爹也不清楚，只说是那个庄珝自个儿的主意。"

叶勉耸了耸肩，不甚在意。

榻上的李兆悠悠地说道："南庄珝、北端华可是要狭路相逢……"

魏昂渊听到这个也来了兴趣，迷蒙瞌睡的桃花眼睁大了些："坊间这两年一直在拿他们二人做比较。"

李兆点头道："我记得前一年骠骑大将军在金陵长公主府见到那个庄小公子便惊为天人，只夸了一句'长大必是另一个端华'，便得罪了南北两边所有的贵女。"

"怎么？"叶勉觉得奇怪，问道。

魏昂渊笑了笑，道："京城的贵女们倾慕你哥多年，可是一直念着'端华公子，玉面无双'的，如若真的有人能与他比肩，那他还算什么'无双'？而南边这些年来本就什么都喜欢和京城争一头，自然也不会松口。"

叶勉了然地点头，啧啧称奇。

李兆倒是摇头："我不信这世上能有比璟哥还好的人，定是南边那些人没见识，胡搅蛮缠！"

魏昂渊点头附议。

“那也未必，来了再下结论也不迟。”

叶勉是真的好奇，这世上真有人能把他哥比下去？那可真是……太棒了！

宝雪带着几个丫鬟添好炭火撒完香片便都轻手轻脚地退了出去。

门一阖上，李兆就小声唤道：“勉哥儿。”

“嗯？”叶勉也有些困了，从鼻子里哼出声。

“刚才给我掖被的便是宝荷吧？”

“是，怎么？”

“长得是挺俏。”

叶勉抬手就甩了个软枕过去：“闭上你的嘴！”

“哎哟！”李兆哧哧地坏笑，“不能瞧也不能说不成？”

魏昂渊闭着眼睛道：“我倒觉得一般，就那么回事吧。”

李兆嗤笑道：“你可得了吧，就你屋里那些歪瓜裂枣，还好意思说这丫头一般？”

叶勉笑得停不下来。之前魏昂渊屋里头有个很漂亮的大丫鬟叫添鱼，年前被人挑拨得心野了，给魏昂渊绣了个鱼戏莲花的荷包，还教他说这是定情物。魏夫人知道之后将她打得半死发卖了。再后来魏昂渊院子里伺候的，但凡有些姿色的全都给调了出去，净剩些精壮朴实的。

魏昂渊翻了个身，不甚在意地嘟囔：“是我院子里的不好，又不是外边没好的。勉哥儿，你要想要好看的，我让人去寻两个回来给你，保证比你那个什么宝荷、宝叶好看。”

“睡觉！”叶勉没好气地抽了魏昂渊屁股一巴掌，“别跟着李兆那傻子一起胡诌。”

李兆：“……”

午后，魏昂渊和李兆醒来后没急着走，在宝丰院又和叶勉叽叽喳喳地闹了会儿，才去和叶夫人请辞。邱氏亲自点了几个放心的仆从跟车送二人回府。

姜氏反身扶着邱氏坐下，又让人新沏了壶君山银针，亲自入口尝了尝水温，才给她倒了一杯。

邱氏现在对这个儿媳妇十分满意，特别是在姜氏回娘家给叶勉求了道符之后。

“你也歇歇吧，这几日跟着没得消停，都清减了些。”邱氏温言道。

“我不累，娘。”姜氏挨着邱氏坐了下来。

邱氏轻拍了拍姜氏的手：“勉哥儿的事，我还没好好谢谢亲家，等过些日子璟哥儿回来了，我让他亲自去侯府道谢。”

姜氏笑语晏晏道：“娘这是哪儿的话，都是一家人，哪就这么外道了？再说我就勉哥儿这么一个小叔，可不得疼着些。”那些庶出的，她可没瞧进眼里。

邱氏被她哄得高兴，叹道：“怪道勉哥儿现在得了什么好的都想着给你们碧华阁送去。听说他昨儿个下午吃个豆面饽饽觉得好，就巴巴地给你送了一匣子。”

姜氏用锦帕掩嘴轻笑：“自大少爷出去办差，我们碧华阁可得了勉哥儿不少好东西。”

“他这是怕你委屈，”邱氏叹了口气，道，“你爹他素来宝贝璟哥儿，璟哥儿在府里时，你们碧华阁哪天少了他打发人送过去的东西？可自打璟儿年前出去办差，他何时又想过碧华阁可缺了些什么？勉哥儿他心细，怕你觉出不同，心里不熨帖。”

姜氏脸上的笑意更深了些：“所以咱们家勉哥儿才招人疼，人玲珑善交际，您看今儿晌午来的魏丞相和归德大将军府的两位小公子，哪个不是人中龙凤、眼睛朝天看的，偏偏和他掏心掏肺地交好。”

“可不是嘛？之前我倒是没想到勉哥儿有这两下子。”邱氏笑了笑，又低声说道，“当年璟哥儿在国子学那么好，也没得到这样的好人缘。”

姜氏哂笑，道：“那可怨不得别人，我可是在女学里就知道大少爷是极不好相与的，难近身得很呢。”

邱氏抿了口茶，叹了口气，道：“你说他们兄弟俩怎么就没中和中和？”

◆ ◆ ◆

如此过了半个月，叶勉的脸又光滑如初了，他才销了假，去上学。

宝丰院今天起了个大早，连叶勉都早早地起床，由着他屋里丫头们捯饬，可看出这半个月他确实是躺多了。

叶勉哼着不成调的小曲儿坐在一把黑漆灯挂式靠背椅上，宝雪立在他身后拿着梳子动作熟练地给他梳头。宝年把手搓热，倒了满手的梅花凝露，细细地抹到他的脸和脖颈儿上，待吸收之后又转身取来一个巴掌大的描金桃色木盒。

“这是什么玩意儿？”叶勉往后仰，躲着宝年伸过来的手。

“胭脂粉。”

“我又不是女娘，你给我擦粉做什么？”叶勉皱眉道。

宝年不乐意了，道：“怎的就不能擦？现在公子们多的是出门涂粉的。”

“我哥就不擦粉。”

“大少爷那张脸玉面似的，哪还用得着擦？”

叶勉气结，道：“怎么着，我和我哥比就是癞蛤蟆？不涂脂抹粉就出不去门、见不得人？”

宝年一时语塞，把胭脂盒往宝雪手里一塞，转身走开了。

“怎么就这么一会儿工夫还拌起嘴来了？”宝雪哭笑不得。叶勉养病这小半个月，与宝年成日地掐。

“你看她怎么编派我？”

“四少爷可负了咱们宝年一片好心。”宝雪打圆场道，“这桃花粉可是咱们宝年厚着脸皮和大少奶奶求来的好东西，为的是给您遮颈子上的瘀痕。”

叶勉伸着脖子又仔细照了照镜子，他的脖颈儿伤得最重，青紫倒是没了，只留下横横竖竖的棕黄瘀痕未褪。

“有伤疤的男人才威武霸气。”

坐在一边赌气的宝年冷声道：“四少爷当我们没读过书呢，人家都是劫富济贫、铲奸除恶的大侠，有了伤疤而被世人称颂。您这伤是怎么来的？人家外边一问，您倒是好说是被老爷打的呢。”

屋里的丫鬟憋笑都憋不住，宝荷更是直接笑弯了腰，蹲在地上起不来。

叶勉被伶牙俐齿的宝年撑得没脾气，任由宝雪把他大嫂好几十两银子一盒的贵妇胭脂粉往他脖颈儿上厚厚铺了一层。

马车上，叶勉问一边跪坐着的丰今：“昨儿晚我爹睡哪里？”

丰今眨了眨眼：“老爷昨天还是在书房歇下的。”

叶勉挑起一边嘴角：“那几个院子没动静？”

丰今摇了摇头。

叶勉得意地笑了起来，一双杏眼里尽是狡黠。

自打叶侍郎这次暴揍叶勉，邱氏便置气，不准他进正院。叶侍郎自知理亏，每日歇在书房里。姨娘们这时候哪敢引火烧身，自都每日紧闭院门。可怜叶恒自打十几岁通了人事便是个风流的，连续几日独守空房便有些受不住。恰此时，四姨娘和六姨娘的心思也活泛起来，她们开始让人往外院的书房里送汤水。叶侍郎甚是满意，就等着傍晚哪个院子先来邀他一起用膳，便顺势留在那儿。可等到膳时已过，叶侍郎饿得肚子咕噜咕噜叫，那两个院子也没动静，气得他也没什么胃口，随意扒了两口饭便歇下了。如此一来便是整整半个月。

其中自然少不了叶勉作怪，他是绝不把仇人留到过年的性子，“后爹”把他揍得这么惨他能就这么算了？早在趴床第二天他就让人盯着他爹那边的动静了。

姨娘们送补汤，他自然知道，只是姨娘们前脚送了汤水，他后脚就让在他爹书房当差的小厮右铭给端汤水的丫鬟递话：“哟，真是巧了，也是香梨水晶汤，夫人身边的巧娟姑娘说一会儿也要送这个汤过来。”

丫鬟心里自然打鼓，少不得回去报给姨娘，吓得姨娘连院门都不敢出了。

叶勉满意地拍了拍丰今的肩膀：“你和右铭说，他今年娶媳妇的下聘钱，少爷我包了。”

“谢四少爷赏！”丰今乐得见牙不见眼。

右铭是谁？宝丰院小厮丰今一母同胞的亲哥哥！

叶勉得意地扬了扬手，心里爽快不少：“偏心眼儿的老家伙，憋死他！”

要说叶勉回国子学，最高兴的就是启瑞院了，倒不是因为人人与他交好，实在是他不在的日子，魏昂渊就像所有人都欠他二两银子似的，整日摆个臭脸，一副讨债鬼模样，没少向不相干的人撒气。

叶勉到了国子学，先去教苑的苑正那里销了假。

贾苑正没好气地瞪了一眼正笑嘻嘻地和他讨乖的叶勉，道：“还笑？淘气被你爹打得起不来床，羞不羞你？”

“又不是第一次……”

贾苑正又结结实实瞪了他一眼才在销假单上盖了印鉴，然后不耐烦地挥了挥手：“快走，别在我眼前晃悠。”

叶勉半点儿不计较贾苑正打发叫花子的态度，不但没走，还嬉皮笑脸地走上前给他续了杯热茶，假模假式地启唇吹了吹才递过去。

“苑正，学生想和您打个商量。”

贾苑正没接茬儿，等待下文。

叶勉不以为意，接着说道：“我这伤没好透呢，再免我一个月的御课和射课呗。”

“怎就没好透，我看你这小脸儿都圆了一圈，再也没比你好的了。”

“我伤在筋骨呢！不信我脱了衣服给您瞧，您看我这后背，”叶勉委屈地咋呼道，“这么些天了那伤痕还没退下去，可吓人了。”

贾苑正急急拦着要在他这里宽衣解带的叶勉，想了一下，问道：“当真？”

“我还是脱给您看吧。”叶勉说完挣脱贾苑正的手。

“行了行了，”贾苑正赶紧制止，无奈道，“姑且信你一回。”

叶勉开心地拿了想要的条子，连连给贾苑正行了好几个学生礼。

贾苑正没好气道：“整日淘气，要么就偷懒耍滑！”

叶勉拿到了自己想要的东西，便不顶嘴，笑嘻嘻地由着他老人家念叨。

“要不是你哥当初托我照管你，看我这次是不是也要罚你！”

叶勉一听这句话就不乐意了，回学屋的路上依旧满脸不高兴。

因为在贾苑正那里耽搁的时间长，叶勉回到学屋时，先生已经在授课了。叶勉踮着脚做贼似的回了座位。在前面讲课的算学先生曹先生看见他之后不但没发脾气，还冲他笑着点了点头。叶勉坐下后也笑着颔首算是回礼。

曹先生讲了一会儿便让学生们用这两天教的方程去解题。大家便埋头皱眉开始算解，有的还噼噼啪啪拨算盘助算，算不出来的那些愁得直揪头发。

叶勉看了看题，依旧直接在纸上写出答案。曹先生踱步过来时，看到叶勉竹叶纸上干净清爽的正确答案，又是骄傲又是无奈：“解题方程还是要写的。”

叶勉为难地挠了挠头。这大文朝的算学对他来说十分简单，毕竟他在前世以数学满分的成绩被京大录取，外加小时候学过挺长一阵子珠心算。这里的算学对他来说比玩儿还轻松，可是让他去默《九章算经》的各种烦冗的方程就太烦了……

“先生，我下次写。”

曹先生欣慰地朝他的天才爱徒点了点头。

算学课一结束，叶勉就看见阮云笙挠着脑袋朝他走过来。

“你可真行，这么些天没上学，居然还能解出曹先生的算题。”

叶勉故作高深地摇了摇头，然后伸手指了指自己的太阳穴。阮云笙不明所以。

魏昂渊回头淡淡道：“他说我们没脑子。”

从小就被夸聪明伶俐的阮云笙差点儿被气了个倒仰，反唇相讥道：“你脑子好怎么就背不出《大学》《中庸》，也写不好时文？”

叶勉没搭理他，起身去穿氅衣准备去膳楼，心里暗哼：“那是哥不想做，不然让你们看看什么叫学霸。”

另外几个也都纷纷站了起来。叶勉刚走进收着他们衣服的暖阁，就见一个小侍童捧着他的银狐皮斗篷小跑着过来。

“叶少爷。”

“嗯？”叶勉看到他之后愣了一下才指着他问道，“你不是……不是那个膳楼里的小童吗？”

“他叫墨拾，”随后进来的魏昂渊接话道，“你让我把他要了来，自己却没了影。”

叶勉拍了拍脑袋，对那个侍童笑着说：“确是我把这事儿给忘了，如何，你后来被罚了没？”

墨拾先规规矩矩地给叶勉行了个礼，才起身回道：“并未挨罚。侍学苑第二天一早就把我送了过来。”

“你就放心吧，那天的事儿，整个国子学就你一人挨罚了。”阮云笙嘲笑道。

另外几个听后也不厚道地乐了起来。叶勉不与他们计较，抬起手臂让捧着衣服的墨拾服侍他穿衣。

斗篷穿在身上就能感受到热度，一看就是刚从熏笼上拿下来的，叶勉冲他笑了笑。

墨拾也抿着嘴笑了下，小声说道："就是不知道叶少爷衣服上熏的是什么香。我早上在熏香攒盒里找了许久也没找到这个好味道。"

叶勉想了想，说："是什么香，我真不清楚，这是我屋里的丫鬟自己鼓捣出来的，学里定是没有。"

"那叶少爷下次让您屋里的姐姐装两块香饼子给我可好？我白日里给您熏衣。"

"那自然好！"

◆ ◆ ◆

几人在萃华楼用过午膳，叶勉提议去湖边散步消食。他吃了半个月的清汤寡水病号饭，突然来了这么一顿鱼肉，吃得有些撑。

另几个都有些犯困，想趁着午后的课钟响之前小憩一会儿，只有魏昂渊说自己也吃多了，要和他一起走走。

风依旧很冷，午后阳光却足得很，俩人吃得饱又穿着防风雪的皮毛斗篷倒不觉得多冷。

刚被放出来的叶勉兴致很高，和魏昂渊绕着结了冰的未湖边走边闹，一走走出去好远，直到看到一座院门。

"我们都走到坤瑞院来了？"

"什么眼神儿，没见牌上写的是'启南院'？"魏昂渊哼道。

"呦，匾换得挺快，"叶勉一招手，笑道，"走！进去看看。"

魏昂渊跟了上去。

两人进了院子，绕过一块刻着《学规》的青石照壁，又穿过一道花间甬路才看见湖边的学屋。

叶勉一边走一边和魏昂渊感慨："怪道大家都爱这个院子，我们院儿到了冬天就只剩青松映雪，人家这里这么多处矮梅灌丛，颜色就比我们热闹。"

魏昂渊笑了笑，道："再过三年我们搬过来，到了冬日就让侍童每天收梅上雪来煮茶给我们喝。”

“你说得我今年就想和他们抢院子。”

魏昂渊皱眉，想了好久才说：“怕是不妥，不占理且时机也不好，不过你若是真想来——”

叶勉愣了下，轻笑道：“你怎么还当真了，我就这么随口一说。”说完揽着魏昂渊脖颈儿上了曲桥，“咱们去他们学屋看看。”

“嗯，一会儿你要是想发作哪个就偷偷告诉我，我替你出面，如此叶侍郎就抓不住你的错处了。”

“我发作谁？”叶勉奇怪地问道。

“你不是来找启南院麻烦的吗？”

叶勉差点儿一个踉跄，道：“我就随便看看。再说，我找他们麻烦做什么，我挨我爹打和他们没关系。”

魏昂渊上下看了他两眼，又看了看曲桥那边的学屋，说道：“这话我不大信，齐野前些天刚来闹过一场，还伤了人。”

“齐野这疯子，”叶勉不屑地撇嘴道，“我和他不一样，我可是谦谦君子，自是温文儒雅。”

魏昂渊被他恶心得差点儿把刚用的午膳吐出来。

俩人刚到学屋廊下，还没进去就见两个戴着束发银冠的启南院学子迎了出来。

那俩学子客气地和魏昂渊、叶勉两个行了个同窗礼，然后问道：“不知魏少爷和叶少爷到启南院所为何事？”

见他们俩满眼掩饰不住的戒备，叶勉心内觉得好笑，暗骂了齐野一回才咳了声，说：“无事，随便走走。”

魏昂渊没有说话。

启南院那两个学子对视了一下，无奈地挤出笑容：“那不如来学屋里坐坐，还是……”直接滚？

叶勉笑了笑：“那我们就进去喝杯茶暖和暖和。”说完，他也不理那俩人满脸的懊丧，径直走了进去。

学屋里一应案几摆设倒是和启瑞院一样，只是西边角的落地青鹤瓷花瓶里插着几枝新鲜的红梅，倒是添了几分雅致。屋里火盆也足，想来他们打南边来还不适应京城的冬天。学屋里十几个启南院的学生都绷着脸，面色不善地看着叶勉和魏昂渊。

叶勉站在门口抱着手臂一一回看过去。

一方水土养一方人，金陵这些学生虽看着比他们清瘦，却都长得白白净净，挺好看。有个看着年岁最小的红衣少年长得最好，脾气却好像不大好，眼睛似含着火光，亮得不得了，可能是以为他们过来找碴儿，一甩袖子就要往前冲，马上被旁边的人拦了下来。

"峥哥儿，回来！"

魏昂渊看了，本来就冷着的脸更黑了，眉毛一立就要上前教训他，被叶勉及时制止。

"你们启南院连待客的茶都没有？"

"有！"刚迎出来的一个叫端律的学子似才反应过来，赶紧吩咐一边吓愣的侍童："快去烹些新送的绿尾茶来。"

气氛不是很融洽，却也不再像刚刚那么剑拔弩张。

叶勉向来自来熟，笑起来又人畜无害，就让启南院几个同窗陪着尬聊了一盏茶的工夫。

眼看要敲课钟了，叶勉起身要走，启南院众学子如释重负地松了口气。

叶勉却在临出门时转身回邀："从不见你们去其他院子走动，同窗之间都生疏了，不如过两日来我们启瑞院喝个茶？"

"呃……"端律犹豫了下。

魏昂渊冷声道："怕是人家觉得我们拿不出绿尾这样的好茶来招待，不稀罕呢。"

端律无奈地苦笑："岂敢，过两日定去拜访。"

叶勉笑得开心，冲一直瞪着他的红衣少年一扬下巴："峥哥儿也一起来。"

陆离峥哼了一声一甩袖子，扭过头去。

叶勉哈哈一笑，毫不介意地拽着脑袋似冒黑烟的魏昂渊出了启南院的学屋。

"瞧那起子没见识的，你好意邀他们，他们还当鸿门宴呢，不识抬举！"魏昂渊还没出院子就骂出了声。

叶勉安慰地抚了抚他的后背给他顺气，然后朝院门口努了努嘴，只见那边不知什么时候齐齐站了四个训导司正，正在朝他们俩这边看。

“猜是前些日子被齐野那小子吓着了。”

魏昂渊不屑地撇了撇嘴：“居然还偷偷叫了司正过来，尿货！”

“你看你到人家地盘做客还板着张臭脸，人家防备防备也正常。”

“少赖我！”魏昂渊不服道，“他们要防也是防你。”

“我笑得脸都僵了，防我作甚？”

魏昂渊冷笑连连：“你忘记你当初是怎么打我的了？”

叶勉被魏昂渊噎得没了话。

魏昂渊时不时想起那一顿揍就来气，阴阳怪气道：“叶四少爷在行思阁挂名的启字生小霸王名头，魏某可不敢抢。”

“你看你……”叶勉赔笑道，“怎么又提起来了，咱不是不打不相识，化干戈为玉帛了吗？”

魏昂渊也懒得再发作，只白了他一眼便往前走，又问他：“你邀他们到启瑞院做什么，真不是鸿门宴？”

“不是，”叶勉拉着他边走边说，“我是当真想要与他们交好。”

“这是为何？”魏昂渊十分不解。

“因为他们有钱。”

“什么？？？”

叶勉笑了笑：“江南素来是举国最富庶之地，将来想淘换些银子，自然是去那边贸易最快，现在有这现成的人脉为何不结交？”

魏昂渊过了好一会儿才说话：“叶四，你穷疯了不成？士农工商，商为最末，虽然我们这样的人家私底下都有不少铺面，但哪家正经公子早早就去盘算这个？都是那些庶出的出面打理罢了。”

叶勉垂眸：“我不在意这些个，再说我和你们不一样，府里公中的银钱不算，我得自己手里有钱才安心。”

魏昂渊叹气，道：“叶侍郎再不待见你，你也是户部侍郎府正正经经的嫡次子，你的份例和以后该得的，谁还敢动不成？”

“那倒不至于，不过……”叶勉苦笑了下，“我爹偏心我大哥，你应该是知道的，所以我与他并不亲厚。你也知道，你我这样的大家公子，看着金尊玉贵，每日锦衣玉食，却哪是靠家里公中那点儿月钱，必是爹娘贴补着才能够。”

叶勉顿了下，继续说：“我大哥院里的一草一木、书房里的一应笔墨纸砚，全部是我爹亲自过目挑选，给的全是最好的。我院子里的则大都是我娘给添置的。我现在还小,看着倒没什么不对,可等我几年之后成年，还能再花用我娘的嫁妆不成？况且我们上学之后又多了一大笔交际用的银钱，我又是个吃不了苦的，还是趁早盘算的好。”

魏昂渊嘴唇动了动，最终还是没说什么，轻轻叹了口气，便和叶勉一起回启瑞院。

其实叶勉是和叶侍郎起了这次冲突才起了这心思，他怕的是，万一以后又没忍住暴脾气，真和老头子闹大了，连擦屁股纸都得天天让人熨烫的他还真能去街上讨饭不成？就这吃人的世道，三天他可能都忍不了就得挥刀自裁。

启南院学屋里。

陆离峥正在和端律发脾气：“你为什么要答应那个姓叶的去他们的院子？要去你自己去！”

端律无奈地摇头：“峥哥儿，你要懂事些，现在不是在金陵了。”

“不是我年纪小不懂事，而是他们必不怀好意！”

端律道：“我看倒也未必。”

“前些日子他们带人来我们院子那一通闹，望哥儿现在手还不能书写。”陆离峥冷哼道，“我不信这个姓叶的比齐野那疯狗好心！”

旁边一名学子蹙眉点头道：“听人说这个启瑞院比启德院还不好惹，那个叶勉心狠手辣，连丞相之子都敢下黑手。”

“是啊，齐野那小子还是在咱们院子里闹，这要是去了人家那边，万一真是启瑞院故意给摆鸿门宴……”

端律的表情也凝重起来，他略做思索才说：“我看这个叶小少爷倒没那么坏，刚才说话时嘴角也一直带着笑——”

“笑里藏刀罢了，这种人更可恶！”陆离峥气呼呼地打断端律。

端律苦笑道：“现在说什么都没用，就算真是鸿门宴，我们也得去，备些上好的金疮药就是了。别忘了圣上让我们来京城是为了什么。之前我们不适应京城水土，体弱多病，他们也素不喜理我们，我们躲在启南院不走动也有道理。现在人家作邀，我们再不去，可就要传出去难听的话了。”

陆离峥噘嘴：“要是庄翊哥在就好了，他们定不敢这么放肆！”

端律笑了笑，道：“算日子再过三四日就到了，所以我们还是这两日就去赴约吧，总不能让庄翊刚到就把鸿门宴当接风宴用。”

陆离峥扑哧一声笑了出来，想了想，道：“那这次就依你！反正我是不怕他们的，敢惹我，我就回去告诉我舅舅，让他用银子砸死他们！”

第四章

荣南郡王

窗里的『天仙儿』轻启薄唇，无声地吐出一个字：『滚。』

第二日上学，叶勉果然带了几块家里惯用的熏香饼子给墨拾。墨拾仔细地单收到一只八卦檀香盒里。

“这个也给你，拿着玩儿吧。”

叶勉手心里摊着几颗银锞子，小鱼儿模样，十分精巧可爱。这是过年前他托人把自己屋里的碎银拿到外面，让手巧的银匠给打的。他现在有了自己的院子，逢年过节或是遇到什么人或事，总是要赏下人的，他嫌铜钱麻烦、碎银又不好看，就想出这么个法子。后来他娘和大嫂都觉得这东西新奇可爱，便找给她们打首饰的匠人打了几匣子这种小金银锞子，有苹果、梅花、葫芦等形，各式各样。

墨拾绞着衣襟，并没有伸手去接。

叶勉直接塞到他手里，笑道：“又不值多少钱，图个好玩儿罢了。”

叶勉塞给他之后便转身出去了，帘子外面李兆正扯着脖子喊他呢。

墨拾喜欢地摩挲了两把手里的小银鱼才小心地收到袖口的荷包里，然后转身去看茶炉，却被人不客气地一把推了回来。

推他的侍童叫墨初，正一脸讥诮不忿地瞪着他：“看炉子添火这等粗活儿还是留给我们这等老实的吧，等会儿前面奉茶加水由你去不是正好？”

墨拾气结：“你什么意思？”

墨初冷笑：“露脸讨巧的事都给你做，你还不乐意了不成？”

墨拾瞪了他半晌，到底没敢发作，冷哼了一声便去一旁叠衣了。

旁边几个侍童都冷眼看着，没有吱声。

墨初还想说话，却被和他一起打扇扇火的墨画低声拦住了：“行了，别再说了，他可是叶少爷叫人带回来的，现在又正受他待见。偏偏这时候惹他做什么？”

墨初顿了顿，委屈地噘着嘴：“偏他会讨好，整日地钻营。墨福都被他挤到膳楼去了，前儿去看他还哭呢，说整日累得不行，脏活儿累活儿都得经手，那儿管事的还打人——”

“嘘，”墨画挤眉弄眼地打断他，“可不能再提这个了！你也想被调出启瑞院不成？”

墨初吓得闭紧了嘴巴，暖阁里安静了下来。另一边站着叠衣的墨拾翻了翻眼皮，暗啐了他们一口。

帘子外边的学屋里，李兆没正形地坐在书案上，手里挥着一张帖子眉飞色舞地咋呼。

“哎，你们说启南院这些人到底是怎么想的，勉哥儿邀他们课闲时过来玩儿，他们居然给我们下了张拜帖。”

屋里几个学子都大笑起来，温寻也觉得有意思，说道：“我长这么大还第一次收到拜帖，往常都是在我爹和我大哥书房看到那么厚的一摞。”温寻伸出手比了比。

“他们不会还带过府礼来吧？”阮云笙摸着下巴问道。

“啊？”众少年都蒙了，“那可怎么应对，万一他们真提着礼盒过来，我们总不能不还礼吧？”

“这又不是在府里，能还什么，笔墨纸砚让他们带回去一套？”

“哈哈哈哈……”

叶勉拿来那张怎么看都很正式的帖子反复端详，然后摇了摇头，叹道：“咱可被人比了下去。”

“怎么讲？”众人不解其意。

“想想我们平日里是怎么去别家院子串门的。”

正说到这里，就听门口砰的一声巨响，大家顺声望去，只见学屋的门扇被人一脚从外面踹开。

外罩着一身黑色鹤氅的齐野从外面大马金刀地走了进来，土匪似的，进屋就喊：“李兆来了没？”

众学子立刻笑得前仰后合，道：“真比下去了，太糙，以后再不这么着了。”

齐野被他们笑得丈二和尚摸不着头脑，皱眉问道：“一大早上你们院儿发什么癫呢？”

李兆给他说了一遍。齐野拿过那张拜帖一脸嫌弃地看了两眼，直接揉烂了往火盆里扔：“叶勉，你真成，那几个病秧子也值当你邀一回，不怕脏了你们启瑞院的地。”

叶勉不乐意地啧了一声，皱眉道：“我爱邀就邀，关你屁事？还有，你说话就说话，烧我帖子作甚？”

齐野也不高兴了：“不就他们一张破帖子嘛，至于你和我认真？”

叶勉瞪了他一眼，道：“至于，下次来我们院子记得先下拜帖，我们回帖了你再来，不然直接把你打出去。”

众学子都憋不住，笑出声来，齐野气得脸都红了，他抬手指着叶勉：“行，你行！看我以后还来不来！”说完一甩袖子就要走，被手疾眼快的阮云笙一把拦住了。

李兆笑得趴在书案上起不来：“哈哈哈哈哈，以后你可别再来了，写帖子怪麻烦的……”

齐野似想起什么，两步跨到李兆那里给了李兆后脑勺一下，打得李兆龇牙咧嘴。

“被你们家叶四气得差点儿忘了正事儿。快把我的书还回来，居然敢勾结我家里的书童偷我的书，小心我告诉姑夫让他收拾你。”

李兆才不怕他，揉着后脑勺斜睨着他，不以为意道：“你去说呗，到时候我也给舅舅和舅妈看看你的书，书皮是《中庸》，书芯可是曹悠的《曼娘记》，那春图，啧啧……”

“《曼娘记》？”

“《曼娘记》！”

众学子都来了精神。

“哎，齐野，你的是全的吗？我到处都找不到下篇。”

“兆哥儿，你不义气！得了这样的好东西都不给兄弟过过眼。”

“去去去！”李兆赶苍蝇似的挥了挥手，“我还能带到学里来不成，找死呢！”

这些少年哪能放过他，纷纷过来歪缠……

中午在膳楼里用饭用到一半时，叶勉拿了些银钱给侍童，让他去后厨找会做点心的厨子做些好的送到启瑞院去。启南院搞个这么正式的帖子，还真挺麻烦的。

隔壁桌的齐野酸溜溜地撇嘴道："也没见我们去的时候有点心吃……"

叶勉翻了个白眼，又把侍童叫了回来，添了些银子，让他们多做一份送到启德院去。

"警告你，别给我捣乱，不然我去兆哥儿家里一把火烧了你的《中庸》。"

周围明白的学子都笑了起来。齐野气得直撸袖子，被身边的同窗笑着拦了下来。

这边正闹得欢的时候，启瑞院的侍童墨画急急跑了来，到了叶勉跟前行过礼后说："叶少爷，贾苑正让您用完午膳去教苑司寻他。"

叶勉皱眉："可知道是什么事？"

墨画摇了摇头。

启瑞院的学子都放下了筷子。魏昂渊蹙眉想了半晌，道："你这才来一天半，还没惹事啊。"

叶勉耸了耸肩。

齐野也不闹了，正色道："会不会与你邀启南院有关？"

叶勉没说话，几口把饭菜扒拉光就急急去了教苑司。

还真被齐野猜中了，叶勉从教苑司回到启瑞院学屋的时候，大家都在。

"好事坏事各一件，先听哪个？"叶勉一边解斗篷一边问他们。

"先说坏的。"李兆开口道。

"学里果然怀疑我们给金陵的那几个摆鸿门宴，我刚在教苑司被那几个老头敲打了半晌。"

大家都嗤笑出声，又问道："那好的呢？"

叶勉翘起一边嘴角："我和他们赌咒发誓，使坏被雷劈。贾苑正说启瑞院如此高义，学里很欣慰，特免了我们今日午后的音律课，说不必急着让启南院那几个回去。"

启瑞院一众拍桌欢呼，差点儿掀了房顶，对于学生来说，有什么事比今天不用上课还令人开心呢？

“他们午后的课也被免了不成？”

叶勉喝了口墨拾刚递过来的茶，道：“他们午后排的本来是室外的御课，不是早被免了吗？”

没一会儿，启南院的学子应时而到，侍童通报过后，叶勉带着阮云笙迎了出去。

启南院来了三个人。

叶勉看到端律后边跟着的陆离峥，笑逐颜开：“小河豚，你也来啦？”

陆离峥白净的小脸儿冻得通红，他吸了吸鼻子，道：“什么，什么小河豚？”

叶勉呵呵笑却没答他，先把他们三人请进了学屋。

侍童们赶紧上来帮他们解斗篷，依次奉了茶。三个人仍有些拘谨，但说话行事彬彬有礼、落落大方，不免让叶勉高看了一眼。

启瑞院众人对他们三人仍有些敌意，但他们三人毕竟是叶勉请过来玩儿的，他们不好得罪，况且他们得了半日清闲，所以倒也都笑脸相迎，连魏昂渊都难得地没摆臭脸。

“你们来了就别急着走了，今儿教苑司免了我们午后的课，让我们专心交流感情。”叶勉说完朝他们眨了眨眼睛。

对面三个人都有些不好意思，端律挠挠头，说：“我知道。”

叶勉挑了挑眉，问陆离峥：“这回动静闹这么大，知道不是鸿门宴了吧？”说完也没管对面三人神色是否尴尬，他灌了口茶，继续说，“你们快把热茶喝了，暖和暖和之后带你们出去玩儿。”

“出去？”

不仅是启南院三个人瞪大了眼睛，启瑞院一众学子也惊讶得很：“出国子学吗？”

“嗯，出去。”

魏昂渊咽了咽口水，心想，今儿有八百只眼睛盯着启瑞院呢，这叶四又起什么幺蛾子，皮又痒了不成？

◆ ◆ ◆

启南院三个人跟着叶勉等人来到那片通往“自由”的死梅林时，既紧张又兴奋。

自打去岁秋天来京城上学，他们就没怎么去过国子学以外的地方，不能像京城的学子一样走读，每日要宿在学里不说，就连旬假之时苑正们也因为他们的身体原因，很少放他们出去。

魏昂渊和李兆等人已经轻车熟路地跳到墙对面，只有叶勉还站在墙上朝他们三人伸着手催促：“快上来，愣着干吗呢？”

陆离峥最先反应过来，一脸兴奋地拽着叶勉的手蹬石而上，端律和赵嘉依次跟上。

国子学的位置很好，自西南角再绕过两条巷子便是京城最繁华的一条商街。

冬日午后，阳光洒在街道两旁林立的店肆上，阁楼飞宇间商铺旗帜高高招摇错列着，酒楼、客栈、银庄、各种胭脂点心铺子应有尽有。宽阔的商道上人来人往，车水马龙，货郎们挑着月牙扁担沿街叫卖，芝麻糖、梨子冻、喷香的梅花糕引得小孩儿走不动路，家人不给买，他们就当街号哭。

陆离峥定在一处插满红艳艳冰糖葫芦的秸秆垛旁边暗暗咽口水，他出来得急，没带钱……

叶勉刚给端律他们付完豆花和黏豆饽饽钱，又赶回来给陆离峥买糖葫芦。

陆离峥抿着嘴，有些不好意思地接过叶勉递过来的糖葫芦，对着裹着厚厚糖衣的山里红一口咬了下去。

“慢点儿，小心牙！”

叶勉的话还是慢了，冰糖葫芦完好无损，陆离峥则被硌得流出两行泪，张着嘴郁闷地看着叶勉。

“怎么这么硬啊？”

叶勉扒开他的嘴，见一口小白牙完好无损才放心。他一脸无语道：“你傻啊？这么冷的天能不硬吗？你慢慢舔着吃，一会儿到酒楼化一化就能咬了。”

陆离峥倒是听话，一小口一小口地舔着冰糖衣："真甜。"

"真傻。"

陆离峥："嘿嘿。"

叶勉："……"

要说这次出来最开心的除了启南院这三个"刚放出来的"，就当属温寻了，从街头到巷尾，哪家摊头的猪肉馅包子最香、哪个铺子的糖蒸酥酪最地道、哪家的栗子糕甜而不腻，他门儿清。

一条街走下来，叶勉几人见怪不怪，启南院三人简直对温寻佩服得五体投地，极大地满足了温寻的虚荣心。

俗话说，没什么事是一顿美食解决不了的，一顿不行就两顿。

玉仙楼的一间雅阁里，火盆烧得旺旺的，一众少年撑得肚子溜圆，或坐或歪着，毫无形象地打着饱嗝喝着梅茶消食。

少年没什么记仇的心性，之前的一点儿芥蒂早在街头巷尾间磨没了，叶勉又有意交好，一行人的脸都被火盆烤得红通通的，一边笑闹一边聊侃。

晚上，宝丰院主屋里灯火通明，叶勉沐浴后只穿着亵裤趴在床上闲闲地翻着野史杂书，几个大丫鬟并两个二等丫头在屋子里一边打着络子一边玩笑，叶勉时不时地插上一嘴，热闹得不得了。

宝雪坐在床边细细地把祛瘀膏涂在叶勉的后背和脖颈儿上，宝年也搓热了白脂膏子，在叶勉的腿上和脚上慢推按揉着。

叶勉吸了吸鼻子，扭头看了一眼，道："这什么，和之前的不是一个味儿了？"

"玉容花蜜，今儿一早大少奶奶让人送过来的。"

叶勉嘴角抽了抽："我大嫂擦脸用的？"

宝年理直气壮地"啊"了一声，手上却没停，说道："我嫌它单薄，又兑了些羊奶子和百花蜜重新熬了下，冬日涂身正好。"

一边的宝雪笑道："宝年就爱折腾这些东西，偏她还真就研究出了些门道，现在连大少奶奶都时不时召她过去问方子。"

宝年一脸得意："先说这么些年四少爷这身皮肉被我养得多细嫩，我都不信哪家的小姐能比，连夫人都说要赏我！"

屏风外头正在和一个二等丫头玩翻绳的宝荷笑道："我倒是最喜欢你

调的香，前儿四少爷带去学里的那个味道我最爱，偏你小气，不肯匀我一些！”

宝年白了外头一眼，道：“你懂什么？好香调出来只给一人用是最好的，若人人身上都一个味道，好味道也变俗了。四少爷要带去学里，我还不乐意呢，就怕他们院子里人人衣服上都染了那个味儿，白白糟蹋了我的好东西。”

“那你怎么还拿给我了？”叶勉问她。

宝年叹了口气，道：“学里我们又进不去，难为那孩子愿意在您身上下功夫，我能为了这香得罪了他？过几日偷偷给您换个味道就是了。”

…………

这天丹青课上，叶勉画完先生布置的鹂鸟，闲着无事便又裁了一块雪浪纸，换了支细笔在纸上细细勾勒起来，又用蟹爪笔蘸了些藤黄、石青的颜料着色。不一会儿，一只气鼓鼓的河豚鼓着腮瞪着眼睛立于纸上。

叶勉暗乐了一回，在右下方盖了自己的私章，吹干之后偷偷叫来侍童，让他给启南院的陆离峥送去。这个小孩儿最近特缠他，自打上次带他逃过一次学，就一直惦记着下一次，一见他就恨不得挂在他身上歪缠。只是叶勉因为上次明目张胆带他们逃学被贾苑正骂爆了，这些日子不敢顶风作案，只好每日都送些好吃好玩儿的给他。

午息钟响过三声，叶勉伸了个懒腰活动活动脖颈儿便开始收纸笔颜料。

那边李兆已经从暖阁捧了自己的大衣裳出来，一边自己往身上套着一边催：“别收了，一会儿让侍童去规整，我们快去膳堂。”

“你今儿怎么比寻哥儿还急？”叶勉打了个哈欠，问道。

李兆手上不停，嘴里说道：“早点儿吃完早些去冰嬉。听齐野说掌务司让人做了新式样的冰车，我们早些去借，免得让其他院子抢了先。”

启瑞院下午排的是学生们最喜欢的走冰课，这是国子学独有的“课程”。原是因为皇家每年冬天都会看冰戏表演，后来年轻的皇子、公主和嫔妃们都喜欢穿着冰靴上场玩一玩，皇帝看他们玩得高兴也是龙颜大悦，便召年轻的皇亲国戚一起陪着耍，后来冰嬉便成了贵族子弟冬日的一项体育活动。

叶勉饭都没吃饱就被急吼吼的几个人拉到了冰场上。冰场其实就是国子学未湖的一片湖面，用雪墙隔出两圈跑道，冰面被打磨得光滑至极，连苍蝇站在上面都会劈叉。

冰鞋下面是两块小木条，木条上面是火镰一样的铁片，倒是比现代的冰刀要稳很多，反正叶勉“倒滑如流”，偶尔还能炫下燕子飞之类的高难动作。

走冰课是几个院子一起上，所以启厚院和启良院的学子也同在冰场上。

叶勉自己滑了两圈，又跟着他们闹哄哄地玩了两轮抢冰球，热得满头大汗。他靠在外圈的雪墙上喘着粗气，抬眼便看到落在湖边的启南院学屋。不一会儿，他一弓腰朝那边滑了过去。

从湖面上可以直接绕到启南院学屋的南边，叶勉爬上岸桥之后，摸到他们学屋一侧，数着窗格子找到记忆中陆离峥书案的位置，屈指敲了两下。

窗子并没像往常一样应声打开。

叶勉又敲了两下。窗子里面窸窸窣窣，有了动静，却依旧没开。

难不成陆离峥是因为上午他送的那幅画不高兴了？叶勉心里暗哂了一回，这么爱生气可不就是河豚。

被拒之窗外，叶勉也没觉得尴尬，心想，生气了就哄一下，这男生啊，有时候和女生是一样的，都吃那一套。

他清了清嗓子，小声朝里唤道：“宝贝儿，开窗。”

窗内连先前那一丝动静也没了。

“你上次不是说想要玩走冰吗，哥带你去——”叶勉用气音小声说着，“你现在就和助教举出恭牌，我们滑两圈就回来，别让其他人发现。”

叶勉说完，面前的窗子依旧没有动静。他正奇怪时，隔壁的窗户倒是颤巍巍地被从里面推开了，陆离峥通红的小俊脸儿露了出来，一脸便秘的表情看着他。

叶勉愣怔地看了看出现在隔壁窗口的陆离峥，又转回头看了看自己面前紧闭的这扇窗。还没等他反应过来，窗子就被人从里面大力推开了，差点儿把没防备的叶勉的鼻子撞歪。

穿着冰鞋踉跄后退的叶勉大骂一声，狼狈地两手空划了好几下才站稳，随即捂着鼻子一脸怒色地抬起头看向窗里。

窗里那人正居高临下一脸冷漠地看着他。这一对眼不打紧，叶勉忽然觉得这明明和平常没什么两样的启南院学屋骤然明亮起来。他没忍住，在心里爆了声粗口，心想，这又一天仙下凡了？

窗里的“天仙儿”轻启薄唇，无声地吐出一个字：“滚。”

◆ ◆ ◆

陆离峥满眼失望地看着冰面上叶勉的身影渐行渐远，还没滑进雪墙就被几人迎上来拽到一处去玩跑冰射箭。叶勉的射艺明显差了一筹，他射不中却不恼，蹲坐在地上笑得开怀，被一群人闹着扬了一身的雪。

前面摇头晃脑的薛博士讲的什么，陆离峥一个字都没听进去，这一下午，他总是忍不住透过偷偷打开的窗缝往外面看。那边实在太热闹、太有趣了，而且他总能一眼就找到叶勉，被一圈人围着的那个肯定是他！

冰面上十几个人排起了长龙，后面的扶着前面的肩膀，龙头叶勉慢慢加速绕着最外圈的雪墙，越滑越快，胆小的被吓得嗷嗷叫唤，更多的人在叫好打哨，一片欢闹。

陆离峥张着嘴巴看得出神，三魂六魄都已经跟过去排在队尾与众人一起耍了。眼看着中间一人因为步子慢了半拍，整条长龙一下断成两截，后面那半条轰然倒地，七八个人摔成一团，陆离峥不禁“哎哟”了一声，然后跟着外面哈哈大笑起来。

“陆离峥！！！”

陆离峥回过神来，猛地缩了缩脖子，只见讲案前薛博士正眼睛溜圆地瞪着他，气得胡子一翘一翘的。同窗们都在低头憋笑。

“去墙角站着！”

陆离峥耷拉着脑袋磨蹭到学屋的后墙根，坐在最后边的一个叫汪涟的学子对着他做了个鬼脸，幸灾乐祸道：“活该！”

汪涟身边的人笑出了声。陆离峥狠狠地刮了他们一眼，却也拿他们无法。启南院这些学子自打来了这边就在学里受排挤。京城这些勋贵子弟眼界高得很，别说带他们一起玩儿，压根儿都没拿正眼瞧过他们，他们一直装作不在乎，可心里哪能真的不在意？哪想自打上回闹了那一出，他居然和启瑞院之首叶勉投了缘，隔三岔五地收到他让人送来的新奇玩意儿和吃食。叶勉这人虽“恶”名在外，对他却极好，知道他爱吃冰糖葫芦，启南院院子里的雪人便成了靶垛子，每日傍晚散了课，垛子上就被插了一圈“红艳艳”，滑稽又讨喜地站在那里，已然成了启南院一景。他自己吃不完就送给同窗们。岂料这些人如此可恶，吃了他的东西竟还酸妒他。

走完冰，叶勉带着魏昂渊、李兆等人去萃华楼喝姜汤。在外头出了那么多汗，万一伤风感冒了可不好。他目前不信任古代的医疗水平，只能平日里多加注意。

阮云笙捧着碗笑得没心没肺：“你刚在启南院就这么让人搡了一鼻子灰回来了？”

叶勉郁闷，没好气道：“那能怎么办，见面还没怎么着呢，先矮了半截，我还能跪着和他对骂不成？”

阮云笙又笑了一阵儿才摇头道：“这荣南郡王封号前儿刚下来，偏让你赶了个头筹。不过，他不去太学和皇子们一起读书，来我们国子学干吗？”

李兆被姜汤辣得直吐舌头，道：“听我爹说，长公主给庄珝的请封折子几年前就呈上去了，不过皇上一直压着，没给批。”

“这是为何？”

“还是为当年的事置气呗。”

阮云笙了然地点头，叶勉却不清楚，遂问道：“什么事？”

魏昂渊耐心给他解惑：“当年先皇的十几个子女里，嫡长公主是最得他宠爱的，只是她在择婿时却犯了拧，一定要嫁给在金陵有过一面之缘的盐商之子，先皇怎能舍得？奈何安排给她多少个清贵俊雅的贵族子弟，她都看不上，先帝无奈，妥协。可那盐商之子却胆大妄为，不肯来京尚公主，而是要求公主嫁去金陵。先皇一气之下要赐死他，长公主却疯魔了一般在殿外跪了两天两夜，还以死相逼。”

叶勉听话本似的听得入了迷，咂舌道：“后来呢？”

“后来就嫁去金陵了呗，在那边开了公主府，只不过长公主也伤透了先皇和太后的心。先皇几年后一病不起，驾崩了，太后把这账算到了驸马头上。和长公主一母同胞的当今圣上自然不敢批复长公主给庄珝的请封折子。”

“那怎么前儿个进宫就给封了郡王了呢？”

魏昂渊也不解地摇了摇头，道：“不仅赐封号‘荣南’，还赐了一块不次于皇子的上好封地，享五千户食邑。”

“嗬！”李兆诧异道，“这可十分丰厚了得！之前还一百个不待见呢。听我爹说，金陵每年的年礼都被宫里退了回去，这怎么突然就皇恩浩荡了？”

叶勉单手支在桌上撑着脸，搓了搓没毛的下巴：“你们还记得我哥当年面圣是怎么被圣上抬举的吗？”

“那当然记得！”李兆一拍桌子，说道，“难不成这庄珝真如他们所说，能和端华公子一比？”

几人都来了兴趣，连一直在那边啃点心的温寻都不吃了，抬起头来直盯着叶勉，八卦之色溢于言表。

叶勉皱着眉想了半晌，才不甘不愿地斟酌道：“……若论容貌，倒也不输。”

几人表情微震，因着和叶勉相熟，他们是见过叶璟几回的，此人是如何姿容绝世，他们比谁都清楚，若叶勉都要承认一声“不输”，那这荣南郡王当真有些看头。

叶勉似想到什么，突然笑出了声，道：“只是没想到圣上一家子居然是‘颜控’，只要长得好，什么都可。你们看当今圣上对我哥和庄珝，再看那个长公主对金陵驸马。”

“嘘！”李兆虚捂住叶勉的嘴，“你可闭嘴吧，祖宗！”

叶勉今天虽然很没面子地被人从启南院撵了出来，十分不爽，却也没把情绪带到晚上。他实在是没那闲工夫，明日是国子学旬考的日子，他得通宵复习呢！

俗话说得好，临阵磨枪不快也光！根据叶勉上辈子丰富的考试经验，背诵类题目，只要考前十二小时狠狠地过一遍，通过短时记忆就算不能答得最好，也绝对考不砸，只是考完就全部忘光了而已……

叶勉不睡，宝丰院的丫鬟们自然也不能睡。蜡烛都换成了婴儿手臂粗的大烛，能燃一宿，香炉里撒的是加了薄荷片的醒神香，厨房里也专门派了两个粗使丫鬟守着，夜宵、香茶不能断。

叶勉披着缂丝旧袄，正襟危坐在书案后面，头上系着大红抹额，上面是他让宝荷用黑线绣的“逢考必过”。

后半夜，屋里的大丫鬟困得东倒西歪，轮流去检查灯火、添茶，闲的那个就窝在榻上眯一会儿。

宝荷捂着嘴打了个大哈欠，脑袋抵在宝雪肩上问：“你说咱们少爷怎么还那么精神？”

宝雪看了看那边摇头晃脑背书背得正起劲的小主子，无力地摇了摇头。

第二日一早，叶勉顶着黑眼圈上了马车，精神状态却很好，甚至有些兴奋。他上辈子就这样，一到考前就跟喝了十罐功能饮料似的。他查过资料，专家说考前适当的紧张和兴奋情绪是有助于考试答题的，所以他一直没改这毛病。

每次旬考第一个科目就是考背诵，这也是叶勉最满意的一点，这时通宵的成果还在脑子里呢。

国子学旬考的架势是十分吓人的，启瑞院众学子刚到齐就被训导司正撵去了考场。场外抽签，他们抽到的是戊丁号房，叶勉随着启瑞院和另外两个抽到这个号房的教院一起进了考房。

每个考房有五名考官，其中两人是礼部专门派下来的监考，坐在上座，拈着胡子不苟言笑。

训导司正宣布开考，全场肃静，学生们依次到考官面前，考官会在书里随机抽考一段。

背诵期间，凡停顿时间过长，或经考官提醒一次还是背不出者，皆列为丁等，就是不及格。考官不仅会毫不客气地记在此人的平时成绩里，还会让训导司正拿着戒尺结结实实地抽他一顿掌心。这简直是奇耻大辱！

叶勉自第一次在众目睽睽之下被揍得泪花都出来之后，再也不敢藐视“背诵”了。

启瑞院是抽到第三个考，叶勉跟着臊眉耷眼儿的同窗们一起安静地站在队列里。他一边心里默背着昨天自己画的重点，一边看着训导司正手里的黄铜戒尺咽口水。

叶勉心里顺利地背下两段重中之重之后，稍微舒了口气，突然肚子轰鸣起来。队列很静，站在他旁边的几个学生都看着他，笑出了声。

“干什么？安静！”训导司正低声呵斥道，“叶勉！又是你淘气！”

“我没有……”叶勉冤枉死了，看着司正眉毛拧成了波浪。

他早上没有用膳，刚背完书可不敢吃，不然吃完一犯困，啥都忘了……

终于轮到叶勉上场，他抽到的是《大学》的第五章《诚意》，这章也是他画的重点。叶勉心里暗喜，及格保住了。他面上松了下来，一双杏眼里带了笑，摇头晃脑，朗朗而诵。

“所谓诚其意者，毋字欺也……”

叶勉背到后面虽结巴了几次，却没用考官提醒，背完后，主考官抚了抚自己的清须，又抬眼看了他一眼。叶勉抓住机会给了考官一个不谄媚、不夸张、极度合适的微笑。主考官怔了一下，面上也露出些许笑容，挥起笔给了个“乙等”。

叶勉飘走之后，旁边的监考挑了挑眉：“怎还给提了乙等？他后面可背得不好，顶多是丙等。”

主考官呵呵笑了两声，道：“样子倒是可爱，不像那些个，背个书像受刑一样，哭丧着脸，看着就生气。”

监考倒也不在意，跟着笑了两声。国子学旬考而已，主考官根据自己喜好，成绩微有偏颇倒也不打紧。

旁边的一个国子学苑正却无奈地摇了摇头，道：“刚刚那个是端华公子一母同胞的弟弟，能不可爱？”

“哦？”礼部派下来的考官吃了一惊，又笑道，“虽小，样子却是有几分气度。”

苑正又叹了口气，道：“什么气度？别气死我就成了。”

◆ ◆ ◆

这一天还要考时文破题与策论，这些科目，叶勉知道自己是妥妥的丁等，好在考试结果是几天之后才出，到时候拿回去给他爹日常一骂走个流程就行，倒不会在大庭广众之下被打手心受辱。

第二日午前考骑马射箭和御车，午后则是考音律、丹青还有算学。

早上在家里多吃了两块肉饼子，叶勉直接去了国子学的校场。

勋贵子弟十几个院的学生全部在场，按照院子和抽签顺序，五人一组上场考校。

启瑞院排在最前面，考完却没走，都围在那边看其他人考试。男孩子都喜欢看骑马射箭、舞刀弄枪这些玩意儿，见谁射中了红心靶就给谁鼓掌，见谁骑马身手矫健就给谁叫好，见谁摔了个大马趴就毫不客气地嘘笑。

室外考试气氛不肖文考那样紧张，武考考官倒也乐意大家围观，烘托气氛。

叶勉骑马和御车得了丙等，射箭则是丁等（不及格），他也不甚在意，他爹也不可能因为他少得了一个丁等而少骂他一个时辰。

叶勉正站在那里和魏昂渊勾肩搭背看得起劲，旁边的阮云笙突然使劲捅了他两下。

"干吗？"

阮云笙朝他西侧努了努嘴，叶勉顺着看了过去。

只见校场西门口进来一队人，统一的石青缂丝披风，里面是深靛色掐腰收腕的骑马服，腰带上的金缂云纹一看就是南边的新式样，一队人头上都戴着束发银冠，上面的红宝石在阳光下闪闪发光。

叶勉眯了眯眼睛。二十几个人中，他一眼就抓出了那个让他"滚"的小郡王……

校场上其他考生也都发现了那边的动静，三人两伙地讨论起来。

"他们冬日的室外课不是免了吗？怎么旬考还来了？"

"打头那个就是荣南郡王？果然气度不凡！可惜这里太远，看不清眉眼。"

叶勉没说话，大步朝那边走了过去。魏昂渊、李兆、阮云笙和温寻随后跟上。

陆离峥看到叶勉带人过来，眼睛一亮："勉哥儿！"

"你们来校场做什么？"叶勉问。

陆离峥看了一眼远处正在和考官说话的荣南郡王，才苦着脸和叶勉小声抱怨："郡王斥责我们娇气，让学里恢复了我们院的室外课，还让我们依例来考试。"

李兆乐了："有什么好考的？你们冬日都没来上课，岂不是人人捧着一个丁等回去？”

陆离峥鼓起腮帮子，不乐意道：“谁说的？我们不行，还有荣南郡王呢，他就是一年没上课也不是你们能比的！”

李兆不敢当着这么多人的面贬损庄珝，便抱起手臂一扬下巴，不屑之情溢于言表。

叶勉安抚地揉了揉气成河豚样的陆离峥的脑袋。在他看来，李兆倒没说大话，江南素来出才子是不假，特别是近些年的科考，除了有他哥参加那年，北边次次被南边吊打，简直惨绝人寰。但若论骑射功夫，江南才子们却弱了他们一筹，可惜科考不考啊……

这届启字生里，李兆和齐野都是骑射好手，不出意外，这次旬考也是要取前三名张榜公示的。

那边不知道庄珝和考官商量了些什么，最后考试的时候，启南院只有他一人参加。

而校场上也是空前的热闹，不仅启字生都留了下来，不知何时又三三两两地聚集了许多闻风而来的知字生和坤字生。

这次旬考考的是步射和马射。步射是要射一百步以外的箭靶，射五支箭，这是考准度；然后远射一百八十步外的箭垛，射三支箭，以射中多寡定优劣，这是考臂力。马射，顾名思义就是骑在马上驰射箭靶，共三处，一百步远，十分有难度，但是全射中的话十分好看。

庄珝上场前十分利落地把外罩的披风解下，递给一旁的人。叶勉在全场哗然中挑了挑眉。

“这是嫌披风累赘影响发挥？”

“他不怕冷？不是刚打南边过来吗？”

魏昂渊低声说道：“看这架势是想得满贯，半点儿容不得输的，心气儿高得很。”

叶勉没有说话，只看着那人冷笑了一声。

阮云笙微微蹙眉：“不然那边也不敢叫嚣‘比肩端华’，我们且看看他到底是个怎样的人物。”

庄珝那边已经在步射靶前拉开了架势，箭已上弦，人却未动。

过了许久，温寻不解地问：“他在做什么，怎么不放箭？”

李兆表情微凝："在感受风速和风向，专注力不错。"

叶勉等人站在考场外围，离校场中央的庄珝很远，虽看不清他的脸，却能看到场上的少年身形颀长，并且站得很稳，并没有出现之前那些人所猜的会被冻得瑟瑟发抖的样子。

场上安静了下来。

就在这时，只见那少年手臂微动，似调整了一下方向，箭顺势离弦而出。

正中红心！

场上众人还没反应过来，庄珝已经从背后的箭筒里接连取出四支箭一一射出，没有半点儿停顿，箭箭直射红心！

那边启南院众学子已经跳起来欢呼了，满脸的得意之色，一改之前的压抑、愤懑，简直扬眉吐气！

叶勉等人也惊到了。温寻不高兴地嚷嚷："有什么了不起，兆哥儿也是五箭都中红心的。"

那边庄珝已经移到考远射的靶垛前，这次他却没有犹豫，箭上弦之后就满力发了出去，依然三箭全部上垛。

温寻又撇了撇嘴："兆哥儿也是都中的。"

李兆却双眼直盯着场上喏喏道："可他居然拉了满弓，咱们学里旬考用的弓弦可是一石力的弓、七钱重的箭，和朝廷考武举时用的是一样的。我爹说，我怎么也得再长几年才能拉满。"

那边庄珝似乎没有受到启南院的欢呼和其他院子的静谧如此不和谐氛围的影响，挎弓飞身上马，动作轻逸、沉稳，修长的双腿一夹马腹，身下黑马四蹄撒开，带起一片雪土。马上少年待马速均匀后双手撒开缰绳，从背后取出羽箭，扭身，拉弓，瞄准，射出。箭急，人却从容。

又是三箭正中红心。

李兆脸色十分难看，他马射虽也三箭中靶，却只有一箭中红心。

叶勉把目光从场上那人身上"拔"了下来，搂了搂李兆的脖子。

李兆缓了神色，咧了下嘴角反安慰道："无事，技不如人，我再苦练便是！"

叶勉莞尔："我哥有把御赐的龙舌弓，等他回来，我央他借与你练箭。"

今天是整日子，散学后叶勉要在祖母的寿云斋用晚膳。

饭桌上，站在叶老夫人后面服侍的云儿奉命布了一小碗酿冬菇盒给叶勉。

叶老夫人看着孙子在那边埋头大口大口地吃饭，又是高兴又是心疼：“勉哥儿现在正是长身体的时候，要他来陪我这个老婆子吃什么素？亏了身体可怎么好？”

叶侍郎笑道：“娘这里的素菜做得极好，勉哥儿也爱吃。我看去年给您小厨房请的那个赵厨倒是越来越上心了，一会儿儿子让人赏他。”

叶老夫人嗔了儿子一眼，又笑眯眯地对孙子说：“勉哥儿听祖母的，把祖母专门让人给你准备的这个酿冬菇盒吃了，这是用鸡汤沤过的，咱们小小年纪，可别尽爱吃素。”

叶勉嘴里嚼着饭菜不便说话，便把眼睛笑成月牙，鼓着腮帮子噘起油汪汪的小嘴，对着祖母隔空“吧唧”了一口。

叶侍郎气得瞪圆了眼睛，斥道：“无礼！”

一桌子女人却被逗得不行，叶老夫人更是笑了半晌才停下来，又亲手给他舀了一碗龙井竹荪汤，看他喝了才算完。

叶勉明后两天休沐，用完饭便没急着走，和他母亲还有大嫂一起留了下来，陪祖母聊天解闷。

叶勉眉飞色舞、手舞足蹈地给她们讲学里的新鲜事逗她们开心，引得满屋子丫鬟、婆子也听得入神跟着乐。叶侍郎看着他这副没正形的样子来气，却不大敢打扰老夫人的兴致，最后实在看不下去便问他：“你这两日旬考，考得如何？”

这话一出，言笑晏晏的屋子一下静了下来，满屋子女人都紧张起来。叶老夫人虽不乐意却也不好干涉老子问儿子功课。

叶勉在心里暗哼了一声，他现在倒不那么怕他爹了，自从上次被暴打之后，他猜他爹不会再轻易对他动武，毕竟后院进不去、正房也不给开门的日子不太好过。

叶勉敛了敛神色，答道：“还成吧。”

叶侍郎忍住摔杯子的冲动：“什么叫还成？好好说来！”

叶勉想了想，道：“我背诵得了乙等，其他的要过两日才知道。”

叶侍郎看着他，哼了一声，道："得了乙等你还得意？这要是你哥，得羞死过去！他哪个科目不是甲等还评了第一？骑射呢，如何？"

叶勉皮笑肉不笑道："说起这个，儿子倒想起一事，今日我们学里新来的荣南郡王，骑射可都当场评了第一。据说，他文才比骑射功夫更好，现在大家可都承认此人的才华和容貌皆与端华公子比肩。"

说到这里，他顿了顿，开始胡编："学里的师长说，荣南郡王庄珝长大后会更胜当年我哥！"

叶侍郎果真被叶勉唬住了，愣怔了一会儿才问："当真？"

叶勉毫不心虚地点了点头，他最后一句话虽是胡编乱造故意气他爹的，但前面所讲都是事实，以此人在金陵的名头，文考评到甲等第一已无悬念。

屋里三个贵妇人神色有一丝慌乱，姜氏手里的滚雪细沙绢帕都攥皱了才调整好表情。

邱氏问得直截："勉哥儿可曾见过这个荣南郡王？不知他容貌、气度如何，我之前倒是一直听人说极好……"

"倒是见过一面。"

"如何？"

几双眼睛齐刷刷地看向他。

叶勉想了想，据实道："朗朗如日月入怀，人中龙凤，耀眼夺目。"

这下屋子里的人，除了叶勉，都挂了心。大文朝端华公子有一个便罢，再出一个可就没意思得很了，叶家在朝里势力平平，叶璟的仕途才刚刚开始……

一时屋里气压直降，叶勉想虐他爹却不想他祖母和娘焦急，便又咳了声，说道："不过他想像我哥一样次次每个科目都评第一却是不可能，凭这个，南边那些个就不敢说他与我哥齐名。"

"这怎么说？"叶侍郎急急问道。

叶勉拍了拍胸脯，得意道："有我在呢。"

叶侍郎气得差点儿一口老血喷出来："就凭你得了乙等却扬扬得意的背诵？"

叶勉没有说话，心里却暗嗤了一声，道："凭你根本不认识你这个嫡次子罢了。"

第五章 永安侯府

『自我大哥离开这里，我就是京里最靓的崽。』

叶侍郎不高兴，叶勉就高兴。他回到宝丰院，让丫鬟们把过年时偷偷藏起来的秋露白挖了出来，喝着小酒玩闹到后半夜才躺下。

第二日，叶勉睡到日上三竿才起。依他的打算，他是要一觉睡到晌午的，再去左丞相府蹭顿饭，哪想却被他娘堵在床上。

“你个小懒货！这都已经巳时了，怎的还趴在床上？”邱氏站在叶勉床边哭笑不得。

叶勉睡得正香，被人扰了清梦，十分不爽，哼哼唧唧，在被子里翻腾了两圈才微睁开双眼。床前的宝雪、宝荷正手忙脚乱地挂着青蓝绣帐。

邱氏眼风扫了过去，脸色微沉：“主子睡过头不知道叫一声，都是怎么伺候的？”

宝雪、宝荷扑通一声跪在地上，围屏外面的丫鬟听到也跟着跪了下去。

“哎呀，娘！”叶勉带着厚重的鼻音不耐烦地叫道，“您怎么一大早就跑到我这儿训人？”

“还一大早？”邱氏狠狠地白了他一眼，坐在床边把他床边惯穿的绛丝小袄给他披在身上，拢了拢，“日头都快照你屁股了。”

叶勉打了个哈欠，然后懒洋洋地朝宝雪吩咐道：“去把茶给我拿来。”

宝雪抬头小心翼翼地看了一眼邱氏，才起身把一直温着的清茶给叶勉端过来。叶勉接过去之后，宝雪又老老实实地跪了下去。

叶勉无语：“娘，您让她们起来吧。哎哟！”

邱氏隔着袄子拍了他一巴掌，道：“显你会心疼人！跪一会儿能怎么着？我看就是我太久没管你院子了，这些个都被你惯坏了。”

叶勉把头往邱氏怀里一扎，闷声道：“是我让她们别吵我睡懒觉的。您儿子见天儿地天不亮就得起床上学，都累成狗了，您也不心疼。”

邱氏又狠狠拍了叶勉后背两巴掌，道：“你这孩子尽满嘴胡吣！我看就得让你爹和你哥教训你。”

叶勉往旁边一歪，跪趴成一团虾米，脸贴着床眯着眼咕哝：“我哥在家时，我放旬假都是被接去碧华阁睡的，他都让我睡到晌午，您怎么不打他？”

邱氏被气笑了，拧了拧他的脸蛋：“你个小坏蛋就混赖你哥吧。”

马车里，叶勉穿着一身簇新的衣裳，连荷包和佩玉都是他娘精心挑选搭配过的。

“你们要带我去永安侯府贺寿，怎么不提前告诉我？”

姜氏拿帕子掩住嘴角戏谑地看着他：“昨儿个告诉你，你又得跑了，就像今天这样堵屋里正好。”

叶勉不明所以：“我跑什么跑啊……”

邱氏笑着打圆场，道：“勉哥儿大了，不躲了。”

叶勉听得糊里糊涂。

永安侯府门口全是各府来贺寿的马车。侯府下人看见姑奶奶的车到了，一溜烟地跑进去通报。

永安侯府夫人带着世子夫人亲自迎到二道垂花门。

邱氏紧走了两步，道：“您怎么还迎出来了，老夫人寿喜的日子，您哪脱得开身？”

永安侯夫人抓住邱氏的手，爽朗地笑道：“别人来了我定不来迎，夫人带着我闺女回娘家，我可再忙也得出来。”

世子夫人也温声笑道：“娘盼了一早上了，一直让大门上的人看着呢。”

邱氏把身后的叶勉拽了出来，嗔怪道：“都怪这魔星，贪床到日头大亮。”

“哎哟，这不是勉哥儿吗？”永安侯夫人喜道，“刚才他走在你后面，我都没瞧见。”说着就把叶勉拽到身前仔细打量，“一年多没见可变了样子了，又出息了，长得可真是好！”

叶勉赶紧俯身给永安侯夫人和世子夫人行礼。

“快起来。”永安侯夫人喜欢得不撒手，亲自扶了他一把。

邱氏笑道：“这么大的哥儿可不就一年一个样？长得是比之前好些，就是性格太顽劣，不像您府里教出的公子，样样都是好的。”

永安侯夫人乐了：“这话要是别人说啊，我都敢受的，偏你这个养出端华公子的这样讲，我不敢接，我可怕旁人笑话我。”

永安侯夫人说完自己都笑了，邱氏赶紧自谦，一伙人热热闹闹地进了内院。

叶勉随着进了内院待客的正厅，只觉眼前一片金光，差点儿被闪瞎了眼。满屋子的诰命夫人珠光宝气，别金戴翡，看见永安侯夫人亲自领着一个漂亮的小公子进来，全都好奇。

“哟，这是谁家的孩子？怎么这么好？”

永安侯夫人面露得意之色，道：“我亲家家的，二姑爷的亲兄弟，如何？瞧瞧这人物人品好不好。”

刚才问话的那个夫人反应了一下才喜道：“可是端华公子的胞弟？快，快上前让我看看！”

一屋子女眷全都来了精神。

叶勉不敢怠慢，赶紧上前一步弯腰给众位夫人行礼问安，按照国子学礼仪师傅教的不敢出半点儿差错，动作标准，身段优雅。

众位夫人乐得合不拢嘴，直夸他品貌不凡，不能再好了。

一边的邱氏看着叶勉如此从容有礼，自己也很高兴。叶府的府面并不广，这种集齐京城权贵夫人的大场合，她只能借着姻亲侯府来走走，所以叶勉之前并没经历过。

其中一位年过半百、穿着十分华贵的国公夫人看着是真喜欢叶勉，把他拽到身边，拉住他的手就不放，就差上手搓揉了：“我的儿，你就搁这儿待着，外面在化雪哪，死冷又不干净，咱们这样文秀安静的哥儿不和那起小子一起野去。”

叶勉不免有些尴尬，文秀、安静……

素来知他秉性的姜氏没忍住，回头憋笑。

“南初笑什么呢，这么高兴？”一位夫人问道。

姜氏转过头来，温声道：“我在笑我们家勉哥儿会害羞了呢，屋里几位小姐，他都没敢抬眼看。”

一屋子女眷都笑了起来，有几位夫人确是带来了自家的女儿、孙女，规规矩矩地坐在另一边喝茶吃点心。

叶勉感到很窘，他不是不好意思看，他是觉得没啥好看的，那么小……

永安侯夫人把几个女孩叫过来和叶勉互相见礼。叶勉躬身低头，目不斜视。

大家的女孩儿们教养也好，温婉安静，举止得体，只一个姑娘偷偷看了叶勉一眼，似有话说却最终没敢说。叶勉也没在意。

国公夫人又把叶勉搂在身前，问他可上了学、读了什么书、喜欢吃什么点心……

叶勉一一应答，羡慕地看着后面又进来的几个大一些的外男因为不方便留下，请完安就施施然走了。他没什么精神，昨晚玩闹得太晚，又喝了不少酒，吃了两块甜腻的点心就困得不行。国公夫人又在他耳边叨叨个没完……

最后趁着姜氏看过来的时候，叶勉抓紧机会给她一个求救的眼神。姜氏玲珑心肝，一看就明白他的意思，找了个借口把他带了出来。

姜氏一边走一边训他："以后不许再睡这么晚了，小小年纪不知道爱惜身体，等以后有你受的！居然还敢偷偷关门喝酒。我看，娘说得对，你那屋里确实该收拾收拾了。”

叶勉赶紧扭股糖似的歪缠认错。

姜氏白了他一眼，让自己的丫鬟捧露带他去她做女儿时住的院子补眠。

侯府是十分疼惜姜氏的，在她嫁出去这些年，珍月院依然给她留着，东西也都在，日日有丫鬟、婆子打扫，偶尔她和叶璟一起回娘家时就宿那里。

这还是叶勉第一次正经进小姐的院子。堂屋里，他张着手臂让捧露服侍他脱外袍的时候，不免四处多看了两眼。他正盯着打满墙的多宝槅上的珍器摆件看得出神时，隔壁里间一个看着两个小丫头铺床的梳着妇人髻的姐姐就笑着走了出来，满脸讨好道："哥儿可是还要把玩那只小象？奴婢给您拿下来可好？”

“啊？”叶勉没反应过来，愣了一下。

一旁的捧露笑了笑，道：“四少爷不记得红年姐姐了？”

那个叫红年的爽利笑道：“哥儿上次来的时候，估算着也是快两年前了，那时候他才多大，哪能记得我们这些看屋子的？”说完，她就利落地走到多宝槅下，取了一个小玩意儿过来。叶勉拿过来仔细看了看，是一只巴掌大的锡象，象背雕琢的褡子上面镶满各色小宝石，光彩夺目。褡子上有一个小扣，叶勉轻轻一推，便露出里面中空的象身，里面随意放着几只耳饰。他心想，这玩意儿就是他大嫂做女儿时摆玩的首饰盒子。

捧露去了里间，摸了摸铺好的被子里面，被窝儿还没温热，是汤婆子刚放进去的缘故，便先让叶勉坐到一张铺着白狐皮的红木雕狮子滚球美人榻上。她一边蹲下给他脱鞋一边问他：“四少爷可还记得这象盒？上回您在这里歇晌觉的时候喜欢得很，要不是大少爷拦着，您就给带回家了。”

叶勉有些窘，咳了一声，说道：“我屋里也有好些个象形的摆件，是舶来品。”

捧露抿嘴乐：“都是后来大少爷四处给您寻摸的。”

叶勉：“……”

叶勉躺进被子里，捧露给他掖好被角，又把象盒放到他枕侧：“您放心睡，外边唱堂戏呢。到了寿宴时辰，奴婢叫您起来。”

叶勉确实已经困蒙了，便合着眼点了点头。捧露的眼睛又在床上扫了一圈，见没什么问题，便和一个小丫头把大红罗帐放了下来。

床帐里叶勉迷迷糊糊地听到外间门响，似又有一人进来了。

“捧纱，你怎么来了？”

“姑娘不放心，让我也过来一起看着。”

“那咱们在这儿烤火喝茶。”

“嗯，里面睡了？”

“睡了，咱们轻些……”

叶勉是被一个变声期的公鸭嗓吵醒的。

“我去看看他。”

“我的七爷，您可别去吵他，他房里丫头都说他最恨别人吵他睡觉，您还敢惹他？”捧露低声哄劝。

“我就看看，我不出声。”那声音似有些不耐烦。

“你可轻点儿，我的祖宗！”

叶勉双眼迷离地看着钻进罗帐的那个脑袋。

“你醒了？”

叶勉没吱声，心想，这家伙是谁啊？

捧露和捧纱已经跟了过来，一边系罗帐一边似有埋怨地嗔道：“七少爷再这么慌里慌张的，我们就告诉姑娘去。”

叶勉没动，就仰躺在那里打量他。这位少年看着年纪和他差不多大，身量比他略高，穿着一身织金云纹的品红锦袍，唇红齿白，眉目精致，满身金贵气。

这位七少爷没理两个丫头，而是一屁股坐到床上。他看着叶勉乖乖地躺在床里侧，既没瞪他也没不理他，就那么眼神软软地看着他，不禁面露得意之色：“你既然来了，就是不再生气了，我也不是那等小气的人，自也不会和你计较，咱们这就算是和好了。”

◆ ◆ ◆

捧纱和捧露在一边捂着嘴偷乐，不敢扰了两位少爷言好，便掀起珠帘退到外间厅堂，然后扒着帷帐支棱着耳朵听着，准备晚上回去一句不落地学给她们姑娘听。

叶勉虽不清楚是怎么回事，但也听得明白这位和之前的叶勉结过梁子，今天在马车上，他嫂子调侃过，若他早知要来侯府就会躲出去，多半是因着这人。

叶勉重新穿戴好，和七少爷姜北勤一起往寿宴方向走。姜北勤一路上央着他晚上宿在侯府，俩人好好说说话，说他那里有极好的舶来葡萄酒。叶勉没答应，一是因为他和姜北勤“不熟”，二是因为他明天确实有事，前些日子他已答应了陆离峥接他去叶府。

姜北勤不太高兴：“你是不是又要去丞相府找魏家那小子？”

叶勉还没答话，就见一丫鬟小跑着过来，说那边寿宴已经开席，世子夫人叫他们赶紧过去。

俩人不敢耽搁，便止了话头，疾步赶去内院的花厅。

今天虽是姜老夫人的寿喜，但姜老夫人早已瘫在床上多年，不能正常行动、说话，所以只有几个品级高的夫人进去请安，看望了一番。外院和内院则分别由永安侯和永安侯夫人设席款待。老侯爷因不喜嘈杂，并没有出席。

叶勉和姜北勤一起走进花厅的时候，知道这俩人官司的叶、姜两府的人都捂嘴乐了起来。永安侯夫人把俩人都拉过去当面说教了一番，最后各打一巴掌，嗔道："两个小冤家，以后再也不许闹了！"

有些好事儿的不知所以，便问是怎么个官司，永安侯夫人便把两个小儿闹的别扭当趣事讲给她们听。叶勉也支棱着耳朵听着，连琢磨带猜地知道了事情的原委。

原来，姜北勤是姜氏的胞弟，在家排行第七，他与叶勉自两府结为亲家，因为年岁差不多便很快熟稔起来。那时候的叶勉正因为叶侍郎偏心，和他大哥闹得凶，自见了这个小哥哥便觉得投缘，见天儿地追在人家屁股后头跑，视之为知己、兄弟，恨不得和他娘商量给他换个哥，就换姜北勤。

一年多前，叶璟和姜氏回侯府探望，当然也把叶勉给带来了。那次叶勉给姜北勤带了生辰贺礼，是一竹筐桃子——叶府自己种的桃树结的。因为姜北勤吃了一次说喜欢吃，叶勉就记在心里了，来的前一天忍着桃毛过敏的刺痒亲手给他摘了一小筐。

姜北勤自是欢欢喜喜地收下，结果叶璟不知怎的抽风，来了句："我也喜爱吃那桃子，可惜没人摘与我，勤哥儿可愿意匀我一个？"

姜北勤见自己最钦慕的姐夫和自己要桃子吃，顿时激动得脸色绯红，什么都忘了，把一筐桃子都推了过去："姐夫，都给你，我最不喜欢吃桃！"

叶勉当场和姜北勤"绝交"，任谁哄都不行。

姜北勤自小是千宠万娇长大的，就没人和他说过"不"字。叶勉当面给他难堪，他先低头赔不是了也不成，他也放不下面子，俩人就这么别别扭扭地闹了一年。后来姜北勤稍微大些明白些事，叶勉已经上国子学了。他倒是在学里拉下脸来等过几回叶勉，可叶勉那时候已经换了魂魄，哪还认得他？

姜北勤每次见叶勉“装作”不认识自己的模样，和魏昂渊勾肩搭背，若无其事地从自己身边走过去，都气得血气倒涌，回府就砸东西。

今天早上，他和三哥一起上山去给祖母请寿安香，回到家就听他大嫂说叶勉来了，乐得跟什么似的，心想，这小子终于肯低头给他台阶下了，连衣服都没换便兴冲冲地赶了来。

叶勉本是可以让姜北勤带着去外院吃宴的，哪想他还没走便被国公夫人招了过去，让坐到她边上吃。一边的贵妇女眷们都笑，直说将他定下做孙女婿得了，省得拉着别人家孩子放不开手。

国公夫人大乐：“你们怎么知道我是这么想的？我恨不得今儿就领回家去在我身边养些日子，把我那几个孙子换一个给叶侍郎夫人做赔。”

邱氏面上笑得开怀，却没接她前头那句，只奔着她后面的话打趣：“那我可占了大便宜！用这么个不成器的换个国公府教出的好公子，回府后我们老爷都得赏我一回。”

众女眷被她逗得直笑，邱氏也跟着乐，心里却不屑：“庆国公府确实再好不过了，但是您那府里的孙女也忒多了。您若像当年永安侯府一样提个正正经经的嫡孙女，那是我们高攀要厚议，连个嫡庶都不提就想定我们勉哥儿做孙女婿，想得倒是好呢！”就说她小儿子这品貌，今儿来的这些公子可有哪个能赶上一星半点儿？遑论还有他家璟哥儿这个大哥呢，璟哥儿现如今如此受当今圣上看重，再过两年，这品级定是要再升一升的，到时候他家勉哥儿自国子学出来再选个官，那时想“高攀”哪个不成？

命妇们都是人精，其中几个已经品出来，不再提这个。永安侯夫人的眼风扫过邱氏时，心里暗暗叹了口气，她也是个认为儿女婚事绝不能马虎的人。几年前端华公子初出，高门大户连着侯门国公府都抢破了头，她为了她家南初，明里暗里和多少人家撕破了脸，又自降身价去讨好一个四品官的夫人，最后才让女儿破涕为笑，风风光光地嫁了自己的如意郎君……

叶勉这顿宴吃得极是闹心。一屋子的女人，脂粉的甜腻香气已经盖过了菜香，国公夫人依旧在他耳边叨叨个没完，他打起精神应对了一会儿就蔫儿了，忙给姜北勤使眼色。姜北勤也算够义气，顶着永安侯夫人的眼神，连饭都没吃完就把叶勉带跑了。

外院的一个小偏厅里，两桌十来个华服少年正在那儿闹哄哄地推杯换盏，满屋子的丫鬟忙活得脚不沾地，鼻尖冒汗。

姜北勤带着叶勉进去的时候，姜家三少爷正站在桌边劝酒，看他来了赶紧把他按在椅子上，然后连干了两杯告罪就急急去了主厅。世子已经着人催了他好几回。

“北勤怎么才来，快自罚三杯！”

“就是，有主人家这么待客的吗？”

席上公子哥儿们你一言我一语地调侃起来。姜北勤二话没说，端起酒壶自斟自饮连干了三杯，席间一片叫好儿声。

叶勉紧挨着姜北勤坐下。

“哎？这不是你那个小跟屁虫吗？”席间一人显然是认识叶勉的，愣了一下之后乐了起来，“怎么，不和你闹了？”

姜北勤讪笑了下，浑不在意道：“平时脾气最好不过了，谁知道气性这么大。”

桌上其他人的注意力也都被引了过来，和姜北勤从小玩儿到大的几个此时也认出了叶勉：“还真是，刚北勤领他进来时我就觉得眼熟，这快两年不见，模样可变了不少。”

公侯子弟和普通官家子弟的交往圈子不大一样，叶勉满屋子打量了一圈，没一个他认识的，倒是有两个看着脸儿熟，应该是在国子学见过。

刚才说话那人看叶勉有些发蒙，便冲他一扬下巴：“你还记得我不？我当年带你骑过马，还送过你一条金丝卷草鞭。”

叶勉自然不认得他，遂如实地摇头。桌上人哄笑，说他白搭了一条好鞭子，人家都给忘了。那人也不在意，揽着姜北勤的脖子嬉笑调侃道：“果然眼里只有你，每回都是跟在你屁股后头跑，叫往东不往西的，比你家小厮还听话。”

叶勉微微皱了皱眉头。

“成日‘哥啊哥啊’的，叫得人心痒痒，北勤想甩甩不掉，我们想拐拐不来。”

姜北勤瞪他：“别瞎说啊，我什么时候想甩他了？”说完，他心虚地瞟了叶勉一眼。

众人又说笑了一会儿。姜北勤很认真地把屋子里的人都给叶勉介绍了一遍。今天来的大都是永安侯府的亲眷和世交，这厅里能让姜北勤和他三哥作陪的，自然都是各府的嫡子，有几个没见过叶勉的，听说他是端华公子的胞弟，难免多盯他几眼。

屋里叶勉最小，他也不啰嗦，站起身来双手持杯一仰头灌了下去。

“敬各位哥哥。”

“好！”众位公子哥儿拍手叫好，都喜欢他这个利落样子。

“叶勉现在可有上学？”忠平侯府世子放下酒杯后问道。

叶勉点点头答道：“正在国子学读‘启’字。”

忠平侯世子笑着拍了拍坐在他身旁的少年，温和道：“我三弟燕平现在读‘修’字，和北勤是同一年。你平时若在学里遇到什么棘手的事，找北勤和找他是一样的。”

“大哥，你别坑我啊！”忠平侯府的三少爷连连摆手叫道，“你们别被他这一副乖兔儿样子骗了，这家伙的名字，我听过，是行思阁里挂了号的惹事精！”

忠平侯府世子有些诧异地看了看叶勉，又看向姜北勤。叶勉倒是不甚在意，姜北勤咳了一声，辩解道：“勉哥儿平时惯和左丞相家的幺子走得近，那小子平日里什么德行，你们素来都知道的，把他带坏了。”

叶勉脸上的笑浅了些。

“我以后管着他。”姜北勤说完看向叶勉：“以后少和魏家那小子来往。今儿晚上你就宿在这儿，等明儿个我攒个局，介绍几个性格和品行都好的与你认识，你好好与人结交。”

叶勉实在没忍住，翻了个白眼，心道：“兄弟，你谁啊你？”

姜北勤看他一副不屑的模样，有些怒意，逼问道：“你听到了没有？”

“听到了，但我明日不得闲。”叶勉说。

“你有什么事？”姜北勤的脸色冷了下来。

“去丞相府。”

“你！”

姜北勤没想到素来把他的话当“圣旨”的叶勉敢当众让他难堪，又气又怒。

众人见气氛不对，赶紧过来打圆场：“哈哈，勉哥儿还小，北勤，你这个当哥哥的可不能急躁，慢慢教，慢慢教。”

另一人道：“我家幼弟与他一般年纪，脾性也是顽劣得很。”

“还不快给你家少爷把酒满上，没见着那杯子已经空了半天？”忠平侯世子朝站在姜北勤后边的小厮吩咐道。

“是是是，勤哥儿急了，应当让他喝杯冷酒才是，降降火气。”一公子附和道。

小厮哪敢在三九天给姜北勤倒冷酒，赶紧从一边的麒麟纹青铜温酒斛里把烫好的流霞酿给姜北勤满满地斟了一杯，只是在收手时不小心将酒壶上的水掉了两滴在姜北勤手上。那酒壶刚打滚热的水里取出，外覆的水自然有些温度，“烫”得姜北勤嘶了一声，随后反应过来，大怒不已。

小厮年纪不大，吓得两股打战，连跪地求饶都忘了。姜北勤本就在气头上，拿起杯子就砸在那小厮脸上，当场就把他的额头砸出个口子。

众公子赶紧上前哄着，一面斥责小厮，一面让姜北勤消气。

姜北勤不好在老夫人寿喜之日发作，更不想扰了客人的兴致，便不耐烦地吩咐身边伺候的：“拖走拖走，让他去院子雪地里跪着。找个人看着他，天亮之前敢动一动，就把他们一家子都捆了卖到北蛮山上去！”

小厮遭此无妄之灾，当场就吓白了脸，还没等求饶就被人捂着嘴、扭着胳膊拖了出去。

叶勉一时愣怔在那里，众公子倒是见怪不怪，还附和了姜北勤两句，便把这事儿给岔了过去。

姜北勤借着这个倒霉小厮出了口恶气，便没再接着刚才的话茬儿找叶勉的麻烦，只是到底不爽，觑了他一眼便不再理他。

叶勉独坐在那里，虽不至于尴尬，却也无趣，心里腻味得很，却也不好在大嫂娘家生事端，便忍着不快，默默拿起筷子挑他爱吃的菜吃。

大伙儿赶紧重新起了话头。

“国子学这年的启字生是真的热闹，来了个启南院不说，听说长公主府的庄珝前些天也进京凑了一脚。”

“要叫‘荣南郡王’了，前几日给了封号。”忠平侯世子纠正道。

“哦？那便是不易得见了。本还想着相邀一番。”刚才说话的那个公子失望道，略思索一番又笑说，“那不如世子攒个局，我们来作陪如何？”

众公子纷纷来了精神："对对对，南边传得那么邪乎，我们倒也十分想看看那庄珝是真的风姿卓然还是南边那些个夸口。"

忠平侯世子略大他们两岁，自然不能和他们一起胡闹，摇头轻笑道："都消停些吧，他虽在金陵长大，却是正正经经的皇家人。你们别忘了，长公主和当今圣上可是一母同胞，都是太后娘娘所出。"

"极是。"姜北勤也点头说道，"依我来看，若真论起来，宫里那几个都没他站得正。"

姜北勤一边说一边用手比了几个数字，众人挑眉，了然。

忠平侯世子敛了神色，又道："此人年岁虽小，却极不简单，你们在京里都浮躁惯了，不要还没看清人便先把人得罪了。"

这些公子哥儿虽平时都有些狂妄，事关格局却拎得清，不敢造次，被忠平侯世子敲打了两句，都灰溜溜地收起了轻浪的心思。

"世子为何说此人不简单？"一人正色问道。

忠平侯世子垂眸："现下还不能与你们多说，不过他此次进京是带着银钱一起来的。"他拂袖抬手，伸出两根手指。

众人不解。

"两年国库收入。"忠平侯世子淡淡道。

"嘶……"

满屋俱是吸气声。众公子久久不能回神。

本来正埋头吃饭的叶勉也惊了，庄珝真有钱啊！这不正是他现下最想要的吗？嫉妒让他面容扭曲。

"富可敌国啊……"一位公子缓过神来轻叹道。

忠平侯世子点头，道："朝廷至少十年不用操心北蛮和西胡那边的镇关粮草。"

众人都服气了。

"这一直压着不批的封号，愣是用银子砸出来了，这家人可真是……"

忠平侯世子看了说话那人一眼，道："少惹为妙。"

那位公子尴尬地摸了摸鼻子："我也没想怎么着啊，本来是想，若真如他人所述是天人之姿，那我们也可好好结交。"

另一公子附和道："我们这边倒是有端华公子，可人家嫌我们年岁小，不肯理我们。去年好赖央我大哥带着我去见了一回，人家连个眼风都没给。"

忠平侯世子轻笑，看向一边埋头吃饭的叶勉："你央你大哥，倒不如以后直接找他。"

众公子顿悟，哄笑，连连举杯敬叶勉。

叶勉又被他们架了起来，有些腻味，这又让他想起前世上学时，初中部的女生每天下课后找到他，让他去高中部给他哥递情书。

叶勉好赖打起精神应付了几杯，其余则都被姜北勤拦了下来。

叶勉等人回叶府前，姜北勤亲自送他姐上马车。

"你明日当真不来？"姜北勤问叶勉。

"嗯，"叶勉眼瞅着他娘和他大嫂在车厢里面坐稳了，才回身说，"明日真的有事。"

姜北勤没说话，只盯着他看了一会儿，冷笑了一声便转身走了。

叶勉耸了耸肩，不甚在意。他不知道之前是什么渊源让"叶勉"对姜北勤如此看重，但他有他自己的交友原则，在他看来，此人还是少沾为好。

◆ ◆ ◆

第二日，叶勉果然把陆离峥从国子学接到了叶府。到了晚膳前，陆离峥闹着要吃他们这边的羊肉锅鼎，叶勉便着下人去准备。他想了想，吃锅鼎还得人多才有意思，便让小厮分头去邀魏昂渊和阮云笙他们四人。结果最后只来了魏昂渊和温寻，李兆因为旬考受了荣南郡王的刺激，这两日都跟着他爹的部下在校场训练，阮云笙则让小厮带话说府里有事出不来。叶勉也没太在意，本就是临时作邀，能来两个已经不错了。

四人在宝丰院的暖阁开了一席。叶勉让人温了一壶清酒，准备了一套今年新式样的令牌，四个人吃笑说闹行酒令，一晚上倒也十分热闹。

膳后，温家老夫人亲自派人来接温寻回府。叶勉要送陆离峥回国子学，魏昂渊要与他们一起走。

叶勉看着他笑了笑，同意了。

叶勉清楚魏昂渊一直不大喜欢陆离峥，可他自打知晓自己与陆离峥交好，便从未在他面前提过陆离峥只字不好。这让他想起了昨天的姜北勤。

在去丞相府的路上，叶勉借着酒劲儿撒痴，在马车里对着魏昂渊傻笑个不停，把魏昂渊笑得心里发毛，笑骂他是酒疯子。叶勉听完笑得更厉害，咧着嘴扑上去歪缠："说！要不要做一辈子好兄弟？"

"叶四，你这什么酒品？快放开我！"

"那你得先应了我。"

"应你应你。"魏昂渊拍了拍他，敷衍道。

"无论多少人在你耳边叨叨叶勉是个惹事精，你都不能嫌弃我。"

"我要是听他们的，咱俩早不认识了！"魏昂渊忍无可忍地推了他一把。

"昂渊，你真好，哈哈哈哈哈哈，嗝——"

"啊！！你恶心死了！"

"……"

第二日上学，路上依旧在化雪，马车停在国子学门口，丰今连滚带爬地紧赶着在他家四少爷蹦下来之前蹿了出来。

"主子，您踩这个，地上脏得很。"丰今蹲在地上把脚蹬摆好，仰头道。

叶勉看了看丰今鞋面刚溅上去的泥水，又瞥了一眼自己脚上锃新的浅色羊皮小靴，撇了撇嘴，便在丰今的搀扶下规规矩矩地下了车。

他拎着书袋过了二道庸光门，就看到许多学子簇成一团挤在榜墙前，抻长了脖子抬头看着，时不时伸手指指点点，和旁边人议论几句。

旬考成绩张榜了。

叶勉只瞥了一眼便回了启瑞院，没在那里逗留。不是他不好奇，而是世家子弟从不会自降身份与平民之子挤在一处看榜，自有各个院子侍童来抄榜，拿回去与他们看。

果然，叶勉进了启瑞院学屋，就看见好几人围在李兆的桌案那里叽叽咕咕地研究榜单。

叶勉把氅衣递给笑吟吟给他请早安的墨拾后便也挤了过去，嚷道："也给我看看，在外面就听到那些人都在说荣南郡王，他是得了几个头甲？"

众人见是叶勉，便给他让了个位置。李兆往外挪了挪屁股，把他拽到他椅子上一同坐着。

"你快看看吧，可了不得了。"李兆一手揽着他，一手把启字生的各科目榜单在案上摆齐。

叶勉坐稳了定睛一看。嚯！九个科目头甲第一全部写着“庄珝，出启南院”，齐刷刷地煞是打眼！荣南郡王初来京城国子学就横扫启字生所有科目头甲，这场子砸得漂亮！叶勉瞪着眼睛，心里默默为叶侍郎默哀了三秒。

此事自然在国子学引起了不小的轰动，从学生到师长，都和启瑞院一样人前人后地议论纷纷，叶勉却没像其他人一样关注此事太久。

课钟鸣了两遍，阮云笙还没有来，叶勉趁着先生不注意，写了张字条扔给前边的魏昂渊问询。

魏昂渊也摇了摇头。

叶勉皱了皱眉，好不容易熬到散课。先生刚卷起书本还没走出学屋，叶勉就提脚先跑了，气得先生在后面把胡子吹得老高。

叶勉去了教苑找贾苑正。

贾苑正也正想找叶勉打听呢，看着叶勉，没好气地哼了一声，道：“他没有告假。现在你们胆子越发大了，待雪化干净了，挨个儿去你们府里走一遭！”

叶勉讪笑着又赔了不少好话才逃出来。他隐隐觉着有些不大对劲，阮云笙做事向来比他们周全，平时旷学都是神不知鬼不觉，掩盖得漂亮，哪会这么大剌剌地让学里抓他把柄，而且昨儿个邀他来叶府，他也没来……

果然，几人午后从膳堂回来时，就看到阮云笙脸色不大好看地坐在学屋里发呆。

“云笙！”叶勉几步跨过去。

阮云笙回了神，抬起头冲他笑了笑，苦味儿明显。

人多嘴杂，几人进了暖阁，魏昂渊把侍童都驱了出去。

“怎么回事？”

“我们阮府出了点儿事，这次恐不能善了。”阮云笙垂眸道。

几人大惊，阮云笙一向稳妥，他说不能善了，那必然是出大事了。

“可是阮都御史？”李兆率先反应过来急问，又讷讷道，“没听我爹说过啊……”

阮云笙苦笑：“哪能还没个定数就闹得满朝皆知，如若真是那样，我们阮家也就彻底完了。”

“别胡说！到底怎么回事？你慢慢讲。”叶勉凝眉道。

阮云笙叹了口气，道：“我爹七年前还是副都御史时，在江南巡视，路过兆安县。那兆安县知县是我们阮家一远房亲族，碰巧他们有一灭门案重囚要定罪，因那重囚是兆安县县尉，有官职在身，需当地州府清吏司上呈到京城刑部与都察院。那知县见我爹人在兆安，便直接呈与我爹了。”

“那案子有问题？”魏昂渊皱眉问。

阮云笙点了点头，继续说道：“当时我爹与当地清吏司复核过后见没什么问题便将此囚判了秋斩，后呈与京城批核，那犯人便被处决了，哪想……”他攥了攥拳头，“哪想前几日，一举子到大理寺去翻案，要翻的就是此案。”

几人大惊：“那举子是什么人？此案果真是冤案？”

“那举子是那县尉的外甥。”阮云笙咬了咬嘴唇，“大理寺暂把此案压了下来，私下知会了我爹。我爹他们拿着举子手里的证据暗中调查，结果查出那县尉是被人陷害的。”

叶勉咽了咽口水，道：“阮都御史只是参与此案复核——”

“大文朝律，凡御史犯罪，加三等，有赃论重处，”魏昂渊拧眉打断叶勉，“现在坏就坏在那兆安县知县和阮家有亲，有些事就说不清了。”

几人从暖阁出来，学屋里有两个爱闹的学子本想打趣他们，问他们在暖阁里偷偷摸摸商量什么坏事，却见几人都一副山雨欲来的模样，便没敢言语。

启瑞院学屋罕见地在课休期间没人打闹喧哗，来上课的先生进了院子，没听见屋里有动静，又退了出去，仰头看了下院匾，见没走错才重新抬脚进屋。

兆安县县尉的冤案平反没几天便在京里闹得沸沸扬扬，毕竟是举子亲来投案，大理寺能压下几天给阮家来谋划已经是给了天大的面子。

大文朝律法严明，查证后，经办此案的十几个官吏从狱卒到官员全部按过追责，地方主审官及刑部清吏司郎中被革职查办，对兆安县县尉遗孀按例抚恤。

阮云笙的爹是大文朝正三品大员，在朝里的势力盘根错节，本来复核错一处地方小官的冤案也不会伤到根本，奈何御史这种言官弹劾百官纠察官行，平时最是要行正坐端的，这些年下来得罪的人数不胜数。朝中各方势力拉扯了几回之后，皇帝亲着大理寺卿调查阮左都御史是否“受贿枉法”，而后再做定夺。

朝上风云变幻，对学里影响却不大。

天气渐渐转暖，满城的积雪早已化了个干净。

京城的阳春三月虽不比江南那样绿柳芳枝，却也是春华风暖，让人愉悦。

今儿是三月初九，学生们要登山拜魁元庙。

宝丰院撤了屋里最后一个火盆，一大清早，叶勉站在地上抬着胳膊让丫鬟们伺候他换春衫。

明亮却不耀眼的阳光从木窗格透进屋来，叶勉站在窗前由着宝荷她们摆弄，难得有好心情，哼着不成调子的小曲儿，看着窗外仆妇们领着几个粗使丫头蹲在地上种花埋草。

针线房来送这一季新衣裳的刘妈妈满脸堆笑地站在屋里，不错眼珠子地瞅着宝年和宝荷蹲在地上，给长得玉人儿一般的四少爷整理衣衫，挂香包佩玉。

“这一季的衣裳都是南边来的样式吧？”宝荷一边伸手抚平腰带一边赞道，“怪好看的，颜色也鲜亮。”

宝年点了点头：“腰掐得可真紧，倒是显身儿。”

“姑娘真真好眼力，”刘妈妈忙笑着走上前讨好道，“咱们大少爷和四少爷这季的衣裳不仅是南边的样式，料子也是直接从南边买的，咱们府里还新请了两个姑苏的绣娘，绣法也不一样了，您瞧瞧。”

宝年定眼看了看叶勉领口和腰间的银线暗绣海棠花纹，满意地点了点头：“还真是，比之前的绣娘做得好，那你让她们再给四少爷做几双袜子，袜口就绣踏浪纹。”

“哎！”刘妈妈赶紧应承着，“过两日就给您送来。”

宝雪亲自给刘妈妈倒了一杯热茶，道：“妈妈坐着吧，她们手脚笨，还得一会儿工夫呢。”

“谢谢姑娘，我在这儿就行，”刘妈妈连摆了摆手，“哪有少爷在地上站着，老婆子坐那儿的道理。”

“不碍的，”宝雪抿嘴笑道，“四少爷才多大，宝丰院现在还没那么多规矩呢。”说着就牵着刘妈妈的袖角，让到一个绣墩子上面。

刘妈妈拘谨地在绣墩上坐了一角，跟着她一起来的小女儿也红着脸低着头跟了过去，紧拽着她肩头的衣角不撒手。

眼看着宝丰院几个穿绫带金的大丫鬟体面大方，再看看自家女儿上不得台面的贱相，刘妈妈这心里就十分窝火：“和她那爹一个死样儿，一棍子打不出个屁来！给她扯料子做了身新衣裳是为了什么？还不是让她能进屋和这几个大的说说话？待她以后使上些银钱，在这院里做个三等，也比在针线房摆弄布料死物强！”

刘妈妈想到这里沉了嘴角，狠狠剜了她女儿一眼，示意她去说话，来之前都教好的。刘家女儿缩了缩脖子，却始终低着头，咬紧了唇，不开口。她不敢。这里的姐姐们穿得比针线房的管事杨嬷嬷还好，手上的镯子成串地戴，说话又好听，是官话，不像她，开口就是平化乡下口音。她觉得自己给人家沏茶倒水都不配，更别提像她娘教的那样去搭话了。她还记得她之前去讨好杨嬷嬷，被房里的姐妹羞了几回。这可是在四少爷身边伺候的呀，四少爷……她只敢瞥一下他的衣角，这衣裳可是她今天捧过来的呢。

刘妈妈被她女儿的模样气得心咚咚跳。

宝雪心细，见状摇了摇头，端起一盘子肉糜松糕递给刘家女儿，笑着说道：“吃吧，四少爷早上吃剩的，还温着呢。”

刘家女儿不敢接，头低得更厉害了。刘妈妈终于没忍住火气，低声斥道：“让你拿就拿着，不识抬举的东西！”

“哎，您别骂她！”宝雪赶紧出声阻拦。

叶勉被那边的动静叫回了神，待听明白是怎么回事，冲宝雪扬了扬下巴：“让她别哭了，她定是不喜欢松糕，你抓把栗子饴糖给她甜甜嘴儿。”

叶勉让人驾车先去阮府接了阮云笙，一同往北安山那边去。

俩人坐在车厢里，把窗子都敞开。现在外面正是抽枝吐翠的鲜嫩时节，昨天又下了场细细的春雨，微风卷着泥土和青草的香气，拂在人脸上十分适意。

连这些日子一直闷闷不乐的阮云笙都展了笑颜，挑眉调侃叶勉：“咱们是去拜魁元，又不是去拜丈母娘，你穿得这么俊俏作甚？”

叶勉今天一身南边最新式样的天碧色外氅，月牙白的腰带掐紧了腰，脚上蹬着一双玄色黛底鹿皮小朝靴，整个人修长挺拔，嫩生生的模样比外边那刚打骨朵的桃花枝还招人看。

“特别好看吧？”叶勉得意得摇头晃脑，“自我大哥离开这里，我就是京里最靓的崽。”

阮云笙被他逗得前仰后合乐了半天。

叶勉看他笑得开怀，自己也高兴，一屁股挪了过去，坐到他旁边，哥俩好地搂着他的肩膀，叹道：“怪道都说天气能影响心绪，这都多久没看你这么笑了？你得多笑笑才成。”

阮云笙这些时日因为他爹的案子清减了许多，平日嘴角总是噙着的三分笑也消失了，整日愁眉紧锁，好好的一个清雅俊朗、意气风发少年郎被磨得没了光彩。叶勉见了直揪心。

“再给爷笑一个大的！”叶勉挑起他的下巴。

阮云笙翻了个白眼，又转过头看着他翘起的嘴角：“这些日子也扰你们了，待我爹的事定下来，我做东，旬假里去城外找个地方疏散一回如何？”

“好说，一家兄弟不说两家话。”

那个案子，大理寺那边如今已有了些眉目，现在差不多能证明阮都御史并未贪赃，如此便可以只按“失职罪”论处。官肯定是要贬的，但比免职好了太多，只是不知道要贬多少级和怎么个贬法，阮家宗族和姻亲各府都不敢放松，一直在朝里活动着。

北安山在城郊，俩人坐在车厢里一路说说笑笑，不一会儿便到了北安山脚下。

山脚下已经十分热闹了。

学子芸芸，熙熙攘攘，都挎着从家里带来的小竹篮，里面装的是要在庙里投掷讨彩头的物事和各色祈福荷包，荷包里装的是亲手书写的经书。

“勉哥儿，云笙，这边。”

俩人还没下车就听到了李兆的声音。

窗外远处，玉兰古树下，也穿着一身新春裳的李兆跳起来朝他们挥手召唤，朝气满满，英姿风华。

第六章

桃李苑

『我以后若是情缘逆阻不顺，他也别想娶媳妇，我俩一块儿打光棍儿！』

九百九十九级石岩台阶沿山而上，两侧挤满了各色商贩摊子，有卖素饼的、卖梨子水儿的、卖祈福荷包的，还有卜卦算命的，这一路上像赶集一样热闹。

叶勉气喘吁吁地站在山顶的魁元庙门前，抹了一把额上的薄汗。

“温寻这小子是早知道要爬台阶才不来的吧？”

这一天不只是国子学的学生来祭拜魁元庙，京城里各个官学和私馆都有学子来祈福，庙里“人流压力”巨大，因而国子学并不要求每个学生都去，不想去祭拜的可在家休沐一日。

魏昂渊迈上最后一级台阶，把竹篮往脚下一扔，弯腰，两手撑在膝盖上也大口喘着气，说：“不然这家伙能错过这一路的好吃食？”

四人跟着人流进了庙，跪着叩拜了魁星像，又将篮中的龙眼、榛子、花生交与魁星像前面的一个小沙弥。小沙弥捧了一把出来抛高掷与殿上，一颗花生正好落在阮云笙身前的竹篮里。

叶勉拊掌大乐：“哎哟，不得了！阮家这是要出探花郎了。”

“哎！还真是！”

“哈哈……莫非云笙以后要走科场？”

三人围着打趣了一回。

阮云笙盯着那颗花生看了好一会儿，俯身将它捡起来收到自己的祈福香囊里，回身翘起一边嘴角笑道：“走，桃李苑赏花去！”

魁元庙的后院有一座桃李苑，在大文朝颇为有名，园子门口的歪石上有世祖亲笔所提的“天下桃李，满园灼华”，寄寓大文朝的学子们名满天下。因为此园寓意实在太好，又一直在魁元庙的后院“吃”香火，便成了学子们的祈福圣地。每年全国各地都有学子慕名而来，在自己中意的一棵树上挂上祈福荷包，望能在科考中金榜题名！

也是因为“客流压力”，自前些年开始，桃李苑便只对国子学和京城的几个官学开放，其他私馆和外地学堂的学子是一律不准入内的。

叶勉等人给守园的兵卫看了腕上的手镯，便被放行进园。

叶勉一进去便知道今天这九百九十九级台阶没白爬，他本以为桃李苑就是一大片果树林，哪想里面廊桥栈道弯弯绕绕，桃树、李树参差错落，竟是个精致的园林。

现在还不是花儿盛放的季节，满树的花骨朵粉粉白白，星星点点地簇满枝头，配着绿叶含苞欲放的模样让整个园子都充满生机。满脸朝气的学子们穿着春裳，穿梭在游廊里，或对着挂着自己祈福荷包的树枝弯腰叩拜，或三五好友谈天说笑。

刚进园子就遇到好些个熟人，叶勉一边逛一边和他们打招呼。启瑞院也有几个先到的，一见到叶勉他们就大声唤他们过去。

“叶勉，昂渊，这边来！”一个少年踩在春凳上挥着袖子大声召唤道，“这里有棵好树！”

“快快快，我们在这里守了好久，差点儿被启德院抢了，牌子是不是在你们那儿？”另一同窗问道。

“在我这儿，别急。”叶勉从衣襟里取出一块巴掌大的乌木牌，木牌上刻着“国子学启瑞院”。

依照国子学的传统，学里会给每个学院发一块刻着院名的乌木院牌，同一个学院的学子要将祈福荷包挂在同一棵树上，没来的也会在前一天将自己的荷包交给同窗，一同挂上枝头祈福。

叶勉挑了一枝花骨朵比较多的树枝，刚要把院牌挂上去，想了想又把手缩了回来。

“你们怎么挑了棵李树？”叶勉问道。

“李树怎么了，不好？”

叶勉摇了摇头：“不是李树不好，只是不如桃树好。”他从廊椅上蹦了下来，“走！我们去找棵桃树。”

刚才守着李树的那个少年不大乐意：“为什么要换？这棵树刚才好多院子要抢呢，我们守了这么久。”

“说换就换了，你怎么那么啰唆？”魏昂渊不耐烦。

刚说话的那位小公子立马不敢言语了，耷拉着脑袋。

叶勉倒是好脾气地解释道：“你们还记得《周易》里面怎么说的吗？子、午、卯、酉分别代表四象的北、南、东、西，当四象交会之时便是桃花盛开之日。”

大家都怔怔地看着叶勉，李兆也没明白他的意思，问道：“那怎么了？”

倒是阮云笙扑哧一声笑了出来，道：“四象交会，姻缘结，有人今天不想求学业，倒是想求桃花运呢……不害臊！”

李兆哈哈大笑：“原来是园子春意太浓了。”

众少年这才听明白，乐成了一团，连魏昂渊都撇过头去憋笑。

“桃之夭夭，灼灼其华，我不信你们没想过娶媳妇。”叶勉脸皮厚，不在意他们取笑，还描补道，“学业、姻缘一起求嘛，这儿香火这么好，肯定灵。”

大家都被他勾起了心思，他们这么大的年纪，正是“情窦未开”却又总是喜欢想些有的没的的时候。

“走走走，我们往里面找找，那边桃树多！”

一伙人沿着交错的游廊往深处探去，只是过了一座木廊桥就走不通了。

叶勉望着前面拦起来的帏布和守在那边的几个婆子，不解地问道：“这怎么给拦起来了？”

阮云笙看着他戏谑道：“你不是都开始思春了？这都不知道？”

叶勉白了他一眼，道：“什么思春啊？难听死了。”

阮云笙好半天才憋住笑，咳了一声，说：“那边是女学的学生啊，她们是从另一头入园的。”

听阮云笙讲完，叶勉才知道，原来三月初九这一天，女学的学生们也会来桃李苑赏花祈福，她们会在桃李树上挂上各种颜色的丝带，每种颜色都有不同的意义，例如红色是替父兄求官运，绿色是替家人祈平安，而粉色则是为自己求姻缘。有趣的是，有意中人的女学生们会在园子里找到“他”的乌木院牌，然后将自己的粉色丝带系在那棵树上。这些年有不少女子成婚后偷偷告诉自己的夫君，当年曾为他在那棵树上系了一条粉带，倒是佳话频出。

这个女学，叶勉是知道的，就在国子学隔壁，全名叫博雅女学，是京城唯一收女子入学的官学，所以后来大家都直接称之为女学。去那里读书的都是高门的大家闺秀，他大嫂姜南初就曾在那里上学。据说女学里的先生并不比国子学的差多少，大文朝尚文一事由此也可见一斑。

叶勉本和他们一样，想挑一棵长得十分高壮的桃树，听阮云笙讲完就改主意了，找了一棵“矮粗胖”，把启瑞院的乌木院牌挂了上去。

这次连魏昂渊都忍不了了，眼角直抽动，他问道：“你干吗呢？”

“挂那么高作甚？”叶勉一边认真地在枝上系院牌一边说道，“万一女学里有哪位小姐倾慕我们，够不着枝头怎么办，难不成让人叠罗汉？”

魏昂渊十分无语，没好气道：“有你什么事儿？人家都是系给坤字生师兄的，你少自作多情！”

叶勉不乐意了：“不就比他们小几岁嘛，差什么了？咱们打赌，午后咱们再回来看，要是上面没有粉带，我背你下山！”

众少年大笑着拍手叫好。

魏昂渊不屑地朝着叶勉下半身瞥了一眼，嘟囔道：“下面那一套还没长好，就想娶媳妇了……”

“魏昂渊，你放屁！”叶勉气极了，直接朝他扑了过去。

魏昂渊没防备，一下就被他扑倒在地上，叫道：“老子的一直比你的大！你要不要掏出来比比？”

众少年哈哈大笑，李兆和阮云笙更是抱着肚子蹲在地上，乐得直不起身。

叶勉这边正闹得欢，忽然听到有人喊他的名字，扭头朝后面一看就定住了，结果被魏昂渊抓住机会掀翻，反骑了上去。魏昂渊刚想挥手捶叶勉就发现他泄了力，不反抗了，便也下意识扭头看，只见启南院一行十几人走了过来。他心里暗骂了一声“晦气”,便站起身把叶勉拉了起来。

俩人刚在地上滚了一身的尘土和树叶，叶勉简单拍了拍衣裳，又帮魏昂渊把头发上沾的两片叶子摘下来，便带着启瑞院的人迎了上去，与荣南郡王见礼。

荣南郡王凤眼狭长，只略抬了抬眼角扫了叶勉和魏昂渊一眼，微微点了点头算是回应。

魏昂渊在心里暗骂，叶勉却不大在意，笑着看向刚刚喊他的陆离峥，问道："怎么这时候才来？"

陆离峥一边帮叶勉拍着衣服上的尘土一边说："早就来了，郡王带我们去见了慧文大师，刚打禅房里出来。"

叶勉挑了挑眉。这魁元庙的慧文大师可是连当今圣上都礼让三分的得道高僧，进过他禅房听经的人数，整个大文朝用一只手都数得过来，这荣南郡王……是捐了多少香油钱啊？他不由得又打量了一眼眼前的这位财神爷。

"勉哥，你们挂祈福荷包了吗？"陆离峥问。

"还没呢，刚选好树，就这棵。"叶勉指了指右手边那棵矮桃树。

其实叶勉选的那棵桃树看着还不错，虽不高但胜在枝繁叶茂，花骨朵也密密实实压满枝头，看着特喜兴。

陆离峥兴冲冲地跑过去，指着和启瑞院挨着的另一棵树，对荣南郡王说："庄珝哥，那咱们选旁边这棵好不好？我想把祈福荷包和勉哥的挂得近一些。"

陆离峥指的那棵和启瑞院的那棵树紧紧相挨，也是棵矮壮的桃树，两棵树的枝叶有一部分还因为离得太近，树枝交错着，从远处看就像手拉手一样。

"这树太矮了，不好不好。"启南院立刻有人提出反对意见。

"是啊，还没前面看的李树好。"

庄珝对这些人的话置若罔闻，只把手里的乌木院牌递给陆离峥。陆离峥立时笑逐颜开，接过院牌就系在那棵树上。

启南院那几个暗暗郁闷，却敢怒不敢言，荣南郡王向来待陆离峥和他们不一样，人家可是一直叫"庄珝哥"的。

叶勉一边在枝头上系自己的祈福荷包，一边和陆离峥絮絮叨叨地解释："我们之所以选了棵矮树，是因为待会儿女学的学生们会给意中人系丝带，我们怕太高了，小姐们够不着枝头，咱们做男人的就该贴心些。"

陆离峥半张着嘴看着叶勉，似懂非懂地点了点头。倒是启南院刚才不大乐意的几个小公子一改之前磨磨蹭蹭的态度，纷纷上前，去找中意的枝头系荷包。

阮云笙看了看叶勉，又看了看陆离峥，挑起一边唇角轻嗤了一声。

叶勉为了满足陆离峥要和他近一点儿的要求，就把俩人的荷包挂在两棵树枝叶交错的地方。陆离峥站在树下，满意地看着两人的荷包挨着，问站在一边的荣南郡王："庄珝哥，要不要我帮你挂？"

荣南郡王看了眼身边的侍从，侍从低头应是，赶紧把荷包拿给陆离峥。陆离峥接过之后就把庄珝的荷包也系在那里。

叶勉因为和魏昂渊打了赌，在魁元庙里吃了素斋也没急着走，在庙里待到日头快落山时才返回了桃李苑。

守园人见怪不怪。

叶勉带着几人过去的时候，看到许多戴着棕色金刚藤手镯的坤字生的师兄正围着启瑞院和启南院的那两棵拉手树指指点点。

叶勉心下奇怪，待走近看清了才大吃一惊，随后又羞又气！

"你不是说她们都系给坤字师兄吗？"叶勉咬着牙问魏昂渊。

魏昂渊瞪着眼睛看着启南院的满树粉色丝带飘荡，又看了看旁边启瑞院树上可怜兮兮空挂着的几个荷包，也惊到了，他本来也没想着他们能得到粉带，但这也太难看了。两棵树离得如此近，说是公开处刑也不为过！

启瑞院的少年们无措地站在那里，尴尬、羞恼不已。坤字生们更是恨不得吐血三升，满园的粉带一多半都挂在启南院的那棵矮树上，他们竟被启字生截了和，日后他们可还有脸出门应酬吃酒？

众人皆知隔壁女学一直关注国子学的一举一动，就像女学里哪位才女出了风头，他们也会去打探、评判一番一样。但他们实在是小看了庄珝来京在女学里引起的轩然大波，"转学生"本就易受关注，庄珝又自带"光环"，刚到京城就已经被各家贵女盯上了。紧接着，他被封了郡王，得了属地，有了封邑，前些日子又横扫启字生旬考所有科目，得了头甲第一名，这不是又一个即将出世的"端华公子"吗？

话说当年永安侯府的姜家二小姐就是出手快、准、狠，把一众还在矜持着芳心暗许的闺秀打得措手不及，现在得嫁玉郎，夫妻恩爱，谁人不羡？如今又一“端华”再现，还是个有封邑的郡王，她们不在此时下手，岂不是脑子里有坑？

叶勉不信邪，跑去树下拨弄两棵树枝叶交错的地方，那里系着的粉带最多，没准有几根是系给启瑞院的。他正仰着头翻找得仔细，就听后面有人喊他。

“勉哥，你找什么呢？”

叶勉回过头去，见是陆离峥和启南院的端律，便没好气道：“找媳妇呢！吵什么吵？”

这可是迁怒。端律忍着笑意咳了两声，陆离峥则挠了挠脑袋，说：“我们来取庄珝哥的荷包。”

“怎么了？”

端律拱了拱手，道：“荣南郡王贴身之物不便落在外头，今儿白日里应个景积些福气便罢，如若叶四少爷方便，可否帮我们把郡王那只荷包解下？”

“哦。”

叶勉无所谓地点了点头，便转头去摘庄珝那只乌金色荷包，只是伸手去解的时候才发现，他的荷包竟与庄珝的缠绕在一起，两只荷包上的络子胡乱地绕了好几个扣子缚在那里。他一边拆解一边在心里抱怨，定是风给吹乱了，都怪陆离峥把他们的荷包挂得太近。

叶勉仰着头解了半晌，鼻尖都冒汗了也没解开，转头问李兆：“解不开，拿你匕首来。”

“万万不可。”那边端律赶紧出声阻止。

“又怎么了？”叶勉不耐烦地看向他。

端律咳了一声，小声道：“这桃李苑可灵得很，求了福的荷包怎能用钝物损坏，庙里神灵也会不高兴，责怪下来可不好。”

叶勉一顿，他自打穿越到大文朝，便对鬼神信仰那些有的没的忌讳得很，端律如此一说，他哪还敢动，略想一想，便伸手抓住两只荷包用力一拽，春日里新抽的嫩枝应声而断。

叶勉把依旧缠在一起的两只荷包抛给端律，道：“拿回去，让你们郡王身边手灵巧的奴才解开就是了。”

阮云笙在一边眼角直抽抽，心想，叶勉这傻子，自己求姻缘的荷包赠予他人算怎么回事？

那边端律已经把荷包收好，拜谢了叶勉就带着陆离峥走了。阮云笙无语地看着叶勉，忍了忍，终究没有再提。

天色渐晚，几人也没心情再逛园子，便慢慢悠悠地出了桃李苑，准备各自打道回府。

魁元庙门口，几人正起哄让叶勉愿赌服输背魏昂渊下山，就见陆离峥脸色通红地走了过来。

“勉哥儿。”陆离峥低着头，把手里的东西递给叶勉。

是叶勉的荷包，荷包上的天青色络子已经被铰断了，只可怜兮兮地留了一半坠在那里。

“不是你们说不能用刀？”

陆离峥低着头，没敢吱声。

叶勉接过荷包，用手掂了掂，怒极反笑，顾自嘀咕道：“这岂不是要坏我姻缘吗？”

“勉哥儿——”

陆离峥还没说完，就被叶勉打断了，他没好气道：“你回去给你们荣南郡王捎个话，就说我以后若是情缘逆阻不顺，他也别想娶媳妇，我俩一块儿打光棍儿！”

◆ ◆ ◆

第二天一大早，叶勉迷迷糊糊地从床上爬了下来，两脚一沾地，跪了。昨天他打赌输了，背着魏昂渊下了山。昨晚间倒没觉得怎样，如今却显出厉害来了，他的腿软得如面条一般，酸痛难忍，唬得几个丫鬟给揉了好一会儿。

因在房里按揉耽搁了时辰，叶勉又没来得及在府里用朝饭。宝荷赶紧着一个外面等差使的三等丫头把桌上的膳点端回厨房，再包些热乎的装好送到马车上。

叶勉穿戴好刚要出门，就见那个小丫头慌慌张张地跑了回来，跪到门房前就开始哭。几个大丫鬟面面相觑，忙问是怎么回事。小丫头抽咽，说不出话，最后还是宝年发狠骂了她几句，她才说出囫囵话。

这个小丫头叫蕊儿，平日里大都是她去厨房上给四少爷要晨点，厨房也都认得她。每次她去了，厨娘们都热情得很，点心由着她选。

今日也是如此，蕊儿自己在灶上转悠，相中了锅里刚蒸好的一盘如意芝麻糕，想着四少爷喜食芝麻，看周围人都忙，便自行包在油纸里。

哪想点心还没送到马车上，她就在回廊里被一个急急赶来的厨娘拦了下来，说是老爷因着她拿的点心发了火。蕊儿吓得蒙在那里，又想不明白，老爷怎会因一盘芝麻糕朝她这个小丫鬟发火。她这也是替叶勉撞枪口上了，今天是大少爷叶璟归府的日子，思子心切的叶侍郎早早就告了假，准备去城外迎一迎，更是在头天晚上就亲自吩咐厨房，点了几样大少爷爱吃的点心，准备带在路上。

叶侍郎待叶璟是打小就十分精心的，吃用向来都要亲自过遍眼才安心，发现少了一份点心，便立刻着人去厨房问。厨房说让宝丰院的丫头包去给四少爷当晨点了，再一细问才知道叶勉惯常赖床而来不及在家食朝饭，所以让人给包好了在路上吃。叶侍郎气得在院子里大骂叶勉是懒怠废物，更是让人把早点给劫了回来，还吩咐蕊儿回去告诉宝丰院，厨房再不会给四少爷打包晨点，若是她们主子以后起得迟了，就不用食朝饭了，饿死拉倒！

叶夫人在一旁劝了两句，叶侍郎却埋怨邱氏慈母多败儿，气得邱氏转过身去不再理他。

“我现在没空教训他，让那逆子等我回来！”叶侍郎气得直吹胡子。

叶勉听蕊儿说完，撇了撇嘴，心想，不吃就不吃，有啥了不起！

宝丰院的丫鬟们却吓得脸色发白，宝雪赶紧包了几块桌子上的点心装进叶勉的书袋里，让他路上吃。

叶勉掏出来扔了。

“不吃！”说完，他便一甩袖子走了。

叶勉郁闷是真的，肚子饿也是真的，上课上到一半就开始胃疼，也不知道是气的还是饿的。他弓着身子趴到书案上，教他们三史的先生停了讲习，皱着眉问他这是何意。

叶勉抬头据实相告：“先生，学生腹痛难忍。”

先生冷冷一笑，道：“惯用伎俩，既不喜听我讲学，便出去吧！”

人倒霉时真的是喝凉水都塞牙，叶勉认命地叹了口气滚出了学屋。奈何腿上酸痛，胃也绞着劲儿地疼，他根本站不住，便找了个逆风的地方，抱着肚子苦兮兮地蹲靠在廊下休息。

不一会儿，墨拾从学屋里出来，偷偷塞给他两块用干净帕子包着的糖酥饼。

“叶少爷别嫌弃，这是我的，虽不好，却是膳房早上新做的。”

叶勉一块饼子下肚，才想起来问他：“你怎知我饿了？”

墨拾抿嘴笑：“早上给您倒茶时就听到您腹鸣了，后来看您脸色也不好，我之前在膳房当差时也惯会饿着肚子做活儿，怎会不知？您以后要多吃些才行。”

叶勉有些感动，抬手拍了拍墨拾的脸：“成，没白疼你。”

可算熬到了午时散课，叶勉埋头扒饭，对谁都不理。启瑞院几个看着他想笑又不太敢。今天叶勉心绪不佳，从早上来就绷着脸，平日里惯见他嬉皮笑脸插科打诨，鲜少见他如此，连魏昂渊都被唬住了，不敢招他。

几人正互相打眼色的时候，就听阮云笙“啊”的一声惨叫。

周围的人都被吓了一跳，叶勉也猛地抬起头来，就看阮云笙手捂着脖颈儿，肩膀处的衣裳上明显有一片水渍，大家赶紧起身。这时阮云笙后面的一个学子怪声怪气道：“失手了，阮公子莫怪。”

阮云笙指着那人道：“薛平远！你可真够下作的！”

他们在膳堂也是有侍童服侍的，哪个用自己端茶？

那人冷笑道：“不过就是失手洒了杯茶，阮大公子何至于出口伤人？这里可是国子学。”

“你也知道这里是国子学？”阮云笙反问，“前些日子，你在我上学路上做手脚，我已经忍了你。没想到你居然得寸进尺，在学里用如此的小人手段，薛家果然会教子！”

阮云笙这么一说，叶勉几个就明白了，这个薛平远就是前些日子让下人在阮云笙上学路上找麻烦的那个人，害得他连着迟到好几天而被行思阁责罚。叶勉几个问他是哪个人在找死，要帮他出头。阮云笙却因为不想在他爹的案子关键时刻节外生枝，不肯讲。这也是这段时间叶勉一直顺路接上阮云笙一起上学的原因。

这个薛平远，叶勉也是知道的，鸿胪寺卿之子。薛家和阮家是死对头，去年薛平远的姐夫还因为在做河道修缮差使时懒政坏绩，导致好几个村庄遭毁，被阮御史弹劾，革了官职，他姐姐也因此受了刺激，丢了腹中之子。

薛平远听阮云笙这么说，咬牙道："我们薛家再怎么会教也比不上你们阮府，只是不会教人贪赃枉法罢了。"

如此影射，阮云笙哪还忍得了，指节捏得发白刚想发作，就被叶勉拦下了，拉到一边。叶勉先检查了一下他的脖颈儿，又扯开他的衣领往里面看了看，随后面冷如霜，道："茶是烫的，你们快带云笙去医苑擦药。"

魏昂渊、李兆和温寻闻言都变了脸色。魏昂渊胸口起伏了几下，恶狠狠地瞪了薛平远一眼，便和温寻两人强拽着阮云笙出去。

叶勉看他们三人出了萃华楼，便整了整衣袖，面无表情地朝那个薛平远走了过去。薛平远不自觉地往后退了一步，刚想问他要做什么，只是话还没出口就被叶勉一拳砸在脸上。薛平远被打了个踉跄，腰撞到后面的膳桌上，那桌上的学子赶紧散开躲到了一边。叶勉几步走过去又一脚踹了过去，这一脚他发了狠，力气使了十成九，薛平远直接捂着肚子翻倒在地上。

本来围着看热闹的学子们都吓坏了，他们当中确实有许多跋扈的，但是亲自下场打架的十分少见。在学里没有小厮，吵吵架就差不多了，再不济出了国子学，让小厮约架打一场也是有的。

叶勉甩开过来拦他的李兆，又往薛平远胸口上狠踹了几脚。薛平远弓着身子抱着头和肩膀嗷嗷叫唤，叶勉满眼狠厉，又一脚踢在他的腰眼上，薛平远"哇"的一声哭了出来。

李兆赶紧使蛮力拦腰抱住叶勉，喊道："别打了，训导司正就要来了！"

"你放开我！"叶勉挣了几下没有挣开，十分不耐。

"别打了，你听话！"李兆苦口婆心地劝道，"这里是国子学，你不能把人打坏了，这杂碎，我们日后多的是办法收拾。"

俩人正纠缠的时候，一伙人从外面挤了进来，其中几个叫着薛平远的名字朝他围了过去，扶他坐了起来。

看手镯，他们和薛平远一样，都是修思院的。

其中两个修思院的学生朝叶勉走了过来，其中一人怒气冲冲地喊道：“叶勉，你干什么呢？”

启瑞院一众少年立时挡在叶勉前面，反问道：“你又要干什么？你谁啊你？”

启瑞院平日里是嚣张横行惯了的，鲜少有人敢惹，今天居然被人欺负到头上来了，气得头顶都要冒烟了，因而见了修字生也没相让。两拨人马剑拔弩张，围在一边看热闹的都下意识地往后退了两步。

姜北勤要气死了，他不耐烦地推开挡在叶勉前面的人。启瑞院众少年以为这是要动手了，刚想一哄而上，就听叶勉在后面说：“别动手，这是我亲戚。”

“谁是你亲戚？我是你哥！”姜北勤喊完又后悔了，反口道，“我没你这个蠢弟弟！”

叶勉刚干完架，胃不疼了，腿不酸了，心里郁气也散了不少，看姜北勤前言不搭后语地跳脚，倒也觉得有些好笑，只是笑得不够久。

庸光门前面，季大司正的咆哮声响彻整个小广场，围着看热闹的学子都缩了缩脖子。

“把手拿出来！”

叶勉倔强地把手背在身后。

“叶勉！你别让老夫说第二遍！”季大司正气得头发都快竖起来了。

叶勉咬了咬嘴唇，看了看前面拿着黄铜戒尺的训导司正和远处围着的学子，背后的手攥得更紧了。

“拿出来！”季大司正大声喝道。

叶勉抖了抖，随后脸上勉强挤出笑，讨好道：“要么您还是打我屁股板子吧？”

“由不得你选！你不是觉得自己很英武吗？我今儿就是要臊死你！”

季大司正说着说着好像就气急了，亲自去捉叶勉背后握紧的手。

叶勉急道：“我脱了裤子给您打板子还不成吗？您别打我手心！”

季大司正把叶勉的右手拽了过来，想了想又换成左手，一甩袖子下令：“打！给我狠狠地打！”

执刑的训导司正今天也被叶勉气得不行，下手时一点儿没留情面，一戒尺下去，叶勉就想死了重新投胎。

黄铜戒尺打手是钻心的疼法，但对叶勉来说，疼是其次，最主要的是丢面子，当着国子学这么多人的面，他像个小学生没做对算术题一样被老师打手心，真的很可耻！

叶勉守着最后的倔强和底线，没有叫，眼泪窝在眼圈里转了几转，他也不敢眨眼，怕它掉出来。要是今天被打手心打哭了，他以后也不用做人了。

叶勉正疼到想跳脚的时候，就见一人跑了过来，季大司正喊了声“停”。

叶勉气喘吁吁，满脸是汗地看着这个“小天使”，待看清时不禁一愣，是个穿着宫衣的内侍太监。

小太监恭恭敬敬地朝季大司正施了一礼，轻声道：“荣南郡王责奴才来问问这里在做什么。”

季大司正回道：“学生顽劣，行思阁正在处罚。”

小太监得到答复后便躬身行礼，小跑着回到不远处站着的荣南郡王身边禀报。

荣南郡王听那内侍说完，便朝他们走了过来。叶勉心里一动，想着这庄珝倒不是个小气之人，日后定还他此情。

庄珝走过来盯着叶勉看了好几眼却不说话，叶勉不明所以，倒有些尴尬，就吸了吸鼻子，抬手用袖口抹了把眼睛。

庄珝皱起眉头，凤眼里似有不满，转头问旁边的季大司正：“怎的不打了？”

叶勉目瞪口呆，季大司正也愣住了，他本以为荣南郡王和叶勉有私交，是来求情的。

又一戒尺狠狠地落在叶勉的掌心，叶勉猝不及防，“啊”的一声叫了出来。这停了一会儿再打简直要人命，比之前疼上几倍，还不如一口气打完呢。叶勉倒吸了一口凉气续命，都来不及骂，挨打几下便忍不住了，虽死命咬着嘴唇不去求饶，眼泪却控制不住地溢出眼眶。

打了好一会儿，季大司正见叶勉眼角泛红，嘴唇却淡白如雪，微微发抖，很可怜的样子，想是罚得差不多了，就想张嘴喊“停”，却被庄珝一个眼神吓了回去——他还没看够，停什么停？

◆　◆　◆

散学钟敲响，阮云笙跑去行思阁，把差点儿跪穿青石砖的叶勉背回启瑞院。

叶勉趴在他背上，问："你怎么样？还疼吗？"

"你都这样了还问我？"阮云笙笑得无奈，"不疼了，那茶虽是热的，却不是滚水，没事儿。"

"算那孙子走运，"叶勉嘟囔着哼道，"否则出了国子学，老子打爆他的狗头。"

知道阮云笙没事他也就放心了，有气无力地趴在他背上不动，这一天他过得实在糟心，也懒得讲话。

俩人一路沉默着回了启瑞院。

阮云笙细细地给叶勉手上涂了一层从医苑讨回来的药膏，想了想又把他的靴子脱了，将他裤子撩到膝盖上面，果然两膝上各有一大团瘀青。

几人都不忍心看，连叶勉自己看了都摇头叹气："再他娘的在这儿待上一年，我这双腿怕是要保不住了。"

魏昂渊赶紧支使侍童去烫了布巾，想了想还是没敢下手，便把布巾交给阮云笙。阮云笙把热布巾抖了抖，才轻轻地敷在叶勉的膝盖上。

针刺一样的疼。这里没外人，叶勉嗷嗷地号出了声，听得几个人又心疼又想笑。阮云笙赶紧朝着他的膝盖轻轻吹气，一边把药膏一点点地涂了上去。

"昂渊，我得去你府里躲一晚。"上完药，叶勉一边穿靴子一边说。

"啊，好。"魏昂渊一愣，"你又和叶侍郎争吵了？"

"没。"叶勉揉了揉鼻子，"没吵，但是今儿一早惹着他了，老爷子放话让我回去等他揭我的皮呢。"

众人了然，怪道他一早来就摆着一张臭脸。

出了集贤门，叶勉朝等在门外的丰今挥了挥手，打发道："我今晚去左相府，你回去就和他们说——"

叶勉正转着眼珠子想借口，就被丰今笑吟吟地打断了："主子，今天有人来接您。”

“啊？谁啊？”叶勉心里一跳，怕不是他今天在学里打架传到他爹耳朵里，老头子又派牛管家来抓他，上回那顿好打，他可还记着呢。不过，看丰今这表情又不像。

“嘿嘿，您猜猜！”

“啧，谁啊？”叶勉今天不耐烦和这小孩儿打哑谜，便径直朝马车走了过去。

魏昂渊几个见叶勉几步跨过去，十分不耐地一把掀开马车帘子，随即就瞪着眼睛看着里面不动了，半天才不情不愿地叫道：“大哥。”

几人对视了一眼，赶紧小跑过去，只见宽敞的马车里，一身淡色锦衣的金贵公子银冠玉带，正斜着身子歪靠在一团织金红锦引枕上，身姿慵懒却依旧风度翩翩。叶璟见他们都过来了，便慢慢坐直，朝他们勾了勾唇角，眼角眉梢间，隐隐透出万般风流。

几人只觉似有春风萦怀，顾自红了脸，俯身行礼，也乖乖喊人：“璟哥哥。”

国子学门口还有不少人，听到端华公子来了，都一窝蜂地跑过来，探头探脑地想一瞻其绝世风仪。

“看什么看？”叶勉瞪起眼睛，凶神恶煞地朝那些人吼，随即一跃跳上马车钻了进去，狠狠地摔下帘子隔绝那些目光。过了半晌，他才想起朝外面喊了声：“昂渊，我改日再去你那儿，先走了。”

马车动了之后，叶勉臊眉耷眼儿地问叶璟：“你怎么来了啊？”

叶璟喉间溢出一声轻笑，问道：“怎么，我不来，你便不回府了？”

“能躲一天是一天呗。”叶勉往垫子上一靠，认命般叹气，“反正老头子看我不顺眼，吃你一口芝麻糕都要被他骂，没意思。”

“胡说八道，父亲明明是气你懒怠。”叶璟说完，突然敛了唇角的笑意，伸手把叶勉拉近，在他身上嗅了嗅，随即蹙着精致的眉尖，问他，“怎的一身药味儿？”

叶勉不自然地咳了一声，转头看向另一边，脑子里快速过了几种说辞，转头就看到他哥正似笑非笑地看着他，便一下泄了气。他哥可是大理寺的，刑讯逼供、专业鉴谎，他就不和人家专业的死磕了。他认命地清了清喉咙，道："我今天在学里和人打了一架，被行思阁罚跪了两个时辰。"

叶璟上下扫了叶勉两眼，伸手把他藏到背后的左手拽了出来，看了好一会儿才皱眉道："打得这么厉害？"

叶勉把手抽了回来，道："不算啥，没您亲爹打得狠。"

叶璟抬眼看他。

"我也不知道有没有人通知爹，反正今儿回去你得护着我，我再挨揍你可就没有弟弟了。娘年纪也大了，不能再生了——哎哟！"

叶璟一巴掌拍在他脑袋上，斥道："现在当着我的面都敢满嘴胡吣，我看父亲打你打得并不冤枉。"

叶勉气急，又没好话了："反正我今儿身子骨是吃不了打罚的，他要是再揍我，我可翻脸了，到时候闹得更难堪。你这个长子如果不想收拾烂摊子，就自己看着办！"

叶璟沉默了一瞬，又打量了他两眼，忽然轻笑道："没想到我走了几个月，你竟然如此嚣张，怕是连这个府里到底谁说了算都忘了。"

叶璟的声音依旧柔和，嘴角的笑却有些冷意。叶勉心下一抖，知道他哥这是真不高兴了，他不敢在他哥发脾气的边缘再试探，便咽了咽口水，赶紧认㞞。他朝他哥那边挪了挪屁股，见他哥没骂他，便坐过去紧挨着他哥，伸手抱住他哥的腰，臣服讨好之意无以言表。

叶府今日十分热闹，老夫人的寿云斋摆了三桌席面，庶子、庶女和姨娘们也都被请了来，老夫人还破例让厨房做了荤宴，给大少爷接风洗尘。

姜氏在厅里不住脚地忙活，指挥丫鬟们备席，被叶老夫人着大丫鬟云儿叫了回来，气道："今儿你还跟着忙活什么哟？哪里就缺你这么个人了。"

邱氏笑着摇头，叶璟也满眼温柔地看着姜氏，姜氏红了脸，被一脸喜色的杜妈妈按着坐到叶璟旁边。

叶璟牵起姜氏一只手，握在手里轻轻拍了拍安慰她。

叶老夫人笑得开怀："这才对，这才对！"

几个体面的婆子和丫鬟们也跟着打趣，姜氏红着脸嗔了叶璟一眼，硬是把手抽了回来，众人又是一阵大笑。

杜妈妈看着自己带大、从来都大方端庄的二姑娘如此小女儿的样子，又是好气又是高兴。

叶老夫人转头虎着脸对叶侍郎说："今儿璟哥儿刚回来，有什么事儿你都等着明日再说，让南初服侍他早些休息，不许又给叫到你书房去！"

满脸笑容的叶侍郎赶紧躬身应是。

叶老夫人和邱氏细细询问了些叶璟南下办差时的生活琐事，众人都听得认真。

叶勉默默地坐在桌边喝茶，成功地把存在感降到最低，看着他祖母在那里满口"心肝儿肉"，他娘一脸慈爱，他爹满眼骄傲，他大嫂一心爱慕，还有丫鬟们偶尔红着脸偷瞄的眼。他想，老头子今晚应该想不起来收拾他了。

叶勉配着糕点喝了两壶茶，那边终于想起该开席了。

席间，叶勉的膀胱不堪重负，他跑了三趟恭房，收到叶侍郎三个白眼。最后一次正赶上宴席快结束，叶侍郎瞪着叶勉突然好像想起了什么，叶勉一口气提到了嗓子眼儿。

叶璟突然开口："勉哥儿，你一会儿去我书房。"

叶老夫人嗔道："你这刚回来，什么事儿非得今儿个说？"

姜氏向来和夫君一条心，温柔回道："定是要指导勉哥儿课业，过两日他们学里又要旬考了。"

事关学业，叶老夫人就不好阻止了，只好作罢。

叶侍郎也点了点头，随即冷着脸教训叶勉："不可辜负你哥的一片苦心，他连赶了这些日的急路，回来还要问你学业。这次旬考再拿回来丁等，我打断你的腿！"

宝荷抱着四少爷明日要穿的衣裳进了碧华阁的书房，见大少爷穿着家常衣裳正坐在书案后边听二少爷禀事，旁边仅有两个小厮在添茶。宝荷目不斜视地掀了帘子，进了里间。

这里间是大少爷平日处理公务累了小憩的地方，大少爷用得多不多，宝荷不知道，但是四少爷每次来碧华阁都是宿在这里，里面有不少四少爷的私物，要不是几个月没来了，衣裳都不用回宝丰院去取。这里却是热闹着，虽都不敢大声说话吵了外头，人却站了满地。

叶勉刚沐浴完，正大剌剌地躺在平榻床上睡着。宝年坐在床边给他细细地涂药。他今天实在太累，如今困得很了，还没到平日睡觉的时间就迷迷糊糊地合了眼。意识正慢慢飘散的时候，突然听到他哥说话的声音，叶勉一激灵就醒了。

“哥。”

“吵醒你了？”

叶勉支起半边身子打了个哈欠，道:“没睡呢，你怎么还不去休息？”

“就去了。”

叶璟坐在榻边，翻看了一番叶勉的膝盖和手掌，又把他绫白寝衣撩开看了看他的后背，摇头道:“翅膀还没长硬就敢在家里和外头两头扑棱，实在是蠢极了。”

叶勉撇了撇嘴道：“可不敢和您比，端华公子上学时目下无尘、恃才傲物可是名满大文的。”

“我？”叶璟勾起一边嘴角轻笑，问道，“我倚仗我自己便可随心而为，你凭什么？”

“凭我生得好。”

“哦？”

“投胎给你做了弟弟。”叶勉笑。

叶璟愣了愣，随即转头唇角轻扬，笑出了声。

烛火下，端华公子的侧颜美得如梦似幻，宝丰院跟着来伺候的几个丫鬟都不好意思地低了头。

叶勉乘胜追击道：“哥，你真好看，我下辈子还想给你做弟弟。”

叶璟抬手轻轻地拍拍他的头，道：“不是很会哄人吗？怎的就不知道多和父亲说几句好话？”

叶勉不吭声了。

叶璟又打量了他两眼，便起了身，道：“早些睡吧，我回来了，你不必担心父亲罚你。”

叶勉一把抓住他哥的袖子：“哥，我还有件事有求于你。”

叶璟轻嗤：“你嘴里的好话倒是值钱。”

叶勉坐直了，两手都抓住叶璟，正色道：“哥，你知道阮都御史的案子吧，现已到了你们大理寺，他家三子阮云笙是我最好的兄弟。”

叶璟不赞同地看着他："你和他承诺什么了？"

"没有没有，"叶勉连连摆手，"我从未和他提过要来拜求于你。"

叶璟略缓了神色，又深深地盯了叶勉一眼，才说："我知道了，你歇着吧，明早儿过来与我和你大嫂一起用朝饭。"

叶勉赶紧小鸡啄米似的点头，自己把衣服整理好，麻溜地钻进了被窝，满脸写着"我最乖，求怜爱"。

叶璟却看都没看就转身出去了。

第七章

桃溪庄

不得不承认，这人确实长得极好，如画如仙，难以描摹。

这次旬考，叶勉又很不幸地捧回府四个丁等，比上回还多俩，不过叶侍郎没真的抄起棍子撵到宝丰院要敲断他的狗腿。

叶侍郎一脸纠结地看着摊在他书案上的旬考榜单发呆，和上次结果相仿，甲等第一齐刷刷地写着荣南郡王庄珝的名字，只是有一处，叶勉的名字十分不和谐却极其惹眼地插在庄珝的名字中间。算学那一科，荣南郡王竟被他那逆子截了和！叶侍郎不得不承认，他是快意的，他想拊掌大笑，但是再看看叶勉的其他科目，除了丙等，就是不及格的丁等，他又觉得自己作为他的父亲不应该乐。

叶侍郎就这么一脸便秘的表情愣了一盏茶的时间。

此时的叶勉正在碧华阁的书房里与叶璟邀功。

“如何？”

“好。”端坐在案前处理要紧公务的叶璟敷衍道，眼皮都没抬。

叶勉身上穿着象牙白的云绸寝衣，外面松松垮垮地披着一件半旧的海棠色对襟小褂，赤着脚趿着一双软底便鞋，怀里抱着一只皮毛锃亮的黑兔子，乐陶陶地在地上踱步。

“这可如何是好，一不小心竟挡了人的路。”叶勉幸灾乐祸道。

“嗯。”

叶勉倒也不介意叶璟敷衍他，还顺嘴恭维道：“郎艳独绝、世无其二的公子只端华一人罢了，赝品终究是赝品，不过如此而已。”

叶勉说完，又从鼻子里轻哼了一声，小声嘀咕道："就这也值当隔壁那些女学生如此追捧，当真是没见识。"

叶璟听到这里终于顿了笔，忍不住，闷笑出声，摇了摇头，将手中紫毫搭在一边的笔搁上，然后啜了口茶，道："倒也不能这么说，你在这算学上确实有些奇巧功夫，就算是我，对上你也只会吃亏。"

叶勉一时愣在那里，微微睁大双眼，心里微震，两辈子了，一直活在亲哥阴影里的他头一回打人嘴里听说两个哥哥有哪里不如他的地方。这种感觉很是稀奇，他来不及回味，只故作镇定地咳了声，略有些不自然地谦道："嗐，这有什么？"其实叶勉兴奋得皮肤都发烫了，恨不得当场就给他哥表演一个徒手开根号。冷静了好一会儿，他突然想到了什么，笑得开怀："明儿我去启南院转转。"

"还敢惹事？"叶璟瞥了他一眼，警告道，"我最近忙得很。"

叶勉没吭声，只捏了捏兔子耳朵在手里把玩，心里暗骂姜北勤那个告状精。旬考前，他带着启瑞院几个人去修思院找薛平远的麻烦，那个家伙倒是㞞得厉害，只是叶勉还没教训完那㞞包，就被听到风声赶回院子的姜北勤撵了出去。叶勉虽不爽，倒也没太在意，哪想到姜北勤那个长舌鬼居然连夜去他大嫂那儿告了他一状。幸好他大嫂疼他，只和他哥提了提，不然被他爹知道了又得打他。

叶璟看叶勉没应承他，只站在那儿顾自逗怀里的兔子玩儿，哪里会不知道他在心里闹什么鬼，遂摇了摇头，说道："庄珝那人，我年前在金陵倒是见过一回。"

"你见过他？"叶勉抬头饶有兴趣地看向他哥。

叶璟点了点头，道："年纪小，心思却极沉，其实他这样的人……"他想了想才说，"倒是和我有很多共通之处，他的想法，我也了解一二。"

"怎讲？"叶勉好奇地问道。

叶璟没有正面回答他，只说："这人在南边就处事极端，不留余地，如今到了京城，不但没有收敛，反而变本加厉，也是有所依仗罢了。前两日宫里有两位在他身上吃了大亏，却拿他无法。这人定是你不能惹的，离他远些就是。"

叶勉大呼冤枉："我没惹他，是他三番五次找我麻烦。"

叶璟怀疑地看着叶勉，道："他这样的人应当不会无故找人麻烦。"

叶勉觉得自己真是冤死了，他没事去惹一个郡王做什么？

叶璟的话，叶勉还是听得进去的，第二日上学，他果真没去启南院嘚瑟。不过午时去萃华楼用膳时，他却被陆离峥叫了过去，在启南院桌上坐了片刻。

陆离峥往边上挪了挪，让了他半个位子，叶勉挨着他坐下来，问：“你们小郡王呢？怎的没来用膳？”

“庄珝哥去教苑了，等会儿来。”陆离峥咽下嘴里的饭，说道。

叶勉呵呵笑道：“是吗，还以为他气得吃不下了。”

启南院一众少年顿了顿，随即继续埋头扒饭。要是之前，肯定会有人不爽，跳出来说两句，不过自前几天围观了叶勉的野蛮行径，哪里还敢和他辩驳？

陆离峥小心地问道：“勉哥，其实我就是想问问，你……你是不是生庄珝哥的气了？”

叶勉笑道：“哪敢？”

陆离峥叹了口气，苦恼道：“你俩要是打起来，我都不知道帮谁。”

叶勉还没说话就见启南院众人都站了起来，朝他身后行了一礼。

身后是谁，叶勉自然不用回头也知晓。

庄珝朝他们抬了抬手便入了座，就坐在叶勉旁边。

叶勉只觉一缕淡淡的香气拂过鼻间，忍不住，吸了吸鼻子，倒是好闻得很，味道极冷淡，清冽如翠石松雪。

庄珝接过侍童躬身递过来的锦帕，仔细地擦了擦莹润修长的手指，淡声问叶勉：“你要在这儿用膳？”

“好啊，既然郡王这么盛情相邀。”叶勉揽着缩着脖子的陆离峥，笑着说道。

启南院众人：“……”

庄珝看了一眼陆离峥，目色陡然变沉，冷然斥道：“坐没坐相！既在外邀人共膳，便依礼行事，挤在一起像什么样子！”

陆离峥显然十分惧怕庄珝，手足无措地挣开叶勉，站了起来，白着脸半声都不敢吭。启南院众学子安静如止水一般，一旁的几个侍童更是心惊胆战地重新加了椅子和食具，便退回一边，眼观鼻，鼻观心。

启瑞院那桌听到这边的动静，魏昂渊要起身过去，被阮云笙硬生生地按了下来。

叶勉仿若没有察觉到周围空气凝固，只轻嗤了一声便怡然在新加的椅子上入了座。

庄珝脸色略缓和，眼里戾气尽散，转头问他："手上的伤好了吗？用膳可还方便？"

"没大好，不便，你喂我吗？"叶勉看着他问。

启南院众人："……"

庄珝微怔，随即却点了点头，道："有何不可？倒是巧了，今儿有八宝蜜熊掌。"说完，他果真拿起手边未用过的筷箸夹了一筷子熊掌肉，递到他嘴边，"以形补形，以后再打手心，就能多扛一阵子。"

陆离峥瞪大双眼，他庄珝哥被鬼附身了吗……

叶勉倒是十分从容地张口接过，只在心里暗骂。

没想到庄珝喝了口汤又说："我刚去看了你的算学考卷，确是十分好。"

叶勉皮笑肉不笑："过奖，倒是有劳郡王亲自核查了一番。"

"无妨，确是有些好奇而已。"

"哦？郡王下次再对我好奇，不妨直接来找我。"

庄珝点头，问他："听你的算学先生说，你不到半年就自学通了《九章算术》和《缀术》，心算比别人珠算更快、更准，你是如何做到的？"

叶勉乐了，伸手指了指自己的头，弯眼笑道："靠脑子。"随后抬手招个侍童过来，吩咐道："去启瑞院桌上把我没动过的那份参汁脑花端来。"

侍童领命而去。

叶勉转头看向庄珝："算学先生说我这人占了大便宜，天生脑子就好用，做算学题便不用费心力。不过郡王也不必过于忧心，多用些猪脑花总是有用的，以形补形。"

清明刚过，阮家的案子终于有了结果，经大理寺佐证阮左都御史并未贪赃，即按失职罪论处，将他贬为从四品右佥都御史，谪官京外昌州。

"你当真要走科场？"叶勉一边走一边问阮云笙。

阮云笙抱着一摞刚从藏书楼借回的书，费力地点了点头，道："我们阮家现如今这样，靠恩荫和举荐并不会比我下场容易，而且我家这一支现在只能靠我了，正正当当走科场总归名正言顺一些。”

魏昂渊拍了拍阮云笙的肩膀，道：“那就按你想的来，将来入了庙堂，我们也是最好的兄弟，谁也不敢欺你。”

李兆和温寻也都点头，笑说：“改日咱也拜个把子，做那结拜兄弟。”

阮云笙大笑：“好！那将来还得靠各位哥哥提携。”

叶勉哈哈笑道：“将来说不定我们大家都得靠你提携呢，阮探花。”

叶勉这么一打趣，几人就都想起拜魁星像那日落在阮云笙篮子里的那颗花生，遂都笑了起来。

叶勉摇了摇头，他忽然就懂了为什么国子学的学子们年纪这么小就极爱拉帮结派了。朝堂之上没几个知根知底的臂膀，那真是一步一个坑，这次阮家的事，他也不知道他哥使了多少力，但是这案子这么快就被大理寺结案，没人在里面活动是不可能的。

果然阮云笙转头对叶勉说：“这次也要谢谢璟哥哥，不然这案子还得再拖上一阵子。璟哥哥忙，我也不知何时登门拜谢方便，不如让我爹去办，我只谢你，如何？”

叶勉也不矫情，笑问他：“哦？那你怎么谢我？”

阮云笙笑道：“六皇子在京郊有个庄子，山上引了热汤泉，过两天旬假，我带你们去那里泡汤如何？我们可以在庄子里住上一晚，次日再回。”

阮夫人和六皇子的母妃有些亲故关系，因此倒也够得上。

叶勉还没说话，温寻倒是乐得不行，他最爱吃喝玩乐，急道：“我也去！我也去！”

阮云笙笑道：“自然是都要去。”

叶勉突然想起什么，问阮云笙：“那个庄子可叫桃溪庄？”

“正是，你知道？”

叶勉撇了撇嘴，道：“没什么，前些日子我大嫂娘家的姜北勤邀我去来着，我没应承。”

温寻气道：“理那长舌鬼作甚？”

叶勉点头，心里却想，可别撞上了。

◆ ◆ ◆

怕什么来什么，到了去桃溪庄那天，几人的车马停在城门口做出城查检，扒在窗边看热闹的叶勉一眼就看到了从后面马车里跳出来透气的姜北勤。他在心里重重地叹了口气，却也无法。姜北勤是他大嫂的胞弟，他再不待见他，也不能在明面上得罪狠了。

叶勉过去打招呼，姜北勤没给他好脸色，上了马车重重地一摔帘子。叶勉硬着头皮钻了进去。

车厢里还有三人，其中两个是熟面孔，是上次在姜家同宴的忠平侯世子燕睿和他胞弟燕平。

燕睿见姜北勤不理人，便无奈地摇了摇头，给叶勉介绍道："这位是定国公府上的三公子沈岳章。"

叶勉见沈岳章明显比自己年长几岁，便先拱手行礼。沈岳章微笑颔首算是回礼。

姜北勤转头瞪向叶勉："我叫你你不来，怎么人家一邀你就来了？你什么意思？"

叶勉被抓了个正着，也怪尴尬的，硬撑着笑道："这不是想给你个惊喜吗？怎么样，意不意外？"

燕睿和沈岳章都转过头去抖着肩膀乐，燕平笑得直拍大腿，姜北勤头顶冒烟，抓起手边的书卷就砸了过去。

叶勉一把接住，嘻嘻笑着插科打诨了一阵子，才顺势转移了话题："我还是第一次去这个桃溪庄，几位哥哥可曾去过？"

燕睿温声道："只有我去过一回，毕竟是六皇子的庄院，虽是顶好的，却很不便。"

叶勉点头。

姜北勤看了他一眼，说："今儿来的人多，你消停些，别再和那个荣南郡王犯冲，这不是在学里，小心惹恼了他，他真的惩治你。"

叶勉一愣："庄珝也来了？"

姜北勤被叶勉问蒙了："今儿他是主宾，六皇子亲自给他主局设宴，你不知道？"

叶勉摇了摇头，心道："早知他在，老子才不来！"

燕睿也好奇，问他："那你今天来是……"

叶勉坦然道："来泡汤泉啊。"

燕睿："……"

沈岳章笑了好一阵儿才说："这就是了，刚我还在奇怪，六皇子那里的小听事说今儿请的都是王公侯府，怎么我却看到了魏相之子和归德大将军之子。"

出城之后，车马不多，不到一个时辰，众人便到了山庄脚下。

叶勉下了姜北勤的马车，便去和阮云笙他们会合。

魏昂渊问阮云笙："既然六皇子也在，你要不要先去请安？"

阮云笙犹豫了一下，摇了摇头，道："算了，我爹刚被贬官，这时候去拜见倒让人多心，况且我娘与齐妃也算不得什么正经亲戚，人家既没作邀，我就作不知便罢。"

魏昂渊点点头，无所谓道："那成，我们玩儿我们自己的。"

大文朝朝廷内阁的达官权吏虽身份不如公爵王侯显贵，却有自己的骄傲，并不会见了他们就直接上前讨好，甚至像魏家这种权倾朝野的相府，谁讨好谁都不好讲，骄矜如魏昂渊，内心深处从未将那些人放在眼里。因而几人并未将此事放在心上许久，倒是被眼前的美景勾起了兴致。

漫山遍野的桃花开得如霞似锦，妖娆烂漫，山间溪水潺潺，汩汩淙淙，清澈见底。风一过，一阵桃花雨。

六皇子的桃溪山庄，倒并非浪得虚名。

叶勉几个踩着满地落花顺着盘山小路上了山。山里的空气十分清润，和着桃花香，沁人心脾。

几人没坐轿子，他们这么大的年纪，正是爱动的时候，坐了一路的马车，正不耐烦，就一路追逐打闹上了山。

在山上安顿下来已是午时，午膳的主菜皆是从山上新打的野味儿，虽不金贵，却胜在鲜嫩，连温寻这个老饕都赞不绝口。

酒足饭饱，少年们便宽衣解带去泡汤泉。本来打算去外面找一处景色宜人的室外温汤，奈何今儿庄子里贵人太多，几人又懒得应对，便留在他们自己的院子。他们的卧房都在一处，只有一道廊间连着，推开廊间的门便是一处室内汤池。

汤池甃石，池水却是打外头引进来的温泉，打眼一看，虽无外面亭台轩榭、古树花海的景致，却也是轻纱幔帐，雾气缭绕。他们让各自带来的小厮守在门外，更是十分隐蔽。

叶勉在里面泡了一会儿便开始瞎扑腾。这池子说深不深，说浅却也不浅，虽不能像正经泳池一样让他随意游动，却也能狗刨、鸭浮水，扑腾得飞起。

魏昂渊端端正正地坐在池子里，板着面孔教训温寻，让他平日里少食用些，身子都走样了。温寻怕他，缩在一边委屈巴巴的，也不敢还嘴。

游到他们附近的叶勉看不过眼，反身就是一腿，撩起的水花直奔魏昂渊而去，魏昂渊没躲开，被泼了一脸。

"噗！"

刚才还一脸威风的魏昂渊狼狈地抹了两把脸，怒吼道："叶四！你是不是活腻味了？！"

另外几人哈哈笑倒。叶勉哪会怕魏昂渊，笑得更张狂，手脚并用又撩又泼。

忍无可忍的魏昂渊扑了过去，把叶勉按到水底，与他在水里面扭打成一团，水花飞溅。

"哎！你大爷的，魏昂渊，你扯哪儿？别拽我裤子！"

不一会儿，就见魏昂渊从水里伸出胳膊，一扬手，一团白色布料落在远处水面上。几人皆赤裸着上身，浑身上下仅着一条亵裤，由此也可知那白色布料是什么了。

李兆几人都快笑抽筋了，只见气急败坏的叶勉噌的一下扑倒正要逃窜的魏昂渊，俩人扑腾得恨不得半池水都给溅上了岸。没过一会儿，泉池里就又多了一块漂浮物。

李兆几人正乐得东倒西歪，冷不丁地脚踝就被人抓住了，嗷嗷大叫着被拖进水底，再反应过来时就已经全身光溜溜了。

几位小公子在里头闹得欢，外面守着的小厮们却竖着耳朵心惊胆战，心想，这又叫又骂的，是打起来了？

叶勉先从池子里爬出来，拿了一块素布巾围在腰上，赤着双脚去倒茶，泡了快一个时辰，他胸闷得很。

茶水是温热的，叶勉喝了一口，眉头皱得拧成了疙瘩，他嫌弃着小声嘟囔："真不清爽。"泡完温泉，一罐可乐加冰才好。

魏昂渊也上来了，听他这么说，俯身就着他的手喝了一口，品了品才道："正宗的玉山小种，祖宗，你还想怎么着？"

叶勉也没和他解释，一脸郁闷地转身走开了。

魏昂渊摇了摇头，和刚进来伺候的贴身小厮瑶泉吩咐道："明儿回去你想着让锄玉包些我屋里的庐山云雾，晚上你给叶侍郎府送过去。"

"是！"瑶泉一边给他家少爷擦头发一面脆生生应道。

"我也要，昂渊哥。"一边的温寻忙道。

魏昂渊看了一眼温寻，冷笑道："我的好茶不给胖子喝，你什么时候把你那一身肥肉丢了，再来和我讨。"

温寻气得直龇牙，随后垂头丧气道："我这天生就是喝口水都长肉，和你们比不了。"

"胡说！"阮云笙毫不客气地揭穿他，"哪有人会喝水长肉的，明明是你只顾口腹之欲，管不住你那张嘴。"

李兆说："活该你肥！"

几人正在这一刀接一刀地捅温寻，刀刀见血，叶勉的小厮丰今跑了进来，说六皇子派了个听事太监过来传话，说是六皇子听说几位少爷也来了庄子，特召他们申时过去见见。

几人只得重新换了身衣裳，将玉佩、挂囊全部收拾停当，匆匆赶去六皇子所在的耀溪阁。

在路上，叶勉还见到了姜北勤，他正和一众王公权贵之子在桃花坞里品茶作诗，看着倒是热闹得很。叶勉也没打扰他，只冲他笑了笑，便跟着引路太监进了耀溪阁。

耀溪阁内，静谧如斯，侍人们或立或行，多却不乱。引路的小听事脚下穿的是庄里的竹底鞋，踩在光滑的芙蓉石上竟也无声。叶勉不禁暗自感叹，皇室和普通权贵之家到底不同。

通传过后，几人进了内室。

叶勉刚进去就觉得满眼绣华生晕，目光所及之处一片奢丽富贵，却又不失雅致。地上铺着烟罗撒金的猩红毡毯，中间一处多宝槅做的月亮门，曼萃纱帷及地，将房间隔为内外两室，上面一应物件摆设，连带着墙上装点的书画，无一不属珍奇，墙角设有一座半人高的麒麟纹紫铜香炉，正轻烟袅袅，如丝如缕。

外间站着十几个锦衣侍女，视线低垂，静静而立。

叶勉余光往里打量了一眼，透过翠胧垂纱能影影绰绰地看到里面有两个人影。难不成这六皇子还要隔着帘子与他们说话？

叶勉正犹疑的时候，就听里面一道低醇的声音传了出来："让他们进来吧。"

立时有两位侍女上前轻轻撩开纱幔。

叶勉这才看清里面，只见中间一张圆桌上铺着明红绣金的坠地绯罗，桌边正襟危坐着一位十七八岁的俊俏少年，头戴金丝八宝冠，身着宝蓝蹙鸾华服，广袖收腰，袖口与衣襟花纹皆由金线绣刻，腰间的明黄鸾带攒珠点缀，一派尊荣华贵。不用猜，这位肯定是六皇子本尊。至于另一人，叶勉觉得自己只看头发丝就能把他认出来。

而桌后那人头顶朝向叶勉等人，一只手臂直直地搭在桌上，侧脸埋在手臂上，睡着了似的，头上也没戴小冠，一头青丝如瀑，墨如鸦羽，只用一根白玉簪松松地半绾着。似是听见了这边叩拜请安的声音，他漫不经心地缓缓抬起了身子，迷蒙地看向他们，眼角还带着衣料压出的绯红，拢着未散的睡意一副倦懒模样。光洁饱满的额头上垂下两绺碎发，淡唇微润，看着他们的眸光渐渐定住，眼睛里缭绕的烟波雾气也缓缓散去，最后清澈无波，明若春水。

几人虽都因为各种原因不太待见这个荣南郡王，但不得不承认，这人确实长得极好，如画如仙，难以描摹。

叶勉突然懊丧、躁郁起来，这样的人，偏偏不能与之结交，真是可惜。

◆ ◆ ◆

六皇子虽身居上位，却是山庄主人，因而待他们十分和气，又因自身年长，便问了问他们的学业，几人一一恭敬作答。

得知几人在同一个院子读书，六皇子拊掌称妙："荣南郡王也在国子学读启字，想必你们已有耳闻，"随即转头看向庄珝："峥澜可见过他们？"

庄翊淡淡地点了点头，随即直直地看向叶勉，冷冷地问道："谁让你来的？"

这话问得着实不客气，叶勉本来正在心里叨念，原来庄翊的表字是"峥澜"，突然就听到这人向自己发难。

他身侧的阮云笙赶紧用宽大的袖袍遮掩，捏了捏叶勉的手心，轻轻安抚他。叶勉憋着冲上脑门的那口气在心里暗骂了好一会儿，才不情不愿地俯身答道："回郡王，没哪个让我来，只是恰巧随同窗共游到此处。"

阮云笙刚松了口气把手收回来，就听叶勉又极小声地嘟囔道："又不是你家，管得倒宽。"

耀溪阁内静得掉根针都听得见，荣南郡王又如何听不清叶勉暗自嘀咕的浑话。

阮云笙猛地抬头，果见庄翊眉宇间凌厉起来，凤眸中的半分冷淡和半分漠然也渐渐被戾气取代。

几人心里同时一骇，耀溪阁内空气骤然凝固。

魏昂渊眯了眯眼睛往前一步，冷冷地望了回去。

"啪嗒。"

就在几人都觉得快喘不过气的时候，六皇子手里的薄胎暖玉杯突然掉落在地，在猩红的毡毯上滚了两圈，润渍一片。

"失手了。"

六皇子轻咳了一声，抬眼看了看一边的侍人。小太监赶紧带侍女们上前打扫。

待下人们收拾过后，荣南郡王已恢复方才漫不经心的模样，身上凛冽之气尽退，只剩一派慵懒、漠然。

众少年正暗暗松气之时，就听庄翊轻描淡写道："那还真是巧了，今儿一早六哥把这庄子赠予了我。"

叶勉："……"

六皇子："……"

叶勉憋屈得抓心挠肝，出了耀溪阁，一心要收拾东西打道回府，才不待在他这破地界受气！

李兆几个哄劝了一路，才把他按住，人家身份在那儿压着呢，受了再大的委屈也得赴六皇子邀请的晚宴。

耀溪阁内，六皇子挑眉看向庄翊，稀奇道：“这是怎的了，一个小小的三品官之子也值当你认真动气，前儿个五哥和你闹，杖毙了一屋子人，也没见你眨眨眼睛。”

庄翊仿若未闻，只顾自饮茶，并未答话。

六皇子也不介意，顾自叹道：“不过，虽说你们现在同一处读书，礼俗能免则免，这小子胆子却也忒大了些，也不怕你治他个不敬之罪，还是年纪轻，过于鲁莽。”

“哪里是鲁莽，”庄翊轻哼道，“他精着呢，只是心里清楚，知道我不会动他罢了。”

“哦？”六皇子饶有兴致，放下杯子问道，“怎讲？”

庄翊长睫微合，淡道：“我若治他，那成什么了？必是嫉妒端华公子才貌而无方，故以郡王身份欺其胞弟。”

六皇子轻笑出声，摇了摇头：“罢了罢了。”

庄翊又道：“京城人嘴又碎，到时候指不定传出什么话来。”

六皇子哭笑不得：“这话又是怎么来的？”

庄翊看了六皇子一眼，反问道：“你说呢？”

六皇子似想到什么，摇了摇头便不语。

庄翊深吸了一口气，复又吐出，很是疲惫的模样，他单手支着头，合了眼，淡淡道：“我乏了，你找几个有眼色的服侍我，晚宴前莫让外面那些个吵到我。”

六皇子听他这么说，气不打一处来：“我这费了多少力气才出宫来，是为了我自己玩乐不成？”

庄翊连眼皮都没抬起，只是懒洋洋道：“过两日我让人去找你过文书，这庄子就给我了。”

六皇子一滞，心疼肝疼地骂道：“庄峥澜，你是土匪吗？”

庄翊睁开双眼，唇角如钩月：“前些日子六哥不是说要送我庄院、田产吗？你少拿那些荒田僻野来糊弄我，弟弟看此处就很好，就它了。”

“你！！！”

这桃溪庄是齐妃盛宠最浓之时从天家手里讨来的，去岁生辰才到六皇子手里。

“前两日你央我的事，我应了，不过我只负责传话到我伯父那里，最后成与不成，是你们的事。”

六皇子立时眉目舒展开来，抚扇击掌，笑道：“峥澜还喜欢什么只管和六哥直说，都是正经亲戚，与我客气倒显得生分了。”

叶勉回到住的院子，生了好一会儿闷气，好好地到城外散心，半路遇到姜北勤那个告状精就够丧气了，竟还有这么一尊大佛在等着他。不过，不爽归不爽，六皇子邀他赴宴，他不敢就这么甩袖子走了，这世道，都是投胎决定一切，官大一级都能压死人，何况是皇室。

晚上露水浓，到了晚宴时分，几人又换了身暖和些的衣裳。

路上，阮云笙还不放心地规劝叶勉：“这不是学里，外头的规矩还是要守的，你别和那位闹，不高兴了不说话就是，不然让人抓了把柄难办得很。”

“知道了，”叶勉撇了撇嘴道，“我又不傻，再说我现在也没那么气。”

叶勉此话倒不假，他虽没多大气度，但绝不是什么斗筲之器、小肚鸡肠之辈，不是什么原则性问题，他不会一直挂在心上，不爽一阵儿也就过了。

阮云笙心内歉然，拍了拍他的肩膀，安慰道：“这次是我考虑不周，没提前打听清楚，算我还欠你们一回。”

几人自然捧场，叶勉说道：“下次我们走远些，我就不信他还真的能阴魂不散。”

几人高高兴兴去赴宴。到了那儿，叶勉又被姜北勤逮到，去应酬了一圈。十三四岁的达官贵子，正是刚被父母从内院放出来，独自去交际的年纪，众公卿之子见姜北勤领的是端华公子胞弟，自然都十分有兴趣。

叶璟是顶好，叶勉是其胞弟，怎么可能差得了？众人只见叶勉眉目精致，玉颜如画，风流灵秀，虽脸上尚存一丝稚气，却不难预见长大后是何等俊采华逸，自然愿意上前结交一番，却发现此人行事更是落落大方，性子活泼得很，十分讨人喜欢，不像那些上不了台面的，一见他们就支支吾吾，话都不会说了。这等人物性格，众人自然十分喜欢，有几位公侯之子当场作邀，意为结交。

叶勉的性格十分外放，宴前他就乐呵呵地跟着这些人聊天，倒也自觉有趣，开宴后却傻了眼。

叶勉身边之人皆知他从不食羊肉,若是误食,能把前一天吃的都呕出来。

今天晚上这宴席却似全羊宴，落水泉（拌羊舌）、烩虎眼（烩羊蹄）、满堂五福（羊肚、肝、心、肺、肠）等，林林总总，一道接着一道地上，说是北蛮前两日刚进贡的黑山羊，肉质鲜美至极。

叶勉愣怔地看着矮案上摆满的菜品，却没一个他能入口，不禁心里犯嘀咕，这难不成是针对他……他想了想又觉得不大可能，今日宴席上这些人哪个不是金尊玉贵，山庄主人何苦为了他这个小人物，在宴品上做文章。直到最后，叶勉看清了最后两道没有佐肉的素菜，眯了眯眼睛。曼青叶与葵菜，是他来到这大文朝唯二不食的两种蔬菜，他吃了曼青会下痢，吃了葵菜会过敏，满身刺痒。

这还有什么不明白的?

叶勉胸口重重地起伏了几下，杏眼圆睁瞪向远处，只见那人和六皇子正坐在上位受人敬酒，一派安然、华贵。

这种宴席自然少不了饮酒，只是酒还没到一半，叶勉就想吐了，他午后只顾着生闷气，也没吃些点心垫肚子，席上的菜品，他又不能入口，空着肚子被人灌了几杯便腹火中烧。奈何他宴前交际得太好，众公子皆想与他对饮两杯，魏昂渊、李兆几人替他挡了几杯，却也不好做得太过，把公子们得罪了。

喝到后来，叶勉推辞不过，又仰头干了沈岳章敬过来的一杯酒，此时他白皙的脸上已经染上薄薄一层绯红，眼角也微微泛红，被酒润泽过的红唇如花瓣一般。

众公子见他这副生动之极的模样，都三三两两地围上来，拉着他不放，纷纷欲敬酒与之交谈话好。

又是几番敬酒过后，叶勉终于忍不住，推开众人，跑去恭房。

一边的姜北勤站在桌边愣了一会儿才一拍大腿:“坏了！”他赶紧追了过去。

◆ ◆ ◆

叶勉跪在恭房的青石地上，抱着恭桶吐得十分狼狈，魏昂渊和阮云笙几个除了搂着他帮他拍背，别无他法，都急得不行。

刚进来的姜北勤吓坏了，问他们："勉哥儿是不是没吃东西？怎么就敢空腹喝酒？"

魏昂渊正无处撒火，站起身来就气急败坏地推了他一把，怒道："你现在才想起来他不食羊肉，刚你朋友灌他酒的时候，你在干吗？现在倒来问我们，到底是谁先认识他的？"

姜北勤有些羞恼，他刚喝了不少酒，正上头，且他素来厌恶魏昂渊，眼下被他推了一把，火气腾的一下就上来了，他踉跄着站定之后就想还手，幸好跟过来的小厮手疾眼快地把他拉住了。

几人正闹着，就听叶勉跪坐在那边大着舌头哼哼唧唧："别他妈的吵了！兄弟们快跟着我抄家伙，打死那个——"话没说完，他就一歪头，没动静了。

抱着他的阮云笙皱着眉冲他们喊："你们快别闹了，这家伙是醉大了，快弄回去。"

叶勉是被饿醒的，坐起身时，脑袋还有些宿醉的刺痛。

"几时了？"叶勉揉了揉眉心，声音略有些哑涩。

"戌时刚过。"

躺在他身侧拿着一卷书看的阮云笙也坐了起来，反身递给他一杯暖茶，看他喝了才问他："可还难受？"

叶勉狂灌了两口润了脾胃，才舒爽地叹了口气，说："倒还好，只是有些饿了，刚才梦里在吃梅粉炸鸡排。"

阮云笙哑然失笑道："那是什么鬼东西，怕还是没醒。"

叶勉坐在那里，怅然若失地叹了口气，道："可不是嘛，这场梦怕是醒不了了。"

说话间，魏昂渊、李兆和温寻都打各自卧房披了衣裳出来。

李兆吩咐小厮去取吃的，回身也蹦上叶勉的床榻，搂着他的肩膀，笑着逗他："勉哥儿待会儿吃饱了就说去砍谁，兄弟九环金背大砍刀都让人备好了。"

"啊？"叶勉愣在那里。

众人抖着肩膀狂乐。

李兆就站在床上把叶勉说醉话的样子学得惟妙惟肖，怄得叶勉如此厚脸皮的人都有些难为情，心想，这副身子的酒品可真不咋样，以后可得少沾酒。

还好丰今回来得及时，打断了几人取笑他主子。叶勉跳下床看了看菜色，倒是十分高兴，都是他平日里惯常爱吃的。他尝了一口鸡丝粥，里面放了些许麻油，更是满意地拍了拍丰今的小胸脯："没白疼你，我现在爱吃什么，你都记得清楚。"

丰今忙摆手道："这些俱是荣南郡王让人准备的，厨下说一直在灶上温着，就等我们这边取。"

叶勉一时怔忪过后，呸呸呸连吐了三口，拿手背抹了抹嘴，气道："他给我准备的，你也敢端给我，想毒死我不成？"

叶勉头一回和丰今发这么大火，丰今吓得眼眶都红了，扑通一声就跪下了。

阮云笙摇头失笑，道："哪就至于下毒了？再说，你一个三品官的嫡子，别说他是郡王，就是太子也不敢啊。"

叶勉把碗往前一推，冷着脸道："那也不吃他准备的东西，饿死都不吃！"

几人无奈，魏昂渊踢了丰今屁股一脚，道："没眼色，还不赶紧去厨房再让人做一份拿来？"

丰今挪了挪膝盖但没起来，抹着眼泪委屈道："刚厨房的人就等着咱们去呢，把膳食给我摆装好，厨娘们就都回家了。"

"那你就不会让庄子里的人去叫？"魏昂渊满脸不耐烦地教训道，"我看你家少爷待你太好，你把自己当半个主子了不成？这点儿小事还用主子教！"

李兆也在一边摇头说："可不是？这要是在我屋里伺候的，早被我娘赏几十棍子赶出去了。"

叶勉本意不是教训下人，他把吓得瑟瑟发抖的丰今拽了起来，揉了揉自己的胸口，无力地说："算了算了，我这气都被气饱了，哪还吃得下？你们陪我出去透透气，我胸闷得慌。"

繁星当空，月色正好。

还不到仲夏，夜晚到底是凉的，几人披着薄披风，沿着青石甬路一路谈笑。路两边的景致从未重样，就算无人相陪，断也不会让人觉得无聊。

润凉的空气混着漫山遍谷的桃花香，清新入肺，叶勉长长地呼出一口浊气，神清气爽，同行几人亦心旷怡然。

如此夜晚，叶勉忽然想起上次在行思阁挨罚，独自走夜路回启瑞院，半路把侍童墨拾当成鬼的糗事，便当笑话说与他们听。果然几人都乐得前仰后合。

几个少年在山顶的风亭里附庸风雅，赏了会儿月，还作了几首酸诗。

温寻抱着一盘蜜豆糕，几人说话间就都饿了，人来疯似的你一块我两块抢得热闹，连茶水都没有，就这么干嚼，噎得直抻脖子。

叶勉站起身来，拍了拍手上的点心渣子，嘴里还有半块没嚼完的蜜豆糕，含糊道："走！带你们去个好地方。"

"有多好？"

"不好不要钱！"

几人今晚都有些疯癫，没想到叶勉如此不按套路出牌，居然把他们带到了灶房。

几位公子站在厨房门口挪不动脚。他们在三岁时就知道君子远庖厨，这辈子别说进了，就连平日在府里从厨房门口经过，都不屑看一眼。

叶勉没逼他们，独自抬腿迈了进去。他从丫鬟们平日里闲聊中得知，他们这种大户人家，厨房里会熬制高汤，每日加食料，汤下灶火却不会断。他是真的饿得慌，点心哪吃得饱，来碗鸡汤才是正经。况且那几个从小就没挨过饿，今晚也被闹得没吃什么东西，刚才他就听见李兆的肚子叫了。

果然，厨房里面有个七八岁的小男孩儿在看火。看到锦衣华服的叶勉走进来，他吓得缩在墙角不敢抬头。

叶勉温声安抚了两句，就问那瓮里正熬着的汤是否能吃。小孩儿过了半晌才点了点头，怯生生地说："熬了两天了，能吃，但是还不太好。"

叶勉十分满意，让他把灶房里的灯烛全都点上，再盛几碗带肉的鸡汤出来。那孩子赶紧依言去盛汤。叶勉吹着口哨到处翻看，他来到大文朝还是头一回进厨房，觉得新鲜。他翻着翻着，还真的找到一个好东西——案板上的竹盔下有一大坨揉好的面团。叶勉想了想，问那个小杂役：

“这是干吗的，可能吃？”

小杂役赶紧摇头，急道：“贵人，吃不得！这是生面，六婶明早烙饼用的。”

叶勉无语，怕是被这孩子当成傻子了，他还不知道这是生的不成？他下意识地用手指在面团上戳了几下，而后吩咐他：“别盛汤了，你去把灶火生起来。”

厨房门口几人面面相觑，李兆扒着门问他：“勉哥儿，你大半夜的发什么疯呢？”

叶勉把袖子挽了上去，说：“我给你们做顿饭。”

这下不止门口那几个大少爷，连厨房里点柴火的小杂役都吓呆了。

叶勉心情很好，洗了洗手，转头信誓旦旦地说道：“哥哥今天给你们露一手，让你们知道什么叫德智体美劳全面发展的当代五好少年。”

门口几人和做梦似的，就看叶勉从一大坨面团上揪了一小块拍在案板上，用拳头“咣咣咣”地把面团砸成一个圆饼形状，又抄起一根圆棍在圆饼上面碾来碾去，就见那圆饼越来越大、越来越薄……

其实叶勉心里也没底，他前世不能算是会做饭，不过爸妈不在的时候，偶尔煮个挂面、炒个番茄鸡蛋什么的，他还是可以的。

叶勉一边回忆他外婆做手擀面的步骤，一边动作笨拙地用擀面杖把面饼滚薄，之后又抄起一把菜刀把面饼切成一条条的宽面皮。

这边叶勉刚切好面，那边灶里的水烧开了，叶勉把面条和几碗高汤一股脑地倒了进去。他想了想，觉得不太满意，又撕了些鸡腿肉，找了一篮生鸡蛋，在灶沿上磕了两下，打了几个进去。

没一会儿，灶边就香气四溢，叶勉又命那个小杂役洗了把青菜。他自己则十分认真地如在实验室兑化学药剂一般，一点点地加盐，调试咸淡，在面条出锅前还淋了些许芝麻油。

五碗冒着热气的青菜鸡汁面，上面还各卧着一颗白胖的荷包蛋。

叶勉不指望门口那四个快要惊掉下巴的少爷能进来吃，便和那个小杂役一起用托盘给他们端了出去。

魏昂渊等人见鬼似的看着叶勉，这还是他们认识的那个连出恭草纸都要挑剔一番的叶四少爷吗，怕不是被山里什么不干净的附身了吧？

温寻率先抵不住面条香气的诱惑，拿起筷子挑起一根，小口地尝了尝。另外三人都定定地盯着他。

“怎么样？”李兆轻声问道。

“呃……”温寻舔了舔嘴唇，略犹疑道，“好像还成。”

天上银月斜挂，繁星满穹。

五个锦衣少年蹲在桃溪山庄的灶房门口，无人讲话，都捧着碗闷头吸溜。最后，不知道是哪个扑哧一声先乐了，其余四人都忍不住跟着大笑起来，五人东倒西歪地乐成了一团。

六皇子听了庄子里暗卫的禀报，笑得不能自已，过了好一会儿才转头对庄珝说：“峥澜卖六哥个面子可好？以后别再难为这孩子了，难得遇上个这么有趣的，我倒喜欢得很。”

庄珝抬起头，缓缓瞥了他一眼，道：“那位可没打算卖你面子，你且等着，要不了两日京城就会传出桃溪庄待客散漫，吃饭不管饱，把一干贵客饿得跑去灶房自行下厨的谈资趣事。”

六皇子一愣，随后又大笑起来，道：“这倒无妨，桃溪庄如今已易主，我想，叶家这位精怪的小公子早已替我考虑周全。”

荣南郡王一噎，又拿起手上的书卷，冷冷地说道：“随你。”

见庄珝吃瘪，六皇子又畅快地乐了一阵儿，随后怅然道：“这么有趣的人一直落在宫外多没意思，老八倒是正缺一个能说得上话的伴读，我看——”

庄珝抬起头，不耐烦地打断他：“我劝你先去国子学行思阁打听打听。”

“怎么？”

“进了宫，怕是要么会被杖罚而死，要么就在太学掀了天，我看哪个你都承受不起。”

“哦？”六皇子挑眉而笑，“我倒是听说这孩子算学学得极好，竟比你还强些，是怎么回事？”

六皇子故意呲儿他。庄珝也没恼，只淡然道：“多吃些猪脑花，你也可以。”

旬假结束，一大早叶勉就跟个要爆炸的小炮仗似的冲到了教苑。

第八章

溺水

「平日里与好友和师长不都能屈能伸，怎么偏偏在我这里不会服软？」

贾苑正被他这杀气腾腾的模样吓了一跳，暗自腹诽：“这又是哪路神仙不开眼，得罪这个小魔星了？”他现在见到叶勉就头疼，能躲则躲，奈何人家今日却十分有道理，他不但不能赶人，还要找人过来慎重商议。

今日旬考张榜，荣南郡王又夺得所有科目头甲第一名，算学一科，他与叶勉同为榜首。

其实双榜首这事儿，国子学之前从未出现过，这次的评比结果也是众博士商议过后得出的。奈何算学这个学科与其他科目不一样。比如做文章，两个人写得再好，考官也能因为个人偏好评出第一、第二。而算学却是对就是对，错就是错，庄珝和叶勉算学都考了“满分”，着实让考官为难。

叶勉十分不同意贾苑正的说辞，不高兴道：“那就是博士们出的算题太简单了，瞧不起我们呢。”

贾苑正差点儿气了个倒仰，叶勉的算学先生曹博士赶紧出言安抚：“此言差矣，此次算学考题不仅没有从简，反而比之前都繁复难计，其他学生半数都得了丁等。”

叶勉垂眸想了想，说：“那难度不加就只能加题量了。下次旬考，这样的算学考题请来十份，正确率高者为胜，若正确率一样，则答题量大者为胜，如何？”

学里的先生们都被他逗乐了，贾苑正笑得无奈，摸着胡子叹道：“倒是从未见过你对学业如此上心，真真是同胞手足，难得你对你哥有回护之心。”

曹博士也笑着摇了摇头，道：“好了，国子学旬考不是儿戏，容不得你胡闹，至于下次如何出题，我们自会考量做改，你只管好好读你的书就是。”

得了这样的答复，叶勉自然是满意的，他深深地行了个学生礼，十分开心地跑了出去。想到那只高傲的孔雀永远有一个科目的名字无法填在榜首，且永远在自己身后，他就甚是解气。郁气散了，他自然觉得阳光明朗，万物可爱。

春意暖暖，日色灿烂，这么好的天气，哪个耐烦回学屋听那薛老头摇头晃脑？况且现在回去已经迟了，没准还会被先生罚去站廊子，还不如在外面悠哉。叶勉给自己找了个理由，便心安理得地跑去湖边。

阳光下，金晕遍洒，波光粼粼的未湖湖面因风而皱，湖心有不少人在泛舟。叶勉看得心热，赶紧跑去掌物司订了一条乌篷船。

这些日子国子学的舟船甚是紧俏，尤其是到了午时，大家都想膳后去泛舟游湖，可僧多粥少，旬考前启瑞院就因为抢船和其他院子起了冲突，差点儿被行思阁逮个正着。

叶勉想了想又去找了个经常给他们跑差的小侍童，让他去西南墙死梅林那里去找魏家接应的仆役，如此好春光，让仆役在玉仙楼订些好菜色送来，他们在船上享用岂不是更妙？

湖堤上青青垂柳绕岸，叶勉忙活完，随便找了个老树阴凉仰面躺了下去。薄暖柔和的阳光透过枝叶洒了下来，斑驳、晶莹却不刺眼，叶勉双手枕在脑后，跷着二郎腿，十分惬意地看天上云卷云舒。

暖风拂面，不一会儿，叶勉就被吹得困懒了，密长的睫毛要合不合。忽然，远处有人吵闹，叶勉烦躁地皱了皱鼻子，刚想重新酝酿睡意，却突然睁开双眼。那人仿佛在喊“救命”！

叶勉嗖的一下坐了起来，手搭凉棚顺着声音往远处看，果然看见一人在湖里扑腾。那人离岸边并不近，湖心倒有条船正往落水那人那里赶去，可距离有点儿远。

叶勉来不及思考那人怎么会在那么尴尬的地方落水，连身上的配饰也没摘，便扑通一声跳进湖里。

落水的那人也是位学子，叶勉费了好大的劲儿才赶在那人脱力沉底前拉住他。只是在往回游的时候没有那么顺利，拖一个脱力的人游水本就很难，那人又因吓得慌乱无措，八爪鱼一般抱着他，叶勉根本展不开手脚。

“兄弟，你别勒着我脖子啊！”叶勉一边扑腾一边气喘吁吁地劝道，“你放开我，我抓着你就行了。你放心，我肯定不会放开你，啊！！！”

那人似乎已经吓傻了，一听叶勉让他放手，两手抱得更紧了，气得叶勉直爆粗口。这要不是人命关天的时候，他一定先狠踹他几脚不可。

此时湖边的启南院学屋里也乱了，坐在窗边开小差的陆离峥目睹了整个过程。那人自己从湖心的船上跳了下来，游水游到一半突然开始扑腾着呼救。本来他还存着看热闹的心，反正湖边一直有巡岸的侍人，定不会出人命，哪想跳下去救人的是不知道从哪里蹿出来的叶勉。陆离峥急得大叫。

启南院学子们对叶勉的印象还是不错的。在荣南郡王来之前，其他院子都排挤他们，只有叶勉带着启瑞院与他们来往，他们也是记在心里的。当下学屋里顿时乱了起来。

叶勉浑身湿透，躺在岸上狼狈地喘着粗气。启南院学子们赶紧围上来，拿来一条披风给他裹在身上。一群人拿着帕子给他擦脸，紧着问他怎么样了，乱成了一锅粥。最后还是刚刚给他们上课的先生让他们赶紧散开，吩咐人把叶勉送去启南院的宿苑。

端律要背他，叶勉挥了挥手，没同意。他刚刚是有些脱力，现在已缓过来不少，便拉着陆离峥的手站了起来。然后，他冲着刚刚把他拖回来的那两个侍卫拱了拱手，那两人赶紧低头拱手还礼。

叶勉抹了把脸就扶着陆离峥走了，只是没走两步就看见刚刚被他救的那个落水学子还湿漉漉地坐在岸上，抖如筛糠，身边也没人管他，看着倒是可怜。叶勉只好朝启南院那些人喊：“你们也去看看他。”

“就你是好人！”陆离峥翻了个白眼。不过，他还是招了个侍童，冲那人扬了扬下巴。

侍童领命而去，陆离峥随即转过头来对叶勉说：“他自有人管，可用不着我们，你且看。”

叶勉转头朝那边看了看，果然见有艘船靠了岸，从船上跳下来几个人奔着刚才落水那人去了，叶勉见是这样，就不再理会。

叶勉坐在浴桶里打了个喷嚏。这时节虽然不冷，湖水却还是凉的，刚刚上岸时，湿衣贴身再一吹风就觉出冷来了。

陆离峥站在桶边拿着木瓢一勺勺往叶勉头上浇水，突然扑哧一下笑出声来。

叶勉不明所以地看向他。陆离峥不好意思地咳了一声，抿着嘴道："勉哥，你这身皮肉也太细嫩了。"

"倒是好看得很。"陆离峥嘻嘻笑着，用手指戳了戳叶勉的肩头。叶勉冲他举了举拳头，陆离峥才大笑着躲开。

叶勉一边沐浴一边打量着陆离峥的"宿舍"，屋子不大，该有的都有，还有个书房，各处摆件却不少，看着都是上品。

"不是说都是两人一间屋子吗？怎的你自己就占了一间？"叶勉问。

陆离峥扬了扬下巴："我们启南院都是一人一间的。"

叶勉嗤道："就你们特殊，怪不得在庄珝来给你们撑腰之前一直被人挤对，活该！"

"谁稀罕？"陆离峥撇了撇嘴，抱怨道，"这破屋子还不如我们府里有脸面的下人住的。"

叶勉笑了笑，不予置评，又问他："对了，刚才下水的那两个侍卫是哪里的？我怎么从没见过？"

陆离峥靠在窗棂上掰了一半杏子扔进嘴里，一边嚼一边说道："那是庄珝哥的私卫。"

叶勉一愣，问："将私卫带进国子学？"

陆离峥用手往上指了指："上头给的。"

叶勉了然，心下却有些为难，本来他是打算让府里备些谢礼给这二人的，现在他却不得不先去谢人家主子。

陆离峥又开始埋怨："你说你去救那种人干吗，咱们这身子不比他们金贵？若真伤了哪里，他十条贱命都赔不起！"

叶勉一愣："那种人是哪种人，你认得他？"

陆离峥不屑地撇了撇嘴："谁认得他？不过我刚才看到了他的手镯，

是启谦院的。”

启谦院众学子都是寒门之子。叶勉有些无奈，他并不想给陆离峥灌输“生命面前人人平等”的理论，毕竟俩人从小接受的教育不一样，他只好含糊道：“那人在水里离岸边那么远，我哪知道是什么人。”

“什么人都用不着你管！”陆离峥没好气道，“湖边自有巡岸的人在，况且这种人淹死了又怎么样？你还去救他，也不怕脏了自己的手。”

叶勉被他说得有些不舒服，皱眉道：“什么这种人那种人的？小小年纪不要满嘴胡吣，让别人听了也不好。那人虽是寒门之子，却也是学里的同窗，若以后他科考出仕，那便是同僚。”

陆离峥不服，争辩道：“那又怎样？他自己心术不正，活该他吃教训。”

叶勉都被他气笑了：“你刚不是说你不认识他，怎么就知道人家心术不正了？”

陆离峥转了转眼珠，趴到叶勉耳边小声道：“那人给坤字生的师兄做了契弟。”

“什么？”叶勉张着嘴巴，愣怔不已。

叶勉私下里听李兆、齐野他们说过，学里有些寒门之子为了出仕之后能在朝里得人顾全，便在上学之时就私交将要出仕的达官子弟，以求庇护……

“你怎么知道的？”叶勉反问他。

“这些日子，我天天都能看见那几个坤字生师兄带他去泛舟，若不是做了契弟，他是怎么扒上去的？”陆离峥冷哼了一声，又说，“而且那人是自己从船上跳下去的，当时船上的那些师兄都没管他，就让他自个儿往岸边游呢。”

叶勉转念想了想，若这样说，倒也对得上。不过那人其实是可以游回来的，中间出了岔子，并不是因为脱力，而是腿抽了筋。他拖那人回来的时候，那人一直喊着腿疼。

俩人嘀嘀咕咕了半天，桶里的水便凉了。

陆离峥的衣裳，叶勉穿着有些小，好在端律的身量和他差不多，便让侍童去借了一套刚浆洗干净的送来。

陆离峥拿了套自己的中衣挂在屏风上让叶勉穿，不一会儿就听叶勉在里面喊：“你这亵裤可是新的？看着像浆洗过的啊。”

“我们夏季的衣裳还在路上呢，春天送过来的里衣肯定都穿过了，哪有新的？”

叶勉嫌弃地抛了回去：“我才不穿别人穿过的亵裤！”

“那怎么办？”陆离峥摊手道，“要么我让人去你府上取？”

“来不及了，我还要去泛舟呢，好不容易订到的船，”叶勉想了想，道，“你去你们启南院问一圈，甭管谁的，新的就成。”

“真够麻烦的。”陆离峥无奈地起身，小声嘟囔道。

“少啰唆，快去！”

过了好大一会儿，陆离峥才回来，十分没好气地甩给叶勉一条新亵裤。

叶勉一边在屏风后边穿衣裳一边安慰他：“谢了哈，回头哥给你买好吃的。”

“稀罕！”

叶勉在里面哈哈大笑，想着陆离峥出去和别人借内裤就觉得十分有趣，随口问道：“这是谁的？”

陆离峥轻咳了一声，小声道：“庄珝哥的。”

正在低头系腰带的叶勉顿在那里，一脸惊悚，过了好一会才又问了一遍：“你说谁的？”

陆离峥的声音更小了些：“庄珝哥的啊……”

叶勉定在那里，一口银牙都快咬碎了：“陆离峥，你真的死定了。”

陆离峥也郁闷，委屈道：“他们都没有嘛，我就去郡王院子里找了他们的管事，还好夏内监熟识我，人家还以为是我怎么着了……”

“他不是住长公主府吗？怎么会在学里有院子？”

“长公主府还没修整好，庄珝哥暂住学里，隔壁一整套院子都是他在用。”

叶勉穿好衣裳，从屏风里走了出来，一把勒住陆离峥的脖子就往外带：“走走走，跟我吃宴去，哥今儿个好好谢谢你啊。”

“嗷！”陆离峥惨号出声，“你轻点儿！”

晚上回了府，叶勉没敢和府里提这事儿，偷偷让丫鬟把端律的衣裳浆洗干净了，准备明日还回去。

中衣是陆离峥的，俩人关系好，而且他都已经贴过身了，自然不会还回去让他再穿。至于亵裤……叶勉真是一想就闹心，依他和庄珝的关系，自然是算得清清楚楚为好，就算是一条亵裤……他也得还！只是怎么还呢？叶勉躺在床上，翻来覆去。洗干净送回去肯定是恶心人，还给他一条新亵裤也是感觉怪怪的，不太对劲。要么做一套新衣裳给他？不行！一条裤衩换一套上好的新衣裳，美得他！叶勉气哼哼地又翻了个身。

◆ ◆ ◆

第二日在学里膳堂用完午膳，叶勉就去了启南院，把浆洗好、重新熏了金缕香的衣裳还给了端律。他四处看了看，庄珝却不在。

叶勉轻咳了一声，问陆离峥："荣南郡王怎的不在？"

陆离峥嘴里含着叶勉带过来的舶来糖果，含糊道："庄珝哥一大早就进宫去了，刚还打发人回来传话，说太后娘娘留他用膳，要再晚一个时辰回来。"

叶勉点了点头。

"勉哥找郡王有事？可要我先带个话？"陆离峥问。

"无事。"叶勉摸了摸鼻子。本想他今日借着来还端律的衣裳先当面与庄珝道谢，不管俩人之前怎么闹，这次总是庄珝的私卫救了他，他正面一揖总要有的。不过，既不巧，改日他备上些好礼再谢也不迟。

叶勉揉了揉额角，又问陆离峥："你们宿苑可能午睡？"

陆离峥点了点头："可以，不过二遍敲钟前必须出来。勉哥儿想去午睡？"

叶勉轻轻嗯了一声，道："今儿身子有些不爽利，头疼得很。"他昨天在湖里着了凉，今天一早起来就有些不大舒坦，因为之前装病赖床被叶侍郎拆穿，狠狠教训过，这次虽然是真病了，但他想起那顿揍就不敢躺着了，还是按时来了学里，只是这身子却越来越飘，头也疼得厉害。"狼来了"的故事可能会迟到，但是永远不会缺席，这回他怨不得别人。

陆离峥有些紧张地看着他："我刚刚就觉得勉哥你脸色不大好。"

"无碍，睡一会儿就好了。"叶勉心不在焉道。

陆离峥赶紧带着叶勉去了宿苑。叶勉没什么精神，和他说笑了两句便躺在床上和衣睡了过去，再醒来是被陆离峥的巴掌拍醒的。

“你再不醒我就泼你水了。快快快，马上要敲第二遍钟了。”陆离峥拽着叶勉的袖角急着说道。

叶勉甩开他的手，翻身又闭上了眼睛。他本就是起床特困户，今天身子又不爽利，哪那么容易叫起来？

陆离峥又拽着叶勉的衣襟晃了半晌，他才支起身子坐起来，只觉得浑身乏力，头虽然不那么疼了，却更加昏沉。

陆离峥催道：“快些下来，司正马上来查房。”

叶勉打了个哈欠，坐在那儿天人交战了数个回合，最终往下一倒：“你让侍童在外面上锁就是，散学了你再来找我。”

午后，陆离峥坐在学屋里有些走神，心里惴惴的，总觉得不大对劲。他趁着先生停了讲习去恭房的工夫，转头对一边的端律说：“端律哥，我好像闯祸了……”

端律愣道：“你干什么了？”

陆离峥咬了咬嘴唇，小声道：“我……我把叶勉锁在我屋子里了。”

端律愣在那儿，道：“你锁他做什么？”

“他在我那里午睡没睡饱，又怕司正进来查房，我想着，他身子不舒坦，就让他多睡会儿，散学了再去放他回府。”

“简直胡闹！”端律急斥道，“他身子不适，你不上报给医监，还把他一个人锁起来？若有差池，你担得起？”

启南院众学子听到这边争吵，得知缘由后，也纷纷埋怨陆离峥。

陆离峥委屈争辩道：“他没睡醒，好凶，和他多说两句他都不耐烦，我哪敢逆他？”

暮色悄至，叶勉悠悠转醒，只觉得口里发苦，骨头也疼。他撩开眼皮盯着床顶的帷帐发了会儿呆，突然一个弹身坐了起来。

这是什么鬼地方？他明明记得陆离峥的被褥帐衾都是学里统一的蜜合色素帐，怎么醒来就变成苍缊钩金的奢绣罗帐了？难不成他又穿越了？

叶勉慌乱地撩开层层软罗，还没等两条腿都踩在地上，就见一架八扇折叠落地大屏风后面鱼贯而出几个和丰今差不多大的童子。他们见他醒了便赶紧上来行礼，齐齐地唤了声“叶四少爷”。

听到他们叫人，微微喘着粗气的叶勉把心放回去一半，再看几人皆穿着雪青色素袍，并不是国子学侍童的打扮，不由得皱眉问道：“这是哪里？”

叶勉问完抬眼打量，只见窗外已经素黑，挡在眼前的屏风已被小童折了起来，露出的偌大厅堂昏幽幽一片，只在远处几案上燃着两盏琉璃灯，烛影幢幢，和着月光，铺洒在柔软的织金地毯上。

“叶四少爷，这里是荣南郡王在国子学小住的宅院。”其中一小童恭敬答道。

叶勉愣怔半刻，又问了一遍：“谁的院子？”

“回叶四少爷，是荣南郡王的。”

叶勉再回过神时，厅堂里已灯火遍燃，突然门扉被人从外推开，一位锦衣少年面上含着笑走了进来。他见叶勉醒了，脸上的笑意更浓了些。

“叶四少爷可醒了。”

屋里童子皆向他福身，少年恰似叶勉的年纪，把手里捧的两枝金谷海棠交给童子插进床头的汝窑瓷瓶里，回身笑道：“觉着如何，可有哪里还不爽利？”

叶勉从未见过此人，见他衣着华贵，想必他是郡王府的贵人，便客气地答道：“多谢，大好了，不知如何称呼，你们郡王可在？”

“郡王在书房与人议事，叶四少爷可叫我庄然。”

叶勉心下明了，想必他是庄珝在金陵的亲戚，便冲他拱了拱手：“方才麻烦贵府照看了，不知你们郡王何时得闲，我去与他说上两句。”

庄然笑了笑，道：“这就不知了，有的时候议到三更也是有的。”

叶勉微微皱眉，按下心头的不耐，想了想，说：“看天色已太晚了，我先回府，烦你与你们郡王说我明日必备礼致谢。”

叶勉说完就要起身，却被庄然拦住了：“哎，叶四少爷别急，”又伸手指了指一边的漏刻，说道，“您看现已过戌时了，国子学早已下钥，您出不去了。”

“什么？”叶勉无语，过了好半天才急道：“你们怎么不早些叫醒我？”

“叶四少爷莫慌，我们已经派人去贵府传过话了，说郡王留您宿在这里一晚。”

叶勉愣了半天也没明白这是个什么操作，只好问他：“为什么我会在这里，陆离峥呢？”说到陆离峥，他又起身，“我去找峥哥儿看看。”

庄然又挡在叶勉身前，拦道：“峥哥儿的宿苑过了戌时也是不能随意出入的。叶四少爷安心歇在这里吧？”说到这里，他恍然道，“看我，光顾着和叶少爷说话，都忘记传膳了。叶四少爷睡了这么久，想必早已腹饥不已。”

庄然说完便去遣小童传膳，待吩咐妥当又转头对叶勉说：“叶四少爷今儿在峥哥儿那里发了热，幸好启南院发现得及时，郡王就将您带回来了。咱们院子有长公主派来跟随的医官，倒方便些。”

叶勉听他这么说，心想是这样没错，却又总觉得哪个地方不太对劲。他现在脑子还有些昏沉，想不明白关窍，不禁心下急躁，遂又问道：“能否麻烦庄兄去书房通报一声，就说我醒了，想见见荣南郡王，半盏茶时间就好。”

庄然脸上的笑微敛了些，看着叶勉，面露难色：“叶四少爷，您……刚还发着热呢。”

叶勉看着他反应了半天，才忽然明白，这是怕他过了病气给荣南郡王。怪不得他一直推三阻四，还说郡王会议事到三更半夜……

叶勉一时有些气闷，又哪里都去不得，只好又折回床上，搂着一只香罗软枕趴在那里顾自消化情绪。对那个庄然，他也懒得再搭理，那人脸上的假笑和面具似的，以为别人看不出来呢。

庄然见叶勉不再理人，也没再说什么，坐在不远处案侧的雕漆椅上吩咐童子做事。

叶勉暗中看了好一会儿，只觉奇怪，这个庄然怎么净是吩咐童子打理荣南郡王的私房碎事，这哪像什么亲戚，倒像是他房里的宝雪……

他正纳闷时，一个童子过来，在床头的暗格里取出一只雕花漆盒，就听那边庄然吩咐道：“取郡王每日惯用的瑞麟香片出来，一会儿就去那屋子燃上。”

叶勉心下更奇怪了，主人惯用的香片怎么到客房的床头取？不太清醒的脑子里过了好几回，叶勉心里终于有了个不太靠谱的猜测，小声地试探着问那个童子：“你们郡王的主房在哪里？”

童子躬身答道：“回叶少爷，此处就是郡王卧房。”

叶勉：“……”

庄然似听到了这边的谈话，走了过来，歉然道："那边卧房还没收罗好，郡王惯用的东西多了些，倒扰了叶四少爷休息。"

叶勉："……"为什么不把他安排在客房？

叶勉正在腹诽荣南郡王一家子的脑回路时，几个童子提着几个红漆描金的多层攒盒进来了，一一将晚膳菜品摆在厅堂的雕漆圆桌上。

庄然笑着对叶勉说道："叶四少爷来用膳吧，都是您平日里爱用的菜色，虽是我们院子南菜师傅做出来的，您可当尝个新鲜。"

叶勉一听这个就来气。庄珝居然用人查他，连他平日里爱用什么、忌口什么都捋得一清二楚，前两日那个全羊宴的整蛊行径，他到现在一想起来还反胃。

叶勉看着满桌熟悉的菜品，不禁冷声道："你们郡王倒是有心，我爹都不知道我吃八宝豆腐里面不放松子。"

庄然也不气，依旧彬彬有礼道："那叶四少爷快来用膳，一会儿菜就凉了。"

叶勉又趴了回去，摇了摇头，他本就身子不熨帖，胃口不佳，一觉醒来又跟被山贼掳上山的似的动弹不得，哪里有心情吃饭？

庄然见状也不再劝，只顾自去忙活，把一屋子童子支使得满屋子转悠。

叶勉只觉眼前的人蹿花一般，最后难忍心烦，脾气冲上来些，直直地问他："你只告诉我你叫庄然，我却不知你是何人。"

庄然愣了一下，随即笑着答道："我是郡王的伴读。"

"伴读？"叶勉想了下，蹙眉问道，"既是伴读，为何我从未在启南院见过你？"

庄然脸上的笑终于僵住了，看着叶勉的眼睛里也有了些许其他的情绪。叶勉哪里会惧惮他，傲然盯着他。什么伴读？不过是哪个无官身的亲戚送来的玩伴，半仆而已，居然在他这里与他狐假虎威。叶勉想通了，便懒得和他计较，只趴在床上合眼休息。

不知道过了多久，叶勉快睡熟了，忽然听见外面一阵嘈杂，眼睛还没睁开就听到一道独属于内监的尖柔嗓音传了过来。

"哎哟！这可是哪家好孩子啊，快让老奴看看。"

叶勉揉着眼睛，看着荣南郡王身侧的一个老内监风风火火地小跑过来，后面呼啦啦地跟了一队的雪青衣童子。

叶勉还蒙眬着，杏眼却已经瞪圆了，看向刚走进来的一身苍蓝锦袍的庄珝。

他不是要议事到三更？开鬼会吗？

◆ ◆ ◆

今日庄珝似乎心绪颇佳，没像往常一样一脸漠然，眼里似乎还有些笑意，看见叶勉瞪他也没朝他发难，只瞥了他一眼便不再理他，只命人给他更衣。

叶勉一记"眼杀"戳进棉花里，胸口更闷了些，他只能在心里暗暗吐槽，这是与人在书房里谈成什么了，竟高兴成这样。

那边庄珝张着手臂由着几个童子服侍更衣，叶勉这边却被一个白面老内监拉住了手。

"老奴瞧瞧，这可怜见儿的。"老内监伸手探了探叶勉的额头，满眼心疼地啧啧道，"老奴明儿个必要去大黑神殿，问问那药师菩萨，怎么那些獐头鼠目的都活蹦乱跳的，咱们这么个灵秀的小公子偏给病着了，这是个什么道理？"

叶勉还没说话，就看那老内监突然从床前的杌子上站了起来，看着厅堂的圆膳桌说道："哎哟，怎么一口都没用，可是菜色不喜？"

庄然笑了笑，上前说："叶四少爷倒说都是他平日里爱用的，只是病着，没有胃口。"

"胡说，哪里有没胃口就不用膳的道理？"老内监突然肃了脸，指着身前那些童子斥责道："都是怎么伺候的？小少爷病了，胃口不佳，你们就不会让厨房重新做他爱用的来？偏偏让人在这里饿着，在长公主面前，你们也是这么做事的不成？"

童子们都白着脸跪了下去，庄然站在那里，面上闪过一丝尴尬，却不再接话。老内监依旧喋喋不休："自打出了金陵，你们这规矩越发松散了，我还没死呢，就敢一个个托大了。"

"去！吩咐厨房，"老内监抬手指着一个童子说，"让他们再做一桌膳菜，要是做出来让小少爷都懒怠看一眼，明儿就写信让金陵长公主府再送几个厨上的人来，再把你们这些能耐的一齐捎回去给长公主开开眼。”

童子两股战战地领命而去。老内监返身又坐回床前的杌子上，拉着叶勉的手拍了拍，歉然道：“可怜见儿的，倒是我们的不是了。一觉醒来一屋子不认识的，还个个都那么没眼色，可不就吓得吃不下了，瞧这小脸儿白的。”他一边说着，一边满眼怜慈地把叶勉散着的头发往他耳后顺了顺，“可还有哪里不爽利？”

叶勉穿着绫白寝衣盘腿坐在床上，怀里抱着软枕，看着有些年纪的老内监点了点头，乖乖答道：“身子大好了，只是无力而已，多谢府上照看。”

叶勉坐在那里，忍不住一直瞟庄珝，有很多话想问他。老内监顺着他的目光看过去，然后回过头呵呵笑了几声。那边庄珝却对这边的各种声音置若罔闻，刚让人伺候他去了待客外袍，又紧接着吩咐人服侍他沐浴。

叶勉很是无奈，心道：“你先过来和你家客人说两句话会死吗？什么待客之道！”可他即便耐心告罄，也不能在人家家里当着这么多人的面与他闹戗。憋了一肚子脏话的叶勉深深地吐出一口气，低下头揉捏着怀里的软枕阮罗一角。

那边庄然看了看这边，抬头问荣南郡王：“那让人把水摆在西间客房？”

庄珝看了他一眼，道：“去客房做什么？”

庄然笑道：“那边也都收拾妥当了，你今儿累了，沐浴好就能直接睡下，不必两头折腾。”

庄珝愣了一下，抬眼看他：“谁说我要去客房睡了？”

庄然一时怔在那儿，看了看坐在床上认真抠手的叶勉，好半天没说出话。

屋子里静了一瞬，老内监两边看了看，呵呵笑道：“这床榻虽不如我们在金陵的，倒也够大，睡得下，睡得下。”

庄然小声道：“叶四少爷发着热呢，万一……”他看了庄珝一眼又看向老内监，面露难色。

“无碍。”庄珝摆了摆手。

老内监呵呵笑着，道：“听郡王的，听郡王的。”

那边就入寝问题三言两语拍了板。

叶勉坐在那里一阵无语，他这个客人的意见就真的那么不重要，都没有人问一嘴吗？

那边荣南郡王按惯常去偏间的浴房沐浴，老内监笑呵呵地对叶勉说：“叶小少爷今儿发了热，倒不便沐浴，不过您午后睡着的时候已让人用烈酒给您擦了身，一会儿咱用了膳，再用清水擦擦也是清爽的。”

叶勉点了点头。

庄珝去沐浴的工夫，膳房已开始一道道地往屋子里传菜。老内监吩咐童子在床榻上摆了张楠木雕花小矮案，让人盛了碗素粥，又各挑了些清淡精致的小菜一一摆上。

叶勉哪好意思在人家床上用膳，抬脚要下床，却被老内监拦了下来。

老内监笑道：“无碍，这些床衾寝盖一会儿都得换，咱们郡王身子不熨帖，也是这样用的，不怕。”

庄珝沐浴出来，就见叶勉盘腿坐在床上，夏内监正端着粥碗，一口口地往他嘴里送。叶勉倒是个自来熟的模样，退却了他刚进来之时的不自在，正一边吃一边和夏内监说他坏话。

“他真的太狠了，那天晚上我什么都没得吃，硬生生被灌了几壶烈酒，吐得我胆汁都快出来了。”

夏内监笑得捧着粥碗的手一直在抖，叶勉皱着眉道：“您还笑，不该管管吗？我要是在外边这么欺负人，我爹知道了定是不赞同的。我看，您不如先写信知会你们长公主一声，让长公主定夺。”

吃着他的东西，还给他穿小鞋？庄珝冷笑一声，走了过去。

“你信不信我一会儿让人把你绑了，再灌上你几壶酒，你什么时候把胆汁吐出来什么时候再走。”

叶勉看着刚刚出浴，头发还湿着的庄珝，咕哝着咽下嘴里的一口粥，又看向夏内监说：“您看看，我好好地在您府上做着客呢，就要绑要杀的，可见我刚和您说的都无夸大，您现在帮他瞒着，他总有闯祸事发那天，到时候长公主不能拿他怎样，倒要拿你们做筏子呢。”

夏内监的粥碗都快捧不住了，叶勉嘴上还不停：“还让我把胆汁吐出来？我都快被他吓破胆了，哪有东西给他吐？”

庄珝冷冷一哼，道：“我看你不是吓破了胆，而是吃了熊心豹子胆。”

“怎么了？被你欺负就不能反抗，只能乖乖挨打不成？你当人人都是泥捏的！”叶勉梗着脖子道。

夏内监把粥碗放在案上，擦了擦眼角笑出的眼泪，哄劝道：“怎么还拌上嘴了？快都少说两句。”

庄珝平日里就不是话多之人，破天荒地争了两句便不再理叶勉，歪坐在另一边的软榻上，由着童子拿着热巾子给他擦头发。

叶勉只斜了他一眼，便不言语了。

夏内监复又拿起粥碗，喂了叶勉一口：“你们年纪小，都是平日里话赶话，哪有什么深仇大怨？”

“那也是他先骂我‘滚’的。”叶勉坐直了身子，道，“这次他私卫救了我，是该我郑重谢他。但是一码归一码，之前他对我做的那些坏事，他不给我赔礼道歉，我是不会原谅他的。”

庄珝歪在那里，手里捧着一本书卷，轻嗤道：“我看你是发热发糊涂了。”

夏内监也啧啧两声，小声靠着叶勉耳朵说：“小少爷还是让一让，给个台阶俩人化了这干戈才好。他自打生下来，长公主都没让他道过歉，您要是一直揪着这个，让他给您赔礼，那得闹到什么时候去？”

叶勉撇了撇嘴，没有吱声，只是心里却是不同意的，明明是庄珝先撩的架，凭什么他不道歉就让自己给他台阶下？庄珝是比他尊贵许多，但他叶勉也不是可以随意拿捏的无身份贱民，大不了以后再不往来就是了！不过，现在却不是讲这些的时候，庄珝阴一出阳一出，一会儿打他，一会儿救他，他要先道谢才是礼数。

叶勉用过膳，便也去那边浴房由着童子们服侍着擦了身子，脑子里一直在想该怎么张口，尤其是两人刚刚还拌了嘴……

叶勉出来的时候，厅堂里的烛火正在被童子们一一剪灭，最后只留了两盏在床侧的高几上，照得那边昏暖。

床上的寝具俱已置换一新，绛紫色的锦罗软帐已经放下一半，庄珝已换了寝衣，半倚在床里侧一边，手里拿着一册《奇域杂记》看。夏内监和庄然带着几个童子各处检查茶水、烛火、香炉种种。

叶勉走了过去，坐在床边，童子服侍着拆了他头上的玉簪，又蹲下脱了他的鞋子。

叶勉抬腿上了床，见庄珝津津有味地看着书卷不理他，不知为何，心里竟有丝尴尬。他轻咳了一声，没话找话道："哎，我想睡里边，你往这边移一移。"

庄珝连眼睛都没从书上移开，只懒懒地问了句："为何？"

不为啥，他就是随便说句话。叶勉翻了个白眼，想了一会儿才胡编道："我是听人说，二人同榻，在外侧睡的都是伺候人的，我又不是你小厮，还是客人，你怎么能让我睡外头？"

庄珝手上一顿，视线终于从书上移开，他一脸无语地看了叶勉半晌才神色复杂地看着他，慢悠悠地说："那是夫妻。"

叶勉："……"

庄珝放下书卷，一手轻轻揉着眉间："妻或妾与丈夫同榻，才会睡在外侧，以便端茶倒水服侍。"他长叹了口气，直直地看向叶勉，不解地问，"叶勉，你听人讲话，都是只听一半的吗？"

一时间屋子里憋笑声四起，夏内监早已乐得脸上的肉跟着颤，就连童子们都有几个定力差的在那里低头抖着肩膀。

叶勉僵在那里，一时尴尬不已。

最后，叶勉"如愿以偿"地爬去了床里侧，难得地有些脸红，还好灯火昏昏，帐内幽暗，看不大出来。他躺下后才清了清喉咙，说："其实我就是想和你道个谢。"

"倒也不必急。"

叶勉不解地看着他。

摇曳的烛光下，庄珝本就细腻瓷白的肌肤被镀上薄薄一层玉晕。他轻笑了一声，悠悠地看着叶勉，道："过了今天晚上，你再想谢我也不迟，不然我怕你又要后悔。"

叶勉看着他，心猛地一跳，脱口而出："你又要整我？"

庄珝没有答他，回身拍了拍手，立时有两名守夜的童子上前听令。

庄珝淡淡地命令道："去，把这屋子里的灯全部熄了，然后所有人都出去。门外也不许有人守着，这里发生什么都不许进来，违者滚回金陵。"

"是。"

童子们赶紧依着吩咐端走青铜瑞兽烛台，帐内立时黑下来，叶勉只听到脚步声渐行渐远，最后"吱呀"一声，房门被合上。

万籁俱静，伸手不见五指。

◆ ◆ ◆

“你！你要干什么？！”

叶勉一骨碌滚到最里侧，紧紧地贴着床壁。庄珝这家伙是要揍他一顿出气，还是……要打杀了他？叶勉不禁想起叶璟曾警告过他，庄珝心思极沉，处事狠绝且绝不留余地。忠平侯世子谈起他时也是遮遮掩掩，连魏昂渊这个一贯嚣张跋扈的都私下规劝他，叫他莫要与此人较真。叶勉想到这里，不禁有些紧张，喘息都重了起来。

帐内一片静寂，叶勉只听见自己紧密的喘息声，突兀又有些狼狈。

过了许久，叶勉忽然觉出一丝不对劲，庄珝那边怎么一丝动静也无，竟连呼吸声都听不见……他咽了咽口水，竖起耳朵去寻，慢慢放轻自己的呼吸，却只觉四周静到耳鸣。庄珝怎么不见了？

叶勉只觉四下更加可怖，仿佛天地方寸间只剩他一人。他伸手在眼前晃了晃，眼前黑暗如浓墨一般，只闻掌风，不见他物，一时心内瘆然不已。

叶勉下意识就要起身往外爬，想要逃离这里！

人类最强烈最古老的恐惧，是未知。

把叶勉置于如此黑暗、封闭又静谧的空间，简直比直接把他绑了打杀还让他心悸。他在床上还没爬出几步就撞到了什么，他立马“啊”的一声大叫，又退了回去。

“你在折腾些什么？”依旧躺在原处的庄珝出声道。

他的声音依旧清润，甚至在夜里更加生动。叶勉却听得腾的一下火起。

“庄珝！你干什么？”叶勉吼道。

“我什么都没做。”

叶勉一时语塞，想了想又觉得不对劲，气道：“你把人都赶出去作甚？又躲在那边不作声！”

“想与你单独说说话，不想他人在。”

“什么见不得人的话非得黑灯瞎火，背着人才肯讲？”

叶勉气呼呼地躺下，只是还是紧贴着床壁，离庄珝好几尺远。

庄玥轻嗤了一声，道："你怕什么？说了只是说话与你听，你这副样子倒仿佛我要害你一般。你也不想想，我若想伤你，又岂会把你带回我院子自找麻烦？不拘是上下学路上还是桃溪庄，抑或是你府里的宝丰院，都比在这里简单些。"

庄玥话里话外傲慢无礼，十分欠揍，却并非没有道理。叶勉放下心来的同时，也为自己刚刚胡思乱想、自乱阵脚的模样脸红不已。

"你到底要和我说什么？"叶勉问他。

庄玥沉默了，过了好一会儿才出声："你与那个魏丞相之子同宿时，你们都会说些什么？"

叶勉没好气道："你这个人真的十分热衷打探别人的隐私，之前让探子把我的生活习性查了个底朝天，现在连我睡前与好友夜话的内容都想知道，照这样下去，我日后大婚洞房那晚，你岂不是要亲自去听墙角？"

"那倒不必，小小年纪想得倒多，还大婚洞房，"庄玥冷冷一笑，"我怕你以后连通房都没有。"

叶勉刚想回嘴，就听庄玥又冷声道："看来你们左不过就说些女色犬马，怪不得那日在桃李苑，别人都求学业，单你跳出来求姻缘，见没有小姐挂粉带与你就恼羞成怒。"

"胡说！"叶勉略有些心虚地反驳道，"我们也会把白天在学里读的书拿出来谈一谈。"他们只是偶尔谈谈隔壁女学生。

"谈书？"庄玥轻嗤，"那我们也来谈书。"

叶勉："……"

"你可知我刚刚在看的是什么书？"庄玥问他。

"《奇域杂记》。"

庄玥轻轻嗯了一声，又道："这里面有一段，想来你会感兴趣，我说与你听。"

"什么？"叶勉奇怪问道。

"成婚与洞房。"

叶勉："……"

这家伙要干吗？大晚上的要和他谈这些，看来平日里清冷如仙的模样都是装出来的，内心没准也是个猥琐小青年。这么一想，叶勉倒觉得自己和这人内心的距离拉近了些。

“咳，那你说呗。”叶勉不自觉地说。

“嗬，你可知我们大文西地渭阴扶风一带有落地必成婚一俗？”

“嗯？”

“此地约俗，只要子孙降生于世，必成婚立家，就算不到成婚年龄早夭而逝，也必配冥婚，否则便会对在世的族人施以恶报。”

叶勉轻轻“哦”了一声，倒也不甚奇怪，别说在西地那边，其实冥婚的婚俗在京城也是有的。前些日子他还听祖母那边说过，他们叶家有个远房子弟未婚早夭，几年后家人给寻了个病逝的清白人家小姐与他婚配了。

“不过，此地冥婚却为恶俗。”庄珝接着说道，“他们会寻来活人与之冥配，再逼其殉葬，以慰地下之人，以佑亲人。”

“什么？”叶勉打了一个激灵。

“刚刚这本《奇域杂记》就写了这样一个故事。”

“等一下……”叶勉小声阻止道,这与他想象的成婚和洞房不太一样。

庄珝却没理他，顾自慢慢说道：“当地一大户人家的小姐因病早夭，生前与之订婚要入赘的男子家境贫寒，女方族里便以势压人逼其与之冥婚。大婚当日，小姐的尸身早已身腐骨硬，鬼媒人便将其骨关敲断，为其穿上赤红凤冠霞帔，再抬进婚轿。”

“哎，你别说了。”

叶勉抱着肩膀抚了抚身上的鸡皮疙瘩，这三更半夜乌漆墨黑的，说这些做什么？自打穿越到大文朝，他便不再是坚定的唯物主义者，对鬼神之说万分忌讳，连他屋里的丫鬟们都知道他怕黑怕鬼得厉害，却只当哥儿刚刚自己出来立了院子，还不习惯。

叶勉只听身边一阵窸窸窣窣的声音，却是庄珝把身子移了过来，衣角似有似无地挨着他。

“你怕了？那我离你近些。”庄珝平静道。

“你不说我便不再怕了。”

“故事还是要讲完的，我才说了大婚，你最喜欢的洞房还没讲呢。”

洞房……和死人怎么洞房？叶勉只想了下便觉得毛骨悚然，后脊梁发凉。

庄琎却似不知，又在他耳边幽幽开口道："小姐被鬼媒人架着与那男子拜了天地，便被送入洞房里停着的一口棺椁，那男子也被绑了推了进去——"

"你别说了！"叶勉浑身汗毛直立，身上吓出来一层冷汗，他急急斥阻道。

庄琎却置若罔闻，嘴上不停："而后棺盖严合，七七四十九颗长钉封死。那里面的红衣新娘啊——"

"啊啊啊啊啊！庄琎！"叶勉气急败坏地一把捂住他的嘴。

庄琎的声音戛然而止，叶勉狼狈地喘着粗气。

庄琎闷笑了一声，却又一手把叶勉的手拨了下去："那新娘盖着大红盖头——"

叶勉彻底崩溃，起来用两只手捂住庄琎的嘴巴，什么身份、什么郡王、什么皇室，通通被他抛诸脑后。

"你再不闭嘴，我就闷死你，让你娘给你也配个冥婚！"叶勉恶狠狠地吼道。

庄琎好半天没动，正当叶勉微微松些力道，怕真把他闷坏的时候，庄琎突然翻身而起，把叶勉掀了下去。他说："你还怕？这样，"然后，他又轻轻念道，"那男子在棺椁里无法坐直身子，却见那盖着红盖头的新娘慢慢地抬起了已经断了颈子的头——"

"啊！！！"叶勉吓得一嗓子号了出来，都破了音。他紧闭着双眼，一时又是羞恼又是害怕，却没有反抗的本事，不知怎的，一股委屈突然涌了上来，鼻头发酸。

庄琎笑了好一会儿，才问他："如何？可知道错了？"

叶勉窝着颈子点了点头。

"与小姐成婚、洞房有趣吗？"

叶勉摇头。

"说两句好听的，我便放了你。"

"说啥？"嗓音有一丝嘶哑。

庄琎沉默，似认真地想了一会儿才说："你先叫我声好听的吧。"

"爹。"

叶勉明显感觉身后的庄琎身子一顿。

“你倒是实诚。”

庄翊慢慢退回床外侧。

“我心里最不值钱的就是爸爸。”叶勉心想，他默不作声地靠着床壁趴着。

帐内又恢复一片静寂，庄翊也不再闹叶勉了，可叶勉依旧不敢闭眼，刚刚耳边那个冥婚新娘的故事在他眼前已经成了可怖的影像，他的身子控制不住地微微发抖。最可恶的是，无论他闭眼还是睁眼，眼前都是一片漆墨，他无法逃离黑暗。

四周静得令叶勉发慌。他缩在那里，无论如何都无法将红衣新娘与那口棺材驱逐出脑海，最后心上紧着的那根弦终于断裂，鼻子里的酸意再也控制不住，他睁着眼睛，眼泪默默流出。可叶勉是堂堂男儿，怎么好意思因为怕鬼而哭？他只好咬紧嘴唇，放缓呼吸。

庄翊本以为叶勉在那边生闷气，回过神来就会指着他鼻子骂，没准还敢再欺到他身上来打，却不承想那边一直没有动静，连呼吸声都轻如淡羽。

这是要睡了？庄翊正疑惑之时，突然听到里侧叶勉抽了一下鼻子，却是有些水声，四静的夜里，十分突兀。

庄翊反应了一下，才恍然道：“你竟哭了？”

叶勉羞恼地用手背抹了把眼泪，用气音道：“关你屁事！”

庄翊一时诧异不已，感叹道：“知道你怕鬼，却不知你竟怕成这样。”

叶勉没忍住抽噎了一下，恨恨道：“那怎么了？哪个人都有别人无法理解的惧怕之物！我就不信你没有任何弱点！”他想了想又说，“我就知道你没安好心。今儿你把我带回来就想着要整我了吧，亏我还一心想着要谢谢你，以后再没有了！我告诉你，咱俩这梁子今日算是真的结下了，以后你小心别落在我手里。”

叶勉发完狠又没忍住抽了下鼻子，本来在一边默然的庄翊轻轻笑了一声。

帐子里突然静得连眨眼时上下睫毛相撞的声音都听得见，庄翊转过头看向他，问道：“平日里与好友和师长不都能屈能伸，怎么偏偏在我这里不会服软？”

叶勉在黑暗里狠狠地瞪着他，暗自腹诽道：“那你平日里眼高于顶，目无他物，怎么偏偏就只看我不顺眼？”

叶勉心里所想并未宣之于口，待心跳平缓后，他也冷静下来，心想，这人喜怒无常，自己何必在人家地盘上逞一时嘴快，遭罪的还不是他自己？再说，自己的弱点被他查得一清二楚，小辫子被抓了一大把，而自己却对他一无所知，就这么对上了，亏还没吃够吗？国子学的日子还长，且等着以后吧，既然他偏要招自己，那就看看到最后是谁跪下叫爸爸。

过了许久，庄珝问他：“你是不是忘了什么事？”

“什么？”

“你不是说要与我道谢？”庄珝动了动身子，调了个舒服的姿势，叹道，“你谢吧。”

“我谢谢你八辈祖宗！”叶勉咬牙切齿地心道，恨不得一口咬死他。

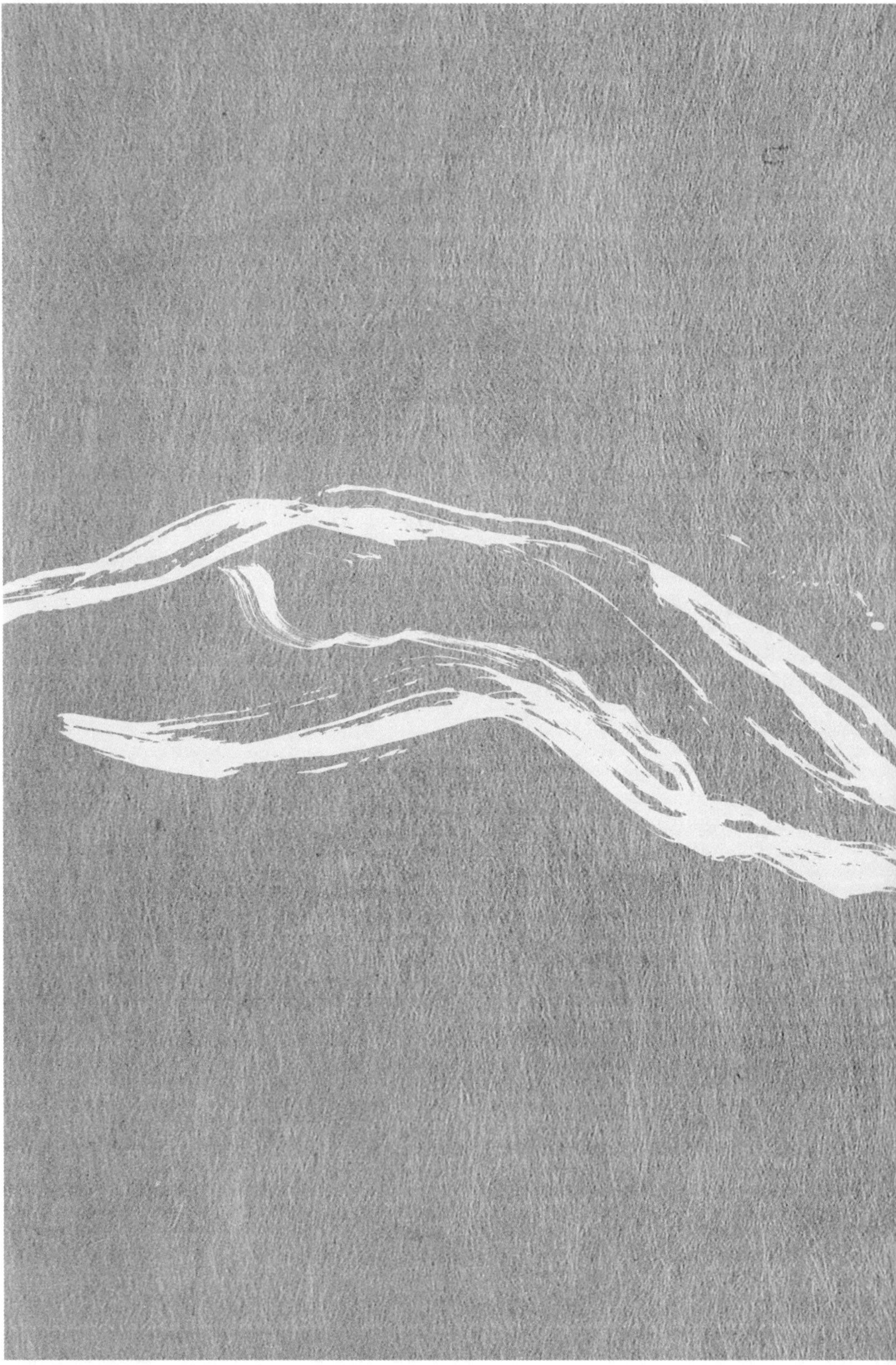

第九章

端午

千金之子坐不垂堂，
百金之子不骑衡。

翌日清晨，荣南郡王被下人团团服侍着更衣、用早膳，叶勉躺在帐子里连眼睛都没睁。他夜里做噩梦，被鬼追着跑了一个晚上。再醒来时已近午时，他刚在床上坐起身来，一边守着的童子就围上来侍候他润口、起身更衣。

夏内监笑呵呵地端着药碗一勺一勺地帮他凉着药："不急不急，昨儿就已经和学里给叶小少爷告了今日的病假。"

屏风里叶勉满头是汗，心想："我急的是这个吗？我急的是我哥在国子学门口等了两个时辰，你们竟不告诉我！"

嫌童子手慢，叶勉自己伸手系腰带，心里暗骂，这个死庄珝阴招一套一套的，临走前竟还要摆他一道！

夏内监仿若不知，还在那边问："郡王让我问问小少爷昨夜睡得可好，可还要再留下宿上一晚？"

叶勉咬牙道："睡得很好，今儿就不叨扰了，麻烦夏公公和郡王说，多谢盛情，日后必加倍还之！"

夏内监听他这么说便笑了起来，道："我们郡王果然料事如神，他让老奴再留劝您一句，说，他若是您，今日必不会回去的。"

叶勉听得直翻白眼，不回去，留下来继续和女鬼赛跑吗？

叶勉穿戴好了急急往出走，夏内监赶紧拦着："叶少爷用了午膳和这药才是。"

叶勉心内焦急，叶璟一大早就来国子学接他，庄珝竟截了消息不让人告诉他，今日可不是大理寺休沐之日，他大哥定是和上峰临时告的假。前些日子大嫂还说他哥忙得每日只能睡上两个时辰。

叶勉哪有心情坐下来吃饭，看了一眼老人家亲手凉的药，伸手端过来仰着脖子咕咚咕咚灌了下去，苦得差点儿呕出来，五官都皱在一起。他拿起桌上的锦帕一抹嘴便走了。

夏内监带着一干童子看得目瞪口呆，等叶勉都走出门了才反应过来。

叶勉出了荣南郡王的院子，一路跑着出了国子学。在路上，他遇见了巡视的训导司正，训导司正又气急败坏地给他记上一笔交去行思阁——国子学内疾步而行，跑跑跳跳，没规没矩！

叶勉气喘吁吁地赶到集贤门，一眼就看见了叶府的马车。他站在那里调匀了呼吸才走上前去。小厮丰今看到他，赶紧从车辕上跳下来，杀鸡抹脖般地给他使眼色。叶勉看了看丰今的神情，凭借这半年俩人的默契，他知道，他这是摊上大事儿了。

叶勉规规矩矩地坐在马车里，脊背挺得溜直，却忍不住好奇，一直打量着坐在他哥身侧那人。

可能是他的眼神过于“火热”，那人轻笑出声，拉了拉叶璟的袖子道：“你这弟弟比你有趣。”

叶勉松了一口气，是个男的。

虽说这人是男人，长得却十分漂亮，只不过过于阴柔，一双狐狸眼轻轻一眨便是无限风情，害得他还以为他哥带了个女扮男装的姑娘出来浪。

叶璟没有看叶勉，只朝那人扬了扬下巴：“你先给他瞧瞧。”

沈慕棠轻笑着点了点头，拿出帕子擦了擦手指便捏着叶勉的下巴。

“叶四少爷，得罪了，张口。”

叶勉余光瞟了他哥一眼，见他哥根本没看他，便乖乖张开嘴巴。沈慕棠捏着叶勉的手指微微用力，他看了好一会儿，又细细地给叶勉把了一回脉。

“如何？”叶璟问。

“无碍。”沈慕棠用手背探了探叶勉的额间，笑道：“想是长公主府派来的随行医官给料理的。那些都是当年先皇赐下去的老御医，我这个刚上任的就不班门弄斧了。”

叶璟轻轻点头。

“回府后膳食上虚补着即可，再让他屋里的下人们都仔细点，这些日子添衣盖被的都警醒些。”沈慕棠一边用帕子擦手一边嘱咐道。

叶璟没有讲话。叶勉自然能看得出他哥和平时不大一样,便不敢开口，马车里一下就静了下来，只能听到外面马蹄嗒嗒和马夫甩鞭子的声音。

沈慕棠突然乐了，一手搭在叶璟手臂上问道：“这是怎么了，人不是好好的——”

“没什么。”叶璟打断他，声音没有起伏，把沈慕棠的手也拂了下去，“我弟弟的马车跟在后面，你乘那辆车，我让人先送你回宫。”

沈慕棠愣了愣，道：“我出来前与人调了班，今日不用轮值。”

“那让他们送你回府。”

“叶大公子！”沈慕棠简直咬牙切齿，“就算把人用完就扔，也不用这么快吧？”

叶璟抬眸看了他一眼，眉间一丝锐利毫不掩饰。

沈慕棠身子往后退了一寸，气馁道：“行行行，我走。”走之前，他却俯身到叶勉耳边，用气音耳语道：“弟弟长大了可别尽学你哥，以后要祸害人也要找那些奸的、佞的、坏的，可放过我们这些好人吧！”

叶勉微微睁大杏眼，还没等沈慕棠下去马车，就讨好地对叶璟说：“哥，他说你坏话。”

沈慕棠一顿，把刚刚从身上解下来准备给叶勉做见面礼，一看就价值不菲的碧青玉佩又系了回去。他一边抬腿下马车一边冷声道：“果真不是一家人不进一家门，都说恶人自有恶人磨，我看你们兄弟俩先互相折磨着也好。”

沈慕棠下了马车之后，扮了半天鹌鹑的叶勉抬眼打量了一眼他哥，见他哥正紧锁着眉头合着眼，一只手有一下没一下地按着眉心，一副极其疲累的模样。叶勉不免心内有愧，深吸了一口气坐到他哥那边，抱住他哥的手臂，又讨好地叫了声“哥”。

叶璟睁开眼睛看他，眉头却未舒展，眸中也无平日里的温度，把叶勉吓得刚刚在腹中演练了好几遍的词全忘了。

叶勉垂头丧气地跪在叶璟的书房里，这都一个时辰了，连口水都没人给他喝。在叶璟书房里侍奉茶水的几个小厮凑在一边偷笑，连叶勉瞪他们也不怕，气得叶勉胃疼。他今天一回府就被带回了碧华阁。往常他要是闯了祸，他哥也会立刻把他接到这里，以免叶侍郎见到他会责罚。他本来还松了口气，以为他哥还是护着他的。哪想今天到了碧华阁，他哥直接把他拎进书房罚了跪。

叶勉又饿又渴，膝盖又痛，越跪越委屈，自打来到这个鬼地方，跪着都快比站着的时候多了，膝上都快跪出茧子啦。再说，他又没犯什么滔天大错，有什么事不能坐下来好好说，动不动就体罚，该死的封建压迫！

叶璟进来的时候，叶勉正跪在那儿扁着嘴生闷气。

“看来你并未悔过。”

叶勉一激灵，挺直了后背。

“哥，我知错。”

叶璟绕到楠木书案后面坐下，抿了口茶才道：“那你说。”

“我不该逃学去湖边玩儿，也不该跳湖，昨日回府更不该隐瞒，生了病，让父亲、母亲和大哥担心了。”

“只是……”叶勉抬眼看了一眼叶璟，嘟囔道，“也不知大哥为何如此生气，好歹我还救了同窗性命，就算功不能抵过，我这刚生了场病，饭都不给吃就罚我……”

叶勉越往后面说声音越小，不过叶璟都听得清清楚楚。

“当真不知为何？”叶璟冷冷问道。

“请大哥教导。”

“好。”叶璟点了点头，朝一边立着的小厮吩咐道：“去请家法来。”

叶勉心下一惊，不好，他哥这是要揍他。

下人们也蒙了，一时之间都愣在那里，没有动，平时大少爷教训四少爷都是训斥几句，虽气急了也会十分严厉，但四少爷抹两滴眼泪也就糊弄过去了，他们还能看个热闹，回头取笑四少爷两句。这回四少爷是干了什么，竟惹得大少爷要打罚？

“啪！”叶璟重重地把茶盏摔在桌上，喝道：“都聋了吗？”

叶璟极少在府中发火，小厮们齐齐地一抖，都跪了下去，为首的不敢迟疑，赶紧取来戒尺交给叶璟。

叶勉看他哥拿着戒尺从书案旁绕了过来，条件反射地把手背在身后。

"哥……哥，有话好好说。"

"手！"

"您这是要干吗呀？"叶勉也急了，膝行着往后退了两步。

"伸手！"

叶璟的眼神冰冷，叶勉不自觉地咽了咽口水。他忽然想起外边的话传，说端华公子风姿美好如谪仙，可在大理寺着人刑讯时却是另一番景象，皮囊还是那副皮囊，只不过谪仙变阎王，因而他手下的案子"不配合"的犯人极其少见。

叶勉慌了，做着最后的挣扎，背着手拖延道："哥，您教训弟弟，弟弟自然要认罚，但您总得说个明白，我到底哪里做错了，让您发这么大脾气，我就算挨打也要疼个明白。"

"跪直！"

叶勉赶紧挺直后背。

叶璟冷眉道："我问你，'千金之子坐不垂堂，百金之子不骑衡'，这是你启蒙后便教给你的道理，你今天再来说说这是何意。"

叶勉喘了两下，规规矩矩地答道："是说富贵人家儿女，坐卧不靠近屋檐处，以免被屋瓦掉下来砸到，也不能靠在楼阁栏杆上，以防坠落伤身。这一句是告诫我们，尊贵之身不轻易涉险，君子不处险地。"

叶璟眯了眯眼睛，冷声道："什么道理都知道，那就是故意而为之了！"他满眼痛心地看着叶勉，"想我们叶府虽不是富埒王侯、壕贾一方，却也是官宦高门，你这个府里的嫡幼子，自打出生起便锦衣靡食，堆金砌玉着长大。去岁自打你立了院子，变得更是骄奢，你大嫂主持中馈，给你那院子备的膳食比正院还要仔细。侯府里勤哥儿得了什么好的，你大嫂见了都要厚着脸皮和娘家再讨一份给你，叶府还有我们碧华阁如此供养你，试问，可有对不住你的地方？"

"没有。"叶勉低头道。

"我打你你可觉得冤屈？"

"不冤屈……可是，"叶勉低着头小声道，"当时情况紧急，我若不救他，他万一真的溺死了……"

叶璟闭了闭眼睛，胸口重重起伏了两下才恨恨道："叶家教你的是敬畏天地、忠奉君主，哪个教你轻贱自己性命去救那不相干的人了？你若有了闪失，你让父亲、母亲如何？让我和你大嫂又如何？我们叶府贵养的嫡子是为那不相干的人养的不成？”

叶勉跪在那里低着头嘴唇嗫了嗫，最终没有开口。

所有人都觉得他做错了，陆离峥说他做烂好人，救了条贱命反脏了手，大哥痛心他不珍惜身体性命，不为父母家人着想，连庄珝都知道他今日回来必挨惩戒，不然也不会让夏内监说出“我若是你，今日必不会回去”这种话。他们从小到大念的是“身体发肤受之父母，不敢毁伤，孝之始”，而他自小被教育的却是见义勇为。

叶勉从未因两个时代的思想碰撞便随意把自己“认为对的”“先进的”观念强行灌输给身边的人，更从未用自己的道德标准去看待他们，要求他们。甚至他十分努力地适应这个新身份，适应在这里生活，可好像还是不行，那种强烈的抽离感又一次涌了出来。

叶勉十分无力。他跪在那里想了好久，终于把背到身后的手伸了出来，摊开手心，小声道：“哥，你打吧，我不哭。”

他等了许久，那种让人心悸的剧痛却没落在手上。

叶璟看着他摊在自己眼前的白嫩手心，戒尺挥起来几次也没落下去。见叶勉抬起头怯怯地看着自己，叶璟闭着眼睛叹了口气。

◆ ◆ ◆

宝丰院里，宝雪把姜氏派来取衣裳的捧露拽到一边打探。捧露只咬着嘴唇摇头，一直用余光盯着她们的宝年噌的一下站起了身，把刚叠好的衣裳摔给一边的小丫头，冷声道：“宝雪，你也多余问她，人家可是碧华阁的人呢！”

捧露被宝年说得满面通红，急急道：“我是真不知，大少爷那脸色连我们大奶奶都没敢上前，我又如何得知？”

宝年刚要回嘴，就被宝雪使眼色瞪了回去。

“我们也不问别的了，”宝雪拉着捧露的手语重心长道，“只是四少爷这晚膳总是要用的，怎么我们送去的膳食倒给拦在门口了。他这刚病了，身子骨还没好利落，人又这么小，哪受得了挨饿？”

宝荷也在一边哽咽道：“我们四少爷自小就有胃疾，这么精细地养着还时不时地闹上一回，这要是饿出个好歹，可是要落下病根儿的，你们碧华阁还能落着好不成？”

宝丰院的几个大丫头这个唱红脸那个唱白脸，你一言我一语地把捧露挤对得脸红脖子粗。

“那……那我再去回给我们奶奶。”

捧露出去之后，宝年狠狠朝外啐了一口。碧华阁居然还请上家法了，老爷再怎么打那也是父亲管教儿子，天经地义。叶侍郎和叶夫人都好好在府内呢，这碧华阁把人拘了去请家法算怎么回事？哪家兄长教训弟弟不得知会高堂，拈轻拿重，大少爷倒好，也不知这回给四少爷打成什么惨样子，居然让人把碧华阁守了起来，连她们都不准进去伺候。平日里她们宝丰院和碧华阁走动得是勤快，但要说宝丰院下人对碧华阁心里没有怨怼也是不可能的，老爷如此偏心，这么些年，外院的好东西流水般抬进碧华阁，当人眼睛瞎了都看不见不成，都是府里正经的嫡子，凭什么呢？叶府的下人们当着她们的面不敢怎样，可哪个私下里没有指指点点嚼过舌头？还有那更腌臜的往府外来传她们四少爷如何顽劣不堪，名声都毁了，这也就是个哥儿，若是个待嫁的小姐，指不定就抹了脖子一了百了了。

被迁怒的捧露也着实冤枉，心想，大少奶奶和大少爷感情是好，但是大少爷头回发这么大的脾气，她们奶奶半分也不敢逆，别说求情了，就连商量着把宝丰院的人送进来伺候都被大少爷驳了，大少奶奶也没敢说个“不”字，后来愣是吓得躲去了内室，派了个姬妾过去服侍。

这碧华阁被守得如铁桶一般，宝雪几个和月亮门守着的婆子们求了半天，连块茶点都没送进去，气得宝年回屋就抹了泪，恨道：“以后再不去碧华阁了。犯人坐牢，家人还能探上一探呢，这大少爷是把四少爷给拘起来上了大理寺的狱刑了吗，竟不敢让她们看上一眼。”

其实叶勉这回没受什么皮肉之苦，叶璟对着他下不去手，气得一甩袖子走了，独留他在书房反省。不一会儿，叶远却进来了。

叶远是叶勉庶出的兄长，平日里两人并没有多亲厚，只不过叶远的姨娘曾是邱氏的旧婢，叶远又打小就跟着叶璟，叶勉在邱氏那里见到叶远的次数就比其他庶兄多一些。

叶远把叶勉扶了起来，又亲自打了水给他擦脸、擦手。叶勉和他到底不熟，坐在里间的榻上，有些不自然地闪躲。

叶远倒也不在意，只笑了笑，便从怀里取出个油纸包递到他眼前。

“吃吧，我院里小灶做的，还温着呢。”

叶勉鼻翼翕动，不自觉地嗅了嗅，一股奶香味儿透着油纸散发开来钻进鼻腔，腹内适时地轰鸣了一声。

叶远轻笑了下，把油纸剥开，喂他吃了一块。

羊奶八珍糕，暖胃又管饱。

“谢谢二哥。”叶勉就着叶远的手吃了一半奶糕。

“大哥呢？”叶勉想了想，终是抬眼问道。

叶远拍了拍手上的糕点碎屑，小声道：“气大了，脸上能刮下二两霜来，在妾氏那里摔了套杯子。那姬妾还悄悄叫了大夫从碧华阁侧门进来，据说，他是头风病犯了。”

叶勉心下一懔，问道：“这么严重？”

“他只气你不惜命。”

叶勉低下头，连嘴里的奶糕都咽不下去了。

叶远笑着抚了抚他的脑袋，道：“倒不用自责，认真领了罚就是。”

叶勉抬头，问道：“大哥要罚我什么？”

“刚刚他问你的《孟子·尽心》上篇，要你抄上一千遍给他。”

叶勉抬起手扑棱扑棱耳朵，怕是听错了，问他：“他说多少遍？”

“一千遍。”

叶勉深吸了一口气，讷讷道：“我得抄上多少日子啊？”

“抄多少时日交与你自己定夺，大哥他停了你的月钱，账房那头也打过招呼了，没大哥的牌子不准支钱与你。他什么时候收到你的千篇抄文，什么时候恢复你的月钱。”

“啊？”叶勉睁大的杏眼里毫无生气。

叶远又继续道：“还派人去了你的宝丰院，把你的钱箱子收了。过会儿你让院里管账的大丫鬟跟我过去核对下账目。”

最后一条路都被堵了，叶勉回过头半边身子趴卧在榻上，虚攥起拳头“咣咣”地砸床。

“我死了，死人抄不了文章！让娘再去给他生个弟弟去抄吧！”

叶远顿了顿，似不落忍，又说："大哥还说，那一千篇要前后书法渐渐有进益才算合格，否则要罚你重抄。"

端华公子，真是好狠一男的。叶勉撅在那里一动不动，心里却暗暗下了决心，往后闯了祸他定跑去他爹那里自首，他爹顶多对他进行物理攻击。他哥居然对他实施心理摧残和经济封锁，这谁顶得住啊！

第二日一大早，叶勉也没用人叫，到了卯时自己睁眼，一骨碌爬下床，乖乖地用了姜氏让人送来的早膳就匆匆赶去了国子学。

国子学里，魏昂渊几人见到叶勉完好地来上学，还挺诧异。

"前儿你不是东窗事发了吗？"

"怎么啦？"叶勉气道，"偏得被打到卧床不起吗？"

几人大乐，说："我们都备好金疮药了，本打算今儿一散学就去侍郎府看看你。"

叶勉撇了撇嘴："我大哥根本没让我见着我爹的面。"

李兆感叹道："璟哥哥也太护着你了。这要是我三哥，他能把我捆了一脚踹进马棚，再用他腰后那把鞭子抽死我。"

叶勉下巴搁在桌案上，讷讷道："他还不如抽我一顿呢，噼里啪啦疼一顿就完事了，我还能告上几天病假在床上躺着。"

阮云笙想了想，笑着问："璟哥哥罚你别的了？"

叶勉扁着嘴点了点头："他让我把《孟子·尽心》上篇抄一千遍给他，还要求我书法前后有进益，不然就得重抄。"

几人愣了一下之后大笑出声，幸灾乐祸得直拍巴掌。

"得，还要检查书法，那我们是帮不了你了，叶四，你自己慢慢抄吧。"李兆哈哈大笑道。

叶勉没好气地瞪了他一眼，想了想又恨声道："都怪那个庄珝！偏把我弄到他院子里去宿了一夜，闹出这么大动静，不然我们叶府哪里会知道。"

阮云笙皱眉："说到这个，我倒是想问你，你们两个斗得跟乌眼鸡一样，怎么前儿个你就去他那里睡了？"

李兆点头："昂渊去要人还被拦在外头，险些打起来。"

温寻恨恨道："我们连府里的书童都带不进来，偏他侍卫站了满院子！"

叶勉看着阮云笙皱眉道："那家伙讨厌得很，把我带过去，就为了整蛊我取乐。”

“整蛊你？”阮云笙怀疑地看着叶勉，十分不解的样子。

“上回在桃溪庄不也是如此？他让人把我的各种喜好、弱点都打探了个清楚，整我倒方便得很！”叶勉咬牙道。

阮云笙看着叶勉，没有讲话。叶勉想了想又嗤道：“只当谁不行呢，过些日子我交了我哥的罚文，也央他帮我查一查那孙子，谁还没个短处！”

“可别！”李兆赶紧摆手拦道，“你可别这当间儿去触他逆鳞，他若真的只是整蛊你一番，你忍不了直接杠回去就是了，绝不能让探子去探他。”

“怎么？”叶勉看李兆一脸认真的样子，奇怪问道。

李兆看了看四周，小声道：“前些日子，五皇子不是一直在和他闹腾吗，想是吃了些亏，便让暗卫去查他，哪想还真探出些秘辛，结果——”

“结果不重要，”叶勉杏眼里的瞳仁都放大了些，他打断李兆，悄声问道，“秘辛是什么？”

李兆：“……”

在一边一直没出声的魏昂渊无奈道：“只是知道了他为何急急赶来京城。”

叶勉问：“为何？”

魏昂渊回道：“他在金陵还有一个孪生兄弟，不过——”

“他有孪生兄弟？”叶勉睁大眼睛又没忍住，打断魏昂渊的话，“怎么没听人提过？”

魏昂渊点了点头，道：“是有的。长公主共育有三子，庄珝有两个弟弟，其中一个是同胞孪生，叫庄瑜，不过，虽说两人是孪生兄弟，相貌却无相似之处。”

叶勉点头表示明了，异卵双胞胎，相貌不一样倒也正常。

魏昂渊继续说道：“更不如庄珝天资聪慧，整个人着实普通了些，因而大家很少提及他，不过这次庄珝突然来京与他有关。”

“怎么？”

“听说庄珝的这个孪生弟弟与他一直不睦，兄弟二人感情淡薄。五皇子的人居然探听到，这个庄瑜在去岁年关之前竟给庄珝投了毒，要不是庄珝命大，恐怕现已命丧黄泉。”

“什么？？？”

叶勉张着嘴，满眼不可思议，给自己的亲哥哥下毒，还是孪生哥哥，这是有多大的仇啊？

“那这个庄瑜现在？”

“只是被看管起来了。庄瑜与那个三弟倒很有几分兄弟情，听说那个三弟以死相逼，若长公主执意将庄瑜逐出府，他便让长公主只剩庄珝一个儿子。”

叶勉一阵怅然，皇室秘辛，果然随便一个都是惊天大雷。

“所以庄珝就赌气进京了？”叶勉问。

魏昂渊摇了摇头，又道：“他来京城倒不可能只因此事，看这段日子庄珝的动作，还有他在京城早就布置妥当的人脉，长公主是早有意让他来京的，只不过很有可能是因为此事提前来京。”

叶勉点头：“京城的长公主府还没有修整好，他来得确实仓促，倒是对得上。”

李兆把头凑过来，小声说道：“五皇子这般惹恼了荣南郡王，庄珝一怒之下竟端了他养的那些暗卫的老窝，把人挖眼割舌，抛到了五皇子京郊的庄子里，明目张胆地挑衅。”

叶勉打了个冷战，过了好一会儿才问：“那圣上……”

魏昂渊摇了摇头，道：“不清楚，至少明面上没有动作。想来若五皇子不亲自闹到御前，圣上就算知道了也会装聋作哑，根本不可能在这个当口儿处置荣南郡王。我想，庄珝也是清楚地算到了这一点才会如此嚣张。”

李兆拍了拍叶勉的肩膀，叹道：“所以，勉哥儿，你还是先乖乖抄你一千篇的《孟子》吧，否则让璟哥哥知道你想打探荣南郡王，他会让你把手抄到断。”

叶勉心内哀叹，抄一千篇难道就不会抄断手吗？他现在恨不得跑到叶侍郎跟前，让他爹直接把他手打折。

◆ ◆ ◆

叶勉自打被他哥罚了，便在国子学很低调，不招猫也不逗狗了，只要一得空，不拘在哪儿，他提起笔就开始抄《孟子》。藏书阁、风亭里，连被先生撵出去罚站廊子，他都带着纸笔蹲在地上写。行思阁的训导司正们都因叶勉几日没去报到，还主动去看了他一回。

这日午膳后，叶勉又独自一人在一座水榭亭台铺纸抄书。这座风亭地势很高又三面环水，不但景致不错，还安静，不被人打扰。

这些日子叶勉抄书老是被那些浑蛋调侃，刚开始他还跟着自嘲两句或是骂两声，后来便不耐烦了，只拿着纸笔寻清静地方。

又抄了两页纸后，叶勉直起身来晃了晃发酸的脖颈儿，却见一人正顺着盘石路往上走。他不禁挑眉，现在学里哪个不知他日日会在膳后来春觞亭抄书，大家都十分乖觉地绕着此处走，这人是要做什么？

叶勉索性停笔，等着他上来。那人入亭之后，叶勉细细地打量两眼，认了出来，是那日他从湖里救上来的那个学子，想必是来道谢的。

果然那人进了亭子就深深地向叶勉一揖，叶勉微微侧身让过。

“当日多亏叶四公子出手相救，祁昱感激不尽。”

叶勉倒也不揽功：“不用谢我，我那天差点儿被你拽沉了底。要谢就去谢荣南郡王吧，拖我们上来的那两个是他的私卫。”

祁昱听罢，红了一张极俊俏的脸，半天没有讲出一句话。

“哟，瞧我，”叶勉一拍脑袋，“让你亲自去拜谢他真是难为你了。行了，我前些日子已经谢过他了，你谢了我就当全过礼了，日后也不必挂怀。”

祁昱似松了口气，道：“只是给叶四公子添了麻烦。祁昱此来倒不只为道谢，还为赔罪。”说完看了看石桌上铺着的抄文。

叶勉一怔，不知他是何意。

“不知……”祁昱试探着小声问道，“叶四公子可需鄙人相助？”

叶勉反应了一会儿才明白，这是要帮他作弊，他摆了摆手：“要是能代抄，我何苦日日躲在此处？”

祁昱四处看了眼又上前一步，极小声道：“别人不能，我却可以，祁昱自小就擅仿人笔迹，学里却无人知晓。”

叶勉猛地转头看向他，祁昱看着叶勉的双眼，没有闪躲，以示诚意。

叶勉咽了口口水，似被打动。祁昱便走到石桌前，拿起叶勉的两页抄文细细地看了好一会儿，右手食指在空中横竖撇捺地比画了几下，之后拿起笔在纸上写了一行字。

叶勉目瞪口呆地看着两张纸上的字迹，他倒不是奇怪此人能写仿书，而是惊异于居然有人能把他这等虫爬一样的字仿得如此入骨入髓。

“你几日能抄完？”叶勉亲亲热热地把他揽了过来问道。

祁昱微红了脸，想了想道：“十日。”

“哈？”

“那……七日？”祁昱抿嘴道。

兄弟太拼了，叶勉笑着拍了拍祁昱的肩：“可以，但是没必要，就十日！”

“不过我哥要求我前后书法要有进益，”叶勉蹙眉愁道，“这又如何写得？”

哪想祁昱却不为难，低头道：“这也无妨，费些工夫罢了，四公子交给我便是，若不放心，我便每隔两日将头天的抄文交与你，四公子只管核查。”

十日后，叶勉在春觞亭收到了祁昱的抄文，仔仔细细地从第一篇翻到最后一篇，又拿出自己抄的对比了两回，忍不住拍桌子称妙。

“岂止是惟妙惟肖，简直一模一样啊。”叶勉心里赞道。而且这祁昱当真细心，连他习惯每隔七字重新蘸墨、横轻竖重都辨了出来并付诸纸上。别说是他哥，恐怕这仿字拿到他上一世的专业鉴定中心，也要用计算机才能辨别出两者的不同。

叶勉乐颠颠地把抄文藏于衣襟内便跑出水榭。祁昱站在风亭里，咬着嘴唇，一直等叶勉的身影消失在回廊里才收回目光。他从袖子里掏出一只鎏金的球形手炉，小心地摩挲了两下。

只是这仿稿最终没能交出去。这些时日兄弟俩已经不像之前那般亲热，叶璟头回和他发这么大的脾气又罚得他如此狼狈，叶勉虽不至于记仇，但到底心里有了芥蒂，见到叶璟时总是别扭，不知该说些什么。而叶璟待叶勉更是冷漠，待他放了旬假也不会如以前一般把他接去碧华阁小住，连去正院给邱氏请安遇上了也是看都不看他一眼。叶侍郎见到他好歹还鼻孔出气哼哼两声。

叶勉散学回了府，派了小丫鬟去碧华阁打探了好几回大少爷在做什么、看着心绪如何。每回得了回复，叶勉就捧着仿字在地上转悠，转得宝雪几个眼睛都花了，他也没迈出宝丰院一步。

夜里仰躺在床上，叶勉在帐子里重重地叹了口气，心想，罢了，既认了罚，他自己抄了便是，如若对抗叶侍郎一般不认罚，他何必吃了这些日子的苦头？什么罚字、罚银钱，他早撂了挑子躲丞相府去了，被抓回来也不过是一顿打。

如此，这罚文，叶勉一抄就抄到了端午。

端午那天，国子学只午前有半日的课程，午后便可休沐。

因是节令，叶勉上学之前先去邱氏那里问安。邱氏那里站了满地满院子的人，各房的姨娘和年岁小的庶弟、庶妹也都在。见叶勉来了，姨娘们赶紧推子女们给叶勉见礼。叶勉点头笑了笑，算是回礼。

邱氏满脸笑着把他拉过去，仔细地摸了摸他身上的穿戴，又亲手给他剥了个蜜枣粽子，置在铺了层糖碎的青花山水瓷碟里，盯着他吃了才笑着打发他快去上学。

哪想平日里最不爱吱声的六姨娘却张嘴拦了一句，邱氏回头觑了她一眼。六姨娘带着三姑娘上前，三姑娘手里捧着个秋香色的荷包走到叶勉跟前，仰着头喏喏道："四哥，这是我做给你的端午荷包。"

叶勉微微诧异，他自打来了这里便不怎么和庶兄、庶妹们亲近，倒不是有意如此，而是他来这里没多久就上了国子学，平日里碰面机会本来就少，他们见了他又大都拘谨，叶勉见了便也只点头便罢。

六姨娘赶紧笑着轻声解释道："韵姐儿手笨，女红还做不好，只在里头装了驱瘟辟邪的山柰和芩草，倒能放进书袋里。"

叶勉看了看才八岁大的小姑娘手里捧着的荷包，针脚确实有些毛躁，不过一看就不是丫鬟代手的，便赶紧接了过来，亲手系在腰带上。

叶韵抿着嘴笑了，同叶勉一样的两个小梨涡在嘴角边显现。叶勉没忍住，摸了摸她的发心，又将自己腰带上系的一只松翠玉环解了下来递给她。

"多谢三妹妹，荷包很好看，我很喜欢。"

叶韵耳根都红了，看了一眼六姨娘。

那边邱氏倒是展眉笑开了，道："韵姐儿快接着，你四哥那里的东西可不好得。"

六姨娘舒了口气，推了三姑娘一把，冲叶勉微微一福身："倒饶了四少爷的好东西。"

叶勉看着叶韵笑说："我休旬假的日子，你可都知道？让你奶娘带着你还有你六哥来宝丰院找我玩儿可好？”

叶韵的六哥也是六姨娘的孩子，和叶韵是双胞胎。六姨娘赶紧把六少爷叶枫也拽过来，叶勉又和叶枫说了两句，便问邱氏：“娘，这种荷包还有没有，我想送人。”

邱氏还没答话，六姨娘便赶紧点头：“有有有，四少爷若不嫌弃，我那里还做了许多，是我亲手缝的，倒能见人。”

四姨娘也站了起来，笑道：“我前段时日无事也做了一针箩，我这就让人给四少爷取来。”

邱氏抿了口茶，道：“你六姨娘的女红最是了得，若是送人，倒比别人的好。”

叶勉挑了几只颜色好的荷包带去了启南院。

课钟未鸣，启南院学屋里人还没到齐，叶勉蹲下身子亲自给陆离峥系了一只黛紫色荷包。陆离峥乐得嘴巴都合不拢，站起来四处炫耀。启南院学子纷纷撇嘴，调侃叶勉实在偏心。哪想叶勉又从书袋里掏出几只让他们选，启南院的小公子们才纷纷开怀，各自选了喜欢的荷包戴在身上。

最后叶勉手里剩下一只。陆离峥拽了拽他的袖子，又往坐在他身后的荣南郡王那里使了个眼色。

其实叶勉打一进屋就看见庄珝了，这人也无法让人忽视。只是现如今叶勉看到他就心里厌烦，便连见礼都没做，只当没看见。他本以为庄珝还会找自己麻烦，哪想到这人就像根本不认识他似的，眼皮子都没朝他抬，坐在那里静静地看书。

陆离峥朝叶勉使劲眨了眨眼睛，又使了个抹脖子的手势。叶勉撇了撇嘴，把最后一只荷包扔回书袋，哼道：“就算不是什么金贵的东西，也不能随意给人糟蹋，万一又被人一刀割了，我找哪个说理去？”

◆ ◆ ◆

今天是端午，也是个极好的嫁娶吉日，魏昂渊嫡亲的哥哥就是今日娶亲。

国子学休沐半日，午时一散了学，阮云笙、李兆还有温寻就随着魏昂渊去了丞相府。叶勉则先与他们道别，匆匆赶回侍郎府。

叶勉回了府却没进宝丰院，而是直奔厨房，让厨娘装了满满三层食盒的粽子，又跑了出去。

“去大理寺。”叶勉在车里坐稳后吩咐车夫。

车夫和在一边伺候的丰今齐齐一怔。

“愣什么呢，还不快走？”

今天早上他去正院请安的时候没见到叶璟，问了一嘴才知道，他大哥这段时日因为手头上的重案忙得没日没夜，已经连宿在大理寺几日，今天过节也回不来。他娘心疼得不行却无法，和他提起来就红了眼眶。

大理寺离叶府倒是不远，不到一盏茶的工夫，车夫就勒缰吁马，丰今先跳了下去，和门口一脸凶神恶煞的带刀侍卫报了家门。只是这大理寺是邢狱重地，无关者一律不得入内，就算叶勉是大理寺少卿的嫡亲弟弟，也被客客气气地挡在门外。

叶勉在马车里听到了，便自行提着食盒下了马车。他也不难为那些侍卫，他本也没打算进去，笑着对一个侍卫说：“那麻烦这位大哥叫个人把这食盒交给叶少卿，里面是些端午节的吃食，若不便，可按规矩打开验看。”

“不必不必！”那个侍卫连连摆手，恭敬道，“小的马上叫人把东西转交给叶大人，还请叶四少爷放心。”

叶勉笑着和他颔首道谢，便重新上了马车，赶去丞相府。

叶勉走了之后，门口几个侍卫马上凑到一起，小心地八卦道：“还真是胞弟，这小模样长得……”

魏丞相嫡子大婚，满朝文武没来的只能是那些接不到喜帖的。丞相府门口的马车长龙已经排到了另一条街的街角，叶勉直接绕去后门。早在那里等候的小厮见到叶勉，点头哈腰地把他领到魏昂渊的院子。

院子的抱厦里摆了一桌席面，阮云笙几人都在，魏昂渊这个主人却不在。

侍女赶紧给添了食具。温寻咽下嘴里的饭才说：“前边忙不开了，昂渊连午膳都没用就被他哥拉出去待客了。”

叶勉点头，跟着几人一道用了午膳。

古人迎娶讲究“阳往阴来”，故以黄昏为吉时成礼。叶勉几人在魏昂渊的院子用了膳，又歇了半晌觉才前去观礼。

叶勉是头一回在大文朝看人成婚拜礼，还是如此大的排场，因而觉得热闹有趣。

新娘子是三朝元老太子太傅的嫡亲孙女，据说后院满院子的嫁妆，人都插不进脚，羡杀一群来看热闹的贵妇贵女。

终于快近吉时，彩霞漫天，唢呐锣鼓开道，魏昂渊的二哥魏昂清骑着高头大马，身边伴着一群华服世家公子，身后跟着大红轿子和一队人马，一路吹吹打打地走来。

叶勉和李兆几人仗着年龄不大，可以光明正大地不要脸，硬是挤到最前头去看热闹。只见花轿已经落地，帘子被掀开，媒婆和丫鬟满脸喜气地扶着穿着满身金绣凤冠霞帔的新娘子下了轿，迈门槛，跨火盆。

围观的人都在叫好，说着吉祥话，叶勉却笑不出，使劲地晃了晃头，可是脑子里依旧不停地闪现出折骨身腐的新娘被鬼媒人架着往前拖的画面。他看着眼前被扶着往前走去拜堂的红衣新人，打了个冷战。

“快走快走，我们去看清哥哥和新娘子拜堂。”李兆一边拽着叶勉一边回头说道。

叶勉恍恍惚惚地跟着他们看完新人拜堂，李兆又拽着他往新房去，说要看哥哥们闹洞房。

叶勉蹲在地上，任李兆怎么拉都不动。

“我不去！”

“你做什么？”李兆急道，“一会儿盖头就掀开了，快走快走！”

“我不看！我累了，我要回昂渊院子歇会儿。”

阮云笙奇怪地看着他：“你不是说想看看新娘子长什么模样吗？”

温寻也去拉他：“我们从午时等到现在不就是为了去看闹洞房吗？午后一直在榻上躺着，现在倒歇什么？”

叶勉被三个人合力急慌慌地拉去新房窗外，打眼往里一看，满屋赤色晃得他的心直颤悠。

魏昂清被人簇拥着，拿着金玉喜秤挑开了新娘子的大红盖头。叶勉下意识地抬手捂了下眼睛。

一旁的阮云笙哭笑不得：“你这是做什么？”

叶勉有苦吐不出，气闷道：“我害羞还不成吗？”

李兆笑个不停：“又不是你娶媳妇，你羞什么羞？”

旁边站着几个比他们大些的世家公子听见这边的官司，也都笑出声来，忍不住，纷纷凑声打趣。

晚霞下，叶勉的二皮脸差点儿比床上上了喜妆的新娘子还红。

待晚上回了府，叶勉强扯着笑脸在寿云斋和长辈们吃了端午家宴，便恹恹地回了宝丰院。进了院子，他也不像往常一样先与丫鬟们说笑一番，只命人备水沐浴，早早地上床准备歇息。

宝丰院的丫鬟们面面相觑，不知所以，平日里每逢休沐都恨不得疯玩到三更天的四少爷今儿这是怎么了。

宝雪偷偷地把丰今叫过来问，丰今也只是挠头：“去丞相府时还好好的，回来时脸色就不是很好，许是……许是和魏少爷他们拌了嘴？”

宝荷轻呸了他一声，道：“少胡说，咱们四少爷最是心性豁达，哪有可能在外面与人拌个嘴就闷闷不乐？”

宝年美目一瞪，伸手拧了丰今胳膊一下：“你跟着人，倒敢和我们说什么都不知道！我看定是你偷懒，没伺候好，信不信我明儿就去夫人那里说上一说？”

丰今疼得“哎哟”一声，搓着胳膊讨饶道：“姐姐们饶了我这一回，我今后必定尽心。”

宝雪几个在丰今那里没问出什么，却也不敢掀开帐子去问早早就躺下的叶勉，都心里惴惴地在外间守着，没人敢和衣去睡。

一直到了亥时，外面的更梆子一快两慢响了三声，困得东倒西歪、头都靠在一起的几个丫鬟睁开了眼，只听床帐里窸窸窣窣的翻身声，不禁心下一惊，这小祖宗还没睡着？

宝年轻手轻脚地又往香炉里添了几块安神香，刚想绕过去偷偷掀开帐子瞧上一眼，就听外面有人在叫院门。

几个丫鬟倒吸了一口凉气，齐齐在心里暗骂，这是哪个不开眼的半夜三更来叫门？

平时脾气最好的宝荷披着衣裳一脸怒意地出去查看，不一会儿却低着头将一身官服未下的叶璟引了进来。

宝雪和宝年瞪着眼睛一时愣怔在那里，见宝荷在大少爷后头给她们使眼色才反应过来，无声地蹲身福礼。

叶璟站在那里朝内室打量了两眼，蹙着眉问："怎么这么晚了还燃着许多烛火？四少爷没歇吗？"

宝雪还没等回话，就听落地锦屏里叶勉清亮的声音传了出来。

"哥？"

叶璟走了过去，见叶勉坐在床上，一手掀着轻纱罗帐，虽身上穿着寝衣，头发也散开了，眼睛却清澈透亮，没有半点儿入睡的模样。

叶璟伸手在他额头上弹了一下，道："这都几时了还胡闹不睡？"

"我早歇下了，不信你问宝雪她们。"叶勉揉着额头咕哝着，"睡不着又不能怪我。"

屏风外头的宝雪赶紧回道："不敢欺瞒大少爷，四少爷确实早早就歇下了……"

叶璟伸手探了探他的额头："那怎么会睡不着，身子不舒坦？"

叶璟刚打夜露里走来，手指凉润，叶勉用额头蹭了蹭，嘟囔着："身子不舒坦可不敢瞒着，又不是没挨过罚。"

叶璟看着他抱怨，轻笑了一声。

叶勉抬头看他，疑惑道："倒是我要问你，这三更半夜的，你来我院子里做什么？"

叶璟轻声道："无事，本想看你一眼便走。"

叶勉看着他哥贼笑："粽子可好吃？"

叶璟垂眸看叶勉笑得两眼弯月般晶亮、一脸得逞的贼模样，没忍住，又弹了他一指头："难吃死了。"

"哎呀，哥！"叶勉不要脸地一把抱住叶璟的腰，打蛇随棍上，"这么些天没见，你就不能说点儿好听的，我还是不是你亲弟弟啦？"

叶璟挣了一下没挣开，无奈道："我这外裳上全是露水，怎么这么大了还毛毛躁躁的。"

叶勉在叶璟绣着云雀黼子的玄色官服上摸了一把，果然一手的湿气，他赶紧起身道："那你还不把衣裳脱了？"想了想又说，"哥，要么今晚你别走了，夜里露水重得很，你这里里外外地来回折腾，染了凉气可怎么好？”

叶勉说完也不等叶璟发话，转头就吩咐丫鬟：“宝年，你去碧华阁要两身大少爷的衣裳来，再让人告诉我嫂子一声，就说大哥在我院子里歇一晚。”

叶勉吩咐完丫鬟，转头见叶璟正一脸似笑非笑地看着自己，赶紧咧开嘴，一脸无辜，露出两排小白牙，一副人畜无害的模样。

◆ ◆ ◆

房里近身伺候叶勉的丫鬟不能服侍大少爷梳洗，叶璟便在叶勉平日沐浴的次间随意擦洗了一番。

叶勉身上的寝衣沾了些湿气，宝雪不放心，和宝荷两个又服侍他换了一身。

如此一折腾，俩兄弟安安稳稳地躺在床上时已近子时。

叶勉八爪鱼一般缠着叶璟，哼哼唧唧的，好话裹层蜜讲个不停。

叶璟无奈，拍了他一下，道：“说吧，想要什么？”

叶勉眼珠滴溜溜转，说出的话却可怜：“哪有什么想要的，这些日子哥不理我，我吃饭都不香，更别提那些身外之物了。”

叶璟微微点头，道：“如此甚好，那我便睡了。”

叶勉：“……”心想，倒也不必如此急着把天儿聊死。

叶勉扁了扁嘴，道：“今天的粽子真的不好吃吗？亏我还吩咐厨娘拣最好看的给你。”

叶璟嗤笑，揉着眉心道：“我劝你少绕两道弯子，早些将你腹里的算计讲清楚的好，我可是乏得很，一会儿怕是听不得你讲话了。”

叶勉半支着身子，满眼担心道：“哥，你是不是头疾又犯了，可要叫大夫？”

叶璟摆了摆手：“大晚上折腾什么，只是有些疲累罢了。”

“那我给你揉揉，解解乏。”叶勉坐起身来，挽起袖子道，“我不缠你了，你困了就睡便是。”

叶璟轻笑：“别胡闹了，你会个什么？”

叶勉“哈”了一声。“我会的可多着呢。”说完，他伸手向叶璟额间探去。

柔软的指腹带着让人舒适的力道在叶璟印堂慢慢地按揉着。

“舒服吗？”叶勉轻声问。

叶璟没有回答，不过鸦羽般黑睫渐渐垂合，眉头也慢慢舒展开来。叶勉翘起一边嘴角，跪坐在床上，另一只手也伸了过去，两只手在叶璟太阳穴和阳白穴按了好一会儿。

“好点儿了没？”

过了好久，叶勉才听到闭着眼睛的叶璟轻轻地嗯了声，叶勉无声地咧开嘴，伸手在身后拽了只锦枕放在叶璟颈后。

“这样我才得用力。”叶勉调整了下坐姿，双手手指轻轻插进叶璟如缎般柔滑的乌发间，用指腹在他头皮上轻轻画着圈按摩着，之后又摸索到他脑后的百会穴和承灵穴附近，用了些力道按压。

过了一会儿，叶璟突然睁开眼睛，问道：“倒不像是三脚猫功夫，你和哪个学的这些？”

叶勉手下一顿，含糊道：“在学里的藏书阁看的一本杂书，随便记了几个穴位。”

前世他爸喜欢按摩，叶勉便去楼下的按摩店和店里的老师傅学了这一手。那时候他给出差归家的叶爸按揉一会儿，是唯一独属于父子二人的温情时光。

叶璟看了他好一会儿，复又闭上了眼睛。

叶勉突然想起前世的家人，心里不免有些酸涩，便也不讲话了，只静静地在叶璟头上认真地按揉着。

“好了，”叶璟轻声制止道，“快躺下睡吧，不累吗？”

叶勉收回手，坐在那里对着手指垂眸道：“累倒是不累，就是手指有些疼。”

“疼？”

叶璟抓过叶勉的手仔细查看了一番，只见叶勉十指修长，细嫩白皙，连指尖上薄粉的指甲都莹润如玉，哪里有半分受了伤的模样。

叶璟觑了他一眼，哼道：“比你手里只拿过书的嫂子养得都好。”

“您再仔细瞅瞅，”叶勉把右手又往他哥眼前推了推，瘪着嘴道，“我这两根手指都磨出茧子啦！”

“哦？”叶璟却不接话。

叶勉趴了下来，揽着叶璟的脖子，可怜道：“哥，我还有三百多篇没抄完……”

“嗯。”

“再抄下去，你弟弟的手就要粉碎性骨折了，以后您头疼，再没人给您揉了。”

叶璟摩挲着叶勉右手食指中指细腻光滑的指节，冷声道：“绕了这么大个圈子，就是为了躲懒。”

叶勉把手收了回来，哼唧道：“这哪摸得出来？我这受的恐是内伤，现在别说孟子，先生在前面提起庄子他老人家，我的手指都隐隐作痛。”

叶璟轻笑出声，过了一会儿才道：“行了，别贫了，你把你抄好的那些明日送到碧华阁去，若抄得仔细，便饶你这一回。”

叶勉心里尖叫，嘴上却小心道：“那我的月钱，还有我的钱匣子……”

“嗯？”

“这些日子我和兄弟们去酒楼都少了，以往都是轮流做东，如今我身上半个大子儿都没得，哪好一直吃别人的？”叶勉唉声叹气，惨道，“昨晚回府路上，想吃街边刚出锅的喷喷香的驴肉火烧，还是丰今拿了两文钱请我吃的。”

叶璟胸膛微微震动，伸手抚了抚叶勉的后背：“一并还你就是，能让我睡了吗？”

“没有别的补偿吗？”叶勉抬头。

“少得寸进尺。”叶璟闭着眼睛淡道。

叶勉扁着嘴：“今儿个去启南院，陆离峥手上拿了一串小金粽子，说是他舅舅给他玩儿的，我看着喜欢，我也要。”

“找你舅舅要去。”

“我舅舅又没罚我抄《孟子》又没扣我月钱。”

“明儿个让人找银铺给你打。”

叶勉终于喜笑颜开，搂着叶璟的脖子紧了紧：“谢谢哥！”

叶璟只轻轻嗯了一声，叶勉见他要睡了，便也找了个舒服的姿势窝着，刚想合上眼就听叶璟说：“让人进来把烛火熄了。”

叶勉没有动弹，叶璟等了片刻，睁开眼睛看他：“怎么了？”

叶勉支支吾吾道：“哥，能不灭烛火吗？我最近怕黑。”

叶璟愣怔在那儿。“我在这里还会怕？”想了想，他又皱眉道，“刚进来的时候我就想问你，怎的都歇下了，厅堂还大亮着，这是因着怕黑？”

叶勉有点儿难为情，吭哧了半天，最后自暴自弃道：“之前没那么怕的，都怪那个荣南郡王，他整蛊我，给我讲鬼新娘的故事，今天我偏又去了丞相府看昂清哥哥拜堂成亲……”

“你素来不喜这些鬼神故事，不听便是，平日里那么机灵，怎的这点儿道理都不懂了？”

叶勉气道：“我倒是不想听，可他把我困住，我又逃不脱！”

“嗯？”叶璟半支起身子。

叶勉点头，气闷道：“那人一肚子坏水儿，还让下人把烛火全都带了出去，乌漆墨黑的。”

说起这些，叶勉真的有些委屈，索性竹筒倒豆子一般把之前发生的事都简单和叶璟说了一遍，最后抱怨道：“之前就和你说过，是庄珝那个家伙频频找我麻烦，偏你都不信我，只让我不要惹事。”

叶璟闭上眼睛长叹了一口气，道：“睡吧，我让他日后离你远些。”

叶勉有些担心：“他那人脾气可不太好，哥，你……”

“无碍。”叶璟淡淡道，又亲自唤来外间守夜的丫鬟把烛火熄了。

叶勉眼前一黑，刚想抱怨就被叶璟伸手搂了过去，伸手在他背后拍抚着，轻声哄道：“男子汉怎能怕黑？这毛病今日就要开始改，明儿个让五弟来宝丰院陪你睡上几日，你若仍是怕得厉害，再告诉我。”

“哦。”叶勉乖乖答道。

“有个东西看来还是要给你。”叶璟抬起叶勉的手腕。

“嗯？”

叶勉只觉手腕上一阵刺痒，随即被系上了什么东西，他摸了摸，是一条绳串，上面坠着两颗圆润的小珠子。

“是五彩线，”叶璟轻笑，“你十岁之前端午都会戴着，还记得吗？”

叶勉摸着绳子摇了摇头。

“这个也叫五彩长命缕，有个驱邪避瘟保寿运的说法，本应该在早上日头未起之时给你戴上，我却赶不及回来。如今你怕那些脏物怕得厉害，就不讲究那么多了，你戴着便是。”

叶勉胸腔里涌起一丝丝暖意，手上摩挲着长命缕，嘴上却说：“一盒糯米粽子就回礼五缕彩线，端华公子也太会做生意了。”

叶璟嗤道：“一盒公中厨房的糯米粽子被你提了七八嘴，金子打的粽子都骗回去了一串，还敢说我小气。”

叶勉笑个不停，不服道：“我倒想去外头给你淘换些好的端午节礼，钱匣子都被你收了，我又能如何？”

叶璟困倦得很，懒得和他像幼稚鬼头一样斗嘴，便用力拍了他一巴掌，让他安静。

叶勉和叶璟别扭了这些日子，如今一朝打开心结，全身上下都熨帖，神经也渐渐放松下来，困意上涌，闻着他哥身上芝兰般的草木香气，找了个舒服的姿势，不一会儿便睡了过去。

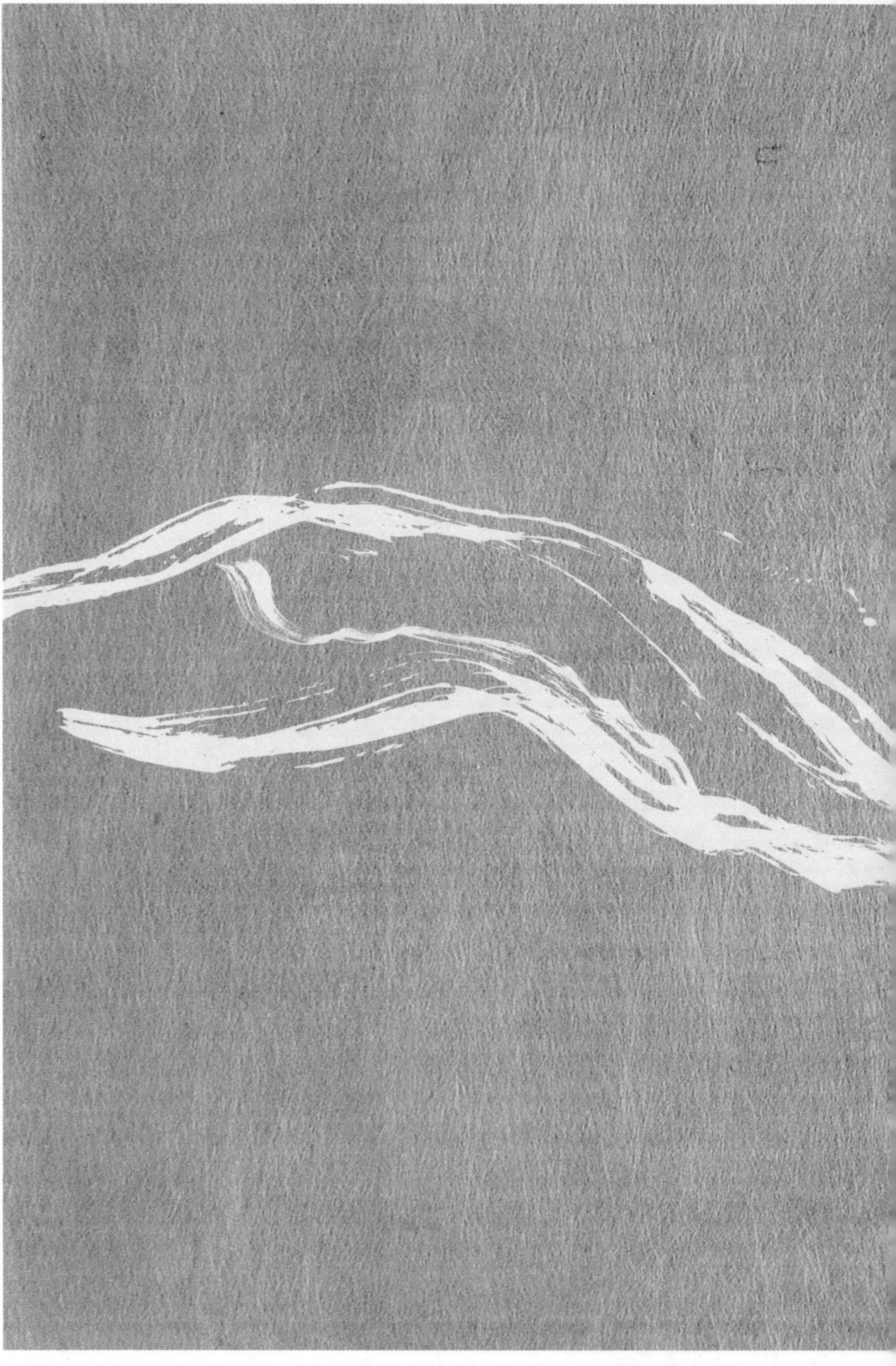

第十章

天降大锅

『爹啊，要么您饶我这么一遭，咱爷俩互相给对方一个重新做人的机会？』

一夜无梦，叶勉被丫鬟唤醒时，叶璟已经不在宝丰院。宝荷一边手脚麻利地用薄荷叶给叶勉兑漱口水，一边说道：“大少爷天还没亮就出府了，说是要进宫，四少爷还睡得实呢，就没吵醒您。”

叶勉趿着软鞋踢踢踏踏地进了耳间的净房，一边放着晨水一边撇嘴叨咕：“也不知道皇家给端华公子发了多少俸禄，这是要把人榨干了不成？”

外面的宝雪听见动静，抿嘴一笑，凑趣道：“发多少俸禄，您去问老爷不正相宜？”

叶勉一哂，可不是？户部管着满朝文武百官的薪俸制定，就他爹那个偏心劲儿，亏得国库不是归他管，不然他能给叶璟发个半壁江山。

叶勉如今已改了在马车上用朝饭的习惯，宝年使着两个二等丫鬟把厨房送来的早膳一一摆桌。

牛乳粥、芙蓉蛋、虾肉炸饼、茉莉花珍糕，并着几碟爽口小菜。

宝荷这边正帮他吹着牛乳粥，那边宝年领着两个眼生的丫鬟进了院子。

宝雪见叶勉奇怪，便解释道：“大少爷吩咐，让五少爷在宝丰院住上一阵子。这两个是四姨娘打发来打点物事的。”

两个丫鬟低眉顺眼恭恭敬敬地给叶勉请了安，便被宝年领着去了内室。叶勉点了点头，不甚在意，随意用了些东西便赶去国子学。

今天午前是音律课，叶勉正坐在蒲团上看谱子，在桐木琴上拨着琴弦。琴师并着两个助教踱步在学子间，一一指点。

叶勉这边正停下来，研究琴谱，一颗石子“啪”的一下打到他的手背上，叶勉疼得嘶了一声，随即立起眼睛刚想拍案而起，就见一颗脑袋鬼鬼祟祟地趴藏在学屋门后，正朝他和李兆挤眉弄眼。

叶勉和也正甩着手的李兆对视了一眼，纷纷举了出恭牌。

门口那人是隔壁启德院的学生孟齐安。

几人去了净房，叶勉推了孟齐安一把：“要死啊你！那么大个石子儿，你想废了老子的手不成？”

李兆也横眉竖眼：“你今儿不给爷个像样的说法，爷一会儿去你们院连齐野一块儿打。”

孟齐安急道：“齐野都出事了，你俩还惦记揍他！”

叶勉和李兆齐齐一怔，道：“他出什么事了？”

孟奇安回道：“今儿兵武监的几个武学生来学里送藏书和马匹。我们启德院正在校场上上骑射课，有个武学生不屑我们的骑术，嘴里还说些不干不净的。有个同在校场上课的坤字生师兄便与那人起了冲突，掌教和他们院子的都拦着，哪想齐野这家伙上去就抽了那个武学生一鞭子，还抽他脸上了。”

叶勉倒吸一口冷气，忙追问：“后来呢？”

孟齐安道：“来的那几个武学生哪能罢休，双方就打了起来。可他们只有四个人，校场上我们两个院子的人都在，就……”孟齐安轻咳了一声，又接着说道，“把那四人打得趴在地上动弹不得。后来行思阁来抓人，齐野和那个坤字师兄都被关进了诫室，那四个武学生已经被各自府里抬回去医治了。”

叶勉和李兆对视了一眼，咽了咽口水，暗道：“齐野这回可是捅了大娄子了。”

兵武监和国子学本就是朝堂上武官、文官的培养机构，两边一直以来就不对付，武学生看不惯他们一副弱鸡模样满口只会“之乎者也”，这边瞧不上武学生五大三粗，只长拳头，不长脑子。

要说两边的交集大概始于兵武监初立之时，国子学的学子们抄了万册学书送去兵武监的藏书楼充盈馆阁，而后兵武监每年都派人去市面上搜罗些藏书并些上好马匹送至国子学，做些表面交情给上面看。而国子学也会在他们拜伏武仙尊之日，派人过去拜上一拜，共祈大文边疆稳固，再意思意思送些手抄书册，都是面子功夫罢了。别看朝上文官、武官政见不一，吵到脸上充血就互相扔靴子，而国子学和兵武监的学生因不在一处授学，却没起过什么大冲突。

这回兵武监派人来送藏书和马匹，国子学却群殴武学生了，而那四个武学生还是给抬出去的，这简直是把兵武监的脸面踩在泥里还跺了两脚。兵武监明着不找回场子，那些武学生私下里能放过他们？

李兆显然知道事态严重，一脸急色，转头对叶勉说："我去提督府找我舅舅，你一会儿和昂渊去行思阁看看他，让那小子消停些。"

叶勉点头："我和昂渊上次打架被关过一回诫室，如果直接被扔到那里，倒不用担心，只会让他跪跪圣人像，并不会被惩戒受皮肉之苦，放心。"

李兆匆匆离开，叶勉赶紧回了启瑞院，在门口用小石子把魏昂渊给砸了出来。

魏昂渊揉着额头一脸无语，和叶勉赶去行思阁。

叶勉可是行思阁的熟客，他找了相识的训导司正，好磨歹磨地央着他在诫室门口看了一眼正臊眉耷眼儿跪在那里反省的齐野和那个带头惹事的坤字师兄。叶勉和魏昂渊见两人无事便放心了。

齐野见了他俩，一脸激动："什么时候能放我出去？"

"跪好！不准讲话！"训导司正怒斥道。

叶勉冲他使了个抹脖子的动作："你好好跪着，别惹事就能快些出去，听话！"

待叶勉和魏昂渊走后，一边跪着的坤字师兄吊儿郎当地冲齐野一扬下巴，笑道："看不出来，你小子人不大，路子倒挺广，到了这诫室还能有人来看你。"

齐野白了他一眼，道："这算啥？咱哥俩要是有缘，以后一齐被关进大理寺重狱，你还能看到他来看我。"

"……"

叶勉几人午时在膳堂还没用完午膳，魏昂渊就被贾苑正叫了过去。待他回到启瑞院学屋，说了贾苑正找他的用意，叶勉气得头发都快竖起来了。

“我去找他！这个臭老头太欺负人了！”

李兆不在，魏昂渊和阮云笙拦了两回都没拦住，叶勉气冲冲地跑去了教苑。

贾苑正见叶勉来了，愁得直揉额角：“又有何事？”

叶勉气呼呼地反问道：“我才要问您，您有事吗？启德院和坤碌院捅的娄子，为什么让我们启瑞院的人去填补？八竿子都打不着的关系，天上降口锅也不该砸我们身上。”

“混账！”贾苑正气得直吹胡子，“说的是些什么胡话，和师长讲话如此没有礼数！”他正举起案上的戒尺，“我看你是又皮痒讨打了！”

叶勉条件反射地往后退了一步，气焰灭了三分，依旧气哼哼道：“那您倒说说，往年都是坤字师兄去兵武监拜伏武仙尊、送手抄书册，怎么今儿就偏偏专指了魏昂渊去？”

贾苑正瞪了他一眼，又吩咐一边的训导去把门关上。

“坐在那儿！”贾苑正指了指一边的楠木帽椅，又喝了口茶顺了顺气。

叶勉十分乖觉地走过去，先给贾苑正添了杯新茶，才坐到椅子上。

贾苑正看着他这副乖巧模样，哼笑了一声，恨道：“你也就敢来我这里闹妖，要是大祭酒在，看他会不会先把你捆了，再送到你父亲那里去。”

叶勉不见外地也给自己倒了杯茶，不服气道：“您先别拿大祭酒唬我，这事儿本就是学里办得不地道，还不兴我们来问问？”

贾苑正看着他，叹了口气，徐徐道：“过两日我们就要派学生去兵武监拜武仙尊，这当口儿派哪个去不得被捉弄一番？那群武学生下手没轻没重的，万一真干出不过脑子的事，学里如何与人交代？”

叶勉张大嘴巴，气道：“您明明知道这是不讨好的差事，还偏派魏昂渊去，难不成丞相府就好打发？”他小声嘟囔着，“上回我和昂渊打架，您还吓唬我，说魏丞相会来揭我的皮，再来收拾您这把老骨头呢。”

贾苑正瞪了他一眼，道：“少给我胡说！”又看了看四周，“不就是丞相府最不好打发，才让他去的吗？你当人人都与你一样，敢和他动手？”

“可是——”

“没什么可是！”贾苑正一拍桌子，“学里已经商议过了，让他去是最合适不过的，况且他自己已经同意了，你还来搅和什么？”

叶勉转了转眼珠，以拳击掌，笑道：“我看有一人倒比他还合适。”

“嗯？”

“您派荣南郡王过去不正相宜？看看哪个敢放肆！”

贾苑正一口茶差点儿喷出来，骂道：“我倒能指派郡王！再说他去了是去拜武仙尊还是去砸场子？你是嫌我们国子学和兵武监的嫌隙还不够大不成？”

叶勉斜眼看他：“您可真会欺负老实人。”

“放——”贾苑正把后面那个不雅的字生生地吞了回去，一拍桌子道，“你们哪个老实了？魏昂渊刚在我这里讨走了多少好处！”

贾苑正被叶勉气得索性站起来轰人：“去去去，离开我眼前，你回去问魏昂渊，让他把那些好处还回来便不让他去了，看他点不点头。”

叶勉一听不大对劲，连赔着笑脸问：“他与您讨什么好处了？”

“回去问他去！”

叶勉被贾苑正连轰带撵地赶了出来，在门口喊着：“不管讨了什么好处，他自己去我是不放心的，我得和他一道去才安心。”

“随你随你，最好去了就留在兵武监，别回来气我。”

叶勉回了启瑞院，进屋就问魏昂渊：“你和贾老头讨得什么好处了？”

魏昂渊得意一笑：“你不是想去启南院那院子上课吗？贾苑正答应我，回来就让我们启瑞院搬进去。”

启瑞院的小公子们一阵欢呼起哄，叶勉一脸惊诧。

◆ ◆ ◆

到了去兵武监那日，叶勉早早就出了门，与魏昂渊在国子学会合后，带着拜武仙尊的供品和几千册手抄书卷，一队人马浩浩荡荡地向城南的兵武监行去。

马车上，叶勉扒着窗子看了看外面，问魏昂渊：“怎么没从丞相府带些侍卫来？”

魏昂渊扬了扬下巴，倨傲道：“我倒不信这大文朝谁敢动我。”

叶勉挠着脑袋看着他，魏昂渊一噎，没好气道：“哪个与你一样！”

俩人一路说笑着，马车不一会儿就行到兵武监正门。

只是叶勉没想到兵武监的进出门禁竟比国子学还严慎，护送的供品、书卷皆由监内的武司自行抬了进去，国子学一行人马被拦在门外，只叶勉与魏昂渊二人可以进监。

叶勉看了看魏昂渊："往年也是如此？"

魏昂渊也没来过，却点了点头："按规矩应当是这样，你别怕，别说是我在这儿，其实就算是齐野来，那些人也不敢明着拿他怎样。"

叶勉笑道："这两日那些武学生可到处放话，说以后见他一次打一次。"

魏昂渊不屑道："喊得欢罢了。齐野他爹可是九门提督，统领全京步军，那些武学生几年后出了兵武监，不知道有多少人要在大统领手底下讨生活，敢伤了人家独子，仕途不要了不成？"

叶勉笑出声："今儿一早那小疯子被提督府抓了回去，兆哥儿说他舅舅要打断他的腿。"

魏昂渊摆了摆手："谁知道真打还是假打。他可是独子，你当都和你爹一样，打死一个还能剩个好的。"

叶勉："……"

提起这个，叶勉倒真有些气闷，昨天晚上和他五弟叶乔闲聊，问他怕不怕父亲，哪想性子看着有些畏缩的叶乔却抿嘴说不怕，叶勉奇怪不已。叶乔却说，他爹虽看着严厉却从没动过他一根指头，最多也就是呵斥他几句。叶勉听完直咬牙，合着这老头子对哪个儿子都春风化雨般温暖，只与他随时雷霆相见。

叶勉和魏昂渊随着引路的武司往前走去，一面走一面四处打量。这兵武监和国子学不大一样，国子学虽也建得开阔大气，里面却是回廊照壁、亭台飞宇，四处精致，而兵武监里只一片空阔，除了连成片的屋舍，便只是脚下的青地砖。

俩人路过校场时，里面几百个武学生正赤着上身在那里随着掌教打拳。如今日头已经升了上来，他们全都满头满身的汗，那汗珠在早已晒成铜色的肌肤上闪光。

叶勉看得热血沸腾，恨不得也下场和他们学上两拳，魏昂渊却拉着他就走，一脸嫌恶道："一群武夫，果真粗鄙至极！"

叶勉忙去捂他的嘴："你道前日那四个武学生因为什么被人揍，就是嘴太贱！"

俩人在一间厅堂喝了两盏茶水，候了半个时辰，便被引去了祭神堂。

祭神堂的院子里早已站满人，武学生们穿着统一的皂色窄袖袍、绛色绑腿裤，腰间是黛青束腰，双腿跨列，目不斜视，静静负手而立，满院除了蝉鸣，竟无一丝动静。

叶勉和魏昂渊是国子学派来的代表，依礼被请到了堂内。里面站的是兵武监的监丞和掌司们。叶勉和魏昂渊齐步上前，恭恭敬敬地给堂内之人行了学生礼。

众师只见这两个小人儿齐齐穿着罗袖月白锦袍，掐腰一条宝蓝玉带，上面挂着一应压袍的碧色玉佩香包，眉眼一个赛一个地精致、骄矜，心里哪能不喜欢？向来以严肃、冷色示人的兵武监监丞没绷住脸，笑着让他们起身。

两个人随着兵武监众人拜完武仙尊已近午时，引他们来的武司带着他们去兵武监的膳堂用膳。

魏昂渊饶有兴致，道："我倒是要尝尝兵武监膳房的手艺，要是学里萃华楼做的那些鬼东西连这些粗人吃的都不如，我回去就揭他们的脸皮！"

只是两人还没进膳堂的门，魏昂渊就有些后悔，一只脚在门槛外犹犹豫豫，不知道迈还是不迈，看着叶勉，满眼难色："这也太……简单了些。"叶勉乐得直弯腰。

兵武监的膳堂只有一层，大得和他们操练的校场似的，地上依旧是打磨得锃亮的青石砖，齐齐地摆着黄木方桌椅凳，乍看倒像叶勉前世上学时的食堂，他看着还挺亲切。

魏昂渊却难以接受，他从小到大脚沾地的屋子，哪个不奢华精致？对他来说，怕是最艰苦的地方就是国子学了，就连他十分厌弃、三天两头就要吐槽的萃华楼也是青毯铺地，锦瓶鲜花，进膳时熏香徐徐。

叶勉拽着他不情不愿地进了膳堂。带他们的武司唤来侍童交代了一番，便离开了。

魏昂渊哪来过这种地方，怏怏地随着叶勉坐了下来。

兵武监的菜色倒是不比国子学的膳堂差，俩人用膳刚用到一半，外边散课钟敲响，不一会儿，武学生们就三三两两勾肩搭背地拥了进来。

武学生们皆穿着监里统一的衣裳，如此叶勉和魏昂渊二人便十分惹眼。

膳堂里没有掌教和武司看着，这些人便不复午前那般青松模样，浑身上下都是吊儿郎当的兵痞气，打量他们二人的眼神也是奇奇怪怪的。其中几个更是不客气地瞪着他们，眼里的恶意收不住，却也没哪个真的过来招惹。

魏昂渊满脸不屑，只冷笑了一声便懒怠再看他们一眼。叶勉神色未变，垂眸淡定地用着眼前的膳菜，心里却在为魏小公子啪啪鼓掌，这家伙装模作样找揍的功力又精进了，也不知道他们两兄弟今儿能不能囫囵个儿地走出兵武监。

叶勉正在心里暗暗吐槽，眼前忽然出现一道黑影。他抬眸，只见一个武学生坐在他对面，身后跟着几个人呼呼啦啦地坐在他们隔壁桌，却都看着他们笑。

叶勉脸上有些没绷住，看着对面那人，一脸蒙。这人看着比李兆还要高壮些，皮肤黝黑，似是被叶勉的表情逗乐了，仰头笑出一口白牙。

魏昂渊冷冷地看着他，问道："何事？"

叶勉见四周静了下来，所有人都在朝这边看，心道，这人怕是这些武学生里面领头的，只是不知来意是善是恶。他便也问："有事儿？"

那人瞪了他俩一眼，不客气道："叫哥！"说完转头召来两个侍童吩咐了两句，才跷起二郎腿，闲散地往椅背上一靠，看着他们道："和你们一道用个饭，瞧你俩吓得兔子样。"

魏昂渊面露薄怒，意欲发作，叶勉抢在他前头脆生生地叫了声："哥哥。"

那人乐得眉毛都扬了起来，坐在他们隔壁桌的那几个也哈哈笑出声来，纷纷起哄："这边也是哥哥！"

另一人乐道："勤哥儿知道定是要气恼了。"

叶勉挑眉，见他们提姜北勤，刚悬起来的心又放了下去。

那人见叶勉明显神色一松，又乐了一通，嘲笑道："紧张些什么，这里还能有人把你俩怎么着不成？"说完朝魏昂渊一扬下巴，又道："你爹昨儿个请我们监丞喝了一盏茶，今儿一早各院子谁不知道您老人家要来，哪个军棍没吃够会来你俩这里找晦气？"

魏昂渊冷着脸不说话，叶勉笑了笑，问他："你认识姜北勤？"

那人笑着点头。叶勉性格外放，见此人无恶意，便舒眉和他一来二去地聊了下去，才知道这人叫秦敖，祖父是正一品的骠骑大将军，和永安侯府的老侯爷当年在战场上是过命的交情，因而和姜北勤倒也算熟稔。这回倒是姜北勤不放心，怕他惹事，托付秦敖照应一二。

跟着秦敖一起来的几个兄弟见叶勉并不像他们之前所猜的那样胆小文弱，反而爽气大方得很，就也都放心地移到他们桌上一道用膳。

几人聊得热烈，叶勉心思百转，绕了好几个弯试探地把话题引到了齐野身上。秦敖冷冷一笑，不客气道："这人和你们俩是两码事，我们的人在你们那里被他一鞭子破了相，我若不收拾他，兄弟们以后岂会服我，再来我们兵武监以后也不用出去见人了。"

叶勉"哎呀"了一声，自来熟地揽着秦敖的脖子，劝抚道："冤家宜解不宜结，再说哪用得着你们出手教训，前儿个我们行思阁把人抓了去就一顿板子。我去看了看，"叶勉啧啧两声，接着道，"那叫一个惨，趴在地上根本动弹不得。我本还想这不是得罪九门提督府了，哪想大统领亲自放话，还要把他抓回家再打折他一条腿。"

秦敖哭笑不得，气道："说得和真的似的，要不是我早已让人在他们府外守着，还真就信了你的话。"

叶勉被他戳穿也不尴尬，笑嘻嘻地说着和事话，秦敖被他水磨般的功夫磨得不行，魏昂渊又不冷不硬地呲儿了他两句。秦敖垂眸半刻，最后一拍桌子，道："行，既然你说让他当面向我们赔罪，那我看择日不如撞日，一会儿你去提督府把他叫出来，咱们当面扯清。"

"敖哥爽快！"叶勉也一拍桌子，道，"今日可不兴动手哈，有话好好说。"

秦敖应道："既是你来牵线，今日必定不会做什么，放心便是。"

叶勉乐了，拍着胸脯道："敖哥选个地儿，咱们今天非宰齐野一顿大的，让他好好放放血。"

"你们去醉月楼等着即可，我这边不好逃学，散了课便会赶去。"

叶勉点头答应，随即转头问魏昂渊："醉月楼在哪里，怎么没听说过？"

魏昂渊神色古怪，咳了声，附耳道："青楼。"

叶勉嘴角抽搐了两下，冲秦敖一拱手："您可真会选地方。行吧，今儿晚回去，怕是换我被打折一条腿，您可真不亏。"

◆ ◆ ◆

出了兵武监，魏昂渊去提督府找齐野，叶勉则跑回国子学将姜北勤接了出来。

俩人是打西南墙跳出来的。叶勉与车夫吩咐去醉月楼，见姜北勤没什么反应，心道，果然，这家伙准和秦敖那些人是风月场上的常客，下次这个告状精再找他麻烦，他就告诉他嫂子去。

两人到了醉月楼，里面的侍人显然是认得姜北勤的，一路弯着腰热热切切地将二人迎进了一座雅院。

叶勉是头一遭来这种地方，从进门起就一路打量着，心里暗忖，这里倒是和他想象中的“满楼红袖招”不大一样。

姜北勤见他四处张望，颇觉好笑，知晓他这是第一回来，才和他解释，醉月楼虽是青楼，却也是清楼，里面伺候的大都是懂些琴棋花艺的清倌儿，不比外面那些脏靡的烟花地。

叶勉心下明了，这里就是给那些达官贵臣、名流雅士逛花楼挽尊的地方。

雅阁里琴瑟琵琶弦音袅袅。魏昂渊他们还没到，离兵武监散学也有些时辰，姜北勤就坐在一边和几个身姿楚楚、面容秀雅的“漂亮小姐姐”煮茶品诗，叶勉兴致缺缺打了个哈欠。

“可是累了？”姜北勤问他，“齐野被关了禁闭，虽是魏昂渊亲自去接人，也要费些口舌功夫，你不如先睡一会儿。”

叶勉点了点头，也不知这里熏的是什么香，味道太过暧昧、甜靡，他闻着不是很舒服，便在窗边的单翘头贵妃榻上躺了下来。自有两名姬女上前为他脱靴，揉腿捏肩。

叶勉醒来时却是已近黄昏，秦敖带着几个兄弟吵吵闹闹地走了进来，见到阁里的姜北勤，哈哈大笑起来：“你这弟弟也太鬼道了些，还把你也请了来。”

姜北勤随手抓起果盘里冰葡萄用的一块冰块朝他扔去，笑骂道：“我还没说你，托你照应一二，你给我把人照应到青楼来了，看把人困的。”

秦敖几个看着刚睡醒正在揉眼睛的叶勉，乐得直弯腰，忘了他年岁小，是他们的不是。

这边还没消停，那边魏昂渊就领着齐野进了醉月楼。身后跟着的鸨母脸上都快笑出花了。她挑出醉月楼最有眼色的侍人姬女，十二分恭敬地将这几位金尊玉贵的公子安排妥帖，更是派了许多管事在门口候着，一万个嘱咐不许怠慢了这群祖宗。这门里之人虽年岁不大，府上却是权臣武将，公侯将相全都齐活了，今天里面的人就是和她要月亮，她醉月楼也得找人搭梯子去。

秦敖大咧咧地斜倚在矮榻上，不屑地觑着齐野，道："呦，不是打断了一条腿吗？这么快就接上了？"

齐野眼睛一瞪："那怎么着，你敢亲自来试试？"

秦敖与身后几人脸色一变，叶勉推了一把姜北勤。正懒洋洋地跷着二郎腿看热闹的姜北勤，抬腿踢了秦敖一脚："你是约人来打架的不成？"

魏昂渊也冷声道："磨破了嘴皮子，大统领才让我把人带出来，你若是没有诚意讲和，我便把人带回去，以后随便你们怎么闹，我们都不管。"

秦敖看着魏昂渊冷声道，"魏昂渊，你少拿大统领来压我，别人惧惮提督府，难不成连我也要怕他？"

齐野眉毛一立就要起身，叶勉赶紧揽着他脖子将他压了下去，又将自己亲手泡的衮云茶一人一盏递了过去。

两边众人见叶勉竟做低亲自服侍，也不好拒绝，互相瞪了一眼便纷纷道谢。

秦敖抿了一口，脸都皱起来了："怎么是凉的？"

叶勉呵呵笑道："加了冰碎，给你们降降火气。"

几人无奈地放下杯子，叶勉拍了拍巴掌，门口候着的侍人立马进来，弓腰待命。

叶勉吩咐道："去取你们这里最好最贵的酒来。"

姜北勤笑道："是了，谁耐烦在这里与你们喝茶？难得一聚，今天不醉不归才行。"

酒上来后，叶勉抬眼示意秦敖身侧的姬女起身，自己坐到秦敖身边，敬了他一杯："我先代齐野和敖哥赔个不是，不管怎么说，打人不打脸，他将人破了相总是他不对。"

齐野瞪他："叶四！你干什么？"

叶勉也瞪他："干吗？这么多人来给你收拾烂摊子，你没看见？难不成偏要将你与那几人的私怨变成国子学与兵武监的公仇你才甘心？"

齐野紧抿着唇，胸口起伏了几下，才垂下眼睛倒了杯酒，向秦敖举起："这事儿是我冲动了，不过与我学里这些兄弟无关。我今天先和诸位赔个礼，监里那四位受了委屈的兄弟，等他们伤好了，我再开一席向他们赔罪。"

齐野说完，一仰头将杯中酒干了。

秦敖见他肯先低头，也不好在这时追着不放，遂也将叶勉给他倒满的酒杯端过来仰头喝光。

叶勉心里松了口气，笑得两眼如弯月，对着秦敖奉承道："敖哥好气量！不过您也别一直追着我们这头，回去也得与您监里那四位兄弟好好说道说道才行。"

"怎么？"秦敖斜眼看他。

"怎么？路过我们的校场，当着我们国子学学子与师长的面，张嘴就讽刺人家的骑射功夫，话里还不干净，这不是贱吗？"叶勉冷声道，"依我看，犯贱就该挨揍，这也就是抽他脸上了，我们理亏，不然谁稀罕搭理你们？"

秦敖张着嘴都气乐了，看着姜北勤感叹道："你这弟弟还挺凶。"

叶勉又将秦敖的酒杯斟满，笑道："也是您弟弟。"

姜北勤咽下一旁姬女喂到他嘴里的葡萄，道："我看咱弟说得没错，一个巴掌拍不响，你们那几个人确实有点儿贱。"他说完就乐了起来。

叶勉又接着说道："何止是贱，我看还有些蠢气，谁不知国子学尚文、兵武监尚武，我们若在人前提起哪个武学生文章做得不如我们好，不等你们来骂人，我们学里师长就要羞得将我们关进行思阁了。"

秦敖被他们不软不硬地呲儿了几句却不得发作，姜北勤本就与他不是一般的交情，叶勉又是滑不留手，上一刻揽着你亲亲热热叫"哥"，下一刻就半点儿情面不讲往死里损你，半点儿亏都不肯吃。魏昂渊虽很少讲话，却黑脸神似的镇在那里，虽然不惧他，但总要忌惮他。

秦敖自进来，就被叶勉灌进去两壶酒，却连半点儿好处没讨着，无奈地摆了摆手道："行了行了，我们武人文章没你们国子学做得好，嘴皮子更比不得你们，这回这事儿咱们先过去，今天再不提。待我们监里那四人伤好了，咱们这些再聚上一回，到时再分说，谁的错谁赔礼。”

“好！”

席上所有人都展了颜，连齐野也心里一松，冲叶勉举了举杯。

一边服侍的姬女侍人也机灵得很，见席上小贵人们气氛不复紧张，忙让人去换了些更欢快的曲子来奏，一边斟酒，一边试探着凑话调笑。

秦敖既然说今天不再提这事儿，他们便换了话题。叶勉一边吃着一边听着他们说。听说，秦敖过些日子要随圣驾去京郊的皇家林苑避暑，他便好奇地问了一嘴。

齐野解释说：“每年这个时候皇上都会带着皇子和近臣们去那边夏苗御狩，是避暑，也是与臣民共祈来年农事丰顺。”

叶勉羡慕地点了点头。

秦敖接着说道：“因是狩猎，我们兵武监每年会有一批人跟过去，你们国子学也会派上几人，不过都是些将要出仕的坤字生。”

姜北勤笑道：“去交酬罢了，每年这些人都为了这几个名额抢破头。”

秦敖却道：“今年你们去的人却多，听说国子学不仅派了几个坤字生，还有你们荣南郡王在的启南院学子。”

姜北勤冷哼了一声，转头看见叶勉停止了咀嚼，鼓着一边腮帮子定在那里，满眼呆滞，过了好一会儿才一拍桌子，急急地咽下嘴里的东西，骂道：“这帮臭老头！扛着锅去兵武监想得起我们启瑞院，去避暑度假倒安排给启南院，偏心偏到天上去了！”

魏昂渊听了也十分不高兴：“这是凭什么？若按规矩只让坤字生去倒无妨，他们启南院比我们多长了一张脸不成？”

“气死我了！”叶勉本就有些醉红的眼睛亮得都快冒火了，恨恨道，“不行，我明日就找他们理论去，他们启南院去得，我们启瑞院就也去得！”

魏昂渊跟着狠狠地点了点头。

姜北勤无奈地安抚叶勉让他别胡闹，小心让叶侍郎知道了又要揍他。

秦敖却拊掌大乐：“快去快去，我看你去对付那些老学究正相宜，到时候哥哥带你去打野猪。”

叶勉又跟着他们闹腾了一会儿，醉意上涌，借着去恭房的空当，便让侍人带着往外头走走透气醒酒。

如今外面已经大黑，各处挂着红绡灯笼，烛火灿灿，看着倒比白天热闹些。遇上三三两两的客人和姬女打量他，他也不甚在意，在外头转了一会儿，脑子清醒了些，便往回走。

叶勉跟着侍人弯弯转转地穿过好几个回廊，心里刚刚疑惑怎么还没走到，就见侍人停在一座院落门口，提醒道："公子，我们到了。"

叶勉点了点头，随他走了进去。侍人小跑着在前面打开阁门，躬身掀起珠帘。叶勉抬脚进了雅阁，只是这第二只脚还没迈进去就定在那里。

只见阁内坐着的并不是魏昂渊和姜北勤他们，而是叶侍郎与几人正在一群姬女的服侍下推杯换盏，抚须谈笑。

叶勉瞬间觉得浑身上下的血都凉了。叶侍郎瞪着眼睛，见了鬼一样看着叶勉，指着他半天没敢认。

叶勉僵在那里，电光石火间想了诸多可能，僵着脖子转头往外一看，刚刚引他的侍人哪还有半点儿影子，他暗骂这是哪个孙子算计他！这也太毒了些！只是眼下却不是计较这个的时候。

此时叶侍郎已然回过神来，道："你！"

"爹……"

"你！"

叶勉突然在叶侍郎几个同僚惊异的目光中跑了过去，拽起叶侍郎的袖子，委屈道："爹！娘让我来寻你回府！您快与我回家去吧！"

叶侍郎瞪大眼睛。

几个同僚轻咳着以袖掩面，心里都叹，果真家家有本难念的经，无意间竟见了上峰的家丑，这可如何是好？

叶恒见自己的嫡次子看着他的眼睛里雾气蔓延，里面仿佛有对他的失望也有委屈，感情复杂。他一时愣在那里。

◆ ◆ ◆

浑浑噩噩的叶侍郎在几位同僚的好声劝慰下起身跟着叶勉走了。夜风里醉意消散了些，他忽然觉得哪里不太对劲，他这是在做什么？叶侍郎还没来得及捋清思路，走在前面都快同手同脚的叶勉却好死不死地在回廊的转弯处遇到了出来寻他的姜北勤和魏昂渊。

姜、魏二人见叶勉身后的叶侍郎，齐齐瞪大眼睛，倒吸一口冷气。

叶勉心里大哭“天要亡我”，脸上却扯出笑，上前惊喜道：“真是好巧！我来这里寻我爹回府，居然还能遇上你们二人。”

姜、魏二人：“？？？”

看着叶勉杀鸡抹脖般地给他们使眼色，率先反应过来的姜北勤“啊”了一声，还没想出来要怎么接话，就见叶勉身后的叶侍郎胡子都翘起来了，大吼道：“你个逆子！”

叶勉后背一僵，推开前面两个猪队友，拔腿就跑。叶侍郎也不管脸面不脸面了，提脚就追。

父子二人皆已不见身影，姜、魏二人还站在那里，久久不能回神。

叶府的马车里，叶勉龟缩在角落，叶侍郎扬手就要拍他，叶勉抱着头大喊：“你要是敢打我，我就告诉娘你要找风尘女子给我做小娘！”

叶侍郎手一顿，随即大怒：“你胡说什么玩意儿？”

叶勉一不做二不休，索性梗着脖子瞪了回去，笃定道：“您打量我看不出来呢？刚刚坐在您身边的那个女子一副泫然欲泣的委屈模样，手上的帕子都快抠出洞来了，您说，您是不是答应她要将她接回府做姨娘？”

叶侍郎脸色变了两变，过了好一会儿才辩驳道：“你懂什么，这都是男人在那地方的场面话，哪个能当真？”

叶勉斜眼看他：“我当不当真不要紧，我只回去说与娘听，让她自行分辨。”

“你敢？！”叶侍郎气得差点儿两眼一翻，刚收回去的手又扬了起来，“你个小兔崽子！你想闹得我们叶府家宅不宁不成？”

“那当然不成。”叶勉抱住叶侍郎的袖子，小心赔笑道，“爹啊，要么您饶我这么一遭，咱爷俩互相给对方一个重新做人的机会？”

叶侍郎的巴掌终于拍了下去，手震得发麻还不解恨，颤声道：“重新做人？我打得你重新投胎！”

叶勉扭过身子承受了噼里啪啦一阵巴掌雨，来回抚着被拍得生疼的手臂，扁着嘴道：“古人有云，小惩大诫。您打也打完了，这事儿咱就过去了，可不兴再提了。”

叶勉下了马车，耷拉着脑袋随着叶侍郎进了叶府。他本以为他爹会带他去书房惩以家法，哪想气哼哼走在前头的叶侍郎在一个小径岔口停了下来，扬了扬下巴，示意跟着二人的几个小厮回避，随即严肃道："你回你的宝丰院去吧。"

叶勉扑棱扑棱自己的耳朵。

叶侍郎不自然地清了清喉咙，小声道："咳，你娘这几日正在筹备你二姐的嫁妆，焦头烂额，天天不得闲，你没什么事就不要拿琐事去烦扰她。"

叶勉眼睛一亮。

叶侍郎背着手侧眼瞪他："可懂？"

叶勉玲珑心肝，一点就透，哪有什么不明白的？他小鸡啄米一般点头，道："懂懂懂！爹，您放心，我这几日学业繁忙，就不去正院给娘请安了，劳您和娘说上一嘴。"

"嗯，"叶侍郎捋了捋胡子，严肃道，"万事以学业为重，既如此，你便回宝丰院做你的功课去吧。"

叶侍郎这边话音刚落地，叶勉就已经跑得人影都不见了，丰今慌脚鸡似的提着灯笼在后头追。

"四少爷，您别跑，小心脚下，别摔喽……"

叶侍郎看着宝丰院那没个样子的一主一仆，自言自语地恨道："小兔崽子！也不知道是随了祖上哪个。"

叶勉今天鸡飞狗跳地折腾了一整天，回到宝丰院好好地泡了回澡解了乏气，便瘫在矮榻上，一边晾着头发，一边回顾今天的惊心动魄。

宝年一手拿着装着花蜜脂膏的描金瓷罐，一手将叶勉的寝衣褪了下去，只是还没等上手涂抹，就被吓得手里的瓷罐掉落在地。

宝年带着哭腔道："这是哪个杀千刀的干的？"

宝雪几个吓得赶紧跑了过来，一看叶勉后背和右边臂膀上的一片红，也吓得不行，忙问这是怎么了。

叶勉扭着脖子看了看，又摸了摸，倒是不疼，只是他这身皮不禁糟蹋，他爹那一顿巴掌雨，这些印子怎么也得过个两日才能消下去。他不在意地笑了笑，将今日午后的闹剧当趣事讲给几个丫鬟听。哪想这几人听了都变了脸色，急急地去厨房又要了一桶水来，里面兑了许多艾合草和香菊干叶，又逼着他仔仔细细地洗了一回。

叶勉在里头泡的皮都快皱了，抱怨道：“这是要褪猪皮不成？”

几人在屏风外头木着脸，没理他。宝年更是将自己调制的药脂膏子都收回去，抱着回了自己的屋子，只留下一句话：“既要去那腌臜地方，便别使用我的好东西。”

叶勉：“……”

第二日上学，叶勉还没等进启瑞院，就被平日里和他关系还不错的一个训导司正拦路截住。那人把叶勉拽到一个僻静处耳语了一番，叶勉怔在那里。

原来是魏昂渊刚刚跑去教苑找贾苑正，要求今天就换院子，哪想贾苑正说：“不用换，你们今日搬进去即可，前两日已经在那院里又给你们收拾了一个学屋出来。”

魏昂渊哪能干，当场指摘他们言而无信。贾苑正却骂他胡闹，辩驳道：“学里只应启瑞院搬去启南院，哪个说了启南院会换过去？”

魏昂渊从未吃过如此的哑巴亏，被这等文字功夫耍了一道，当场就炸了，直接去学政堂找大祭酒理论。

“他现在哪儿呢？”叶勉急问。

“在大祭酒的学政堂。”那人道。

这群偏心眼儿的老家伙！叶勉拱手道谢后，便匆匆赶去学政堂。

贾苑正似是正在门口等他来，领他进去，说道：“你劝着些，万不可与他一起胡闹，小混账软硬不吃，大祭酒快要恼他了。”

叶勉进了堂内，抬眼就被里面的架势吓得抖了三抖，行思阁、教苑、学政堂的几位官长都在，三堂会审一般。只见素来面上冷淡的魏昂渊气得脸通红，站在那里攥着拳头，一脸不服地瞪着他们。

季大司正揉着额头，抚慰道：“那湖边的院子本就比你们那些个小院大上两个不止，你们搬进去又不会拥攘，还闹腾些什么？”

“哪个要与别人共用一处院落上课？”魏昂渊气道，“我不同意，他们必须搬出来！”

大祭酒重重地哼了一声，高声道：“魏昂渊！你别以为学里不敢拿你如何，再敢如此放肆，老夫这就依学规办了你！”说完，他重重一拍书案，吩咐道:“行思阁！去取戒尺来，老夫亲自执罚，明日自有我去相阁赔罪。”

魏昂渊绷着小脸向前一步，怒道：“打就打！明日我就让我爹写奏书到御前，请圣上御判，到底是国子学这半年来为偏袒启南院行事不公欺人太甚还是我无理胡闹。”

“你！”大祭酒被魏昂渊气得指着他说不出话。

叶勉进来听了这么一小段就吓得冷汗都冒出来了，就为了个院子，哪值当落顿打，还要闹到御前去？他忙上前，对着几位师长行了个学生礼，然后把魏昂渊拽到一边，才恭敬道：“大祭酒，魏昂渊气糊涂了，学生与他说上两句可好？”

大祭酒瞥了他一眼，旁边坐着的季大司正咳了一声，道：“去吧。”

叶勉又揖了一礼，才拽着已经奓毛的魏昂渊去了门外。

魏昂渊气得眼睛锃亮，恨道：“贾仕庸这个老狐狸，居然给我下套，可当我魏昂渊是好欺的！”

叶勉“嗐”了一声，故作轻松道：“这次是我们大意了，下次讨回来便是，哪值当你生这么大的气。再说，我们提前两年半去了那湖边的院子读书，这买卖细想起来也不算亏。”

魏昂渊抿着嘴摇了摇头:“哪是为着这个院子，我就是咽不下这口气！”

叶勉打了个响指，笑道：“无妨，这是哑巴亏，我们不得不吃，不过我想，我们今日就能讨回来。”

“怎么？”

“附耳过来。”

叶勉和魏昂渊在学政堂门外叽叽咕咕，大祭酒却在里面气得不轻，灌了口茶，狠狠地将薄胎青花茶杯蹾在桌上。

贾苑正和季大司正对视了一眼，神色却比之从容，实在是见怪不怪。若要每次都与这些轻不得重不得的小浑蛋认真，他们这条老命早就搭进去了。

门外二人商议完，只有叶勉一人进入堂内，季大司正朝门外扬了扬下巴以示询问。叶勉趁着大祭酒扶额，没抬头，调皮地与他挤了下眼睛。季大司正一脸严肃，重重地冲他哼了一声，唇角却没忍住，往上弯了弯。

叶勉笑了笑，作揖道："三位师长莫生气，学生在这儿给你们赔罪，之前是魏昂渊没考虑明白，错了学里的好意，顶撞师长，活该挨骂。如今已想清楚，一会儿我们就搬去那边院子，还请学里帮我做上一块更大的启瑞院院匾，挂在启南院匾额之上，可不能让我们落了威风。"

"淘气！"贾苑正抚着美髯骂道，又笑道，"依你便是。"

叶勉又是一揖，起身道："还有一事……"

"说。"贾苑正一挥袖子。

叶勉舔了舔嘴唇道："学生听说，过两日学里会派学子随圣驾去皇家林苑夏苗，启南院也会随行，可否带上我们启瑞院？"

贾苑正和季大司正齐齐一愣，连一直支着头的大祭酒都抬起头来，皱眉问他："你从何得知？"

叶勉据实答道："兵武监的武学生昨日说与我的。"

贾苑正笑道："就去了一回，你倒是谁都搭得上。"

季大司正却正色道："伴驾非儿戏，往年都是德才俱备的坤字生才能去，今年虽派了启南院，"他咳了一声，继续道，"也是因着荣南郡王……你少跟着胡闹。"

叶勉却不服道："荣南郡王去自是应当，可是整个启南院都跟着，便是学里偏心。昨日连武学生都拿这事儿在席上嚼舌头，我不信这事儿传出来，我们学里的学子们不寒心。"

叶勉想了想，又委屈道："学生知晓学里为何强要启瑞院与南边那些学子共用一座院子，想来就是这两个月只有我们与启南院玩儿得好些，学里是想借着我们，让他们顺利融进京城国子学，好给圣意一个交代。"

"胡说八道！圣意岂可揣测？"季大司正斥道，又与大祭酒和贾苑正对视了一眼，"你先回去，这事儿我们商议后自有定夺。"

"那学生便出去了。"叶勉话不多说，低头翘了翘嘴角，便转身出去了。

这边三人刚想商议一番就听等在门外的魏昂渊问："如何，他们可同意了？"

叶勉不大不小的声音从窗子外飘了进来："不同意便算了，不过我们启瑞院既能与他们交好，也能让他们启南院重新被孤立。"

窗里三人听了倒吸一口气，大祭酒恨不得把手里的杯子从窗口砸出去，恨恨地对贾、季二人说道："这一年的启字生怎的比坤字生还磨人？"

叶勉与魏昂渊这下也算扳回了一局，去了气闷，欢欢喜喜地回了启瑞院。他们一进学屋便挥手招来所有的侍童，吩咐道：“去，将这院子里我们的私物全部搬往启南院，再告诉那边一声，让他们好好等着，小爷们来啦！”

启瑞院里从主到仆，一片欢呼。

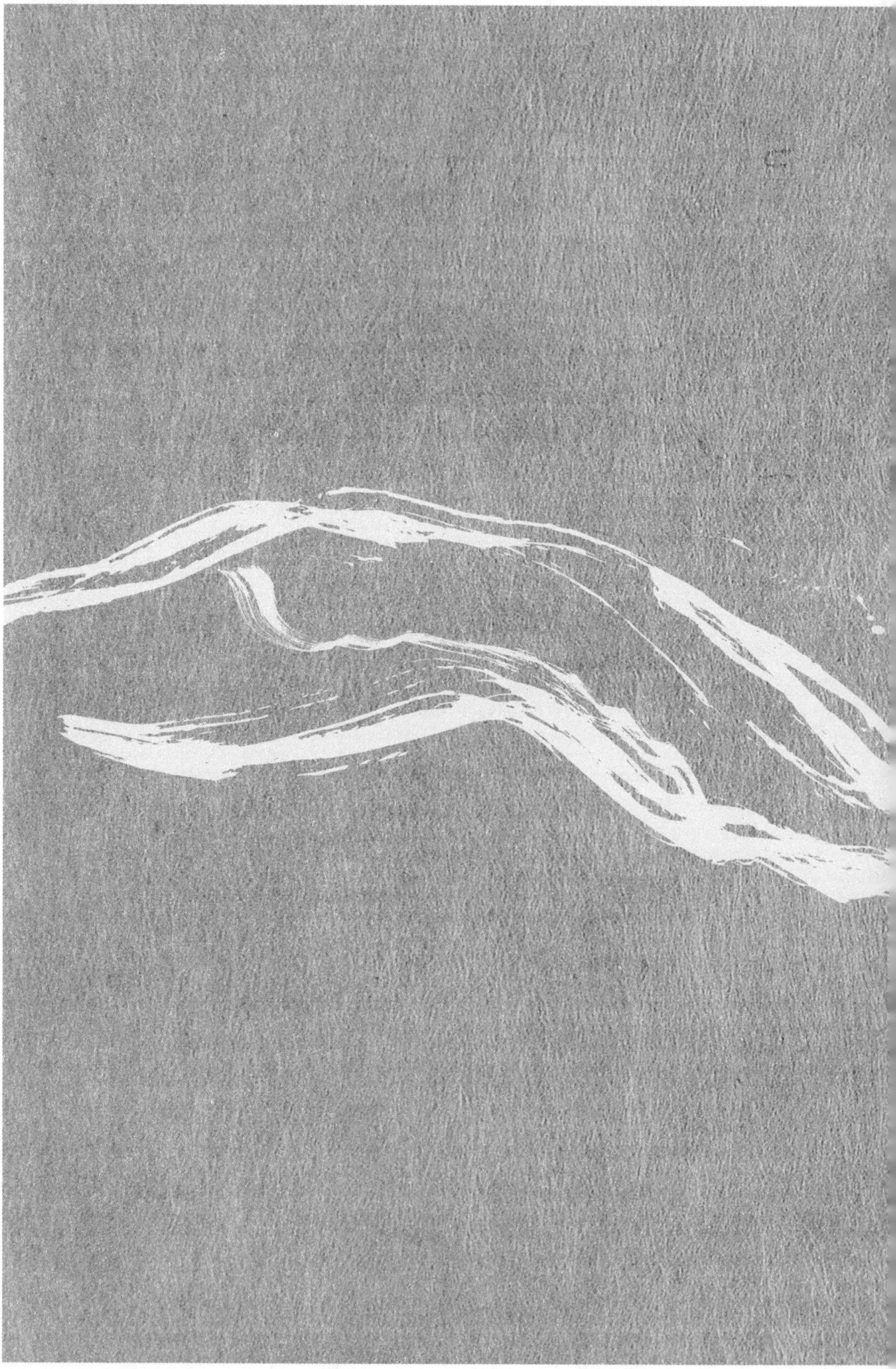

第十一章

锦狸

『这么重的礼我收不起，王小羽也收不起，我怕它戴了那珠铃折寿。』

新学屋全部布置好已近午时，侍童们在窗角的落地汝窑大花瓶内插上向阳花枝，讲案旁的矮几上摆着小小一口青色石缸，里面有两片睡莲、几尾锦鲤，屋子里也淡淡地熏着云九香。

启瑞院的众小公子在膳堂用过膳后便拥拥攘攘、吵吵闹闹地直奔湖边的院子而来。

陆离峥扒着启南院学屋的窗口，张大嘴巴指着那边道："果然是启瑞院的人搬进来了，我昨日就和你们说是他们，你们还不信！"

端律也跟着他挤着脑袋朝那边看去，感叹道："前两日见侍人们拾掇那边的屋子我还奇怪，原来是勉哥儿他们要来。"

陆离峥咧开嘴蹬蹬蹬地就往外跑，想去叶勉那边凑热闹，却在学屋门口滞了脚步，只见素来与他们不对付的齐野竟带着一群人呼啦啦地进了院子，不一会儿又有几拨人三三两两走了进来。

一道栈桥相隔的湖边新学屋那里热闹得厉害。

陆离峥悻悻地回到自己案前坐下，和启南院几人不无羡慕地朝着窗外打量。他们启南院这几个月因着与启瑞院有些交情，又有荣南郡王坐镇，倒是比刚来京城那段时日好上许多，其他院子的学生见了他们也不再冷嘲热讽，只是也不大热络。想他们在金陵读书时，每日也是呼朋引伴，整日地嬉耍，自打进了京城国子学，却仿佛被困在这一方院子，想去其他学院串门找人玩耍都不知找哪个。

启瑞院这边换个学屋上课，动静大得像乔迁新府，平日里与他们玩儿得好的，听到消息都来凑热闹，纷纷进院四处打量、羡叹。

叶勉领着启瑞院众人好不容易将他们打发走了，本想去启南院学屋看看，外头却敲响了上课钟。

叶勉不禁心下奇怪，他们来了这大半晌，启南院那些个竟也没过来瞧瞧，是不欢迎还是怎么着？

散了学他再提起去那边看看时，魏昂渊却冷了脸，叶勉才反应过来，这家伙刚因启南院吃了个哑巴亏，如今正在气头上，只好作罢。其实他想去启南院不只是为了看陆离峥，他主要是想当面问问庄珝，昨晚在醉月楼是不是他捣的鬼，不是无凭无据地怀疑他，而是这招数之阴损，他绞尽脑汁都想不出第二人。

两人同在这一座院子读书，抬头不见低头见，这几日他倒是在院子里遇上过几回庄珝，只是这人与他就如从未见过的陌生人一般。叶勉停下两回等他，想与他说上两句，他却连看都不看他一眼。叶勉被他当着同窗的面晾了两回，虽有些尴尬和气恼，却不禁心下回想，好像自打那日生病在他院子宿上一夜回府，这人一直就是这态度，不过再也没招惹过他。难不成这回真不是他？

叶勉越想越觉得有道理，他们二人又没什么深仇大恨，庄珝是郡王，既要忙学业，又在和宫里那几个难缠的斗法斗得天昏地暗，应该没空一直在他这个小人物身上下功夫。昨晚那事儿还是再让人打探一番，等有眉目了，他再计较也不迟。

如此过了几日便到了随圣驾去夏苗的日子，早前两天贾苑正便不出所料地同意了他们启瑞院同去。消息一出，整个国子学都议论、哗然，齐野他们来湖边院子闹了好一通，嫉妒得眼睛都红了。启瑞院众小公子忍不住得意，恨不得满学里去炫耀，没少被人追着打。

出发前一日晚上，邱氏与姜氏婆媳二人亲自带着各房丫鬟给兄弟俩收整衣物。因是伴驾而行，带的东西并不能齐全，众人挑挑拣拣了一番。白身如叶勉，只能带上一个随身小厮。邱氏很是不安地对着叶勉唠叨了一晚上，又将要随侍的丰今叫来，狠狠地敲打了一番才算作罢。

叶勉虽与叶璟同去，但是不能与其同行。叶璟是天子宠臣，一大早就入了宫，要伴龙驾而行。而他则去国子学与启南院和几位坤字师兄会合。

因是打着夏苗狩猎的名头，便没有乘马车，几十个意气风发的锦服少年全都一身窄袖紧腰的打扮，一路嬉闹着并马而行。

驱马两个时辰才到皇家林苑。这林苑的景色自不必多说，叶勉随着他们进了里面才恍然，这里说是林苑，其实就是一座皇家行宫，里面一应望不到头的院落，十分精致、华贵。

叶勉他们随着引路宫侍去了安排给他们的院落。启瑞院二十人竟被安排同在一座四合院里，虽说里头的厢房众多，他们住得开，却觉得太拥挤了些。

温寻耷拉着脸抱怨："这么多人挤在一处，我们家的下人住得都比我们宽松。"

另外几个"没见过世面"的大少爷也都不大乐意，窗子开着，他们不敢大声埋怨，坐在那里闷闷不乐。

叶勉倒是依旧兴致不减，他四处蹦跶，心想，这不就是前世的暑期夏令营吗？最好玩儿不过了！

少年的情绪传染得很快，一盏茶的工夫，那几个就被叶勉这副欢喜模样晃得忘了这等糟心事。

阮云笙笑道："听说今儿个昭南国的两位王子和北鞨的新首领也一同前来，因而这院落便有些排不开了。"

叶勉一边啃着满是汁水的桃子一边点头。他昨日就听他哥说了，他哥勒令他不准玩闹到北鞨那群人眼前去。

几人在房里用了些膳菜，重新梳洗一番，换了身骑装，便兴冲冲地去马苑里选马，准备去猎些野猪、野兔。这次随驾御狩，猎得多的可是有赏的！

哪想刚到马苑就看到了兵武监的秦敖和他的那些兄弟。叶勉一乐，赶紧带着他这边的几个人上前打招呼。

秦敖见到他也眼睛一亮，十分欢喜，他本就喜爱叶勉的性子，与他在一起便觉有趣。前几日叶勉和他爹在醉月楼那番动静，更是长在他笑点上，他半夜想起来都能乐醒。

先前秦敖他们只见过魏昂渊，今天叶勉便将李兆、阮云笙和温寻三人都介绍给他。几人一路说笑着驱马而出，李兆尚武，因而和秦敖倒是很对脾气。素来不太对付的国子学和兵武监两拨人聚在一处，看着有些扎眼，他们自己倒是玩儿得很好。

秦敖他们不是第一次来这里随驾夏苗，便带着叶勉他们先去看这回狩猎的赏头。

赏赐之品皆列于供台之上，祈求禾神保佑大文春华秋实、五谷丰顺，上头一应物事珠宝，打眼一看便不是凡品，有圣上御赐的，也有跟来的太后、贵妃和皇子们的添头，还有这次昭南与北轄首领带来的稀罕玩意儿。

叶勉饶有兴致地看了一圈，相中了五皇子添的两支金簪，那簪上的两颗珍珠竟是莹莹的祖母绿色！这里的珍珠不如他前世一般人工养殖方便，皆为珠民潜水捞贝采珠，每一颗珍珠都来之艰难。许多珠民为了采珠已经致残，更有甚者葬身鱼腹“以人易珠”。

这种莹绿的珍珠，叶勉记得在前世都少见，貌似只有南半球才有产出，想来在这里更是珍稀得很，这五皇子为了面子倒是真舍得。

叶勉想到他娘邱氏不爱金玉，只喜欢珍珠，下个月又是她生辰，若是能将这两支珍珠簪给她带回去，她定会欢喜！

叶勉急急地去看榜上获得这两支簪子所需的猎品，是一只锦狸。他挠了挠头，嘟囔道：“锦狸是什么东西？”

秦敖见叶勉问，便解释道：“这锦狸可不好得，捉住了是要养作宠物的。你别看其他赏头要几十头野猪，你辛苦些便也能得。这锦狸可是稀有得很，在这儿守上几天也未必能遇上一只，而且这东西鬼贼得很，又会凿洞，极其难抓，你不如看看别的。”

魏昂渊也劝他：“我看太后的那个羊脂玉如意也不错，你若是喜欢，我们把今儿得的猎品合在一起，没准能得。”

秦敖也拍着胸脯，仗义道：“能得能得，有哥哥助你，定能拿下。”

叶勉摇了摇头，解释说他是想给喜爱珍珠的邱氏做生辰礼。大家听他这么说便不再劝了，只调侃道，不知老天能不能感受到他的孝心，赏下一只蠢笨的锦狸让他遇见。这下叶勉有了奔头，兴致更高，与他们挑完心仪的赏头便策马而出去狩猎。

一个下午下来，因和经验丰富的武学生在一块儿，众学子收获颇丰，虽拿不到御赐之物，凑起来倒是能拿到两样不错的赏头，只是叶勉一直要找的锦狸一直没出现。虽在意料之中，但叶勉心里颇觉遗憾，哪想打马回去之时，秦敖却一脸激动地指着一棵树上，作势地让他们止声。

“这棵树上的可不就是那锦狸吗？叶四，你这真是孝心感动上苍了。”秦敖小声道，“它在树上，我们把它堵住，它不钻回土里便跑不了！”

几人速速轻身下马，叶勉把墨色袍角往腰带上一别，和秦敖在几人的帮助下爬上那棵老槐。两人在两根枝杈上一左一右前后夹击，真就把那只皮毛锃亮、大松鼠一般的锦狸逮到了。

树下已经聚了许多人围观，有学子，也有打猎的侍卫，还有一些长相和他们不太一样的番邦人，纷纷鼓掌叫好。

叶勉蹲在树上抓着那只锦狸，满脸的得意，一时不查，差点儿一脚滑下树去，把树下的魏昂渊、李兆几人吓得嗷嗷叫唤。

在回去的路上，虽被几人埋怨得够呛，但叶勉依旧笑得合不拢嘴，心想，他娘定会喜欢！

◆ ◆ ◆

几人一起上交了猎物，登录在册，纷纷点了要换的赏赐。叶勉逗了逗手上笼子里的锦狸。这小东西长得怪好看的，像个小狐狸，满眼的机灵，要不是为了让他娘高兴，他一定带回宝丰院好生养着。

叶勉满眼不舍地将锦狸交了出去，几人见他那副样子，哈哈大笑。

秦敖道：“除了这种林苑，外头还有两个山头上也出现过锦狸，以后哥带你抓去！”

几人各回了院子重新梳洗，便急急地出去赶赴御宴。

他们几人虽出身名门，却都只是学生，与皇子们和侍驾而来的文武臣子相比，自是排到宴尾。几人却都不在意，他们又不是即将出仕需要交酬的坤字生，如此更是自在。魏昂渊更是因着不用在同来伴驾的魏丞相眼皮底下吃宴而暗自高兴。

叶勉却探着脖子往前看了看。上面正座的身着明黄龙袍的定是皇帝，皇帝左下侧的青年身上绣着五龙，应当是太子。太子下首之人看长相是番邦人，应当是朝礼而来的两国客人，而另一侧居然坐着魏丞相与叶璟，两人正说些什么，魏丞相频频抚须而笑。

想到学子们平日里打趣说他哥是皇帝跟前的大红人，叶勉心里啧啧两声，此言倒是不虚。

而另一处，是衣着华贵的太后领着一位宫妃打扮的女子坐在上首，身边另一侧坐着的是一袭霜色藻纹云袖华服的荣南郡王，太后正一脸慈爱地抚着他的手说些什么。席下两侧则是皇子们与文武臣子按着品阶而坐。

魏昂渊见叶勉一直往那头打量，便问他："第一回见吗？"

叶勉点了点头。

魏昂渊小声地给他解释道："太后身边那个是嘉贵妃，是宫里圣眷不衰的老宫妃，封了容王的二皇子、五皇子和七皇子皆为她所出。"

叶勉听了不禁咋舌。

魏昂渊接着说道："皇后这些年一直身体抱恙，后宫皆是嘉贵妃在打理，据说……"他附耳小声道，"嘉贵妃进宫前就与圣上是青梅竹马，俩人感情比帝后好上许多。"

叶勉听了不禁朝太子瞟去，魏昂渊用气音小心道："听我爹说，贵妃和二皇子容王有那个心思，只是圣上现如今正是盛年，他们面上倒不敢显。"

叶勉听后，不禁觉得有些好笑："你爹怎么什么都与你说？"

魏昂渊看了他一眼，道："出仕之后，这些都不知道怎么行事？你爹不与你说？"

叶勉摇了摇头，想了想又道："他没指望过我什么吧。"

魏昂渊一噎，咳了声，道："那我与你说。"他往另一边扬了扬下巴，继续说道，"那个穿绛紫色袍子的就是出绿色珍珠赏头的五皇子，也是圣上最宠爱的儿子。据说为了多留他在宫内一段时日再出去开府，圣上把与他同岁适婚的六皇子的婚事一齐往后拖了一年，六皇子的母妃因着这事儿气得病了许久。"

叶勉恍然，小声问道："那太子岂不是都要忌惮那个五皇子三分？"

魏昂渊摇头："也不是，圣上还是认可皇太子的，从小到大一直带在身边教他储君之道，从来看不出有其他想法。而且皇后的娘家和太子妃那边都不容小觑，不然……"

魏昂渊没有说下去，叶勉点头表示了然，不然现在朝上哪能如此风平浪静。

叶勉往皇子那头看了看，只见五皇子已经起身，去了太子那边，一道与那几个番邦首领交酬。

不过，似乎只有北鞨的人对五皇子颇为热情，昭南国的两个王子却频频朝着离着有些距离的荣南郡王那里举杯示意。

叶勉不禁心下奇怪，扭头看向魏昂渊。

魏昂渊道："五皇子的舅舅是鸿胪寺卿，因而他与这些番邦蛮人有些交情，北鞨靠着野蛮嗜血刚刚征服了北蛮那边那些大小部落，如今正是要平抚臣民，向我们求钱求粮的时候。我们为了北境安稳，只好舍上一些。而那昭南国就十分有意思了。"

魏昂渊笑了笑。

"怎么？"叶勉十分感兴趣地问道，"他们和荣南郡王似是八竿子也打不着吧，怎么待他比待太子还殷切些？"

"昭南国虽是小国，却不似北鞨那边荒蛮，有些奇域物产和矿山。我们用来铸币的京铜，便大多由他们供给，可一直以来铜运古道都是险上又险，十分艰难，每年不知要损失多少人马。"

叶勉皱眉："这与庄珝有什么关系？"

"听我说完。"魏昂渊道，"金陵的庄家不仅在南边把持着盐业，在漕运水道上也是十分了得，前几年帮着昭南国修了金江的运铜水道。去岁始昭南运铜至京已经是一多半用于水道，再不会出现'昭铜晚至，京城铜价腾贵'的情况，也就是这个契机，昭南与庄家有了交情。"

"那又如何，至于这么小心巴着？"叶勉叨咕道。

魏昂渊喝了口茶，看着叶勉说："庄家每年在江南船运海市上一本万利，赚得盆满钵满。去岁大文刚刚放开岭南的两处外港，可是岭南多瘴气又在造大型海商船上没有经验，庄家便趁机带着自海外异国求来的去瘴之法和造船的能人工匠钻了进去。而昭南无外港，见与他们相接的岭南如此地利人和，每次回船都是暴利，如何不眼红哭求着借地分一杯羹？"

叶勉听得瞠目结舌，嘟囔道："我说，长公主府怎么出手如此豪阔，一出手就是几年的国库收入，敢情夫家干的都是一本万利的买卖，这庄珝不会是长公主府怕皇家忌惮送来做人质的吧？"

"哪里至于做人质，你野本子看得太多了不成？"魏昂渊笑了笑道，"嫡长公主与当今圣上是一母同胞，从小感情就十分不错，庄珝可是圣上嫡亲的外甥。”

“不过，”魏昂渊话锋一转，“你想的那处却也不错，如果长公主未嫁到金陵，庄家哪敢放开手来什么好事都掺一脚，怕是早被人拆吞入腹了，现如今坐拥这滔天富贵，让庄琎进京也是不得已。”

叶勉眼珠转了转，小声道：“你可知长公主和庄琎对那两边……”他朝太子和嘉贵妃那边看了看。

魏昂渊叹道：“我爹说长公主府最高明的就是此处，从安排庄琎进京以来，做的事处处得圣心。”

“怎么说？”叶勉好奇道。

“嘉贵妃的堂哥去岁刚升任两淮盐运使，被差去了南边，只是在这肥口上却急躁了些，贪贿甚多，不仅收了许多盐商的孝敬，还贪墨了一些本应上缴国库的盐税，被长公主揪了出来直报御前。圣上大怒，嘉贵妃带着三个皇子跪求了许久，才没带累贵妃娘家。”

叶勉恍然道：“怪不得上次听你们讲五皇子与庄琎闹得如此厉害，原来是打这里来的。”叶勉想了想又小声问，“那庄琎站太子那头？”

“非也，”魏昂渊摇头道，“太子明着暗着拉拢庄琎，庄琎只摇头，不站队。”

叶勉一怔，忽然深吸一口气，明了道:“长公主和庄琎只站圣上那头！”

“你倒是比我有悟性，我爹当时与我讲时，我却没想到此处。”魏昂渊看着他笑出一口白牙，又接着说，“圣上如今正在盛年，再疼哪一个皇子，也不希望下边臣子早早就做什么择选。而长公主查明后立马与庄家一起将南边盐业上的明暗收支账目呈上去，以后圣上哪还愁派下去的盐运使不清廉？”

叶勉竖了竖大拇指，心道，如此一来，皇上的嫡长姐摇身一变，成了他在南边最妙的一张牌。

“不止如此，”魏昂渊接着道，“庄琎此次来京还代长公主承诺，今后庄家每年在外港海事贸易和盐业这块，除了正经的课税，还将多分三成与皇家充盈我大文国库。”

魏昂渊和叶勉在这边凑着脑袋嘀嘀咕咕了许久，李兆他们早已不耐烦，捅了捅他们示意二人往前去看。叶勉抬头，只见前头已经开始“颁奖”了。

禾神供台上的赏头，正根据宴前册上登录一一赏赐下去。

叶勉嘻嘻笑着搓了搓手，只等前面礼官念他的名字，只是等到最后，两支祖母绿的珍珠簪却被赏给了七皇子，七皇子又把它们亲手插到嘉贵妃的发髻上。

皇帝哈哈大笑，赞七皇子人小却能干又有孝心。嘉贵妃更是看着七皇子笑得一脸慈爱，底下臣子们纷纷附和。

叶勉咬着嘴唇，看着那边一脸蒙。明明他去登录猎品的时候，只有他得了一只锦狸，那个管事的礼官还赞他来着，难不成后面七皇子也逮到了？

李兆、阮云笙等人气得不行，连在另一头坐着的秦敖都变了脸色，魏昂渊更是起身就去了礼官那头。叶勉起身要追，却被李兆按下了。

“让他去！”李兆愤愤道，“田下林里折腾了我们快两个时辰，最后差点儿从树上摔下来，还不兴我们问问？”

阮云笙也气道：“出不起那赏头就别拿出来，哥哥手里赏出来，被弟弟拿了，戴在自己亲娘头上，也不嫌丢人！”

叶勉咧着嘴扯了下唇角，面上无所谓地笑笑，心里却有几分失望，也知道无论魏昂渊在礼官那里问出什么，已经插在嘉贵妃头上的金簪是不会再赏给他的。

果然，没一会儿工夫魏昂渊就黑着脸回来了，悻悻地与他们说：“确实七皇子后来也送去一只锦狸，刚刚我去看了，那边确是有两只。”

李兆不忿道：“那又怎么了？我们勉哥是第一个捉到并登录在册的，还没个先来后到的规矩不成？”

温寻也虎着脸：“就算是一人一只锦狸，那珍珠簪也该一人一支才对，他这算什么？”

叶勉见他们一个个都绷着脸，怕他们因这事儿坏了心绪，忙笑着故作轻松道：“算啦算啦，以后让我大哥去外头淘弄一支便是。”

这边宴席已经开宴，叶勉调整了一下情绪，与他们插科打诨地说笑起来，几人面上才微微好些。

宴到中时，只见几个番邦侍人抬着一尊十几尺高的檀香木观音像走了上来。原来这是昭南国献与常年礼佛的太后做下个月千秋节寿礼，太后看着十分欢喜。坐在太后身旁的荣南郡王朝昭南国王子点了点头以示谢意，又和朝后站着的夏内监吩咐了两句。夏内监弯着腰得了吩咐，便转身下去了。

过了一会儿，夏内监带着荣南郡王的四位侍女捧着两幅画回来了，回礼与昭南国王子。侍女们将两幅画缓缓展开，分别是大文名家的《百马奔腾图》和《夜色牡丹图》。

只是那边席上却无人开口称赞这百闻而无一见的名品，纷纷神色古怪地看着那四位侍女，又偷偷瞟着荣南郡王和嘉贵妃的脸色。

宴席上一时静了下来。

荣南郡王任人打量，只慢慢地一口一口啜着茶。另一边的嘉贵妃满脸愠怒，嘴唇抖了两下，伸出染着绯色、保养得当的玉手，将发髻上的两支珍珠簪拔了下来，摔在案上。

太后脸色变了变，轻拍了下庄珝的手臂，嗔道："淘气！"却抓紧庄珝的手，一脸回护之意。

皇帝无奈地看着庄珝摇了摇头，却也没说什么，只转头吩咐身后的太监赏了许多珠宝与嘉贵妃。

五皇子一脸铁青，拍案而起，却被坐在前面的容王瞪了回去，坐在那里喘粗气，狠狠地瞪着庄珝。

叶勉等人坐在宴尾，闹不清前头那群神仙在打什么官司，面面相觑，一脸的好奇，只好待荣南郡王的侍女退下时才目不转睛地观察，看看有哪里不对劲。

四位面容姣好的侍女穿着藕紫色长裙，莲步轻移，碎步走了过来。只见莲粉色绣鞋出于裙边时，鞋尖缀着的祖母绿色珍珠便露了出来。四位侍女，八颗珍珠，在灿灿烛火下闪闪发光。

叶勉看见后，瞪着眼睛差点儿把嘴里的茶都喷出来，一着急咽下去后咳得不行。魏昂渊、阮云笙也齐齐倒吸一口冷气，纷纷低头，肩膀抖个不停。李兆更是狠掐了自己大腿一把才没笑出声来。

打人不打脸，七皇子十分稀罕地献宝戴于贵妃头上的"稀世"珠宝，竟只配缀在荣南郡王丫鬟的鞋面上，明天怕是京里所有贵妇贵女都要拿着此事下饭了。

叶勉缓过来那口气，摇着头看向那头儿的庄珝。他还查什么？前几日醉月楼那桩事必是出自庄珝之手，这手段的阴损劲儿，简直和那晚如出一辙。真是太阴毒了！

过了好一会儿，席上又热闹起来。夏内监悄声走到叶勉这边，笑眯眯地递给他一个巴掌大的木盒便转身走了。

叶勉怔了怔，在几人的好奇下，打开素面的沉香盒子，又是一愣，只见里面有两颗铜钱大小的祖母绿珍珠。

几人不无疑惑地对视一眼，李兆挠了挠脑袋："荣南郡王给你的？"

叶勉想了一会儿，撇着嘴嫌弃道："先不说他的东西我不敢收，这给他家丫鬟缀鞋面的东西，我才不要！"

阮云笙拿出一颗仔细看了看，又背过身去在暗处瞧了一会儿，转过身来，神色古怪道："倒是不一样，这个在暗处是发光的，怕是他们说的海底夜荧珠，单就一颗也是价值连城。"

叶勉一颤，这庄珝是要买他的命吗？

◆ ◆ ◆

叶勉想破脑袋都没想明白，素来与他为敌的荣南郡王为何会送与他如此稀有贵重的珠宝。魏昂渊、李兆和温寻更是蒙，一头雾水，只有阮云笙脸上晦暗不明，低着头不知在想些什么。

宴席散后，叶勉没有贸然地跑去找荣南郡王，他现在已经不是从前的叶勉了，自打与庄珝交锋几个回合，他现在已经是有进击策略的叶勉——"敌不动，我不动；敌若动，我先找我哥再动。"

叶勉跑去端华公子的院子时，叶璟还没回来，他便留在那里等着。

叶璟的几个小厮与叶勉熟得很，他们见四少爷坐在椅子上打着哈欠，一脸疲累的模样，赶紧绞了巾子给他擦手擦脸，又蹲下将他的靴子褪了下来，把他的脚抱在怀里揉着。

几人并不怕他，与他嘻嘻笑着打趣，道："四少爷定是白日里太淘气累着了。我们可听人和大少爷说了，您骑着马与人漫山遍野地跑，还爬到树上去抓锦狸，差点儿摔了下来，小心大少爷一会儿回来罚您！"

丰今苦着脸："四少爷可听听吧，明儿再不敢爬树了，不然回去后夫人定要揭了我的皮。”

叶勉瘫坐在椅子上，哼哼哈哈地敷衍着。过了两盏茶的工夫，他都快睡着了，才听到门口有动静。是他哥回来了。

叶璟看见叶勉在他房里也没奇怪，只说：“我正要寻你。”

叶勉揉了揉眼睛，奇怪地问道：“大哥找我什么事？”

“等下与你说。你今晚就宿在这里吧，叫丰今与你那些同窗说一声。”

叶勉打了个哈欠，朝丰今扬了扬下巴，丰今赶紧退了出去。

叶勉懒洋洋地站起身，与叶璟一起在几个小厮的服侍下沐浴更衣。

叶勉拾掇好，换了寝衣坐在桌前小口抿着刚送上来的蜜水解酒汤。他今晚宴上没多饮酒，倒是看到他哥在那头被人缠着喝了许多。

叶璟湿着头发坐下后，叶勉赶紧把另一碗推过去：“哥，你先解解酒气，不然一会儿又要头疼了。”

叶璟嗯了一声，喝了两口才问他：“你先说说你来找我是做什么。”

叶勉吸了吸鼻子，将桌上的沉香木盒打开，推到叶璟眼前，只见盒子里两颗夜荧珠在昏暗的烛火下光彩熠熠。

叶璟一怔，就听叶勉说道：“是荣南郡王今天给我的。哥，你说，他想要干什么啊，我想不明白。”

“物品贵重，我会替你还与郡王。”叶璟说完笑了下，拍了拍叶勉的手背，看着他道，“勉哥儿做得对，今后有事，你只管告诉大哥。”

两人正说到这里，叶璟的小厮弯腰上前轻声禀报：“大少爷，车骑将军府的大公子在外头，说想要见您。”

叶璟皱着眉厉声斥道:“见什么见！没看这都什么时辰了，还来问我？”

小厮被鲜少与下人发脾气的叶璟吓得缩着脖子，抖声道：“奴才与他说您快歇下了，他不肯走，奴才见他身上酒气大得很，怕他在咱院里闹僵起来……”

“不肯走就打出去。院子外头有巡逻的宫卫，叫他们进来抓人。”叶璟挥了挥手，不耐烦道。

小厮弓着腰领命而去，叶勉愣愣地看着发了好一通脾气的叶璟，没敢吱声。

叶璟蹙着眉头，揉了揉额角，过了半晌才抬头叹道：“罢了，本想着你现在年岁还小，有些人事与应对，晚些教你也好。”叶璟看着昏黄灯晕下叶勉白若细瓷般的脸颊，扬了扬唇，笑道，“你这一年出落得倒比别人好上许多，性子也可爱讨喜。”

叶勉挠了挠脑袋：“……哥，你干吗突然夸我？”

叶璟喉间溢出一声轻笑，拍了拍他的手，道：“待你下回放了旬假，我也偷个懒休沐两日，带你往远处走走，我们兄弟二人也松快一回。到时，我再与你说些你长大了该知道的人事道理。”

叶勉眼睛一亮，兴奋道：“真的吗？哥！你要带我出去玩儿？”

叶璟弯着眉毛对他点了点头，又道：“如今先不说这些，我今晚还有其他事要与你说。”

“啊，什么事？”

叶璟敛了敛神色，问道：“你可知今日宴前嘉贵妃与圣上提起想要你给七皇子做伴读？”

叶勉张着嘴巴愣在那里：“让我给七皇子做伴读？”

“为什么啊？”叶勉不懂，问道。

叶璟问他：“我只先问你，你可有意？”

“我不去！”叶勉想都没想就拒绝道。他脑子抽筋了才会舍了国子学一众好友，跑去太学给皇子做半仆伴读，更别说今天嘉贵妃那一家子让他厌烦得很。

叶璟看着他，点了点头：“如此便好，我自会与圣上分说。”

叶勉点头，嘀咕道：“好好的，怎么偏提我去做伴读，我又不认得他们。”

叶璟轻抿了口蜜水润唇：“今日圣上召见了那些启南院学子，问了些他们在学里的情况。得知他们在国子学被京城的学子们排挤，这半年来只与你们启瑞院来往，圣上很是不悦。”

叶勉哧哧笑着：“我们大祭酒被御斥了吗？”

叶璟瞥了他一眼，道：“便有人说你们院子的人也一同跟了来，还看见你们几个竟与兵武监的武学生也玩儿在一起，大家都颇觉有趣。圣上一直不喜朝上南北争锋、文武相斥，更是点头赞许正应如此。”

“那与嘉贵妃有什么关系？”

“嘉贵妃的七皇子年纪与你相仿，只是性格腼腆、孤僻，贵妃一直想给七皇子寻一个性子伶俐活泛、善与人交舞的孩子给他做伴读，却奈何一直寻不到合适的。今日听人如此说，她便上了心让人去查了查，宴前便和圣上求了你。”

“哥，我不想去！”叶勉着急道，“我在国子学都老是被打手心，这要是去了太学，不得让他们给杖毙了。”

“少胡吣！”叶璟轻斥，想了想又说，“我自会想到万全理由给你推掉，只是圣上听嘉贵妃如此细述，倒是十分满意你，有些难办罢了。”

“您快着点儿啊，”叶勉晃着他哥的袖子，“别让他们说到父亲那里去。爹要是听说能将我甩手，能连夜给我扎个蝴蝶结送进宫。”

“胡说什么？”叶璟看着他，无奈地叹道，“行了，不早了，快去睡，明日我还要忙。”

“哦……”

第二天早上醒来，叶勉一睁眼便不见他哥，倒也没觉奇怪，他哥一直忙得如陀螺一般，如今伴圣驾，更是一刻都不得闲。

叶勉舒服地伸了个懒腰，一手掀开床帐，刚想叫人伺候起身，就如见鬼一般又把手缩了回来。

在床上愣了片刻，叶勉腾地坐起来，重新掀开帐子抬脚下榻。

“你怎么会在这儿？”叶勉一脸惊悚地问站在窗边的庄珝。

只见庄珝穿着一身玄金暗纹的墨色骑装靠在窗边，臂里抱着一只锦狸。那只锦狸的一条后腿上系着一条细细的金链子，另一头正绕在庄珝的腕上。锦狸乖乖地趴在他的怀里。

庄珝一边揉捏着小东西的耳朵把玩，一边道：“我以为你昨晚会去寻我，没想到你来寻你哥了。”

叶勉没理他，先趿着软鞋出去，吩咐跪趴在外间厅堂的小厮们起身服侍他梳洗，才转回身与他说话。

“行，既然你来了，我正有话要问你，那晚在醉月楼可是你害我？”叶勉问道。

“是我。”庄珝坦然道。

“果然是你！”

“是，不过我没害你，不过是按你哥的嘱咐办事罢了。”

“我哥？与他有什么关系？”叶勉皱眉道，“他才不会让你这么做，你胡攀扯些什么？”

庄珝抬眼朝他笑了笑，道:“怎么不会？上回你身子不适宿在我那儿，你哥便送了谢礼来，还嘱咐我，以后你的事自有他和叶侍郎来管，不劳我烦心，否则……”他冷笑了一声没有接着说下去，而是换了个话题，“前两日我听说你在花楼喝醉了酒，本想念着同窗情接你回府，忽然想起你哥的一片苦心，便只好将你交与同在一处吃酒的叶侍郎了。”

“如此听着，我还得谢谢你。”叶勉心里恨得咬牙切齿，差点儿把嘴里的牙咬断，他狠狠地刮了庄珝一眼，又含着薄荷水鼓着腮帮子，朝桌上的沉香盒子扬了扬下巴。

“那个啊。”庄珝逗弄着怀里锦狸的小爪子，思索了好一会儿。叶勉正等得不耐烦时，突然吱的一声，那只锦狸从庄珝的怀里跳到了地上。

“快让人抓住它。”庄珝吩咐道。

叶勉也吓了一跳，赶紧叫道：“快快快！快抓住它！”

叶勉和庄珝带着几个小厮急急地将门窗全部关死，费了好一番功夫才将那小东西堵住，重新拴起来。

庄珝一脸不悦地拎着锦狸的脖子：“一点儿都不乖巧。”

叶勉看那只锦狸四腿扑腾着挣扎，嘶了一声，把它接过来抱在怀里，不高兴道：“刚刚明明就是你松了手里的链子，你倒怪它。”

庄珝瞥了他一眼，淡道：“我怪它做什么，我只怪你，你捉的东西性子也随你罢了。”说完，他将叶勉的手拉过来，将金链子的一头拴在叶勉的手腕上，“我不喜它了，你既心疼它，那便赏你了。昨日夏公公不是送了你两颗珠子吗，你再找颗金铃铛与之穿在一起做串珠铃，挂在它脖子上便可。”

“夏公公？”叶勉嘴角抽了两下，质疑道，“夏公公怎么可能会有这么贵重的珠宝，还送给我？”

庄珝嗯了一声，淡淡道：“不是他，难不成是我吗？我又不喜欢你。”

叶勉刚要说什么，庄珝突然站起身，居高临下道：“我还有事，先走了。你给叶璟带个话吧，就说他的意思我都明晓了。不过，我这人最恨别人威胁我，他若让我不好过，那他的日子也别过了。”

◆ ◆ ◆

荣南郡王的一席狠话会不会唬住他大哥，叶勉不清楚，不过他心里隐隐有一丝悔意，后悔将他哥牵扯进来。本是在学里与同学闹僵起来这等小事，偏他如小学鸡一般，干不过就回家找家长告状，也不想想对方哪是个省油的灯。

待到晚上，叶勉将庄珝的话婉转了一番说给他哥。叶璟听后，脸上却没什么变化，只道“无碍”，叶勉却更愁了。他哥自打出生以来便是天之骄子，与人对上从不退让，不然也不会在这个年纪，只背靠户部侍郎府便成了天子近臣。这俩人能对上，全是他的错。

叶勉悻悻，心里暗暗自责，只想着他与庄珝之间的官司以后万不可再让他哥知晓了。

待夏苗结束，御驾回京，魏昂渊见叶勉兴致不高，便勒马与他一起行至队尾，俩人慢晃晃地驱马而行。

盛夏的日头明晃晃的，马道两侧的草丛里虫鸣和成一片，叶勉手里拿着银丝草鞭百无聊赖地一下下地往草里甩着。

“可是还在为伴读之事不快？”魏昂渊问他。

叶勉摇了摇头：“我哥说他会给我推了。”

魏昂渊却看着他道：“你哥晚了一步。我爹说，今儿一早翰林院大学士自荐自家的小儿子去给七皇子做伴读，嘉贵妃很是满意，回了京这两日便能下旨了。”

“嗯？”

叶勉挑眉，心想，这是什么情况？前两日嘉贵妃不还在圣上面前把他夸得天上有地上无，非他不可吗？

魏昂渊叹了口气，道：“荣南郡王不知从哪里找来你的一些书写，呈与圣上看了。”

叶勉挥着鞭子的手一顿。

魏昂渊继续道：“你应该知晓，圣上自己就是书法大家，平日里十分看重人的书写，更信字如其人，就连奏折上看到让他不喜的字都会直接扔出去让人重新写来。”

叶勉咬牙道："庄珝这个浑蛋！"

"圣上看见你写的那几个字，自然十分不满，还破天荒地责怪了璟哥哥两句。谁知那个庄珝竟为璟哥哥说话，说他公务繁忙，无暇督管弟弟学业也属无奈。"

"他要干吗？"叶勉停马，心里闪过一丝不好的预感。

"荣南郡王说，他现在与你在同一个院子上课，倒是方便指导你，便自荐辅你习字，待你学得好些了，再将你交与七皇子身边伴读，圣上允了。"

叶勉抬头往天上看了看，阳光明耀，炽烈刺目，只差一道天雷，他便可以看见晴天霹雳了。

"不过，"魏昂渊话锋一转，笑了下，"嘉贵妃可是比你现在还恨，她倒是真的很喜欢你，不过再喜欢，她也不可能将荣南郡王亲自带过的学生放在自己小儿子身边。"

叶勉一愣，他倒是忘了这茬儿，荣南郡王和嘉贵妃那头正斗得你死我活，若庄珝真的亲自教习自己一段时日，嘉贵妃哪可能放心他？叶勉呵笑了下，狼窝倒是不用去了，可又进了虎穴，过些日子他哥要是带他出去，他定要先找个庙头拜上一拜。

日落前，叶勉与叶璟赶回了府里。叶璟被叶侍郎急急叫去了书房，叶勉则被等在宝丰院的邱氏从头到脚地翻看了两回，见他没磕着也没伤着，头发丝也没少，才笑着让人去打赏丰今。

叶勉是头回离府这么多天，身边又不得什么人伺候，虽说大儿子也同去，却也不能时时照管，邱氏这几日心里总是悬着。这又是马又是箭的，她家勉哥儿又比别个淘气，要是伤着了可如何是好？邱氏越想越害怕，半夜睡不着，翻来覆去的，把叶侍郎搅得都无法安眠，抱怨了两句。邱氏忧儿，心里正积着火气，腾地坐起身，劈头盖脸地骂了叶侍郎一通，说他一天天只顾着自己升官，连儿子是死是活都不关心，又将他赶去了妾氏那里。

叶侍郎莫名其妙地被人指着鼻子骂了一顿，也是气得不行，大半夜的甩着袖子出了正院。

叶乔见叶勉回来很是高兴，忍不住问了好几回圣驾御猎的场面，叶勉对他的问话耐心地一一解答。四姨娘在小院灶上亲手做了几样菜品让人提了过来，叶勉和叶乔一同用了，便早早地收拾妥当歇下了。

这几日上山下野的，叶勉确实疲累得厉害，不过他这个年纪正是精力最充沛的时候，一夜无梦，第二日依旧生龙活虎。

启瑞院的牌匾已经做好了，倒真的比启南院的大上一圈，不过却没悬在启南院的牌匾上头，而是并立，显得异常滑稽。叶勉站在那里乐了好一会儿。

叶勉进了学屋，启瑞院的众小公子破天荒地如此早就到得齐全，一个个坐在案前互相挤咕眼儿，搓着手嘻嘻傻笑。

叶勉当然知道他们为何如此，其实他也是好奇又期待。

今儿午前他们要学的是“阴阳交会”之道。在大文朝,女子出嫁前夜，母亲会将自己的“压箱底”取出，教她夫妻阴阳之事。男子却不可由母亲教，父教子更被视为亵渎，因而贵族子弟都由专门的师傅教。

国子学的启字生大多如叶勉一般，今年十三岁，大些的有十四五了，还有些已经被长辈在房里安排了做那用处的丫头，私下里互相传着，倒也都知道一些。

连启南院学子也知道他们启瑞院午前要学这个，有几个扒着他们窗口不肯走，只嘱咐着要是有好东西一定默下来给他们瞧瞧，被启瑞院几个人红着脸不耐烦地赶走了。

“去去去！过两日不就排到你们院子了，急什么急？”

好不容易盼到了第二声钟鸣，先生在一屋子的诡异气氛里走了进来，倒是见怪不怪，只呵呵笑着让助教把一应物事给他们发了下去。

叶勉前世虽是地地道道的处男，但是网络信息爆炸的时代，他什么没见过？不过那都是偷偷摸摸在自个儿的小房间看，如此在大庭广众之下学这个，倒是第一回，他面上不显，心里却比他们还窘迫，手指无意识地抠着案角。

先生看着年纪不大，还没有蓄须，长得干干净净的，一派淡然地在前面给他们讲着天地人伦之礼、男女阴阳之事。讲到要紧处，他还让学子们看发下去的春画。这“教学派”的画可比李兆偷偷给他们看的“唯美派”刺激多了，花样多，画得还清楚。叶勉只打开扫了一眼便抬眼去看别处，只见身边李兆、阮云笙等人面上微红，互相促狭地打量着。一时间启瑞院学屋里清咳声四起，先生只在前面笑着，道：“天覆地盖，乾坤有序，周公之礼，天道纲常所需，无须羞赧、扭捏。”

叶勉这一上午长了见识，春画图、秘戏钱、瓷人儿小像，还有两样带奇巧机关的小玩意儿，看得他心里啧啧称奇，这都是极品好物啊，怪不得启南院那几个急急来讨。

钟一敲，启瑞院的众小公子齐齐捂着肚子往恭房跑，这两个时辰竟然没一人举出恭牌，全都憋到现在。

一身轻松的叶勉和魏昂渊勾肩搭背地出了恭房，刚想往膳堂走去，就见一侍童小跑过来，说荣南郡王有请。叶勉翻了个白眼，回到学屋里将沉香木盒带在身上，才跟着他去庄珝的院子。

夏内监在院门口等着，笑呵呵地将叶勉迎了进去。

庄珝正在一群童子的服侍下用膳，见他来了，朝他扬了扬下巴。

叶勉不可能饿着自己，在他面前坐了下来，问道：“你不是每日午时都带着启南院的在萃华楼用膳吗？”

“嗯，”庄珝抿了口清茶，道，“他们又不是三岁童子，我带上些时日便可，难不成日后入了庙堂还要来我府上吃饭吗？”他抬眼看了叶勉一眼，“何况皇舅舅让我教你书法，你我二人每日去萃华楼倒折费工夫。”

叶勉接过童子递给他的锦帕，一根根地仔细擦着修长的手指，嘟囔道：“黄鼠狼给鸡拜年。”

庄珝听了，倒也不甚在意。

叶勉把沉香木盒放到桌上。“这个还给你——们。”他看了一眼夏内监。

“怎么？”庄珝脸上没什么变化，只问他，“不是让你串成珠铃给那只张牙舞爪的锦狸戴吗？”

叶勉摇头：“太贵重了，我们侍郎府定是还不起这个礼的，快收回去吧，再逼我，我只能去街上卖艺赚钱啦。”

庄珝哼了一声，笑道：“你能有什么艺可卖？”

“无艺可卖那我就卖身。总不能欠你什么。”

庄珝停下要放进嘴里的一匙汤，顿在那里，连一旁站着的夏内监都听不下去了，脸皱成一团，道：“哎哟，小公子可不能胡说。”

叶勉耸了耸肩膀，提起筷子道：“总之，这么重的礼，我收不起，王小羽也收不起，我怕它戴了那珠铃折寿。”

“王小羽是哪个？”庄翊皱着眉头问，随即反应过来，白了他一眼，嗤道，“幼稚。”

叶勉低着头笑了好一会儿，道：“昨儿给它取了好些名字，它都不应，偏叫它这个，它就高兴地吱吱叫。”

庄翊冷哼了一声，道：“我看你也不是无艺可卖，茶楼里与人说书，贫嘴倒是能赚上些银两。”

二人用完午膳，庄翊带他去了一个房间。庄然已经在那里等着，看见叶勉便冲他笑了笑。

叶勉扫了一眼，一看这房间就是刚布置出来的，颇为雅致。地上铺着黛色的厚毡毯，正中是一台素面的紫檀书案，上面一应砚墨镇纸俱全，青玉笔筒里随意插着的皆是长短不一的萧工之笔，另一侧遍体云纹的鎏金博山炉里正青烟袅袅。墙上挂着泼墨冷泉图并几幅字。

庄翊见叶勉往那边看，便问他：“我这字教你可使得？”

“你写的？”叶勉心里赞叹。

“如何？”庄翊问他，“比之端华公子名满大文的天骨鹤体，哪个更好？”

“我哥。”叶勉毫不犹豫道。

庄翊瞪着他，气道：“他写得再好也不会耗那工夫去教你。”

叶勉一噎，不高兴道：“关你什么事？”

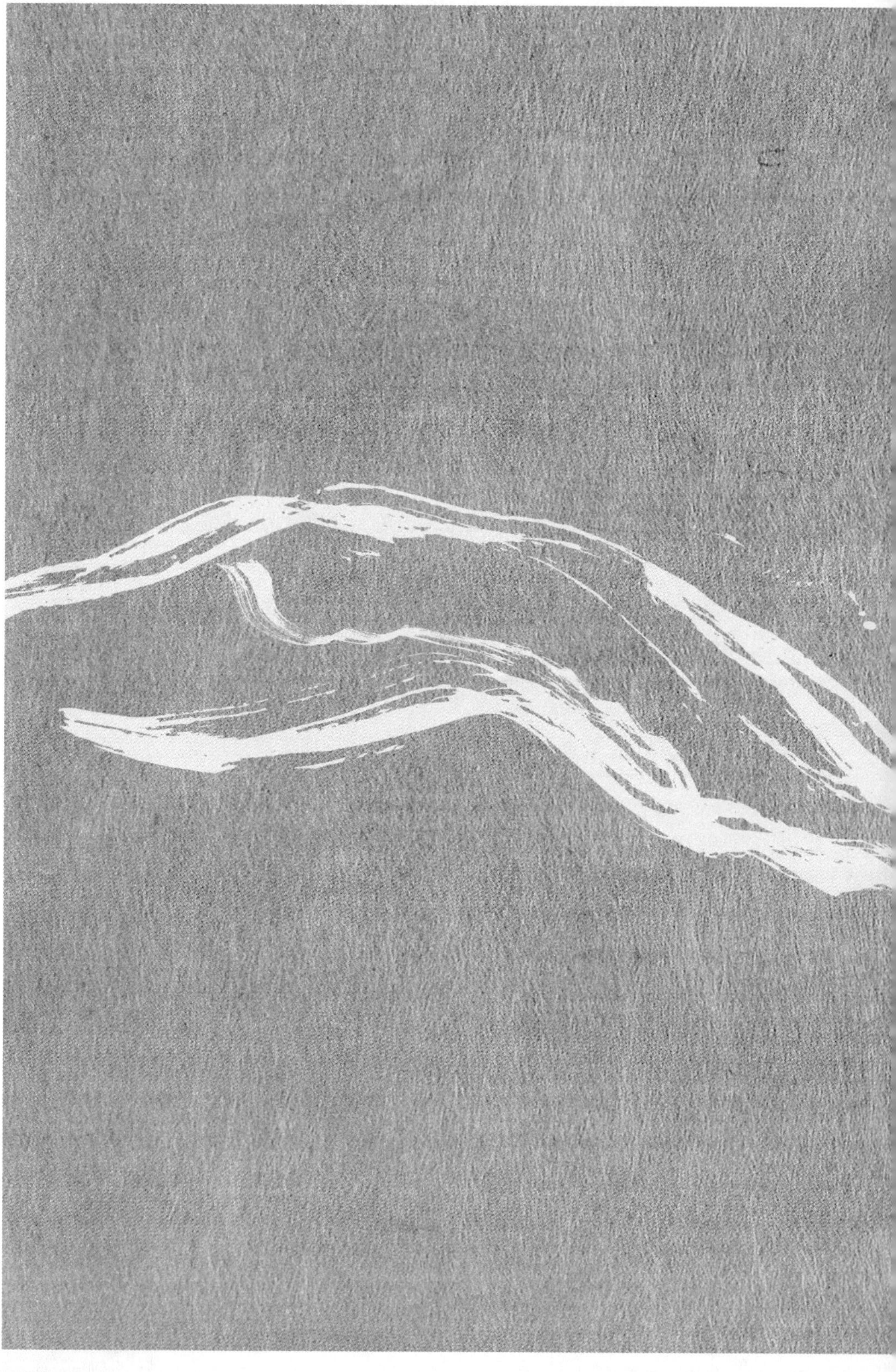

第十二章 珊瑚

『我待你如弟弟一般便是，这好处你以后自会知晓。』

叶勉本以为庄珝要教他习字只是为了给嘉贵妃添堵，哪想他竟如此认真地操办起来。更令他没想到的是，这家伙平日里高傲至极，根本不拿正眼看人，与人说话也是只说三两句便不耐烦，如今做起老师却有模有样，十分有耐心。

叶勉见他认真，便不知不觉地收起了之前的搪塞之心。让他觉得难得的是，庄珝见了他的字竟没有出言讥讽，又鼓励他写上几个，在一旁仔细地看他运腕、推笔的姿势，再一一分析、纠正。

叶勉暗暗地松了口气。之前叶侍郎前后给他请的两个书法先生见他如此年纪下笔竟不如刚开蒙一两年的稚童，便直言他在此道上没有悟性。其中一人甚至第一回见他写字便当面向一旁的叶侍郎请辞，只说，这样的学生，他无法教授。同窗们也经常拿此事调侃，虽无恶意，他心里也会难受，只是面上不显，每回只与他们笑闹一回便罢了。

庄珝又在纸上将同一个字写出好几种字体，让他分别临上一遍。叶勉看着纸上对他来说十分复杂的几种字咽了咽口水。

庄珝见他迟迟不下笔，便看了他一眼，鼓励道："无碍，只是想看看你以后适合哪一种字体，不管好坏，自有我来分辨，你写便是。"

叶勉听了，便一一临了下来。庄珝将这张澄心纸拿起来端详了好一会儿，才轻哼道："还真是兄弟俩，怕是以后也是写这瘦金体好看些。不过端华公子的一手瘦金天骨鹤体已是登峰造极，你若想追上他，可不是那等闲的苦功夫就能做到。"

“我追上我哥的书法？”叶勉听了差点儿没咬着舌头，哼哼道，“您也太瞧得起我了……”

庄珝连眼皮都没抬，只淡淡道：“我想做的事，就没有做不成的。”

叶勉直起身伸了个懒腰，道：“你这么说，我还挺害怕，万一我成了你无瑕人生的唯一污点，你不会直接杀了我灭口吧？”

“这么信不过我？”庄珝抬眼道。

“不是信不过你，我是……”叶勉想了一会儿才说，“有自知之明。”

“不必自轻。”庄珝道。

“自什么轻？”叶勉一甩手，乐呵呵道，“我这么些年在我哥手底下活着全靠自信。”

庄珝盯着他看了好一会儿，垂眸喝茶，没有讲话。

两人歇了一会儿，喝了一盏茶，叶勉又提笔在纸上认真地写了起来。

庄珝绷着脸道：“你放松，自行感受承转之处的力度。”

叶勉吸了吸鼻子，集中精神，按他说的放松了身体，手在纸上动着，仔细地感受着手上的力量。

如此写了一会儿，直至窗外鸣钟，叶勉才跑回启瑞院上课。

立在一旁的庄然递来茶盏，庄珝接过抿了一口，问夏内监：“太子又怎么了？”

夏内监回禀道：“京城长公主府前些日子修葺好了，太子这两日紧着打发人送那些物件进去，什么锦帐、绫衾、屏风、香炉，连糊窗子的细纱都抬来两箱子。”

庄珝听到这里，冷笑道：“这是逼我明儿个就住进去呢。”

夏内监赶紧打扇，给庄珝扇了两下，叹道：“看来咱在这国子学是躲不了几日喽。”

庄珝沉默了半晌，道：“不管他，事事都如他的意，那还了得？”

“哎！”夏内监赶紧应道，“那我就和外头说长公主府尚有细处未布置妥帖，怕委屈了您，便还是暂住国子学。”

庄珝淡淡点头：“再放出话去，就说我如今正奉皇舅舅之命每日教习端华公子胞弟书法，忙得很，让他们有麻烦事不必来长公主府，到侍郎府找叶璟去。”

叶勉这边散学后回了府，便被在二门上等着的邱氏身边的一个老嬷嬷急急地领去寿云斋。

叶勉一边疾步走，一边问她："不是说明日才到？"

老嬷嬷喘着粗气，回道："信上是这么说的，老太太刚也在问呢。说是这两日顺风顺水，船就行得急了些，好在老爷派了几个小子这些时日都在那个渡口等着，就怕如此接不到人。"

叶勉听了点了点头，加快脚步往寿云斋赶去。

叶勉的大伯就任婺州府台，如今任期已满，回京述职，早早地就来了信。叶勉的祖母打头两个月就开始掰着指头算日子，如今可算是把这一房给盼回来了。

叶勉快走到寿云斋门口时，看见正打碧华阁赶过来的叶璟，见他一身明显刚换的衫袍，头发上还有一丝未干的水汽，不免诧异。

叶璟淡淡解释道："刚打重狱邢审过来，衣裳脏污，不便见客。"

叶勉缩了缩脖子。

寿云斋的丫鬟们见这兄弟俩一齐进了院子，赶紧争着去打帘子，一叠声地往里报着。

"大少爷和四少爷来啦！"

叶璟和叶勉进了屋子，屋子里静了一瞬复又热闹起来，坐在老夫人身边的一个满头珠翠的华服妇人站起来，满脸欢喜地往前迎了两步。叶璟和一边的姜氏赶紧上前将她扶了回去。

"大伯母快坐着。"

老夫人坐在正中的雕花平榻上笑得开怀，道："快过来，他们两个小辈还值当你去迎，赶紧坐好，让这两个给你见礼。"

何氏满脸喜爱之色不似作假，道："这兄弟俩一进来，我就忍不住了。"说完，她转头看着邱氏笑道："也不知弟妹怎么这么会生养，连着两个都像打画里出来的一般。"

满屋子主子连带着地上伺候的丫鬟、婆子都笑了起来，邱氏在一旁拿帕子捂着嘴乐着，脸上的得意之色却掩不住。

叶璟带着叶勉上前一步，兄弟二人同穿着锦衣华袍，玉簪束发，朝着一侧太师椅上坐着的中年男子齐齐躬身一揖，举止优雅从容。那人笑呵呵地伸手虚扶，口里连道："快起来。"兄弟二人起身后，又朝坐在老夫人身边的何氏深深地揖了一礼。

何氏看着这兄弟二人双璧一般，喜欢得什么似的，赶紧伸手去扶，又将叶勉拽到自己身边，握着他的手打量着，笑着问他："勉哥儿竟出落得这么好了，可还记得大伯母？"

叶勉看着他，点了点头："记得大伯母。"

何氏脸上的笑容更大了些，一边的老夫人笑道："你上回回来是六年前，那时候他七岁，已经记事了。"

何氏转身看了一眼在旁边站着的嬷嬷，嬷嬷笑着递过来一只方木雕锦盒。何氏将锦盒交到叶勉手里，拍了拍他的手，满脸慈爱道："好孩子，给你们带的东西都已抬到你们院子去了，这是大伯母单给你的，你收好了。"

长者赐不敢辞，叶勉赶紧躬身道谢。

家宴时，何氏依旧把叶勉带在身边，看着倒是真的喜欢，一直在给他布膳，哄着他说话。

人真心与否是能感觉出来的。如此叶勉倒很喜欢这个一身富态、慈爱可亲的大伯母，两个人在一边小声地说笑，一顿饭吃得倒是十分愉快。

一般有叶璟在，叶勉往往会被家人无意识地忽视，因而他今晚十分受用，待与长者请辞回宝丰院时，对着大伯母竟有一丝依依不舍。

老夫人看着两人话别，不禁哈哈大笑，道："没想到你们娘俩竟投缘。"

晚上，叶勉在宝丰院刚沐浴好，换了衣裳，宝年从屋外跑了进来，小声道："听小丫头说，正院里夫人和老爷又闹起来了，这回吵得可凶了。"

叶勉一愣，问道："因个什么？我爹又要纳妾了？"

宝年摇了摇头："把人都赶到院子外头站着呢，夫人身边的几个老嬷嬷守着，谁也没法过去打听。"

叶勉皱了皱眉。长辈吵架，他们当小辈的不好往前凑，如此不能打听，他也没有办法，只能待到明晚下了学再去他娘那里请安，问问他爹又怎么欺负他娘了。

叶府的正屋里，邱氏砸了桌上一整套的青花细瓷杯子，抖着手指着叶侍郎的鼻子骂道："叶恒，你要是敢把我勉儿给他们，我就跟你们家拼了我这条老命！"

叶侍郎站在一旁叹气，去摸老妻的袖子，被邱氏一把甩了出去。

叶侍郎叹道："唉！你别听风就是雨，大哥也就是今晚这么一提，又不是定准的事，你动这么大气做什么？"

邱氏"呸"的一声啐在他脸上，骂道："他倒是有脸提！当我勉哥儿是你后院那些个贱人生下来的不成？明儿我倒要问问大嫂，他们大房是多大个脸啊？与兄弟家过继子嗣，有庶子那么些个，他们不提，竟提人家嫡子！如此做人，竟是像上辈子也没积德，活该他们断子绝——"

"你住嘴！"叶侍郎见邱氏越说越不像话，仿若疯魔的模样，厉声斥道，"胡说八道个什么！"

邱氏哭得满脸是泪，气都喘不匀了，就见一个嬷嬷跑了进来，十分着急的模样，小声和邱氏说："大夫人正在和老太太哭呢……"

邱氏猛地站起身，一边抹脸一边喊道："她还有脸哭？走！我们也去，我倒要看看他们叶家要怎么欺负我！今儿个老太太要是也心疼那一房，我明日就带我们勉哥儿回邱府去，当我们邱家都没人了不成！"

叶侍郎愁容满面地将急急往出走的邱氏拦住了，叹道："你在我们院子闹闹就行了，去那边做些什么！再说我又没同意定了勉哥儿，谁还能将他抢去不成？"

◆ ◆ ◆

寿云斋里，几个婆子在各处把守得严严的，叶老夫人一脸愁云地坐在那边，脸上早已不见家宴时的笑模样，何氏在一旁拿帕子擦着眼睛。

"这些年娘也知道，媳妇自打进门，给大老爷纳了多少个妾，就只有那个从婺州买来的妾生了敏哥儿，我们养在正房活佛爷似的供着。奈何那孩子没有福命，"何氏说到这里，哭得更大声些，"自打出生就没断过药，三年前终是夭折了。这三年来后院里的人就没断过新的，婺州的那些夫人哪个不背后笑我？如此后院那些竟没一个争气的再有过动静。"

何氏拿帕子捂着脸哭得伤心。叶老夫人看着她，满脸疲惫地叹了口气，道："这不是你的错，这些年你的委屈，我都知道，是我们叶家对不住你，如今我这老脸也不敢去翰林府见亲家了。"

何氏擦了擦眼睛，道："娘别这么说，叶府待媳妇好，我们何家都是知道的。如今媳妇厚着脸皮来哭求，倒也不是和您道委屈，媳妇只是心疼大老爷，他如今这年岁再指望后院那些个怕是不能了，我们如今只有过继这一条路能走了。”

叶老夫人拍了拍她的手，安抚道：“知道你懂事，体贴丈夫。他们这一辈只有他们兄弟二人，你们那头既然如此，按理说从二房挑个哥儿过继是正理，只是你偏要这四哥儿。”叶老夫人深深地叹了口气，“先不说我和恒哥儿点不点头，你弟妹怎么可能舍得？”

“娘！”何氏擦干眼泪，握着叶老夫人的手道，“只要您老人家同意了，我自去求弟妹。咱们大老爷在婺州虽只是个从四品的府台，但他这些年办了不少好差，这次回京述职定是要升上一升的，况且我也不瞒着娘，我们在婺州虽不是京官，那地方却是个肥地，我们这些年别的不敢说，定是比二房家底充裕的。”

“并不是如此的道理。”叶老夫人打断她说。

“娘，您听媳妇说，”何氏急急道，“我懂娘的意思，这些身外物自不可与勉哥儿比，只是媳妇也大体知道咱家二房。”

何氏打量了一眼老太太才继续说道：“二房有璟哥儿这个嫡长子，庶子也不少，日后到勉哥儿手里的虽够用，却绝不会丰厚，”说到这里，她来了精神，“可他要是在我们这房就不一样了，我们夫妻俩什么不是他的？媳妇命苦连个女儿都没有，如此连当年我那些丰厚的嫁妆都能一并留给他。况且，我们俩只他一个，平日里只能疼他，也没什么偏心不偏心的。”何氏拿帕子擦着眼角，小心地打量着叶老夫人。

叶老夫人想了半晌，劝道：“过继还是选个年纪小的好些，长大了也和你亲。你不如看看六哥儿，如今八岁，也是个可人疼的孩子。”

何氏无力地叹道：“媳妇命不好，再不敢养那年岁小的，只怕我和老爷二人养不住，到时候真要是……”她哽咽道，“媳妇也只能去抹脖子了。”

何氏带着一群婆子出了寿云斋，身边的嬷嬷小声与她叹道：“怕是难，老太太那意思是定五少爷乔哥儿最好。”

何氏抿着唇，道：“说话唯唯诺诺，一看就是养在小娘身边的，如今已经十二，性子早成了，改都改不过来。”

“可是这四少爷……”嬷嬷为难地叹道，“您看那人物人品，小仙童一般，京城老奴不敢说，只说在那婺州，再也找不出与他一般的，二夫人哪里会放手。”

何氏叹气，道：“我自矮身去求她，不管她提什么，我都应她。”

何氏回了侍郎府给他们备的院子。大老爷见何氏眼睛通红，一脸不乐，便叹了口气，问道：“娘那边不允吧？”

何氏疲累地摇了摇头，将手上戴的两副玉镯子让丫鬟们褪了：“娘想让我们过继乔哥儿。可是，老爷，”何氏苦口道，“今儿要是没见着勉哥儿，我们也就定了乔哥儿，只是我这一见了他，我就……不怕您骂我糊涂，”何氏看了一眼大老爷，道，“今儿我一眼扫过去，就觉着他就是我儿子！”说到这里，她又开始掉泪，“我要是能生养个哥儿，定是这般模样的。”

大老爷面露愧色，拍了拍何氏的手。

何氏拿帕子擦了擦眼，嘴角微微扬了下，温柔道：“而且这孩子与我也投缘，小时候没显，如今大了竟还挺黏我，以后真过继给我们这一房，我们娘俩定不会生那些龃龉。”

大老爷垂着头，手指在梨花茶案上敲着，不知在想些什么。

何氏又加了把火道：“老爷信我，我看人还是有几分本事的，勉哥儿这孩子眼睛里看进去都是良善，人品定是错不了的。”

大老爷叹道：“这孩子好，我自然是知道的，你以为我不想要吗？只是我这弟弟竟也不肯松口，实是难办得很哪。”

何氏没好气地看了他一眼，道：“您这脸皮，我不用问都知道，定是在书房里摆着大哥的款只与他问了一嘴，他能允了才是怪事。”

何氏苦口婆心道：“咱们想要人家那么好的嫡子，还不得矮着些身子？待真过继了，我们把勉哥儿往婺州一带，您想怎么挺腰板儿不行？”说到这里，她得意道，“今年年前，璟哥儿去咱们婺州办皇差，您带出去交酬时脸上多有光您都忘啦？那还只是侄子，若这回咱们领回去个这样的儿子，看那些一辈子都没见过世面的还拿什么脸取笑我们！”

何氏说到这里，不知想起什么，眯着眼睛，手上帕子绞得死紧，心里更坚决了些，定是要将勉哥儿过继来才行。

大老爷被何氏说得有些意动，微微点了点头。

叶府两房大人如何彻夜未眠，叶勉自然不得而知。第二日下了学，他特意去邱氏那里问安，小心地打听着昨天夜里的事。邱氏哪敢告诉他，只笑眯眯地说两人因着琐事拌了嘴。

叶勉见邱氏不肯说，他这个做小辈的也不能刨根问底，只私下里偷偷与他爹说，要是他敢再娶新姨娘进家门，他就把那日醉月楼风尘女子的事捅出来，俩人“同归于尽”，气得叶侍郎脱下靴子就朝着早已跑远的叶勉砸了过去。

叶勉走后，邱氏赶紧下令给昨日守在院里的几个心腹嬷嬷，不准透露一丝风声到宝丰院。

叶勉不知晓两房的这番官司，依然每日乐呵呵地上学下学。荣南郡王那头的书法课，他也没耽搁。庄珝做起师傅来十分认真，更十分霸道，叶勉有一日偷懒，和魏昂渊他们先去玉仙楼用了膳才去他那院子，因而便迟了些。庄珝倒没说他什么，只是第二日玉仙楼就歇业了，气得温寻在门口捶胸顿足，这里的厨子最合他的胃口。

这日叶勉散了学，便直直跑去他大伯和大伯母的院子。这院子原是叶侍郎备给叶璟大婚用的，只是后来买了隔壁的碧华阁，这方院子便空了出来，大房夫妻俩带着一众仆从暂住在此，也不觉拥挤。

叶勉能感受得到，他大伯和大伯母十分喜爱他，因而时不时地邀他一起用膳，他便欣欣然地往这边来。

嬷嬷一脸喜色地往屋里报着说“四少爷来了”。何氏笑逐颜开，起身就迎了出来，一口一个“我的儿”，拽着叶勉的手把他往屋子里领。

叶勉嘻嘻笑着，不太好意思地把手抽了回来，道：“大伯母，我这手上不干净呢，午后我们学的骑射，那校场上满场的土。”

“咳，这值当什么？”何氏一抬下巴，让丫鬟们去打了水来，亲自洇了巾子给他擦手擦脸，看他的小脸儿因着疯了半晌还红扑扑的，透着足足的精气神，心里更是欢喜，笑道：“咱们擦擦手便去用饭，回去宝丰院你再好好洗洗，咱们这个年纪可饿不得。”

叶勉的大伯因是回京述职，不去外头交酬的时候便只在府里，难得地闲歇着，因而这三口人倒是时不时地凑到一块儿用膳。

叶勉十分喜欢他这位大伯，他总是笑呵呵的不说，问起他的功课也不像叶侍郎那般不出三五句就吹胡子瞪眼，只是细细地耐心指正他的不足之处。

叶勉性子活泼，何氏又有意哄着他玩闹，便没讲究食不言寝不语的规矩，叶勉把白日学里发生的趣事一一学给他们听。他嘴上功夫最为利落，形容得又生动，把大房夫妻俩逗得直乐，跟前伺候的有头有脸的丫鬟、婆子们也跟着凑趣两句，逗着主子们乐呵。

何氏不禁在心里感叹，这才是家的模样，这些年他们这一房一直冷冷萧萧的，也不知她是怎么熬过来的。

说到在皇家林苑大展身手抓住的那只锦狸，叶勉转头吩咐丰今："快去宝丰院把王小羽抱来。"

丰今应了一声就跑了出去。他抱着锦狸回来时，这边已经用好膳，何氏正领着叶勉在院子的抱厦里喝用冰沁过的果子水儿。

身后的丫鬟们齐齐地打着扇子，叶勉放下杯子，将丰今手里的锦狸抱了过来。

"大伯母，你看，这个就是锦狸，我给它取名叫王小羽。"

何氏将帕子捂在嘴上直乐："这怎么还有名有姓的？"

"您抱抱看。"

何氏倒也不似其他妇人一般嫌弃这些野物脏手，笑着伸手抱了过来，只是看到锦狸脖子上的珠铃时，没忍住，多打量了两眼。如今天色已晚，金铃铛两侧的珍珠正幽幽暗暗地发着碧光。

这珠铃是荣南郡王叫人做好了送过来的，说是他送给王小羽的，叫叶勉不要自作多情。叶勉当晚就替锦狸写了个谢帖过去。

"长者赐不敢辞。"落款——小王。

何氏看着这两颗珠子，心下一惊，再见叶勉就这么随意地将这东西打了孔，拴在这个小畜生的脖子上，一时心绪杂乱，竟也没了十足的把握，自家这些筹码果真能打动邱氏吗？

叶勉高高兴兴地抱着王小羽回了宝丰院，何氏又是一夜未眠。

今晚邱氏气得连晚膳都没用两口就叫人撤了，也没管叶侍郎是不是刚提起筷子。为自己育子、孝敬老母、主持一大家子中馈的老妻认真与自己闹作起来，叶侍郎只能无奈地小意赔着笑脸。

“这又是怎么了？”叶侍郎小心问着，“可是膳菜不对胃口？我让厨上再去做来。”

邱氏立眉道：“叶恒，你少装！你没听见张嬷嬷说你大哥又将勉哥儿带到书房教导功课去了？”她往外一指，“你去将人给我唤回来！我勉儿又不是没了爹！”

叶侍郎为难地叹道：“又不是没去叫过……”

叶侍郎和他大哥提了要将叶乔过继给大房后，大房便一直没再提过继的事，只是待叶勉更加亲热，时常把他接到他们院子玩耍一番。

他大哥因为一直在外头做官，眼界十分广阔，叶勉喜欢听他讲外面那些趣事。叶侍郎被邱氏逼着去他大哥书房唤人时，那个小兔崽子根本不肯和他走，抱着他大哥的胳膊晃悠，他大哥好声地安慰着，活似他这亲爹多余站在那儿。叶侍郎看后心里也是不大舒坦，讪讪地被人“赶”出来两回，实是气闷得很。偏这家事又不能与外人讲，叶璟又去昌州出皇差了，叶侍郎只能每晚独自一人躲在书房喝闷酒。

叶勉自然不知他老爹每日愁苦，若是知道了，他会更快乐。

这日学里敲过午息钟，外面天阴沉沉的，狂风卷着院子里的银杏叶，和着丝丝细雨在窗外呼啸着。

李兆啧啧两声，道：“可不能出去膳堂，去了便回不来了。”

魏昂渊点头，吩咐学屋里的侍童去膳堂取些味道轻的膳菜回来。

叶勉却不敢耽搁，荣南郡王人狠话不多，自己要是没按时去上课，后面指不定他折腾出什么事。叶勉趁着雨丝还很细，顶着墨拾递过来的油伞跑了出去。只是他还没跑到一半，雨珠子就大了起来，幸而学里许多处有回廊连着，他才没被雨淋到，只是到了庄珝的院子里，靴子已被泥水溅得不能看了。

夏内监在房门口夸张地叫唤着：“哎哟，这怎么又一祖宗就这么跑回来啦！”一叠声地吩咐下去：“快快快，也带着叶小公子去收拾干净喽。”

叶勉被带进去的时候，庄珝正坐在榻上挽着裤腿，发尾带着一丝水汽，几个小童正在服侍他泡脚。见叶勉进来了，庄珝瞥了他的靴子一眼，便朝一旁的小童略微扬了扬下巴。

叶勉坐在庄珝旁边，小童蹲跪在地上褪了他的靴子，将他的裤脚往上挽了挽，又脱去他的锦袜，另一个侍童伸手在木盆里试着水温。

叶勉把脚搭在盆边上，无聊地动着脚趾。他脚上的肌肤因为常年不见光，更为白嫩，足背微弓，形状十分漂亮，十个脚指头圆润可爱，连趾甲也是片片如薄贝，透着淡淡的粉色。

地上的小童小声道："叶少爷，水好了。"

叶勉把脚泡了进去，嘴里嘶了一声。

"好烫。"

小童一懔，刚想把手再伸进水里试水温，就见他家主子抬脚就伸进叶四少爷脚下的洗脚盆里，嘴上斥道："哪里烫了，怎的这么娇气？"

◆ ◆ ◆

夏内监听到里面的吵闹声慌里慌张地跑进来时，只见俩人正在同一个木盆内互相踩脚，地上已经溅了半盆水出来，小童们都哭笑不得地躲得远远的。

夏内监叹着气上前，将二人分开，无奈道："老奴一会儿不见，你们两个祖宗也能闹腾起来。"

叶勉坐去庄珝对面，两个小童蹲在地上拿着布巾子给这二人擦脚。

"是他先踩我的。"叶勉抬起腿，动了动脚趾，哼唧道，"怕是要骨折了。夏公公，你们郡王也太狠了些。"

叶勉这段时日每天来这院子，因而夏内监待他也不与外人一般，时不时地玩笑两句凑趣。

"让他赔你银两，"夏内监尖柔着嗓子道，"咱们等雨停歇了就看大夫去！"

叶勉得意地看着庄珝，本以为他会反唇相讥，哪想庄珝动了动唇，却只道："那我看看。"

叶勉愣了下，道："看什么？"

庄珝斜了他一眼，道："你不是说脚伤了？"

叶勉一乐，把一只脚抬到他腿上晃了晃，准备碰到哪里他都喊疼碰瓷，却见庄珝面无表情地低头看了半晌，便从手上褪下一串红珊瑚珠子系在他脚腕上。珠子不大，却颗颗赤红如血，绕了三道，缠在叶勉雪白的脚踝上，惹眼至极。

叶勉一怔，转头去看站在庄珝旁边的夏内监，只见夏内监伸着脖子“欸”了一声，张了张嘴却终没说出什么，站直了身子，脸上又恢复了以往的笑。

叶勉赶紧抽腿要将这珠串解下来，庄珝却一把抓住他脚踝，不让他动，拧眉道：“珊瑚而已，又不是什么贵重东西，每回给你什么，你都推来推去的，没意思得很。”

“可是——”这珊瑚珠确实不是什么稀罕玩意儿，但他见庄珝一直戴着，他初见时还在纳闷，这人身上的穿戴哪件都不是凡品，回回见着都不重样，怎的偏这串不值钱的珊瑚珠子一直绕在他腕上，后来一想，他自己腕上不也只戴着五彩线，怕是有些意义罢了。

“没什么可是的，”庄珝打断他，不客气地问道，“倒是我要问你，我的拜师礼何在？就算你不认真拜我做师傅，我教了你这么久，束脩总要给的，怎的不见？”

叶勉还真被庄珝问住了，想了想，庄珝提的倒不无道理，他在庄珝这里学书法，时日虽不多，进益却不小，连他爹前两日见了都破天荒地夸了他两句。按理说，叶府是要馈礼的。

叶勉撇了撇嘴，道：“过些日子就奉上，哪有人亲自来讨的？”

庄珝认真道：“用心些，不准拿那些凡物搪塞我。”

叶勉哼唧道：“知道啦，若不用心，你给我扔出去便是。”说完，他转头拿来一旁小童手上捧的雪白锦袜，自己动手套了上去。

两人用完膳，又写了会儿字，国子学已经敲了两遍钟，外面的雨却只见大不见小，砸在地上起了一片青烟。院子里已经积了水，几个侍卫正穿着雨蓑在院子边侧的排水道上急急地扩挖着。

雨下得这么急，俩人自然跑不出去，叶勉伸了个懒腰，说要去睡会儿。自打上了国子学，他天天都觉着睡不饱。如此的雨天，最适合蒙头睡懒觉了。

庄珝点了点头，安排人服侍他去午睡，他则朝着一旁站着一直都没讲话的庄然扬了扬下巴，吩咐道：“把叔父今日到的信带上。”便转身将人带去了书房。

那边小童将床榻收拾好了，叶勉只着中衣躺了上去。夏内监见外头电闪雷鸣的，怕他年岁小受不住，便坐在床前的矮杌上陪着他说话。

叶勉侧躺在床上，叹了口气，轻声道："他怎么那么忙，与我哥一样。不过我哥已经出仕了，郡王却与我差不离的年纪，您看我，我现还在与人习字每日捣蛋呢，怪不得我爹不喜我。"

夏内监听这孩子说话这么实诚，忍不住，笑出了声，一边给他打着扇子，一边拣着能与他说的说道："今年年岁不好，南边那头水患严重，如今那些漕粮啊、盐运啊都要波折一些，不仅那头急，咱们京里也急啊，他夹在中间被两头催着，能不忙吗？"

叶勉垂眸微微点了点头，心里想着，以后也要上进些才成。自打来了大文朝，他便自暴自弃一般，只顾每日与兄弟们玩乐，如今见着同龄人庄珝已经开始为长公主府分忧，为国事效力，他心里不是不自卑。他现如今年岁还小，显不出来，将来也是要娶妻生子独领一房的，如若再如此一般混沌下去，岂不是连妻儿都要耻笑他?

叶勉心里暗暗叹了口气，想着明日开始便把国子学的功课捡一捡，他脑子不笨，若是上心，学这些对他来说并不难，倒不如与阮云笙一般试着科举出仕，那才是他自己的本事。

夏内监见叶勉面露一丝郁色，就笑着哄他说话。叶勉拉拉杂杂地与他聊了一会儿，才知道夏内监原是在先帝爷身边服侍的，后来大公主出生，他便被赐给了大公主，一直伺候到她长大、婚嫁，一起跟去了南边，在金陵公主府又一手将庄珝带大。

叶勉不禁在心里感叹，怪不得庄珝身边伺候的一个个轻手轻脚，连眼睛都不敢抬，只有这个夏公公不仅不怕他，还时不时地能与庄珝开上两句玩笑话。

外头虽轰隆隆地打雷闪电，可雨珠打在窗上的声音规律又整齐，如催眠一般，叶勉说着说着便闭上眼睛，呼吸均匀了。

荣南郡王进来时就看见这么一幅场景：叶勉侧着身子闭眼熟睡在床上，松罗软帐只放了半边，床头的袖珍青莲花香炉里香气袅袅，夏内监正坐在一边轻轻拍哄着。

庄珝一说话，没防备的夏内监被吓得一哆嗦，紧接着叶勉眼皮便动了动似要转醒，慌得夏内监赶紧屏着气在他背上轻轻拍抚了几下，见他呼吸又均匀了，才站起身来。

庄珝："……"

夏内监站起身猫着腰走过来，见庄珝满脸疲惫，一脸心疼地轻声问他："您也歇歇？那些事总是忙不完的，您身子骨要紧。"

庄珝点了点头，抬起手让人更衣。

庄珝爬上床榻的时候，叶勉醒了，外面雷鸣扰人，他终是睡不实。

叶勉微张着嘴打了个哈欠，问他："几时了？"

"快到申时了。"

"哦，那快敲散学钟了。"叶勉听了听外面的雨声，自言自语道："像是雨小了些，也不知一会儿回去路上会不会积水。"

庄珝看了他一眼，道："既如此，便在这里宿上一夜，困在路上倒不好办。"

叶勉摇了摇头，白了他一眼道："我可不敢晚间留在你这儿。"

庄珝哑然："不吓你了便是。"

叶勉还是摇头，道："我答应了大伯母今儿散学去她那里用膳，她说她会备上我喜爱的菜，如此失约倒不好。"

庄珝看了他一会儿，突然道："你不知道他们在谈过继你的事吗？"

"什么过继？"叶勉问完，突然睁大了眼睛，抬起半边身子盯着庄珝问道，"什么叫过继我？你什么意思？"

庄珝又盯着他看了半晌，才盘腿坐在床上，慢声道："你大伯那一房无出，只有一个庶子，三年前夭折了，想必你也知道。这回他们回来一为回京述职，二也为与你父母谈过继续香火的事。如今他们夫妻二人相中了你，已经与你府中长辈提了将你过继的事。"

叶勉瞪着眼睛，听天书一般满脸难以置信，盯着庄珝愣在那儿，脑内一片杂乱，好一会儿思绪才慢慢回归。他缓缓地回想着这些天大伯和大伯母对他的异常宠爱和亲昵，邱氏见到他时脸上笑容的不自然，祖母总是看着他无声地叹气，还有他爹这些天总是莫名其妙地夸奖他。原来……原来他们不要他了。

叶勉抖了抖嘴唇，终是没说出话来，只是眼泪吧嗒吧嗒地往下掉。他不想在庄珝面前如此，便抹了一把，却依旧有新的源源不断流出来。

他知道他自己不好，调皮捣蛋，学业不上进，还老是在学里惹事给他们丢脸，可是……可是他们打他罚他就行了啊，他又不是不怕疼，这些毛病他总会改的，他们怎么就不要他了呢？

庄珝四处扫了两眼，没找到什么，便抬手用中衣的袖子在他脸上擦了擦，道："这有什么？你既不愿过继，待明日雨停了，我去你们府上说上一声便可，看哪个敢让你离开京城。"

叶勉依旧哭得上气不接下气，他哪是怕离开侍郎府，他自己心里明白得很，就算他被过继给他大伯那一房，他的日子也不会差。只是他真的很喜欢娘，喜欢哥哥，喜欢祖母，就算是对他爹，他虽然刚开始就防备着，不敢投入感情，可是这一年下来，"爹爹"地叫了那么多声，要说一丝感情都无，他自己都不信。叶勉是一个极重感情的人，只要别人对他好，他对那人在感情上便毫无保留，虽然是短短一年，他却很认真地将这些人当作亲人。因而，他是真的伤心了。

庄珝唤了外面的小童进来，让人绞了湿帕子来，又吩咐他们去国子学集贤门处找侍郎府的马车，告诉他们，今晚他们四少爷宿在他这里，不必等了。

叶勉听到了也没有阻止，他现在脑子里一片混乱，根本不知道怎么面对侍郎府里的家人，如此在这里宿上一晚也好。待明日他厘清了思绪，才好与他们开诚布公地谈一谈。

◆ ◆ ◆

暮色四合，国子学下了钥，院子里四处燃上了烛火。

夏内监苦着脸进来内室求了好几回，这俩祖宗才肯赏脸下床来用晚膳。

叶勉眼睛肿得跟桃似的，他虽不哭了，心里还是难过，脸上没了半点儿平日里的笑模样，静静地坐在桌前。

看着叶勉这副可怜的模样，还不如头一回来这里病着的时候有生气，夏内监摇了摇头，不赞成地嗔了一眼坐在一旁的庄珝。里面哭闹的时候，他可扒在门口听得真切，都是他家的这个的错！

庄珝神色未变，拿着湿帕子擦着手指，想了想又把叶勉的手拽过来给他擦。叶勉回过神来，吸了吸鼻子，拿起他手里的帕子，自己随意抹了两下，便扔给一旁的小童。

夏内监满脸带笑，站在叶勉后头给他布菜，嘴上哄着："咱们灶上又换了两个厨子，您快尝尝，他们做的菜品可能入口？若是好，老奴就叫人赏他们。"

夏内监虽是奴才，却是老人家，叶勉不好拂了老人的好意，提起筷子夹了片青笋，咽下去，礼貌道："比我们侍郎府的厨房做得好。"

夏内监笑眯眯道："这边的院子小，厨上无法带那么多人，待过些时日咱们搬回长公主府，再请您来用膳，那才是真的好。"

庄珝在一边轻描淡写道："你常去的那个玉仙楼的厨子已经在长公主府候着了。"

叶勉白了他一眼，道："就知道是你搞的鬼。"

两人简单地用了些膳菜，又分别在童子的服侍下沐浴更衣。

叶勉穿着尺寸贴合的素白寝衣，问正斜倚在窗边黑檀木榻上晾头发的庄珝："这是你专门给我准备的衣裳？"庄珝身量比他高些，他上回留宿在这儿时穿的是他的寝衣，还要卷着些裤腿。

"嗯，"庄珝随意地点了点头，道，"过两日再让人给你好好量一下身子，做些外头衣裳备在长公主府里。"

庄珝说完，身子朝里侧让了让。叶勉踢掉脚下趿的软底鞋上榻，也与他一般，靠在单翘头的榻背上。立在后面的童子拿着一张张刚熏热的布巾子给二人烘头发。

木榻不算大，虽能承载两个少年，空间却不宽裕，两人挤在一起，叶勉也不在意，只是奇怪地问他："你给我在长公主府备衣裳做什么，叫你一回爹，你还当真啦？"

"你是我学生，自然与别人不一样。"

"没见哪个师傅还给学生准备四季衣裳的。"

庄珝想了想，说："做师傅不行，那不然这样……"

"怎样？"

"不然……"庄珝转过脸看他，嘴边带着淡淡的笑意，"我给你做哥哥如何？"

叶勉："……"

庄珝转回脸去，缓缓道："我可以写信与我母亲说，我从未央过她什么，她定会应准的。”

叶勉愣了一下，见他认真，不禁笑道：“你怎么说风就是雨的，再说我有哥哥，你也有弟弟，在外头胡乱认什么兄弟？”

庄珝凤目微挑：“哥哥又不嫌多，我看这个主意甚好。”他自说自话道：“明日我就写信回金陵。”

“你别胡来啊，”叶勉皱眉阻止道，“我可没同意要做你弟弟。”

“奇奇怪怪的，”叶勉嘟囔道，“我干吗要给你做弟弟？”

“无碍，”见叶勉拒绝，庄珝也没不高兴，似在意料之中，只道，“我待你如弟弟一般便是，这好处你以后自会知晓。”

叶勉这半日本就心绪烦乱，也懒得理他。俩人一时无话，便静静地靠在一起让小童烘头发。

待头发晾干，已是二更，国子学里巡夜的更夫敲着更梆，两人刚爬上小童们铺好的床被，就听见外面一片嘈杂。

庄珝皱眉，不一会儿就见夏内监小跑着进来了，禀报道：“端华公子来了，说是来国子学办案，顺道接弟弟回府。”

“我哥？他怎么能进国子学？”叶勉一脸惊诧地愣在那儿，片刻道，“快让我哥进来。”

夏内监看了一眼庄珝，庄珝眯起狭长的凤目，点了点头。

不一会儿，面色微沉的端华公子一身玄色官服，看都没看伸手虚拦在门口的庄然，疾步踏入内室。

叶璟进来时脸色阴沉，待走上前看清叶勉的眼睛肿得不成样子，不知道哭过多久的模样，他脸上微震，随即缓缓地转头看向庄珝，眉宇间一片凌厉之色。

庄珝也看着他，冷声道：“叶少卿好大的本事，办案竟办到国子学来了。”

叶璟反问道：“怎么，大理寺哪里的案办不得？”

叶勉见这二人见面便剑拔弩张，拽了拽叶璟的衣角，道：“哥……”

叶璟轻轻嗯了一声，便拿起一旁叶勉的衣裳给他穿好，淡淡道：“接你回府，回去再说。”

只是他拿起锦袜给叶勉套时，却见到叶勉脚踝上绕着赤红珊瑚珠串。

他随即伸出手用拇指食指在其中两颗珠子上重重一捻，珠串内的线缕应声而断。他将珊瑚珠串解下来，拿在手里，随即起身看向庄珝，然后不再给叶勉继续穿外面的衣裳，而是将他一把打横抱起就往外走。

庄珝面无表情地拦在前面，伸出一只手，冷声道："把人留下，把珠串给我。"

叶璟略抬了抬眼角瞥了他一眼，伸出手，掌心一覆，珊瑚珠串直直落下，只不过是擦着庄珝的手掉落在地。殷红的珠子砸在大红织金的地毯上，四散开来，不一会儿便都不见了。

叶璟冷哼了一声，便绕过庄珝往外头走去，根本未将他看在眼里。

"把人给我拦下！"庄珝大怒道。

院子里的几个侍卫立即冲了进来，纷纷抽刀挡在门前。

"庄珝！"叶勉瞪着眼睛，被这阵仗唬得一脸蒙。

"不可，郡王！"夏内监赶紧上前，一脸急色地劝阻，附耳道，"大理寺与刑部一起来人'办案'，如今刑部带着督捕兵卫，万不可阻！"

叶璟看着他，神色未变，冷声道："庄小郡王有工夫在这里留客，倒不如写信回去金陵长公主府，问问驸马最近又做了什么蠢事。如若不想麻烦，也可以择日来大理寺问我，大理寺必在长公主出手料理之前为您查得清清楚楚。"

庄珝冷峻的面孔如覆寒霜，盯着他森然道："叶璟，我不对你家人出手，不是怕你，而是怕伤了他。不过，你若真敢放肆，我定不饶你。"

叶勉夹在两人中间心惊肉跳，咽了咽口水，让自己冷静下来才正色道："庄珝，你先让我和我哥回去……"

庄珝看了看叶勉，眼里缓和了些许，过了许久，他终是侧过身子。

叶璟抱着叶勉出了院子，心腹侍卫见状立刻递了一件披风过来。叶璟将叶勉放下后，立刻给他系上披风，才带着他出了国子学。

两人在马车上等了一会儿，一人在车窗外禀报，刑部督捕已将窝藏重犯的一位国子学典簿与犯人一并抓获。叶璟轻轻嗯了一声，掀开帘子，朝外面一同前来的刑部主审拱了拱手，才让车夫赶车回叶府。

叶勉一脸惊魂未定，问叶璟："哥，我是不是又闯祸了？"

叶璟拿着洇湿的帕子在他眼睛上轻摁了两下，才开口道："你先告诉大哥，他怎么你了，你为什么哭得如此厉害？"

叶勉顿了一下，恍然道：“我哭和庄珝没有关系啊！”

叶璟缓和了一下神色，温柔道：“是不是被他刚才的恫吓吓到了？”他笑了笑，“别怕，哥哥若连个还没长成的郡王都惧怕，早死了千回了。”

叶勉急急地摇头道：“不是的，哥！我是因着今日听他说大伯和大伯母在和爹娘谈过继我的事，我才伤心的。”

叶璟一愣，皱眉道：“过继你？哪个说要过继你？”

叶勉便将今日在庄珝那里听到的和叶璟说了一遍。

叶璟神色微敛，想了一会儿才看向叶勉，温声道：“我今日刚打昌州回来，还没听说，不过不打紧，想必只是大伯一家相中了你。爹、娘、祖母还有我和你大嫂，没有一个会同意的。”

叶勉低着头，嘟着嘴道：“可是爹又不喜欢我……娘好像因着这个和他闹过一回。”

叶璟失笑：“胡说八道！爹再恨你淘气，也不可能同意将你送出去。”他捏了捏叶勉的鼻子，笑道，“就因着这个胡思乱想，晚上也不回府，躲在别人那处哭？”

叶勉低垂着脑袋不说话。

叶璟摇了摇头，道：“以后再不可如此了。万事要先回府再论，怎么可以不相信家人，倒去信一个外人的话？”他把叶勉往怀里揽了揽，叹道，“你可知我刚回府听下人说你留在荣南郡王那里有多着急，还以为你又被人扣在那里受欺辱。”

叶勉见他提到这个，不由得抬起头问：“哥，你不会因为去国子学寻我，就与刑部一起带人去国子学抓什么藏匿逃犯的吧？你这不是……”他顿了下，“这不是因公假私吗？这可是大罪……”

叶璟哼笑了一声，道：“你多大个脸面？还因着你让大理寺与刑部联合办案……说了是顺道而已。”

叶勉挠了挠头：“顺道？那也太巧了吧……”

叶璟嗯了一声，抬起眼睛抿了口茶，轻声道：“顺道去接你和顺道去办案，都是一样的。”

叶勉：“……”

叶璟笑了笑，道：“大人的处事道理，以后你自会明白，不必担心。”

◆ ◆ ◆

叶璟将叶勉带去碧华阁的书房，交代了两句便转身出去了。过了一会儿，姜氏亲自带着几个下人来了。

“哎呀，快让我看看，这是哪家的小哭猫半夜来我这儿讨食儿来了？”姜氏轻笑着调侃，眼里全是促狭。

“大嫂……”叶勉无奈道。

跟着姜氏过来的几个丫鬟都抿嘴憋笑，姜氏打趣了叶勉一句，见他羞恼便也不再揶揄他，笑着让人把攒盒里的吃食取出来，一一摆上。

一小碗核桃仁粳米粥，四只薄皮虾肉蒸饺，一小块糖渍枣肉米糕点心，并着几样清淡的鲜味儿小菜。

“时候晚了，少用些，省得一会儿睡了，腹里不好克化。”姜氏柔声嘱咐道。

“谢谢大嫂。”

叶勉吸了吸鼻子，笑着和姜氏道了谢。他自己和自己闹腾了这半日，胡想八想的，在庄珝那里竟也没吃什么，现在真的有些饿了。

姜氏哄着他吃完了，叶璟才换了家常的衣裳过来。

下人们赶紧将桌上的食具收了起来，又将屋子重新熏了香。姜氏站起身来，道：“你们兄弟二人好好说会儿话，但不许太晚，”又看向叶璟柔声嘱咐道：“留了一盆冰水，一会儿你给他洇了帕子敷在眼睛上，不然明儿个他被同窗取笑，又得生一场好气。”

叶璟笑着点头应了。

兄弟俩都拾掇好已是三更，叶勉仰着头懒散地靠在床上的松花色大引枕上，眼上敷着冰水沁过的锦帕。眼前什么都看不到，他便抓了叶璟的一只手过来，无聊地掰着他的手指玩儿。

“哥，你想与我说些什么？”

叶璟正色道：“时候不早了，长话短说，我只问你，你觉得荣南郡王此人如何？”

“嗯？”

叶勉反应了好一会儿，慢慢抬起头来，问道：“哥你这话是从何而来？”

叶璟看着他，淡淡道："随便聊聊。"

叶勉："……"

"怎么？"

叶勉啧了一声，伸手够了个软枕抱在身前才说道："庄珝那人素来与我不对付，我们俩梁子都结了好几根了，这些时日才好了些。他那人性子乖戾得很，喜怒无常，没准过些日子又要开始整我了。"

叶璟却摆了摆手，淡淡道："这些都不重要，有些蠢人犯起蠢来向来如此。你年岁小，还没经历过，想不到也实属正常，大哥与你说这些，倒不是要你如何，只是提醒你，心里有数提防着，他手中有些权势。"

叶璟将叶勉鬓前的发丝别到他耳后，看着他叹了口气，道："这些蠢物，你要远着些才是，他这样的皇家身份，不好结交，容易卷入朝堂党争，你要机灵些，别傻乎乎的。"

叶勉睁圆了杏眼，听得一愣一愣的，他哥说的话自然都是有道理的。

叶璟见他如此，轻声安抚道："倒也不用怕，如今这么早遇上了也不尽是坏事，历练一番也未尝不可。"

外头更梆一快三慢敲了四声，兄弟俩明日一个要去国子学，另一个要去大理寺，叶璟见时候不早了，便也不再与叶勉多说，来日方长，今晚与叶勉说的这些，叶勉能听进去一半，他便要谢天谢地了。

此时，荣南郡王的院子里，庄珝也没有入睡。

厅堂里灯火遍燃，恍如明昼，地上跪伏着一地的侍人，庄珝面无表情地坐在桌前，手里拿着针线正笨拙地穿引着赤红的珊瑚珠子。

站在一旁的夏内监见他手上刚扎到的针眼儿冒着血珠子，心疼得眼眶都红了，他这小主子长这么大，可从未受过这么大的委屈。

第十三章 七月初七

街市上宝马香车难行，人群熙熙攘攘，树上锦绸鸳带，四下里灯火流璨。

第二日一早，下人们站在床榻前叫起，叶勉昨夜睡得实在太晚，躺下又失眠了小半宿，这哪起得来，哼哼唧唧的，又是耍赖又是发脾气，就是不肯从被子里钻出来。外间已经换好官服要出门的叶璟听见了，走进来照着他屁股狠狠拍了两巴掌，硬生生地将他拍醒了。

叶勉这才噘嘴撩舌地起身，揉着屁股在咬唇憋笑的丫鬟们的服侍下穿衣梳洗。

这日他在学里心不在焉地上了半日的课。午息钟一敲，他踌躇了半晌，终是跑去荣南郡王的院子。

如今他是这座院子的常客，侍卫根本不拦他，也不用下人通报，因而正准备用膳的庄珝见到他进屋时明显一愣。

“我还以为你今日不会来了。”

叶勉揉了揉鼻子坐在他对面。夏内监亲自给叶勉添了碗筷，便将下人都带下去，临走前没忍住，小心地嘱咐着:“好好说话，可不兴闹起来，老奴就在外头守着。”

叶勉见人都出去了，先冲庄珝笑了笑，才道：“昨儿个的事，是我的不是。之前咱俩打闹，我不服气便跟我哥告状，”他不好意思地挠了挠脑袋，“说你整日欺负我，还讲了你许多坏话，昨儿晚上他见我哭过，便以为又是你——”

“你想问我什么？”庄珝打断他。

“啊？”叶勉应了声。

“叶璟昨晚应该与你说了不少我的事，你想问什么直问便是，我没什么不能说的。”

叶勉抬起眼睛看着他道:“我哥说你前阵子是有意接近我，可是真的？”

庄珝慢慢抬起眼睛盯着他看了半晌，慢悠悠地一字一顿道：“不害臊……”

叶勉这边臊住了，庄珝却忽然弯起唇角笑了起来，露出两颗雪白虎牙的牙尖，总是傲气逼人的脸上难得露出一丝孩子气。他本就长得极好，比起叶璟也没差什么，这样笑起来更是璨若明霞。

叶勉见了不自觉地蜷了蜷手指，心内一丝尴尬，急急想着该如何机智地挽回自尊。

庄珝却又微微垂下头笑了笑，开口道：“不过，你哥说得没错。”

叶勉：“？？？”

“我想着将你抢来给我做弟弟。”

叶勉后颈上的鸡皮疙瘩都被激了起来，他故作镇静地站起身来，说“我用好了，先走了。”

叶勉加快脚步走出屋子，心里却想：“我要听我哥的，离你远着些。”

回了启瑞院学屋，叶勉坐在窗边的案前独自发了会儿呆。

过了一会儿，魏昂渊、李兆一行人从膳堂回来，见到他，都是一愣，问道：“怎的这么早就回来了，没习字吗？”

叶勉敛了敛心神，笑道:“庄珝最近事忙，正好能让我偷得几日清闲。”

众人皆未在意，魏昂渊更是高兴地坐过去，亲昵地揽着他的肩膀与他说笑。这些日子叶勉每到午时便跑去庄珝那里，倒把他给冷落了，要不是阮云笙一直压着他，他早就闹了。

叶勉问阮云笙：“你怎么没去藏书阁？”

阮云笙自打说要科举出仕，便在每日膳后都去藏书阁读一会儿书，因而叶勉见他这个时候也在学屋，便有此一问。

阮云笙闲散地靠在窗边，笑道：“过几日是七月七，学里藏书阁要晒书，这两日正扫灰除尘、清点书本，我嫌那里吵闹。”

叶勉恍然，这个他倒是知道，大文有一个小习俗，说是七月七那天是龙王爷的晒鳞日，天门洞开，每每到那天都是阳光大好，因而读书人便在这一日将书房里的书拿出来晒一晒。

说到七月七，几人都来了精神，邀着晚上一起去街上看人搭香桥、逛灯会。

叶勉也是十分好奇，他去岁穿到大文之时，并未赶上七夕节，只听府里的丫鬟们讲过七夕兰夜外头是如何热闹，乞巧市上人流如织，车马难行，大姑娘、小媳妇们全都在这晚倾门而出，连各府平日里大门不出二门不迈的贵女也会戴上薄薄的罩纱，在家人的看护下出来走走热闹。

李兆以拳击掌可惜道："也不知道我娘哪个时候才能给我定亲，我也想邀我未过门的媳妇去放河灯，到那时哪个耐烦与你们一起？"

被人嫌弃的魏昂渊"嘁"了一声，道："别当我不知道你邀了隔壁女学的学生去放灯，却被人——"

魏昂渊还没说完，就被李兆急急地上前一把捂住嘴。

叶勉、阮云笙和温寻三人都张着嘴，一脸惊奇，反应过来后齐齐将李兆拉了下来，伸着胳膊护着魏昂渊问道："谁谁谁？哪家小姐？"

李兆被他们仨挡在外头，无法上前，急赤白脸地威胁道："魏昂渊！你敢瞎说，我就揍你！"

魏昂渊哪会怕他，嬉笑道："是我二嫂娘家府上的表小姐，如今人家正拐着弯问我这是哪家的癞子呢。"

几人听后笑得前仰后合，李兆被他们笑得羞恼不已，气道："那又怎么了？她如今是不认得我，待到七夕兰夜，我自去街上寻她，她见我如此英武，定会喜欢的！"

阮云笙笑得歪倒在桌子上，道："若这姑娘只爱皮相，那你还真不能与我们走在一起，小心人家表小姐没看上你，倒一眼相中了长得最俏的勉哥儿，到时候兄弟可要成仇。"

几人听了又是一阵大笑，李兆气得直跳，最后拿着叶勉撒气，小臂勒着他脖子往下压，直说到那天定要给他戴上小姐们罩的面纱才让他出门。

叶勉如此与他们玩闹了一番，便忘了荣南郡王那头的糟心事。

散学后，叶勉开开心心地回了府，一蹦下马车便被等在那里的婆子急急地拉去了邱氏那里。

"娘！"

叶勉还没等丫鬟们掀帘子就在外头喊。一天都心神不宁的邱氏听了，急急地穿鞋下了矮榻，一把把刚抬脚进屋的叶勉搂在怀里，就开始抹泪。

叶勉被邱氏这一系列动作吓了一跳，再看她娘哭得眼睛比他昨日还肿，血都凉了一瞬。

“娘，府里出什么事儿了？”叶勉战战兢兢地问。

邱氏坐下来搂着叶勉哭了好一阵儿才“呸”了一声，道：“府里如何会出事，还不是你这个小兔崽子，总不让你娘省心。”

叶勉瞪着眼睛回想了好一会儿，也没想出最近自己又在学里惹了什么祸事。

叶勉一脸无辜，气得邱氏在他背上捶了两下，又心疼，拿着手好一通搓揉，过了好一会儿才擦了眼泪，道：“娘让我们勉哥儿受了这么大的委屈，你这孩子怎的不寻到娘这儿来闹，却自己在外头哭，与娘这么生分了吗？”

邱氏说到这里更伤心了些，眼泪又簌簌地落了下来，哭道：“你这不是拿着刀子戳你娘的心吗？”

叶勉一滞，赶紧拿过帕子给邱氏擦眼泪，咕哝着解释道：“不是与娘生分，我昨儿就是一时着急，没想明白，是儿子的不是，让娘和大哥担心了。”

邱氏心疼地把叶勉搂在怀里，待小儿一般拍哄着：“我们勉哥儿这么招人喜欢哪里有错，都是你爹这个老……”邱氏顿了一下，把那惯话咽了下去，恨恨道，“都是你爹，顾着什么兄弟情面，不早早地与你大伯说明白，倒让你听到了风声，等他今日下衙回来，我与他好脸！”

“娘，你别气了，是儿子想左了，”叶勉抱着邱氏的腰哼唧道，“我以为爹嫌我淘气，不想要我了。”

邱氏听了，心又是一揪，“呸呸”两声，道：“他倒是敢！你爹他但凡敢与我如此提上一回，娘都会与他和离！”邱氏说完又摸了摸叶勉的鬓发，语重心长道，“你爹他平日里待你与你大哥是有不同，娘都知道，也晓得你心里一直委屈着，但他再如何偏心，也是将你看成他正正经经的嫡亲骨血，再不敢怠慢的。”

邱氏说到这里，放低了声音道：“你看你大伯与你爹提了一回要你，他连连躲出府去。如今你大伯不与他提了，他倒每日去那院子与大房提上一回乔哥儿，你便是再淘气些，在他心里也是不一样的。”

叶勉心里微震：“那五弟和四姨娘……”

邱氏擦了擦眼睛，“嗐”了一声，往院子外头努了努嘴道：“你四姨娘和六姨娘因着这个都争破头了，见天儿地给我做鞋做袜、熬汤水，她们那样的人与我们终是不同，你就不用瞎操心了。”

叶勉了然，半仆一般的庶子过继了，摇身一变就成了嫡长房的嫡长子，这样的好处，怕是母子分离也挡不住两位姨娘忍着心头滴血去争上一争了。

邱氏留着叶勉在正院用饭。叶侍郎早早得了这头的消息，吓得根本没敢进正院，急急地去了大房那头，央着他大哥早些将过继之事定下来。

叶勉这几日在学里倒是老实，每日读书读得认真，连薛老头都捋着胡子夸了他一回。只是午时他却不再去庄珝那个院子习字，只央着他哥写了几幅瘦金的字，每日认真地描着。

庄珝倒也没再找他，只是到了七月七那天，宫里却直接下了口谕到国子学，召叶勉进宫面圣，说是圣上要亲自验看一番叶勉这书法被荣南郡王教授得如何了。

◆ ◆ ◆

叶勉这是头回入宫，好在他已在国子学将进宫的宫礼学得七七八八，一路跟着前面的两个引路太监，倒也没出什么差错。

两个太监一老一小，对叶勉也算是恭敬，将他带入等宣处。叶勉站了还不到一盏茶的工夫，里面就跑出个小太监，与他嘱咐了两句里面都有哪些贵主和叩拜的礼仪，便将他带了进去。

叶勉垂眸跟着他进去，从容地按着宫礼规矩一一叩拜。

他来时只想着能见到皇上和荣南郡王，倒没想到太后与嘉贵妃、七皇子竟然也在。叶勉跪在那儿，眼前是精致的织金地毯，只听康文帝在上面爽朗地笑了两声，倒是太后急急地先叫他起身。

“快起来，快让哀家瞧瞧咱们端华的胞弟是什么模样。”

“快平身吧。”皇上的声音也传了下来，带着一丝笑意，却不失天家威严。

叶勉从容不迫地站起身，大大方方地抬起头让人打量。

“好孩子，到我面前来，”坐在皇上身侧一派尊荣华贵的太后笑得满面和蔼，正在朝他招手，“快过来让哀家好好瞧瞧。”

叶勉赶紧几步走了过去，只见太后抓起他的手满身打量，紧接着摇着头“哎哟哟”地叹了一声，一脸欣喜地转头看向康文帝，笑叹道：“再过上两年，这不就活脱脱的那年刚点了榜眼的叶少卿吗？”

康文帝听后抚须大笑，也一脸满意地打量着叶勉点头，看向一侧的嘉贵妃揶揄道：“你倒是会挑，怪不得夏苗之时你紧着与朕要人，原是早就相看好了。”

嘉贵妃赶紧笑着附和，却是不经意间看向叶勉时满眼的复杂，随即似有似无地瞪了一眼太后身边坐着的荣南郡王。

庄珝正侧头与身后的小太监吩咐什么，不一会儿小太监就取了纸笔进来。

康文帝哈哈大笑道：“难得峥澜也会与朕邀功讨赏，今儿个朕倒要看看你这小师傅做得如何，若是不好，朕可是要罚的。”

庄珝笑了笑，起身将叶勉的手从太后手中牵了出来，把他带至一张紫檀雕花矮案前，两个小太监正忙着往案上铺纸笔。

叶勉还挺紧张，偷偷瞪了庄珝一眼，小声恨道：“一会儿我要是被人拖出去斩了，做了鬼后日日夜里站你床前。”

庄珝没理他，只亲手倒了些清水在砚里，研磨了几下试了薄厚，才转身坐回去，与圣上和太后说话。

叶勉认命地提起笔，在纸上一笔一画，认真地写着他最熟的《孟子》，只是还没写满一张纸，七皇子却不知什么时候走了过来，站在他身后。

全神贯注写字的叶勉被颈间的呼吸吓得一抖，一团墨落在纸上。

七皇子“呀”了一声，赶紧伸手帮他换纸，两人齐齐往上看了一眼，见上面几人正在说话，没注意这边，都微微松了口气。

叶勉赶紧提笔重新写，七皇子微微红着脸，小声说道：“对不住了。”

叶勉看了他一眼，也小声回道：“无碍，我重新写来就是。”

叶勉又凝神写了一会儿，七皇子没走，只突然低声说道：“以后你要是做了我的伴读，我也可以教你写字。”

叶勉歪头看他。

“只是我不比表哥写得好。”七皇子微微咬唇，苦恼道，“行吧，我再与师傅多练练。”

叶勉愕然，嘉贵妃那跋扈的性子竟养出了这么实诚的小儿子。

七皇子看他写了一会儿，又以极低的声音问:“你在我表哥那里习字，他是不是老欺负你？”

“啊？”

“他也总是欺负我，”七皇子叹道，“连我五哥都拿他没办法，父皇和皇祖母都偏着他。”

叶勉心里也叹：“我哥也拿他没办法。”

叶勉写好了一张纸，交由一侧候着的小太监呈了上去。

只见圣上正侧着头与贵妃说笑：“他们二人倒是投缘，平日里可不见小七寻上哪个去说话。”

嘉贵妃手里揉着帕子，看着叶勉，欲言又止。

太后抬手将七皇子召过去坐在她身边，一脸怜爱地抚了抚七皇子的鬓发：“喜欢勉哥儿？皇祖母以后多召他进宫来好不好？”

七皇子红着脸，满眼欣喜地点了点头。

嘉贵妃侧着身子将叶勉的字拿给圣上看，指了两处，笑道：“我看是比之前进益了。”

圣上看了看，笑道：“是进益了不少，如此便不罚了吧。”说完朝站在一侧等命的小太监看了一眼。小太监垂着头快步走到叶勉身前，将早已捧在手中的黑漆镂雕锦盒递上。

叶勉赶紧跪下，叩谢御赏。他心里纳闷，这就过关了？他还以为圣上要点评两句，如此他倒像是来走个过场。

嘉贵妃也笑盈盈地朝身后的侍女嘱咐了两句。不一会儿，侍女回来，手上拿着一只锦绣荷包，俯身递与叶勉。

叶勉再拜谢。

嘉贵妃低头思索了一会儿，正想张嘴与圣上说什么的时候，那边庄珝先开了口。

“皇舅舅，我母亲从金陵长公主府寄了信过来，淮西节度使勾结东夷私设盐池贩卖私盐的证据已经找齐，听说几个证人现在已到了大理寺。”

康文帝神色一懔，道：“哦？信在哪里，快呈上来给朕看。”

庄珝身侧的夏内监赶紧恭敬地将信呈了上去。康文帝展开信仔细地看了一会儿，凝眉吩咐道：“去大理寺召叶少卿进宫议事。”

一侧的嘉贵妃笑道：“证据也有了，人也有了，圣上哪就这么急，也不想想今儿是什么日子？”

康文帝一愣。

嘉贵妃抿嘴乐道：“今儿可是七月七，叶少卿成婚才几年，平日里黑白不分地忙着，这日子不得闲散一回，陪着夫人出去走走？”

康文帝却摆了摆手，不赞成道：“此话不妥，男儿出了仕，自当要以国事为重。”

嘉贵妃笑着应是。

叶勉心里一颤，他嫂子可念叨好些天了，说他哥今儿个会与上峰告假，提早回家一个时辰，与她到街上走热闹去。

庄珝侧头与太后说道：“皇外祖母，我还没见识过京城的七夕兰夜，也想出去走走。”

太后笑道：“那你出去看看，咱们京城兰夜定是比你们金陵的热闹。不过今儿个外头人多，多带上些侍卫跟着，别被那些人冲撞了。”

一旁的七皇子也瞪大了眼睛，小声道：“我也想去。”

庄珝道：“如此，我就不留下了，这便带着叶勉出宫，今晚就让七弟陪您一道用晚膳吧。”

太后笑道：“好，去吧去吧。”

庄珝起身给叶勉打了个眼色，两人给圣上跪礼谢安，便转身出了这座偏殿。

俩人上了荣南郡王的马车后，叶勉无奈道：“你做什么又坑我哥？今儿我嫂子准会让人堵了碧华阁的院门不准他进去。”

庄珝冷声道：“你是没见他怎么坑我，我只是将他赶出碧华阁，他可是欲将我逐出京城！”

叶勉一噎。

庄珝垂眸将叶勉怀里的锦盒拿了过来，打开。叶勉微微一愣，里面竟是那日的珊瑚珠串。

庄珝把叶勉的手拽过来，将珠串缠了上去，淡淡道："记得与你哥说上一声，这珠串是御赐之物，再扯断了可是死罪。"

叶勉微怒："你别以为我不敢揍你！"

庄珝见他真的动了气，便悻悻地闭嘴。

庄珝闲散地靠在车上，突然道："我母亲与我父亲就是在金陵的七夕兰夜相识的。"

叶勉转头看他，嗅到了一丝八卦的味道。

"母亲当年还是娇养在京中的公主，身子娇贵，宫内行走超过百步便用辇轿，那晚却在父亲身后跟着走了几条街，足上都磨出了血。"庄珝顿了下，继续说道，"后来两人成婚，父亲每年在七夕兰夜都会陪着母亲在街上走一走。"

叶勉挑眉，心想，还挺浪漫。

庄珝垂眸淡道："今日皇外祖母说京城的兰夜比金陵热闹，我母亲却不这么认为。明年我带你去金陵看看，你来说说看哪里的好。"

◆ ◆ ◆

天如水，玉钩遥挂。

街市上宝马香车难行，人群熙熙攘攘，树上锦绸鸳带，四下里灯火流璨，有情的男女成双成对，抑或几个姐妹呼伴同行，见到好看的少年郎，驻足对视一眼，羞涩地转头与正揶揄偷笑的闺中密友跺脚嬉闹。

七月初七的京城兰夜竟比白日里更热闹些。

叶勉拽着庄珝的袖角在人群中艰难地穿行。

"快快快，你快着些，一会儿就赶不上了！"叶勉急道。

今天李兆中意的那个女学学生要来香桥下放河灯，魏昂渊拐着弯儿地在他二嫂那里打探好了时辰。李兆那傻小子已经换了好几回衣裳，就等着这个机会与那位姑娘远远地见上一面，若日后他央着他娘替他去求亲，那位姑娘好歹也知道是他。兄弟此等大事怎能错过？

街边的商肆全都店门大开，伙计站在挂满红灯笼的店门口可着劲儿地吆喝。叶勉急得满头是汗，左躲右闪地避着走街贩郎们装着各样乞巧物事的扁担。

"你看看你，"叶勉不耐道，"你要找我出来玩儿好好与我说便是，偏绕这么大个弯儿，把我一晚上的安排全给打乱了！"

"我若直直与你说，你肯和我出来？"

叶勉张了张嘴，没有说话。

"下回我还绕这么大的弯儿。"

叶勉一时吃瘪，气闷，回头瞪了他一眼。庄珝却只抬了抬眼角，不甚在意。

俩人到乞巧市旁的香桥边时，魏昂渊他们都已在那里等了。见叶勉把荣南郡王也带来了，他们都是一愣，却也没说什么，因在外头，也不好行礼，便都低了低头算是见礼。

几人正凑着热闹纷纷往香桥之上挂檀香包，那香桥是由裹着彩纸的线香和粗官香搭建而成，上头还挂着一串串祈福的折纸和黄澄澄的元宝锭，左右挂着一副对联："七夕今宵看碧霄，牵牛织女渡河桥。"

阮云笙递给叶勉和庄珝两只檀香包，笑道："你们快也去挂上，一会儿与这香桥一道焚化了，讨个好彩头，以后定能娶得贤妻，恩恩爱爱。"

庄珝抬起眼淡漠地打量了一眼阮云笙，阮云笙勾起一边嘴角笑了一下，把香包塞进叶勉手里。

叶勉拿在鼻下闻了闻，一股子刺鼻的廉价香料味儿，不由得皱了皱鼻子。阮云笙笑着把他推到香桥边："从街边的商肆随意买的，哪里能和我们平日里用的一样，你快别挑剔了。"

另一边的李兆在香桥边魂不守舍地打转，烦得魏昂渊要不是看他身上穿着新裁的衣裳，恨不得踹他两脚。好在没一会儿，魏丞相家的仆从就小跑过来，急道："去了去了，二少爷和二少奶奶也跟着一起。"

魏昂渊一招手，道："快，我二哥和二嫂也在，这可好办多了。"

几人赶紧顺着玉霄河往上游那头赶去。一路上年轻男女皆蹲在河边放巴掌大的彩色河灯，河流缓缓，水面上星星点点，流光溢彩，煞是好看，叶勉看得频频驻足。

李兆在前头死命地催着："叶四，你少给我磨蹭！明年哥赔你一车的花灯！"

"知道啦！这就来。"

叶勉无奈地加快脚步，却听一边的庄珝说道："不要他的，明年秦淮上的灯都是你的。"

李兆在前头一个踉跄。

越往上游走去，人越少些，再往前便都是各个府上结伴的贵女们。

叶勉几人远远地避着，往那头的青金桥上走去，魏昂渊的二哥打着扇子站在桥上，后面站着几个侍卫。

几人赶紧上前亲热地见礼。

"清哥哥。"

魏昂清笑着点了点头，看到一旁的荣南郡王时愣了片刻，随即反应过来，也笑着与他见礼。

魏昂清问他们："不去乞巧市上热闹，怎么跑到这边来了？"

魏昂渊打着马虎眼："我们嫌那边吵闹，来这边松快松快。我二嫂呢？"

魏昂清往桥下努了努嘴："陪着她娘家的姑娘在放灯。"

几人往桥下一看，几个穿着锦衣罗裙的官家贵女已经摘了头上罩的薄幕纱，正蹲在河边嬉笑着放河灯，旁边站着十几个膀大腰圆的婆子，再外围还有些护院一样的人在那边巡视着。

叶勉捅了捅一旁的李兆，小声急问道："哪个哪个？"

"中间那个穿虾粉色衣裙的。"李兆紧张道。

叶勉几个赶紧抻长脖子往下打量。

这时就听魏昂渊在桥上扶着桥栏往下大喊："二嫂！"

桥下河边的贵女们纷纷抬头。

青金桥上今日也是彩灯遍挂，一片通明，只见几位容貌俊朗的锦衣少年正站在桥头往下看。这几人的样貌本就是人中龙凤，月色灯影下，便更出色了几分。贵女们纷纷低头捂唇而笑。

魏昂渊为了兄弟，傻小子一般往下喊着："嫂子，我是昂渊啊。"他又扯了扯身边二人，"这边的是阮云笙，这个是李兆，一会儿我带他们与你见礼。"

魏昂清从鼻子里哼了一声，道："臭小子……"哪里不知这几人是跑来作甚的了，都是哥哥们当年玩儿剩下的。

不待魏昂渊的二嫂上桥，几人就被魏昂清赶远了。

几人往街市上回走着，李兆兴奋得满脸通红："她刚才看见我了，我们对上眼神了，她还瞪了我一眼！"

叶勉哭笑不得："瞪你你还这么高兴？乐傻了吗你？"

"你懂什么？"李兆揽过叶勉的肩膀，得意道，"我三哥说她们女子都是如此的，看上你也不让你知道，芳心暗许也定要甩你一阵儿脸色矜持着才行。"

叶勉嫌弃地咦了一声，撇嘴道："怪不得你三哥到现在还娶不上媳妇。"

几人闹了这么一会儿，晚膳都没用，赶紧在街上找了家常去的酒楼。

今天晚上各家酒楼早就人满为患，都是提前两日来订的位置。可这几位祖宗是谁啊，就这么大摇大摆地去了，掌柜的亲自去雅间赶人赔钱，又一脸讨好地将几位少爷请进去，片刻不敢让他们多等。

这边还没上菜，叶勉饿得直揉肚子，从外头恭房回来的温寻一脸喜色道："昂渊，我刚看见你二哥和二嫂带着那几个女学生进了这家酒楼！"

几人瞬间来了精神，李兆僵直脊背，叶勉也不哼唧抱怨了，急道："快快快，昂渊，你问问看，要不要拼个间？"

阮云笙啧了一声，摇头道："你怎么比兆哥儿还急，这里头还有别人府上的小姐，如此能进去见个礼就已经是清哥哥在帮忙了。"

魏昂渊站起身来，指了指李兆。李兆赶紧俯首作揖，一脸讨好。

魏昂渊整了整衣裳出去了，过了好一会儿才回来，只是脸色十分古怪。

几人瞪着眼睛看着他，只见魏昂渊走到坐着的李兆身后，将他从后面带着椅背一起圈住，随即抬头看向叶勉道："勉哥儿，跑，那小姐看上庄珝了。"

叶勉瞪大双眼："？？？"

魏昂渊看着他，没好气道："还不带着荣南郡王快跑？！"

叶勉张着嘴倒吸了一口气，没敢看李兆，拽起一旁的庄珝就慌慌张张地往门外溜，还没等溜到楼梯口，就听李兆在里面一声怒吼破了音。

"啊啊啊啊啊！叶四！！你带这么个祸害来干什么？"

叶勉吓得一个踉跄，狼狈地拽着庄珝逃了出去。

出去后，叶勉气喘吁吁地看了一眼眼前这人姿容绝丽的面孔，拍了拍脑袋，自责道："是我大意了，怎么能在这个时候把你带过去，可坑死兄弟了……"

庄珝一脸无辜。

叶勉陪着兄弟折腾了一晚上，可怜连口热乎的都没吃上，刚刚在酒楼里才嚼了半块茶点就被轰了出来。他这年纪哪经得住饿，如今早已前胸贴后背，眼冒金星，看着眼前经过的拉车的牛都流口水。他急急地去找酒楼用膳，却被庄珝一把拽住。

"你做什么？"叶勉无力地哼唧道，"我们快找个地方用膳，不拘什么好坏，好歹让我吃上一口。"

庄珝勾了勾唇角，抬起宽大的袍袖往他身后一指。叶勉转过头看去，只见后面是一条长长的巷子，虽也密密地挂着彩灯，却与他们所处之地的热闹相反，幽静无比。

庄珝拉着他的衣袖往巷里走去。巷子深处有几个带刀侍卫在巡逻，见到庄珝，齐齐一愣，随即跪地叩拜。

叶勉一丝了然，果然走到巷尾便是一条丁字横路，正中高大巍峨的漆红朱门上是黑丝楠木牌匾，上书"荣懿长公主府"。

守门的几个侍卫爬起来后赶紧合力开了长公主府的正门，吱呀呀几声过后，不一会儿就从里面急急跑出来好几十人在正门门口迎接，恭声叩拜。

"起来吧。"庄珝淡淡地吩咐道，随即不再看他们，牵着叶勉进了长公主府。

跪在最前头的管家赶紧起身，小跑着跟了上来，一脸喜色道："奴才竟不知郡王今日回府，好在各处都是安置好的，不会委屈了郡王。"

"嗯，"庄珝随意应了一声，又吩咐道，"让上回夏公公安排进来的那个玉仙楼的厨子做一桌席面出来。"

管家赶紧躬身应了几声，随即吩咐身边的仆从，小仆从领命后拔腿就朝后面的厨房跑去。

叶勉捂着胃一边往前走，一面四处打量。虽至暮色，却依旧能看得出长公主府府邸各处装点得富丽堂皇，屋脊上尽是彩色琉璃瓦片，在宫灯灯晕下炫彩流光，四角蹲着威严的吻兽，更显巍峨，院落内也是廊回路转、叠石掇山，四处都气派非凡却又不失精致。

两人进了一座院子，地上早已跪了满院子的仆从、侍女。

进了正屋，庄珝坐下，冲管家扬了扬手："让他们起来吧，赶紧去传些养胃的点心上来，茶要清淡，加些蜜水。"

管家领命而去。

叶勉问他："这是你的院子？"

"不清楚，我与你一样，也是头一回来。"

叶勉愕然："你没来过？"

庄珝点头淡道："嗯，之前一直躲着太子，借口长公主府没有修葺好，就一直没进来过。"

叶勉皱了皱眉："那你今天回来，他定会知晓的。"

"你在我家门前喊饿，我又能怎么办？"

叶勉："……"

两人又说了一会儿话，几个面容姣好的侍女将一盘盘精致的茶点送了进来。

◆ ◆ ◆

叶勉装作不经意地问道："当初我们俩无冤无仇的，你为何总是看我不顺眼，还处处针对我？"

"也没见你与别人如此这般，"叶勉撇了撇嘴道，"打头回见面就鼻子不是鼻子眼不是眼的，除了我爹，还没见过哪个如此不待见我。"

庄珝看了他一会儿才缓缓道："见之前我就听说过你，当时是冬日，每日散了学都能见到院子里的雪人身上插满你给陆离峥的冰糖葫芦。"庄珝说到这里顿了一下，"我只当你与我胞弟是一样的，因着嫉妒，不顾血肉亲情，一心与外面的人亲近。"

叶勉张了张嘴，他倒是没想到这层，想了想，还是小心地问道："你胞弟当真给你下了毒……想要你的命？"

庄珝垂眸，脸上没什么表情，只点头嗯了一声，随即轻描淡写道："五皇子打探得不错，我确是因此事才被急急送来京城的。"庄珝抬眸道，"那段时日我正在气头上，因而便迁怒于你，当时只觉得你更可恶些，明明嫉恨，不喜长兄，却又仗着端华公子的势在学里妄作胡为，小‘地头蛇’一般横行霸道。”

“可是……”庄珝说到这里，舔了舔嘴唇，“第一回见你的时候又觉得你长得好看，当时你被我推窗撞到了鼻子，眼泪要掉不掉的，我就想，怎么会有人哭起来也这么可爱。”

叶勉瞪大了眼睛问：“我什么时候仗着我哥的势胡作非为了？”

庄珝斜着眼睛看了他一眼：“是不是胡作非为可以再论，仗着叶璟的势却是不假，难不成你以为你是因着背后有侍郎府倚靠，那些被你整治过的学子才不敢报复，行思阁也拿着你轻不得重不得？”

“我……”叶勉一时语塞。

庄珝轻笑了下，道：“不过这也没什么，你们兄弟二人和睦，这也是应当。叶璟在仕途上如此拼力，不过就是为了将家人笼在羽翼之下，让你们活得恣意一些。”

庄珝说完抬眼看他，又道：“我也愿意让你借我的势。”

“不了。”叶勉拒绝得很干脆。

庄珝垂了垂眼，他就知道，总有一天这人会因着这些旧事与他清算。

俩人说了会儿话。那边晚膳已经备好，二人移到花厅，今晚不只是叶勉，庄珝也饿得够呛，他自打下生以来便不知腹饥为何滋味儿，如此跟着叶勉胡跑了一晚上，倒也觉得新鲜。

二人用完膳，坐在那里喝山楂蜜水消食。叶勉放下杯子，说时候晚了，要回府去。

庄珝皱了皱眉，脸上老大不乐意，问道：“不能留下来陪我玩儿吗？”

庄珝闷闷不乐了一会儿，但没强留叶勉，只是说：“我带你去看个东西，看完便送你回府。”

“什么？”

庄珝起身：“待去看了就知道，是我母亲交代我的，我也没见过，我们一同去看。”

庄珝如此神秘兮兮的，倒勾起了叶勉的好奇心。

俩人被长公主府的一个老奴带去了一间书房。庄珝让人出去后，便自行从落地满墙的书架上数着格子翻出一只四边描金的黑檀木匣。

木匣里是一张叠起来的黄褐色皮纸，叶勉一脸好奇地看着庄珝将皮纸展开，铺在桌上。

“啊，是大文舆图。”叶勉一脸惊讶道。

舆图铺开，大小正好盖住下面的如意圆桌，上面一条条墨线水形和鱼鳞状山形都描得清清楚楚，仔细辨别一番，虽多多少少有些不同，却也能看出叶勉前世现代地图祖国那一块的边界影子。

庄珝见他一眼就认了出来，愣了一下，“你认得？”

叶勉哦了一声，含糊道：“在我大哥书房见过一回，只是画得没这么仔细罢了。”

在大文，舆图并不难见，但大多数是为便于兴修水利、治理江河的粗略山河图，抑或是小片城池的市井图，这样整片山河的精细舆图并不多见，一是因着此时条件有限，地域测绘十分艰难，二是因着边界对驻军攻防战术十分关键，因而这样细致的乾坤一统海陆全图除了在宫里的御书房，便只有在大文边境驻军统帅那里才能见到。

庄珝听叶勉说在叶璟那里见的，虽觉得有些奇怪，但想到叶璟在圣上那里是何等受宠，便也释然了。

庄珝缓缓道：“母亲说父亲曾答应她，离了京城后会带她走遍大文的锦绣河山，她便与皇外祖讨了这幅舆图。他们大婚后在此处小住过一段时日，她当年最开心的就是每日在这间书房与父亲看着舆图，互相商讨离京后先去哪处玩耍。”

“可是，”庄珝叹道，“母亲自打随着父亲回了金陵，父亲便一头扎在族里的生意上。因着母亲下嫁，我们庄家在两淮的盐务和漕运上如虎添翼，年年今朝只比去岁忙，因而父亲从未兑现过诺言，甚至都没带母亲出过金陵半步。”

叶勉听了也在心里叹了一声，都是大男子主义罢了。

庄珝笑了笑，说道：“母亲命我进京后在长公主府找到这幅舆图，然后一把火将它烧了。”

叶勉点了点头表示理解，道：“您母亲没一把火将驸马府烧了，是因为心中有爱了，男人说忙都是糊弄的借口罢了，哪里就会真的那么忙。”

庄珝哑然失笑，道：“你竟与我母亲说了同样的话，我如此安慰她时，她也是这样说的，”庄玥又看了叶勉一眼，道，“我母亲见了你定会十分喜欢。”

叶勉耸了耸肩，在舆图上指给他看。舆图上面有很多处被丹朱勾了红，叶勉刚看了看就发现那些大都是名胜景点所在之处，应当都是当年长公主与驸马商议要去的地方。

叶勉指着靠近金陵的几处丹红，说道：“你看离你们金陵并不十分远的黄鹤楼、俞伯牙台还有黟山、岱山，车马快些，不过是几日的工夫罢了，再忙些也不可能这么几日的工夫都没有。”

叶勉说完，见庄玥没有接话，便抬头看他，只见庄玥正一脸探究地打量着他。

“怎么了？”叶勉愣了愣，奇怪地问道。

庄玥看了他好一会儿才认真问他：“这舆图是皇外祖让人摹的白图，上面可是连城池都没有注字的，若只是山脉也便罢了，你是如何辨出这两处勾的是黄鹤楼与俞伯牙台的？”

叶勉被他问住了，半晌才道：“我在学里的藏书阁经常会找域记和各种郡县图志来看，如此猜一猜方位便知晓了，这有什么难的？”

庄玥听他这么说，不禁一愣，随即重新审视了他两眼，摇头轻笑了一声，道：“我竟是小看你了。”

叶勉低头看图，没有说话。

庄玥见他看得仔细，便问他：“这几处你可想去游览一番？我带你去？”

“不了，没兴致。”前世这几处都不知被爸妈强扭着去过多少回了，叶勉在心里撇了撇嘴，他都能做导游，带着他娘去了。

两人看完图，庄玥便吩咐下人去取个火盆来。

叶勉奇怪地问他：“大热天的，你让人烧火盆作甚？”

“烧舆图。”庄玥认真道。

“她说让你烧，你就真烧啊？”叶勉捂了捂眼，随即无奈地叹道，“你母亲有你这么个儿子和你父亲这样的驸马，真是倒了八辈子——”

“怎么？”

叶勉把他手上的舆图重新规规整整地叠了起来，叹道：“你把这舆图八百里加急送回给你父亲。”

庄玥挑了挑眉。

“我猜只‘提醒’他是不够的，”叶勉摸着下巴，转了转眼睛，鸡贼道，“你威胁他！正好这几日他有把柄落在了大理寺，”叶勉坏笑道，“如此他定能抽出工夫陪你母亲去游览河山。”

叶勉见庄珝一脸愕然地看着自己，恨铁不成钢地叹了口气，嗤道：“你怕什么，你在京城，他又能拿你如何？”

庄珝过了好久才看着他道：“我不是怕我父亲，我是怕你。”

叶勉一脸疑惑地看着他。

“你可比我母亲厉害多了。”

绿宝石
Fall into your light

在古代上学的日子（下）

微微多 著
Wei Wei Duo

北京联合出版公司

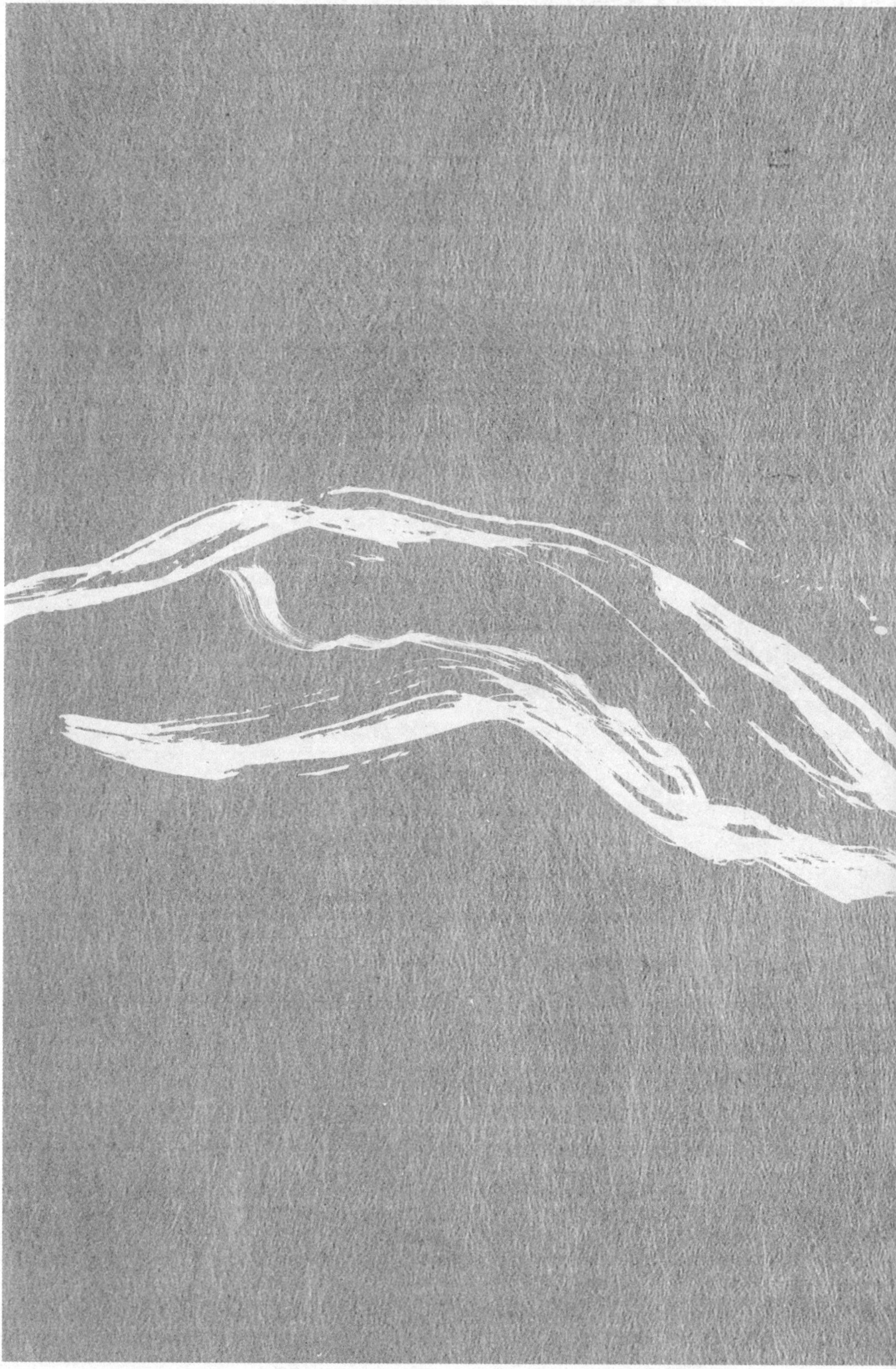

第十四章 中元节

『我是您伸手就能打的儿子，
您是我伸手就能讨钱的爹！』

庄翊送叶勉回侍郎府的路上，叶勉让车夫在街市上停了一会儿，他急急跑下去，趁着有几家商肆还没有打烊，买了几只精致的“摩睺罗”和两大包“笑靥儿”。

这摩睺罗就是用泥釉捏出来的彩人儿，镶着些珠翠，裹在红纱碧笼里，煞是可爱，每年七夕的街市上，最受女孩儿们喜爱。笑靥儿则是糖油面裹出来的蜜果子，是属于这个时代的七夕“巧克力”，有情男女都会买上些，讨个日后甜甜蜜蜜的好彩头。

叶勉见庄翊好奇地打量着他怀里抱着的这些物事儿，没好气地瞪了他一眼。

回了府，叶勉把这些交给丰今，让他找人在碧华阁门前守着，大少爷若是回来了，就将这些东西交给他。

叶勉回了宝丰院后，与丫鬟们说上几句外头如何如何热闹的话，便早早沐浴更衣歇下了。

第二日是邱氏的生辰，叶勉虽十分可惜没赢得五皇子的绿珍珠给邱氏献寿，却也在前几日几乎把自己的钱匣子倒了个空，给邱氏在京城最时兴的首饰铺买了副顶顶好的珍珠头面。

一大早，穿着一身新衣裳的邱氏在正院里笑得合不拢嘴，一边的仆妾们也是用帕子捂着嘴跟着乐，不为别的，只是这满院满屋子不知何时都被人偷偷置上了邱氏最爱的紫苑花，打眼看过去，一片片紫海，连如意桌上平日里盛瓜果的瓷盘都被换成了紫苑花枝编的花篮儿，花瓣上带着晨露，十分鲜活好看。

姜氏跟着叶璟一路进院，口里也轻轻地“呀”了一声，满眼打量着，啧啧称奇。

邱氏拉着她在身旁坐下，满眼笑意嗔道：“还能是哪个，定是宝丰院那个淘气的。”

邱氏身边的大丫鬟抿着嘴笑道：“四少爷可有心着呢，只是大半夜的可折腾苦了我们，一会儿人来了，夫人可别拦着我们与四少爷讨赏钱。”

从后半夜忙活到现在的丫鬟、婆子们纷纷凑趣讨赏，邱氏又是一阵乐，十分大方地一挥手让嬷嬷去开她的钱匣子，换上一筐铜钱儿，待会儿让她们自个儿抓去。

姜氏不无羡慕地四处打量着，随即看到坐在邱氏下手的叶璟，哀怨地看了他一眼。

邱氏呵呵笑着，抓过儿媳妇的手哼笑道：“他们叶家的爷们儿，咱们娘俩还是少指望的好，除了我勉儿，再没哪个暖人心窝子的。”

邱氏说完打开一旁的一只黑丝木匣，里面是粗粗细细二十来支金簪。

“每年我生辰你爹都送我一支簪子，如今里头已经攒了这么些个，”邱氏手指在匣子里拨了两下，找出两支拿给姜氏看，“你瞧瞧，这两支上头的花样还都是重的。”

邱氏说完长叹了一声，姜氏抿唇轻笑，挽着婆婆的手臂亲热地撒着娇，“昨儿大少爷好歹还送了我几只摩睺罗，倒比之前有些长进。”

邱氏“哟”了一声，看了看一旁垂眸抿茶不语的叶璟，乐道：“这可真不容易。”

婆媳俩这边正亲热地说着话，那头叶侍郎打内室里走了出来，姜氏赶紧站起身来与叶璟一同给父亲见礼，满屋子的仆妾们也都俯身行礼。

叶侍郎皱着鼻子嗅了嗅这满屋子的花香，皱眉道：“这浑小子都敢闹腾到正院来了，都是你给惯的。”

邱氏翻了翻眼皮：“我儿子来闹的是我，你嫌烦就赶紧出府到衙上去。”

叶侍郎哼了一声道：“他哪是只闹你，昨儿大晚上的，还让下人拎着泥人儿去碧华阁找他哥，璟哥儿每日公务忙得分不开身，哪有工夫陪他玩这些东西？”

叶侍郎话音一落地，只见邱氏身旁的姜氏微微睁大了眼睛愣怔了片刻，随即面无表情地看向叶璟。

叶璟叹了口气，一手轻轻地揉着额角。

邱氏恨不得当即就给叶侍郎撵出去，这个死老头子当真是越来越招人厌！

正屋里正僵着，外头站着的小丫头忽然出声往屋里报：“四少爷来啦！”

邱氏眼睛一亮，不一会儿就见一身锦衣的叶勉手里捧着个雕花木盒，满眼带笑地跑了进来。

“娘——”

叶勉跑进来，先规规矩矩地给邱氏磕了个头，生辰祝词裹着蜜说了一罗串儿，才起身把手里的锦盒献宝一般双手呈给邱氏。

“娘，你快看看喜不喜欢。”

邱氏笑得眼角上的细纹都多了两道，满心欢喜地打开盒子，随即眼睛一亮，却抬头嗔道：“这可不便宜，你这孩子……”

锦盒里的一套珍珠头面打眼一看就不是凡品，这孩子定是将这些年攒的私房银子全给败光了！

叶勉把盒子里的珠钗亲手插到邱氏的发髻上，还仔细地调了调位置，又将珍珠耳铛交给一旁的大嫂，姜氏笑着替邱氏换了耳饰。

“娘喜欢就好，我没银子了可以再与爹爹讨。”

叶侍郎在一旁“哈”了一声：“你倒打得好算盘！拿着我的银子去讨好你娘！”随即又酸溜溜嗤道，“也没见我上月生辰，你给我送上两片茶叶子。”

邱氏在一旁嗔恼道：“你与孩子认真做什么，他能有几个钱给你买生辰礼？”

叶侍郎在一旁气哼哼地喝着茶，不讲话了。

叶勉将珍珠花钿别在邱氏的发鬓上，又退开两步仔细地打量了两眼，才笑道：“娘，你真好看！”

邱氏身边围着的妾氏和仆从全都笑出了声，一叠声地跟着附和着。

邱氏捂着嘴乐，脸上带着一丝骄傲道：“娘不好看，怎能养出你和你哥如此灵秀的公子来？”邱氏说完将叶勉拉过来，替他整了整衣袍上的玉绦香包，一脸慈爱道，“行了，快上学去吧，别在这里耽搁久了，被师长罚。”

叶勉乖乖地答应了一声，却没奔着门出去，而是转身走到叶侍郎身前，一伸手：“爹，我没钱了！晚上要与同窗们去吃酒。”

姜氏怔了一下，赶紧转头要吩咐身后的丫鬟，却被叶璟碰了一下，摇头制止了。

叶侍郎气得直吹胡子，伸手狠拍了一下叶勉的手掌，恨道：“你是哪个？竟伸手与我来讨钱！”

叶勉嘶了一声，扬着下巴理直气壮道：“我是您伸手就能打的儿子，您是我伸手就能讨钱的爹！”

屋子里的下人们都低着头憋笑忍得辛苦，连姜氏都转过头去，邱氏咳了一声催促道：“不过是些银两，快些给他，打发他上学去。”

叶侍郎不好在此时与他纠缠，耽搁他上学，只恨恨地指了指他，随即解下钱袋。叶勉凑过脑袋一齐往里面看去，而后哼唧道：“谁要你的散碎银子？快把里头那几张银票给我。”

叶侍郎又往他伸过来的爪子上拍了一巴掌：“你急什么！我还没看这是多少银子！”

“娘！”叶勉转头喊邱氏。

“你那荷包里能装多少银子，都给他又能如何？”邱氏气道。

“给给给给给！”叶侍郎不耐烦得连钱袋子都不要了，一齐塞给叶勉，“滚去学里上学去！少在我跟前气我！”

叶勉得了钱，也不计较叶侍郎态度恶劣，冲叶侍郎甜甜一笑便抓起钱袋子跑去上学了。

马车上叶勉展开几张银票看着上面的面额嘿嘿直乐，对丰今说道：“你哥下手还挺狠，装了这么老些。”

平日里叶侍郎身上带的钱袋子都是丰今的哥哥右铭在整理，叶勉钱匣子空了，想好了今日要与他爹讨钱，便让丰今私下里与他哥知会一声，往那荷包里多放上些银两。

丰今嘻嘻笑道：“我哥说，四姨娘这些日子见天儿地抹眼泪，从老爷那里哄去好些银子，咱们不下手，就都到那头去了。”

叶勉挑了挑眉，如今大房已经定了叶乔过继，四姨娘一面和邱氏伏小，又一面和叶侍郎拿乔，两头转着圈儿地讨好处。

在国子学用了午膳后，叶勉几人懒洋洋地歪躺在湖边的草地上，如今已经立了秋，虽有秋老虎，日头终究不那么厉害了。

魏昂渊懒散地靠坐在一棵歪柳下，叶勉枕在他腿上昏昏欲睡，捡起一块石子儿，朝着离他好远背对他躺着的李兆身上砸去。

李兆却动都不动。

叶勉撇着嘴仰起头看了看魏昂渊，魏昂渊低头看着他笑了笑："他再不肯理你的。"

叶勉揉了揉鼻子，李兆少年初开的情窦昨晚被他带着荣南郡王拍得稀碎，伤心得不行不行的，说是失眠了大半宿，又想起答应了他采自家园子里的紫苑花给他，便起身亲自带着下人将府里的花园都薅秃了，才派下人将花送去了侍郎府。

今儿午前是薛老头的时文课，一宿没睡的李兆实在耐不住瞌睡，趴在案上睡熟了，被薛老头发现后撵了出去，还罚着抄一百遍今儿课上的文章。

如今他正气着呢，说是再也不理叶勉了。

叶勉吸了吸鼻子，爬去李兆那边，还没等咧开嘴，李兆就面无表情地翻了个身过去，把屁股对着他。

魏昂渊、阮云笙几人都在那里憋笑，一脸看戏。

叶勉无奈，又从他身上翻了过去，绕到李兆前面，却被李兆烦躁地推了一把。

"你烦不烦？"

叶勉被他推得一个趔趄，也半点儿不敢龇牙，小心地讨好道："那我想想办法，与那小姐递个话，让她知道你的好，没准儿她就回心转意了。"

"谁稀罕？"李兆暴躁地坐起身，气道，"她心里都有荣南郡王了，我还要她作甚？"

叶勉一脸震惊，奇怪道："不是你说那位小姐是你的执念吗？"

"是又怎么样？！"李兆吼道。

叶勉挠了挠脑袋，嘟囔道："那您这执念未必也太单薄了些……"人家小姐只不过第一眼没相中你，你就不想要人家了，未免也太……

“这有什么奇怪的？”李兆没好气地哼道，“我将来的妻子自然是眼里只能有我一人，若她心里想过别人，那成什么了？”

叶勉翻了翻眼皮，腹诽道：“能成什么啊？就兴你少男情窦初开，不兴人家姑娘少女怀春，你们大文男子的‘处女’情结也忒不讲道理了！”

虽说李兆是他好哥们儿，但叶勉也不得不说，就他这样的，搁到叶勉生活的前世能被姑娘们把李兆狗头给打爆了。

叶勉不想在这个问题上过多与他纠缠，想了想便问他：“那我帮你抄文章总行了吧？你别真不理我啊！”

李兆一脸不屑地嗤道：“就你那手字帮我抄，薛老头能看不出来？”

叶勉被他噎得心口一痛，争辩道：“我的字都进益好些了！你能不能不要总是提这个？”

魏昂渊、阮云笙和温寻见这边争了起来，赶紧敛了笑，围了过来。

叶勉喊完也不大高兴，魏昂渊一只手臂揽着他脖子晃了晃，叶勉泄了口气嘟囔道：“我又没说是我亲自帮你抄，我前些日子认识一人，写仿字特别厉害，我找他去。”

“谁啊？”阮云笙好奇问道。

叶勉回想了一下，扑棱扑棱耳朵，倒忘记他叫什么名儿了，只记得是启谦院的，好像是叫什么昱。

◆ ◆ ◆

趁着还没敲钟，叶勉起身让墨拾带他去了启谦院。

启谦院在寒门学子读书的苑区，叶勉不曾去过，亏着有熟悉路的墨拾在前头带路，俩人在逼仄的小径里绕来绕去，终于在敲钟前赶到了启谦院门口。

站在院门外往里头随意打量了一眼，院子不大，也没有花园，只有一座大学屋并着几处光秃秃的石桌石椅。

叶勉带着墨拾在院子里几个学子的满眼惊诧中走了进去。

到了他们学屋那里，叶勉心下才犯了难，那人到底叫什么，他怎么就想不起来了。他这臭记性！

叶勉抱着手臂站在门口，眼睛往里寻着。就快敲钟了，学屋里几乎坐满了人，启谦院又是七八十人一个屋子读书，叶勉只觉着满屋子的人头，眼睛都瞪得比他还大地望着他。

就在叶勉耐心快告罄之时，学屋的最角落里慢慢地站起一个人，叶勉眼睛一亮，就是他！

他虽忘了这人的名字，却对他极俊秀的容貌印象十分深刻。

叶勉笑着朝他勾了勾手。

那人出来后，叶勉把他拉去院子里一处僻静的地方。

“叶四少爷，”那人满眼难以置信，“您是来寻祁昱的？”

叶勉也未在意，心里料想是他们那边的人很少来这边的教院，一个个都大惊小怪的。

“是是是，我找你，”叶勉脸上摆出了求人该有的笑容，拍了拍他的肩膀，低声道，“上次你仿我的字帮我抄书，我还没好好谢谢你，这回我一是和你道个谢，二是还想再求你一回。”

祁昱眼里一丝掩盖不住的惊喜，点头道：“叶四少爷请讲，只要祁昱能做，一定竭力而为！”

叶勉搓了搓手，不太好意思地说道：“就是我一好兄弟因着我被罚了抄书，我就想起你那手仿字写得极好——”

“我替他抄！”叶勉还没说完，祁昱就打断他说道。

太上路子了！

叶勉欣喜地揽了揽祁昱的肩膀，高兴道：“这回不急，你慢慢来，等会儿我让人送纸笔和他的字过来，上回你给我抄书是因着我下湖去救你，这回却是我来求你，等你写好了，我定来谢你！”

叶勉与祁昱商议好，便高高兴兴地带着墨拾出了启谦院。祁昱一动不动地站在那里盯着叶勉的背影，过了好久才微微抖着手在袖子里摸索着什么。

夜心堂是国子学设在每处宿苑院子里的一座房舍，专为苦学的学子们秉烛夜读而用。

祁昱拿着细挑子拨了拨烛芯，豆大的烛花重新蹿起一截，光晕四散开来，他揉了揉发酸的手腕刚要执笔再抄，就看见和他一个院子的邱容安披着衣裳走了进来。

邱容安把带来的一碟子豆糕摆在案上，语露关心道："就知道你在夜心堂，给你送点儿吃的，这都已经四更了，今晚不睡了？"

祁昱笑了笑拱手道谢，拈起一块点心就着桌上早已凉透的茶水吃了起来。

祁昱没回答他，邱容安也不介意，又问道："你用什么功呢？这么晚了也不歇息。"

"无事，随便写点儿文章。"

祁昱敷衍得明显，邱容安也不好再问，只是往他桌案上瞧了一眼。

已经写了字的一沓纸，早在祁昱看见他进来时倒扣而置，不过案上摆着的纸笔等用具却一看就不是凡品，至少像他们这种人是绝对用不起的，纸张细腻柔韧，墨汁不但不臭，反而有股古朴淡雅的馨香之气。

这些都是叶勉平日里用的，午后就让墨拾送来与祁昱，既是作弊，这等细节自然不敢忘了。

邱容安盯着桌上那大半块价值不菲的戡春墨有些失神，鬼使神差地伸手过去，还没碰到墨就被祁昱的咳声打断了。

邱容安醒神一般忙把手收了回去，而后不禁有些面热。

祁昱清了清喉咙道："多谢容安兄的茶点，太晚了，你快去歇息吧。"

邱容安没有走，盯着祁昱的脸看了好久，讷讷问道："你不是和丁淮那些人闹掰了吗？他竟还肯给你这么好的东西？"

祁昱面无表情地看着他。

一时气氛有些僵硬，邱容安想起此次来的目的，硬着头皮坐了下来，问道："今儿白日启瑞院的叶四少爷竟来我们院子寻你，可是因上次落水的事与他有了交情？"

祁昱依旧没有说话。

邱容安似想起来什么，突然站起身来看了一眼桌上摆的纸墨，结巴道："这……这些不会是叶四少爷赠予你的吧？"邱容安瞪大眼睛审视地看着祁昱道，"你……你难不成……"

邱容安虽话没说完，意思却表达得十分清楚。祁昱闭着眼睛深深地呼出一口气，才冷静道："这话你可别乱说，若传了出去，我活不成，你这国子学怕是也读到头了。"

邱容安咽了咽口水，死盯着他："那你是……"

“不过是之前与叶四少爷道谢之时闲聊，他提起我生地潇州那边的一本失传的民间话本，恰巧我幼时在街上听说书相公讲过，便应承他默一份给他。”

邱容安看了看祁昱又看了眼桌上倒扣的纸张：“所以你连夜为他赶抄这个话本？”

祁昱点了点头。

邱容安看了看他，这说法倒是对得上，祁昱这人爱巴附权贵，好不容易搭上了叶勉，定是要不分昼夜默完的。

祁昱在天亮之前收了纸笔，轻手轻脚地回了屋子，仰躺在床上睁着眼睛，却半点儿睡意都没有。隔壁床的鼾声透过帐子传了进来，祁昱伸手从枕头底下掏出一个巴掌大的布袋。

帐子里漆黑一团，他也不在意，熟门熟路地拆开口袋，拿出里面的东西细细地用手摩挲着。

他手里是一只鎏金球形手炉，祁昱夜夜入睡前都要拿出来把玩一番，用手指仔细地描绘、感受，以至于手炉上哪一处镂空、哪一处花瓣纹路他都了如指掌。

手炉做得十分精巧，球体分两层，外层销了一层薄金，通体镂空纹花鸟，这种金贵玩意儿自然不会是他的，而是去岁冬日在学里西南角那处死梅林里，叶勉随手塞给他的。

叶四公子怕是早就忘记这么个东西了，应该也忘了他这么个人，祁昱指尖细细摩挲着手炉上那只鹊儿的形状，可他却忘不了他啊。

每晚宿前，同屋的同窗们都会老生常谈地提起学里那些权贵之子，说起这些，自然又要讲一遭端华公子的胞弟，叶家那个长得仿若仙童一般的四公子，说他今日又如何骄纵，如何嚣张跋扈，如何不将师长、司正放在眼里，学里又奈何不得他，仿佛事发之时，他们就在一边看着一样。

祁昱不是一个口舌爽利之人，可他还是想与他们辩上一番，他想说：“这人并非你们口中那样不堪，我见过他，他还与我说过话。我开罪了他，他不但没惩治我，也没与他身边那些人一起嘲笑我的落魄、狼狈，反而见我冻得厉害，还将他自己的手炉给了我。他和我说起话来，声音也是温温柔柔的……”

可是话到嘴边几次，终是没有开口。

祁昱就这样每日夜里听着他的同窗们在黑夜的掩盖下，十分可笑地用着艳羡又嫉妒的口气，肆无忌惮地谩评着这个他们白日里根本不敢提及的人。

生平第一回，祁昱恨足了自己出身贫贱，若他也出身高门，他是不是也能笑着走去他面前，好好与他说话结交，就像那日林子里与他勾肩而行的几位公子一般，而不是如今这样，站在启瑞院门口久了，都会被守在那里的侍童瞪视，只能每日午息之时，离着萃华楼好远，连他的面孔都看不清。

可就算如此，他也要每日看上一眼才能安心。

祁昱之前并没有多大志向，他这样的出身，想出仕极难，可读完国子学回乡去官学做个人人敬重的教书先生却是极好的。

他自是知道他这样出身的人想要稳稳地出仕该如何去做，借着一些懂门道的人，他终于搭上了几个坤字的高门之子，一味地曲意逢迎。

只是他知道这些人会轻贱他，却没想到他们会不把他当成人来待，终于那日在湖里的游船上，他不堪受辱自行跳下湖，游往岸边之时腿却抽了筋。他在湖中心最绝望之时，万万没想到竟会有人跳下湖来救他，待看清这个人是谁时，祁昱脑子一片空白，下意识地抱紧了救他的人。

若是沉于湖底，便再也不会受此屈辱之苦了。

◆ ◆ ◆

过了七夕没几日便是中元节，国子学按例放了学生们半日的假。

一大早，叶勉就早早起来跟着叶侍郎还有他哥开祠堂祭祖，今年因着大房也在，又定了他五弟叶乔过继，虽还没正式过继立嗣，他爹和他大伯还是在祠堂里和叶家的列祖列宗们絮絮叨叨了好久，叶勉跟在后面膝盖都跪麻了。

午后他踩着二遍钟的钟声进了启瑞院的学屋，好在今儿个先生因着祭祖也来迟了。

叶勉还没坐下就被墨拾使了个眼色引进一旁的暖阁，用白釉纹瓣盏泡了些梅子茶给他消食，又递给他厚厚一沓纸封。

叶勉放下茶盏，拆开纸封，随即笑了笑，是祁昱抄好的文章。

墨拾却皱起了眉头，小声道："那人也不知道避讳着点儿，这要让人发现了可怎么好？"

"嗯？怎么？"

"他来了竟也不知先来寻我，倒直直说要见您，守在门口的墨青、墨初问他是您什么人，可是您请他过来的，他俱说不出，只说是送东西给您。墨初说让他把那沓纸封留下，待您来了学里就交给您，他也不许，只说要亲自给四少爷您。"

叶勉愣了愣。

"墨初他们几个可是好相与的？损起人来嘴巴跟淬了毒一样，围过去看热闹的人就越来越多，后来我去了，外头又敲了头遍钟，他才把这东西给我，然后自行回去了。"

叶勉皱了皱眉，又看了看刚被他撕裂的纸封上封得死死的火漆封缄，才笑了笑道："无碍，怕是他不放心经别人的手，倒也是有心。"

这时外面的侍童出声提醒先生进了院子，叶勉赶紧起身，又吩咐了墨拾一句："你与墨初几个说，下回这人再来寻我，让他进来便是，不必拦着。"

墨拾低头应是。

今日是七月半，民间说法是鬼门大开的日子，按理说，叶勉是绝不会在这天晚上出去乱晃的。

他第一回在这大文朝睁眼，就是去岁这一日，时间巧合得让人发毛，因而平日里叶勉每每听人谈起什么鬼神异事，心里都会抖上三抖。

可是兵武监的秦敖却偏偏选了这一日，邀他和齐野还有姜北勤出去吃酒。

叶勉叹了口气，之前是他开口求的秦敖，待他们兵武监那三个挨了揍的武学生伤好了之后，几人聚上一聚，化干戈为玉帛，现下既然那边先开了口定了日子，他也不好叫人改日子，只能硬着头皮应邀。

国子学散学要比兵武监早上一些，叶勉、齐野还有姜北勤三人到了酒楼，茶都喝了两壶，兵武监那群人还没到。

因着上回醉月楼那场闹剧，秦敖倒是没敢再约在那烟花地，正正经经地在热闹地方寻了一处不错的酒楼。

叶勉托着腮戳在窗边，看着远处天上星星点点飘着的天灯发呆。姜北勤捏着杯子过来，见他看得出神，也伸头往外头看了一眼，道："要么一会儿散了，哥带你放灯去？"

叶勉回过神来，摇了摇头，道："给阴人引魂的东西，我不玩儿。"

别再给自己引没了……

姜北勤"呸呸"两声，皱眉斥道："胡说什么呢，这是给先人引路早登极乐！你这张嘴再没个把门儿的，我就告诉姐夫去。"

叶勉白了他一眼，撇嘴道："告状精。"

姜北勤嘶了一声，放下杯子就要收拾他，叶勉赶紧绕去如意桌那头躲着，齐野在一边看热闹乐得直拍大腿。

几人这边正闹着，外边忽然一阵喧闹的动静，不一会儿，秦敖就带着几个人吵吵闹闹地走了进来。

秦敖进来看见这阵仗，哈哈笑了一阵儿，随后带着人坐下，问姜北勤："又在欺负你弟？"

姜北勤气道："我欺负他什么！自打他大了，他什么时候听过我的话？我说他一句，他八十句在那里等着我！"

叶勉回嘴道："那你有什么话不能好好说，偏偏每次先去找我嫂子和我大哥，这不是告状精是什么？"

姜北勤见他还敢顶嘴，撸起袖子就要去抓他，好揍上一顿解气，却被秦敖一把拦住了，好生地给他顺毛顺气。

几人终于安安生生地落座之后，叶勉本以为今儿个又得是他先觍着面皮给这两边话和，看着秦敖身侧被抽了一鞭子那兄弟脸上现在还有一条浅色的疤，叶勉咽了咽口水，也觉得为难。

哪想还没等他说话，秦敖先提着酒杯站了起来，几句话就把这事儿给掀了篇儿，叶勉愣怔了一瞬，又看了看那位疤痕兄，那人脸上竟没什么异样，显然是提前就安抚好的。

叶勉和齐野二人对视了一眼，纷纷不解其意，叶勉又去看姜北勤，姜北勤也朝他摇了摇头。

叶勉挑了挑眉，这是有事儿？

果然席到一半，秦敖就将叶勉带到一边的角落，好声好气地笑着，递给他一封信。

“这是什么？”叶勉问他。

秦敖揉了揉鼻子，小声道：“勉哥儿，你能把这信交给你大哥吗？”

叶勉看着他张了张嘴，没有说话，也没有接那封信。

秦敖讨好地笑了下，道：“兄弟，也不瞒你，这信是打我表哥那儿来的，他府上有个案子现在正在大理寺，如今正是要紧的时候，想与里面说上两句，奈何你哥那里向来是外人近不得身，见他快比进宫面圣还难了，这也是被逼得无法了，才想到你。”

叶勉摇了摇头，正色道：“这怕是不行，我如今还小，我哥向来不准我沾手这些。”

秦敖挠了挠脑袋，又笑了下，姿态又放低了些去求他，叶勉却当真为难，不肯接信。

见这边有异样的姜北勤走了过来，问他们是怎么回事。

秦敖叹了口气，也不瞒他，一五一十和他学了一遍。

“他们府上几口子急得都快扯绳子上吊了，”秦敖急道，“北勤，你帮我劝劝这位祖宗可好，倒也不用如何，只要将信交给端华公子便可，至于叶少卿是看都不看就将信烧了，还是看了信却不允，这都无碍，我只领叶勉这份人情，以后不论什么事都尽可来找我！”

姜北勤听了也甚是为难，想了好一会儿才皱眉道：“你这还真是为难勉哥儿了，我姐夫那人公私分明得厉害，怕是信交出去了，他却要挨顿罚。”

叶勉连连点头。

秦敖听他这么说也不好再劝，垂头丧气地点了点头，又回到桌上与大家吃酒。

姜北勤偷偷对叶勉使了个眼色，摇了摇头。

叶勉也叹了口气，就算是他哥不罚他，这信他也万万不能收，庙堂上向来比他们学里复杂得多，谁知道这信里面写的是什么东西……

可如此也确实结结实实地下了秦敖的面子，叶勉心里有愧，只能打起精神，多敬了秦敖几杯酒水。

儿人在酒楼闹到快后半夜才散，只是叶勉刚上了叶府的马车，还没坐稳，秦敖就钻了进来，把信往叶勉怀里一塞，道："兄弟，你再想想，若是真不行，你明儿把信给哥原封不动退回来也成，哥照样记你一份情义！"

秦敖说完也不给叶勉说话的机会，蹦下马车就跑了。

"欸？"叶勉扒着窗子叫他，人却已经打马跑远了。

叶勉有些气恼，却又没办法，只能叹口气，想着明日早早就将这信退还回去。

叶勉今日喝了不少，他这副身子酒量又一般得很，一路昏昏沉沉地回了府，又被宝年压着喝了一大碗醒酒汤才迷迷糊糊地沐浴更衣，爬去床上睡觉。

宝雪见叶勉吃了这许多的酒，虽问了丰今，说是路上没吐，终是不放心，撂下帐子前，小声嘱咐叶勉："我和宝荷今晚都在东次间儿守着，你夜里要什么，记得叫人。"

叶勉闭着眼睛哼唧了一声算是答应了，她们今晚都守着他也好。今儿是鬼门开的日子，他怕他一睁眼就看见鬼。

叶勉半夜睡得迷迷糊糊，却又胸口闷得很，想要伸手拂下身上的被子，却发现手臂怎么都抬不起来，难受地喘了几下粗气，意识渐渐有一丝清明，身子却依旧动弹不得。

这是鬼压床了？！

叶勉心内一丝骇然，努力地想要坐起身，却依然徒劳。

叶勉知道自己这是做梦，大脑冷静地安慰着自己，现代人要相信科学，这是常见的睡眠麻痹现象，之前也不是没遇到过，过上一会儿就好了。

只是时间越久，仿佛身上越没有力气，好像和之前不大一样。

叶勉终是有些崩了，能感觉到自己浑身汗津津的，想要开口喊人，却连嘴都张不开，脑子浑浑噩噩，想要入睡却又被吓得几丝清明。

大脑的意识正拉扯间，却突然听到床帐外有些窸窸窣窣的动静，叶勉心内一懔，这动静绝不是他熟悉的宝雪、宝荷！

叶勉一时吓得都快哭了，却依旧发不出声，哭都哭不出声，前世看过的所有恐怖片在他脑子里走马灯一样转着，脑内无限想象外面那是个什么东西。

叶勉身子发着抖，最终还是失去了意识。

他再醒来时，一睁眼就被人捂住了嘴。

叶勉应激张嘴就咬，只听那人嘶了一声，却没有躲，随即一股熟悉的冷香钻进鼻尖，叶勉睁大眼睛。

“唔唔，庄珝！！！”

“怕成这样？”

“你搞什么鬼？”叶勉气到脑内炸烟花，恨不得提刀砍了他！

庄珝又一把把他嘴捂住，嘘声安抚：“你别吵，一会儿把人吵起来了。”

叶勉一把拽下去他的手，刚想张嘴骂他，就听庄珝又低声说：“刚才那人不是我。”

叶勉瞬间瞪大眼睛，只觉得头皮发麻，后背密密地冒了一层冷汗。

“你说啥？”叶勉颤声问道。

“不怕。”

庄珝见他身子在抖，是真的怕了，便轻声安抚他。

第十五章 金玉其外

『庄翊这人性情乖戾、暴虐，不仁不义，不孝不悌，简直下作不堪，不配为人。』

叶勉推开庄珝，问道：“到底是怎么回事？”

庄珝被叶勉推开也不介意，靠在背后的引枕上：“是嘉贵妃的人。”

“嘉贵妃？”叶勉一脸震惊。

“前两日七皇子一直与她闹着要讨你做伴读，她便又起了那心思，却怕你与我关系密切，便派人来跟着你查探一番。本想夜里收拾了他们，”庄珝冷哼一声，继续道，“哪想那两个蠢货跟着你进了府，怕是被你今日收的那封信勾进来的，想黑下来，回头去主子那里讨功赏。”

叶勉的大脑消化了半晌，随即他拍了拍胸口，松了一口气，道：“还好，是人就好。”

庄珝：“……”

“这么看着我干什么？你又不是不知道我就怕那玩意儿，杀人不过头点地，吓人可不行。”

庄珝无奈地看着他：“你是亏心事做多了不成？”

叶勉摆了摆手：“你不懂！”心想：“你又没死过。”

庄珝摇了摇头，似是不知从哪里说起，过了好一会儿才看着他语重心长道：“恶人比恶鬼可怕的道理，叶璟没教过你？”

叶勉突然想起了什么，问他：“那两个恶人呢？”

“在我那里，怎么？”

“你要怎么处置他们？”

“你想怎么处置？”庄珝挑了挑眉，饶有兴致地看着他。

“我说了，你定要说我是妇人之仁，可是你可不兴如上次一般挖眼割舌又抛尸的，”叶勉抚了抚胳膊上的鸡皮疙瘩，“太残忍了些。”

庄珝看着他，幽幽地问道：“你可知你哥在大理寺是如何刑讯的？”

叶勉瞪了他一眼：“你少挑拨我们的兄弟关系。”他哥还有个诨号叫“玉面阎王”，他怎会不知其含义？

庄珝不太高兴：“怎么叶璟能做的，我来做便是残忍？”

叶勉张了张嘴，如实辩解道：“我只是接受不了有人因为我而被如此惩治。”

庄珝看了他一眼，半晌才淡淡道：“那便算了，只是他们吓到你了，不惩不行。既如此，便只吓吓他们就好。”

庄珝一时变得这么好说话，叶勉总觉得哪里不太对劲，只是今晚他脑子乱糟糟的，一时想不出，便没再继续纠缠。

“今晚这事儿我得谢你，不过现下时候晚了，待明日我去学里寻你细说。”叶勉揉了揉额角，说道。

庄珝盯着他的脸，缓缓道：“不能现在谢吗？”

叶勉抬起眼睛：“你想我怎么谢你？”

庄珝愣怔了片刻，随即摇头道：“不愧与叶璟是亲兄弟。”

叶勉踹了他一脚：“你少去打听我哥！我哥当年如何，我不清楚，不过，你若胆敢再胡说，我打断你第三条腿！”

叶勉横眉立目，庄珝却看着他点头：“你如此，我倒更放心些。”

叶勉没忍住又踹了他一脚。

庄珝转头利落地钻出了帐子。

“你的两个丫鬟一会儿就会醒，你让她们睡在你的床边脚踏上，不过是两个奴才，也值当你心疼。”

叶勉的脚生疼，嘶嘶哈哈地揉着。

庄珝走后，叶勉将昏睡的宝雪、宝荷唤了起来，说要沐浴。

两个丫鬟见叶勉寝衣背后都湿透了，额发也是汗津津的，吓得一跳，忙问是怎么回事。叶勉便敷衍说自己做了噩梦。宝荷赶紧把人都叫了起来，在院子里的小灶上烧了水给他沐浴。

沐浴完再在窗边晾干头发，外面已经露出晨曦，叶勉看了看屋子里的漏刻，倒是还能睡上半个时辰，便打着哈欠爬上了床，没承想，他躺下了却没爬起来。

许是被这一晚上的糟乱魇着了，抑或是刚出了满身的冷汗就洗澡，又在窗口吹风着了凉，叶勉这副身子竟发起热来，而且病势汹汹，待他身边伺候的大丫鬟发现不对劲去探他额头时，他已经烧得厉害。宝雪、宝荷吓得腿肚子都软了，赶紧跑着去正院禀告。

等邱氏和叶侍郎着急忙慌地赶过来时，叶勉已经烧得意识都不清楚了，任别人怎么唤都唤不醒，只躺在那里哼哼唧唧地说着胡话。

“去！赶紧去把葛大夫给我请来！”邱氏的声音有一丝尖厉。

待葛大夫被丰今拽着袖子拖到宝丰院把了脉又给开了方子，之后给叶勉强灌了药，邱氏才想起来惩治宝丰院。她问清楚昨日的情形，便恨恨地一拍桌子，叫人把宝雪、宝荷还有丰今全都拖下去狠狠地打了一通，又从正院调两个大丫鬟过来服侍叶勉。

叶勉被灌了药后依旧烧得滚烫，人事不省。邱氏抹着泪与赶过来的叶老夫人和大嫂何氏抱怨：“怎么这两年每回的七月半都闹这么一出？去岁也是这一晚，突然就发起热来，怎么灌药都没用。娘，您说，勉哥儿是不是被什么不干净的缠上了？”

“别胡说！”叶老夫人轻斥，想了想又不安道，“上回亲家给求的福囊可找出来了？让人挂在床头上。”

“一直在他床头挂着呢。”邱氏拿着帕子点了点眼角道。

何氏一脸担忧道：“弟妹也不用多想，想是巧了，刚那丫鬟不也说了，昨儿夜里勉哥儿发了汗又沐浴了一回，怕是夜里露水凉，硬生生给冻着了。”何氏肃了口气，“只是咱们哥儿身边伺候的奴才着实可恶，若是我，定是不肯饶的！”

邱氏冷哼了一声，恨声道：“勉哥儿待人仁义，我是怕孩子醒了与我要人，不然大嫂以为我这次会留着她们？”

何氏叹了口气，安慰道：“也是，别他醒了再因着这个闹上一场，病倒难好。只等他身子利落了，咱们再慢慢收拾。”

叶老夫人将鹿头拐杖往地上一蹾，哼道：“如今他身边的这几个伺候的日子长了，都以为小主子再不会奈何她们，便都不肯上心了，看我这次饶她们不饶！”

守在床边伺候的宝年、宝月早已吓得脸色刷白，拿着帕子给叶勉擦额汗的手微微发抖。

叶勉自是不知周围都发生了何事，他这回烧得迷迷糊糊，神志不清，几乎是昏睡着，梦里一会儿是这边的大文朝，一会儿又是那边的世界。待中途烧退了些，他倒醒过两回，只是脑子还是糊涂着，别人问话，他也不知道答，自己说些什么，别人又听不明白，吓得邱氏又哭了两场，叶老夫人在佛堂里求了好些时候，连叶侍郎都急得满屋子踱步乱转。

待叶勉真正清醒时已经是两日后，他一睁眼就看见了他大哥和他嫂子，只是张嘴喊人时却发不出声。

叶璟扶着他坐起来，一点点地给他灌了些蜜水，叶勉往下咽的时候却感到十分痛苦。他抬起发酸的手臂摸了摸喉咙，心里知道这是扁桃体重度发炎了。叶勉难受地倚在叶璟的怀里，蔫儿得像刚被霜打过一样，哪有半点儿平日里活泼的模样。叶璟心疼得不行，抱着他哄了又哄。姜氏急急地催着丫鬟们把药煎了出来，一口口地给他喂了进去。

叶勉虽清醒了却没精神，叶璟给他掖了被子，让他再睡上一会儿。叶勉却把他哥拽住不让他走，又示意他哥给他拿纸笔。

叶璟没有同意，只坐在床边隔着被子在他身子上拍了拍，轻声哄道：“你想说那天夜里嘉贵妃的人闯进来的事对不对？可是吓坏了？大哥都知道了，此事自有我来处理，你只专心养病，不必忧心，听话。”

叶勉睁大眼睛，用气音问道：“你怎么知道的？”

叶璟也没瞒他：“荣南郡王。”

叶勉眼睛瞪得更大了些，叶璟轻笑了下，赶紧出声安抚道：“无碍，他人好好的，我们也没打起来。”

叶勉伸出手，用手指在叶璟手心上写着：“我不该收秦敖的那封信，是不是给大哥惹麻烦了？”

“这事儿不怪你，那信其实也没什么要紧的，”叶璟拍了拍他的手，道，“只不过嘉贵妃的人以为那是什么要不得的东西。两个蠢货罢了，倒吓到了你，死有余辜。”

“死？”叶勉吓了一跳，在叶璟手上画着。

叶璟摇了摇头，知道他在担心什么，便轻笑道：“没死，不过落在庄翊手上也不太好，他那人手段向来阴绝。”

叶勉心下一松，没因着他死了就好，又问：“他把他们怎么了？”

“一人还好，另一个吓得疯癫了。”

叶勉愣在那儿，心想，这人怎么还能给吓疯了？

叶璟摇了摇头：“他中元节那天夜里把这二人带走后，便把他们扔进了乱葬岗，逼着他们分开，让他们按着坟头次序，每人抄上一百个墓碑上刻的主人名与逝日，并威胁他们，抄错一字便断他们一根手指。其中一人抄到一半承受不得，便如此了。”

叶勉打了个冷战，原来这便是庄翊的“只吓吓他们便好”。

◆ ◆ ◆

叶璟在叶勉清醒后第二天就把他接去了碧华阁，说要亲自养他一阵子。邱氏虽不解，却没有拦着，她正好趁此机会下手正一正宝丰院的规矩。

叶勉这些日子每天三碗苦药，硬生生地体会了一把“病去如抽丝”。在这个时代，没有抗生素，也不能输药水，生病着实痛苦。他这边喉咙刚消肿，能开口讲话了，宝年便趁着邱氏派过来的大丫鬟倚浓不在，偷偷对着他抹泪，说宝雪和宝荷被邱氏打了一顿撵回了家。宝雪是家生子，倒还好些。宝荷却是从外头买来的，在府里只有一个干娘，如今被撵回去，日子十分不好过。

叶勉被吓了一跳，这几日他在碧华阁没见宝雪、宝荷二人过来就心里犯嘀咕，问了宝月她们。她们只说宝雪二人因着没伺候好他，被邱氏罚了留在那边看院子。他便没在意，哪想得到邱氏会发这么大的脾气。他自己心里明白，他这回生病与这两个丫头没多大关系，便待邱氏来看他时与她讨要二人。哪想平日里事事都顺着他的邱氏这次却坚决不遂他的意。

叶勉无奈之下只好去央求他大哥。

叶璟正端坐在书案前处理公务，叶勉扯着还有丝嘶哑的嗓音与他磨叽，叶璟却不动如山，实在烦了便说一句：“娘亲手整肃你的院子自有她的道理，你不要闹。”

叶勉郁闷道：“娘不知道那晚的情形，大哥你又不是不知道，与她们有什么关系？这也太冤枉人了。”

叶璟皱眉：“冤枉什么？夜露那么凉，给你沐浴又让你在窗边吹风就有道理了？”随后又冷声道，“你那院子的规矩早已不成样子，就算娘这次不出手，我也会让你大嫂去你那儿整治一番！”

叶勉见他哥有些火气，便不敢使劲顶着，只是站在他前面嘟囔着：“松散些不好吗？外头那么些规矩，在自个儿院子里还不让松快些，这日子还让不让过了？”

自从邱氏惩治了宝雪、宝荷，又从正院调过来大丫鬟看着，现在叶勉身边伺候的那些个每日都战战兢兢，连平日里三天两头就和他斗嘴的宝年都时时束着手脚，半句话不敢多说。如今他在府里，迈一步恨不得有几十只眼睛盯着，生怕他又出了什么问题，正院的主母追究下来。

接下来，不论叶勉说什么，叶璟都专心低头处理公文不理他，只当他是只嗡嗡嗡的蚊子。

最后，叶勉耐心告罄，双手撑在案上，瞪着他气急败坏道：“哥，你别逼我啊！你知道你弟不要脸起来可啥事都干得出来！”

叶璟抬起眼，颇觉好笑地冷哼了一声，问道：“你又能如何？”

“我可要撒泼打滚啦！”

“哦，”叶璟又低下头继续批复公文，淡淡道，“那你滚吧。”

哪想叶勉真的就势躺在地上。叶璟的动作一滞，他刚想站起身去揍叶勉，却被领着丫鬟来送甜汤的姜氏撞了个正着。

待与书房里伺候的书童问清楚状况，姜氏指着叶勉无奈地骂道：“竟比勤哥儿还浑赖些！快起来，那地上凉得厉害。”

“勤哥儿有世子哥哥疼，我可没有，我不起来！”

姜氏带来的丫鬟们纷纷低头憋笑。

叶璟卷着袖子站了起来：“好好好！我来疼你。”

叶勉见他哥终于肯离开书案，赶紧一骨碌爬起来，抱着他哥的胳膊缠了上去，可怜兮兮道：“哥，你先别批公文了，先听我说会儿话……”

叶璟无奈地揉着额心听他絮叨，最终还是经不住他的磨缠，给姜氏使了个眼色。

姜氏嗔了叶勉一眼，道：“一会儿我亲自去和母亲说。不过，把人要回来了，也是要降等的，不许再在你跟前伺候了，你也不许再闹了！”

叶勉赶紧点头。

叶璟嫌弃地把他推开："脏死了，莫要挨着我。"

叶勉赶紧滚得远远的。

叶勉这次病来如山倒，起初几日根本爬不起来，因而和学里又告了几日的假，最后两日正赶上学里的旬假，他就想着和好兄弟们趁着秋高气爽去京郊松散一回。他这几日被他哥拘在碧华阁，都快闷出自闭症了。哪想着齐野却先邀他，还邀上了魏昂渊和李兆他们，叶勉便欣然赴约。

现下正是好时候，秋日的阳光明亮却不炙热，打落在身上令人暖洋洋的，惬意得很。几人嫌马车里憋闷，全都打马而行，不到一个时辰，便到了那座山庄。

叶勉几人到时，齐野已经候在那儿，他身边还有一人，比他们大了几岁的模样。

齐野将众人带去一座三面环水的风亭，里面已摆了一桌席面。齐野吊儿郎当地揽着身边那人问叶勉："勉哥儿还记得他不？"

"嗯？"叶勉仔细地看了看那人，长相太普通了，便摇了摇头，"不记得。"

齐野哈哈大笑，那人倒也豪爽，笑道："一面之缘，叶小公子不记得也是应当。"

李兆朝齐野砸过去一颗山李子，催道："快些介绍，等着开席呢。"

"上次勉哥儿和昂渊去行思阁看我，跪我身边儿那位。"齐野道。

几人恍然大悟，那不就是上回一齐与齐野闯祸，打了兵武监武学生的那个坤字师兄？

那人抱拳笑道："在下丁淮，这回是我托齐野约着各位出来一聚……"

丁淮说了半天，叶勉才明白，原来是上回两人闯了祸事，兵武监的武学生便把这二人记了号，齐野虽首当其冲，却因他们几个与秦敖说和而大事化小，而丁淮前段日子却被这些武学生整得够呛。前几日他们带着齐野代表国子学与秦敖他们讲和。事后，那些武学生便也不再找丁淮的麻烦，丁淮便托着齐野把他们几人约出来摆谢宴。

几人了然，便纷纷自报家门。丁淮虽相貌不起眼，性格却爽朗得很，很快便与他们聊到了一块儿，只是几杯黄汤下肚，他就原形毕露了。

叶勉偷偷与旁边的魏昂渊吐槽："怪不得和齐野这么快就玩儿到一起去了，竟比他还没正形。"

魏昂渊笑了下："无碍，这样的人倒好交些。"

叶勉点头。

因着这里没外人，齐野和丁淮纷纷撸着袖子，敞开一些襟怀，学那市井之人划拳喝酒。李兆也喜欢这等热闹，便加入进去，几人喝得满脸通红，吵吵闹闹的，倒也热闹。

齐野打着酒嗝，不知怎的就说到那日几人在醉月楼话和，叶勉被叶侍郎逮到的糗事。丁淮在一旁乐得前仰后合，直拍桌子。叶勉朝他们俩翻了个白眼。

丁淮在一旁笑得猥琐，挤眉弄眼道："那些粗人不懂行，下回哥哥带你们去，那才是好地方，保准谁也找不去，你们想怎么闹就怎么闹！"

"哪里哪里？"李兆被他勾起了兴趣。

丁淮想了一下，问他们："青风阁，可听说过？"

几人纷纷摇头，只有齐野一脸恍然大悟，道："那不是南馆吗？"

丁淮嘿嘿笑着，拍了拍齐野的肩膀："你小子才启字，知道得倒不少。"

齐野一脸嫌弃道："我当是什么，南馆有什么意思，谁吃席要一群五大三粗的服侍？"

丁淮啧了一声，摇了摇手指道："你懂什么，自有那还没长成的娈童扮得比那些女娘还好看，来给你斟酒。"

"那滋味儿，啧啧。"丁淮朝着齐野挑了挑眉，哄劝道，"怎么样，下回哥带你长长见识去？"

叶勉皱了皱眉。

齐野被丁淮说得有些意动，问他："果真不一样？"

丁淮拍了拍胸脯："哥之前带你去过的这些地方，有哪个让你失望过？"

齐野听完就笑了，转头和叶勉他们说："欸，咱们兄弟几个什么时候见识见识去？"

叶勉几个脑袋摇得拨浪鼓一般，齐野有一丝失望，丁淮则哈哈大笑道："我们那时候读启字也与你们一样，再过上一年两年你们便懂得其中妙处了。"

齐野被勾得十分好奇，不死心地问道："妙处在哪里？"

丁淮晃着脑袋卖关子："那就多了。兄弟以后尝过了才懂……"

李兆摇了摇头道："你还在国子学上学，怎能将那小倌儿带去学里？"

丁淮笑道："在国子学带什么小倌儿？我又不是活腻味了。学里许多寒门之子都仰着头等着你呢，我何苦来？"

李兆哑然失笑道："如此说起来，那些个倒比外头的小倌儿还方便些。"

丁淮点头，笑了笑："还有更方便的。哥哥大你们几岁，便教你们个乖，"他抿了口酒，继续道，"你们读到坤字那年，也可留意着有那好姿色且懂事的，拿些银钱养起来，日后仕途上送人也是好的，外头可好些人抢着要呢。"

丁淮说完似是想起了什么，朝身后的小厮吩咐了两句，随即又转头和他们说道："今儿个弟弟们也别白来，一会儿带个人让你们瞧瞧，你们便知道了。"

叶勉小声问一旁的魏昂渊："他不会让人去青风阁给我们找小倌儿了吧？"

魏昂渊在一旁叹气，道："人干净就行，别下了他的面子。"

叶勉不置可否。

只是叶勉没想到，丁淮让人带来给他们看的竟是启谦院的祁昱！

叶勉目瞪口呆地看着祁昱被带进来，安排在丁淮旁边坐着。

祁昱自然一进来就看见了叶勉，却只是温和地朝他笑了笑，面上没有丝毫尴尬。

几人注意到了叶勉这边的动静，丁淮看了看两人，奇问道："怎么着，叶四公子，你俩还认识？"

叶勉还没说话，就听那边祁昱小声道："上回落水是叶四少爷救了我。"

丁淮想了下，随即拍了拍脑袋道："还真有这么回事，兄弟倒给忘了。"

如此丁淮倒有些拿不准叶勉的意思，也不知道这一出是不是把他得罪了，转头看了看齐野。齐野耸了耸肩，他也不清楚。

丁淮打着哈哈笑着，又给他们敬酒。不一会儿，席间又热闹起来，只是对着祁昱却尊重了些。

祁昱趁着叶勉去恭房时跟了过去。叶勉倒是料到他会来，只笑了笑，和他说："这么说可能会有所得罪，不过你生活上若有什么困扰可以来找我，以后还清便是，不必介怀。”

“多谢叶四少爷，祁昱生活虽拮据，倒也够用，只是……”祁昱看着他笑了笑，“祁昱是想出仕。”

叶勉点了点头，小心道：“你虽出身寒门，不过科举出仕也不是不可能……”

祁昱看着他，说：“可我不能离开京城。”

叶勉一愣，原来他是不想被外放。叶勉心里摇头，面上却不显，人各有志，他不必用自己的一套去规劝别人，遂只笑道：“那也好。”

◆ ◆ ◆

旬假过后，叶勉老老实实地一大早就爬起来去国子学销假。

丰今等人立在叶府门外的马车前，见着叶勉便眼圈一红，又生生地被一旁瞪着眼睛的牛管家吓得憋了回去。

这回邱氏整肃宝丰院，一直与叶勉里应外合糊弄主子的丰今也没逃过去。

叶勉发热那晚，丰今没有及时上报主子喝醉了酒，便被邱氏抓住了把柄，只是她还没来得及出手，丰今就被他哥哥右铭先逮了去，狠狠地抽了一顿鞭子，又亲自带人去向邱氏赔罪。右铭跟在叶侍郎身边伺候了将近十年，两人的情分很不一般，叶恒的很多府外事也都是右铭在打理，邱氏只好给他这个面子。

马车里没有外人，丰今撇着嘴哽咽：“还以为不能跟在主子身边了，可吓死我了。”

叶勉心疼地摸了摸他脖子上的瘀青，叹了一声，又从荷包里掏出一大把金银锞子塞给他，愧疚道：“疼坏了吧，我以后消停着些，再不连累你们了。”

哪想丰今拿袖子抹了抹眼睛，将银钱收到自己的钱袋里，吸了吸鼻子嘟囔道：“那哪行，那日子还有啥意思？”

叶勉：“……”

到了国子学，叶勉先去教苑那里销了假，然后回湖边的院子。只是他还没等进学屋就被等在那里的童子请去了荣南郡王那里。

叶勉进去的时候，庄珝正抬着手在几个童子的服侍下穿衣，他便坐到一边的桌旁吃点心。他吃着桌上的点心，随意往庄珝那边看了两眼，只见镜子里的人身着锦绣华服，头戴宝冠，神色虽冷冷淡淡，眉目间却一片桀骜、威凛，一派天家之势。

庄珝穿戴好之后走过来，把嘴里还嚼着半块点心的叶勉拉了起来，神色挑剔地上上下下审视了一番，随后一脸严肃道："瘦了。"

叶勉这几日确实因着这病清减了许多，早上照着镜子，他自己都觉出脸上的婴儿肥褪了些，不过脸部轮廓和五官更清晰了，倒比之前看着更出挑。

"瘦了好看。"

叶勉咽下嘴里的东西，无所谓道，转身坐下喝茶润口。

庄珝皱着眉头不满道："怎么比上回在这里病着瘦了那么多？你们叶府是穷得揭不开锅，连点儿好药材都买不起了吗？"

叶勉气结，瞪着他："你少胡说八道！"

"那怎么，难不成是你爹偏心偏得连汤药都全给叶璟喝了？"

叶勉被他气乐了："你到底想说什么？"

庄珝坐下来，冷哼了一声，道："你哥当真是惹人厌恶！我前几日去碧华阁探视你，他竟让人把我挡在门外不准我进！"

原来如此，叶勉对着他翻了个白眼，哼笑道："过几日你连宝丰院也甭想进去。我哥这几日在给我挑护院，待我以后搬回去，院子里的规矩就是，谁敢爬墙，直接将他一箭射死，只留全尸，不留活口！"

被叶勉戗，庄珝倒没在意，只抿了口茶，不屑道："早该如此，不然你那院子比街市上开门营生的酒馆还容易踏足。"

对于俩人见面就吵嘴，站在一边的夏内监早已见怪不怪，他接过下人刚端进来的一盅桃胶燕窝，笑呵呵道："时候还早，小少爷先喝上两口再回院子去读书。"

叶勉歪了歪头，皱着鼻子嫌弃道："我不要，这几日在府里天天被我娘逼着喝这些东西……"

夏内监耐心十足地转过去，笑着哄劝道："这是用牛乳和梨汁儿炖出来的，不比那冰糖甜水儿，如今正秋燥，咱们润一润，听话。”

叶勉不为所动，头又转到另一边去。

庄珝把夏内监手里的瓷盅接了过来，舀了一汤匙送到叶勉嘴边：“现在不喝，一会儿把你拉进宫，让我皇舅舅看着你喝，都是一样的，你不嫌麻烦便好。”

叶勉狠狠地瞪了他一眼，伸手去拿汤匙。

庄珝往后躲了一躲：“就这样喝。”

叶勉翻了翻眼皮，心想，这人既甘愿做下人服侍他，那他有什么不乐意的？

夏内监脸上的笑滞了一下，他虽待见叶勉，也愿意捧着他，却看不惯荣南郡王低下身段哄人。

庄珝倒是饶有兴致，眉宇间平和了许多，一口一口地喂了他半盅。

叶勉见他今日的穿着比平日里华贵许多，便随口问他：“你一会儿进宫去？”庄珝点头，道：“皇舅舅召我前去议事，北鞨的新王又来讨秋风，还一张嘴就是大开口，烦人得很。”

叶勉皱眉：“那就容得他们放肆？”

庄珝淡淡道：“这些年北面不太平，北鞨刚刚平定几个部落，正是十分缺嚼用的时候。我们若是坐视不理，难免他们会狗急跳墙，虽不惧惮他们，只是那北鞨向来以嗜血残忍称道，最后倒霉的还是我们大文北面的边陲百姓。”

叶勉听后叹了口气。

庄珝又道：“大文安稳了好几十载，一片盛世，皇舅舅不愿此时在北边起兵生事，便只能舍些银钱了。”

叶勉点头，想了想又问他：“那叫你去做什么？你一不是边陲驻地的将军，二又没从国子学出仕。”

庄珝哼了一声，道：“因为那银钱是由我来出。”

叶勉满眼同情，心想，他太可怜了……

“对了，”叶勉突然想起来什么，正色道，“这次来我还有件事要与你讲。”

“怎么？”

叶勉咳了一声，道：“虽说上回是你给我解了围，我该谢你，可你总是派人跟着我是什么毛病？”他皱眉道，“‘己所不欲，勿施于人’的道理，你总懂得。五皇子派人查了你一回，你和人闹出那些条人命，怎的偏偏又把那探人往我身边安？”

“这个问题可以待叶璟找到高手能把我的人一箭射死再议。”

叶勉皱眉，严肃道：“我并未与你讲笑话，经上次一事，我家人总会护我周全。可你一直让人跟着我，这让我很不舒坦。”

庄珝把最后一匙燕窝送进他嘴里，才不高兴道：“可我比你年长，自是要护你周全！”随后他把瓷盅放下，上下打量着叶勉，说道，“你看你刚才吃东西多乖巧，为什么又要惹我生气？”

叶勉拧眉气道：“你这人还讲不讲道理？”

庄珝不为所动：“过几日我搬去长公主府，你来我府里陪我玩儿几日吧。”

叶勉一脸不可理喻地看着他：“你在讲什么鬼话？”

“你总是躲着我，又不让我的人跟着你，那我连你每天在做什么都不知道，这不可以。”庄珝说到这里弯起唇角笑了一下，诱哄道，“你的四季衣裳和用具，我都在长公主府备好了。你去了，想怎么闹就怎么闹，我都不束着你，必让你比在碧华阁住得快活，可好？”

“神经病！”叶勉摇了摇头，站起来就走。

见叶勉突然冷脸，甩着袖子走了，庄珝一愣，随即反应过来，恼怒地一挥袖子，桌上刚刚装燕窝盏的瓷盅应声掉落在地，滚出去好远。

夏内监嘶了一声，赶紧着人来给这位小主子换衣裳，嘴里叨咕着：“唉，怎么每回来都要闹这么一出……”

俩人不欢而散，叶勉回到启瑞院学屋还在生气，脸上带着几分薄怒。几人奇怪，笑问他是怎么了，这一大早的是和哪个闹上了。

只有阮云笙看了他半晌，问他：“你刚刚打哪儿来的？”

叶勉气呼呼的，不说话。

阮云笙皱着眉，直接问他：“可是打荣南郡王那里过来？”

叶勉一愣，抬眼去看他。

阮云笙冷哼一声，随即转头看向魏昂渊，道：“跟这种皇亲贵族还是保持距离的好。”

魏昂渊坐在那里，小脸儿绷得死紧，如覆寒霜，他瞪着叶勉，冷然道：

“你以后别和他见面了！”

“呃……”叶勉支吾了一下，大脑一时反应不过来。

魏昂渊一拍桌案，霍地站起来，径直往外面走去。叶勉赶紧起身去拦，其他学子纷纷看向这边。

叶勉跑过去将魏昂渊截住，急急把他拉去院子里的僻静地方，微恼道：“你做什么？”

“你别拦着我！”魏昂渊朝叶勉吼道，“那贱人仗着自己有个公主娘肆意妄为，真当整个大文都怕他不成？”

叶勉赶紧朝他“嘘”声，看了看四周才道：“少胡说！你冷静点儿……”

魏昂渊朝院子里往这边看的学子们狠狠地瞪了一眼，骂道：“看你娘的看！眼珠子不想要了，爷这就给你挖了！”

那几个探头探脑的学子赶紧缩了缩脖子，躲回学屋里。

见魏昂渊的反应这么大，叶勉一时有些蒙，过了好一会儿才道：“他也没如何，我又——”

魏昂渊怒气冲冲地大声打断他，道：“别再理他！”

叶勉被他吓得一哆嗦。

“他要想你当长公主府义子？”魏昂渊气得语无伦次，森然道，“他要是卷入党争怎么办？！”

这时阮云笙、李兆和温寻见这边闹得厉害，也都走了过来，帮着叶勉一起劝：“别在这里吵，人多嘴杂，传出去倒不好。”

魏昂渊气得头都昏了，哪肯听他们的，吼道：“我怕他做什么？除了长公主这一脉，他祖上几辈子都是贱种！他哪里来的脸面在京城与我耀武扬威？”

叶勉急急去捂魏昂渊的嘴，气道：“你疯了你，说什么浑话！”

◆ ◆ ◆

叶勉将魏昂渊拽去了春觞亭。

“你先坐下冷静会儿。”叶勉把魏昂渊按在石椅上，叮嘱道，“一会儿万不可再大声嚷嚷了，不然巡视的司正不仅知晓我们在学里喧哗，他还知晓我们午后逃学……”

魏昂渊刚刚情绪有些失控，叶勉哪敢再让他留在湖边那个院子，毕竟金陵那些学子就在一边的学屋，刚刚魏昂渊出言不逊，想必都被他们听去了。叶勉想想都觉得后脖颈儿发冷。

魏昂渊坐在那里微微垂着头，拳头攥得死紧，依旧是一副气呼呼的模样。

叶勉无奈地问他："你到底在气什么啊？只是长公主府义子而已。"他又小声嘟囔道，"我自己都没生气……"

魏昂渊猛地抬起头，瞪着叶勉骂道："你是傻吗？那个长公主府是龙潭虎穴——"

魏昂渊没说完就被叶勉急急地捂住了嘴巴。

叶勉气道："你再吵，我就把你推下去！"

魏昂渊瞪他，叶勉也瞪了回去："好好讲话……"

叶勉松开手，转身坐到魏昂渊对面，随即叹了口气，看着他，认真说道："昂渊，我大概知道你想说什么，只是你我二人在此事上，看法怕是不同。"

魏昂渊倒吸了一口气，道："你竟要为那个庄珝讲话？"

叶勉摇头辩驳："我没有为谁讲话，只是我又不傻，一个人是不是心怀卑劣，我还是看得清的……"他咳了下，随后笃定道，"人的眼睛总不会骗人。"

魏昂渊满眼失望地看着叶勉，突然说道："你还说你没为他讲话？"

叶勉："……"

过了半晌，魏昂渊才哑着嗓子道："我不管你想与谁来往，只是那人不许是庄珝！"

叶勉微微睁大眼睛，更不解了："这是为何？"

魏昂渊不说话，过了好一会儿才垂下头泄了口气，缓声道："庄珝那人太厉害了，我并没有本事奈何他，他在京里能调动的比我要多上许多，我现下做什么还都要请示爹爹和二哥，而他，在京这半年要做的事就没哪件是他做不成的。"说到这里，他瞪了叶勉一眼，"你又和傻子一般！"

叶勉哭笑不得："你胡说什么？我也不是三岁小儿。"

魏昂渊摇头："你与他习了这么久的书法，竟不如我更认识他。"

叶勉皱眉。

“他祖上又在金陵，若是以后你去了长公主府做义子，”魏昂渊少有地一脸无助道，“那我怎么办，我不想与你分开……”

叶勉没忍住，轻笑了一声：“越说越离谱了，这都哪儿和哪儿啊？”

魏昂渊吸了吸鼻子，道：“勉哥儿，我之前说要将我表妹许配与你，并不是与你说笑。我们好上加亲，待我们日后立府娶妻生子，两府便是世交，将来子女们更可结姻亲，我们俩做一辈子的好兄弟。”

叶勉无奈地看着魏昂渊，如此他倒是弄明白这人闹这么一场到底是为着什么了，无非就是怕他去了长公主府，把他抛在京城……

叶勉清楚了症结所在，便觉得事情好办了些，只轻声安慰承诺着。哪想魏昂渊这次却怎么都不肯信他。最后叶勉口都干了，只差赌咒发誓，魏昂渊才悻悻地点了点头，放了他一马。

魏昂渊这头被安抚好了，叶勉心内却并未轻松。散学前，他特意去启南院学屋转了转，偷偷向陆离峥打听，午时他们那边的吵闹这里可曾听闻。陆离峥不善言谎，只面带尴尬地朝他笑了笑，便不言语了。

叶勉心底一沉。他想，此事魏昂渊不占理，庄珝又是个睚眦必报的，且手段阴狠，也不知会闹成什么样……

晚上因着这事儿，叶勉唉声叹气地翻来覆去睡不踏实，把守夜的两个丫鬟吓得不轻，想着明日一早就去报给邱氏和大少奶奶。

第二日，叶勉早早地去了国子学，悬着心去启南院打听了一番。得知庄珝被留在宫里，未曾回来学里，他微微松了一口气，如此倒给他时间嘱咐魏昂渊几句。他想，万不能让这二人对上。

叶勉这一天围着魏昂渊千叮咛万嘱咐，而魏昂渊只点头应承地敷衍，却眼看着没把他的话往心里记挂，叶勉生平第一回体会了什么叫“皇帝不急，太监急”。

晚上散学回了府，叶勉垂头丧气地同他大哥和大嫂用了晚膳。叶璟问他怎么了，他也不敢说，他现在哪敢和他大哥提庄珝，一个魏昂渊就跟个炮仗似的，已经够让他烦了……

用好了饭，叶璟本打算把叶勉带去书房“审一审”，下人却忽然来报，魏丞相家的小公子来访。

叶勉一愣，随即又有些担忧，难不成庄珝找魏昂渊的麻烦了？他忙让人将魏昂渊带进来。

叶璟看了看叶勉的脸色，皱眉问他："与魏家那小子闹口角了？"

叶勉愣了愣，顺势应了下来。

叶璟看了叶勉几眼，没有讲话。

魏昂渊进来时见叶璟也在，赶紧乖巧地上前行礼叫人，叶璟点了点头，简单问了两句学业情况，便一脸严肃地叮嘱道："你们二人夜里说会儿话便早些歇下，切不可闹到太晚，否则明日去学里迟了，我也是要罚的。"

两人喏喏称是。

叶璟临走前又盯了他们两人几眼才走，魏昂渊吓得直缩脖子。待叶璟走后，他拍了拍胸口，对叶勉小声道："第一次见璟哥哥如此，怕是他今日心绪不佳？"

叶勉也有些摸不着头脑，与他抱怨道："自我搬到碧华阁来小住，我哥就一直对我管天管地的，也不知什么时候肯放我回宝丰院！"

两人洗漱好躺在榻上，叶勉把守夜的丫鬟都撵了出去。

"你急急地来我这里是为何事，可是荣南郡王对你做什么了？"叶勉担心地问道。

"不曾找我麻烦，你别担心。"魏昂渊安慰道。

"那是……"

魏昂渊轻笑了下，侧过身看着他说："我这两日让人打听了一番那个庄珝在南边是个什么德行。你别说，还真问出不少，我就想着早些与你说说，免得你被他现下一派金玉其外的模样骗了。"

叶勉松了口气，原来是黑粉上线……

"那你给我说说他的败絮其中。"叶勉也侧过身子，饶有兴致地道。

◆ ◆ ◆

叶勉十分后悔没早些问魏昂渊来做什么，要是早知他是来暴庄珝的黑料的，刚刚就应当吩咐下人备些蜜饯和瓜。

"他怎的了？你快说。"叶勉催道。

魏昂渊看着他，脸上难掩一丝兴奋，问他："你可知他身边有一个伴读叫庄然？”

叶勉点了点头：“我知道，我每回去都能见到他。”

“那你可知此人与荣南郡王是何关系？”

“他说他是庄珝的亲戚，也是他的伴读。不过我觉着不太对，”叶勉摇了摇头，道，“启南院并没有收这个庄然，而他平日里大多都在庄珝的院子里打点他的私房琐事。”

“不过……”叶勉又好奇地问道，“庄珝怎么会有这么个伴读收在身边打点私房事！我娘前些日子还敲打我院子里的丫头，要是哪个敢调唆坏了我，就要把人卖去勾栏里，宝年她们被吓得那两日见到我恨不得绕着走。”

魏昂渊扑哧笑出声，道：“我院子里不也一样？你又不是没见过我娘给我安排的都是些什么歪瓜裂枣。”

两人又是一阵笑，魏昂渊道：“不过，庄珝与我们不一样，他比我们大上一岁不说，天家在此事上又向来比我们行得早，十二三岁就有那被调教好的宫女去教他们此道。”

“这么小？”叶勉惊异道。

魏昂渊小声道：“听我二哥说，他们是有宫里的御方，从小就开始养着的，大了便在那事儿上要比我们好许多……”

叶勉眼睛一亮，捅了捅魏昂渊：“清哥哥可有那方子？”

魏昂渊啧了一声：“这怎么可能传出来？”

叶勉一时很是失望。

魏昂渊看了看他，又道：“扯远了，只说庄珝院子里，我可听说那个庄然极受小郡王信任，那个庄珝谁的话都不听，只肯听他的！”

“嗯？你那探人到底准不准？我去了他院子好几回，怎么觉着那庄然在小郡王面前的地位还不如一太监……”

“别说他了，”魏昂渊又道，“我们只道庄珝受他胞弟毒害，一气之下早早来了京城，似是受了莫大的委屈，却不知他这人在金陵府里行事极为霸道、混赖，他有此一劫，我看也实属应当。”

“怎么说？”叶勉挑了挑眉。

魏昂渊往前凑了凑，小声说：“长公主尚驸马之前便是她皇兄皇妹中最骄纵的，眼睛向来长在头顶上，当时还是太子的当今圣上在她这个皇姐面前都要矮半头。庄珝是她的长子，自小天资聪颖，不凡于人，长公主视他为心尖肉，自是也将他养成了这副模样。”

叶勉点了点头，不置可否。

“只是庄珝性格更为乖戾，随着这两年渐渐长大，处事手段越发狠绝。在金陵庄家，他从来都是说一不二，绝不给人转圜余地，庄家长辈甚至驸马都要避其锋芒。”

叶勉微微惊异地张了张嘴：“那他弟弟……”

“他的那个胞弟庄瑜与其说是与他不睦，倒不如说是惧恨他，听说庄珝自小就视他为废物，从不拿正眼待他，更不允许庄瑜靠近他的院子。”

“当真？”叶勉不大相信。

“自是当真！”魏昂渊点头道，“听说有一次庄瑜带着下人进了他屋子，他便让庄瑜跪在自己院子里，又让人当着庄瑜的面，将跟了他几年的两个童子活活打死了。”

“我的天……”

“你若是不信，日后遇见庄珝便问问他可有此事。”魏昂渊笃定道。

叶勉打了个冷战。

这一晚上，魏昂渊拉拉杂杂地与叶勉说了不少庄珝的坏话。叶勉不得不说，他虽从很多细节中能听出魏昂渊所述不实，抑或是有主观夸大的成分，但仍对庄珝此人的印象打了些折扣，或是对其某些品行持了怀疑态度。

叶勉已困得迷迷糊糊，魏昂渊却依旧不肯放过他，用手指撑开他的眼皮，问道：“你可记住了我今日与你说的话？”

“魏哥，我真的知晓了，求你让我睡吧，弟弟正长身体呢。”叶勉没尊严地求饶。

“那你说上一说。”魏昂渊固执道。

叶勉太困了没多少力气，不然非得踹他一脚。他叹了口气，想了一会儿，认真总结道：“庄珝这人性情乖戾、暴虐，不仁不义，不孝不悌，简直下作不堪，不配为人。”

魏昂渊愣了片刻，咳了一声，道：“过了，不过你这么想也好，躲着他些总没错的。”

“好的，魏哥。”

魏昂渊似是了却一块心病，终于笑得开怀：“这就对了，你要听我的话才行，我总不会害你！”

“听你的，哥。”

…………

俩人夜里睡得晚了些，第二天一早强忍着困意从榻上爬起来去上学。两人在府外要上马车时，等在那里的丞相府下人却上前对魏昂渊说道：“五少爷，老爷让您先回府上，说有要紧话与您说。”

魏昂渊和叶勉齐齐一愣，魏昂渊皱眉问道：“可知是何事？”

“奴才不知。”那人弯腰道。

魏昂渊只好与叶勉作别，嘟囔着上了马车：“什么大不了的事定要折腾我一回，这一大早的……”

叶勉嘱咐他：“那你快去快回，别耽搁了，今儿午前可是龚先生的课，小心迟了，他又罚你站廊子。”

魏昂渊在马车里应了一声。

可是叶勉等了一上午也没见他来学里。

午息钟一敲，叶勉就跑去教苑打探，贾苑正却说丞相府一早就来人给魏昂渊告了病假，说是他病得起不来身。

叶勉愣在当场，心想，这怎么可能？这人昨儿晚上还活蹦乱跳的，自己抢被子都抢不过他，今儿早上争栗子米糕也争不过他，他怎么可能突然回了丞相府就病倒了，自己又没给他下毒……

叶勉一脸蒙地往西南角的死梅林走去，急着去丞相府探视一番。走到一半，他突然顿住了脚，转身就往荣南郡王的院子跑去。

庄珝正端坐在桌前，在下人的服侍下准备用膳，见到叶勉跑进来，眼睛一亮，但那丝光亮又转瞬即逝。他眯着眼睛问叶勉：“你是为着魏昂渊来的？”

叶勉喘了两口粗气，看着他硬扯了下嘴角笑了笑，道：“这回的确是魏昂渊不对，我先代他向你赔个不是……”

庄珝盯着叶勉看了半晌，突然冷笑道：“你与他是什么关系，凭什么代他赔礼？再者，你觉着辱我父母是他赔个不是便能揭过的？”

庄玥眼里全是冰冷之色，叶勉本就心虚，见他如此更是不安，忙摆手道："不是不是，我不是这个意思。"他咽了下口水，认真道，"辱人父母是为大忌，你要惩治他也无可厚非，我先谢过郡王你没有亲自出手，而是先通知左相，想来相爷定会对魏昂渊严加管教……"

"你在胡说什么？"庄玥歪着头看他，轻道，"谁说我要丞相帮我去管教他？我只是通知左相，无论我现下要对魏昂渊做什么，他都该受着。"

第十六章

你倒是偏着他

『千错万错都是我一人的错，哥哥就饶我这一回吧。』

叶勉面色一白，想到庄珝的种种做派，只得继续觍着脸讨好：“不要这样……你别看魏昂渊在外行事没个章程，其实丞相府家规甚严，他在外头如此无礼，闯下祸事，左相定不会轻饶了他，要么……待他被相府惩以家法后，我带他亲自来向你赔罪，你看可以吗？”然后，他小心翼翼、一脸希冀地看着庄珝。

庄珝也目不转睛地看着他，突然轻笑了下，只是眼底越来越冷冽：“原来你也会给人做小伏低。”

叶勉扯着面皮讨饶道：“这回当真是我们不对，与你矮身也是应当，你就大人不记小人过，饶了我们这一遭吧。”

叶勉说完便躬身。他的面子里子都可以不要，但是他绝不能让魏昂渊因着他而被庄珝伤了，况且自己兄弟出言不逊辱人父母，确实该死，被人抓住小辫子，也别怪人薅着不放。

叶勉结结实实地给荣南郡王揖了一礼，再起身时只见庄珝面上带笑，凤眸眸底却一片森冷。

“我们？”庄珝轻启薄唇，好生地嚼了一遍这两个字，随即轻声笑道，“好一个‘我们’，不经此事，我竟不知‘你’与‘他’已是‘我们’了。”

“你……什么意思？”叶勉见庄珝语气里的一丝阴鸷，不由得小心问道，随即心思百转千回，了然道，“我与魏昂渊是好兄弟，并没有其他，而且此事也是因我而起，我们二人便一起向你赔罪，好歹让你消消火气。”

“你与我解释这个做什么？”庄珝看着他问道，语气轻缓又漠然。

“我……”

叶勉一时语塞，自打庄珝向他示好后，便从未对他如此冷漠过，竟让他一时有些难以适应，手指不自然地蜷了蜷。他难得面上露出一丝尴尬，直问道：“那要么你说说，要怎么样郡王才肯将此事大化小，我们好好商量一番可好？”

庄珝语气冷然：“没得商量，他再别想好了。”

叶勉的心一沉，他随即抬头看着庄珝再一次问道：“真的不能商量吗？”

庄珝看着他，没再开口。叶勉提着心等了半晌，庄珝的表情依旧丝毫未变。

最后，叶勉先收回眼神，转头看向另一边，重重地呼出一口气。过了许久，他再转过头时，眉宇间已是三分冷静，看着庄珝，语气恭敬道：“如此便打搅郡王了，那我先回去。若郡王后面肯给我与魏昂渊回转一二的机会，有什么要求，您尽管派人来提。不过，”叶勉的话音一转，“若您执意要对付魏丞相之子，也请您手下留些情面，否则大家都不好收场。”叶勉说完，转身便走。

“叶勉！”

叶勉听见庄珝唤他，便应声转身，只见庄珝正站在那里怒气冲冲地瞪着他：“你竟因着那个姓魏的要与我绝断！”

叶勉毫不退却，看着他，摇了摇头，道：“我这么说并不是因着今日之事与您赌气，想来您是清楚的，我的家人如我大哥，您私里公里找了他许多麻烦，这恕我难以接受。”

“难道他没来找我麻烦吗？”庄珝气道。

“您不用手段愚弄我，他自不会触您霉头，他很忙的。”叶勉冷静道。

庄珝看着他，凤目微眯。

“其二，”叶勉继续说道，“我朋友已然得罪了郡王您，而你们双方无一人愿意让步，这让我夹在其中十分痛苦，因而，我觉着我们还是不要再见面的好。”

“你说完了？”

“还没有，”叶勉淡淡道，“我还想再说一点，这回只关乎你我，不关他人。

“我想和你解释一点，我是我，是我爹的儿子，是我哥的弟弟，但是和您，”叶勉看着他的眼睛，“没有任何关系，您可懂？”

“你……什么意思？”庄珝的语气里有一丝森寒。

叶勉没怕他：“字面意思，您现在的心态很明显，认为迟早有一天我会投靠长公主府。”他不解地摇了摇头，“这其实是我最想不通的，到底是哪个给了您这份自信，是您手中的权势与财势，还是您母亲的地位？”

叶勉午时这一席话将庄珝气得气血上翻，背在身后的手微微发抖，后来还是躲在外头偷听的夏内监听不下去了，怕真把他的小主子气出好歹，赶紧进来拦了拦。

叶勉便趁机冷静了一瞬，行了礼便转身出去了。

午后是叶勉最喜爱的算学课，曹先生给他们安排了小考，叶勉耷拉着脸，不到一刻钟便答好了题。听着满屋子“笨蛋”把珠算盘和算筹拨得噼啪直响，他心里烦躁不已，脸上阴得要出水了。

曹先生见自己的爱徒独自坐在那里垂头生闷气，颇觉好笑，慢慢踱步过来，逗他：“怎么，哪个欠了你银子没还不成？”

周围众小公子都哧哧笑出声来，叶勉眼睛一瞪，横道：“笑个鬼！拨你们的算珠去！”

曹先生在他后脑上轻轻拍了一巴掌，往外头扬了扬下巴：“写好了便去湖边散散，少在窝里横。不许走远了，也不兴给我闯祸。”

叶勉揉着后脑勺给曹先生行了个学生礼便跑了出去。

如此在湖边消散了一下午，叶勉的心情倒是好了不少，待散了学，他没有回叶府，而是吩咐车夫去了丞相府。

丰今熟门熟路地去丞相府后门叫人。不一会儿，魏昂渊身边的小厮瑶泉便鬼鬼祟祟地钻了出来。

瑶泉与他们熟得很，见到叶勉就苦着一张脸差点儿哭出声来。

叶勉赶紧上前，紧张道：“可是挨了打？”

瑶泉扁着嘴点了点头：“被我们老爷打了板子，还是他亲手打的，谁也拦不得。”

叶勉心里一紧，连问：“打得可重？”

瑶泉拿袖子抹了抹眼睛，呜咽道：“人都站不起来了，如今正趴在床上闹呢，谁去喂饭，他都不肯吃，这都一天没进食了，连口水都不喝。”

叶勉急得不行："我进去看看他。"

瑶泉赶紧上前一步拦住他："叶少爷，我们主子特地吩咐我，一定不能让您进府。"

"这是为何？"叶勉急问道。

瑶泉看了看四周，小声道："我们主子说，我们相爷第一回打他，他总得闹出点儿动静得些东西才好，不然白挨打了。您进去了，他就没法演啦。"

叶勉："……"他心想，那还是打得不够疼。

瑶泉又劝道："叶四少爷，要么您明日再来？"他有些不好意思地挠了挠脑袋，小声说，"如今府上不止我们主子那个院子在闹，夫人和二少爷都在与我们老爷闹，相府已经一天都没安生了。"

"这……又是怎么了？"叶勉睁大眼睛好奇地问道。

"夫人因着老爷打了我们小主子，已经骂了我们老爷一天。"

叶勉点了点头，心想，这是亲娘。

"那清哥哥怎么了？"

瑶泉叹了声，道："二少爷也因着老爷对我们小主子动手，与我们老爷吵起来啦，吵得可凶了，后来老爷把我们二少爷也给揍了……"

叶勉怔在那里，心想："这才是亲哥啊……叶璟，你好好跟人学学！！！"

"那清哥哥人还好吗？"叶勉又问。

瑶泉点了点头："二少爷就挨了两下，倒是无碍，如今已经出府找人秋后算账去了。"

"嗯？找谁？"

瑶泉微微往前凑了凑，小声与叶勉附耳道："听说是那个金陵的荣南郡王，我们二少爷寻他去啦，定要他好看！"

叶勉眼前一黑。

◆ ◆ ◆

暮色西沉，碧华阁的书房里烛火遍燃，一片通明。

几个大丫鬟正手脚麻利地往箱笼里收拾叶勉的各色衣物用具，忙活得脚不沾地。

叶勉不大高兴地盘腿坐在窗下的黄梨木矮榻上，手上拿着一个小巧的孔明锁，修长白皙的手指正漫不经心地拨弄着。

叶璟看着他哼了一声，出言讥讽："不是一直念叨着让我放你回宝丰院快活吗？怎的让你回去了你又做这副模样？"

"没吃够你们碧华阁的米行不行？"叶勉今天本来就气不顺，说出来的话就冲了些。

叶璟长眉一立，骂道："我还没来得及收拾你，你倒先提！整日只敢欺负你大嫂，怎不见你去正院与爹娘作妖？"

叶勉哼了一声，没敢接话。他前些日子来碧华阁时正病着，姜氏自然要紧着他一人照看，在他的吃食上极为用心，每日都叮嘱他身边的丫鬟们哄着他多吃一口，只要是他提出的，碧华阁就没有不照办的。

叶勉前世吃惯了素油烧出来的菜品，不大喜欢这里的动物油脂，他大嫂便着人去给他寻芸苔籽和茶籽榨油。平日里吃的稻米，他因着喉咙痛也嫌不够细软、拉嗓子，姜氏便令厨上把稻米多舂上几遍，再用温水浸着，手搓之后再用冷水淘，直到米粒颗颗莹亮为止，最后再用甑给他蒸。蒸出来的稻米糯而不黏，软而不松，日日用这法子备膳，叶勉才没在病间亏了胃口。

"怎的不说话，你不是很有道理吗？"叶璟高声问他。

叶勉把孔明锁往边上一扔，扭头道："你这是放我回去吗？倒像是撵我走！大夜里的就开始拾掇东西，竟是一晚都住不得了……"

"少胡说！"叶璟轻斥，随即又解释道，"我明日天不亮就要赶往密州，你如今大了，怎能单独留在碧华阁过夜？"

叶勉一愣。

叶璟看着他，摇了摇头，道："再过几日是你生辰，你便十四了，要懂得避嫌，不可再在你大嫂面前胡闹。"

"那日后我放旬假，你可还接我来碧华阁？"

叶璟看着他，长叹一声，道："你日后也要独领一房，顶立门户，一直在母亲和我这里娇着，怎能长大？"

叶勉沉默了好一会儿，垂下头小声道："你少唬我，我知道你为什么急着赶我走，我都听见了。"

"嗯？"叶璟挑了挑眉，问他，"听见什么了？"

叶勉没看他哥，低头说：“那日我睡醒没睁眼，听见大嫂身边的捧露偷偷与宝年说，大嫂似是被诊出身孕，只是日子还不足，便不让人声张。”

叶璟愣了愣，随即笑道：“倒是被你听了去。”

叶勉却没笑，嘟囔着：“你马上要有儿子了……”

“怎么？”

叶勉也说不出怎么，只抬头瞥了他哥一眼，那眼神哀怨至极。

叶璟没忍住，轻笑出声，他走到窗前，弯腰捏了捏叶勉脸颊上的软肉，逗他：“那小人儿还没出生，你就吃他醋了？”

叶勉把他哥的手拍了下去：“别捏我的脸，我都大了。”

叶璟笑着叹了口气，坐在他身旁，把他揽到怀里哄道：“我的儿女会有许多，弟弟却只你这么一个，你酸什么？”

叶勉扁了扁嘴，闻着叶璟身上淡淡的梨花香气，不乐意道：“那怎么了，儿女再多，你也得养在身边，弟弟只一个，不也得连夜赶走……”

叶璟无奈，妥协道：“好了好了，今晚不走，明日再送你回宝丰院。”

叶勉哼了一声，嘟囔道：“我才不赖在你这儿，又不是没有脸皮。”

“不许胡闹了。”叶璟轻嗔道。

“谁胡闹了？”叶勉把叶璟推开，郁闷道，“之前是我没想到这儿，眼下总得为我大嫂着想，该避的是要避着些……”

叶璟亲自送叶勉回宝丰院。路过花园的时候，叶勉随手摘了几枝开得好的鹤兰花，递给叶璟：“一会儿你拿给大嫂。”

“嗯？”

“过几日我生辰过了，怕是送她花都不便了。你一会儿与她说，前几日惹她生气是我不对，我日后生了病再不敢把药偷偷倒掉了，还有……”叶勉想了下，说道，“我盼着我小侄儿出生呢。”

叶璟接过花束：“又来这招，偏偏娘和你大嫂吃你这一套，我和爹因着这个，不知在你身上吃了多少暗亏。”

叶勉笑得得意。

俩人正一边往宝丰院走一边说笑着，后面从碧华阁追出来一个小厮，禀报道：“大少爷，魏丞相家的二公子来了。”

叶勉心里一跳。

叶璟蹙了蹙精致的眉尖，疑惑道：“魏昂清？他来做什么？”又转头看向叶勉，“真的和魏昂渊闹起来了？”

叶勉愣在那儿还没说话，就听那小厮小声道：“魏二公子似是心绪不佳，这一路进花厅嘴里也不知道在骂些什么……”

叶璟听完，眉间冷冽了起来，转身就往碧华阁去。

叶勉反应过来，赶紧跟上：“哥，我同你一起去。”

两人赶到花厅时，魏昂清正坐在那里大口灌茶，见到他们兄弟二人进来，便放下杯子，嘴里啧啧，连连拍手。

叶璟眉尖紧蹙，不耐烦道：“你发什么疯？”

魏昂清不理他，嘴上叹道：“叶家双壁，名不虚传啊。”说完又抬手将给他行了礼的叶勉招到身前，上上下下地细细打量着，赞道，“瞧瞧，咱这小美人儿长得……”他呵呵笑着，“和他哥当年一样，就是个祸害！”

叶璟将叶勉拽到一边，转头问魏昂清：“你是活腻味了？竟跑到我这里来撒野！”

“哟，还挺护着，”魏昂清一拍桌子站起身，恶声恶气道，“这么护着你怎么不自个儿去寻那个荣南郡王？这些年你们兄弟二人在外净会招惹那些疯子！！最后还他娘的都让我们兄弟替你们受了！”

“你在孩子面前胡说什么？”叶璟厉声斥道，随即又转头问叶勉：“到底是怎么回事？”

叶勉缩了缩脖子，将整件事挑着重点讲了一遍。

叶璟听完松了口气，问道：“就这些？”

叶勉小心地点了点头。

魏昂清却跳脚了，高声问道：“什么叫就这些？我弟弟如今被打得趴在床上爬都爬不起来，那姓庄的疯子还敢放话要他好看，竟连我出面都只派个粗使奴才来打发！”他气得咬牙，恨声道，“他如今住在国子学里头，我连进都进不去，日后待昂渊销了假去上学，若那人真犯起浑伤了他，你能把你弟弟赔给我？”

叶璟看着他，冷笑了一声，不屑道：“进不去是你自己没本事，不去求你的丞相爹，倒跑到我这里来闹，你这脑子越发不如当年了！”

叶勉赶紧上前挡在两人中间，扶着魏昂清坐下，歉意道：“清哥哥，你别气了，这回连累昂渊，是我的不是，待明日我定再去找荣南郡王说和。”

“你不许去！”叶璟和魏昂清同时喝道。

叶勉：“……”

魏昂清坐在那儿叹了口气，没好气道:“叶璟，你还好意思提当年？！”

叶璟瞥了他一眼。

魏昂清转头问叶勉：“勉哥儿，你可知为何我与你哥同龄却等到今年才娶妻？”

叶勉摇了摇头。

“因为我心慕的小姐都看上了你哥！”

叶勉：“……”

“你又知为何我身为丞相之子却三天两头被人敲闷棍？”

叶勉又摇头。

“因为想结交你哥的公子都以为他只看得上我！”

叶勉：“……”魏昂清气道：“如今出了国子学二年，各自出仕，我终于不用再受端华公子这份窝囊气了，我那蠢弟弟倒把这活计捡了起来，给你当了活靶子……”

叶勉垂下头。

“行了，”叶璟蹙眉道，“你在姓庄的那里碰了壁，竟拿他撒气，真是越发出息了。”

魏昂清又灌了口茶，恨声道：“那个姓庄的最好给我脑子清楚些，真敢动昂渊一根手指头，我将他长公主府一把火烧了。”

叶璟冷哼道：“可以，我在大理寺等着你们全家。”

魏昂清嘶了一声，气道：“怎么着，这事儿就与你无关了不成？”

叶璟坐到另一边的官帽椅上，淡淡道：“他现在没有出仕，庄氏一族也无人在任上，且根基都在金陵，母亲又是大文金尊玉贵的长公主，你拿捏不住他的。”

魏昂清想了想，挑眉道：“怎么，你试过了？”

叶璟抿茶不语。

魏昂清拊掌笑道：“你竟也有这么一天。”

叶勉亲自执壶给两位哥哥斟茶。

魏昂清看着他，和叶璟叹道：“你这弟弟要看得再紧些。”

叶璟轻轻点了点头。

魏昂清走后，叶勉耷拉着脑袋虚心和叶璟请教：“哥，那你当年怎么应对，才没让清哥哥受你连累？”

叶璟轻轻笑了笑：“我后来习惯独来独往，与几个同窗好友都走得远了，便都好些。”

叶勉愣在那儿，怪不得那些人都说端华公子在上学时清高孤傲，难以近身，是个十分不好相与的，实情竟是这样。

◆ ◆ ◆

叶勉本打算隔日就去丞相府探望魏昂渊，结果被魏昂清这么一搅和，他倒不敢去了。他这边的动静，庄珝都一清二楚，如今又在气头上，若知晓他去丞相府，谁知道会不会又大发雷霆，迁怒于人。

第二日，叶勉规规矩矩地去上学，有意无意地留意启南院学屋那头的动静。之后连着几天，他竟然都未见荣南郡王的身影。

叶勉心下奇怪，找了陆离峥状似无意地打听。

俩人顺着未湖湖岸走着，陆离峥道：“庄珝哥前两日搬回了长公主府，和学里告了假，却也没说哪日回来销假。”

“哦……”叶勉点头。

陆离峥看着叶勉，小声问道：“勉哥……你是不是又和郡王吵架了？”

“嗯？”叶勉一愣，“你为何会这么问？”

陆离峥低下头不看叶勉，脚下踢着湖边的石子，小声道：“我就是知道。”

叶勉满脸诧异。

“那日魏昂渊在院子里吵嚷些什么，我们可是都听见了的。”陆离峥小声道，“我们虽不敢与外头说去，自己心里确是明白的……”

叶勉心生一丝尴尬：“你个小孩子，明白个什么？”

陆离峥抬头瞥了叶勉一眼：“我是比你小，又不是比你傻。”

“那你少胡说。”

“我才没有胡说，”陆离峥轻哼了一声，看向叶勉道，“之前我就看出来了！”

叶勉：“……”

“端午那回，你送了我们院子各色端阳荷包，却唯独不给我庄珝哥。”

“我给他做什么？他那时候正惹着我呢，况且我在桃李苑的姻缘荷包都被他铰坏了！”

“可是你走之后，庄琊哥就把你给我们的荷包全都抢了去。”

叶勉一愣，嗤道：“这人……”

陆离峥不太高兴地扁了扁嘴：“这人怎么了？我庄琊哥抢了几个荷包而已，可没如那个魏昂渊一般无礼，竟在院子里大声吵嚷辱人父族。”

叶勉张了张嘴。

陆离峥没好气道：“你是因着这个与我庄琊哥争了起来，我猜的可是？”他轻哼了一声，又道，“庄琊哥定是被你伤了心，他哪舍得说重话与你争？”

“你倒是偏着他！”叶勉不高兴道。

“我才没偏着哪个。”陆离峥抬头辩驳道，“若是勉哥听见有人如此放肆地叫骂你的家人，你早冲上去与人打架了。我庄琊哥可是郡王，当着这么多人的面被人辱了父母，竟忍到现在还没发作！”

叶勉被他说得一噎，过了好一会儿才解释道：“我那日并不是与他去争执，我是去赔礼的，只是……他不肯接纳。”

陆离峥瞥了叶勉一眼，小声嘟囔道：“不接纳是因着你们做得过了，再去赔不是才对，你倒好，竟把人气得连学都不上了。”

“我……”

叶勉被陆离峥劈头盖脸地教训了一通，有些难堪，悻悻地与他分开后，一天都没精神。

散学的时候，阮云笙看叶勉不对劲，便上前帮他一起拾掇案上的纸笔，关心地问道：“怎的了，一天都闷闷不乐的，可是担心昂渊？”

叶勉丧气地摇了摇头。

阮云笙挑了挑眉，试探着问道：“那是因着荣南郡王？”

叶勉往书袋里装书册的手顿了一下，没有正面回答他，而是叹了一声，道：“云笙，我好累啊。”

“怎么？”

叶勉把书袋往一旁一扔，重新坐下来，萎靡道：“我怎么觉着我做什么都是错的，什么都不做更是错的，哪个神仙能给我指条明路，我到底该怎么办啊？”

阮云笙坐到他对面，叹了口气，劝慰道：“一会儿我与你一起去看看昂渊如何？”

叶勉摇头：“不敢，我怕清哥哥将我打出来。”

“嗯？”阮云笙不解。

叶勉把昨日的事与他大概学了一遍，阮云笙听完忍俊不禁，笑道：“那便过上几日，等他气消了我们再去。清哥哥总不会与你认真，他是在气那个庄珝。”

叶勉郁闷地嘟囔道：“可是这回庄珝确实冤枉啊，错都在我们这头。”

阮云笙想了想，没再说什么，只叹了口气。

“而且，”叶勉脸上愁云惨雾地又道，“庄珝要是做了什么，我反而好应对，他如此什么动静都没有，人也不见，我这心里更发毛，一会儿觉着对不起他，一会儿又害怕那家伙是在憋什么让我招架不住的坏招儿。”他头疼地捂着脸，“我这白日里想，夜里头也想，不知道的还以为是我在针对他……”

阮云笙：“……”

阮云笙不讲话，叶勉也不在意，趴在桌案上哼唧：“不管怎么说，庄珝这次确实无辜，昂渊虽然有错，却是受我连累，怎么都是我一个人的错，我一会儿就去找他，这回我什么都受着，他想怎么着都行。只是别再如此折磨我了……”叶勉哀号起来。

阮云笙满眼同情地看着他，小心问道：“一直没问你，他怎的就想让你给他做弟弟了？”

“我哪知道？”叶勉回忆了一下又说，“想是对他自己的弟弟不满吧，我还挺理解他的，我也一直想给自己换个爹。”

阮云笙喷笑，看了看四周：“少胡说！”想了想又说，“其实他若只认你做弟弟，倒无伤大雅，要么你与他商量商量，先这么着，倒也可借此先把昂渊这次闯的祸事平过。”

叶勉摇头：“怎么可能？我哥与我作对的时候，我能讲道理就讲道理，讲不通道理就撒娇，撒娇不成就撒泼，总有一招儿是好用的，对着他哪一个能行？”

阮云笙想了半晌，道：“我看，没准都能行。”

叶勉：“……”

叶勉在国子学集贤门与阮云笙别过后各自分开，吩咐车夫去了长公主府。

叶勉在马车里看着长公主府紧闭的漆红朱门和门口守着的几个侍卫，盯了半晌，终究还是叹了口气，没去应门。那些人一个个把尊严看得如天一般高，他虽好脾气，却不是没有脸皮的！他回府做一晚心理建设，来日再战……

◆ ◆ ◆

时值秋日，京城里菊花开得正好，宝丰院正屋前的抱厦里，一面墙上摆了三层的花笼，上面林林总总摆了二十几盆，朱砂红霜、胭脂点雪、瑶台玉凤，团团簇簇姹紫嫣红，煞是好看。

叶勉嫌屋子里闷，便让人把晚膳摆在那里，秋风一过，花香淡淡，倒也能解几分烦闷。

叶勉坐在梨花桌前有一口没一口地喝着莲藕羹，邱氏派来的倚翠脱了手上的镯子，正挽着袖子给他剔螃蟹。现下这秋蟹正是黄满膏肥的时候，不费多少力气，几只团蟹便能剔出满满一碟子白肉金膏。

叶勉蘸着姜醋小口地吃着，倚浓见他兴致不高，便笑着问他：“四少爷可要配些黄酒？这螃蟹虽好，到底是寒物，如此暖暖脾胃倒好。”

叶勉看了她一眼：“我娘不是让你看着我，不许我在院子里偷偷喝酒吗？”

倚浓笑道：“这却无碍，四少爷放心用便是。”

叶勉稍微高兴了些，点了点头。

倚浓指使一旁的丫头去取酒来，又给他布了几筷子他今晚爱吃的菜色。见他终是胃口不佳，入口极少，她摇了摇头，又吩咐丫鬟去厨上备些好克化的各色咸甜点心。吃得这样少，夜里定是又要闹着叫饿的。

叶勉冷眼看着，只在心里笑了笑，却没说话。他娘给他安排的这两个丫鬟极为厉害，俩人都不是家生子，而是从外头牙行买回来的，打小就在邱氏院子里，一步步从粗使丫头升到一等丫鬟。倚浓更是连邱氏外头铺面的事都管着些，放回他前世，那绝对是职场“白骨精”。

叶勉用余光看了眼在一旁木着脸站着的宝年，无奈地叹了口气，倚浓的段位比他院子里原来那几个傻丫头高了几倍不止。

这俩人是邱氏安排进来的，自是他娘的眼线，宝丰院上上下下伺候的，哪肯与她二人亲近，皆私下里抱团冷着她们二人，哪想人家根本不在乎，进来领了一等的衔就理直气壮干着一等的事，把院子里一众仆婢指使得团团转，旁人却挑不出错来。

宝雪和宝荷被邱氏降成了三等丫鬟，本该在院子里干些粗活儿，但叶勉私心护着，倚浓、倚翠也不拦着，只不让她们二人近他身，却给她们派了最轻省的活计，如此叶勉不仅说不出什么，还得念她二人一份好。最有趣的是，他本以为她们俩会三天两头往正院跑，哪想这二人从未去邱氏那里嚼舌头，只把这宝丰院里的一桩桩一件件都存着。她们如此震慑着，倒比见天儿去告状还吓人。

叶勉虽对这两个丫头心里有些芥蒂，却也不低看她们，尤其是倚浓。据宝年说，他那个不要脸的爹叶侍郎瞧上倚浓了，他娘没防备，却不甘心糊里糊涂地将这个好丫头许配给别人，便借着这个机会把她调来宝丰院，如此，叶侍郎再不要脸面也不敢要在儿子身边伺候的人。

叶勉当时听宝年如此说，十分诧异，他爹虽年纪大了些，却是一众中年人里长得最好的那一拨，不然也不可能生养出端华公子来，平日里附庸风雅，写写字、吟吟诗，很是唬人。这叶府里有点子那心思的丫头们，不敢奔着他大哥，都往他爹身上铆劲儿。这倚浓倒是有志气得很，眼光也好。

倚浓如今替了宝雪管着宝丰院里的账，便笑着提醒叶勉：“二小姐过两日便要出阁，四少爷虽让人给二小姐打了几副上好的头面添妆，按规矩，兄弟的压箱银子却不可少，不知咱们宝丰院要拿多少，奴婢好提前去换银钱。”

“啊，对，”叶勉抬头，拍了拍脑袋道，“你不提醒我，我倒忘了。”

“不急，去账房那里换来倒也快。”倚浓笑道，“四少爷可要我报一报各个院子都添了多少？您也好有个参凭。”

“不用了，”叶勉拿着锦帕擦了擦嘴，吩咐道，“你去换八百两给她添上。”

倚浓和身边的丫鬟们俱是一震。

倚浓愣过片刻后，小心提醒道："这八百两可不是小数目……"她看了看四周，小声道，"除了各处房院、庄子和田产，夫人也不过给了二小姐两千两银子做嫁妆。"

"无碍。"叶勉摆了摆手。这里的女子出嫁后，半辈子都要靠着嫁妆活，就算是命好，夫婿家待她和善，这些银子也是她立身的底气，这八百两给她，比在他这里重要得多。

这回连一旁的宝年都听不下去了，叹道："四少爷是打算让咱们下个月喝西北风不成？您也不看看咱那钱匣子里还剩几个子儿了。"

"我们院里一切花销如常，我自去搞些银子回来，你们愁什么？"叶勉说完笑了笑，又道，"以后你们几个都会从我这院子里发嫁，我自也不会亏了你们。"

几个丫鬟满脸通红，宝年急眼嗔道："四少爷满嘴胡说些什么！"

叶勉逗了她们两句，心里却不是不愁，他现在年岁渐长，各项人情花销越来越大，随时都有"财政赤字"的危险。上回给他娘做了寿礼，他还是用从他爹那里抢来的银两填补，这回再去伸手，他爹虽然还会给，只是定不会给他什么好话。

叶勉这边用膳还没用到一半，正在心里吐槽他爹，却见他爹身边的右铭被丰今带了进来。

右铭规规矩矩地给叶勉行了个礼，急道："四少爷，荣南郡王突然造访，现下已在正厅，老爷正陪着，让我唤您过去。"

叶勉被一口素汤呛到，咳得要命，几个丫鬟急急给他拍背。倚浓与右铭很熟，直接指着他厉声骂道："什么话不能慢慢说，急三火四的！没见四少爷口里有物？你平日里在老爷跟前怎么不如此伺候？！"

右铭吓得冷汗连连。

叶勉咳好了，哑着嗓子道："不碍，不怪他。"就算刚才嘴里没有汤，他也会被自己的口水呛到。庄珝来做什么？找他秋后算账？叶勉心下后悔不已，刚刚就应该去敲长公主府的大门，眼下被人找上门来，被动得很。

叶勉让宝年重新给他整了整衣衫，便往正厅去了。

正厅里，庄珝一袭黛色宽袍正坐在上位喝茶，脸上淡淡的，没什么表情。叶侍郎倒是笑得一脸逢迎，正与他说着什么。

叶勉疾步走了进去，叶侍郎眉毛一皱，轻斥道：“急什么，走路也没个样子，让人笑话。”

叶勉赶紧定在那里。

庄珝却站起身来，脸上少有地恭敬道：“本王冒昧来访是与令郎有几句话要说，如此便不打扰叶侍郎了。”

叶侍郎这个主人反被客人“驱逐”，愣了一会儿，随即笑道：“好好好，不知荣南郡王这个时辰可曾用膳，不若一会儿——”

“去我那里，”叶勉赶紧接话道，“我那儿正用到一半。厨上备了秋蟹，虽不金贵，却正是时令，新鲜肥美得很。”

“如此甚好。”庄珝说道，又朝叶侍郎点了点头便微微抬头示意叶勉带路。

叶勉也不知自己此时为什么心虚，他没敢看他爹的脸，便低头带着庄珝从正厅出去了。

叶侍郎在后面看着他们，见两人的身影从石影照壁处消失，他突然皱了皱眉头，吩咐一旁的右铭：“去，打发人去大少奶奶那里问问，大少爷今天可来信说哪日回来没有。”

右铭赶紧应“是”，跑了出去。

叶勉将庄珝直接带去宝丰院的抱厦，赶紧着人重新开了一桌席面。倚翠不敢怠慢，亲自领人去厨上盯着，倚浓带着丫鬟们将抱厦里各处重新置了除蚊虫的香料，又燃了几处灯盏，才在叶勉的吩咐下去远处站着待命。

庄珝一直未开口，叶勉不知道他在想什么，只顾自争取时间，一遍遍地打腹稿，争取今晚赢在起跑线上。

叶勉心里翻花，手上却是不闲，拿着精巧的银钎子细细地挑着蟹肉。

庄珝歪着头目不转睛地盯着他的手看着，团脐的螃蟹色泽金黄，衬得叶勉本就修长的手指白皙如玉，他手上的功夫更是利落，不一会儿，奶白的蟹肉和金黄的蟹膏便被剔了下来，分别装在两个青釉小碟里。

庄珝不禁心下奇怪，这人在他那里用膳，再喜欢的菜，只要离着远些，他就懒得伸手去够，夏内监不给他布到他眼前，他只当没看见。怎么在自己府里，他倒会做这些下人的活计。

殊不知前世的叶勉是个吃蟹嘬虾的高手。

叶勉又倒了一碟姜醋，将装着蟹肉和蟹膏的碟子一齐推到庄珝眼前。

庄珝一愣，万没想到，自己竟能有得着他伺候的一天。叶勉讨好地对着他笑，眼睛弯弯如月，烛火灿灿下，晶亮晶亮的，竟比窗外天上挂着的那个还好看些。庄珝挑了挑眉。

叶勉嘿嘿笑着："怎么不吃啊？哥——"

◆ ◆ ◆

叶勉这一声里面至少加了两勺糖。

庄珝面色不变，身子却微不可察地往后坐了坐。

叶勉："……"

庄珝不动，叶勉却不敢再被动，将庄珝的手拿了过来，又拿起桌上的锦帕给他擦手。

庄珝把手往回抽了抽，却被叶勉强行拽住了，一根根手指细细地擦完才放开，道："老话都说，吃人嘴软，拿人手短。我伺候你在我这里吃得舒服了，一会儿你走了，再给你带上一篓好蟹回去，你日后对我好友下手时轻着点儿。那事儿是他不对，我也不为他辩解了，但求你手下留些情面。"

庄珝没正面回答他，眉间却舒缓了些，看了他半晌，问他："你今儿去我府上，怎的不进去？"

叶勉给他斟了一盏黄酒："上回我惹你生气，我怕你还记着。"

"现在不怕了？"

"怕。"

庄珝看了他一会儿，道："假话。"

叶勉不以为意，笑了笑，道："那你来这儿寻我，是不生我的气了？"

"不是。"庄珝诚实道。

"……那你要怎么才肯不生我的气？"叶勉看着他问道。

"你说呢？"庄珝转头轻笑。

叶勉笑道："我会唱曲儿，会说书，还会讲笑话，您要还嫌无趣，我还能给您表演胸口碎大石。"

庄珝皱眉："你还能胸口碎大石？"

叶勉点头："对，不过是我和大石一起碎掉，劝您慎选。"

庄珝哼了一声，摇了摇头。

"啊，对了！"叶勉朝窗外唤了一声，"倚浓。"

倚浓赶紧小跑过来。

"你快去梢间把王小羽抱来。"

倚浓领命而去，不一会儿便抱着穿着红绸短褂的锦狸过来。锦狸见到叶勉，十分激动，在倚浓怀里挣扎着往叶勉身上跳。

因着这小东西已被叶勉养熟了，宝丰院里的人早已不给它拴链子。叶勉伸手将它抱了过来，亲昵地蹭了蹭它的脑袋，随后抱着它往庄珝那边凑了凑，教它道："小羽，这是咱哥。"

庄珝皱眉："你胡说些什么？"

叶勉不理他，只对着王小羽哄道："叫哥！你怎么不叫啊，还要我教你吗？"

王小羽吱吱吱乱叫了几声。

"不是这么叫，我只教你一回，你可听好啦。"

王小羽："吱吱。"

叶勉清了清喉咙。

"哥哥，我错啦——"叶勉抱着王小羽，虽没看着庄珝，却笑得眉眼弯弯，"千错万错都是我一人的错，哥哥就饶我这一回吧。"

庄珝眼底陡然微震，随即笑意慢慢浮现且越来越浓。

叶勉趁热打铁，把王小羽往他怀里一塞，哼唧道："行不行啊？"

"哼，你就用这个小畜生糊弄我？"

叶勉啧了一声，道："什么小畜生？这是咱弟，一家人。"

庄珝被"一家人"三个字取悦，微微勾起嘴角看着他，不一会儿却又冷了下来，不高兴道："你为了魏昂渊，竟肯放下身段讨好我。"

叶勉叹道："他是我好友，又是因着我开罪了你，若是此事不能善了，我就老是惦记着他。"

"你不许惦记他！"庄珝恼怒道。

叶勉看着他，没说话。

庄珝看了他半晌，冷哼道："这事儿我给他记着，若是日后他再敢放肆，数罪并罚！”

叶勉眼睛一亮，连连赌咒发誓：“再不敢了！再不敢了！”

“我明日会应邀去见左相，”庄珝冷道，“我不动他，并不是说他们丞相府随意打上几板子，这事儿便能过。”

叶勉连连点头，只要庄珝不出手，丞相府罚得再厉害，下手也会分轻重。

庄珝看着他，神色慢慢缓和了些，伸手向窗外招了招。立在远处的侍人立刻跑来躬身听命。

“把东西拿来。”庄珝淡淡地吩咐道。

侍人应是。不一会儿，两个人就抬了一口箱子进来，置于窗下的矮案上。

“是什么？”叶勉好奇地问道。

“你的生辰礼。”

叶勉一愣：“你竟记得这个。”

庄珝没说话，只朝侍人微微扬了扬下巴，侍人赶紧上前把箱盖打开。

叶勉只觉得眼前一片金光，自己的一双狗眼差点儿被晃瞎。

整整一口箱笼里竟全都是各色金饰摆件，除小猫、小狗外，麒麟、貔貅等各式上古神兽,应有尽有。烛火下,整个箱笼都黄澄澄地冒着金光。

叶勉目瞪口呆，嘴张了好半天，才问他：“这什么生辰礼，我看着就那么俗不可耐吗？”

庄珝却道：“我也觉着金子俗了些，可你不是喜欢吗？既喜欢，又管它俗还是雅作甚？”

叶勉疑惑道：“谁与你说我喜欢金子了？”

庄珝皱眉：“上回端午，你见陆离峥得了一串金粽子，不是央着叶璟也打了一串给你？既不喜欢，你又要它做什么？”

叶勉哭笑不得：“我那是敲我大哥竹杠，那串金粽子早被我换成银两了。”

庄珝一愣，随即皱眉道：“我那探人倒没与我说这个。”

叶勉笑得前仰后合。

庄珝站在那里不说话了，满脸都写着不高兴。

叶勉不敢在今日惹这位爷不爽利，赶紧收了笑，上前哄着：“不过你这箱笼里面有几件倒是精巧，我留下几只摆在多宝槅里倒也好看！”

庄琂摇了摇头：“都留下吧，喜欢的你就摆着，不喜欢的你就拿去换银两。后天是你生辰，我明儿个再去给你备份生辰礼。”

叶勉摆手道：“无碍无碍，不必如此麻烦，我也不大在意过什么生辰，心意到了便好，我只挑两件，记下你这份情便是。”

叶勉说完，真的认真在箱笼里挑了起来，又笑了笑，道：“也亏得你能寻来这满满一箱笼不重样的花样。”

庄琂只道：“后天你生辰那日，我再带生辰礼过来。”

叶勉却道：“怕是不行，后天我二姐出阁嫁去雁栖，我大哥在密州，赶不回来，因而我是要去送嫁的。”

庄琂想了想，道：“无碍，我随你一同去送嫁。”

叶勉心想：“我替我二姐和五姨娘谢谢你，这嫁过去也太有脸面了些。”

叶勉的二姐叶嫣是五姨娘所出的庶女，因着性格乖巧，一直颇受邱氏喜欢。邱氏在为她择婿上极为上心，问了几句五姨娘的意思，几经选比，最后在京郊的雁栖定了户五品官的嫡长子。虽说比着户部叶侍郎府叶嫣算是低嫁了，但她一进门便是长房长媳。

五姨娘和叶嫣自觉一辈子都亏在妾氏和庶出的身份上，便在这嫡庶上极为在意。邱氏提了这户人家后，五姨娘只小心地打听了两句姑爷的人品，听邱氏说是个好的，便再不觉着别户比这个好了。长房长媳啊……她做梦都不敢想的，她女儿能凤冠霞帔从正门抬进去！

到了叶勉生辰那日，也是他二姐出阁那天，庄琂果然一大早就来了叶侍郎府。

叶侍郎与邱氏都觉着荣南郡王陪着一起送嫁隐隐有一丝怪异，却也不好拒绝。

叶侍郎看着叶勉嘱咐道：“在外头要有些眼色，万不可怠慢了郡王。”

叶勉赶紧点头应“是”。

花轿出门前，叶侍郎趁着庄琂一时不在，将叶勉唤了过去，小声问他：“郡王定要跟着去？”

叶勉挠了挠头，点头道：“是啊……”

叶侍郎盯了他两眼，问道：“你说实话，他到底为何要同你一起去送嫁？”

叶勉背后的冷汗都冒了出来，脸上却镇定道：“郡王说没去过雁栖，顺道过去踩踩山水。”

那边喜娘已经开始催轿，叶侍郎又上下打量了他两眼，才道：“去吧，早去早回，不许闯祸。”

“是。”

叶勉应后僵着身子转身走了。

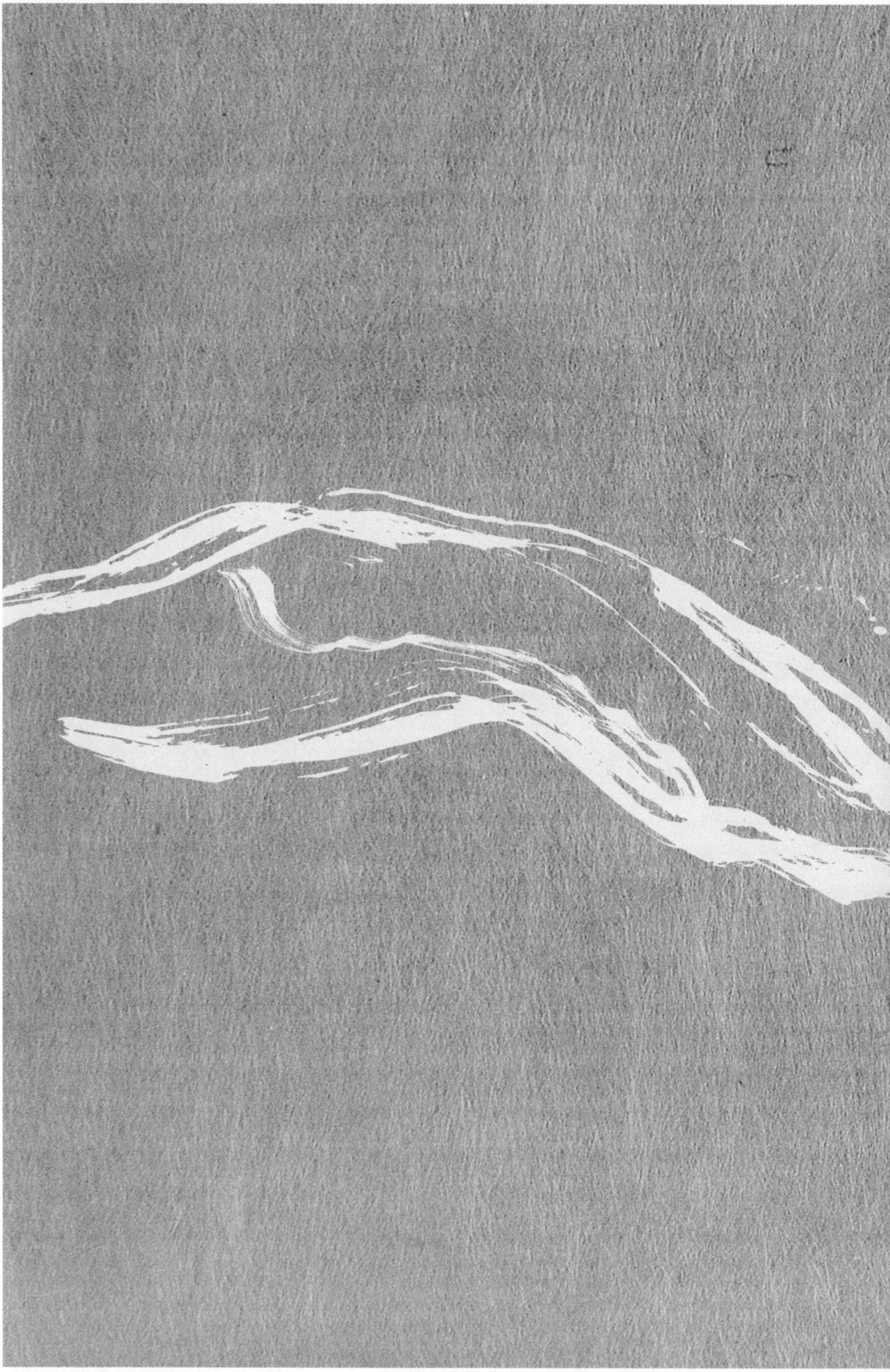

第十七章

花前月下

“你虽不在意你的生辰，我却看不得你在这日子清清冷冷的。”

邱氏给叶嫣定的夫家陆家不过是地方上的五品官家，却也是当地的望族，俊俏的新郎官春风得意地骑着高头大马，领着吹吹打打的迎亲队伍一路行来，到了侍郎府大门口，却迟迟不敢下马。

新郎官陆行简去年刚得了个大理寺设在雁栖的地方评事，他的上峰每回来京里述职，前两天晚上都吓得睡不着觉，只恐哪里准备得不妥当，又要被玉面阎王当场斥责，下了他的老脸，因而私下里没少与他说他那个大舅哥有多“凶恶”。

到了叶府门外，被一众人起哄拦门，陆行简不敢带着兄弟们硬闯，只把包好的吉利钱可着劲儿地抛，硬生生地用银子将府门给砸开才敢踏脚进门。他进门才知道大舅哥还在密州出皇差，顿时直起腰杆子，参拜岳父岳母。吉时一到，他一脸喜色地搓着手等着新娘子上花轿。

喜媒人按着规矩高声催了三回，那边盖着红盖头的新娘子终于在一群人的簇拥下被搀扶着走了出来。陆行简踮着脚看过去，只见新娘子左手边是个面容姣好的丫鬟，右手边却是位身形修长的少年，眉目精致，看到他竟先狠狠地瞪了他一眼，神色十分挑剔。那一眼盯得陆行简腿肚子发软。

叶璟不在，叶勉作为家里唯二的嫡子，扶着他庶姐微微发颤的手上轿，口里小声安慰着：“二姐不怕，一会儿我就在你轿子旁边跟着，等你到那头安生了我再回来。三日之后你回门，大哥正从密州回来，他敢欺负你，就让大哥带他去大理寺认认门。”

五姨娘去岁要定这个陆行简，也是这个因由，有叶璟在上头压着，可比叶侍郎都顶用，就算她们看走了眼，姑爷不是个东西，他顶多在外头闹闹幺蛾子，在屋里，喂他吃了熊心豹子胆，他也不敢翻什么风浪，她闺女在内宅这辈子都受不着气！

叶勉将叶嫣扶上花轿后，便走去陆行简跟前揖了一礼，恭敬地叫了声“姐夫”。陆行简赶紧还礼。

叶勉吩咐丰今：“去把他叫来，就说花轿要走了。”

丰今应是，跑了出去。

新人未动，嫁妆先行，叶勉趁这工夫朝陆行简笑了笑，道：“这回荣南郡王与我一同去雁栖送嫁，待他一会儿来了，我带姐夫先与他见礼。”

陆行简愣在当场。

迎亲队伍吹吹打打，庄珝与叶勉一起跟在花轿的一侧。

出了城，庄珝递给叶勉一只檀木锦盒。

“这是什么？”叶勉接过来后问道。他骑在马上，不便打开盒子。

“既来送嫁，总得给新人添妆，”庄珝淡道，“回去你也好向叶侍郎交代。”

叶勉蹙了蹙眉，愁道：“你也觉出我爹不对了是不是？”

庄珝轻哼了一声，道：“我是同你一起来送嫁，他看我的眼神倒似我来抢亲。”

叶勉横了他一眼，摇了摇手上的锦盒，盒子很轻，里面有些窸窸窣窣的声音。

“银票？”叶勉问他。

“嗯。”庄珝不甚在意地点了点头。

叶勉想了想他平日的行事作风，腿上微微用力夹好马肚，空出双手将锦盒打开。盒子里面一沓对折的银票，他拆开一看，每张一千两，一共十张。

叶勉差点儿从马上掉下去，“一万两！！！你莫不是真来抢亲的？”

庄珝淡淡扫了他一眼：“不过是些银钱，又不是什么稀罕玩意儿，你做什么如此大惊小怪？”

叶勉摇了摇头，将锦盒塞还给他：“你这哪是添妆，倒似来给我爹添堵，我五姨娘这两年求了他那么久，我爹也不过私下里补贴给我二姐两千两。”

“这么小气？”

“你胡说些什么？”叶勉对着他翻了个白眼，嘟囔道，“真是不当家不知柴米贵。”他爹娘给他二姐准备了整整六十四抬嫁妆箱笼。他娘私下里跟他说，京城一般的官门里嫁嫡女也不过如此。

庄珝哼笑了一声，伸长手臂越过叶勉，拿走锦盒，透过花轿的窗帘子扔了进去。盒子落在叶嫣脚底下，“啪”的一声，吓得叶嫣捂嘴惊呼。

“二姐，是我，别怕。”

叶勉赶紧出言安抚，随即转头瞪了庄珝一眼。

一行人到了雁栖陆家，已有快马早了两个时辰回来禀报，荣南郡王也一起跟着来了。陆家大惊，如今花轿快到了，陆家正门大开，陆同知带着一家老小都等在那里。

花轿迎进门，庄珝被请进去高坐。陆家长房嫡子大婚，宾客来的不少，本就人手不够，现下陆家还要余出来几人专门侍奉庄珝，叶勉不禁心下埋怨，就知道他来是添乱的。

陆家这一天虽手忙脚乱，到底是高兴的，能与京城里的叶家结亲本就是高攀，如今荣南郡王竟纡尊降贵一同来陆府观礼，雁栖城里哪个不羡？

陆夫人带着一众女眷去内院，看到儿媳妇摆了满满当当一院子的嫁妆，脸上一派荣光，心里更是暗暗得意，那些个没见识的背地里嚼舌头说她为了攀附，竟给嫡子定了个小娘养的庶女，如今她这儿媳妇带进门的嫁妆可比她们嫁自家嫡女还丰厚，一看就是从小在嫡母身前好好教养出来的，人品定是不用疑的，日后他们行简更有她不得了的嫡亲兄弟帮衬着，他们这一房定是错不了了！

跟着陆夫人的雁栖贵妇女眷们眼里看着嫁妆，心思却不在这儿，家里的姑娘们多少日子前就央着要来吃席，就想趁着这难得的机遇一窥端华公子的韶绝风仪，只可惜端华公子因着公务没来，姑娘们还没来得及跺脚沮丧，不承想却见着了端华公子的嫡亲胞弟与荣南郡王。

对于荣南郡王，她们早有耳闻，他与端华公子一南一北，谁人不知？如今见着，果真是容色逼人，气度更是雍容、卓然，让人赞叹不已。哪想那叶家嫡次子也是姿容丽绝，眉眼璨丽至极，只站在那里就耀得人眼花缭乱，与荣南郡王站在一起，竟也没被压下去。

当时，别说没出阁的小姐们羞红了脸，那些贵妇也纷纷为自家女儿动了心思，如今男女结亲讲究高嫁女、低娶媳，那荣南郡王是皇家贵胄，她们自不敢攀扯，可叶家的嫡次子，她们拼上些家产去置办嫁妆，没准倒能够一够。

婚礼过后，已近暮色，陆家腾出来两个上好的院子给这二位贵客。

庄珝吩咐夏内监打发了再三邀他赴宴的雁栖府台，让侍人带了好酒，提脚去了叶勉所在的院子。

叶勉在宴上被人劝了几杯，如今正在院子的石桌上一边纳凉，一边啜着醒酒汤。现下正是月中，满月挂在天上，无云遮挡，月辉四洒，院子里头只堪堪点了几只灯笼便一片通明。

侍人将酒菜一一摆在石桌上。

叶勉笑道："我这边喝着醒酒汤，你却又拿酒来。"

"今日是你生辰。"

"你怎么还记着？"

庄珝摇头不满道："我记不记着不打紧，你们叶府却不该让你庶姐的大婚撞了你的日子。"

叶勉一愣，随即轻笑，无所谓道："这有什么，我又不在意这个。"

庄珝反常地没有驳他，只把一碗面往他眼前推了推："吃面吧。"

叶勉微微低头嗅了嗅眼前热腾腾的鸡汤面，用筷子挑起一根，却是一整根不断的长寿面。他看了庄珝一眼，心想，他倒是有心了。

叶勉埋头吸溜着面，过了好半晌却没听见对面的动静，他抬头一看，只见庄珝正端着酒杯盯着他看。

叶勉咬断嘴里的长寿面，道："你这么看着我干吗？""无事。"庄珝收回目光，随即将叶勉眼前的醒酒汤端起，手一扬泼在地上。

◆ ◆ ◆

庄珝泼了叶勉的醒酒汤，又抬了抬手示意围着的侍人全都去院子外头站着。

“你做什么？”叶勉有些不安地问他。

庄珝给他倒了一杯酒，淡淡道：“把你灌醉。”

叶勉不屑地嗤了一声：“你倒是敢。”

“知道我不敢，你还怕？”

叶勉一噎。

庄珝端起自己的杯子，缓缓道：“这是光禄寺造的御酒‘秋露白’，是秋夜露水繁浓之时，浅盘置在崖壁上倒悬的草叶下收取露汁而成，十分不易得,现下只有这么一小瓮,皇外祖母全赏给了我。如今算你有口福，却不必被这醒酒汤糟蹋了。”

叶勉一愣，“天上琼浆，人间玉液”说的可不就是这秋露白吗？他拿起酒杯置于鼻下闻了闻，果然清冽至极。

“这么稀罕金贵的东西，太后娘娘居然全赏给了你。”叶勉咂舌，庄珝真够得宠的。他想了想又探问道：“难不成又有事求你？”

庄珝转头轻笑，讥讽道：“当人都与你一般？”

“嘿，你这人……”叶勉这两回确实不大讲究，庄珝损他，他也驳不出什么花样来，遂讪讪地闭了嘴。

庄珝看着他又道：“既是贺生的祝酒，自然要最好的，我前几日特意进宫从皇外祖母那里讨来的。”

叶勉皱了皱眉：“都说我不在意贺什么生辰了，你怎么又闹去宫里？现下你皇舅舅一家子指不定怎么想我。”

庄珝嗤了一声，道:“与你有何干系？你那脸面顶多能换两缸猴儿酿，也值当我进宫跑一趟？”

“……那你做什么拿来给我贺生？”叶勉瞪着杏眼气道，“去去去，叫你的人把猴儿酿拿来，别糟蹋了你的好东西。”

见叶勉急了，庄珝也不甚在意，淡淡道：“谁说是给你贺生了？你又不愿做寿。”

叶勉都被他绕晕了：“不是你说为了贺生才去讨的这好酒？”

庄珝点了点头，淡道：“是，不过是为我贺生辰。”

叶勉愣怔了片刻，过了好一会儿才睁大眼睛问他：“你生辰？你生辰是哪个日子？”

“今日。”

“你与我同月同日生？”叶勉震惊了，问道，“你没唬我吧？”

庄珝瞪了他一眼。

叶勉不大好意思地闭了嘴，他们这时候的人断不会拿这个与人玩笑，他想了想却还是觉着不可思议，笑道：“你怎么不早跟我说，我还能准备个贺礼什么的，现下我哪有什么能给你。”

“你见过哪个生辰前跑人跟前开口要贺礼的？”庄珝看着他，哼了一声，道，“生辰贺礼不过在于那点子心意，讨来的又算什么，难不成我庄珝还缺什么？”

叶勉挠了挠脑袋，嘟囔道：“提点一下总行的。”

庄珝瞥了他一眼，半晌才道：“那你以为我为何在你生辰头两日就去给你送贺礼？”

“啊？”

“我是想着，略有点儿心的都会打听打听我的生辰是哪日，好准备日后还礼。”

叶勉讪讪地搓了搓手，看着庄珝充满怨念的眼睛，红了面皮，举起酒杯，道：“以前的事儿咱就不提了，既你我同月同日生辰，那确实值得庆贺一番。不过我先喝一杯向你赔罪。”

叶勉说完，一仰头干掉了杯中的玉酿。

“果真是好酒！”叶勉舔了舔嘴唇叹道，入喉不辛辣，只觉口中甘洌，齿颊留香。

庄珝本不是与他来赌气的，遂随着他喝了一杯，又给他倒满，换了个话题：“那你告诉我你为何不愿贺生，就算叶侍郎不待见你，你母亲与祖母总是疼你的，怎么府里半点儿动静也无？”

“你怎么还想着这个？”

“嗯。”庄珝拧了拧眉，他对此十分不满。

叶勉又抿了一杯酒才道：“我祖母说，我娘生我生得十分艰难，最后看着快要不行了，大夫和稳婆都说只能去母留子，否则便会一尸两命。我父亲却死命拦着，说宁可一尸两命也不能弑妻，后来我娘终是将我生了下来，她却一直不醒，我们叶府连棺椁都准备停当了。”

庄珝拿着酒杯的手一顿，问道：“后来便好了？”

叶勉点头：“具体是怎么回事，我不清楚，只说是四处求人请了宫里的御医来看。不过，我娘虽好了，却伤了身子，不然也不会只有我们兄弟俩。所以，”叶勉笑了笑，“‘哀哀父母，生我劬劳’，我父亲自此禁了我在府里的生辰小贺倒也没什么不对的，便是我自己，知晓了这段，也断不肯给自己做寿庆生。”

庄珝点了点头。

叶勉没说的是，他前世被撞死的那一天农历日恰巧是大文朝叶勉的生辰日，而他醒来的日子又是七月半，每个日子都邪门得很，别说庆生了，他每每想起这一日都浑身起鸡皮疙瘩，恨不得马上睡下，睁眼就到第二天。不过他倒没想到庄珝竟与他同月同日生辰，抬头见庄珝一副若有所思的模样，笑问他：“怎么不说话了，想什么呢？”

庄珝垂眸：“无事。”

叶勉不再追问，只随意问道：“你往年生辰怎么过，定是很热闹吧？”

“嗯。”庄珝点了点头，“我母亲喜欢热闹，我父亲又爱排场，每年我与庄瑜的生辰，整个金陵都要披彩，为我们布施祈福的粥铺在城外要设上几百个，还会在秦淮两岸上燃烟花，算是热闹吧。”

“真好。”叶勉羡慕地点头赞叹。

“还好吧，我幼时喜爱生辰贺寿，大了些便不喜欢了。”庄珝淡道，“我生辰，为什么要那些不相干的人比我还高兴？”

叶勉喷笑出声，庄珝真是个别扭的小孩儿。

“不过，”庄珝话锋一转，“既然你不能为自己贺生，那我日后便想法子把我每年的生辰做得更热闹些，你每回同我一起，想来能快活许多。”他抬眼看向叶勉，小声道，“你虽不在意你的生辰，我却看不得你在这日子清清冷冷的。”

夜风吹过，夹杂着对面那人身上似有似无的清冷香气拂过面颊，叶勉不自然地清了清喉咙，转头看向另一边，心里暗暗吐槽，怪不得自古以来风流人物都喜欢在花前月下品酒吟诗。

月色撩人。庄珝又倒了一杯秋露白给叶勉。

叶勉抬起眼角打量了他一眼，庄珝本就长得极好，此时整个人都沐浴在月晕中，更是如仙如画，恰似误入凡间。他仰头一口喝了杯中酒，打破沉静，问庄珝：“那你今年独自来京城便无人给你做寿了，岂不可怜？”

庄玥摇了摇头："皇舅舅和皇外祖母要留我在宫内做寿，我没应下。"

叶勉手上一顿，心头掠过一丝不好的预感，问他："那你如何与他们说的？"

"我说我要去雁栖为户部侍郎叶恒的庶女送嫁。"

过了半晌，叶勉才道："……哥，你这是故意坑我？"

庄玥笑了笑："哥哥并无此意，只不过你前两日唤我为兄，还唤得十分开心，我自不能让你吃亏。昨日我已写信回金陵，我母亲不日便会与宫里请旨，收你为义子。"

叶勉睁大眼睛，说不出话。

庄玥又开心道："我昨日也在皇舅舅和皇外祖母身前提过了，你放心便是。"

"不是，"叶勉站起身，头内一阵眩晕，他踉跄着稳住身子，问庄玥，"你这……这和他们提前说算什么？你得提前与我商量啊！"

庄玥奇怪地看着他，皱眉道："不是你开口叫我哥哥的吗？"

"我还叫过你'爹'！"叶勉气急败坏地喊道。

庄玥垂眸想了想，道："只要你愿意，倒不是不可。"

叶勉恨不得抬手把桌上的面条扣他头上，冷静了好一会儿才问："庄玥，你到底是怎么想的？让你母亲认我为义子，那我们真成兄弟了，你以后可……"

庄玥却道："我恨不得你与庄瑜换换，你是我的同胞兄弟。"

叶勉："……"

庄玥歪着头看着他："你知道我有多嫉妒叶璟吗，甚至是你的父亲，他们身上流着与你相同的血。"

◆ ◆ ◆

叶勉被庄玥骇得头都疼了，摇了摇发昏的脑袋，手指在额间揉按了两下。

庄玥仔细地看了他两眼，挑眉道："怎的这几杯酒便醉了？既如此，便早些回屋子里歇息，在外头吹了风，第二天倒要头疼。"

叶勉点了点头，道："这秋露白后劲儿可真够足的，早知几杯就上头，刚刚我不如直接捧着酒壶喝。”

“还没喝过瘾呢，这么好的酒，真是可惜了。”叶勉又小声抱怨。

庄珝没理他，抬手唤了丰今等人过来，淡淡吩咐道：“扶你们主子回去歇息，好生伺候着，一会儿我着人送醒酒汤来。”

叶勉被丰今几人搀扶着回了屋子。如今天已经凉了，叶勉又醉着，下人们不敢在府外给他沐浴，便用温水绞着巾子给他擦洗了一番。

折腾了半晌，叶勉晕晕乎乎地刚爬到床上躺下，就听到门口有动静，他懒懒地抬手拨开帐子眯着眼睛看去，却是庄珝来送醒酒汤。

“你怎么亲自来了？”

“嗯。”

庄珝穿着白绫寝衣，外头松松地披着一件深色宽袍，头发上还带着刚刚沐浴后的水汽。

“起来，喝下了再睡。”

叶勉摇了摇头：“这酒虽醉人却不磨人，我如此甚好。”他晕陶陶的，感到很是舒服。

庄珝没听他的，坐在床边把他扶了起来，把醒酒汤放到他嘴边。叶勉有些不耐地把醒酒汤推到一边。

庄珝见他如此，便不再劝，只轻嗤了一声，道：“明日一早可别后悔。”说完，他便把醒酒汤递给一旁侍奉的下人，又吩咐人在香炉里多加了几块安神香。

“身子难受吗？可要我去拿醒酒汤给你？”庄珝问他。

叶勉摇了摇脑袋，哼唧道：“别给我喝那玩意儿，比药还难喝。”

“良药才会苦口，喝了身子舒坦些。”庄珝试探着劝道。

“我现在就挺舒坦的，躺在云上一般。”叶勉嘿嘿笑道，“你那个酒可真不错，我们还没喝完呢，你让人封好了，回去我们还能再喝一回。”

庄珝转过头去轻笑。

“你笑什么？”叶勉皱眉不满道，“你少喝些，多给我留两口，不许这般小气。”

庄珝也不在意他醉了胡缠，认真答道：“这不是刚刚我们喝的酒，别急。”

“啊，那是什么？”

叶勉嗅了嗅鼻子：“果然不是，怪好闻的。”

“是寒潭香，宫里御酒房自己的方子。”

“哦！”叶勉恍然道，“我听过，说是取自高山寒潭水酿成。”

庄珝仰头又喝了一口，轻轻嗯了一声。

“好喝吗？”叶勉迷蒙着眼睛看着庄珝舔了舔嘴唇，不自觉地咽了口口水，“味道闻着倒是挺好。”

“嗯。”

“要么你给我喝一口？”

“人都醉了，还喝什么？”

叶勉突然生气起来，蹙着精致的眉，伸手去夺庄珝手里的玉白壶。庄珝笑着伸长手臂躲开。

叶勉瞪着他的眼睛晶亮无比，凶道：“给我！”

“想要？”

“要！”

“叫哥哥。”

叶勉想了好一会儿才道：“我不叫，再也不叫了。”

庄珝挑了挑眉：“竟没醉透。”

“你给不给我？”

“给，”庄珝软声道，“我喂你。”说完，他微微托起叶勉的头，将壶嘴递到叶勉唇边。叶勉得偿所愿，高兴地舒展着眉宇，就着庄珝的手咕嘟咕嘟喝了好几口，随即懒洋洋地仰躺在那里，眼角和两颊遍布红晕，满意地看着庄珝傻笑：“好喝。”

庄珝摇了摇手里的玉白酒壶，不高兴道：“你将我的酒都喝光了。”

“啊！”叶勉面上露出一丝愧疚，紧张道，“一滴都没有了吗？”

“还有一滴。”

叶勉听了，如释重负地舒了口气，搪塞道：“那你便喝了吧。”

“好。”

◆ ◆ ◆

翌日清晨，几只雀在院子里的紫槐上叽叽喳喳地叫个不休，淡淡曦光从未掩好的碧色纱帐缝隙透了进来，叶勉悠悠转醒，眼皮睁睁合合了几次，他才懒懒地坐起身来，耷拉着微微水肿的眼皮缓了好一会儿，突然拽起手边的引枕往床上砸了一下，又恨恨地一脚将它蹬向床尾。

早早守在屏风外的下人们听到帐子里有了动静，赶紧上前伺候。

丰今喂了叶勉一口蜜水给他润口。叶勉轻咳了两声，抬手揉了揉依旧有些昏沉的脑袋。丰今赶紧把杯子递给站在一边的小厮，伸手帮他按揉起来。丰今揉了好一会儿，叶勉才抬手制止。然后，丰今扶着他下床，拿起早上刚熏了合兰香的衣裳为他更衣。

半跪在地上给叶勉整理袍角时，丰今向上翻着眼皮偷偷觑了主子一眼，见主子绷着小脸，面色十分不悦，他张了张嘴，终是没敢问出口。

倒是叶勉将其他人都赶了出去，问他："昨儿夜里是哪个在守夜？"

丰今赶紧答道："四少爷放心，只有奴才一人。"

叶勉松了口气，嘱咐道："不许与人乱说。"

丰今点头如捣蒜，表忠心道："就是大少爷将奴才提到大理寺去审，奴才都不露一个字。"

"嗯。"

丰今见主子面色稍霁，小心地问道："主子，昨儿晚上您是因着什么与郡王打起来的？"

叶勉瞪了他一眼，骂道："我还没问你，你倒问起我来了，见你主子与人打起来了，你也不上来帮一把，只顾着看热闹了不成？"

丰今一愣，委屈地辩解道："可是……是您在打人，郡王在挨揍。"

"奴才还怎么上手帮着……"丰今撇着嘴小声嘟囔道。

叶勉一噎，昨天晚上他喝得有点儿多，大体上发生了什么，他心里有数，但那些细枝末节，他还真不记得了。

"那见我打人你就不拦着啦？你主子醉着酒呢，万一手上没轻没重地将人打坏了，那还了得！"叶勉不依不饶道。

"你们在里头闹得那般厉害，奴才怎么没去劝着？"丰今急急道，"可是，被您打的郡王使眼色不叫奴才拦着，后来还将奴才轰了出来，他个挨打的都纵着，我去好心惹人厌作甚？"

叶勉哼了一声，没再说话。

丰今知道主子这是气不顺，拿着他撒火呢，但主子并没有正经与他发作，他便也不怕主子，只拣着昨日陆家院里的趣事与主子说，哄他开怀。

丰今一边不停地与叶勉讲笑话，一边弯腰往他月白色的腰带上系压袍的玉佩和香包，忽然听见门外传来一阵嘈杂的动静，夏内监尖柔的嗓音传了进来。

叶勉和丰今对视了一眼，都有些心虚，这是把人打坏了，人家里找上门来了不成?

叶勉带着丰今绕过屏风，果然见夏内监脸色不太好，见着叶勉虽笑着，却比哭还难看些，身后跟着的一众奴仆手上捧着各色吃食。

夏内监叹着气让下人将早膳一一摆上桌，又扶着叶勉坐在桌前。见叶勉露在外面的脸上和手上都如往常一般，白皙如玉，没有瘀伤，他才舒了口气，愁道："老奴只一时不察，你们两个祖宗就又打起来了，这回怎的还下了狠手？"

叶勉面无表情地小口喝着牛乳粥，半晌才问："他人呢？"

"雁栖府上派了大夫，正在那院子里敷药。"夏内监皱着脸埋怨道，"叶四少爷听老奴一句劝，打架也不能照着脸招呼不是？这人刚到雁栖就给破了相，上面知道了定是要追究的。郡王倒是把小少爷您瞒了起来，可那雁栖府的人却逃不了，如今都苦着脸等着上头降罪哪。"

叶勉还没接话，丰今却急了，护道："不怪我们少爷！是荣南郡王先动的手，他……他还咬人呢！"今天一早他都看到了，主子肩窝那里可有几块紫红痕迹，上面还有牙印。

夏内监一愣，反应了好一会儿才把跟来的奴才们都屏退，婉转着问叶勉："可……可伤着了？"

丰今梗着脖子替叶勉回道："我们主子肉皮嫩着呢，平日里磕着了都青上两日，被人咬一口可不得伤个十天半个月？我们回去了，府上定是也要追究的！"

夏内监被丰今撵走后，叶勉没再等庄珝，略略用了几口早膳，便与陆家人辞别，随后带着自己的人回京城。他来的时候跟着迎亲队伍，从早上走到日昏，回去时只带着几个小厮，一路快马，不过两个时辰。

邱氏这边刚用完午膳，正坐在乌木雕花宽榻上与姜氏喝茶闲话，就听下人禀报说四少爷进了府。邱氏脸上一喜，赶紧将人召了进来，然后亲自给叶勉擦手擦脸，又细细地问上几句。叶勉将那边的情况一一说来，邱氏听了，松了口气，便派了个丫鬟去告诉那边熬了一天一宿的五姨娘，让她宽心。

姜氏见叶勉满脸疲色，赶紧着人去给他准备膳食，埋怨道："这么老远，不安生地坐着马车回来，倒要骑着马疯跑。"

叶勉打了个哈欠，满不在乎道："现下天气正好，谁耐烦闷在那马车里？"

姜氏嗔了他一眼，吩咐人伺候他去次间歇一会儿。

叶勉却摆了摆手："让人将午膳摆在宝丰院吧，我用好了再睡。你们这里丫头、婆子进进出出地回事，吵闹得很，我睡不安生。"

邱氏摇了摇头，笑道："他如今大了，哪里肯在我们跟前待着？快放他回去吧，不然倒是我们惹人厌烦。"

叶勉嘻嘻笑着，哄了邱氏几句，便被邱氏笑着撵了出去。

宝丰院的倚浓早在叶勉去正院时就急急吩咐着灶上给他烧水，又在浴桶里加了些去尘解乏的香兰。

叶勉昨天晚上就没沐浴，正觉着身上不痛快，如此狠狠地在浴桶里洗了两回才肯出去用膳。他在院子里用好了午膳，头发也晾干了。宝年带着人将内室都打点妥当，叶勉打着哈欠眯缝着眼睛爬上床去。

院子里头早被倚翠肃着脸示意噤声，她又派了两个婆子在那里看着，哪个敢高声，就会立马被抓去罚。屋子里的大丫鬟们也都静静地守在外厅，只留了个没留头的干净小丫头在那里给叶勉打扇，如今屋子里撤了冰盆，午后却秋燥得很。

叶勉这两日折腾得狠了，躺下去没一会儿就睡得迷迷糊糊。突然，耳朵里听见丫鬟说老爷来了，叶勉睡得迷迷瞪瞪的，只当自己在做梦。

叶侍郎穿着一身官服，一看就刚打衙门回来。他抬手让不明所以、吓得面色发白的丫鬟们都起来，自己抬脚进了宝丰院的正屋。他绕过屏风一看，只见叶勉穿着寝衣抱着松绿色撒花薄被侧躺在那儿，撅着屁股睡得正香。

叶侍郎皱着眉头，嫌弃道："睡觉都没个好样子。"

一边的几个丫鬟身子抖了抖。

叶侍郎是第一回来这屋里，他朝四周打量了几眼，面色越发不虞，小声问道："你们主子睡下多久了？"

倚浓还算镇定，恭敬地回道："刚一盏茶的工夫。"

叶侍郎想了想，摇了摇头，提脚往外走，却不小心一脚踢在落地香木屏风上。

这声响不算太大，却将浅眠的叶勉惊醒了，他迷迷糊糊地睁开眼，却见叶侍郎站在他床前。

叶勉没睡醒时起床气是不分时候也不分人的，他缓缓坐起身，抱着被子满脸不高兴地哼唧："您干吗呀？"

叶侍郎看他这副模样，恨不得伸手捶他，一甩袖子，冷声吩咐下人："给他喝口凉茶，让他清醒清醒。"

宝年赶紧爬起来，倒了杯温茶，也不敢如往日一般喂叶勉喝，只把杯子递到他手里，背对着叶侍郎杀鸡抹脖地给他使眼色。

叶勉喝了茶，果然清醒了许多，他偷偷抬眼看了一眼他爹，心思回转着，最近他没闯祸啊，又是哪个告状精在坑他，让他知道了，定让他好看！

丫鬟们看着这父子俩，大气都不敢喘。倚浓偷偷与倚翠使眼色，叫她守在门口，万一一会儿真出事了，她也好快些去正院和寿云斋叫人。

"爹，您找我有事？"叶勉乖乖问道。

"嗯。"叶侍郎从鼻子里哼了一声，又咳了一声，问道，"听你院子里的人说，前两日荣南郡王来，还给你带了生辰贺礼？"

叶勉一愣，倒没想着他爹问这事儿，点了点头，道："是啊……"

"是一箱金子？"

叶勉点了点头，想了想又摇头："是金子做的各种小玩意儿。"又朝多宝槅指了指，小声道，"那边第二个格子上的麒麟和貔貅，还有一对儿猫狗就是……"

叶侍郎往那边看过去，皱眉道："这么贵重的东西，你就这么收下了？"

叶勉赶紧摇头："我没有，我只拣了两只摆了起来，是怕下了他脸面，其他的还都收在那箱子里，本打算叫人送回给他，这不是这两日忙没顾上嘛。”叶勉急急地叫丫鬟给他做证，“不信你问倚浓，我刚刚睡前还吩咐她，明日叫几个壮仆带着这箱子去长公主府。”

倚浓赶紧证实道：“是是是，奴婢都已安排好人手了，老爷若不信，尽可将人叫进来问。”

叶侍郎听了，面上缓和了些，却又咳了一声，摆手道：“既如此，东西交给我吧，我亲自着人去送。”

叶勉：“……”

父子俩从未如此单独在一起好好说过话，室内一时静了下来，叶勉睁大了杏眼看着他爹，满眼都在问“您什么时候走”。

叶侍郎岂能读不懂？但他没拂袖出去，反而在屋子里一边踱步一边四处看，过了好一会儿突然问道：“你……可是缺银子花？”

叶勉一愣，随即挺直后背，小鸡啄米般点头，就差取只碗放在他爹跟前敲了。

叶侍郎冷哼了一声，道：“缺银子怎的不知道开口与我们索要？倒要我亲自来问你，你多大个脸面！”

叶勉：“？？？”

叶勉被他骂得没脾气了，嘟着嘴坐在那里，不吭声了。

叶侍郎反而长了脾气，把架子上的金麒麟和貔貅都取了下来，扔到一边，然后吹着胡子道：“越发俗气了，竟摆了一屋子金子，不知道的还以为我们侍郎府养不起人了。”

“去！”叶侍郎冷声吩咐下人，“把这些都收起来。库里那么多玉件、玛瑙，你们不去与夫人讨，摆这俗物做什么？！”

叶侍郎莫名其妙地发作，丫鬟们摸不着头脑，不解其意，却不敢辩解，便跪在那里不敢动弹。

“还有！哪个管着你们主子的银钱？”

倚浓向前膝行了两步。

叶侍郎斥道：“你是夫人调教出来的，他不知晓自己缺了花销，你守着他的钱匣子竟也不知道上报？”

倚浓一头磕在地上。

叶侍郎越说越气，看着满屋子的东西越发不顺眼，脸色越来越黑，最后一甩袖子走了，临走前气道：“我与你们夫人说去，从主子到奴才，竟没一个省心的！”

叶侍郎走后，叶勉冲跪着发抖的丫鬟使了个眼色。宝年赶紧起身跑了出去，不一会儿就跑了回来，急道：“正院里老爷与夫人吵起来了，夫人都……都与老爷动手了！”

叶勉：“……”

◆ ◆ ◆

话说叶侍郎从叶勉那里出来后就直奔正院。邱氏见日头刚过半，叶侍郎就穿着官服回来了，吓了一跳。再仔细看叶侍郎那脸色，黑得跟锅底一般，她的心立时沉了沉，她急急地将姜氏打发回碧华阁，又将身边的仆人都赶到院子里，只当这是外头出了什么大事。

叶侍郎接过邱氏递给他的清菊茶却没有喝，而是将薄胎瓷杯重重地撂在一旁的紫檀茶案上，直接质问道：“我问你，勉哥儿那屋子，你这当娘的是怎么拾掇的？”

邱氏没承想他提的是勉哥儿的事儿，被他问得一愣，随即想了想，一头雾水道：“怎的了？他屋子有什么不妥，是又哪个丫头作妖了？”

“哪里都不妥！”叶侍郎一拍桌子气道，“你在他那屋子里摆的都是什么破烂玩意儿！”

邱氏一怔，皱眉道：“你这发的是哪门子的邪火？”想了想又没好气道，“怎么就破烂了？那都是从我嫁妆里挑出来的顶好的，老是老式了一点儿，哪有你说的那般不堪！”

叶侍郎一甩袖子，道：“你少唬我！你嫁妆里多得是那金贵的，怎么刚刚我在他那儿一件都没见着？”

“你去勉儿那里了？”邱氏好奇地问道。

“我去怎的了？”叶侍郎吹着胡子，“我不去都不知我叶恒的嫡子竟在府里沦落至此！马棚里填些稻草都比他那屋子好上些！”

邱氏听他说得越来越不像样子了，柳眉倒立，骂道：“叶恒，你这是说的哪门子疯话！京城里除了王公侯府，我们这般的官家的哥儿哪个不是如此置当家什？我嫁妆里是有那金贵的，可敢摆在他那屋子？你小儿子多淘气，你又不是不知，他那院子哪一旬不报上来几个碎瓶碎盏的，又何必让他祸祸了去！”

叶侍郎“哈”了一声，也立眉道：“你倒不如直接说你舍不得那好东西！这么多年我竟不知你是如此。”

邱氏被他气得直捂心口，一手攥着帕子抖着手指着他骂：“我舍不得，你又舍得了？你那天南地北淘换回来的好东西，净往璟哥儿那儿去了，何时舍得送一件去勉哥儿那儿！如今你只去了宝丰院一回，倒埋怨起我来！我一个妇人，每日只在这内宅里转悠，又哪里像你一般能去寻那些精奇金贵的物件？”

叶侍郎冷声道：“我怎么舍不得？我……那是没想起来！璟哥儿是咱们嫡长子，我自然要多照看他些。”说到这里，他面上露出一丝得意之色，道，“我可是将璟哥儿教成了端华公子，可你这当娘的，我只让你顾个嫡次子，你又把人教成什么德行？”

邱氏被他气得差点儿一个倒仰，恨声道：“什么德行？你给我说清楚！我们勉哥儿在外面不知多招人喜欢，我看比璟哥儿还好上些！”

哪知叶侍郎听到这里却跳脚了，横眉立眼怒道：“什么招人喜欢？不许招人喜欢！”

邱氏被他吓得一抖：“叶恒！你是疯了？！”

“好好一个哥儿，怎的就不能教得像他哥一般清傲，目下无尘？如今惯会讨好别人，像什么样子！”叶侍郎背着手满屋子乱转，突然想起什么，看着邱氏道，“还有，他攒的那些私房钱已经空了，你快些给他补上。”想了想，他又甩袖子道，“算了！不能再将勉哥儿交与你。”叶侍郎说完，高声叫右铭进来，冷声吩咐道：“去，从账房上支两千两银子给宝丰院四少爷送去，再告诉那边，以后四少爷支银子不走公中的账，全划到我这里来，每次不超五百两不须报给我。”

右铭领命而去。

邱氏睁大了双眼，过了好一会儿才惊道：“你这般养他，岂不是要将他纵坏？”

叶侍郎不耐地摆了摆手：“就纵着吧，璟哥儿之前也是如此，也没养坏了。”

“这怎么行！”邱氏急急地与他讲道理，“他与璟哥儿可不一样，璟哥儿性子自律，勉哥儿却娇气得厉害，平日里比深闺里娇养的小姐花头还多，你如此在银钱上无底地纵着他，他定要更加骄奢僭罔，这可怎么养得住？”

“我看如此甚好！我叶恒在官场混了半辈子，难不成连个娇贵的小儿子都富养不起？”叶侍郎哼道，“再说，就算是骄纵些又如何，总比把他养得眼皮子浅薄，倒似几两金子就能把他骗走强！”叶侍郎说到这里更气了些，高声道，“就这么给我养着！”

邱氏与他讲不通道理，气得直发抖，骂道：“你要将他教成个纨绔不成？”

叶侍郎冷哼，道：“我自有我的道理，日后勉哥儿如璟哥儿一般，都由我亲自来打理，你只管顾好府里庶子庶女便是，不可再插手他的院子。”

叶侍郎说完，满眼不放心地看了邱氏一眼。邱氏气得心脏狂跳，理智全无，抓起手边半空的茶盏就向叶侍郎砸去，嘴里骂道：“叶恒，你个老狗！你给我滚出去！”

邱氏身边的两个嬷嬷立马冲进来，将叶侍郎好声劝走。

邱氏忍不住委屈，大哭出声：“明儿我就带我儿回娘家去，倒要我爹娘评评道理，我进他叶家门二十余载，主持中馈，打理庶务，相夫教子，哪个不尽心，最后竟成了苛待幼子的恶妇了。”

一个老嬷嬷叹气，劝道：“老爷都是一时气话，夫人不必往心里走。”

“什么气话！”邱氏哭道，“当年只因着璟哥儿夜里被子没盖严，染了风寒，他便再不准我插手璟哥儿的事，由他亲自带着，如今璟哥儿如何，你们都看得清楚，与我半点儿不亲近。如今他又要来抢我勉儿！”

“我们四少爷最是亲夫人您的，不怕。”这个老嬷嬷一下又一下地给她抚背顺气，笑着劝道。

邱氏抹泪，哽咽道：“知道的官家夫人哪个不在背后笑我，只当我是个连儿子都不会养的蠢人，我上辈子是造了什么孽，竟嫁给他了……”

邱氏不明晓叶侍郎为何突然莫名其妙地发作，而打听得大概情况的叶勉却大概猜出缘由了，他一时又是害怕他爹要跟他哥告状，又是兴奋得直搓手，准备掏空他爹的小金库。他娘说得对，他可不是叶璟。

第二日，叶勉如往常一般去上学，一连几日都没在院子里见着庄珝，捂着屁股一瘸一拐的魏昂渊却突然来上学了。

叶勉几人赶紧吩咐侍童往他座椅上铺了几层毛皮褥垫儿，才扶着他坐下，好奇地问道："你这还没好利索，怎么就来了？"

魏昂渊坐下后嘶了一声，随即哼道："我在府里整日趴着，无趣得很，你们又不去看我……"

叶勉一愣："不是你不准我进相府的？"

"不让你来你就不来啊？往日也没见你什么都听我的。"魏昂渊不乐意道，"我二哥还说，之前璟哥哥就是因着这个与他疏远，再不走动的，你们是不是也要这般？"

叶勉还没说话，就听坐在一旁书案上的李兆笑道："他再不能的，勉哥儿哪里会与璟哥哥一般高义，这人有福可以独享，大难临头必抓着我们一起挡。"

叶勉龇牙轻踹了他一脚："没完了你！"

"怎么？"魏昂渊笑问道。

李兆跳下来，揽着魏昂渊的脖颈儿告状道："昂渊，你这些日子没来不知道，勉哥儿他爹解了他银钱上的禁，如今侍郎府里的银子，他可随意支来花。我与他借千儿八百两的，他却不肯，你说这人是不是没义气得很？"

魏昂渊转过头看向叶勉，大惊："你爹竟不限你银钱了？"随后皱着眉酸道，"我爹刚缩减了我每旬的花销……"

叶勉没理会魏昂渊，只虎着脸对李兆正色道："你怎么不与昂渊说我为何不借你银子？你那银子又要做何用处？"

魏昂渊看了看叶勉，皱眉道："兆哥儿又做什么蠢事了？"

叶勉没好气道："他这些日子每日都被齐野拉着与那个丁淮在一起胡混。那丁淮是什么下作的人品，我们躲都来不及，偏他巴巴地凑上去，你问他，他这几日散了学都去了哪些腌臜的地界混赖。"

李兆没想着叶勉会在学里与他发作，腾地涨红了脸，吭哧了好几下也没说出什么。见学屋里众人都在偷偷朝这边觑着，他重重地哼了一声，一甩袖子就走了。

阮云笙一急，朝窗外唤道："快敲钟了，你去哪里？"

叶勉骂道："别管他！好话说了一箩筐，他听不见，坏话只说了一句倒听不得了！"

魏昂渊蹙眉道："一会儿散了学，我们去寻齐野说话。"

叶勉气得直撸袖子："说什么说？我先揍他个满脸开花见不得人！省得他拐着兆哥儿去犯浑。"

阮云笙在一旁喷笑："你可改改吧，打人别老是往脸上下手，隔壁的小郡王到如今都不敢来上学。"

"嗯？"魏昂渊脸上一喜，"你替我报仇去了？"

"啊？"叶勉一愣，随即点头道，"啊，是！他开罪了你，我总得让他吃些苦头，现如今他也伤着了，这回这事儿可就了结了，你可不能再去找他麻烦。"

魏昂渊哼道："当真？"

叶勉转头吩咐墨拾："你去将隔壁的陆离峥请来，就说我有话问他。"

墨拾赶紧应声跑了出去，不一会儿就领着耷拉着眼角的陆离峥回来了。

"勉哥，你叫我？"

叶勉咳了一声，问他："你们郡王伤势如何了？"

"你还知道来问一句？"陆离峥对着叶勉翻了白眼，不乐意道，"眼角那里伤得厉害呢！"

魏昂渊与阮云笙几人齐齐倒吸了一口气，看向叶勉。

叶勉瞪大眼睛，心虚道："我是下手重了些。"

陆离峥哼了一声，扭过头去，嘴里嘟囔着："下那么重的手！"

叶勉也不高兴了："你倒护着他，我白给你买了一冬日的冰糖葫芦，小白眼儿狼！"

"谁白眼儿狼了？"

"你！"叶勉没好气地骂道，"怎么，他跟你说我的坏话了？这些天一见着我就臭着脸。"

"说了又怎的？"陆离峥梗着脖子道，"你把人都打得破相了，还不兴我庄珝哥嘴上说说，这也就是你，若是别个，早被我庄珝哥剁碎了去喂狗。"

陆离峥这话说得十分不客气，叶勉听了刚皱起眉头，魏昂渊就火了，指着他怒道："你再口无遮拦，我先把你剁了去喂狗！"

陆离峥缩了缩脖子，随后站起来，眼圈都红了，气道："你们京城里的人真是霸道，合起伙来欺我们没爹娘在这里！”随后又看向叶勉，扁着嘴道：“长公主和驸马如今已从金陵启程，待她来了，看你还敢不敢欺负我庄珝哥！”

叶勉一惊，难不成真因着他伤了庄珝，人家家里打上门来了？

第十八章

中秋

『今日团圆夜，我是你哥哥，你自然要与我一起。』

晨光熹微，秋风淡淡，今天虽是国子学旬假之日，叶勉却一大早就穿戴妥当了，准备一会儿出府堵人去。昨天他本打算散了学就去寻齐野那家伙算账，哪想竟扑了个空。启德院里与他们相熟的告诉他，齐野午后课上举了出恭牌就再没回来，他准是又带着兆哥儿跳墙出去胡混了。

车马还没备好，叶勉便穿着一身浅色宽袍怀里抱着锦狸站在池边，逗着它把手中的鱼食撒向水面，池中数十条红白锦鲤立时摆着鱼尾迅速聚了过来，争相去抢夺，水中一片热闹翻腾。

叶侍郎自那日与邱氏说了要亲自带叶勉，便着人将给大房暂居的院子收拾出来。前几日大房两夫妻已经领着叶乔南下婺州，如今这个院子正好空了出来，倒也是巧。

这个院子原本是叶侍郎备给叶璟大婚用的，因而处处布置都是好的，就连各种草木都是寻匠人精心设计的，品类更是繁多，以保证季季有景、四时如画，因而现下虽已入秋，院子里却依然花草葱茏，生机盎然。

池边有几株金桂，如今开得正好，香气馥郁，沁人心脾。叶勉随意折下一小截嫩枝闻了闻，吩咐下人："今儿个做些桂花糕来，倒想这口了。"

宝雪笑着应是。

瑶辉轩比叶勉之前的宝丰院大了不少，因而他院子里各等的下人都加了一些，贴身伺候的一等大丫鬟原有四个，叶侍郎给他提到六个。叶勉便趁着这个机会，央着他爹把宝雪和宝荷要了回来。叶侍郎如今正要纵他的性子，想都没想就一口准了。

车马备好，叶勉吩咐车夫直奔九门提督府。他在马车里就开始挽袖子，准备一会儿与齐野那家伙讲不通道理就狠狠干上一架！

提督府离叶府并不很远，不一会儿工夫，马车便到了。丰今先跳下去叫门。叶勉虽没来过，门上下人听他是府里三少爷在国子学的好友，便半点儿不敢慢怠，恭恭敬敬地将他请了进去。

叶勉算的时候刚好，齐野昨夜里疯到三更才回府，现下正好被他堵在床上。

齐野肿着眼皮坐在床上，一脸蒙地看着叶勉，抱怨道："这一大清早的，你干吗来了你？"

叶勉抡起他床上的绸枕就往他脸上砸去，咬牙骂道："你当我舍了旬假早上的回笼觉是干吗来了？我太想念你了不成？"

齐野硬生生地被他几枕头砸醒了，揉着脑袋下了床，让下人们服侍他穿衣梳洗。

收拾妥当后，他满脸不乐意，道："我们一起去耍乐子，怎的就是我把他给带坏了，你们还讲不讲道理？"

叶勉瞪着他，满眼冒火星："他与我们一起都十分好，怎的偏偏与你就只往那腌臜地方钻？如今你还带他赌上了，若是正正经经地与人要上几把便也罢了，你们带他玩儿的那是什么？"

"什么腌臜地方？"齐野辩驳道，"都是些雅舍。"

"雅个屁！"叶勉十分不雅地骂道，"你糊弄谁呢？"

秦敖早将里头那些路数尽都说与他。前半场确实是雅的，丝竹瑶琴，对酒吟诗。待夜深了，人也醉了，便把那些不知从哪里淘来的漂亮奴人放出来，将其视为草芥、牛马，换着花样给他们取乐，只要银子带足了，想怎么玩儿都成。李兆素来爱猎奇，只觉着什么都刺激有趣，哪经得住那群纨绔引诱，每每一叫便去了。

齐野喝了口清茶，撇了撇嘴，不耐道："行行行，我下回不带他了便是，你们可真麻烦。"

叶勉却没饶过他，看了看四周又瞪着他："你是不是还带着兆哥儿去清风阁了？"

"去了又如何？"齐野满不在乎道，"我们不日便要'启'字升'修'

字了，有什么玩不得的？再说也就去看看新鲜，你急什么啊？”

“只看看？”叶勉狐疑道。

“兆哥儿只看看。”

叶勉放下心来。

齐野咳了声，又道：“我倒是试了试，滋味儿就那般吧，没他们说的那样妙趣，”他觑了叶勉一眼，小声道，“又没你长得好……”

叶勉听齐野竟将那娈童与自己相较，立时冷了脸。齐野赶紧嬉笑着上前去哄。

叶勉不吃他那套，拨开他的手，恨恨地威胁道：“再敢带着李兆往那狗洞里钻，我就告诉季大司正，让他派行思阁的人将你们一网扫尽，哪个都别想好！”

齐野气得直骂他是告状精，叶勉也没理，绷着脸甩袖子走了。

提督府的齐夫人听下人说小儿子的同窗好友来访，特意带着丫鬟备了些精致可口的早膳送来，不承想那人却走了，诧异地问齐野：“哟，怎么没多留会儿便走了？”

齐野一大早被叶勉寻晦气，正不高兴着，便大大咧咧道：“走便走了，谁还留他不成？”

齐夫人嗔了他一眼，道：“少胡说，我刚刚从远处看，那孩子长得可真是好，定是你犯浑与人争嘴，将人气走了。”

“哪个说长得好，脾气便好了？”齐野小声嘟囔着，“亏得那些人还老是背后议他，就这性子，哪个受得住？”

叶勉警告过齐野，上学后又与魏昂渊他们一起狠狠地束了李兆半个来月。李兆虽与他们闹了一阵儿，却也戒了那些地方。归德大将军是对李兆寄予厚望的，不然也不会将他送来国子学，而不是把他扔到他心心念念的兵武监。大文太平数十载，将军府显然是不想李兆如父辈一般再去外面做武将，可若以文官出仕，李兆若养成了坏习性，御史台知晓了又岂能轻饶了他？

没过几日便到了中秋，午后几人在湖边的草地上散步。温寻从府里带了些他娘亲手做的月饼和点心，叶勉吩咐侍童切成小块装盘，几人配着香茶吃。

阮云笙嚼着月饼，真心夸赞道："温夫人竟有这般手艺。"

温寻道："一年只这么一回，平日里我娘哪肯去碰那灶上东西？"说完，他看着叶勉笑。

叶勉问："看我干吗？"

"我想吃上回你在桃溪庄煮的面。"温寻觍着脸道。

叶勉翻了个白眼，道："一辈子只那么一回，别做梦了。"

温寻不干，移坐过来磨缠。两人正闹着，一个童子拎着个柳枝编的小篮子走过来向他们请安，又将篮子递给叶勉："叶少爷，这是荣南郡王吩咐奴才交与您的。"

几人对视了一眼，魏昂渊皱着眉把柳篮上面盖着的湖色锦布一把拽了下去。几人凑过脑袋一看，只见篮子下面是一层青碧的菟丝草，草丝上面竟是一窝米糕捏成的兔子，有手持药杵的，有提着花灯的，还有坐在弯月上的，全都白白净净的，只有嘴上和耳尖抹了一点儿红，如此或坐或卧挤了一小篮，煞是可爱。

叶勉眼睛一亮。他前世今生都属兔，也喜爱这小东西，不然也不会在他哥的院子里养了那么些兔子，因而看着这篮子小兔儿也很喜欢。

阮云笙拿起一只，又伸手在篮子里数了数，啧啧两声，道："一共十四只，勉哥儿今年整十四，这是一年一只？"

魏昂渊不屑地嗤了一声，道："不过是些不值钱的点心，也值当他拿出来讨巧。"说完，他拿起一只捣药的玉兔，一口咬掉了兔头。

叶勉微微睁大眼睛，怎么可以吃……这东西做得确实可爱，叶勉虽舍不得吃，却也怕魏昂渊因此与他发作，便不敢拦着，于是，几人一口一个兔子脑袋，叶勉强颜欢笑。

温寻吃得腮帮子都鼓了起来："甜而不腻，还是桂花味儿的，比我娘的月饼做得好。"

魏昂渊用了午膳，刚刚又吃了些温寻带来的月饼，腹内早已饱胀，却一个接一个往嘴里塞，口里还骂着："月饼是你娘亲手做的，这兔儿糕却是他们府上下人蒸的，这哪里能比！"

温寻点头。

一旁立着的童子却小声道："这兔儿是我们郡王亲手捏的……"

几人同时怔在那里，魏昂渊张着嘴愣了一会儿，又伸手从篮子里拿了一只出来："那我多吃两个。"

几人不一会儿便把这十四只兔儿糕吃光了。叶勉心里正可惜着，想着回去让手巧的宝年给他捏些如此模样的点心，怪讨人喜欢的。

阮云笙却歪着头看那个篮子看得仔细，随后伸手将篮子里面铺的菟丝草拨开，只见草丝下面又是一层小兔儿，也是整十四只，样子与刚刚的相同，却是成色极好的羊脂白玉雕成的。

李兆看了看也有些吃惊的叶勉，拿起一只摇头感叹道："这当真是厉害，我前段日子若有这手段，昂渊嫂子府上的表小姐没准儿就应了我了……"

"应什么应？"魏昂渊板着脸道，"金啊玉啊的，俗气死了。"

温寻却挠着脑袋道："可是雕成兔子便不俗了，还应着景——"只是话还没说完，嘴就被阮云笙塞了一块月饼堵上了。

散了学后，叶勉早早地出了国子学。今日是团圆夜，他们一家人要在他祖母那里吃中秋家宴。

马车刚行出去没多久，叶勉正和丰今说着话，就听车夫"吁"了一声，随后车子便停了下来，俩人一愣，丰今赶紧出去查看。不一会儿，庄珝掀开帘子钻了进来。

叶勉一惊，瞪着眼睛道："你怎么来了？"

庄珝拍了拍他的肩膀，笑道："哥带你去走月亮。"

◆ ◆ ◆

叶勉万没想到这人刚一来就上演"兄弟情深"，反应过来后狠狠地一拳挥过去。

"走你大爷的月亮！我把你的腿打断！"叶勉气得扑过去揍他。

庄珝的身子比叶勉精壮许多，因而他用了些巧力，只攥着叶勉的手腕拦着不让他打到自己的脸："好了，别闹了，我一会儿还要进宫去登楼祭月，皇外祖母见了又要问。"

叶勉手上顿了一下，随后瞪着他骂道："你少用太后来压我！我不信她老人家会纵你如此混账！"

庄珝半点儿不在意叶勉与他凶，抬手把他窄袖上的玉石扣子重新系好，嘴里哄道："一会儿与我一同去祭月吧。"

"谁要和你去祭月？"叶勉皱眉问道，"你难不成又先斩后奏请了太后的懿旨？"

"我没有，不过皇外祖母倒想再见见你，"庄珝挨着他坐下，理所当然道，"今日团圆夜，我是你哥哥，你自然要与我一起。"

"你这人怎的老是自说自话？你怎么就是我哥了？我那哥哥正在侍郎府等我回去吃家宴呢！"

庄珝满不在乎道："他是你哥哥，我也是，那日你亲口叫的。"

叶勉一噎，这个赖皮缠！

庄珝又哄劝了他好一会儿。叶勉哪会在这个日子抛下家人与他出去，终是不肯。

叶勉知晓庄珝的性格，本以为他会发脾气或是不耐，哪想这人始终嘴角噙着一丝笑，却也不似做作。他心里正奇怪着，就听坐在外头车辕上的丰今小声向他禀报："主子，咱们到了……"

马车在侍郎府门口停下，叶勉转头问庄珝："你的马车可跟来了？还是要我让府上下人送你回去？"

庄珝却摇头道："不必，我也到了。"

叶勉一愣，随即皱眉道："我可没邀你来我府上赴宴，今儿是中秋家宴，我哥和我爹都在，你可别闹啊……"

庄珝乖乖点头："我不闹，只是我确实到了。"说完，他掀开帘子，伸出手指给叶勉看，"你看你们侍郎府隔壁那户宅院，前些日子我让那里的主人搬走了，如今是我住那里。"

叶勉愣在当场，过了好久才道："隔壁可是鸿胪寺的参议……"他又急道，"你可是对他们做了什么？你这人怎么连我的邻居都不放过！"

庄珝见他急了，解释道："我没做什么，只是给了他们许多银钱。"

"多少？"

庄珝想了下，认真道："很多。"

叶勉哽着一口气，心想，这人说的"很多"，那不得能买下半条街啊？怪不得左参议在隔壁住得好好的，突然就全家人一脸喜色地搬走了。他爹这两日还在背后嘀咕："这是要高升了？没听说啊……"

庄翊看着他道："你爹前些日子给你的瑶辉轩甚好，与我那里只有一墙之隔，改日我也学着叶璟，在墙上开道月亮门……"

"你少出幺蛾子。"叶勉扶额道，"你买了那边宅院，我们管不住，但若你敢破墙，别说开月亮门，就是挖个老鼠洞，我爹都给你堵上。"

叶勉说完，不想再理他，猫起腰准备钻出车厢，却被庄翊在后面拉住。

"做什么你？"叶勉龇牙凶道。

"你不邀我也无碍，我请你来我府上可好？你与家人吃完宴，陪我一会儿……"

"不好。"

"真的不能同我一起？"庄翊看着他，一脸不舍，"我母亲父亲他们过两日才到，只有我一人在京城过中秋。"

"你一会儿不是要与你外祖母和皇舅舅一起去祭月吗？怎的是没人陪？"

庄翊终是不高兴了："我不去了！"

"爱去不去！"叶勉甩开他的手，跳下马车。

叶勉回府后换了身衣裳便急急赶去他祖母那里。

叶府阖府连着庶出的子女和各房的姨娘全都盛装打扮，喜气洋洋地聚在寿云斋吃了顿团圆家宴。宴后，众人又一起在花园里由老夫人领着拜月亮祈福。

供案上是各色团圆饼和形状圆润的瓜果，老夫人笑着吃了两口便打发他们出去闹去，小辈们与他们一起终是拘束。

叶勉的庶兄弟们提议要去他的瑶辉轩闹，那里的几株金桂开得正好，树下赏月饮些桂花酒正相宜。叶勉想着他前些日子迁了院子，还没请他们来吃酒，便点头，欣欣然地答应了。

叶勉的庶弟妹年纪还小，要跟着去，姨娘们不好跟着，便多派了几个嬷嬷和丫鬟随身跟着，口里不住地嘱咐着万不能在瑶辉轩哭闹。

瑶辉轩的桂树上和廊檐下早被丫鬟们挂了各式彩扎的蟾兔灯，烛火透过外面的红绡彩绸，流光溢彩，满院灯火流丽，煞是好看。

叶勉是这个院子的主人，自然要尽心招待客人。他吩咐厨房又去置办了一桌席面，因着要赏月，索性直接将席面设在池边桂树下。没有长辈们看着，一伙人闹闹哄哄地吃酒畅聊，又打了一会儿叶子牌，一直闹到亥时，才在邱氏派来的嬷嬷的催促下散了。

瑶辉轩一时静了下来，叶勉站在高处踮着脚往隔壁院子里瞅了瞅，能看到那边院子里彩灯的灯晕，显然也做了节日装扮。可他晚上时不时地竖着耳朵听着，却没听见那头有动静。叶勉不禁心下琢磨，庄珝到底是入宫去了还是一晚上都闷在屋子里头与他赌气啊……

第二日进了国子学，叶勉依旧没在院子里见着庄珝。

午时在萃华楼用膳时，阮云笙突然看着叶勉说道："我与外面的人打听，长公主的船今日一早就到了，荣南郡王和六皇子已经带人出城去迎了。"

叶勉咽下嘴里的食物，看了他一眼："你与我说这个做什么？"

阮云笙叹了口气，道："长公主来了，你可再不能行事没个礼法，至少不要被人抓到把柄。"

叶勉哼了一声，道："她家的礼法是什么？她儿子的行事章程便是礼法？"

阮云笙摇了摇头，李兆却在一边道："云笙说得对，好汉不吃眼前亏。"

阮云笙点了点头又小声道："长公主在未尚驸马之时便是一众皇子皇女中最骄纵的，眼睛向来长在头顶上，当时还是太子的当今圣上在她这个皇姐面前都要矮半头。而庄珝自打出生，长公主便将他视为珍宝，打小就教他在金陵无须将旁人看在眼里。如今看庄珝在京城这半年多的作风与长公主府在暗中的调派，那便是在京城进了宫，除了长辈，她也绝不允许庄珝矮人半分。"

魏昂渊也点了点头道："之前你伤了他，我已与我爹说是因我而起，长公主若真追究起来，我爹也会护着你，倒不必怕，只是后面还是不要随意与他动手的好。"

叶勉想了半晌，点了点头。

散学后，叶勉沐浴完，换好衣裳，就在书房里苦读。瑶辉轩的丫鬟们见他肯用功，也是高兴得很，各式点心香茶不重样地给他送。

叶勉如今已渐渐地把国子学的功课捡起来。过几日重阳节后他便要升修字班，学里会有一次大型的年考，榜单可是要送去礼部的，他真不敢再取几个丁等让他大哥和他爹丢脸。

叶勉看书看得眼睛酸涩，吩咐宝雪给他挑一挑灯花，去邱氏那边回事的倚浓突然推门进来，手里捧着一只紫檀木匣。

“是什么？”叶勉微微张嘴打着哈欠，问。

倚浓笑道:“夫人顺手让我带回来的,说是长公主府那边送与四少爷的。”

“长公主府？”叶勉皱了皱眉，心道，这庄珝又搞什么，怎么都送到他娘跟前去了？

叶勉把匣子接了过来，刚想翻盖打开，却见匣子四周都已用火漆封严了。他便让人取了一把刀来将火漆刮掉才将匣子打开，只见里面又是几只玉石雕刻而成的兔儿，不过这兔子却是由赤红如血的红玉制成的。叶勉嘶了一声，他虽没见过血玉，却听说血玉是极罕见的东西，可是如今一看，怎么这么诡异……

叶勉见匣子底下有一张信笺，便捡起来看，上面只有二字——庄瑜。庄瑜？庄珝的弟弟送这东西给他做什么？

叶勉正愣怔着，就听门口传来一道清润的声音：“在做什么？”

叶勉抬头，随即弯眼笑道：“哥！你怎么来了？”

叶璟轻轻地嗯了一声，笑道：“闲了便过来看看你。”他又瞥了一眼眼前的匣子，问道，“这是什么？”

叶勉把匣子推过去，挠头道:“你看看，是庄珝的胞弟庄瑜送来的……”

“嗯？”叶璟皱着眉低头看去，随即伸手把匣子的盖子扣上，冷问道，“何时送来的？”

“刚刚送来的。”叶勉乖乖回道，“怎么了，哥，可有什么问题？”

叶璟冷道：“这血玉是在将死之人咽气时强行被人塞入口中，随最后一口气落入咽喉，入土下葬后用死血浸渍而成的，你年岁小，不要沾手这个。”

叶勉被他哥这番话吓得浑身汗毛直竖，忙把手里刚刚拿起的一只血兔扔了出去。

叶璟绕过书案将他揽在怀里，眉宇间尽是戾气，手却温柔地抚着他的后背，口里轻声安抚着。

◆ ◆ ◆

血玉这种东西的来历虽邪性，却是所有尸体玉塞中最宝贵的一种，不然也不会偶有一两件面世便会引人争相去抢，因而庄瑜将这儿只血兔子送与叶勉，手段实属鸡贼，让人拿不住他的错处。

可叶璟这回无论如何也不肯将这事儿小而待之，自那晚便把叶勉拘在院子里，也不准他去上学了，只道让他在重阳年考前好好在家温书，不准出去瞎打听。叶璟这副要和长公主府死磕的架势把叶勉吓得够呛，他偷偷派丰今去丞相府向魏昂渊打听，却被他大哥的人发现了，将丰今拦下后关了起来。叶璟晚上回府后也狠狠地拍了叶勉一回。

叶勉不敢再闹腾，索性静下心来在瑶辉轩里用功温书。

重阳节前夕，国子学大考，叶勉终于被放了出来，到了学里急急地跟兄弟们打听。他们知道的也不多，只说长公主府召了叶勉两回，都被叶璟一口拒了。前两日太后传懿旨亲召叶勉入宫，叶璟都以他身子不适给挡回去了，半分情面都没给，因而这事儿虽不大，却结结实实地闹到了御前，至于圣上是怎么决断的，连魏昂渊都打听不出。

李兆宽抚他道："用心考试便好，璟哥哥定不会吃亏。"

阮云笙也点头："之前庄珝与贵妃还有五皇子他们闹得再厉害，那也是家事，就算闹出了好几条人命，圣上也是斥责几句便罢了。可这回长公主府的人闹去臣子家里，圣上肯定不会轻慢，特别是璟哥哥，圣上最看重他，平日里哪个敢在他跟前提一句他的不好，圣上都不乐意，这回璟哥哥发作，圣上岂能轻饶了那兔崽子？！"

叶勉倒不是特别担心叶璟，他哥做事极有分寸，很少落人话柄，因而听他们说他哥将此事闹到御前，他倒放心了，想来他哥是想借此事来敲打长公主府。他暗暗松了口气，他们明着斗法倒不会出什么大事，只要他哥不与庄珝暗中角力便好，这俩人玩儿起阴的可一个比一个狠毒……

叶勉如此放下心事，便能安心随着启瑞院抽签去考试。他这段日子在家温书极为刻苦，因而第一天的文考还算顺利，甚至在考背诵时当场便拿了个甲等。叶勉乐得回府就蹦着去找他爹邀功。叶侍郎听了，嘴上虽嫌弃，转头却让人给叶勉送去许多有趣的小玩意儿。

邱氏听后不知该哭还是该笑，她与身边的嬷嬷抱怨道：“怎的我儿一到他手上便知晓用心读书，难不成真的是我不会养孩子？”

嬷嬷宽慰她道：“夫人多想了，四少爷开窍晚，恰巧让老爷赶上罢了。”

邱氏想了想，轻呸了一声，气道：“倒是什么好事都让他捡去了，一会儿回来指不定与我怎么得意！”

嬷嬷笑道：“都是一家人，夫人何必与老爷置气？咱们四少爷出息了，应当高兴才是。”

邱氏点了点头，打起精神吩咐下人去炖燕窝盏子给小儿子喝。

第二日考骑射，叶勉一大早就穿着骑装到了校场。启南院抽签排在启瑞院前面，叶勉却一直没见到庄珝，纳罕地问道：“荣南郡王怎的没来考试？”

魏昂渊道：“这几日上学他也没来。”

叶勉惊道：“他怎的了，居然连年考都不来了？”

魏昂渊耸了耸肩，冷声道：“我哪晓得？死了才好，一了百了，再也别来。”

叶勉啧了一声，道：“……小小年纪，不要妄语造口业。”

魏昂渊哼了一声，没再说什么。

叶勉考完试便早早地回了叶府。因着明日便是重阳节，下人们正忙着在府上各处遍插茱萸，往门窗上贴菊花枝叶，讨着“除凶秽，招吉祥”的彩头。叶勉换了衣裳，与院子里的丫鬟们凑了会儿热闹，笨手笨脚地剪了些彩缯出来，被几人嫌弃地推了出去。

“四少爷可别在这里给我们裹乱了，如今您放了秋假，老爷好不容易准您松快松快，还不出去玩儿？”

叶勉吸了吸鼻子去了正院，心想，他娘总不会厌烦他讨嫌。

邱氏哪里会厌烦他，见他来了只将他搂在跟前揉搓，让人把秋梨挑最水灵的捣出水儿来给他喝。

叶勉正在那里喝着梨汁儿润喉，姜氏却领着一群婆子、丫鬟来了，给邱氏请了安后便笑着对叶勉说：“去瑶辉轩寻你，你们院子里的人说你来了娘这里，早知道我何必绕那么大的弯子。”

叶勉与丫鬟们一起虚扶着姜氏坐下，如今他大嫂虽还没有显怀，身子到底金贵，平时起身坐卧，丫鬟、婆子们都不错眼珠子地盯着。

邱氏嗔道："你要寻他，唤人去请他便是，怎的自己走了那么多路？他那瑶辉轩离你们碧华阁多远！"

姜氏对邱氏撒娇道："娘啊，我这成日地躺着，再不动动，骨头都软了。"

邱氏摇了摇头，赶紧让丫鬟给她好好揉捏一会儿。

"大嫂，您寻我有事？"叶勉问道。

"给你这个小馋猫带了花糕。"姜氏笑道。

姜氏身后的婆子赶紧笑吟吟地上前，将手里的食盒放置在叶勉身边的紫檀茶案上。里头是一大盘九层的重阳糕，上面铺了厚厚的一层枣碎、栗子黄、石榴籽，又缀了一些红绿的果脯丝和木樨花，糕上还插了一圈小彩旗，印着两只小羊，取"重阳"的意思。这糕是糯米粉和红豆粉混着蜂蜜蒸出来的，一开食盒的盖子，满屋子馨香。叶勉直接拈了一颗栗子塞到嘴里，一旁的丫鬟们赶紧笑着拿帕子给他擦手。

姜氏笑道："快拿走给这馋猫儿切了去，一会儿别咬了手指头。"

邱氏点头赞道："这糕做得好，是哪个装扮的？"

姜氏笑着回道："是我娘家府上送来的重阳节礼。这个重阳糕，我娘特意嘱咐我要给咱们勉哥儿吃，虽不知日后如何，却也取个'高中'的彩头。"

邱氏乐道："难为你娘总是记挂他。"

"娘，哪里的话，勤哥儿也落了您不少好东西。这重阳糕也单给他蒸了一个，不过那孩子不喜甜，要用那鸭肉丝和羊肉丝佐着配成咸味儿的。"

婆媳俩说了会儿话，邱氏见人都快齐了，索性留了他们在正院用晚膳。姜氏便派了个婆子去碧华阁大门前守着，见到大少爷回来便直接将他领到这边来。

叶璟与叶侍郎回来后，一家人乐乐呵呵地用了晚膳。膳后，叶璟却与邱氏说想明日带叶勉去尚阴的外祖家走走。

邱氏愣了好一会儿，问他："怎的突然想起去你外祖那儿？"

叶璟笑了笑，道："明儿是重阳，母亲本该回外祖家里看看，只是因着尚阴与京城路途遥远，娘已经好些年没回去了。正好勉哥儿学里放秋假，我这些日子也得闲，可带他回去替母亲尽孝，也顺带踩踩山水，勉哥儿前些日子用功，带他松散松散。”

邱氏哪可能不同意呢？要不是大儿媳怀有身孕，她恨不得跟着一同回去，因而只埋怨他：“怎的不早说，你明儿就要走，我这一晚上去哪里攒那些节礼去？”

姜氏赶紧道：“娘莫急，这些日子咱们府上和我们碧华阁收了不少下面送上来的孝敬，拼上一拼倒也不难看，我们叫下人们今晚连夜装箱笼便是。”

叶侍郎却皱眉道：“勉哥儿秋假倒是合适，你那大理寺又如何能离开那么许久？”

叶璟笑说：“父亲放心，大理寺恰巧有个案子在尚阴附近，我今日已如实回报上峰，带着兄弟归尚阴探亲顺带把那案子结了，上峰已经允准。”

叶侍郎这才放心地点了点头，嘱咐他道：“你这几年来也着实辛苦，如此有个机遇出去松散也好，只是到了你外祖府上，定要看好勉儿，莫叫他淘气。”叶侍郎看着急得直打转的邱氏叹道，“也好好替我和你娘尽尽孝道，告诉他们二老，待明岁你的孩儿降生了，我会亲自带着你母亲回去看他们。”

叶璟赶紧应是。

叶勉在旁吃着花糕，眼珠子乱转，却一句话都不敢说，只怕哪句话说得不对，惹得他爹不悦，老头子又不准他出去玩儿了。

好不容易散了，叶勉赶紧跑回瑶辉轩，命丫鬟们给他打包行李，连连嘱咐着要带上针线房最近给他送来的新衣裳。人靠衣裳马靠鞍，如今他长得越来越好，穿件好衣裳，仗着年轻脸嫩，没准可以“艳压”他哥……

丫鬟们齐齐一愣，赶紧着急忙慌地给他收拾衣物和贴身用具。

宝年急问道：“大少爷怎的不早说，这一晚上可怎能收拾齐整？”

宝年只是随口抱怨，叶勉想了想也觉着奇怪，他大哥做事向来妥帖，怎的这回连邱氏备节礼的工夫都没给？

丫鬟们在屋子里忙活得满地乱转，鼻尖沁汗，叶勉不碍她们的眼，躲在院子里逗着锦狸玩儿，抬头却见隔壁院子里有许多灯光。他不禁一愣。自打中秋后，那边院子一直都是黑漆漆的，没动静，叶勉并不觉着奇怪，长公主进了京，小郡王自然要回长公主府去住，可今儿那边怎么又亮起灯来了？他挠了挠脑袋，心里胡乱猜着，他哥是不是已经知晓那边院子被庄翊买下了？那今晚这是干吗？带着他出逃吗？

◆ ◆ ◆

天光疏朗，秋意温柔，地上尽是红枫、银杏的叶子，一眼望过去，叠霞流金。

马车已经出了城，叶勉胳膊肘支在车窗上，一脸兴味地往外头看着，只觉着入眼的万物都可爱喜人。他伸手从青色釉碗里拈了一颗蜜渍莲子塞进嘴里，甜得直眯眼，转过头却见他哥依旧埋头在一堆公文中。叶勉皱了皱鼻子，又拈了一颗莲子递到叶璟嘴边。

叶璟垂眸瞥了一眼，只见叶勉白皙的指尖依稀还有晶亮的口水，嫌弃地偏了偏头。

叶勉将莲子扔进自己嘴里，又把碗重重地撂在矮案上，一挪屁股坐到对面叶璟身边，伸手去夺叶璟手中的公文，嘴里抱怨道："你带我出来玩儿又不肯理我是什么道理？早知如此，我不如留在京城与他们作耍。"

叶璟皱着眉将叶勉的脏爪子拍了下去，又拿帕子将他指尖的糖渍擦干净，轻斥道："再磨缠就将你送回去。"

叶勉撇了撇嘴，又从碗中拈起一颗蜜莲子讨好地喂到他哥嘴边。

叶璟这回张嘴接了，叶勉弯眼问道："哥，甜不甜？"

"嗯。"

"那再吃一颗！"叶勉狗腿道。

叶璟摇了摇头，将手中的公文放下。

叶勉顺势把矮案上的公文全都收了起来，扔进一旁的暗格，一手扯着叶璟一手扒在窗上，兴致勃勃地与他品评着外头的秋景和各异的过路客商。

叶璟看着他，轻嗤道："还与六年前一样，一副没见识的模样，只是最后别如当年一般哭出来就好。"

叶勉转头，奇怪地看了他哥一眼："我哭什么？"自打来到大文，他就一直被拘在京城，顶多与好友去京郊走一走，如今好不容易被放出来，他正看什么都新鲜有趣。

如此从晨曦一直行至暮色四合，车马在一座陆驿的客栈停下。

叶勉蹦跳着进去，第二日却蔫头耷脑地拖着腿出来了。上了马车，启程后，他偷着瞄了一眼叶璟，见他哥嘴角正噙着一丝似有似无的笑意看着他，他动了动嘴唇也没敢说什么，只在心里自嘲，这还当真是由俭入奢易、由奢入俭难……

昨日客栈里虽要了最好的上房，但客栈的条件到底不如他的瑶辉轩，一夜没睡安生，叶勉也没了昨日的精气神，索性撂下车窗上的提花帘子，又让下人递了几个松软的大引枕进来，半坐半趴地窝在他哥腿上睡觉。如此兄弟二人一个安静地看公文，另一个补眠，互不打扰，和谐得很。

只是这马车上到底不够宽敞，离京城远了，道路越发颠簸，叶勉只两三日便受不住了，腰酸背痛不说，还晕车晕得头昏眼花。见他哥依旧安闲地倚在那里看公报，脸色如常，无半点儿不适，他也没脸抱怨，只好咬牙硬挺，心里却越发嫌弃自己了。

叶璟如此磨了叶勉几日，见他没抱怨、赖闹，心里自然是满意的，只是到底心疼。他低头看了一眼乖乖枕在自己腿上的脑袋，伸手捋了捋叶勉微微汗湿的鬓发，轻轻将他唤醒。

后两日叶璟弃了官道，带着叶勉在沿途的地方小镇上穿行，虽绕了些路，却可时不时地带他下马车游走一番。小州县虽不能与繁华的京城相比，却各有异趣，特别是当地的特色吃食，叶璟见叶勉图着新鲜吃个不停，便让人包了许多给他在车上解闷儿。如此叶勉才得了些旅行的趣味，脸上又重新带了笑。

马车整整行了五日，大理寺的护卫在车窗外恭声禀报，说再有半日便能到尚阴了。

叶勉打起精神，朝外头看着，不一会儿却又把帘子撂了下来。

“哥，外头怎么如此多的乞丐？”

两人刚出京城时偶见一二乞丐，随着离京越来越远，乞丐便是三五成群，直至这两日在州县外面竟遇到两拨近百乞丐沿着官道行走，个个衣衫褴褛，脸上脏污不堪。叶家的车马见他们人少时会散些干粮与他们，人多时却不敢，只怕引得他们哄抢。

叶勉坐在马车里偶与他们对视，只觉着那些人看他的眼神令他遍体生寒。

“我原当你不会问了，”叶璟看着他，挑了挑眉峰，舒了口气道，“如此看来，你并未被富贵迷了眼，只看得见美景馐食却不见‘人’。”

“这些是流民，倒不是乞丐。”叶璟又看着他说道。

“流民？”叶勉一愣，“我们大文如此太平盛世……”

叶璟点了点头，与他正色道：“再繁华也是都城与那几个富庶的地方。你自小便生在京城官宦之家，每日锦衣玉食，狡童美婢环身，能近你身的下人穿用都比外头那寻常人家好上许多，没见过这些倒也无碍。只是你如今已渐渐大了，却不可不知外头百姓的疾苦，更不可过眼后却装作不见。”

叶璟顺着窗子指给叶勉看：“这些流民是因着今年年岁不好，天灾频现，你可知是何灾？”

叶勉想了想，乖乖答道：“是水患。上回在庄珝那儿，他还忙着处理河道漕粮和——”他突然反应过来，捂住嘴，心想，怎的在他哥面前提起庄珝了……

叶璟却面色无波，只道：“无碍，这人私下里虽赖缠着你惹人厌烦，在此事上却强了你一大截，并非不可说，不过……”叶璟话锋一转，垂眸叹道，“却也是父亲与我的不是，之前只想着你是幼子，日后做个富贵闲散公子便罢，因而从未教你外头的事。前些日子你与我说要正正经经科考出仕谋前程，如此倒是我们耽误了你。”

“哥，你可别这么说……”叶勉赶紧坐直了，正色道。

叶璟又看着他说道：“这回带你出来见见世面，也是想让你知晓，大文并非如你在京所见，皆是繁华，百姓疾苦也并非只存于你平日里看的杂书野史，你若要出仕为官，万不可只为攀比，心中为民才是正道，可懂？”

叶璟直直地看着叶勉的眼睛，叶勉低下头皱了皱鼻子，小声承认道：“之前是不服气您和庄珝，才想着科考出仕去搏前程，大哥教训得是，勉儿以后定会在此事上多思量。”

叶璟见他承认得痛快，暗暗松了口气。

马车行至尚阴时，天色虽没黑下来，却已逐渐亮起。邱府大门上高悬的灯笼已亮了起来，守着大门的下人见京城四姑奶奶家来人了，愣过后连滚带爬地往里跑着去报信。

不一会儿，二门上就接连跑出来十来个下人，一叠声地给已经下了马车的叶璟和叶勉问安，大开邱府大门，将他们迎了进去，又客客气气地帮着叶家带来的下人卸箱笼。

管家带着两个奴仆弯着腰引着两兄弟往里走着，刚走至二门，绕过青石照壁，就见一位鬓带霜色的老太太在几位穿戴华贵的妇人搀扶下急急迎了过来，在他们还没到跟前就放声哭了出来。

叶璟和叶勉两兄弟赶紧快步迎上前去，老太太一手搂着一个，声泪俱下，直至泣不成声。身边跟着的妇人和仆从们湿着眼眶劝了许久，她才止了声，随即又一迭声地吩咐："去！赶紧将你们老爷从外面叫回来，他两个乖外孙从京里来看他了，他还在外头吃什么酒！"

◆ ◆ ◆

叶勉的外祖父如今年事已高，早在十年前就致仕，还禄位于君，如今在邱府当家的是邱氏的嫡亲大哥，官从六品，是这尚阴府的知州。

邱家老爷子年岁虽大了，身子骨却硬朗得很，致仕后闲了下来，便每日都出府与老友们听着小曲儿喝两杯，回府后子孙环绕，尽享天伦，小日子滋润得很。今日他正在酒楼里与人吃宴，家里的仆从却鬼撵一般进来禀告说他两个外孙来府上了。老爷子微醺，伸手就拍了那仆从的后脑一记，恼怒道："来便来了，你慌脚鸡似的来告诉我作甚，难不成还叫我回去迎？"

那仆从愣怔过后反应过来，捂着脑袋委屈道："回禀老爷，不是三姑奶奶府上的少爷，是京里四姑奶奶家里的！"

老爷子顿了顿，一拍大腿赶紧站起身来。

老友们惊道："可是你那四姑娘的大公子端华？赶紧回去看看去！"

邱府重阳节挂上的灯笼还没来得及撤下去，今日又烛火遍燃，照得满院子通明。邱老太太亲手抓着厨上送来的宴席单子，皱着眉头，一脸不满，把地上站着的老嬷嬷难为得满头是汗。

邱家的人口十分兴旺，几房人家住得也近，如今都带着小辈聚到老太太这里了。

与叶勉差不了几岁的那几个表姑娘，打眼一看就知道精心打扮过，从脸上的妆容到衣上的宫绦，全都精致无比。她们与叶勉和叶璟互相行礼问安后，仗着是近亲，也不躲出去，胆大的还上前与他们攀谈几句。

老太太看在眼里，又岂不知她们是何意，只装作不见。她的四姑娘嫁得如此好，若是能再嫁进京里一个亲上加亲，岂不更美?

叶勉转身时趁着无人注意，朝他哥得意地挑了挑眉。叶璟看着他，不屑地轻嗤了一声。

叶勉人模人样地装起来，人俊嘴更甜，把他外祖母哄得将他搂在身前不放手，喜欢得不行，只念叨着让他这回定要多住些日子，不然她这把老骨头也不知能不能再见着他。这番话唬得她几个儿女、媳妇赶紧上前去哄，直说老太太身子如此硬朗，福气又高，见着重外孙都不难。叶璟便趁机将姜氏有孕，因而邱氏明岁才能与叶侍郎归来尚阴的事与老太太说了。邱老夫人一激动又掉了一阵眼泪，她的四姑娘是她最疼的，不然当年她也不会把如此好的亲事给了四姑娘，如今整六年没见过四姑娘了，她心里惦念得很。叶勉机灵，便倚在他外祖母身边，将他娘“欺负”他爹的琐事都讲与她听。邱老太太嘴上虽说着来年见着他娘定要说她几句，心里却放下了一块大石头。

叶璟与叶勉被人簇拥着闹哄哄地吃了顿极丰盛的家宴。邱老太太心疼两个外孙赶了许久的路，宴后也没留他们说话，赶紧打发他们去歇息。她嘴上念叨了好些回，嗔怪他们不提前来信，院子都来不及准备妥当，只得拨了好几十个奴仆进去好生伺候着，就怕这两个少爷离了京，住得不妥帖。

叶勉沐浴后歪在榻上由着邱府的丫鬟们给他烘头发，倚浓、倚翠推门进来，将她们赶了出去，亲手给他擦拭。

邱氏这次特把这二人派来，一是因着叶勉第一回走得这么远，没个近身伺候的，她不放心，二是因着这两个丫鬟跟她久了，有些话也只她们传给她母亲合适。

叶勉打了个哈欠，问她们：“外祖母与你们问完话了？”

倚浓点了点头，笑道："只问了些夫人在咱们府上的琐事，照着夫人吩咐的说给老夫人，让老夫人放心便罢了。"

叶勉点了点头。

倚翠却捂着嘴偷笑："老夫人还问夫人可给四少爷相人家了没有。"

"嗯？"叶勉挑眉。

倚浓也笑："怕是想与咱们府上亲上加亲。听我们说府上规矩严，如今还不准扰了您课业，老夫人高兴得不行，口里直念叨要写信去京城。"

叶勉失笑，因与她们二人熟了也不避讳她们，直道："我娘定是不会理会。"如今叶家在京城风头正盛，王宫侯府里都有夫人与他娘试探口风，她怎可能在尚阴给他娶媳妇，她真要这么做了，他祖母都能气昏过去。

倚翠撇嘴道："这里的小姐们，我们不敢品评，这下人却没什么规矩，刚刚那几个是在作甚，伺候主子也敢脸红眼热——"

"闭嘴，"倚翠还没说完就被倚浓轻斥打断，"夫人娘家府里的人，我们岂能随意碎嘴？"

倚翠哼了一声，嘟囔道："一群没规矩的狐媚子……再不能让她们近身！"

叶勉赶路累了好几日，晾干头发后一沾枕头便睡着了，第二日睡到日上三竿才起，被他哥斥责了几句。他外祖母却赶紧将他搂过来，不准叶璟说他，只道在她这里不必讲那些规矩。

两兄弟用完膳，将从叶府带来的节礼一一亲自送到各个亲戚府上。舅母、姨母们看着这叶家双壁，哪个能不喜欢，争相留他们在自家府上吃宴，兄弟二人以要回去陪外祖母为由婉拒了。待他们走后，妇人们心内羡叹，家里这个四姑奶奶不仅嫁得好，生得更是好，这是什么命啊……

叶璟只在尚阴待了一天一夜便去了附近临县办案，走之前好生嘱咐叶勉，不准他淘气，惹外祖父与外祖母担心。叶勉点头满口答应。邱老爷与邱老夫人虽不舍，却因着叶璟办的是皇差，他们万不敢阻拦，只嘱咐着让他办完案早些回府里。

叶璟一走，叶勉瞬间觉着自己脑袋上的紧箍咒没有了，整个人轻松了不少，父母不在，大哥不在，两位老人对他溺爱不够。如今在尚阴，还有哪个能管得了他？他与早早就在三姨母那里看对眼的文德表兄一齐在外祖父那里求着，要去山上的庄子打猎。两位老人虽担心，却不忍两个外孙失望，更经不住两人赖缠，只得多派了些奴仆跟着。

叶勉与李文德打一照面便知晓对方与自己是同路中人，嘿嘿笑着，借着这机遇，急急离了府里大人眼前，到外面去疯淘作耍。

这个文德表兄平日里也是个不省心的，却十分会玩儿，带着叶勉溪里抓鱼、树上逮鸟、林子里猎矮鹿。俩人晚上也不回去，在邱家那山上的庄子里住。

李文德拿着银匕首又片下来两块鹿腿肉，递给叶勉一块，叶勉接过吃了。

如今已是深秋，夜里露水凉得很，两人围着篝火倒是暖和。

李文德灌了一大口酒，抹了抹嘴，舒爽地叹道："好在是你来了，不然我娘定不放我出来，每日只盯着我看那劳什子书文，可烦死我了。"

叶勉鼓着腮帮子，咽下嘴里的肉才道："那你要盼着我哥晚几日回来才行，他一回来便会将我们揪回府去，没准还有一顿打罚等着。"

李文德一扬手，大大咧咧道："不管，我们这几日先快活了再说。"

叶勉嘿嘿笑着与他干了一杯，叹道："这矮鹿肉倒是不错，比我在京里吃的要嫩上许多。"

李文德一拍大腿，道："那是！不好我能带着你追着它跑一天？只是这东西吃了就上火，"李文德看着他，笑得猥琐，"可惜我们这回出来没带上丫头……"

叶勉自然懂他是什么意思，瞥了他一眼，道："带了也没用，我娘管我管得严，不许我近着她们。"

李文德一愣，道："你们京城子弟规矩就是多，"说完又往他下三路瞄了一眼，问他，"那你平日里……可怎么办？"

叶勉看着他挑眉："你今儿晚怎么办，我平日里就怎么办。"

李文德哈哈大笑。

俩人吃饱了，却不想进屋子里早早休息，还想在外头再对饮一阵儿。哪想天公不作美，忽地下起雨来，雨势还不小，下人们赶紧护着这两位少爷各自回了屋子。

雨下得急，虽仆从们护得及时，叶勉还是被淋到了些，屋子里伺候他的下人赶紧给他备水沐浴。

叶勉洗好后，坐在窗前的榻上一边喝着热茶一边赏雨，倒适意得趣。忽然，他听到外面传来一片嘈杂之声，不一会儿却是几声吵嚷。叶勉不免心惊，刚想着要不要带人出去看看，却听见自己的房门被敲响，声音十分急促。叶勉示意下人去开门。

门打开了,叶勉瞪着门口好久,站起身惊声道:“庄珝？你怎么来了？！”

庄珝应是骑着马进山，刚巧赶上这场雨，因而被淋得十分狼狈，身上衣裳尽湿透，头发上也淌着水珠，半点儿不见平日里的慵懒、优雅，眼神比之前更加犀利。他没有回答叶勉，无声地走了进来。他还没走到叶勉跟前，李文德已经从外头急急跑了进来，后面还跟着几个护卫。

叶勉赶紧对李文德说：“表兄莫要担心，这人是我在国子学的同窗好友。”

李文德松了口气，嘴上念着佛，拍着胸口，道:“可不兴再这么吓我，我要是将你带出来，却没将你囫囵个儿地带回去，我爹能把我活活抽死。”

叶勉不免脸上讪讪，把他送了出去，又将邱家的仆从们全都赶了出去，才叹了口气，转身头疼地问庄珝：“您这是又在闹哪出呀？”

他将搭在架子上的布巾子拽了下来给庄珝擦脸，嘴里急急道：“快将这身湿衣裳全都脱了。我刚给你要了热水，一会儿你赶紧泡一泡，否则你要是在我这儿病了，你娘也能将我活活抽死。”说完，他又将刚刚自己没喝完的热茶递给他喝，“这茶里加了蜜姜，你喝上一口暖一暖。”

庄珝一令一动，让脱衣裳就脱衣裳，让喝茶就喝茶，只不说话。

叶勉拿着布巾子帮他擦着头发，不经意一瞥，却见他脱下的中衣上有些刺目的红迹。叶勉心下一跳，定睛瞧了个仔细，随即扳着庄珝肩膀一看，差点儿两眼一翻昏过去。他后背上几十条纵横交错的鞭痕，鞭痕四周都已结了暗红的痂，血迹明显是结痂被挣破了而重新洇出来的。

叶勉满眼难以置信，声音颤抖着问道：“这是谁打的？”

庄珝面无表情地看了他一眼，终于出声道：“是我母亲。”

第十九章

凤头蛮鹦哥

『他没吃什么仙丹，
他是吃露水长大的，
和那鹦哥一脉相承的矫情。』

庄珝伤得如此厉害，此时自然不是与他置气的时候，叶勉赶紧派下人去和文德表兄讨来一瓶上好的金疮药。好在这庄子邱家人来得勤，庄里什么药都备着些，只是这下把李文德给吓了一通，他以为叶勉伤着了。叶勉只哄他说是京里刚来的同窗好友路上不小心被枝叶划了手，上些药粉便罢。

庄珝背后尽是新扯开的伤口，叶勉自然不敢给他沐浴，他自己带来的人都是些侍卫，他又不肯让邱家的粗仆近他身，叶勉只好撸起袖子亲手帮他擦了擦，又净了手给他上药。

庄珝背上的鞭伤看着着实可怖，几乎鞭鞭见血，一看当时他母亲就是下了狠力的。叶勉扶着他趴在床榻上，一面龇牙咧嘴地给他上止血粉，一面问他："你这是做了什么大逆不道的事，竟将你娘气成这样？"

庄珝倒也不瞒他，口里冷冷地吐出两个字："庄瑜。"

叶勉握着瓷药瓶的手一顿，急急问他："你将你弟如何了？你不会——"

"与你无关。"庄珝打断他，又道，"他只是想知道，若我对他下死手，母亲会不会将我逐出长公主府。"

下死手？叶勉瞪大眼睛看着他，只觉遍体生寒。庄珝却轻描淡写道："恰巧，我也正有此意……"

叶勉："……"

过了许久，叶勉才惊心问道："你……你弟现在人呢？"

"他很好，"庄珝淡淡道，"他根本没想死，我还好好活着，他哪舍得去死？”

叶勉翻了翻白眼，甚是无语，只觉着那一大家子中，长公主才是最可怜之人，这兄弟俩一个比一个邪性，他若是长公主，还打什么孩子啊，直接挥刀自裁最省心。

叶勉给庄珝上了止血粉，见伤口不再溢新血了，再细细地给他敷上一层金疮药，又用细布将伤口包扎严实，才抹了把汗，将他扶起来，给他披上寝衣。

叶勉在给庄珝上药的时候以为他会觉得疼，却从头到尾都没见他趴在那里抖一下，心里还纳罕这人这身皮肉倒是扛痛。等到将庄珝扶起来才看见他的脸色已经微微发白，额上也冒细汗，叶勉心里不禁有些后悔刚刚下手不够轻，哪有人不怕疼，熊孩子要面子，强忍着罢了。

叶勉轻咳了一声，伸手拿来帕子给庄珝擦了擦他额上沁出的冷汗。

庄珝本就话少，今晚不知怎的更是惜字如金，叶勉不问他什么，他便一直默然无声。

叶勉又让下人送了些清汤米粥进来，怕他伤口发炎，也不敢给佐配小菜，只舀了一小匙蜜糖拌在粥里，陪他一同吃了半碗。之前他在外头淋了好一场雨，不能沐浴，好歹得暖暖脾胃。

如此折腾了一晚上，俩人歇下时已近两更，蜇杀人的药粉撒在伤口上都不肯抖下眼皮的庄珝却突然娇气起来，一定要半边身子趴着且靠着叶勉才肯睡，只说这屋子里气味难闻得很，他要如此才好受些。

叶勉忌着他背后刚刚止了血的鞭伤，无力道：“我刚刚想了想，上辈子我撒手人寰之前确实没欠哪个人银钱没还，您是不是找错人讨债了？”

庄珝口里轻道：“上辈子的事你还记得？”

“我当然记得。”

“既如此，那你再想想，有没有哪个欠了你银钱还没还。”

叶勉果真仔细想了想，回忆道：“没有，只有个穷小子穷得恨不得每日都要啃馒头咸菜，我看他可怜，连着请他吃了两年的鸡蛋灌饼，他说他日后定要还我。”

“既如此，那人就是我了。”

“嗯？”叶勉反应过来后嘶了一声，质问道，“你什么意思啊？你如此无缘无故地来京城折磨我，倒说是我找你讨债，还讲不讲道理……”

庄珝有没回答他，却问道：“鸡蛋灌饼是什么吃食？我也要吃，你做给我。”

“我做给你……”叶勉嗤了他一声，道，“伺候你一晚上还真把我当你奴才了，倒真敢想。”

“上回在桃溪庄你给魏昂渊他们几人煮了面，却没有分给我。”

“分给你？那回我没捧着面碗扣你脸上是因着我怕你，如今你再如此欺负我试试？”

“你现下不怕我了？”

“我怕你个鬼……”

叶勉哼了一声，往一边挪了挪。

两人都没说话，室内瞬间静了下来，只有屋外雨声阵阵，叶勉只觉着庄珝的呼吸声越发重了起来。

等叶勉的思绪全部归正，他要与庄珝好好说道说道的时候，庄珝已经呼吸均匀睡熟了，独留他一人听了半宿的雨声。

◆ ◆ ◆

庄珝的伤十分重，昨夜又兜头浇了一场大雨，今天早上叶勉摸了摸他的头，他虽未发热，但脸色不太好，叶勉不敢将他带回邱府，更不敢就这么让他走了，因而只能将他留在这庄子上将养。

白日里，叶勉依旧跟着他文德表兄在庄子里疯淘，庄珝就在不远处的石头上坐着看着。叶勉时不时地把烤好的肥鱼、土里烘好的绿尾珍珠鸡、山上采的莓果子拿给他吃，几天下来，两人相处得倒十分和谐。

庄珝接过叶勉递给他的青皮鸟蛋，诧异道：“这蛋是生的，你给我做什么？”

叶勉蹲在那里哄着他玩儿，笑道：“我表哥的下人会看，他说这蛋是胎蛋，能孵出小鸟儿来。反正你每日坐在这里也无聊，不如将它孵出来，也算功德一件，如何？”

叶勉见庄珝今日情绪不高，这是故意引他闹嘴解闷儿，正等着他瞪眼，却见他愣了片刻便把鸟蛋小心地收到袖笼里，郑重地点了点头，应道：“好。”

叶勉："……"

庄珝又抬头看着他道："我今日就要回京城了。"

叶勉一怔，随后笑道："也好，不过你这伤……可能劳顿？"

庄珝摇了摇头，道："无碍，我母亲派了车马和随侍来，如今已在尚阴府，医官也在。"

叶勉听了，点了点头："如此甚好。"他又叹了口气，轻松道，"我终于能睡个轻省觉了。"

庄珝却一脸不高兴，伸手去拽叶勉的衣袖，轻声道："可我会难眠。"

叶勉轻咳了一声，就见李文德咋咋呼呼地带着一堆人跑了过来，手里还捧着一只粗陋的竹篾笼子，里头一只五彩斑斓的大鸟正在使劲扑棱羽翅。叶勉看得直咧嘴，那看着就不太结实的笼子似是马上就要被这只"愤怒的小鸟"拆碎了，他赶紧上前帮李文德捂着笼子。

李文德喘着粗气，满脸兴奋道："勉哥儿，刚那窝鸟蛋竟是这凤头蜜鹦哥的！这东西难得得很，下人好不容易才抓住它，你快把刚刚那胎蛋给我，若能让它孵出来，咱们又能得一只！"

叶勉"啊"了一声，半蹲下去仔细看笼子里的鸟，只见那鸟竟有成人两掌长，羽翅是赤色的，腹部和背部是紫色、蓝色渐变色，头顶黄色羽冠，因着情绪激动，现下正竖了起来，犹如一朵盛开的菊花。

叶勉转头去看庄珝，就见庄珝正抿着唇，一脸不悦。

叶勉挠了挠脑袋，李文德在一旁催着："快些啊，这家伙见着蛋也许就能消停，我怕它伤了膀子，这毛色可太俊了……"李文德看着大鹦哥啧啧称奇。

"不给！"庄珝在一旁冷硬道。

李文德一愣："哈？"

叶勉轻咳了一声，道："我将那鸟蛋给他了……"

李文德愣愣道："那鸟蛋又不好吃，让它孵出来，咱得一鹦哥岂不是更好？"说完，他又举了举手里的鸟笼，那鹦哥正在里头吱哇乱叫着扑棱，道，"这鸟儿也能高兴。"

"不给！让它自己再下一个蛋！"庄珝站起身瞪了那鹦哥一眼，便甩袖子，转身进屋了。

李文德："……"

叶勉留下哄了李文德好一会儿，李文德才悻悻道：“这鸟儿可难养呢，下人说它只吸食花粉和花蜜，所以才叫它蜜鹦哥，这大鸟咱们拘起来养活都得仔细着，更别说那小的，定是养不成的。”

李文德一阵可惜。

“养得成，养得成。”叶勉一手搂着他的脖子，一手拍着胸脯打保票道，“你今儿不是还问我，怎么那人长得如此俊俏，是不是吃仙丹长大的？如今我告诉你，他没吃什么仙丹，他是吃露水长大的，和那鹦哥一脉相承的矫情，以后让他们下人每日晨里给他采露的时候顺带给鸟儿采蜜……”

李文德被他哄得一愣一愣的：“当真？他从小就每日喝露水？”

叶勉搂着他往院子外头走：“可不嘛，仙子只能喝露水，喝了井水就是凡夫俗子了。”

庄珝被人从庄子里接走后，叶勉与李文德又在山上野了两天才回邱府。

邱老夫人把叶勉拽到跟前好一顿查看，见他的手腕不知被什么东西划出两道血痕，好一顿与跟去的下人们发作，吓得李文德扭头就跑，连饭都没敢吃。

叶勉回来的第二天，叶璟便从邻县回来了。听说叶勉打他走了便出府野去了，叶璟只是无奈地摇了摇头，并未斥责。叶勉心里却不安生，跟去的下人那么多，荣南郡王去了这事儿定是瞒不住的。

待到晚上，叶璟在书房与大理寺的人商讨案卷，叶勉也不嫌无聊，乖乖地坐在一边吃糕喝茶。因不是什么机密要事，叶璟就没避着他将他赶出去，只是议完事后将他提到跟前，审道：“又犯什么错了？老实招来！”

叶勉听了，腿肚子就开始攥筋，他哥似是还没从大理寺少卿的角色中转换回来，这神色跟审犯人似的……他看了一眼他哥，又低下头去，小声道：“前两日，我和文德表兄去庄子上玩儿，然后……荣南郡王也去了，前儿被长公主府接走了……”

叶璟愣了好一会儿，连端在手里的茶也没喝，过了好半天才放回案上。

叶勉无意识地掰着手指，看了一下他哥的神色，小心道：“哥，我——”

“你今日一整天都惴惴不安，晚上枯坐在这里听我讲了一回案子，就是为了要与我说这个？”叶璟打断他问道。

叶勉想了想，如实地点头，小声道：“我怕大哥生我的气……”

“我生气……”叶璟似是自言自语，半晌又抬头看着叶勉道，“你觉着我应该气什么？”

“啊？”叶勉一愣，“……气我和庄珝同在山庄里玩儿。”

叶璟眉头紧皱，缓缓道：“我确实气庄珝，他混缠我弟弟，如阴魂不散，如此敲打他，他竟也不知收敛！”

“不过……”叶璟话锋一转，冷静道，“脚长在他腿上，他要跟来，我也无法，只是，我为何要生你的气？”

叶勉抬头，似有不解。

叶璟看着他道：“我曾说过，你很难如意地绕躲此人，以后也会有更多如此的人出现，既要正常过活，便没必要一味闪躲，只是你心里有数提防着便罢，可知？”

叶勉点了点头。

“你这两年比哪个都机灵，全是你的错也能搅出三分理来辩，这么简单的道理又如何不懂？明明你未犯错，只与平日一般，与我说庄珝来缠你便罢，”叶璟直直地盯着叶勉，不客气地看着他道，“怎的这回倒如此不安地向我认错？你在心虚什么？”

叶勉心下一惊，张了张嘴，却似被他哥问住了：“我……”他看着他哥意味深长的眼神，心里突然着慌起来，心越跳越快，最后脸都热了起来，他胡乱道，“我就是与你说说！”

叶璟盯着他看了好一会儿。叶勉不知怎的，被他哥看得越来越慌，恨不得抬脚就逃。最后，叶璟无力地垂下眼，长叹了一口气，唤他来自己跟前：“勉儿，你过来。”

叶勉想了半晌，才慢慢蹭过去。叶璟伸手将依旧与他有些距离的叶勉拽了过来，拉着他的手道：“你如今大了，在有些事上，大哥无法左右你。但是你自己万万要清楚你在想什么、你在做什么，因为没有人能护你一辈子，我也不行……”

叶勉抬了抬眼，好半天才用气音问道：“哥，我是不是太烦人了？”

叶璟摇了头摇，道：“我是你哥，自然永远都不会嫌你扰人，只是大哥的精力只有那么些，除去越来越烦冗的皇命公务，能分在你们身上的只能有这么多。”说到这里，他顿了下又道，“如今你小侄儿要出生了，待他出世，我自然要将更多的精力放在看护教导这个小人儿长大成人上。”

叶勉猛地抬头，瞬间就红了眼圈。

叶璟捏了捏叶勉的脸，轻笑了一下，哄道："你已经大了，勉儿。"

叶勉手足无措地站在那里，心里酸涩不已又闷堵得慌，脑子里更是乱糟糟的一团，也不知现下该说些什么。他抬起头又垂下，最后只哑声对叶璟说了句"知道了，哥"，便回了自己的院子。

叶勉没洗漱就自行躺到床上，放下帐子把自己闷了起来。倚浓、倚翠见他的脸色十分吓人，又是刚从叶璟那里回来，便没敢上前去扰他，赶紧把邱家的下人们全都赶去外头，两人也退去外厅那里守着。

第二日，叶家兄弟俩与外祖府上一家人辞别。外祖母搂着叶勉又狠狠地哭了一场，将尚阴的特产、府里自做的吃食、各式节礼拢了十来个箱笼，绑在车上跟他们回去。

路上，叶勉整个人都蔫蔫的，昨夜一宿没怎么睡，午后困得要命，但他没如来时一般，赖去他大哥腿上睡，只是脑袋靠着车壁晃晃悠悠地颠着，睡了又醒，醒了又睡，最后不知怎的真的就睡实了。再醒来时，却窝在叶璟怀里，叶勉揉了揉眼睛，抬起身往外爬。

叶璟伸手将他揽了回来，轻笑道："怎么，昨日说了你两句，便与你哥赌气了？"

叶勉摇了摇头，小声道："没有。"

"那是怎么了？"

叶勉没有吱声，只往外挣，叶璟将他搂紧了些，叹了口气，哄道："好了，别闹了，昨日是大哥着急，说得过了，跟你赔个不是可好，嗯？"

叶勉摇头，轻声道："大哥没错。"

叶璟轻笑了一声，问他："那可是吃醋了？"

叶勉头摇得如拨浪鼓一般。

叶璟却轻声道："可大哥却吃醋了，那浑蛋要抢我弟弟，我那傻弟弟昨日竟自行将自己与他放到一起，向我赔罪认错。怎么，养了你这些年，你们俩倒成一伙儿的了？"

◆ ◆ ◆

叶勉与叶璟两兄弟互相喂了一缸子酸醋，如今被他哥直直挑明，叶勉很是不好意思了一阵儿，叶璟却依旧落落大方，谈笑自如。

叶璟在尚阴那头的案子已经结了，回程便不如去时那般急赶，这回出来也是因着早早就应了叶勉要带他出来游耍，因而两人商量着择了好几个感兴趣的州县，一路吃吃逛逛，停停歇歇，又一路作耍，绕了好大个圈子才拐回京城。

回到叶府，叶璟换了身衣裳，连午膳都来不及用，便被急得满嘴燎泡的大理寺主簿求爷爷告奶奶地哄走了，因而邱氏只逮住了叶勉，揪着他耳朵好一顿责骂。

“你们两个不省心的！”邱氏恨恨道，“你外祖的信早早就到了，按着天满算，你们五六日前就该归府，你们是想急死你娘不成？”

叶勉嘿嘿笑着搂着邱氏的胳膊哄了好一会儿，把错都往自己身上揽，说是他贪玩儿缠着他哥带他多游耍了几处。邱氏见她两个孩儿手足情深，心里自是乐呵，嘴上却不饶，轻呸了一声，嗔道：“你少护着他，哪个我都饶不了！待那个从官府回来我就说他去！”

叶勉也不驳她，只将尚阴外祖府上的事都细细地讲给他娘听，哄她乐呵。

叶勉回府后只歇了一天半，国子学便开秋学了。

这日，叶勉天不亮就去了学里。鸿胪寺和礼部都派了几个官员下来，带着众学子在煌煌辟晨曦之时祭了天地，又叩拜了圣像，于集贤门前的广场上严正地对他们讲训了一番，叶勉这便由“启”字班升到了“修”字班。

湖边院子门上的两块匾已换成了早早就准备好的“修瑞院”和“修南院”。叶勉回到学屋里，将手上的红色鸡血藤木手镯摘下，与同窗们一齐交与教苑派来的司正，换上了象征着修字生身份的黑檀木手镯。

屋子里众公子看着手上的镯子新鲜，吵吵嚷嚷地道戴在手上要比赤色的好些。叶勉坐在窗边，也抬起手腕冲着日头瞅了瞅，却一打眼瞧见修南院的学子们鱼贯进了隔壁学屋，他们头上依旧齐齐地戴着束发银冠，只不过上头铜钱大小的红宝石已然变成了蓝宝石。叶勉不由得嘶了一声。修瑞院一些学子瞧了个正着，倒是比叶勉嘴快，酸道："得！人家头上的宝石换了色儿都没乐呵，咱们换了个檀木镯子就新鲜成这样，快别论道这个了，离得这么近，让人听见，不得笑话咱？"

修瑞院众学子都朝外头看去，酸酸溜溜地嗤上两句，心里却暗恨，竟又被那头比下去了……

叶勉看着他们暗暗较劲，心里不免觉着好笑，赶紧让侍童把他从尚阴带回来的特色吃食给他们分一分，屋子里才复又热闹起来，学子们都围过来问他一路上的风景趣事。叶勉一面与他们细细地说，一面又吩咐侍童将这些吃食给隔壁屋子包上几包送去。修瑞院学子们心里正与那头酸着，见状不免撇嘴，却也知道叶勉与那屋子的人关系好，便也不说什么了。

叶勉这边正盘腿坐在书案边，与他们说着他在尚阴山上抓鸟猎兔子的趣事，那边隔壁屋子派了好些个侍童过来，手里都捧着高高一摞梅花黑漆攒盒。

修瑞院众学子一人分得一盒。叶勉打开一看，里头有好些式样的南边点心，都精致无比，有芙蓉糕、海棠盏、鹅油酥、莲子雪花卷儿，中间还有小小一盅桂花糖蒸酥酪，一看就是今日早早就备好的。

修瑞院众学子不禁咂舌，道："还好勉哥儿带了些外头的吃食先送了过去，不然倒要人说我们没有礼数。"

叶勉见这点心做得精致，便挑了几块入嘴，却越吃越停不下来。他喜食芝麻香，这里头的点心都掺了些细碎的芝麻粉。他吃着倍儿香，别人却吃不惯，尝了两个便扔到一边，只说不喜这南边的点心，香得腻得慌。

温寻拿着一块点心，皱眉疑惑道："我去过金陵，那头的点心也不是这味儿啊……"

叶勉鼓着腮帮子停下咀嚼，想了片刻，朝窗外隔壁屋子看了看。

素来熟知叶勉口味的魏昂渊回头瞪了叶勉一眼，酸道："看什么？几块破糕就把你收买了不成？那个心机鬼惯会用这小伎俩去谋算，当真是奸猾！"

叶勉："……

散学后回了府，叶勉从书袋里掏出一张精致的花笺请帖送去碧华阁，这请帖是长公主府下给他的，不过不是单给他一人，修瑞院与修南院的学子人手一份。

长公主进京安置下来后，首回在长公主府办芙蓉花宴，邀了不少王公侯爵，众府上自然要赏脸参加，只是没想到长公主府将与荣南郡王在一个院子读书的同窗们也都邀了。叶勉没脸说这大阵仗是布给他的，却不敢瞒着，将请帖送去碧华阁给他哥过目。

夜里睡下前，碧华阁派了丫头过来给叶勉传话："大少爷说，四少爷这回尽管与同窗同去赴宴便是，莫要多想。"

叶勉听后未觉着奇怪，他哥前段日子借着那事儿发作，是要敲打庄珝，让他莫要仗着长公主府之势肆意妄为，却不是要侍郎府与长公主府交恶结仇。事儿过了，庄瑜和庄珝因着那事儿闹了一场，或多或少都受了惩戒。他哥自然不会再拦着长公主要见他，不然就真是不识抬举了，圣上那里也不好交代。

因着邀了国子学的学子们，长公主将芙蓉花宴的日子定在国子学的旬假日。

那日一早，叶勉站在镜前微微张嘴打了个哈欠，抬着手臂任丫鬟们忙前忙后地给他穿衣，口里老大不乐意地抱怨道："好好的旬假不能在床上睡回笼觉，倒要爬起来去赴什么花宴，谁家没个花儿朵儿的，哪个稀罕要去他们府上看？"

丫鬟们都知晓这是起床气还没消呢，便不接话，一边忙活着一边抿着嘴笑。

叶勉嘴上不停地叨叨了好一阵儿，侍人们将玉佩、香包等配饰都给他装扮好了，他也醒了，往镜子里一瞧。镜中少年褒衣广袖，袍袂翩翩，衣色虽淡，身上却系着碧似滴翠一般的兽形玉牌，打眼一看便知不是凡物，乌黑如鸦羽的墨发被玉冠束着，披在身后。因着刚刚生了场没道理的气，他眼角眉梢间皆生动，倒是一副不好伺候的娇贵公子模样。

叶勉用了朝饭，便带着几个小厮去了长公主府。如今长公主府门前已不复七夕兰夜那日一般幽静，高大巍峨的朱门前人头攒动，各个王公侯府的宝马香车从这边街头排到那头巷尾。

叶府的车子还没驱到正门前，便被等在老远处的庄珝私卫直接引去了后门。

叶勉从马车下来后便被那私卫带去了荣南郡王的院子。庄珝正站在院门前等他，见他从远处走来，上上下下地打量了他几番。

叶勉被他看得发毛，瞪了他一眼，道："没见过不成？"

庄珝轻笑，却没说话，只将他带进院子。

叶勉见他绕过主屋厅堂，带着他在回廊里弯弯绕绕地走，奇怪地问道："你要带我去哪儿？我这第二回来你府上，你便不在厅里好好地招呼我吃茶了？你们长公主府什么待客之道！"

庄珝也不辩解，只将他带到一间偏屋门前才停下。那屋子两面的窗子都关得死紧，秋天还没过就换了窗纱，糊上了雪白的窗纸。

叶勉奇怪地看了看他。这要是几个月前与庄珝还不熟，他还以为这人要杀人越货，将他带来这里做掉。

庄珝推开门，将他领进屋子。叶勉只觉一股热气扑来，还夹杂着一股淡淡的腥气，这才看到那窗子上不仅糊了窗纸，里头还挂上了罗帐，屋子四角放着火盆，各处都燃上了烛火。不热才怪呢。叶勉觉着不适，刚想退出去，就听见屋子西北角那里传出几声"唧唧啾啾"的声音，声不大却十分清楚。叶勉一愣。

庄珝走过去，献宝似的将矮案上的一只藤编筐捧给他看。叶勉借着灯火低头一瞧，却是一只刚出生不久的雏鸟，小小一只，身上光秃秃的，一丝绒羽都无，眼睛还没睁开，趴在窝里张着嘴吱吱乱叫。

叶勉张了张嘴，不可思议地问道："这是那个凤头蜜鹦哥的蛋？"

庄珝嗯了一声，轻声道："昨儿刚破的壳，我让人寻了专会养鸟的人来，那人说再过几天它便能睁眼了。"

叶勉难以置信地看了看庄珝，倒没想着他竟真能将这胎蛋孵化出来，遂有些好笑地问他："你是怎么孵出来的，让人找了只抱窝的母鸡不成？"

庄珝摇了摇头，道："下人说，不是自己的蛋，怕那蠢物不安分，啄坏了它，便用了那东西。"他朝屋子中间抬了抬下巴，示意叶勉去看。

叶勉转过头去，只见屋子中央有一只方形的四角铜鼎，下面一只火盆如今已经熄了火，鼎里有水，鼎上悬空置着一个金属架子，架子上面还铺着好几层棉布厚垫子。

叶勉心里啧啧道：“这精细活儿倒要费上不少功夫，火候掌握不好，直接变烧烤毛蛋了。”

庄珝又将他的注意力拽了回来，把那只筐往他眼前移了移，一脸希冀地问他：“好看吗？”

叶勉咽了咽口水，肚子里搜刮了一圈，实在找不出合适的词来夸这尖嘴没毛的小秃子俊俏，遂干巴巴地笑了笑，道：“好看好看。”

庄珝满意地笑了笑，极尽温柔地用指尖抚了抚小秃子的翅膀，得意道：“长得比我们在尚阴见的这小东西的母鸟还好上些。”

叶勉没忍住，笑道：“你当真？”

庄珝看着他，认真地点了点头，倨傲道：“自是当真，我看上的，自然都是好看的。”

叶勉愣了好一会儿，转了转眼珠，不乐意道：“……我咋觉着你在骂我？”

◆ ◆ ◆

叶勉对着这只小秃毛鸟没有多大兴趣，而这“产房”里闷热得很，又没熏香，他站了片刻便受不住了。

庄珝依依不舍地跟着他出来，吩咐跪在院子里连头都没敢抬的养鸟人好生顾着。那养鸟人原只是个平头百姓，不像府里下人一般受过调教，因而连话也不会回，只不停地磕头。

叶勉出来后，深深地吐出一口浊气，又仰着头吸了几口杂着花香的新鲜空气，这才感到好受了些。

庄珝要带他回他屋子里歇着，叶勉却不想闷在那屋里头。俩人索性出了庄珝的院子。

叶勉一面随着他走一面问：“你背上的伤可好些了，什么时候能回国子学销假？”

庄珝点了点头，道：“大好了，旬假一过便回学里去上学。”说到这里，他转头看了叶勉一眼，挑眉问道，“你可是关心我了？”

“……我就是客套客套。”叶勉冤枉道。

庄珝却不信，狭长凤目里愉悦的笑意越来越深：“这有什么说不得的，你就是脸皮薄。”

叶勉两眼一翻，心想，这人对自己和那小秃鸟用的是同一款滤镜。想到这里，他好笑地问道：“那小秃子，你准备养在你跟前？”

庄珝皱了皱眉，不高兴道：“什么小秃子，怎的叫得这般难听？”

叶勉口里啧了一声，道：“那你快给它起个名儿。”

“我还没想好。”庄珝紧蹙着眉叹了口气，“昨儿写了几个，却都不好，容我再好好想想。”

叶勉：“……”

庄珝又道：“再过半月余，待它长出绒羽便不再畏寒，我再将它移到我屋里。”

叶勉听他如此说也并未觉着奇怪，只提醒道：“那东西会说话，可扰人得很。我文德表兄抓了那小东西的母鸟，只稀罕了几天便送人了。他说，那鸟学人说话学得极快，只两晚嘴里便蹦出句人话，从早到晚叨叨个不休。”

庄珝点头道：“下人说这蜜鷚哥确是颖悟绝伦，待它移来我屋子，我亲自教它说话。”

“你要教它说什么？”叶勉忍俊不禁，好奇地问道。

“要看它的悟性。”庄珝思索了一会儿，认真道，“我想给它启蒙教它做文章。”

叶勉脚下一个踉跄，心想，那小秃子怕是要成精……

两人漫无目的地在府里走着，依稀听到远处有丝竹笙歌之音，庄珝拉过叶勉的胳膊：“我带你去见我母亲。”

叶勉点了点头。之前长公主召了他两次都被侍郎府拦住了，如今他造访长公主府，必然要亲自去拜见长公主。

叶勉跟着庄珝加快脚步往那边赶去。两人走过几道穿堂曲榭，突然眼前一片开阔，映入眼帘的是一片不小的人工湖，一座飞檐翘角的大凉亭依湖而建，半环着凉亭的芙蓉树上正花开肆意，盈盈绽粉，一片明媚、烂漫。

亭内十余个身着华服的贵妇人别金戴玉，满头宝簪珠翠，依序而坐。众星捧月般坐在上首的是一位宫妆丽人，从她脸上看不出是多大年纪，一头乌发绾作繁复的随云髻，上头只随意地插着几支式样简单的碧钗。

她正手握团扇，闲散地倚在宽榻的扶手上看着湖心亭台的歌舞，身后一排身着罗裙的侍女垂手低眸，静静侍立。

庄珝带着叶勉过去，自然引起了亭内人的注意。众妇人皆都眼前一亮，只见叶勉与庄珝年龄相仿，同样容色盛极，倒叫她们不好一下就分辨出哪个才是荣南郡王，无法张嘴凑趣与上面那人奉承，只在心内一时赞叹不已，暗暗猜测计较着，据说长公主的次子容貌十分普通，不知这其中另一个孩子是哪个府上的，可定了人家没有……

坐在上首的长公主微微坐直身子，笑着朝他们两个招了招手，口里唤道："过来。"

庄珝走上前去，哪想长公主的手没放下，口里啧了一声，她把庄珝往旁边挡了挡："没叫你，一边儿站着去。"说完又朝叶勉招了招手，温声唤道："好孩子，到本宫身前来。"

庄珝："……"

叶勉走上前去，恭恭敬敬地给长公主施了一礼，刚直起身就被长公主抬起手拉到她的宽榻前，命他坐到她身侧。叶勉想了想，便依言坐到她旁侧。长公主见他举止不扭捏，满意地点了点头。

叶勉待近了才看清荣懿长公主的模样，只是没想到庄珝如此的风华，长公主的容貌却只能算得上清秀，并不十分出色，只不过眉目间的威仪气度在不经意中尽显天家贵女之势。

长公主细细地打量了叶勉一番，见他额上尽是细汗，便抬手拿着帕子在他额上点了点，又命身后的侍女喂他水喝。

叶勉虽在侍郎府里养得娇懒，却不敢在外头放肆，当着长辈的面让丫头喂水喝，他便自己接过碧玉茶盏，双手捧着小口啜了起来，模样乖得很。

一边的贵妇们都笑了起来，其中一人问道："不知这是哪个府上的小公子，瞧着可真好。"

长公主精致的柳眉淡淡勾起，口里缓道："也是我们府上的。"

叶勉喉咙里咕咚了一声，他强忍着才没咳出声来，心里惊叹，这庄珝自说自话的本领，他可找着源头了！

那个贵妇也是一愣，虽不解其意，却没敢深问。她没见过长公主府的二公子，万一是外面传得谬误，那她再问岂不是要得罪了长公主？来时，夫君千叮咛万嘱咐，这个女人随意漏漏手指缝，便能助他们早已内空的侯府翻身，再复鼎盛，现下给她吃了熊心豹子胆，她也不敢在长公主面前多舌，遂干巴巴地笑了笑。

亭内的妇人们皆是人精，自也都闭口不言。

长公主笑吟吟地看着叶勉，与他十分熟稔一般，不问他别的，只问他昨夜睡得可好、早膳都用了什么，又哄着他多吃了几块点心便放他走了。如此一来，亭内的贵妇们更是拿不准了，心想，这倒真像是养在自己府上的小少爷，看来那外面说的倒不尽可信。

叶勉脸上如常，心里却十分蒙，摸不准这是什么套路。他与庄珝一起退出来后便问："你娘怎的……"想了想却咽了下去，硬生生换了个话头，"你娘怎的当着许多人面前给你派头吃？"

庄珝无所谓地点了点头，道："我母亲还在气我。"

"怎么？"叶勉奇怪地问道，"我一直听人说长公主待你视若珍宝，一丝委屈都不给你受！"

庄珝轻轻嗯了一声，淡淡道："这回她气得狠了，已经许久没给过我好脸色了。"

"因着……庄瑜？"叶勉小心问道。

"嗯。"

叶勉一顿，他一直想知道庄珝到底将他弟如何了，却不好问出口，这兄弟阋墙、手足相残的家丑，庄珝不主动说，他这个外人就绝不能张嘴去过问。于是，他停下步子，蹙着眉认真地劝道："你与庄瑜是兄弟，还是一母同胞，这世上再没比你们更亲近的人了，拈酸醋打闹难免，可不能真的下死手。"

庄珝看着他认真的模样，轻笑了一下，伸手捏了捏他脸颊上的嫩肉，笑道："怪道我母亲还没见你就十分喜爱你，你总是能与她说出一样的话来。"

叶勉嘶了一声，将他的手拍下来。

庄珝也不在意，继续道："上回的舆图也是，我派人将那东西八百里加急送还给我父亲，这才有了我父亲将族里事务搁置一边，陪我母亲一路游玩进京。我与母亲说我险些将那舆图按她的吩咐一把火烧了，但被你拦了下来，我母亲直叹说，你倒像她孩儿，不似我一般，与我父亲一个模样，在此事上就是一块榆木。”

叶勉哑然，心里却叹道：“这不是废话吗？能靠颜值取胜，何苦受累靠才华？”

◆ ◆ ◆

直至芙蓉花宴散了席，叶勉都没见着驸马和庄珝的另外两个兄弟，心里不免觉着奇怪。临走前，他小心地问庄珝，庄珝倒没瞒他，直说因着上回他与庄瑜闹的那场，他父亲不满他母亲对此事轻拿轻放，两人之间生了龃龉，今日他父亲便没理会他母亲的宴请，一大早就带着庄瑜和庄珩躲出去了。

叶勉听了不禁愕然，他们家兄弟打架，怎么父母还跟着站队抱团？

庄珝轻描淡写地说完，似是习惯了，并不觉着有何不妥。叶勉却不知怎的，心里竟也有了偏颇站了队，莽撞地嘴快道：“你爹也真是……长公主已将你打得满身是血了，他还要怎的？不满长公主的处置，他当时怎么不站出来自己来啊？我倒不信他还能将你这个嫡子打杀了不成。如此家务事本就没有万全之策，长公主怎么处置都是两头得罪，她这个当娘的不比谁都难受啊？你爹不去体贴、安慰，倒事后跳出来，评个‘苦主’出来护着……”

庄珝愣怔了片刻，随即闷笑不已，道：“这话可不能让我母亲听到，否则她今晚便要连夜进宫请旨，将你要了来。娘一直抱怨这府上无人与她一条心，白白偏疼了我，我却比哪个都凉薄，半点儿都不与她贴心，她早已被我们父子四人气得心冷如霜。”

叶勉在回侍郎府的路上，不禁心里暗暗感叹，这长公主府外表如此光鲜，内里竟然也是鸦飞雀乱，一片狼藉，果真家家都有本难念的经。这世人都道“家和方能万事兴”，那长公主府上是如何做到家里满地鸡毛、外头还能赚得盆满钵满、富堪敌国的？他啃着手指在马车里认真地思索了一路，下车前在心里哀叹道：“小富才要靠修行，大贵得看命……”

自以为悟出人生真谛的叶勉在天擦黑前进了叶府，刚换了件家常衣裳，右铭便进宝丰院传话，说是叶侍郎命他去书房。

如今叶勉与叶侍郎的关系倒不似他刚来时那般僵硬，因而他赶紧喝了口茶润了润喉咙便蹦去了他爹的书房。

书房里烛光融融，灯火通明，叶侍郎坐在书案前，手里正端拿着几张纸细细看着。他见叶勉又不好好走路，蹙眉训了他两句。

叶勉不觉痛痒，绕过书案，从叶侍郎身后探出脑袋好奇地问道："这是什么？怎的上头还有我的名字？"

叶侍郎摇头轻叹了一声，唤来小厮在叶勉旁侧加了一把椅子，轻斥道："在这里规矩坐好！"

叶勉撇了撇嘴，乖乖地坐下。

这时，六姨娘从书房里间掀开帘子出来，笑盈盈地给叶勉上了一杯刚沏好的敬亭绿雪茶，叶勉客气地对她道了声谢。六姨娘赶紧摆了摆手，也不多话，规矩地退回里间。

叶侍郎仔细地看着那几张纸，丝毫没有在意，叶勉却瞪着他爹轻哼了一声。前些日子他爹的上峰户部尚书不知怎的，竟给他爹送来两个极俊俏的侍书丫鬟，一个叫润云，另一个叫暖香。一听这俩名字便知道她们是做什么用的。邱氏气得头疾都犯了，却又发作不得，只好指派六姨娘日日来这书房里伺候茶水，防着那俩丫头作妖。

叶侍郎察觉到不对劲，转过头来虎着脸斥道："为什么又做那怪动静？没个规矩！"

叶勉也不怕他，撇了撇嘴，为他娘抱不平道："怪不得爹这段时日见天儿地待在这书房里处理公务，连晚膳都舍不得回正院用。我还想着您怎的突然就忙起来了，原来是这屋里来了美人给您红袖添香……"

叶侍郎被他这副阴阳怪气的模样气得不轻，扬起手就往他后背上狠拍了一巴掌，随后瞪着眼睛骂道："怎么和你老子说话呢！长辈房里的事也是你能置喙的？"说完，他又心虚地看了看垂首侍立在角落里的两个丫鬟。

叶勉用手够着后背，红着眼睛委屈道："你好好与我说不就行了，怎的还为着两个下人打我？"

这么一顶大帽子，叶侍郎哪敢戴，他吹着胡子骂道："你少胡说八道！我岂是因着她们两个打你？"

“那你给我揉揉……”叶勉吸了吸鼻子，娇气道，“可疼着呢。”

叶勉进来书房还不到一刻钟，叶侍郎便被他气得脑袋嗡嗡直响，无奈地一手扶额，一手给他揉后背。

叶勉突然小心翼翼地抱住叶侍郎的手臂，哼唧道：“爹，我不想再要弟弟了……”

叶侍郎一愣，道：“你这又在浑说些什么？”

叶勉扁了扁嘴，半真半假道：“有了新弟弟，您就又不喜欢我了，可我喜欢爹呢，我会吃醋！”他抱着他爹的袖子晃了晃，杏眼含波，直直地看着他爹。

叶侍郎已过不惑之年，却是头一回听见子女与他剖白，愣怔了半晌，随即觉着心、肝、脾、肺、肾都犹如被暖流浸润过一般，熨帖至极，他压了压嘴角，轻斥道：“不准胡说！”

叶勉瞥了一眼角落里的那两个美人。

叶侍郎不自然地咳了一声，嘴硬道:“不过是书房里伺候笔墨茶水的，别听你娘瞎说！”

“哦？我那书房里倒缺两个端茶倒水的。”

叶侍郎瞪他，叶勉不甘示弱地瞪了回去：“不过是两个伺候茶水的，您怎的就舍不得给我？”

“什么叫我舍不得？”叶侍郎气得又想揍这个口无遮拦的儿子两巴掌，却见叶勉正一脸怀疑地看着他，叶侍郎终是“舍得”了，不耐烦地挥了挥手道，“给给给！都给你，再别来和我磨缠！”

叶勉立刻转头冷声吩咐右铭：“将这两个丫头送去我院子里交给倚浓，再把她们的身契找出来，一会儿我回去直接带走。”

右铭因着丰今在叶勉手底下侍奉，半颗心早已是瑶辉轩的了，听见四少爷吩咐，他都没看叶侍郎的脸色，转头就进去里间翻那俩丫头的身契。

叶侍郎心疼不已,气得冒火。叶勉却静了下来,一脸正经地问叶侍郎：“爹，这纸上有我们学里年考的考题，可是发榜了？”

叶侍郎不好再与他计较，便压了压火气，严肃地嗯了一声，道：“你们学里明日张榜，我先去礼部要了榜单来看。”

叶勉点了点头。国子学的年考不比平日里的旬考，学子考完，试卷是要直接被蜡封递到礼部去批审的，因而秋假过后半月余了，榜单才下来。

叶勉拿过那几张纸，细细地看了起来。片刻后，他的嘴角越扬越高，心道，怪不得他刚刚可着劲儿地闹腾，也没被他爹拿棍子打出去。他这次年考考得不错，竟然一个丁等都没得，除了他最不擅长的时文和骑射得了丙等，其余都考了乙等及以上，而且算术依旧是头甲第一名，他的名字风风光光地列在榜首！

叶勉脸上不免得意，翘着嘴角看着他爹，等着挨夸！

叶侍郎才不夸他！本就怕他骄傲，刚又被这不孝子气了一场，因而重重地哼了一声，如往常一般严肃地训讲他了一番，才细细给他讲析这回的考题，指出他的不足之处。

叶勉听得十分认真。他既已下定决心上完国子学就亲自下场科考，便在学业上十分上心，之前本来担心前世的教育习惯会让他不适应这里的考试制度，如今这年考成绩无疑给了他一剂强心针。

于是，父子俩一个认真地教，另一个认真地学，十几年来倒是头一回如此和谐地独处了一个多时辰。

第二日，叶勉去了学里，贾苑正把他抓过去对着榜单好一顿夸。叶勉的性子是典型的吃软不吃硬、记夸不记打，得了贾苑正的一通表扬，他更是如吃了弹簧一般，铆着劲儿地想往上蹿，想着一会儿回了学屋就与阮云笙商量，日后学里用完午膳，一同去藏书阁看书。

叶勉进了修瑞院的学屋，看见齐野正大大咧咧坐在他的书案上，一脚支地，一脚踩在椅子上，手舞足蹈地与围在他身边的许多人讲他那些破事儿！他如今“人面儿”广得很，散了学净去那些他们平日里去不得的地方，众学子怎能不好奇，纷纷围过来听新鲜。

叶勉走过去，十分不客气地一脚把搭他椅子上的那条腿蹬了下去。齐野浑不在意，大长腿轻松地支在地上，口里依旧与学子们不停地说着，只是长臂一伸将叶勉揽在身前，上手在他脸上狠狠地揉了几把，气得叶勉反手就挥拳揍他。

齐野这才哈哈笑着躲开，口里道：“别气别气，散了学哥带你去吃宴。”

“不去！”叶勉没好气道，“又是什么猫鼠盗洞的地方，回去还不够我讨打的。”

齐野口里啧了一声，道：“我带你还敢去哪里，晚上我们只去醉馨阁！”

醉馨阁，叶勉几人倒是常去。不过，叶勉依旧摇了摇头，道:“不去，我还要早些回府去温书。”

齐野只当叶勉在敷衍他，很是不高兴，气道：“你们修瑞院现如今只与隔壁那屋子好了不成？邀了你几回，竟没一回点头！怎么，因着南边那些个倒与我们生分了？”

叶勉听他这么说，倒有些不好意思，刚想开口解释，就听李兆在一边嗤道:“勉哥儿少搭理他，如今他身边有几人正撺掇他将你带出去结交，没得给他脸！”

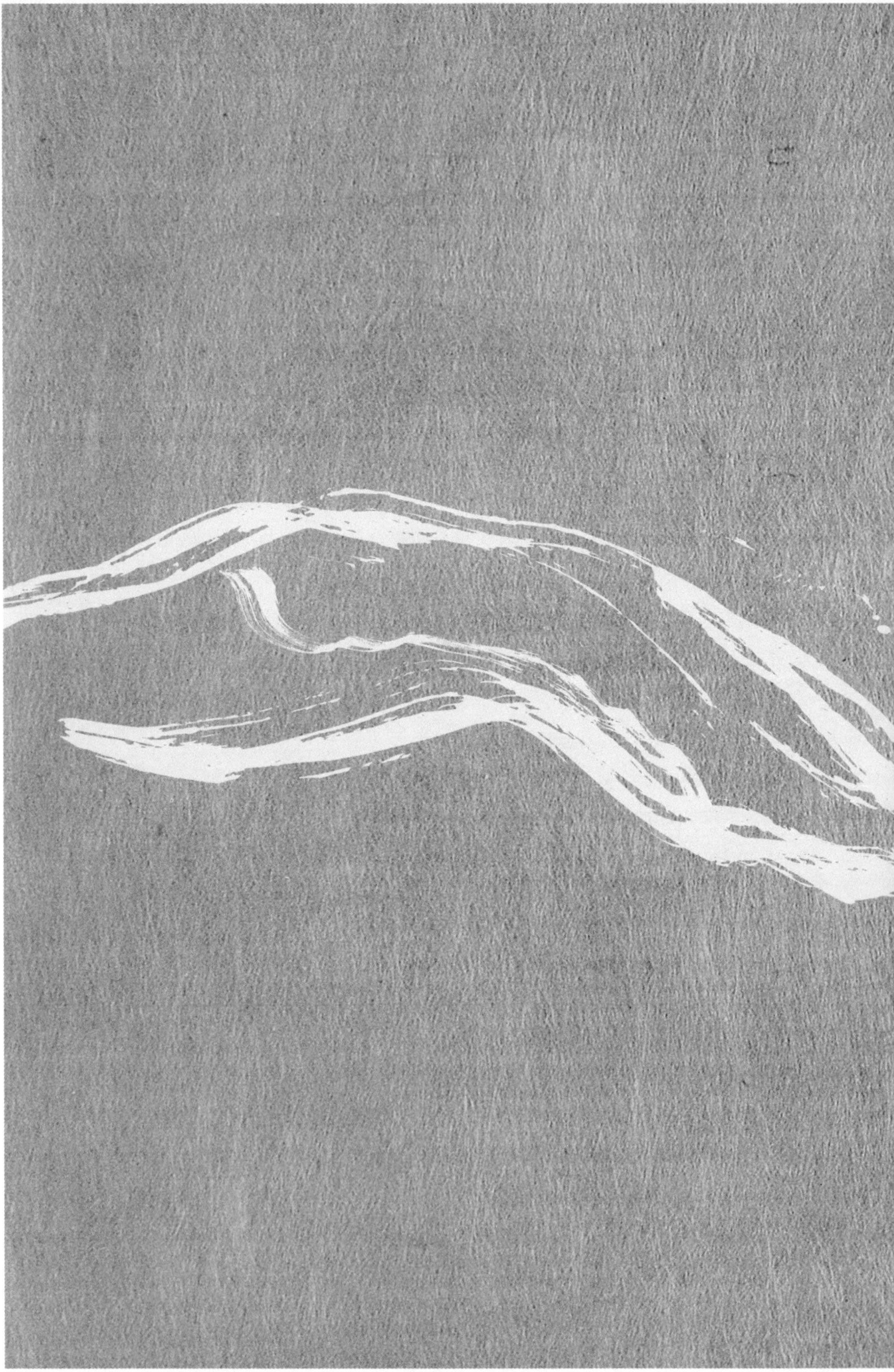

第二十章

庄瑜

『我虽是他的弱点，却也可以做他的刀，他下不去手的，我可以。』

齐野被李兆拆了台，龇着一口白牙朝他挥了挥拳头，威胁道："今儿个年考可发了榜，晚上姑父要抽你，你再别躲去我那里！"

这回得了五个丁等的李兆瞬时哑了火，闭嘴不言了。

齐野又朝叶勉软语央求道："好勉哥儿，你就与我去上一回吧。他们在外头都听说过你，我与他们说咱两个熟识，他们便让我邀你，好见上一见，我却一回都没将你带去过。如今他们每回见了我都笑我吹牛！"

"怎的又是外头那些人？"叶勉蹙着眉尖。这丁淮读完坤字是离开国子学了，却留了一群狐朋狗友给齐野。

"放心！都是那等正经的。"齐野揽着他的脖子跟他打保票，"我还不清楚你厌恶哪些个不成？哥不带他们！今儿晚上只叫上几个好的，他们中有几人都是两三年前从国子学出去的，如今正等着明年春闱下场呢，你还能借此向他们讨教一番，岂不好？"

齐野见叶勉犹豫，又加了把火："你还当不当我是你兄弟了？去岁你们与人打架，每回我都带着人给你撑腰，怎的这升了修字，便作不认识了！"

"哪个不认你了？"叶勉辩解道，口里小声嘟囔着，"不就是这段日子没同你一块儿玩儿吗？屁大点儿事，被你说得这般严重……"说完，他瞅了魏昂渊他们几眼，商量道："那我们晚上出去聚上一回吧。"

叶勉倒不在意外头那些人，他的身份摆在那里，下作如丁淮，见了他顶多偷瞄两眼，只敢私下里想想，面上并不敢如何。而齐野这人极要面子，自己三番五次下了他脸面，他在外头"混不开"了，定会日日都来磨缠自己。

魏昂渊几人正捧着一碗莓果瞧他俩的热闹，听叶勉如此说，他只是无所谓地耸了耸肩，叶勉再招惹人，他也不是闺阁小姐，不可能躲着，不出去见人。明白事儿的哪个不知他身后都有谁护着，除了荣南郡王，还真没听说哪个敢明着打他的主意。

齐野见叶勉应下了，眉目瞬时飞扬起来，赶紧搂着他哄道："上回你不是看上了我那把蛇柄匕首嘛，哥明儿就给你带来！"

齐野和叶勉许了好之后赶紧拔腿跑了，就怕他们修瑞院这些人又后悔。

散学后，叶勉几人应邀去了醉馨阁。齐野邀了六七个人过来。叶勉打眼一看，那几个人倒是比他大上几岁的模样，不过都彬彬有礼，落落大方，倒不似丁淮那副浑赖样子。

几人互相见了礼。席上有人出言调侃道："当年在国子学里见着端华公子，只觉其姿容无双，世无其二，却没想到端华的胞弟竟也如此盛华，今日一见，倒是鄙人当年愚陋了，如此我要自罚三杯赔罪才是。"

其他人自是拊掌叫好。

叶勉笑了笑，虚拦着自谦了两句，如今他早已习惯走到哪里都被人拉着与他哥比上一比，现下还要好些，他在学里头混得开，好歹有个名字。他记得刚入国子学时，那些人在背后只叫他"端华的弟弟"。

叶勉性子不错，从不喜与人生分、扭捏，李兆他们也都是惯会闹的，一席人几杯酒下肚便热闹地聊起来，倒也开怀。

席至一半，一人提议道："我们不若换到画舫上去，临风对月，岂不比闷在这屋子里爽快？"

众人没有异议，叶勉也欣然点头。

醉馨阁临着玉霄河而建，因而置了许多华美精致的画舫游船供宾客游乐。那人赶紧叫人去备船，众少年也都起身下楼，往后院的河堤船埠走去。

河畔，叶勉乐陶陶地伏在缀满彩灯的青石栏杆上往下看去，只见重重灯火映着河面，波光粼粼。河面上十几艘装饰得无比精美的游船正悠悠缓行，烟波灯影里，笙歌丝竹之音阵阵，莺声燕语翩翩。

叶勉正伸手指着远处那艘双层画舫让魏昂渊他们瞧，忽然听见身后不远处传来争执之声。叶勉几人回头一看，却是与他们同席的那几人，遂赶紧起身走了过去。

他们走近了才闹明白，原是今日醉馨阁的画舫全被一人包了，齐野的朋友便使小二去与那人商量匀一艘给他们。哪承想那小二去了之后，不一会儿却是醉馨阁的管事亲自来回话。那管事的态度谦恭至极，说是今日包下画舫的贵人不喜人扰，因而不应允匀船出来。此事若真如此便罢了，哪承想齐野的朋友看见那小二只与管事说了两句便被拦住了，那管事没去与那贵人商量，便直接过来与他们回话，这是瞧不起谁呢？……

齐野邀来的几人虽与叶勉他们相处时彬彬有礼，却并不是好说话的人，因而十分恼火，直接让那管事去唤他们醉馨阁的东家出来。那管事被几位贵公子拆穿、质骂，吓得两股战战却死不挪步。

叶勉不免觉着奇怪，问道："是哪个包了你们醉馨阁的画舫？"

那管事抹了把额上的冷汗，小心道："是长公主府上的公子……"

众人一愣，居然是荣南郡王，便都闭嘴不言了。

魏昂渊转过头，皱眉问叶勉："他怎么在这儿？"

叶勉摇了摇头，小声道："不是他，郡王今日要在府里与金陵来的那些人议事，哪有空出来游船？"

魏昂渊点了点头，随即又嘶了一声，不满道："那人的事，你这般清楚作甚？"

"不是你问我的吗？"叶勉郁闷道，又小声嘟囔着，"怎的说了，你又不高兴……"

"那我问你，"魏昂渊瞪着他问道，"我昨儿晚上做了什么你可知晓？"

叶勉想了半晌，道："你又没跟我说！"

魏昂渊气得差点儿一个倒仰，伸手指了指叶勉，恨恨道："你可快与他走吧，我再不认识你了！"

阮云笙拽了拽他们俩的袖子，提醒道："别在外头闹，让人看了笑话。"

魏昂渊一甩袖子，朝那管事撒气道："不就是长公主府的二公子，又不是荣南郡王，也值当你们吓得连去问个话都不敢，一群没见识的狗东西！"

众人一愣，原来里头的人竟不是荣南郡王。

那管事唯唯诺诺，不敢回话，却依旧不挪步。魏昂渊气得要踹他，却被叶勉拦了下来：“快别闹了，管他是哪个，这玉霄河上又不是只有醉馨阁一处有画舫，我们偏要他匀的船作甚？”

魏昂渊他们不清楚，叶勉却知晓，醉馨阁其实是长公主府在京的一处产业，这管事哪是不敢去冒犯贵人，他分明是不敢开罪他们的少东家，只是刚刚魏昂渊因着他知道庄珝的事过多，正与他闹着，他现下也不敢如实讲出来……

魏昂渊发了脾气，叶勉这边劝着，齐野邀来的几人却更尴尬了，他们千方百计哄着齐野将叶勉带了出来，却在叶勉面前让一个下人给了个没脸，岂不恼火？于是，他们纷纷闹起来，逼那管事去叫他们醉馨阁的主人出来。

这边正闹着，就见一小厮模样的下人急急跑了过来，对他们弯腰道：“奴才是在长公主府上伺候的，我们二公子听说几位少爷欲夜游玉霄河，特派奴才备了这里最好的画舫，这就引几位贵人登船。”

叶勉皱眉。他虽未曾见过庄瑜，却隐隐地与他交过一回手，只觉此人十分邪性，便朝魏昂渊摇了摇头。魏昂渊不知其中缘由，又正与叶勉生气，因而偏偏要与他唱反调，独自往前走去。

叶勉去拽他，却被他一袖子甩开：“站在外头让人瞧了好一阵儿热闹，人家匀了船又不肯上去！”

“啊，上上上！”叶勉也来了脾气，不爽道。他这一天天的招谁惹谁了，整日受着夹板气……

几人进了画舫，叶勉与魏昂渊分坐在画舫东西两边，互不理睬。阮云笙和李兆几人忍着笑，正想着怎么哄这两个有些醉的小祖宗好，忽然听见外面一阵嘈杂，转过头一看，却是一锦衣少年领着一众奴仆进了画舫。那少年像没看见其他人一样，直奔叶勉而去。他在叶勉面前站定，上上下下地打量了叶勉好几眼，歪头笑道：“果然生起气来更让人觉得俊俏。”

这声音倒是与庄珝极像，叶勉感到一丝恍惚，抬眼看了过去，只见眼前的少年与他差不多般年岁，正笑吟吟地看着他。

叶勉转念一想便知此人是庄瑜，只是据外人所说，此人相貌不佳，如今一看，此人倒也能算得上清隽，只不过与庄珝比起来，却平平了些。

庄瑜说完缓缓蹲下身子，轻声问道："生什么气呢？可是因着我没早早匀了这船给你？"

叶勉面无表情，如他一般上下打量了他两眼。

庄瑜脸上露出一丝受伤之意，道："你厌恶我？"

叶勉皱眉。

庄瑜喃喃道："果然……"他又弯唇笑道，"可是我哥结交的人，我却都喜欢……

叶勉不理他的话茬儿。

庄瑜似也不介意，又问他："上回送你那血玉兔，你怎的送了回来，可是不喜？"他摇头可惜道，"那血玉可是我哥最宝贝的玉色。我幼时不懂事，去他院子里偷偷拿了来，却不小心被他抓到了，他当场就将我的侍人当着我的面活活杖毙了。我好不容易得了那几块玉，想着拿来——"

"你哥怎么没把你打死？"叶勉轻声打断他。

"你说什么？"

"我说，"叶勉轻启薄唇，眯着眼睛刻薄道，"你哥怎么没把你打死？"

◆ ◆ ◆

这时，魏昂渊几人已速速围了上来。他们见这人进来就直奔叶勉，又一副与他言笑晏晏，很是熟识的模样，本以为他是侍郎府的亲戚。眼见这二人的气氛越发怪异，众人拿不定主意，就见叶勉突然站起身来口出不逊，他们顿时一惊。

齐野往前一步把叶勉拽到自己身后，冲庄瑜一扬下巴，瞪着眼睛横道："你谁啊你？活腻味了？"

叶勉伸手把齐野挡去一边，看着庄瑜冷声道："庄二少爷，不知是哪个与你说我正在这醉馨阁吃酒，又是哪个告诉你我喜欢兔儿，怎的他没告诉你我这人脾气不好，还喜欢看人下菜碟？"他用眼角上下扫了庄瑜两眼，不屑道，"你哥是郡王，他欺负我，我且得忍着。你又算个什么东西，也敢到我跟前来放肆，真当这京城与你们金陵一般，人人都能任你们庄家揉捏？"

庄瑜面上明显一愣，显然没想到叶勉开口就骂人，虽如此，他脸上却无恼意，只偏头自语道："我母亲和我哥竟喜欢这么一副性子……"

叶勉冷冷一哼，道："他们喜欢什么性子，我且不知，不过你这性子惹人厌恶得很，说话便说话，一副阴阳怪气的模样给谁看？我与你们庄家可没关系，没那耐心与你打机锋，还有……"说到这里，他顿了一下，看着庄瑜狠狠道，"你与你兄弟斗法，莫要沾我们叶府。上回那晦气东西你直接送去我娘那里，我还没亲自找你算账，你且记着，这事儿咱俩没完！"

"自是没完。"庄瑜看着叶勉，轻笑一声，只是眼里那笑意阴森森的，他站起身来，贴近叶勉附耳轻声道，"之前在金陵听人说起你，我直想那人是个什么模样，我每天晚上都在苦想着，如今见了……比我每日夜里空幻出来的要好上许多——"

叶勉没等他说完便一拳挥了出去，狠狠地砸在庄瑜脸上。庄瑜被他打得一个趔趄。叶勉火冒三丈，上前一步欲揪着他揍，却被庄瑜带来的刚刚反应过来的仆从护住了。

魏昂渊几人急急地将叶勉拽过来护在身后，齐野和李兆虽没听见刚刚庄瑜附耳与叶勉说了什么，却也猜到那绝不是好话，庄瑜定是将叶勉得罪狠了，于是拨开那群仆从就要去打庄瑜。

几位少爷带进船的都是贴身伺候的小厮，见着小主子与人打起来了，那还了得！特别是丰今，眼见庄瑜带来的一个下人刚刚护着他的时候竟用手去拨挡叶勉，气得眼睛都红了，扛起旁边的一把黄梨木雕花椅就砸了过去。

醉馨阁确是庄瑜的地盘，不一会儿就呼啦啦地冲进来一船的人，都是高壮的护卫模样。两拨人对峙起来。

庄瑜虽只被叶勉打了一拳，那一拳却极狠，庄瑜的嘴角破了一大块，血止不住地流。他却没什么表情，只用下人递过来的帕子随意擦了两下，便冲叶勉意味深长地笑了笑，随即又命护卫们给叶勉他们让出一条道来。

叶勉等人出去后，魏昂渊哪还记得与他闹别扭，只上上下下将他查看了一番，见他毫发无损才松了口气。随即，他亲自把叶勉送上叶府的马车，又把自己的人拨了两个给他，让人送他安生回府，他自己却带着人朝着与丞相府相反的方向走去。

叶勉一愣，探头到车窗外要将他唤回来，却被要送他回去的阮云笙拽了回来，拦道："你别管，他心里有数。"

"不行，这是我和庄瑜之间的私怨，与他没关系。"叶勉皱眉道。

"无碍。"阮云笙拍了拍叶勉的手，安抚道，"他去闹一闹，长公主府便不好只抓着你一人追究。那人又不是小郡王，他们犯不着因着他与丞相府对上，这事儿便过了，"阮云笙说到这里，哼了一声，"如此打了他也是白打！"

阮云笙虽说得十分有道理，叶勉却忍不住低眉思量，那庄瑜哪是个记打的样子，刚刚被他揍得满嘴的血，也不见他皱眉头，倒是个缠人的模样，这人别歪缠上魏昂渊才好。

第二日进了学屋，叶勉问魏昂渊昨晚他又去做了什么。魏昂渊倒没瞒他，只说回去带了些人寻庄瑜的晦气。哪知那人却跑了，他便让人将醉馨阁砸了。魏昂渊本只是想替叶勉将这事儿扛下来，倒也不在意庄瑜在不在，因而砸了那地方便带着人迤迤然地回丞相府了。

叶勉听他如此说，倒放心了，不再去想，只是课上出恭的时候被庄珝堵在了净房里，问他昨晚庄瑜与他说什么了。叶勉略去那段紧要的，只与他说了血兔子的事。庄珝听了倒没有起疑，拽着他唠唠叨叨地在他耳边说，下回打架万不可再亲自动手，他看见庄瑜那张脸，只怕叶勉手疼。

叶勉急急抽了几把都没把手抽回来，憋得直蹦，带着哭腔骂道："老子要尿裤子了！你快给我松手……"

叶勉身上好不容易松快了，转身一看，庄珝没走，定要亲自撩着煎甲水给他净手。一旁捧着铜盆和布巾子的两个侍童吓得头都不肯抬，叶勉瞪了他一眼，恨声道："你如此行事，全国子学都要说我攀附皇戚，还不快收收？"

庄珝毫不在意，淡淡道："本就是要让他们知晓，如今还有哪个木头不知道，我今晚亲自跟他说去。"

叶勉："……"

庄珝拿着布巾子给他擦着指尖，又道："庄瑜，我亲自教训过了，下回他再惹你，你不必与他正面冲突，告诉我便是。他那人与旁人不一样，打啊杀的，对他都没用，只会让他更疯。"

叶勉不清楚庄珝是怎么教训庄瑜的，不过连着几日长公主府竟然半点儿动静都没有，叶勉都快将这件事忘记的时候，却突然在国子学里见到了庄瑜。

叶勉看着头戴束发蓝宝银冠的庄瑜进了修南院的学屋，心里一阵愕然，难不成庄珝对他弟的教训是让他日日闻鸡起早来上学？

叶勉进了学屋，魏昂渊倚在窗边朝外头扬了扬下巴，问他："可看着了？"

叶勉点头，问："怎么回事儿？"

魏昂渊冷哼，道："说是长公主府忧心他在京耽误了学业，便让他来修南院跟读一阵儿。"

"可他与庄珝闹成那样，长公主府竟放心他俩白日里同在一处？"叶勉奇怪道。

魏昂渊耸了耸肩，道："是驸马亲自去找大祭酒商议的。"

叶勉了然，想了想，私下里对修瑞院众学子嘱咐，这段时日无事莫要与隔壁屋的学子搅和。修瑞院众学子以叶勉为首，自是没有异议，本就是看在叶勉的情面上与他们相交，如此倒省了那面上功夫。

叶勉防贼一样防了隔壁学屋半个来月，那边却没有一丝异样，庄瑜偶在院子里见了他也只是冲他腼腆地笑笑，并无不规矩行事，与那晚"婊气冲天"的模样简直判若两人。叶勉绝不相信这人因着上回闹的那场被教训了一顿就改了脾性，因而丝毫没有放下防备。他偷偷寻陆离峥打探实情。

陆离峥撇了撇嘴，抱怨道："他每天坐在那里，整日整日地不动地方，我们寻他说话，他也不理，只木着脸坐在那儿翻书，看着可瘆人！"

叶勉挠了挠脑袋，实在搞不清那人的套路，他到底要干吗……

这日午后，叶勉等人刚从萃华楼用了午膳回来，还没进学屋，就被在院子里等他的训导司正堵了个正着。

"走吧，叶四少爷，跟我回行思阁喝杯茶去。"那个小训导与叶勉也算熟人，玩笑着与他说道。

叶勉一惊，条件反射般一步躲到魏昂渊后面，就差满嘴喊冤枉了。

他探着脑袋急急道："你干什么，怎的随意逮人？我这几日可只念书，再没与人淘气惹祸的！"

训导司正乐了半晌，把他从魏昂渊身后拽了出来，笑道："哪个说你闯祸了？是你近日太乖巧，好些日子没去行思阁，季大司正念你念得紧，特派我来请你过去与他说说话。"

叶勉瞪了他一眼："你少哄我，去你们行思阁，我哪回不是哭着回来的？到底是何事？"

训导司正微微收了笑，道："快走吧，真不是要罚你，不过，确实寻你有事，去了便知晓了。现下我不好说，叶四少爷别难为我了。"

叶勉无奈，耷拉着脑袋跟着他走了。

到了行思阁，见季大司正正在茶案前纳茶，叶勉便讨好地走上前，帮他把白纸上的粗叶摆在罐底和滴嘴处，又将细末埋在中间。叶勉手指白皙细长，做起这个来不仅好看，还十分灵巧。

季大司正捋了捋胡子，笑骂了他一句："净会讨巧！平日里怎么不见你来这里孝敬我吃茶？"

叶勉皱了皱鼻子，拿起一边精巧的银铫子，提起沸水小茶炉烫壶冲茶。

季大司正赶紧护着，让他躲一边去："去去去，一会儿在我这儿烫了手，倒要出去与人浑说我这行思阁给你上了私刑。"

叶勉乖乖坐到茶案对面，季大司正亲自给他倒了杯茶，哼道："可知我寻你来是何事？"

"学生不清楚。"叶勉如实摇头道，又小声说，"我可没做坏事，若是您听了什么，定是别人要害我，您只管告诉我是哪个，我去——"

"你要去作甚？"季大司正怒眼圆睁瞪着他，打断道。

"……我去与他当面对质。"叶勉将撸了一半的袖子放了下去，悻悻道。

季大司正瞪了他一眼，才开口道："几天不收拾你，你就要上房，整个国子学只有你在我面前没个正形！"

叶勉扬了扬下巴："我又没做错事，怕您作甚？"说完又冲季大司正弯眼笑了笑，"再说，学生心里一直都知晓，您是为我好。"

"行了，你少气完我再来哄，"季大司正一扬手，哼道，"我可不是你们贾苑正，如今还肯吃你这一套。"

季大司正念叨了叶勉几句又与他喝了两杯茶，才渐渐收了神色，缓缓道："今日叫你来行思阁，虽不是因着你又淘气，却也与你有关，如今还没有个定数，我先寻你来问两句。"

叶勉放下杯子，一副洗耳恭听的模样。

季大司正叹了口气，敛眉问道："你可是与长公主府上的二公子庄瑜有了过节？"

叶勉一愣，想了片刻，也没瞒着，看着他，虚虚地点了点头。

季大司正见他认了，伸手指了指他，恨恨道："他才来我们学里几日，你就去招他，怎的就不能让我省些心？"

叶勉张了张嘴，摆手辩解道："我没去招他，是他来惹我的！"

"胡说！"季大司正斥道，"那孩子，我们这些时日都留心看着，他整日只闷头读书，从不肯与人多话，怎么可能主动去招惹是非？"

季大司正又伸手指了指他："倒是你！惯会在这学里称王称霸……他一个要在这里跟读的，你去欺负他作甚？"

叶勉心里觉得冤枉死了，瞪着眼睛道："我哪个时候欺负他了？我在这学里都没与他讲过话！"

"正是如此！"季大司正严肃道，"你带着你们那个院两个学屋的学子一起排挤他，是不？"

"我没有！"叶勉脸都气红了，嚷道，"是哪个与您如此说的？简直是胡说八道！"

"放肆！你与我嚷嚷什么？"季大司正怒斥，又往外头看了一眼，咳了一声，道，"不要让外头听见。"

叶勉气得直喘粗气，委屈道："学生冤枉死了，这是哪个与您告黑状要作害我？"

季大司正看他的神色不似作伪，想了好一会儿才叹了口气，说："驸马昨晚去寻了大祭酒……"

叶勉愣了片刻，霍地站起身来，怒道："搞了半天是父子齐上阵，这是谁欺负谁？"

季大司正啧了一声，道："你咋呼什么，给我坐下！"

"我不坐！"叶勉梗着脖子横道，"谁没有爹不成？我这就找我爹去！"说完，他也不管季大司正在后头唤他，气冲冲地跑了出去。

叶勉走后，带叶勉进来的小训导重新给季大司正倒了杯茶，问道："可要拦着？这个小家伙可不会往轻了闹。”

季大司正抿了口茶，微微倚在靠榻上，头疼道：“算了，让他去闹便是，甭拦着，咱也拦不住……”

小训导叹了口气，见大司正皱眉揉额，便站到他身后替他揉了起来。

屋子里刚静下来没一会儿，一个人就急急地跑了进来，禀报道：“修瑞院的叶勉刚从咱这里跑出去，翻墙出了国子学。”

屋里两人齐齐一怔，小训导看着大司正愣道:“这不会要闹去户部吧？”

叶勉出了国子学便跑向户部的官衙找他爹去了。他可不傻，那驸马都出马了，他自己在这里辩出花来，学里也不可能“信”他无辜、冤枉。他一面跑一面在心里轻嗤：“谁还没个不讲理的爹？”

好在户部离国子学不远，叶勉连跑带颠，没一会儿工夫便到了。户部官衙不似大理寺是邢狱重地，守在门口的侍卫听叶勉自报是叶侍郎的四子，赶紧把他请进了门房。不一会儿，叶侍郎小跑着亲自来接。他刚才听下头人说叶勉身边连个人都没带，独自跑他这儿来了，吓得不轻。

叶勉一见他爹就扁了嘴，叶侍郎把他拽起来转圈细细地看了一回，见他没伤着才松了口气，看他一脸委屈的模样，冷了眉眼，重重地哼道：“可是哪个欺负你了？”

叶勉重重地点了点头，心想，他爹虽偏心，可到底是亲爹……

门房里杂乱，叶侍郎将叶勉领去后头他处理公务的地方。叶勉刚捧了杯热茶坐定，就见他爹的上峰户部尚书推门进来了。

叶勉赶紧站起身来行礼叫人：“秦伯伯。”

秦尚书笑呵呵道：“快坐下快坐下。我听人说咱们勉哥儿来了，便过来瞧瞧。”

叶侍郎叹了一声，道：“让您见笑了。”

秦尚书摆了摆手，笑道:“这有何碍？小孩子在学堂里闹架的事常有，哪能都如你府上的端华一般尽让人省心？我们问清楚了便是。”

叶侍郎点头称是，随即转头看向叶勉，一脸关切地问道：“到底是怎的了，看你身上干净，也不似又与人打了架的模样，可是与哪个争嘴了？”

叶勉摇头，吸了吸鼻子，开始告状。他将今日行思阁里的情形添油加醋地跟叶侍郎说了一遍。

叶侍郎越往后听越恼怒，狠狠地一拍桌子，道："怎的又是那长公主府上的公子！"

叶勉吸了吸鼻子，委屈道："爹，您是知道的，孩儿这段时日一直在用心读书，白日里头不够，晚上还要去您书房劳您给我讲书，我哪有那闲心思在学里欺负他？"

叶侍郎点了点头，秦尚书却思索了一番，捋着胡子问道："勉哥儿说的可尽是实话？"

叶侍郎一直是秦尚书的直属下级，因而秦尚书也不把叶勉比作外人，只当成自家的子侄小辈来问话。

叶勉还没应话，叶侍郎先气道："必是实话了，我家这幼子脾性直得很，惯不会与人摆弄心计，若真要与那庄二公子过不去，早撸起袖子与他打架去了，哪还会绕那么大个弯子怂恿同窗去排挤他？"

秦尚书咳了一声，纠正道："与人大打出手也是不对的……"

叶侍郎应是，反应过来后也是一阵尴尬。他是被这长公主府气急了，她家那大公子刚消停了些，怎的又从金陵带了个二公子来，偏偏这二公子又与他家勉哥儿对上了，看他家孩儿委屈的模样，定是那小子先缠上来的！他越想越气，他们长公主府怎的从孩子到大人都如此不可理喻！孩子们在学里闹闹也就算了，那驸马居然亲自寻了大祭酒去说道，今日要不是他家勉哥儿机灵，跑来户部寻他，行思阁岂不是要冤打了他儿子来逼他儿子招认？真当他们叶府没人了不成？！

叶侍郎将叶勉亲自带在身边教了一阵儿，刚得了这养小儿子的趣味，幼子娇憨，不似长子一般孤冷，每日都哄得他恨不得将手里的好东西都给了他让他高兴，正是见不得他委屈的时候，这长公主府一家子竟齐齐欺上来，那还得了！

叶侍郎气得待不住，便与秦尚书告了假，要去国子学寻他们大祭酒"说话"。秦尚书没拦他，只皱着眉嘱咐："与他好好说便是，若是说不通，也不要与他争执，倒显得我们以势压人，只管回来说与我，待老夫去问他们礼部尚书去，怎的现下好好的国子学管得如此散漫？"

叶侍郎走后，秦尚书没准叶勉独走，留他在官衙里等消息，待他爹回来，晚上带着他一起回府。

秦尚书拿手指在他额上点了点，逗他道："越发没出息了，竟还学会跟你爹告状了。”

叶勉皱了皱鼻子，道：“是他先和他父亲告状的，我总不能吃他这亏。”

秦尚书笑道：“不过是仗着你爹现在疼你，之前怎的没见你事事都来寻他为你出头？”

叶勉闭嘴不言了，他两辈子头一回抓到了父爱，正新鲜着，自然不愿放手。

黄昏前，叶侍郎从国子学赶了回来。

在回叶府的马车上，叶勉见叶侍郎神色不愉，好半天才小心地问道：“爹，如何了？”

叶侍郎看着他，叹道：“你可曾与你们修瑞院的同窗说过，让他们这段时日远着些修南院的学子？”

叶勉愣愣地点了点头，又赶紧摇头，慌忙辩解道：“爹，我这可不是要排挤他，这哪儿跟哪儿啊，我——”

“我自然清楚事实并非如此，”叶侍郎点头打断他，“只是长公主府那次子却抓着此事做文章，你们学里也被他闹得头疼。”

叶勉愣道：“那……那学里定要罚我不成？”

叶侍郎听了重重一哼，道：“罚你？他们倒敢拿这个来罚你，没有证据胡乱嚼舌头，他们会闹，你就是老实的？”

“那学里待要如何？”叶勉瞪着眼睛问道。

叶侍郎正色道：“这事儿你再不用管，尽由我们长辈出面。庄家那二公子这回闹腾，也不只是因着你，倒与他那兄弟荣南郡王有些干系。你以后在学里如常便好，不必再去理会，你们行思阁也不会再因此事寻你问话。”

叶勉懵懂地点了点头。

叶侍郎又道：“不过，你们学里要将庄家那二公子从修南院调去你们修瑞院读一阵子书，听说这是长公主府的意思，你莫要招他。”

叶勉一愣，随即轻声道：“那不可能。”

“嗯？”叶侍郎瞪他。

叶勉解释道：“他来不了。”

果然，第二日叶勉进了国子学，在修南院与修瑞院里都没见着庄瑜。

他又去教苑打听了一下，听说庄瑜昨日在长公主府摔断了腿，和学里告了假。

◆ ◆ ◆

时值深秋，万物凋敝之季，修瑞院学屋窗前的几株老树早已被萧瑟的秋风摧得花残叶落，午后微暖的日光透过冷树枝丫照进窗子里。

学屋里，算学先生曹博士正在讲案前细细地给学生们讲解题之法。早已将那些方程背得烂熟于心的叶勉颇觉无聊，单手支着下巴坐在那儿，看着外头天上的云卷云舒发呆。

他微微张嘴打了个哈欠，正想要举牌假借出恭出去晃悠一圈解解困意，就见一锦衣少年猫着腰做贼一般沿着学屋的墙根跑了进来。

陆离峥躲在叶勉临坐的窗子下，仰着脸冲他嘶嘶了两声。

叶勉收到暗号，赶紧向助教举了出恭牌。

“何事？”两人进了净房，叶勉便问。

陆离峥拽着他哭丧着脸问道：“勉哥，你可知我庄珝哥又出事了？”

叶勉蹙了蹙眉尖，在心里轻叹了一声，自打庄瑜“摔断了腿”，庄珝也接连好几日都没来上学，他就知道这人准会因着此事挨罚。

“怎的了，你慢慢说。”

陆离峥看了叶勉一眼，问他：“庄瑜哥的腿不是‘摔’断的，你可知晓？”

叶勉点了点头，道：“猜到了，长公主又打罚他了？”

陆离峥摇头，道：“若只是打罚便也罢了，这回却惊动了宫里。太后娘娘震怒，将长公主召进宫里痛斥，又将庄珝哥拘在长公主大婚前住的华曦殿里，命他整日思过，不准他踏出宫殿半步。”

叶勉听了一愣，道：“这怎么还能惊动宫里？往常他们兄弟俩闹得更厉害的时候都有，也没见宫里有动静。”

“往常都是在我们金陵闹腾，好事坏事都走不远，如今在京里，哪那么容易瞒得住？况且……”陆离峥说到这里轻叹一声，小声道，“这回庄珝哥确是急了些。”

“他怎么了？”

“庄翊哥……”陆离峥顿了一下又继续说道，“庄翊哥那晚去寻庄瑜哥的晦气，庄瑜故技重施，躲去驸马那里。庄翊哥就带着人直接冲进驸马的书房，当着驸马的面，命人打断了庄瑜哥的腿，驸马被气得当场咳出了一口血。”

叶勉呼吸一滞，难以置信地张了张嘴，好半天才道：“驸马既在场，怎的不叫人拦着？”

陆离峥小声道：“之前长公主府大都只听长公主一人之命，后来庄翊哥长大了，便是长公主与他二人当家。庄翊哥来京城快一年了，长公主将京里的人尽数给了他，现下在京里，便是长公主下令，那命令也得去我庄翊哥那里转一圈，郡王点头了才是令下，更何况是驸马。他在郡王面前发号施令用郡王的人去拦着郡王，那就是个笑话……”

叶勉听得简直目瞪口呆，这时候的人最讲究的父慈子孝、兄友弟恭在长公主府上怕才是个笑话，怪不得太后娘娘如此震怒，要将长公主召进宫去训斥……

“那庄翊在宫里如何，可有再闹？”

陆离峥摇了摇头，道：“怕是要闹的，只是我还没得到消息。我磨了舅舅两日，他才应了我今日去宫里帮我打探。”

叶勉从净房回到学屋后便有些心神不宁。如今那兄弟俩一个被关在宫里思过，另一个断了腿，在家休养，他在学里难得地清静了几天，却十分像那暴风雨来临前的宁静，让他不安。

果然，又过了两日，叶勉早上一进学屋就看见庄瑜坐在他的座位后面笑吟吟地看着他。叶勉瞪大眼睛看了看书案边的扶杖和庄瑜腿上捆的护板，一脸惊诧。

“怎么，吓到你了？”庄瑜笑道，“这有什么，别说只是打断了腿，便是被他挑了脚筋，只要没把血流尽，我歇上两天也会来。”

叶勉摇了摇头，没有同这个疯子讲话。

庄瑜却似不介意。叶勉不同他说话，他也不主动招惹他，只每日认真读书，且一改在修南院那副阴森森的模样，脸上总是带着些笑意。修瑞院学子因集体被行思阁敲打过，如今除了魏昂渊等人，与庄瑜面上都过得去，如此庄瑜在修瑞院倒似过得十分快活。

叶勉却深深地体会到了一丝无力感，庄瑜简直就像一条蛇一样，又阴又有毒，他盯上谁便会缠上谁，只要不把他弄死，他就会一点儿一点儿将你绕紧，让你无法呼吸。叶勉每日坐在学屋里都能感受到后背火辣辣的灼视感，几次想发作，却都攥紧拳头忍了下来。庄瑜就是个人来疯，狠戾如庄珝，因着血缘，不能将他赶尽杀绝，他便拿捏着这一点无休止地发疯。他若冲动了，一准会掉进庄瑜设计好的阴毒圈套。

叶勉一副心事重重的模样，叶侍郎自然要过问。叶勉半伏在他爹的黄花梨木书案上，拿着细细的一根银钎子挑着灯花玩儿，烛光映在他脸上，忽明忽暗。他想了半晌才不情愿地说道："庄瑜如今在我们院子读书，我不喜欢。"

叶侍郎皱眉急问道："他又招惹你了？"

叶勉摇头，道："没有，我躲着他。"

叶侍郎松了口气，不满意道："你躲他作甚？"

叶勉撇了撇嘴，道："我们俩有过节，他……定是不怀好意的。"

"你管他怀的什么意？"叶侍郎重重地哼了一声，"你只管你自己行得正、坐得端，他好，你便好，他不好，你告诉师长与我便是。平日里机灵得很，怎的这回倒偏偏做出一副忍气吞声的模样？"

叶勉摇了摇头，蹙眉辩解道："并非我要龟缩，只是他那人——"

"无关他是何样的人，"叶侍郎摆了摆手打断他，"我只讲给你道理。你平日里遇事，要么横冲直撞，要么逃也似的避着，只作不见，说得好听是不会工于心计，说得难听就是缺心眼儿。都是我们平日里将你护得太过周严，"他叹了口气，"你在学里才能遇见几个人，若是日后出了国子学入庙堂为官还是这般路数，早晚让外头那些人将你啃得骨头都不剩！"

叶勉垂着脑袋在书房里被叶侍郎教训了半个多时辰，虽最后被骂急了，与他爹小闹了一场，一觉醒来后却一扫之前的郁郁不乐——让一卑小之人搅和得方寸大乱，在自己的地盘上读书都没了心思，确实是蠢极了，不怪他爹狠狠地骂他。

第二日进了国子学，再次被庄瑜不可忽视的视线锁定时，叶勉转过头去，直直地看了回去。

庄瑜愣了片刻，突然笑道："可惜了，本以为能如此与你玩儿上几日。"想了想又道，"白天夜里都在想我，感觉可好？"

叶勉却没再理他。

午后用了膳回来，叶勉正好看见几个侍童扶着庄瑜落座，庄瑜似是几次脚落地时踩到了痛处，疼得满额冒细汗。

叶勉倚坐在书案上，看着他，轻嗤道："你这是何必呢？"

庄瑜擦了擦额上的冷汗，看着他，轻笑道："我得看着你才能安心，而他才能日日灼心，这样一想，我便是痛也是十分愉悦的，若是能死，那便更好了。"

叶勉难以理解地皱起了眉头。

庄瑜见他如此，笑了笑，认真地给他解惑道："我若是死了，那他后半生无论逃去哪里，都要带着弑弟的罪名。我只要闭着眼，便能缠他一辈子，不比现如今要轻松？"

"不过……"庄瑜话锋一转，歪着头道，"现下我倒不想逼着他杀我了，我的命虽不如他的金贵，却也想留着。之前是拿他无法才想此下策，现如今既有了你，"他笑得十分开心，"他可太好拿捏了，搞不好，他会被我们俩先气死。"

庄珝以后会不会被他气死，叶勉不知道，不过这人现下气大了倒是真的。

叶勉在净房里拿着陆离峥递给他的信，重重地叹了口气，信上只有八个大字——"不准理他，等我回去"。他隔着这层纸都能想到庄珝写这八个字时怨气冲天的模样。

叶勉皱着眉问陆离峥："他真的几日没进食了？"

陆离峥点头，道："闹得可凶了。可太后娘娘说要替长公主管教他，庄珝哥再怎么闹，她老人家都不肯松口许他出宫，还说以后就留他在宫里读太学，避开庄瑜，不准他再来国子学读书了。"

叶勉一愣，随即有些生气道："怎的他们一大家子犯的错都在他一个人身上找补？"

◆ ◆ ◆

父不父是之无道，子不子是之不孝，皆为违礼仪之道，长公主府上如今父不慈、子不孝、兄不友、弟不悌，从长到幼，礼仪之道简直一塌糊涂，明明就是长辈那里早就出了问题，如今却要小辈来承受恶果。叶勉被气得不行，却只敢在心里念叨："这太后娘娘可是老糊涂了？她拘庄珝做什么，症结又不在他身上？自己女儿都没教好，如今倒要隔辈管教起外孙子来了！"

陆离峥要带回信回去。叶勉便回到学屋，气哼哼地挥笔写了满满一张纸，想了想又觉着写得不好，撕碎了，重写了一纸，纸上只有简单八个字："去用膳吧，我只理你。"

第二日陆离峥就从宫里带了消息回来，说华曦殿里不再闹了，小郡王开始进食了。叶勉听了又生了一肚子的气，明明这么好哄的一个人，怎的那群蠢人偏生能饿他这么多天。

叶勉如此用书信与庄珝往来了几日，庄珝那头渐渐冷静下来，只是庄瑜似乎也从宫里得了消息，看着叶勉的眼神逐渐阴鸷起来。

叶勉倒不怕庄瑜，他和庄瑜并非一家子兄弟，庄瑜顶多要些手段来硌硬他，若真敢和他动手，如与庄珝斗法一般又是下毒又是打断腿，他哥能把庄瑜送进重狱让他"病死"在里头。

庄瑜一直嫌恶自己与庄珝之间的兄弟血缘关系，可在叶勉看来，他又何尝不是仗着这血缘关系在肆无忌惮地招惹他哥？否则，以庄珝的脾性，庄瑜早就被神不知鬼不觉地做掉了，哪有可能如他说的一般背上什么弑弟的罪名？庄珝忍了这些年，说是上回闹起来下了死手，可若真的下了死手，庄瑜怎么可能现在还站在这里？反之，亦是如此，以庄瑜的心机，若真的想毒杀庄珝，置他于死地，年前在金陵那回根本不可能失手。

叶勉十分清楚他自己现已偏向庄珝，可他不得不承认，庄瑜又何尝不与庄珝一样，也是一个苦主，哪个孩童刚出世时不是一张白纸？兄弟俩现在闹成这样，手足相残，只能是他们父母的责任！因而叶勉虽憎恶庄瑜，但始终同情他，有的时候父母对孩子造成的伤害并不是都能治愈的。叶勉对庄瑜的态度，或是因着他与庄珝的血缘关系也好，或是因着他对庄瑜的同情也好，始终保有一丝善意，可他没想到庄瑜没过几天就给他一个当头棒喝。

叶勉这两日隐隐觉着有点儿不对劲，庄瑜看他的眼神总似在期待着什么，一脸的玩味。而他与庄珝的通信突然中断了两日，他问了陆离峥，陆离峥也满头雾水，只说华曦殿突然被看得紧了起来，殿外看守的大内侍卫多了十来个人，与他舅舅相熟的那个小公公也进不去了。看这阵势，显然是里面不好了，叶勉不敢坐以待毙空等消息。他咬唇想了想，赶紧写了封信让墨拾送去外头一座宅院。那宅院是宫里一位老太监在外面的私宅，七皇子曾交代叶勉，若是有什么事寻他，可去那里递话。

那封信是午时递过去的，国子学敲散学钟时，墨拾赶了回来，带回来一封信，是七皇子亲手写给他的。

叶勉展开信只读了两句便觉着身上的血都凉了。信里说，庄瑜将庄珝很喜爱的一只鹦哥“不小心”弄死了，前两日庄瑜亲自写信向庄珝赔罪，庄珝便在华曦殿发了疯，要闯殿出宫，长公主和太后亲自去拦都拦不住，最后竟闹得惊动了圣上。圣上龙颜大怒，打了庄珝一巴掌，让人将他绑在华曦殿里。

叶勉不自觉地发着抖将信折了起来收到书袋里，又重重地喘息了几下调节呼吸，才抬头去看正在死盯着他的庄瑜。

庄瑜的眼里闪过一丝兴奋，问：“可是宫里来的信？”

叶勉看了他半晌，满眼的憎恶丝毫不加掩饰，口气却十分平静，他哑声道：“我虽是他的弱点，却也可以做他的刀，他下不去手的，我可以。上回我跟你说过咱俩没完，你等我回来便是。”

叶勉说完便转身走了，心跳却随着自己的步伐越来越快。庄珝有多厚爱那只小鹦哥，没人比他更清楚。从最开始孵蛋、破壳到每日采蜜喂食，庄珝无一不精心，亲自看着下人侍弄。那小鸟儿又聪明得很，还是一只毛团儿的时候就认了人，很会讨庄珝的喜欢。庄珝被关进宫之前还跟他念叨，再有月余，小鹦哥的嘴巴全部变成红色便能开口学话了。当时他脸上盼望的神情，还惹得叶勉笑了一番，只说他那模样倒似自己的儿子要牙牙学语了。况且……那鹦哥的胎蛋是他送给庄珝的。庄珝的性子有着些许痴劲儿，因着这个，他给那鹦哥取了两个名字，一个叫“月灼”，取上古神鸟鸞鷟的谐音，是凤属瑞鸟。传说鸞鷟成双成对，一只死去，另一只便会悲鸣三个日夜，最后热血冷了，血液干了，便与逝者相从于九泉。它还有一个名字叫“小兔子”，只因着他最开始叫了那鹦哥一声“小秃子”，庄琊虽不高兴，却在取出好名字前就这么谐音叫着小名儿。他这番模样虽痴傻，叶勉口上也嗤笑他，心里却领情。弑害别人心爱的宠物，杀人诛心不过如此，庄瑜就是一个彻头彻尾的疯子！

叶勉跑出国子学集贤门，却见丰今旁边站着一华衣少年，与他差不多大的年岁，长相与庄瑜有几分相似。

那少年见到叶勉，便拱手自报道：“庄珩。”

“何事？”叶勉口气冰冷，如今见着这副面孔，他无法不迁怒。

庄珩不在意，又拱了拱手，开门见山道：“叶四少爷能否随庄珩进宫去看看我大哥？他现下十分不好。”

叶勉一怔，这倒省了他去七皇子那里折返耽误工夫，因而没与庄珩客气，随他上了他的马车。

两人各怀心事，在马车里都没有讲话。叶勉平日里处事很周全的，今日却没心思与庄珩客套，绷着脸一路进了宫门。

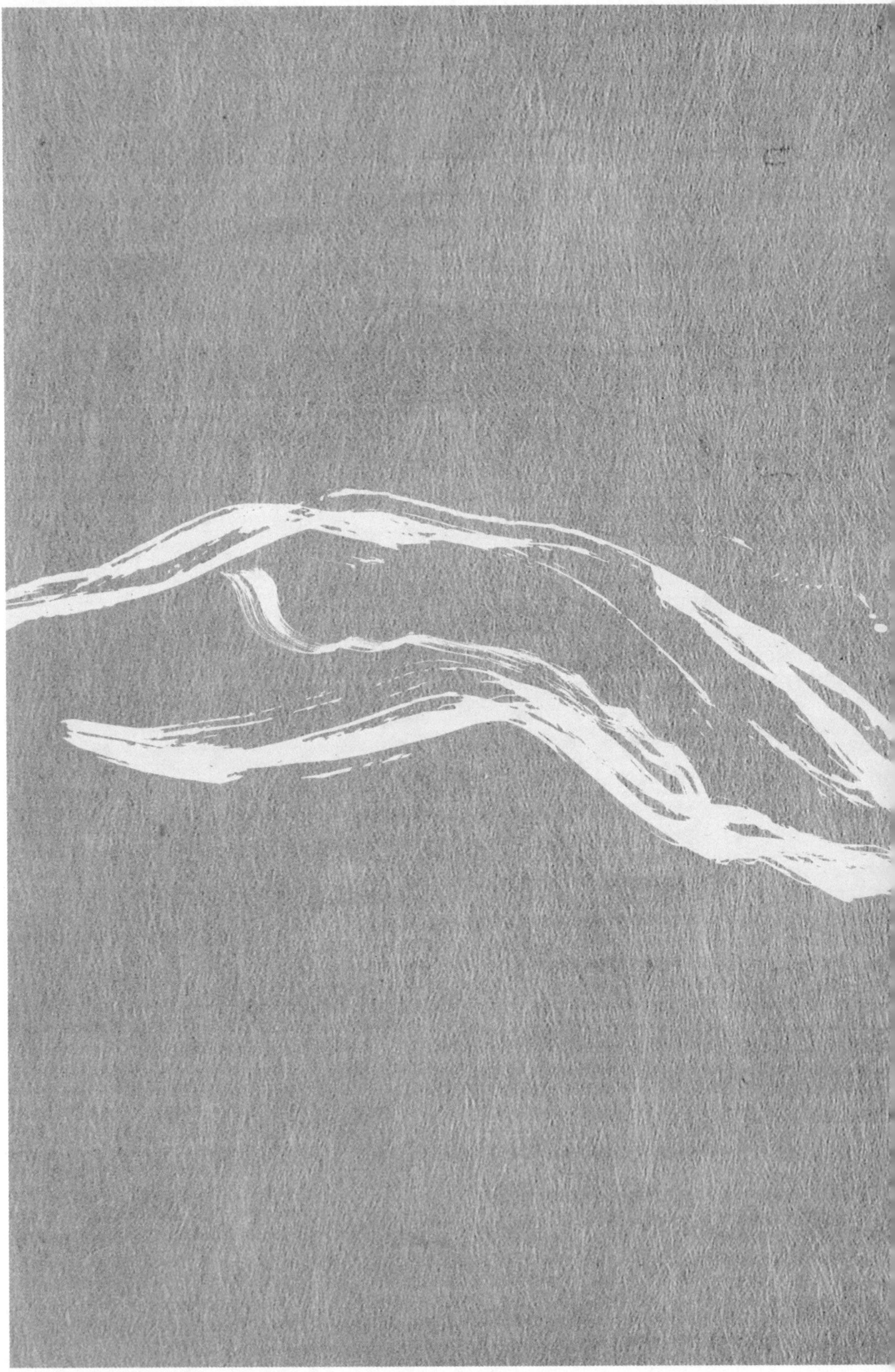

第二十一章 华曦殿

那鹦哥是庄翊近身养着的爱宠，却被他一母同胞的弟弟亲手捏死了。

叶勉见庄珩将早早就给他请好的入宫牌子交与宫门口查检的羽林侍卫，心又沉了一下，庄珝的情况是有多不好，太后才会给他入宫牌子，让他进戒备禁严的华曦殿去探视。

庄珩直接将叶勉带去华曦殿。

叶勉看了他一眼，问道："不用先去拜见太后吗？"

庄珩摇了摇头，道："皇外祖母被哥哥气了一场，身子不适，如今连母亲都不见的。"庄珩想了想，又看着他道，"一会儿你从大哥这里出来，随我去母亲那里看看吧。她整日地哭，你过去看看，她兴许会好上些。"

叶勉一怔，庄珩直言道："你讨母亲喜欢，我不会，我嘴上蠢笨。"

叶勉愕然，深深地看了庄珩一眼，见他眼里坦荡，似没有他意，便点了点头，转身进了华曦殿。他走了几步却不见庄珩跟上来。

"怎的不走？"

庄珩摇了摇头，道："我不进去了。"

叶勉皱眉，便没再管他，转身疾步进了殿内。

殿内的侍人显然已知晓叶勉要来，见了他，只是静静地屈膝行礼，并无多话。夏内监听到动静，从内室疾步迎了出来。

"好孩子，快和我进来。"只半月不见，夏内监看着却苍老了许多，倒有了些普通老人的模样，满脸憔悴，眼睛肿得厉害。

叶勉闻着屋子里浓郁到呛人的安神香，不适地吸了吸鼻子，又看了四周紧闭的窗扉，皱眉问道："这是在做什么？"

夏内监一手虚揽着他的后背引他往前走，一面与他苦叹道："闹得太厉害了，恐将圣上又给招来，如此这法子才能让他睡上一会儿。"

叶勉摇了摇头，急道："快将那香片捡出来，我且拦着他不许他闹便是！"

夏内监是知晓庄珝与他的情谊的，便不疑他，转头吩咐宫侍去灭香、开窗子，又嘱咐叶勉："您来了，老奴便能去看看我们长公主。只是叶小少爷今日受些委屈，一会儿咱们郡王要是闹人，您尽量哄着他些，不可与他一同胡闹，这是宫里，不比咱们在外头，听话。"

夏内监苦口叮嘱完，叶勉点了点头，安抚道："我明白，夏公公放心去照看长公主便是。"

夏内监连连点头，将叶勉送进内室，又向宫侍们交代了一番，便急急转身出去了。

叶勉绕过落地座架琉璃屏风，却见床上罗帐密掩，便走上前去撩开了层层低垂的银红玉锦软罗，随即却是呼吸一滞，呆了好半晌才喘上一口气续命。

床上穿着寝衣的庄珝正侧卧在锦绣衾褥上合眼睡着，眉头紧锁，一副极不安稳的模样，手脚被绸布捆了拴在架子床的四角床柱上。那绳子虽长，庄珝的手脚上也垫了好几层软绸，他腕上却依旧被磨得一片红紫，可见他挣得多厉害。

叶勉站在那儿好一会儿都不知所措，急喘了好几下来调节呼吸，却将眼圈都逼红了。他想，庄珝平日里那般凌傲，哪能受得了这个？！于是，他吸了吸鼻子，一条腿跪在床上，伸手去解庄珝手腕上的绸绳，只是他手抖得厉害，绳布捆的是个死结，绳子没解开，他却将庄珝碰醒了。

庄珝受了惊，猛地睁开双眼，目光凌厉迫人，随即却顿在那里，躺在那儿愣愣地看着叶勉。叶勉见他这副狼狈模样，心里止不住地酸涩，他抬手将黏在庄珝脸颊上的发丝掖到他耳后，轻声哄道："可是疼着了？我这便给你解开。"

叶勉说完就从袖子里掏出一支小巧的银质蛇鞘匕首，将庄珝腕上系着的绸绳割断，刚想去割他另一只手上的禁锢，屏风外却跑进来两个宫侍，急急阻拦道："小少爷万万不可！"

叶勉一愣，就见庄珝的眼神瞬间冷戾起来，他一把夺过叶勉手里的匕首，自往绳子上割去。宫侍们大惊，连声去唤外头守着的侍卫。

庄珝几下就将手脚上拴着的绸绳全部割断，外头却呼啦啦地冲进来好几个侍卫，围了过来意欲上前制止。庄珝看着他们冷哼了一声，攥着匕首就要起身。反应过来的叶勉赶紧扑了过去，挡在庄珝和那些侍卫中间，急道："你们别过来，他自不会闹！"

夏内监信叶勉，那些侍卫却不认识叶勉，万一又让小郡王闯了出去，他们岂不是要和前面那些兄弟一般被棍杖打个半死？他们并不肯听叶勉的。叶勉眼见着庄珝的凤目里已浮现出几分状似疯狂的杀意，心里也是大惊，他急急地抬腿上床，双手扑抱住庄珝，不让他起身，也将侍卫们隔在垂掩的罗帐外头。

叶勉看着挣扎的庄珝，口里轻声安慰着："莫闹，莫闹，我一同陪你在这儿，你要听话。"

庄珝虽只比叶勉大一岁，却比他精壮许多，幸而因着两天未进水米，叶勉才能将他按住。只是忽然听到帐子外头侍卫们商讨的声音，庄珝又猛地挣扎起来，喉咙里沉沉地咕哝着："都给我去死！"

叶勉赶紧用力收紧手臂，庄珝却似乱了神志，紧握着匕首挣个不停，叶勉一边软语哄着，一边抽出一只手在他背上轻拍安抚。

渐渐地，庄珝安静下来，眼里的狠戾渐渐褪去，却尽化成委屈。叶勉鼻头微酸，轻轻地捏了捏他的手指，哑声问道："你饿不饿？"

庄珝直直地看着他，过了好半晌才出声："饿。"

叶勉轻笑了下，叫候在外头的宫侍备膳。

庄珝饿得身子发虚，却不肯用膳，叶勉将银匙都递到他嘴边了，他都不肯张口。叶勉无奈地叹了口气，将手里的羹碗放在漆木床桌上。他又怎能不知晓这人为何食不下咽？想他前世散养了月余的狸花野猫被车撞死了，他一连几天吃不下东西，更何况那鹦哥是庄珝近身养着的爱宠，却被他一母同胞的弟弟亲手捏死了。叶勉不知道现下他心里是难过多一些还是痛心多一些，更不知道要如何出言安慰他，他找不到任何为庄瑜辩驳的理由。

两人静静地在床上坐了一会儿，叶勉才出声道："待学里放了春假，我就回尚阴我外祖那儿，即便住在山上不下来，也定给你寻来一只一样的胎蛋，可好？"

庄珝摇了摇头，哑声道："再也不养了。"

叶勉张了张嘴，终是没有讲话，心里一阵心疼。

庄珝却缓缓出声道："我从没想过真的要他性命，只因为他是我弟弟，而他也没想过真的让我死，却是因着毒死我太便宜我了，他要一刀一刀凌迟剐心才能感到些许痛快。"

叶勉没有说话，只静静地聆听，任他出言发泄。

过了好一会儿，庄珝突然出声淡淡道："可我不能再留着他了。"

庄珝的语气十分平静，口吻也十分温和，叶勉却觉出森冷之意，抬眸看向他。

庄珝也看着叶勉，淡淡道："我从不怕他来害我，不过是一条命，但是我不能忍受他伤害你一分一毫……他必须死……"他垂下头，用气音呢喃着："下辈子再别做兄弟了。"

叶勉心口一窒，伸手在他眼睑下轻轻探了探，指尖尽是湿意。

◆ ◆ ◆

庄珝将憋在心里多年不能与外人道的话讲给了叶勉，缠绕于胸的郁结之气倒散去了些。叶勉细细听着，不劝解，也不反驳，只是见准时机喂了他小半碗清粥。

叶勉并非皇嗣，不能留在宫中过夜，他本想着在宫里下钥前去给长公主请安，哪想庄珝根本不肯撒手，他哄了好半晌，又承诺明日散了学就进宫来看他，才在宫门大关前出了华曦殿。

叶勉出了华曦殿的大门，就见庄珩带着几个小太监直直地戳在那儿。

"我送你出宫。"

叶勉一路与庄珩往宫外走，歉意道："本应了你同你去看望长公主，在里头却忘了时辰。"

庄珩摇了摇头，道："无碍。"

两人又静静地走了一会儿，庄珩偷偷瞥了叶勉好几眼，终是问道："那你明日可还能来？”

庄珩虽比叶勉小一岁，却与他一见面便一直是一副老气横秋的模样，突然露出这番孩子气的举动，颇让叶勉愣了愣。他随即反应过来，连忙点头应道：“散了学便来。你大哥刚刚用了些粥膳，我叫宫女服侍他睡下了，三少爷今晚只管去劝慰长公主便可。”

庄珩却摇了摇头，道：“我不去母亲那里了，只明日接你进宫便是。”

叶勉一怔，不解道：“这是为何？”

庄珩倒似没把他当外人，直言道：“庄珩蠢笨，不会讨双亲欢心。”

叶勉哑然，这孩子与他见面后说了不过十几句话，已说了两回自己蠢笨……

叶勉在回去的马车上不由得思量，行至叶府门前，虽未猜出其中细节，倒能想明白大概：长公主府上有三个公子，庄珝自带光环，庄瑜闹起来恨不得要把天捅出个窟窿，那老三可不就是个万年隐形人？蠢笨是假，没了自信倒是真，这滋味儿……叶勉不是没尝过。

叶勉回到叶府，在自己的院子换了身家常的半新衣裳，便带着一篮子刚刚在路上买的酸梨去隔壁的碧华阁蹭饭。

叶勉来之前没让下人来报，因而他到的时候，叶璟和姜氏正用膳用到一半。

叶璟见叶勉挎着一篮子酸梨来了，瞪了他一眼。叶勉只作没看见，揉了揉鼻子，将精巧的小篮子递给一脸欣喜的姜氏。

姜氏如今已经显了怀，身子越发重了，虽不像孕初那般吃什么吐什么，但口味变得异常奇怪，邱氏和叶璟却不敢尽数应着她。叶勉前两日听院子里的丫头们嚼舌头，说他大嫂要吃梨子却不肯要那甜嫩的，入口只说不酸。他大哥哪敢给她外头的野酸梨吃，因着这个，他大嫂还与他哥闹了两句。

叶勉与他们一道用了晚膳，膳后跟着叶璟去了书房。

叶勉趴在他之前惯常待的窗前榻上，胡乱地翻着从书架上拿下来的几本书。叶璟批完一摞案卷后，一手揉着眉心一面问他：“不在瑶辉轩温书，又跑我这里来胡混什么？”

叶勉连头都没抬，撇了撇嘴道：“想你了呗！”

叶璟嗤了一声，道：“快说，我这满案的公文，没有工夫与你打哑谜。”

叶勉翻身坐了起来，清了清喉咙，说道：“哥，我今日进宫去了。”

“嗯？”叶璟停下揉着眉心的手，诧异出声。

叶勉舔了舔嘴唇，道：“我去见了荣南郡王……”

叶璟皱眉：“你偏这个时候去见他做什么？”

“您知道他的事？”

“大概知晓一些，怎么？”叶璟挑眉问他，“你在我这里磨蹭了一晚上就是为了要打听他？”

“我打听他做什么？”叶勉状似轻松道，“我现下与小郡王的交情还不错，不然今儿也不会进宫去看他，只不过……”他咳了一声，道，“有些话也不好直接问他，我就想着，您在大理寺，这各府的秘辛，您恰好又都知晓些……”

叶璟眯起眼睛意味深长地打量了叶勉好几眼，叶勉面上不变，都快尿出来了的时候，他哥终于开口道：“你想知道什么？”

叶勉暗暗松了一口气，伸手从一旁矮案的果盘里抓了一颗青橘，低头剥了起来，口里道：“这回小郡王被太后责罚是因着他们兄弟二人闹了起来。他那胞弟庄瑜如今与我在同一个教院，倒是个极不讲道理的人，庄珝又不是个会谦让的，这俩人同在京城那还能好？这才多久就闹到了御前，可怎的长公主日日悲哭却不带着庄瑜赶紧回金陵？”

叶勉将橘肉上的奶白橘络细细地择干净，又将橘瓣放进一碧玉小碟中递给他哥，叹道：“若是舍不得太后与庄珝，便命驸马先带上庄瑜回去，也比在这京里让他们兄弟相残好。”

叶璟拈起一瓣橘肉放入口中，淡淡道：“驸马还不能出京。”

叶勉一愣：“这……是怎么？”

叶璟瞥了他一眼：“现在还不能说。”

叶勉赶紧点了点头，又小心地问道：“驸马有麻烦了？”

叶璟垂眸：“无大碍，只要他别再作死，长公主便能护他周全。”

叶勉想了想，看着他哥道：“可我听小郡王说，最近驸马与长公主闹得厉害，倒也是因着他们兄弟的事，驸马似是偏着庄瑜，因而对长公主和庄珝都有些不满。”

叶璟哼了一声，道：“哪是因着他们兄弟的事，借题发挥罢了。”

叶勉不解其意。

叶璟抿了口茶，挑了些能说的："长公主府如今在南头富甲一方，不只是因着她手上的些许皇权，庄家本身在金陵盐道的根基也很要紧。然而长公主虽痴慕驸马，却从不肯将手中权力放与他，而是慢慢交与自己的长子。"叶璟说到这里，轻笑了一声，"庄珝来京后，长公主更是将北面的人脉都交给了他，这是驸马与她苦求多年而不得的。而那庄珝也是个厉害的，小小年纪，不到一年时间竟将这些人都揽在麾下，甚至借着太子与六皇子，齐齐斩断了他母亲对这些人的控制。如今便是哪日长公主心软了，经不住驸马的苦求，那也晚了。"

叶勉听得目瞪口呆，随即缓缓拊掌道："哪个说恋爱中的女人都昏了头脑，简直是胡说八道……"

叶璟听了摇头笑了笑，不置可否。

叶勉感叹道："如此，这长公主府便是庄珝的，而小郡王又是庄家的嫡孙，庄家族里日后只会跳过长公主府的驸马和长公主，直接与庄珝衔联，驸马……算是彻底被架空了。"

叶璟点了点头，又叹道："驸马因着此事与长公主大闹了几场，这人倒是没有长公主明白，商人与皇女到底是不能比。"叶璟摇了摇头。

叶勉不解，疑惑地看着他哥。

叶璟看着他道："长公主府是不是庄珝的并不打紧，庄家却必须是庄珝的，也只能如此，才能保住滔天的富贵，若不是……"

叶璟只轻笑了一声，没有说完，叶勉却听明白了。庄家借了皇权在南头迅速崛起，富可敌国，若是一直掌在驸马和庄珝的大伯手里，现下还好说，若日后太子登基，那可是说变天就变天的。而长公主这么早就将庄珝推到京城，又用银子砸来个郡王的封号，便是想趁着这些人还没成势，早早与庄珝变成一根绳上的蚂蚱。

叶勉不禁在心里感叹，怪不得驸马似乎不待见他的长子，本以为是因为他本性怜弱，偏着次子庄瑜，原道是因着与庄珝有了许多利益纷争。

第二日，叶勉在国子学里没见着庄瑜，散学后又跟着在集贤门等他的庄珩进了宫。

在路上，叶勉问他："你二哥今日怎的没来上学？"

庄珩看着叶勉，诚实道："我使了法子让他留在府里，让他躲一躲你。如今我大哥刚冷静了些，二哥要是在此时与你对上，大哥怕是不会饶他。"

叶勉看了庄珩一眼，试探着问道："你……可知晓我与你大哥是何关系？"

庄珩看着他，平静地点了点头。

叶勉看了看庄珩，舔了舔嘴唇，不知道该说什么。

"你放心，"庄珩看着叶勉，郑重道，"我也是认你的，我听大哥的。"

叶勉挠了挠头，转脸看向别处，没有说话。

庄珩又道："我比你小一年，如此我便唤你三哥。"

"嗯？"叶勉一愣，随即咳了一声，道，"……倒也不必。"

"那怎么行？"庄珩皱眉道，"大哥既认三哥做了义弟，三哥便是我义兄，礼数上绝不可短。"

叶勉翻了翻眼皮，实在想不明白庄家那两个兄弟精明如斯，怎的老三这么实诚……他不想在这个问题上再与庄珩纠缠，便问他："一会儿我想同你母亲提议将你二哥独自送回金陵，你觉着可有不妥？"

庄珩急急摇头，蹙眉道："十分不妥。"

"怎么？"

"当初来京时，母亲意欲将二哥留在金陵，二哥却说，若独自将他留在南边，他便每日切断自己的一根手指，再送信给我们。"

◆ ◆ ◆

庄珩说起要独留庄瑜在金陵，一副惊恐万分的模样。庄瑜会有如此极端的动作，倒是叶勉的意料之中，因而他并没有说话，只在心内另有打算。他绝不会允许庄珝亲手杀害庄瑜，杀兄弑弟的名声固然可怕，可庄珝并不是在意世俗眼光的人，倒也无碍，只是背负半辈子的心理包袱才是最致命的，他怎么忍心看着庄珝后半生被这种包袱折磨？

庄珩说起这个，情绪有些低落，叶勉便没再继续说。没一会儿工夫，马车便驶进了宫门。

华曦殿是长公主未嫁之时在宫中的住处。叶勉一进正殿，只觉入眼皆是铺天的靡贵，极尽奢丽，四处所见的各式器具摆件俱为珍宝，香炉内竟还破格地燃着龙涎香，想来应是先帝在世时就尽着自己长女用的。叶勉不禁在心里感叹，长公主当年的圣眷多隆厚。

庄珩带着叶勉给端坐在檀木香榻上的长公主请安。长公主微微弯起唇角，抬手招他们俩上前。

叶勉眉眼含笑地走上前去，心里却有一丝诧异。昨天庄珩说他母亲日日在殿内啼哭，他本以为今日长公主会是一副精神不振的模样，哪想长公主虽眼睛红肿不堪，面上却丝毫不见萎靡，只是看着比上回消瘦了些。

“可是散了学便来了？”长公主倒不与叶勉外道，看着他，温声道，“如此倒正好陪我一道用膳。”

叶勉刚进来时就看见一众宫女手上捧着各式膳品用具，静而有序地在一旁的如意圆桌上一一摆设。现下那桌上已经摆得满满当当，菜品都精致细巧。

长辈赐膳，叶勉自得应是，他与庄珩规规矩矩地在桌前坐了下来。只是宫女刚服侍叶勉擦了手，筷子还没提起来，就见夏内监从外头走了进来，笑呵呵地弯着腰与长公主请准：“公主，咱们小郡王说想您这里的吃食了，欲来您这儿一道用膳，您看……”

长公主一愣，随即面上嗔道：“你那小祖宗不是在与本宫怄气吗？他来做什么？”

夏内监脸上笑着，并不应话。长公主到底是当娘的，嘴上嗔怪，眼里却多了些笑意，冲夏内监扬了扬下巴。

夏内监应了一声便转身出去了，不一会儿便把穿着常服的庄珝带了进来。

庄珝臭着一张俊脸给长公主行了个礼，便一屁股坐到叶勉边上，浑身上下连头发丝都写着不高兴。庄珩一脸惊恐，条件反射般往外面移了移，离着庄珝远了不少。

长公主嗔了庄珝一眼，看着庄珩，轻声安慰道：“不理他，到娘身边来。”

庄珩十分听话地站起身，移去对面与长公主坐在一端。宫女们赶紧上前，重新摆设膳具。

叶勉有些愕然，怎么昨晚还好好的，庄珝今儿个就翻脸了，可是因着自己没先到他那里去看他？叶勉试探着在桌子下面去抓庄珝的袖口，轻轻地扯了扯。庄珝的脸色才渐渐缓和起来。叶勉在心里翻了个白眼。

长公主入口了一匙藕羹，三人才提起筷子。叶勉用余光看，却见长公主小口抿着，几口才能将那一小匙藕羹喝完，用饭十分艰难。夏内监站在一旁十分关切地看着，眼里尽是心疼。长公主却不用人劝哄，脸上没什么表情，自己小口地慢慢吃着。

叶勉在心里轻叹，怪不得她日日哭得这么厉害，面色和精神却都还好，那是她不容许自己委顿罢了，也怪不容易的。她若倒了，长公主府如今有羽翼日渐丰满的小郡王，倒不能如何，可这个家却要彻底散了……

叶勉拿起一边的公筷夹了一块鱼肉，利落地剔了上面的鱼刺，伸臂布到长公主面前的翡翠碟子里。

长公主一愣，随即看了夏内监一眼，勾唇浅笑道："怪不得你一直跟我夸个不住，确是比我养的这三个暖心。"

夏内监呵呵笑着，庄珝却打叶勉提起公筷就盯着筷头，眼见那雪白鱼肉上的细刺被剔个干净，鱼肉却没进自己的碗里，他的眼睛都瞪大了，一脸不满地看着叶勉。

叶勉看了他一眼，道："这鱼汤里有胡椒，你刚复饮食，肠胃受不得这个。"

长公主点头赞同道："不准他吃，叫他胡闹，活该天天喝米水。"

庄珝没说什么，紧抿着嘴，拿着银匙在粥碗里轻轻舀了舀，却再不肯入口。

夏内监面上一急，刚要开口，却被长公主抬了抬手制止了。

"让他自己吃，又不是三岁小孩，哪有那么多人要哄着他？"长公主严厉道。

夏内监只好闭嘴，眼里十分着急。

叶勉一怔。他之前只从别人嘴里得知长公主将千般万般的好处尽给了长子，倒没想到她对庄珝如此严苛。他眼见庄珝脸上阴得都快拧出水了，便把他眼前的粥碗端了过来，又从桌上挑了些黄灿灿的蟹粉松给他拌了进去。这蟹粉松是将蟹黄、蟹膏和蟹螯里的肉丝用素油炒出来的，十分鲜香，上回庄珝在他那里吃过蟹宴，叶勉知晓他爱这个。

叶勉给庄珝调了一碗，又给坐在那里一句话都不说的庄珩布了一小碗。

长公主看着叶勉，笑了笑："倒是乖巧得很，怪不得讨人喜欢。"

夏内监在一旁给她盛汤，嘴上拆穿道："不尽是，也是个淘气的，如今这是在您跟前呢。他在外头也闹腾得很，与咱们小郡王在一块儿，老奴只一眼没瞧见，俩人洗个脚都能打起来，谁也不肯相让。"

叶勉面上露出一丝尴尬，看着长公主辩解道："都是不作数的，我们闹着玩儿的。"

在一旁吃粥的庄珝听了却抬起头，看向叶勉问道："当真不作数？"

"那是自然。"叶勉看了一眼长公主，如是说道。

庄珝赶紧道："那以后再不兴提桃溪庄和桃李苑那档子事儿了。"

叶勉："……"

长公主轻笑出声，虽不知是何事，但看叶勉这副吃瘪又气闷的模样，也知晓她这长子肯定没干什么好事，两人如今却没结仇，倒是因着叶勉这孩子性子好。

长公主嗔了庄珝一眼，又看向叶勉说道："我不在京城的时候，他怎么你了？你与我说，我给你做主。"

叶勉倒不想告状，只是眼见长公主听着他儿子上学的"趣事"，膳食入口不似刚刚那般艰难了，他便将庄珝初入国子学那些极尽霸道的恶行挑着能说的都说了一遍给她下饭。庄珝偶尔会为自己辩上两句，只是嘴皮子不如叶勉厉害，尽是吃瘪。长公主看着这两个孩子争闹，心里的郁结散了不少。就连一直规规矩矩坐在那里的庄珩也听得有趣，抿着嘴笑个不停。夏内监抓着时机也插话与他们两个打趣两句。这顿晚膳倒是吃得十分热闹。

用完膳，叶勉与庄珝回了他的院子。

庄珝今天一早就被解了禁，可以在华曦殿内随意行走。如今他也不爱进那屋子，俩人便坐在殿门前的汉白玉台阶上。

现下已是深秋时节，太阳落山后，外头就凉得很。俩人并排挤坐在一起，共披着一件石绛青丝披风，庄珝口里不满道："我盼了你一日一夜，你怎的先去了我母亲那里？"

叶勉转头瞪他："我还没说你，你倒先来讨我！一筷子鱼肉也值当你做出那副模样，没得丢人！"

"这有什么丢人？"庄珝看着他，缓缓说道，"我母亲还在金陵时，我便写信与她要讨你做弟弟，日后都是一家人，遮遮掩掩的做什么？”

叶勉大惊，没有接他的话，而是好好地回想了一番自打见到长公主后长公主对他的态度。他思来想去也没忆到有什么不对劲的地方，不禁感叹道：“你如此胡来，长公主竟然也纵着你……”

庄珝笑了下，淡淡道：“我母亲一直觉着亏欠了我。”

叶勉不解其意。

庄珝垂眸：“庄瑜和庄珩都可以有后，给庄家传宗接代延续香火，我却不可以。”

叶勉一愣，反应了好半晌才渐渐明白其中道理。长公主从庄珝幼时就教他凌驾在庄家族人之上，甚至凌驾于他父亲之上，就是想让他在未来某一天取代她，可若他以后有了后人，哪还会尽心尽力只为皇家？就算他肯，京城也不会尽信……叶勉想通之后，一脸同情地看着他。

庄珝看着他的模样，叹道：“这有什么？”

◆ ◆ ◆

这晚叶勉出宫时将庄珩带了出来。

马车上，叶勉对庄珩说道：“一会儿我随你回长公主府。”

庄珩点头，问道：“可是我大哥吩咐了什么？”

叶勉摇头：“是我自己的主意，与他无关。”

庄珩一愣。

叶勉轻笑，揽过他的脖子逗他道：“怎么，你不是叫我三哥吗？那我回我自己府上看看都不行？”

“自己府上？”

“自然，都是一家人了，还分什么你我，你说是不是啊？”

叶勉本以为庄珩这包子一般的性格会看着他无奈地点头，哪想这小孩儿脑袋摇得像拨浪鼓似的，音调都拔高了，口上道：“自然不是！”

叶勉挑眉：“怎么，来时还唤我‘三哥’，叫得那么亲，吃了晚膳就不认我了？”

庄珩看着他，郑重道：“认的！您是我三哥，我是您弟弟。”

叶勉与他对视了半晌，终于明白了这人的意思：“我认你当哥，我是你的，但我的东西不是你的。”

叶勉放下搭在庄珩脖子上的手臂，心里颇有些哭笑不得，这小孩儿再木讷也是长公主的孩子，与他娘是同一个霸道的路子——“我是驸马的，但我的权势不是驸马的，驸马是我的，可驸马的银钱必须是我儿子的。”怪不得驸马这两年开始跳脚，换谁谁不“扎心”？

庄珩看了看叶勉垂下去的手臂，以为他不高兴了，连忙找补道：“三哥想要什么尽管跟我说，我都买给你！”

叶勉翻了个白眼，心里对驸马的同情又多了一分。

下了马车，庄珩带叶勉进了长公主府，一路上转着眼珠偷偷觑了叶勉好几回，一副不安的模样。

叶勉心里有事，没再逗他，只肃了脸与他道：“带我去见你二哥。”

庄珩想了想，没敢逆着他，带着他拐去庄瑜的院子。路上，他想了好半晌，最后十分艰难地出口讨好道：“三哥，我见你今儿晚上吃了几颗青橘，可是爱那酸甜的味道？正好别处送来几筐新鲜的，我让人挑好的给你挤出汁儿来喝可好？”

叶勉轻笑了一下，对他点了点头。庄珩咧开嘴，转头吩咐身边跟着的人。

俩人进了庄瑜的院子。庄瑜因腿上不便，在床上养着，却不肯让他们进内室看他狼狈的模样。叶勉随着庄珩在厅堂里候了一阵儿。

庄瑜穿戴妥当，在侍人的搀扶下从里面走了出来。他见到叶勉，还是那副十分讨打的模样，嘴上问道：“怎么想起来来看我，可是知晓我这两日想你想得厉害？”

叶勉面上无波，站起身对他淡淡说道：“让下人们都退下吧，我有几句话要与你说。”

庄瑜笑了笑，不在意地对身后的奴仆挥了挥手。那人朝他们躬了躬身子，就带着一众下人出了屋子。

叶勉看了庄珩一眼。庄珩想了一会儿才叫自己的人都出去。他们却没走远，只在门外守着。

庄珩将刚刚下人送来的橘子汁儿端给叶勉：“三哥，你尝尝这味道，比咱们方才在宫里的甜。”

庄瑜一愣，随即皱着眉问庄珩：“你叫他什么？”

“三哥。”庄珩认真答道，“大哥认了三哥做义弟。”

庄瑜无语地看了庄珩半晌，骂道：“你是傻子吗？”

庄珩不敢言语，低下了头。

叶勉将庄珩拉到自己身边，看向庄瑜道：“只怕如今整个长公主府只有你是傻子。”

“哦？”庄瑜挑眉。

叶勉冷笑了一声，又道：“今儿晚上我与长公主还有你两个兄弟一道用膳，十分愉快。你母亲既有意认我做义子，那我何乐而不为？如此珩哥儿唤我三哥倒也没什么不对。”

庄珩看着叶勉眯起双眼，没有说话。

叶勉弯起一边嘴角：“我们一家四口倒是和乐，只有我想起这府里还有一个你……”叶勉说到这里，嫌恶地打量了他一眼，“倒是多余得很。”

庄珩在一旁瞪大了眼睛，拽了拽叶勉的袖子，口里小声唤道：“三哥……”

叶勉转过身去安抚地拍了拍他的手，又背对着庄瑜给他使了个眼色，口里却温声嘱咐道：“你先出去一会儿，我与他说上几句。他如今伤了腿脚，我也跟你保证过不会对他动手，你放心便是。”

庄珩虽木讷，却看得懂叶勉的眼色，他顿了一下便乖乖和叶勉点头，躲了出去。

庄瑜见了，面上霎时冷了下来，看向叶勉的眼神终于凌厉起来。

叶勉眼见庄珩掩门出去了，转头笑道：“这便受不住了？巧了，我这人眼里也揉不得沙子，我们俩之间怕是只能留一个了！”

庄瑜看了他半晌，面露讥色，不屑道：“你还想进我们长公主府做正经的少爷，也不怕世人笑话，一人一口唾沫就能将你们侍郎府淹死！”

“这有什么？”叶勉满不在意道，“谁不知长公主府富埒陶白、赀巨程罗，如此代了你做这长公主府上的公子，也只是得世人闲语几句而已，不痛不痒，不去理会便罢了，又有什么了不得的？”

叶勉说到这里，喝了一口橘子汁儿，脸上不耐烦道：“我与你说这些做什么？今晚我来寻你只为一事，我想你独自回金陵，别在京城碍我的眼坏我的事，我便饶你一命，你可应？”

庄瑜愣了半晌，随即像听到什么笑话一样低头笑出了声：“要我的命？你倒是敢！”

“我自然不敢，”叶勉淡淡道，“不过何必要经我的手？”

“你什么意思？”

叶勉看着他轻笑：“你这几日做的几件蠢事已触了你大哥的逆鳞，想必你心里也清楚得很，他恨你至极却一直顾着血缘亲情对你下不去手，你这两年所仰仗的不过就是这个。不过，他现在有了我这个弟弟……”

“那又如何？”

叶勉看着他挑了挑眉：“他经常被你逼得有这心思却下不去手，不过……倒有人十分愿意替他出手。我只把这事儿说给正想法子讨好你大哥的太子和六皇子，你便可以开始数日子了。事后就算你哥心里不舒坦一阵儿，只要我在一边耐心劝慰着，不消一段时日，你便在他心里凉透了。怕是每年清明烧纸都得我来提醒。”叶勉不屑地哼了一声，“还背负弑兄杀弟的罪名不安一生？你想得倒周全，我倒劝你少往自己脸上贴金，我怎么可能让你得逞！”

叶勉说完，庄瑜依旧低着头，再抬头时，他终于将脸上所有的面具摘了个干净，看向叶勉的眼睛里净是恶毒：“我不会放过你的。”

“我劝你别在这个时候与我放狠话，我给你个机会留你条命是因着我没害过人性命。不过，你若不识抬举，我说不定就后悔了。”叶勉顿了一下又淡然道，“我只给你两日的工夫考量死在京城还是活在金陵，想好了你便派人送信到我府上。”叶勉说完，深深地看了庄瑜一眼便转身走了。他必须在庄珝出手前让庄瑜回金陵，只是他到底不忍出口他哥已经对他下了杀心。庄瑜若是恨，就更恨他好了，至于庄瑜回到金陵是想开了做个富贵公子，还是潜心蛰伏，伺机回来咬上他一口，那都是几年后的事。况且他们二人并不似他与庄珝一般有亲缘关系，庄瑜想动他可没那么多机会。

叶勉出去后，等在房门口的庄珩满脸担心地看向他，叶勉扯了扯嘴角：“无事，只是将他激回金陵。你这两日多派些人在他这边看着些，无事便罢，有事你随时派人去侍郎府。”

叶勉忐忑了两日，意料之中地收到了庄瑜回金陵的消息，他虽没有多高兴，却着实松了一口气。庄珝和庄瑜两兄弟的性子都十分偏执，家庭环境又如此复杂，只由他们自己人处理，只会叠加恨意，如今有他这个外人出手，倒收到了出其不意的效果。

叶勉的日子终于又清静了。庄瑜出了京城，庄珝却没从宫里出来，太子好不容易借着这个机会把他“摁”在宫里，不好好与他谈上几日，从他钱袋子里刮出一层油来，怎么可能放他出来？

叶勉没再进宫去看庄珝，他可不敢三天两头往宫里跑。庄珝前两日与他愁了一晚上，担心他出手弄死庄瑜之前就会被端华公子干掉，叶勉他自己也怕啊……再说他日后若真成了长公主府义子，他若是没什么大本事，还与现在一般闲闲晃晃，那必如庄瑜所说，侍郎府连着碧华阁会被整个京城唾弃，那他直接抹脖子，一了百了得了。

因而，若说前段日子叶勉在学里课业上下了功夫，如今他便是笃学苦读了。庄珝是长公主的嫡长子，背后又有富可敌国的庄家，叶勉不敢想日后能与他一般，却也要努力像他大哥一样自己在庙堂里立得住，如此才不会被人戳脊梁骨。

因此，庄珝每日都使着陆离峥传话催叶勉进宫，后来在宫里使了脾气，叶勉却一次都不肯去，只在外头埋头啃书。

◆ ◆ ◆

暮色已沉，瑶辉轩的书房里烛火融融，叶勉伏在书案上仔细地看着从他大哥那里讨来的书本，上面尽是叶璟在读书时自写的注脚，精练又直指文章扼要，叶勉这样读下来便觉得事半功倍。

几场大雨过后，天气骤然凉得厉害，京城里深秋近冬的时分最是磨人，屋子里一到夜里就冷得很，却又没到摆火盆的月份。去岁这个时候叶勉已经哭唧唧地和他爹娘喊冷要烧炭了，因着这个，没少被叶侍郎嫌骂。如今他已能自做瑶辉轩的主，却没忙着吩咐下人给他烧火盆，倒不是他不怕冷了，而是这屋子里若暖烘烘的，他就困倦得很，便不好读书。

叶勉揉了揉发酸的眼睛，刚想喊丫鬟来给他添茶，就听见门外有动静。守在书房外头的小丫头掀开海棠色绣锦的防风帘子，却是邱氏带着两个嬷嬷进来了。

叶勉眼睛一亮，口里喜唤道：“娘！”

邱氏一见他，脸上就有了温柔的笑意：“我的儿，快到娘这儿来。”她招手将他唤至窗边的茶案旁，“娘听下人说你还在用功，便让小厨房给你做了些吃食，如今夜里凉，你暖暖肠胃再睡下才好。”

跟着邱氏来的老嬷嬷满脸带笑地将食盒里的吃食端了出来。一一摆在茶案上——一碗牛乳鸡蛋羹、两小块裹了柿子汁儿的粉面糕，还有一盅熬了一晚上的桃胶。叶勉虽不饿，看着这些热气腾腾的倒很有食欲。

邱氏见他大口大口吃得香甜，既欣慰又心疼，口里道：“慢些吃，那蛋羹热得很，别烫了舌尖。”

叶勉胡乱点头应着。

邱氏趁他吃着，仔细地看了看他身上穿的衣裳，只见他一身半旧的家常暖蜜色织金绛丝夹袍，领口却缀着一圈白绒绒的兔子毛，想是他身边伺候的怕他冷，夜里找了初冬的夹袄给他穿，倒是将他越发明艳的脸衬得娇憨起来。

邱氏满意地朝叶勉身后站着的倚浓点了点头，又朝叶勉嘱咐道：“都是些好克化的东西，一会儿你用完了，直接睡下就好，倒不用等。”

叶勉咽下嘴里的一口面糕，摇头道：“我还有几篇文章要看，可睡不得。”

邱氏口里啧了一声，嗔道：“可不能如此，我听下人说，你这都熬了半个来月了，身子如何吃得消？”

叶勉摇头，不在意道：“我心里有数，娘放心便是。”

“放什么心！”邱氏蹙起眉尖不满意道，“定是你爹逼你如此，一会儿我就说他去，长子要撑立门户便罢了，折腾我小儿子做什么！”

叶勉笑嘻嘻哄道：“我也想有出息，给娘在外头长脸。”

“娘可不要这个。”邱氏轻叹了一声，又小声对他说道，“听你爹前两日与我说，他的上峰秦尚书要出户部，再往上走一走，如此你爹也是要动的，倒算是熬出头了。你哥在外头又正好着。咱家可不缺你苦熬着挣脸面，你好好地待在娘身边享福便好。娘这两年给你寻个好人家的小姐，如此便是最好不过的。”

叶勉听他娘这么说，轻咳了一声，道：“寻什么小姐啊，我才几岁……”

邱氏以为他害羞了，便捂着帕子笑道：“倒不是娘着急，着实是最近打听的人多了些，连你祖母那里都有好些个去问，不知道的还当我养了个好女儿百家来求。”

“我还在读书呢，您别拿这个扰我……”叶勉哼唧道。

“你读你的书，我自去外头相看比对着，哪碍得着你？”邱氏嗔了他一眼，又琢磨着顾自说道，“你大嫂就是个好的，如此看来，还得往侯门世家上寻才是。”

叶勉翻了翻眼皮，道：“您当侯府里的大小姐都是萝卜白菜等您挑拣呢？我哥是圣上御赐的端华公子，我又不是。”

“这有什么？”邱氏面露得意道，“如今娘在外头走动得不错，自不用你来愁。后个儿荣懿长公主办谢叶宴，也是邀了娘去的，那日领去的可净是王公侯府家的嫡女。”

叶勉咬着银匙愣了好半晌，才缓缓开口问道：“哪个长公主？”

“你这孩子读书读傻了不成？我们大文自是只有一位长公主，”邱氏笑道，“前段日子在秦尚书府上吃寿宴，长公主也去了，哪想着娘只与她说了两句便对了她眼缘，如今倒能与她说上几句话。”

叶勉彻底不吃了，看着邱氏满脸喜色，也不知道该说什么好，过了好半天才道：“……您要去她府上给我挑媳妇？”

邱氏笑了笑，道：“有何不可？长公主与外面传的不同，是个性子热络的，知道娘在为你的事上心，还帮我看了看。只是她眼光高得很，娘看中的几个，她都挑得出毛病，这才有了后儿个邀我去谢叶宴，我也想着再多瞧瞧才好。”

“自然是了，怕是她觉着全天下只有她儿子是个没毛病的。”叶勉轻叹道。

邱氏听了，拿着帕子掩口笑道：“还真是，没见几回，倒回回与我不住口地夸赞她那小郡王。”说到这里，她轻哂了一声，“那个荣南郡王确是个极好的，只是依我看，却也不好如此与人夸耀，倒像谁没个好儿子似的……”

邱氏说完，从鼻子里轻哼了一声，十分不服的模样。

叶勉和他娘在不同的频道上说了一会儿话，心里更是愧疚不已，晚上苦读到四更，丫鬟们来劝了好些回，他才歇下。

第二日进了国子学，叶勉一直撑着眼皮上课，脑袋却一点一点混沌，其实是早已睁着眼睛睡着了。李兆憋着笑在纸上画了只乌龟贴在他额上。

周围几人都看热闹，想笑得厉害却又怕将讲案前正摇头晃脑的薛老头引过来，只得用书本挡着脸，憋得脸通红。

薛博士发现不对时，气得胡子都翘起来了。他刚要发作，就见院子里急跑进来两个训导司正，一个奔向隔壁的学屋，另一个自是跑来这里。来人与薛博士附耳说了几句。

修瑞院的学子见薛博士突然睁大了眼睛，脸色变了几变，继而是一副又慌张又欢喜的模样。

魏昂渊赶紧回头将叶勉额头上的纸条摘了下来，又急急地把他推醒。

叶勉眼睛还没全都睁开就条件反射般端坐好，手上规规矩矩地捧着书，只是嘴角还有一丝晶莹。

魏昂渊咬唇忍着笑，手指掩唇与他用气音道："嘘，没说要罚你。薛老头怕是有话要与我们说，你且醒来好好听着。"

叶勉松了一口气，拿手背抹了抹唇角，这么冷的天儿，他可不想去外头站廊子。

薛博士拿着戒尺在讲案上敲了敲，咳了一声，道："太子殿下要来咱们学里听学，如今仪仗已出了宫门，怕是不时便到。殿下仁德爱才，不忍扰了国子学学子读书，便未提前昭告学里，刚也派了宫人来叮嘱，师生如往常一般授业听学便可，不必前去跪拜。殿下若走访至这边院子，我们再去院子里参拜全礼即可。"

薛博士说完，修瑞院学子们立即纷纷议论起来，叶勉也与回过头来看他的魏昂渊面面相觑。

叶勉和魏昂渊都进过宫在御前说过话，因而并未如其他人一般激动不已，不过他被这事儿搅和得失了困意，倒正好打起精神认认真真地听薛博士讲课。不过薛博士倒是一副没什么出息的模样，在前头坐立不安，频频抻着脖子一脸期盼地朝院子外头看。

李兆看得直乐，写了张字条给叶勉传过去："快看薛老头，可像大姑娘在盼等情郎？"

叶勉刚转过头去偷笑，没防备一口口水差点儿把自己呛死，他拍着胸脯咳个不停。

修瑞院众人都往外头瞧去，只见几位华服公子被国子学的大祭酒并几位官长，还有一大群宫侍太监簇拥着进了院子。正中间那位二十岁出头，身穿绣着五龙的明黄衮服，头戴儿旒冕，不怒自威，自是一派天家之势，令人生畏。

叶勉叹了口气，走到前面，扶着腿肚子攥筋的薛博士出了学屋，恭恭敬敬地与从隔壁屋子急跑出来的修南院学子一齐跪拜行礼。

起身后，叶勉心虚地抬头看向太子身旁一袭锦袍的荣南郡王，果然庄珝正用一副要吃人的表情盯着他看。

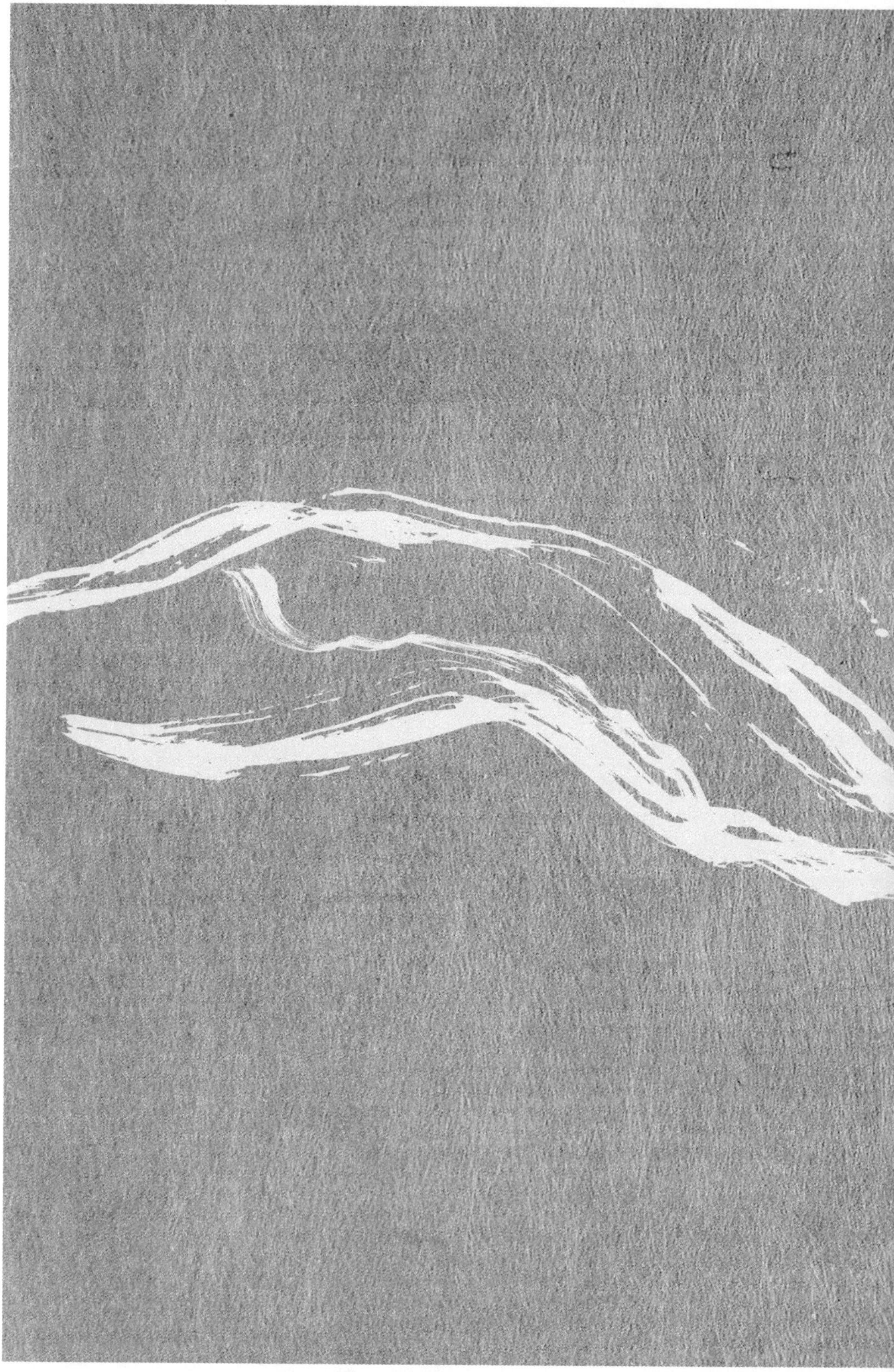

第二十二章 纸鸢

『有时你也不知何时缘分就尽了，再也寻不回见不到，不如在一起时就亲亲密密的，倒不留遗憾。』

湖边这座院落是整个国子学景致最好的教苑，因而大祭酒他们将太子引来此处，叶勉倒不觉得奇怪，只是他没想到被太后娘娘禁足在宫中的荣南郡王也跟来了。这段日子他没进宫去看庄珝，一是因着要用功读书，二是有意躲着庄珝。

叶勉近日不想再前去招惹他，只望时间和距离能消消他的火气，俩人再好好说话。

太子由大祭酒和国子学的几位官长小心侍奉着，只在院子里转了转便出去了，既是“仁德爱才”，自要去寒门子弟的教苑听学才是。

午息钟响过一遍，一直候在修瑞院门口的一个小太监引着叶勉去了庄珝之前在学里的那座院子。叶勉进去后却不见庄珝，倒是六皇子迤迤然地坐在厅堂主位上喝茶，宫侍太监站了满地，却都静静侍立，无一分动静。

六皇子见了叶勉倒也热络，伸手招他坐下，口里道：“快来，太子不便在外头多待，峥澜送他出去了，一会儿便回来。”

叶勉俯首给六皇子施了一礼才在他下首坐下。六皇子笑眯眯地打量了他好半晌，突然开口打趣道：“上回见你还是在桃溪庄，你与峥澜一见面就闹了起来，差点儿搅了我的桃花宴，可还记得？”

叶勉赧然，站起身歉意地冲六皇子俯身一礼赔罪。

六皇子赶紧让他坐下，笑道：“玩笑而已，不必介怀。”

叶勉不知道是不是因着庄珝的关系，六皇子这次与上回见他的时候大不一样，竟放下身段与他拉拉杂杂地说了许多话。叶勉心中疑惑，面上不露分毫，只小心应对。

六皇子与他聊了半晌，抿了口茶，道：“叶四公子与峥澜既成兄弟，如此我们便也算一家人，倒不必与我见外，私下里更不必拘礼，日后要常走动才不会生分。不如这样吧，”他放下茶杯，状似不经意道，“过几日我与峥澜出来再邀你，你将你大哥叶少卿也叫上，我们好好聚一聚。”

叶勉在心里翻了个白眼，原来说了这么多，就为了最后一句，这些人如此说话也不嫌累。六皇子竟还要邀他哥与庄珝小聚……怕不是要来个血溅当场。

既然六皇子不是只想话家常，叶勉便只好打起精神与他周旋，面上油盐不进，嘴上滴水不漏。俩人正聊得十分“开怀”时，庄珝绷着俊脸从外头大步走了进来，无视六皇子在这屋子里，直接走到叶勉跟前，咬牙问道：“你为何不去宫里看我？”一双凤目里尽是怒意。

六皇子刚刚在叶勉这里没捞到好处，便不准备救场，好整以暇地跷起二郎腿，拿起一边宫侍剥好的一碟果仁，准备好生看看热闹，消消气闷。

叶勉看着庄珝，过了一会儿才回神，弯眉笑了笑，口里道：“因为我想你来看我啊，你怎么这么晚才来？”

六皇子：“？？？”

庄珝也是一怔，随即眸底的煞气渐渐消退，化为委屈：“我为了早些出来见你，被他们好生拿捏，山上的匪贼投胎一般，强要了我好些东西！”

一旁的六皇子听不下去了，口里啧啧道：“互有好处的事，你别说得只有你吃了亏一般，再说，你若真的想早些出宫，早日松口便是，何至于让人在外头苦等？”

六皇子说完看了一眼叶勉，道：“我说得可对，叶四公子？”

庄珝瞪了一眼不安好心的六皇子，又看向叶勉，哄道：“我的便是你的，给他们太多，倒让你吃亏。”

六皇子听了眼珠子都快瞪出来了，竟一时分不清他这表弟是在哄人还是真心如此，口里的茶吐出来也不是，咽下去又怕呛着。

庄珝又与叶勉道：“一会儿我们要回长公主府与我父亲议事，你和我一道走，晚上也别回侍郎府了。”

叶勉哪敢去，他刚想说话，就见一旁的六皇子怒视着庄珝道：“什么晚上？一会儿我们与姑父议完事是要回宫的，皇祖母还没解你的禁，你少给我胡闹！”

庄珝淡淡地瞥了他一眼，道：“你自己回去便是，不用管我。”

六皇子霍地站起身来，道：“我不管你要哪个来管你？是太子与我将你带了出来，晚上不将你带回宫，皇祖母又抓不住太子，不是与我要人？”

庄珝语气无波，漫不经心道：“这是你的事。”

六皇子面色一冷，威胁道：“你别逼我强将你带回去！”

庄珝毫无动容：“那不如我们现下就回宫，长公主府也别去了！”

六皇子气得好半天说不出话，他伸手指了指庄珝，恨声道：“下回有事，你再别来求我。”

庄珝冷笑，将原话奉还给他：“互有好处的事，你别说得只有你吃了亏一般。”

叶勉眼见这表兄弟俩急眼了，赶紧岔过话题，拽了下庄珝的袖子，说道：“晚上不敢夜不归府，现下不是旬假，府里有宵禁。”

庄珝眉头紧紧锁起，他想了想又道：“那也无碍，我晚上回你们隔壁那院子。”

叶勉：“……”

修瑞院午后是音律课，叶勉便向教苑告了假，随着庄珝和六皇子去了长公主府。

长公主如今和驸马见面就掐架，倒是躲去宫里的时候多，因而并不在府中。

庄珝因着这回是带着六皇子与驸马有要紧事要议，便没带着叶勉先去拜见驸马，而是吩咐下人带他去自己的院子歇息。叶勉倒是没有异议，他连着半个来月熬夜苦读，身子确实有些吃不消了，不然今天午前也不会在薛博士的课上睁着眼睛就睡着了。

六皇子肃起面孔，不复午时闲闹时的模样，带着自己的几个门人心腹与庄珝一同去了长公主府的议事堂。

庄珝身边贴身伺候的人都认识叶勉，因而叶勉也没觉着有什么不适，打着哈欠由着那些童子服侍，在床榻上和衣睡下了。

如此一场酣睡，叶勉再醒来时竟已暮色四合，童子们重新给他穿衣整冠，轻声禀报道：“郡王吩咐，待叶少爷醒来，便要奴才带您去驸马爷的书房。”

叶勉嗯了一声，问他：“六皇子可走了？”

童子恭声回道：“一个时辰前便走了，郡王吩咐我们不许扰了您歇息，他在驸马爷那里等您。”

叶勉点了点头，穿戴好后便由着几个童子提着宫灯在前头引着去了驸马的书房。

叶勉倒是来过这间书房，便是七夕兰夜他第一回进长公主府与庄珝一起看舆图那处。书房廊下站着好几排侍人，见着叶勉来了也没让他等候，只隔着门轻声向里面禀报了一声便掀开帘子。

叶勉微微低头迈了进去，继而十分没出息地怔在门口好一会儿，才轻咳了一声以缓解尴尬。倒不是他见识少，只是这一进屋就见灯下两个不分伯仲、各有千秋的极品妙人都笑意盈盈地看着他，谁都顶不住啊……屋子里烛光昏黄，不甚通明，两个一袭白衣的仙人却足以将人耀得目眩神迷。

叶勉揉了揉鼻子，恭恭敬敬地俯身给驸马请安。驸马面上带着笑意，微微抬手示意他起身。叶勉之前虽未见过驸马，只听别人描述过，再见庄珝与长公主并无一处相近的样貌，便知道驸马的容貌必是不凡，哪想驸马的容貌竟然不在庄珝之下，或者说，若是庄珝再长大些便是驸马这副模样。

侍人们轻手轻脚地又点燃了几处灯火，室内逐渐明亮起来。叶勉再抬眼打量，驸马脸上依旧看不出年龄，柔和的烛光将他的皮肤衬得细腻至极，有如美玉生晕，五官与庄珝极其相似，只是没有少年的青涩，眼里也没有庄珝的凌厉霸道之意，神色与眉眼都是一副舒展的模样，让人感到十分舒适。

“勉哥儿在这里睡得可好？”驸马出声问道。

叶勉面上十分乖巧，点了点头，恭敬地回道：“睡得很好，多谢贵府照应。”他心里却又是一荡，想着一会儿出了长公主府必央着庄珝不许与他说京话了，这吴侬软语可真好听……他至此终于明白，大文朝集万千宠爱于一身、举全国之物来供养的长公主为何在殿外长跪三日，以死明志来要挟先帝，定要嫁去金陵。书上说的“蛊惑人心”，怕就是如此。

◆ ◆ ◆

驸马问了些叶勉在学里读书的琐事，叶勉自是一一作答，又见驸马亲自给他烹茶，便赶紧上前帮忙。

行思阁的季大司正也爱那风雅的茶艺，叶勉之前为了讨好他而少受些责罚，细心钻研过此道，因而在驸马面前虽有些班门弄斧，他也能帮得忙，不至于添乱。

驸马面上看着只比叶璟大上几岁，叶勉却不敢真的将其当作平辈，在心理与行事上都恭恭敬敬。驸马见他懂茶事，便没阻止他，偶尔指点上两句，两人合作得倒也默契。

越窑青釉茶釜中翡绿茶汤滚滚，叶勉用精致的湘竹茶匙舀至素色杯盏内，一杯微微低头敬驸马，另一杯赶紧置于庄珝身前茶案上。

莫名其妙被冷落了一晚上，独坐那里生闷气的庄珝终于舒展了眉眼。

驸马端起茶盏，手指细腻如手中细瓷，面上摇头轻笑。

三人品了一会儿茶，叶勉起身拜辞时，驸马却转头对庄珝说道："珝儿暂先出去等候，我有两句话要与叶四公子单独说。"

叶勉与庄珝齐齐一愣。

庄珝出去后，驸马看向叶勉，温声说道："茶前和珝儿说了一会儿话，他与我说了你许多。"

叶勉面上一赧。

驸马轻笑，歉意道："听了他一番话，得知他得罪了你许多却不自知，我是他的父亲，先给你赔个不是。"

叶勉赶紧摆手，口称"不敢"。

叶勉从驸马书房出来后，心内一阵感慨，这个庄珝，只在样貌上承袭了他爹，性子愣是半点儿没承袭，真是可惜……

叶勉一出来，庄珝就将他拉到一边，一面给他披上披风，一面状似不经意地问道："我父亲与你说了些什么？"

"既是将你赶了出去，自是不能说与你。"

庄珝一顿，倒是有自知之明，哼哼道："定是念我霸道、蛮横、不讲道理。"

叶勉乐了："你怎么知道？"

庄珝闷声道："这些毛病我自己都清楚，慢慢改就是了。我才不会如我母亲一般，与我父亲顶着十来年才知晓收着些，倒白白冤枉，受了他那些年的气。"

叶勉瞪大眼睛："长公主受你爹的气？"

"怎么？"

"我以为……"叶勉咳了一声，有些不好意思地说道，"我以为是你爹受长公主掣肘多一些。"

庄珝摇头："我母亲只在我身上和这几年庄家基业走势上不肯妥协，余下万事无论大小，只要他们二人意见相左，最后只会依我父亲，不同的只是我母亲要空闹腾多久罢了。"庄珝叹了口气道，"何必呢，倒不如省些力气。"

叶勉："……"

"只是，"庄珝薄唇紧紧抿着，带着一丝为难道，"我自幼母亲就有意纵我骄横、凌傲，父亲却十分不喜我养成这性子，这两年我也听他的试着改过，却做得不大好。"

叶勉皱眉，长公主与驸马肩负的使命不同，对这个嫡长子的要求自然相左，只不过他们都忘记庄珝不过刚刚十五岁，哪能处处尽如他们两人的意。

叶勉仰起头，道："能改就改，改不得就算了。"反正他自有法子对付庄珝。

庄珝看着他好半天才道："明日我要与六皇子带着人前去岭南之地。"

叶勉愣了半晌，懵懂地问道："这怎的突然要去那么远的地方？"

"你在我那儿睡着的时候，我们与父亲商议的，也是临时定的。"

叶勉不自觉地咬紧了嘴唇："你要去多久才回来？"他想，这个时候又没有高速交通工具，岭南那地方只来回便要三四个月。

果然庄珝开口道："怕是要四五个月才能归京。"

叶勉没有说话，只不过拽紧了他用银线绣着蟒纹暗花的袍袖。

叶勉在回侍郎府的路上心不在焉，去书房里读书也不自觉地愣神。几个贴身伺候的大丫鬟面面相觑。宝年将厨上新做的茶点给他布好后，突然倒吸了一口冷气，捂着嘴轻叫道："我的祖宗，这嘴上怎么破了一块，可是碰到了哪里？"

叶勉回过神来，摇了摇头，敷衍道："外头吃糕，不小心咬的。"

宝年赶紧去给他找药脂，只是还没等给他涂，就听见外头传来嘈杂声。

"这大半夜的还有没有规矩？"宝荷皱眉打开门去看，过了会儿回头道："不是咱们院里，我去使人打听打听。"

过一会儿，宝荷差出去的小丫头就慌慌张张地回来了，咬唇道："是碧华阁，说是大少奶奶动了胎气，不大好的样子，正院的人已经过去了。"

叶勉一惊，书房里的丫鬟们也都吓了一跳，赶紧又派了个二等丫鬟去碧华阁那里守着。

叶勉拎起挂在一边的披风披上就要赶过去，被倚浓、倚翠急急地拦住："四少爷在这里读书就好，女人这事儿，爷们不好参和。"

叶勉急道："可我大哥不在京里，哪有那么多规矩！"

"正是因着大少爷不在，您才不能去。"倚浓把他拉了回来，哄劝道，"您大了，听话。夫人已经去了，老爷也在外院，出不了错的。"

叶勉急得不行，无奈之下只得嘱咐去碧华阁打探消息的丫鬟频着些回来禀报。

瑶辉轩如侍郎府里其他院子一般，一宿灯火通明，一直到五更天，那丫鬟才回来报说那头已经稳了下来，老爷夫人俱已回了正院。叶勉这才松了口气，那是他大哥的嫡长子、叶府的嫡长孙，府里十分看重，若是出了差池，叶府今岁也甭过年了。

第二日叶勉进了学里也一直记挂着这事儿，散学后一回到瑶辉轩便问身边的丫鬟们。

宝年、宝荷脸上都透出一丝古怪，倚浓上前，笑着说道："已经无碍了，大少奶奶娘家侯府从宫里请了御医来，已在碧华阁守了一日，说是没再发作过。"

叶勉微微放心，还没等让人伺候他换衣裳，邱氏身边的刘嬷嬷就亲来请他去正院。

宝年赶紧上前拦道："我们少爷还没用膳呢。"

刘嬷嬷嗔了她一眼，口上轻斥道："不许胡闹，夫人这回是发了火气的，你们都小心着。”

叶勉一愣，问她：“出什么事了？”

刘嬷嬷看着叶勉，面上复杂，只叹了口气，道：“四少爷随老奴去正院便是，夫人自会与您分说。”

叶勉跟着刘嬷嬷出了瑶辉轩。

宝年狠狠地跺了一下脚，气道：“碧华阁那起子小人胡乱嚼什么舌根！那火柿子是我们主子给大少奶奶拿去的不假，吃多吃少、配着什么吃，我们四少爷能替她们看着不成？”

倚翠皱眉嘘了她一声，道：“你可小声些吧，大少奶奶已经吩咐不许吵嚷出去，也是护着四少爷的。你这话若是让咱们主子听了，倒是我们挑拨了。”

宝年揪着帕子恨声道：“我自是没说大少奶奶的不是，只是那院子那群心歪的竟巴巴地哭去老爷夫人面前告状，打的是什么心思！”

正院里，叶勉在邱氏跟前吓得魂飞魄散，脸白了一分，喃喃自责道：“竟是因着吃了我送去的火柿子吗……我……我不知晓这东西大嫂不能入口。”

邱氏气得头疼，一手抚着额头，一手在他背上重重地拍了一把，厉声责道：“我说了你多少回不许你给你大嫂寻那些外头的吃食，你总不往心里去。那御医现在碧华阁里待了一天都不敢走，万一真出了事，你要怎么与你大哥交代！”

◆ ◆ ◆

瑶辉轩随着小主子歇下熄了烛火，倚浓在内室的香炉里多扔了半块安神香香饼，又前后扫了一眼，见四处都是妥帖的，便转身端着青铜烛台轻手轻脚地去了西次间。

倚翠正坐在里头卸青玉耳坠，见倚浓进来了，忙轻声问道：“可睡下了？”

倚浓掩上门，坐下，叹了口气，小声道：“帐子里烙饼似的翻腾了许久才消停，我怕惊醒他，没敢去瞧。”

倚翠冷着脸朝地上轻呸了一声，不乐道：“我看宝年她们骂得极对，什么黑心肝的狗奴才，也敢挑拨主子了，还侯府呢，调教出来的都是什么玩意儿！”

倚浓赶紧摇头阻着倚翠：“你怎的也跟着疯起来了，还嫌不够乱不成？”

“我只是私下与你说。”倚翠翻了一个白眼，道，“我自是知晓要拦着那几个宝丫头。只是如今碧华阁那起子也当真气人，这也就是咱们四少爷没因着这个被责打，不然我第一个去闹，都是奴才，谁不会抛了脸面叫屈不成？”

倚浓也长长地叹了口气，道：“再看吧。这回咱们主子确实被人拿住了说不清的错处，明儿你再与院子里上上下下都嘱咐一嘴，把火气都收起来，夹着尾巴一段时日才行，别给少爷添乱。这孩子心重，承不得这个。”

倚翠虎着脸捏着手里的玉坠，却也不得不点头，咬着嘴唇道：“主子们都好好的，只有碧华阁里那群杀千刀的黑心烂肺！”

“哪只是那边的过错，你当咱们院子里这些个小姑奶奶都是省油的灯？”倚浓觑了她一眼，小心道，“你也知道，咱俩还在正院服侍之时，宝丰院就已与碧华阁积了怨，只是那时候咱们四少爷还小，碧华阁是府里长房，又尽得好处，四少爷自不会想那么多。”

“可如今，”倚浓挑眉道，“咱们少爷越来越大了，老爷又疼他。往常旬日里老爷尽往碧华阁抬东西，如今却一多半来了咱们瑶辉轩，碧华阁那头自是心里不舒坦，就算之前能忍，现下大少奶奶有了身子，那肚子里可是长房的嫡长子。主子的心思，我们不敢猜，侯府陪嫁过来的那些心腹下人又如何忍得？自是认为叶府的嫡次子在与他们那头的嫡长孙争抢。”

“我又如何不知这其中道理？只是她们也不尽因着这个，”倚翠撇了撇嘴，“我听底下经常往那头跑的小丫头与我碎嘴，倒与大少爷有关。”

倚浓一愣。

倚翠从鼻子里轻哼了一声，道：“大少爷疼咱们主子是比老爷还厉害的，说是兄弟，却也当作幼子一般教养。可自大少奶奶有了身子，咱们主子因着酸醋与大少爷闹了两回口角。有一回是在去尚阴的路上，只听下人们传着，说咱们主子闹得厉害，大少爷哄了一路，又许了他以后更疼他些，两兄弟这才收了场。”

倚浓一愣，口里嗐了一声，道：“怪道那头自他们兄弟二人打尚阴回来就对我们鼻子不是鼻子、眼睛不是眼睛的，我还以为是因着大少奶奶有孕，大少爷却陪着四少爷去踩山水，原是因着这个。”

倚翠点头，翻了翻眼皮，道：“所以我也没束着咱们院子那些个厉害的，以后本就是两房的人，怎能让她们欺了去，日后四少奶奶进了门那还了得？”说到这里，她叹了口气，道，“不知夫人最后给主子定个什么样的。听正院里说，这些时日夫人尽往那高门上看，倒是要比那永安侯府还要强上一头的模样。”

倚浓点了点头，小心道：“说是不少公侯世家的夫人相中了咱们主子，如此怕是真要压那院子一头了，府里的东西就这么些，也不怪永安侯府现下就急了眼，要为肚子里那团肉去争。”

倚翠啐了一口，道：“争就争，哪个还怕了她们不成！”

倚浓、倚翠在西次间悄声聊了小半宿，第二日早早就起了，伺候叶勉起床、上学。

叶勉没多大精神，郁郁地用了些朝饭便去了国子学，寡着脸上了一天的课。散学后，他急急地赶回府里。打听到他大哥已急急从外县赶了回来，他才敢再踏进碧华阁的月亮门，自去了书房等他大哥。

碧华阁的下人们没敢拦他，依旧面上带笑地伺候他茶水，只是眼里看他时多多少少有了些别的意思。叶勉正敏感着，自是能察觉到，在书房里他惯常睡的小榻上坐到大黑也没好意思使人去正房里催。好在月亮门下钥前，叶璟一脸疲色地回了书房。

叶勉赶紧站了起来，紧张地看着他哥，怯怯地出声：“大哥……”

叶璟看着他，无奈地摇了摇头，揉了揉他的脑袋安慰了几句，只不过眼里也有些许责备之意。

叶勉心里十分难受，倒不是伤心，只是万分自责，要不是身边时时有人看着，他恨不得狠狠地抽自己一顿巴掌。

永安侯府自宫里求来的御医在碧华阁足足待了三日才走。叶勉这回是真的害怕了，夜里做了噩梦，醒来后在床上吓得直抖，要是因着他闯祸让他哥失了嫡长子，他这个冒牌弟弟必是要自缢谢罪才安心。

自那日起，叶勉再没敢踏足碧华阁，一是他娘婉转着对他说，姜氏生产前，他不要再过去胡闹为好，二是他与宝年、宝月打听了一番，多少知晓为何最近两个院子的下人总是闹些鸡毛蒜皮的争端。叶勉愧疚不已，之前从不知晓束着他院子里的人，这回却是下了严令，再不许她们胡闹。只不过这些人跟着叶勉久了，极护主不说，又知他从不罚苛她们，她们便明面上喏喏听命，私下里却依旧与碧华阁那边的人乌眼鸡一般，没一个肯相让的。两个院子自叶勉幼时叶侍郎一直偏着大房那头就开始积怨，如今这怨气又如何是叶勉一两句话能消弭的?

叶勉一心扎在学业上，倚翠牵着头带着身边伺候的人都瞒着他，他自是不清楚两头依旧在斗法。叶侍郎每每再往瑶辉轩送东西，叶勉却不敢轻易就让人收拢起来，都先问一句碧华阁那未出世的小侄儿可有，得知小侄儿也有,他才安心让下人记册。叶侍郎倒是欣慰不已,夸了他懂事、恭谦好些回。

叶勉学里的兄友自是能看出他这段时日脸上总是带着郁色，问了好些回。叶勉一直不肯透露,他怕经他们的嘴传出去,会令他大嫂无辜受累，下人们再闹腾，他大嫂对他却是真心实意的好。

魏昂渊趁着旬假将叶勉“掳”去了丞相府。

夜里熄了火烛，魏昂渊将守夜的丫头都赶了出去，哄劝道：“一直憋在心里憋出病来可如何是好？倒不如与我说说，不管什么难以启齿的秘辛，我都不会与第二人去讲，难不成你还信不过我？”

叶勉在黑暗里嘟了嘟嘴，抠着锦被上的金丝绣线，没有说话。

魏昂渊试探着问他：“可是因着荣南郡王？”过了好久，他又叹了口气，道，“你与我说他也无甚关系，我不与你恼便是，你快活些就好，我只看你。”

叶勉忙摇头道：“与他无关，他与六皇子去了岭南，如今还在路上，只能在各处官驿发信与我，我却无法回信应他，吵架都吵不起来。”

“那你这是为何？学里最近又没人惹你，可是侍郎府出了什么事？”魏昂渊问道。

叶勉轻叹了一声，想了想，终是将这糟心事与他讲了，只是讲完后万千嘱咐着不可在外头胡说。

魏昂渊愣了半晌，嗤了一声，笑道：“我还当出了什么大事，不过是你们两房争了起来，迟早的事儿，这有什么值当你闷闷不乐的？”

“不过……”魏昂渊话锋一转，又道，“你这整日地给你怀着身子的大嫂送各式吃食是怎么回事？我们如今俱已十四了，如此行事易惹人闲话不说，万一她真吃出个好歹，你如何洗刷得清？”

叶勉也后悔万分，咬唇道：“都怪我想得浅了。之前我娘与我大哥说了我好些回，我只作聋不听，才闯下这祸事。如今见着我大哥，我都不敢看他眼睛，我怎么这么蠢啊……”魏昂渊拍了拍他的手，安慰道：“行了，璟哥哥疼你得很，不会与你记着，这次倒给你长长记性，也不全是坏事。”

叶勉在床榻上裹着被子滚来滚去，嘴上哼哼唧唧，自责不已。

魏昂渊笑了一会儿，道：“不过，日后你可长点儿心吧。之前你就有这毛病，与碧华阁交往过密。前些年你年岁小便也罢了，怎的都上学了还时不时地去那头过活？你与璟哥哥亲密是真，却不可忘记他已娶妻还即将有嫡子。过两年你若是定了亲，你们可就是彻彻底底的两个房头了。再往远处说，日后你出去立了府，那便是两个府上，怎能还与幼时一般不分你我？”

叶勉明白魏昂渊的意思，只不过口上还挣扎着嘟囔道：“幼时兄弟感情好，大了就不行了吗？我又不贪那头什么，补礼回去便是了。”

“这哪补得清楚？”魏昂渊轻笑，“再说，有时也不尽是银钱上的事。你只记住我的话，万不可再如以前一般大事琐事都去寻璟哥哥，你若再大些还这么不懂事，他也会难做。”

叶勉长长地呼出一口气，顾自念念道：“我是想着，能做兄弟、家人都是修来的缘分，”他想了想最近总是梦见上辈子的爸妈和哥哥，又轻声道，“有时你也不知何时缘分就尽了，再也寻不回见不到，不如在一起时就亲亲密密的，倒不留遗憾。”

◆ ◆ ◆

魏昂渊知晓叶勉刚刚转过弯来，还需要一段时日内化，因而并未与他讲太多。其实，随着年岁渐长，他又何曾没迷惘过？只是他们这样的人家都是这般罢了，兄弟友恭、手足情深自然是要的，却不能太过。自立自立，立的又何止你一人？长大后再往身后一瞧，哪个身后都站着万般皆系于你的一大家子，你要护着他们，却也不能去“冒犯”别人的。

叶勉与魏昂渊聊了半宿的心事才闭眼睡下。

放了旬假，叶勉没回府闷在书房里读书，而是趁着外头还不冻人，与魏昂渊约上几个好友，骑马去京郊尽情耍闹了两天。

叶勉心思敏感却也豁达，想过之后便不再将此事梗在心头，只如往常一般每日早起上学，晚上回来用功温书。不过，他往碧华阁跑的次数少了许多，更不再万事都跑去寻他哥，借着琐事与他歪缠撒痴。上辈子的遗憾有了便有了，他不能吃大户一般可着这一世的父兄找补不是？

叶璟和姜氏自是待他如往常，只是叶璟随着圣上委以的重任越来越多，越发忙碌起来，一个月倒是要有十天不着家。姜氏的身子又一天比一天重，叶璟每日公中府里忙得焦头烂额，消瘦了两圈。别说叶勉了，就连叶侍郎想念长子了，都不敢如往日一般随意将他召来书房说话。

姜氏在孕中，府里中馈全交回邱氏管着，身边下人俱不敢拿府中琐事烦扰她，只每日寻那趣事与她讲。她却不知怎的知晓了碧华阁与瑶辉轩的这番官司。姜氏平日里虽和善，治下却不如叶勉那般软和，她当即就拿了几个人，连对身边陪嫁来的一个大丫鬟也没留情面，都悄悄地打发了出去。

姜氏的这番动作没传到叶勉耳朵里，一直冷眼瞧着的邱氏却当晚便知晓了，她暗暗地松了口气，心里更坚定了些，定要从那高门里给勉哥儿寻个大家教导出来的才行。

叶勉如今一心只在学业上，倒觉日子过得飞快。

转眼间，京城就又天寒地冻起来。而庄珝终于在岭南稳了下来。叶勉每日睡前都会写一封信给他，也会拆一封他寄来的信，两人问问答答的都隔着时间，却不觉得无味。两人每日写信不拘内容，日常琐事也要拉拉杂杂地与对方说上一回，有分享，有炫耀，亦有抱怨，每回都是一沓纸。六皇子刚开始时嗤笑不已，日子久了，他捏着唯有的两张从他八弟那儿得来的请安函，眼红不已。

而瑶辉轩隔壁的院子隔三岔五就要大开正门，一车一车地往里搬东西，礼单却都悄悄地送到了叶勉这里。叶勉一眼就相中了庄珝从外域淘来的石墨铅笔，再写信时便用铅笔画四幅的漫画小像过去，依旧是日常琐事，线条简单却极生动有趣。庄珝每每都要拉着满脸不耐的六皇子炫耀一会儿。

再过几日便是年关，叶勉终于放了春假。这是他第二回在大文朝过年，心境与去岁却大不相同。看着满府布置得红彤彤、喜气洋洋，他也十分高兴，早早地就让人换来各式的金银锞子和一大筐的铜钱，准备厚厚地打赏他院子里的下人。

叶府因着即将添丁进口，这一年的除夕宴办得极为热闹。叶璟在年关时终于松了口气，好好地在府里歇了几天，陪一陪这头胎怀得十分辛苦的姜氏。

叶勉还未成家，自是又从各处刮来厚厚的压岁钱，乐得嘴都合不拢。他十分大方地给比他年岁小的庶弟庶妹包了大红封。碧华阁的小侄儿虽未出生，他却不敢怠慢，年前就亲手画了各式新奇的样子，从外头寻了手艺巧的金匠打了十来副金镯、长命锁，虽不是什么珍稀玩意儿，却胜在花纹精巧罕见。姜氏拿在手里很是稀罕。

这一年的冬日竟比去岁还冷些，叶勉在写去岭南的信里抱怨不已，漫画里的小人儿裹着厚厚的绒被坐在床上打摆子。庄珝心疼得连写了好几封信回来，直说明年要带叶勉回金陵过年。

这一日午后，叶勉与阮云笙从藏书阁看书回来。因着雪下得频繁，学里只把沿着墙根的甬路清理得干净些，两人怕湿了靴，只能绕着远路往院子走，走到东墙处时，听见墙外有人说话，叽叽喳喳的，娇柔脆丽，是几位年轻的姑娘。

叶勉与阮云笙对视了一眼，又看了看墙边的老枯槐枝杈上挂着一只彩色燕形纸鸢。那纸鸢鸳尾在树枝上绕缠着，风线却拉在墙那头。

“快快快，再用些力气。”

“不可不可，风线若是断了，可再捡不回来了。”

“这可怎么办啊……”

阮云笙附耳与叶勉轻声道：“这东墙之外就是隔壁女学。”

叶勉挠了挠脑袋。哪有大冬天出来放纸鸢的，这些小姐可真是奇怪。他心里腹诽，眼睛却四处找寻着，然后吭哧吭哧地搬来不远处的几块石头垫在墙根，手攀上去，轻巧一跃就上了墙。

那头显然是被墙头突然出现的一人吓得不轻，几声娇脆的轻呼前后响起，她们倒退几步再轻捂着嘴向那里看去，却见一位披着雪貂裘的金贵少年。少年利落地踩着墙头爬上那棵高槐，将缠紧了的鸳尾细细地从枝丫上解了下来，又一把扔给她们，蹙着眉在手上哈气，口里抱怨道："我这手指都要冻断了，再没下回的。"

少年怕是冷得很，眉目间三分凌傲、三分不耐。墙下的小姐们却只仰头看着他，无人不悦而斥他无礼。淡薄的冬日阳光照在少年精致的五官上，淡淡晕出一层光华，看得人移不开眼，这可不就是戏本里才有的浊世佳公子吗？

一位披着火狐裘的少女捡起那只纸鸢。那少女明眸皓齿，在一众相貌姣好的少女中亦是明艳出众，胆子也大得很，她咬唇看向叶勉，脆声问道："你叫什么？我回头叫人谢你。"

"叶勉，不必言谢。"

叶勉回完便跳下墙去，阮云笙赶紧把袖筒里的手炉掏给他暖着，却听到墙那头的一阵声音挑眉而笑。

"啊——原道是他……."

"……端华公子……"

刚刚问叶勉名字的少女却突然清晰出声："我识得他母亲，叶夫人前儿个在我家府上与我娘吃过茶。"

那头霎时没了动静，好半晌就听一声娇嗤："夫人们一起吃个茶不是常有？"

阮云笙把叶勉拉得远了些，笑着打诨道："这可不得了，怕是回去就要与她娘闹着非你不可了。"

叶勉愁得眉头皱成波浪，口里抱怨道："我娘不知怎的，左一个宴右一个宴的，见天儿地在外头给我相看，也不知她急什么。"幸而有长公主在暗中拦着，不然年前他娘就能给他定下人了。

阮云笙笑道："都是这般的，我们府上若不是因着我爹被贬了官，我娘也早早替我相看了。"

叶勉听他提起这个，拍了拍他的肩膀，鼓励道："三年后春闱下场，我等你金榜题名夺个探花回来！"

叶勉和阮云笙都与府里商议好要科考出仕，因而在学里要比魏昂渊、李兆他们辛苦许多。而且修南院因着庄珝去了岭南，"群龙无首"，遇事只来寻叶勉。叶勉无奈，只能把那屋子的事也揽了下来。如今两个学屋同在一座院子，几个月下来，关系倒是十分融洽，修南院学子也三三两两地随着修瑞院出去交酬，倒不似初来之时那般拘谨。学里的官长们看到这些，亦是高兴得很。

时间过得飞快，暮春后，庄珝终于来信说要启程回京。叶勉看到信时，愣愣地在书案后头端坐了许久才捏着信去了书架前。架子上有两只漆木匣子，叶勉拿出荷包里的钥匙打开其中一只，将几张纸放在里头。那只匣子里已有几掌厚的信函，都是庄珝在岭南期间写与他的。另一只装的则是庄珝每回先行寄回来的礼单，如今也有两指厚了，叶勉偶尔听下人们唠嗑，都在猜隔壁那院子的主人是哪个，有那么大一座宅院不来住，倒使成栈库了。

叶勉那天晚上一直到后半夜才闭眼睡下。

两人无法再通信，叶勉便仿着《九九消寒图》，画了几枝桃花挂在书房的墙上，五瓣，一十二朵，每晚睡前他都涂上一瓣粉，等全都涂满了，便也到日子了。

墙上几枝桃花快要开满之时，碧华阁的姜氏发动了。因是头胎，她很是遭了一回罪，足足折腾了两个白日又一宿才将嫡长子生出来。叶勉急急地跟着去看了 回，是他哥亲自抱出来的。叶侍郎皱着眉啧了一声，与叶璟提醒“抱孙不抱子”的老话。叶璟却头一回没顺着叶侍郎，只一脸温柔地抱着他的长子给他们看，连邱氏都抢不来，佯装恼意却又忍不住笑地往他背上捶了一下。

这个小娃娃因着叶璟十分受圣上的喜爱和器重，刚出生就被圣上赐了名字，这可是满朝文武的头一份儿。圣上下旨那天，别说叶府，就连永安侯府上的下人出门都恨不得横着走。满月酒还在筹办，出生礼已如流水一般往碧华阁去了。几日下来，碧华阁的门槛换上了一条新的。

叶勉也跟着热闹了几日便复又静下心来读书。

这日，叶勉正在学屋里上律令课，窗子外头却传来几声规律的弹响。这暗号是修南院的人来了。叶勉抬眼觑了一眼前头并未往这里看的先生，小心地推开了窗，随即却愣在当场。

窗外那人风尘仆仆却飒飒玉立，盛华无双，看着他的眼里俱是温柔的笑意，与初夏明媚又刺目的阳光一齐耀得人眼有些模糊。

叶勉眨了眨眼睛，随即轻启薄唇，无声地吐出一个字：“滚。”

◆　◆　◆

午后阳光正浓，透过薄如蝉翼的天青色半透窗纱钻了进来，窗下是一丛丛的双瓣奶白茉莉，习习暖风带着花香吹进窗内，熏人欲醉。

叶勉和庄珝都坐在窗前的单翘头木榻上。庄珝的头发还湿着，却不耐烦让下人给他烘干。夏内监见外头风暖云薄，便由着他坐在窗前，却不许他下榻胡走。

叶勉蹙着眉嗔他：“你走了快半年，又不差这两天，急什么？”

庄珝最后两日抛下了六皇子，带着一队自己的私卫快马加鞭、不停歇地跑了回来，大腿根被马鞍磨得破了皮，刚刚沐浴的时候才知道喊疼。夏内监给他上药的时候气得没忍住，说了他好几句。

庄珝扬了扬下巴，抿唇道:“我才不与那人一起走。京里无人盼他归，他一路磨磨蹭蹭的，我与他可不一样。”

叶勉好气又觉得好笑，在心里默默地怜惜了六皇子一回。

夏内监使人在他俩这榻上布了一张楠木雕花小矮案，几个童子将精致的膳食一一摆了上来。菜色不多,却都是好克化的,庄珝连着两日未睡，一会儿吃完必是要歇晌觉的。

两人重聚，自都是欣喜的，奈何国子学内不准饮酒，庄珝便使人拿了葡萄酿的果子露来,倒在装了碎冰的琉璃杯里。窗前暖阳下,两人共饮，倒也畅快。

膳后，下人将膳桌撤下，又重新在屋子里燃了熏香，两人舍不得窗前这份暖意，再说，庄珝的腿刚上了药，动起来疼得很，夏内监索性让人拿了软枕和薄毯来，就让这俩孩子歇在这里。

叶勉用完膳也有些倦意，听着窗外鸟鸣啾啾，迷蒙着眼睛去捏庄珝脸颊上的细肉。这人走了快半年,却似长大了不少,个子蹿得比他猛多了,两颊上的肉也消了一些，五官轮廓虽未变，却更显深邃，比之半年前更加丰神俊逸。

庄珝轻笑：“本想再与你说会儿话，怎的你看着比我还要倦些？”

叶勉微微张嘴打了个哈欠，口里懒懒地咕哝着：“好久未能好好睡个晨觉了，更别说午时歇晌，躺下就困得很。”

庄珝看了他好一会儿，温柔地哄道：“睡吧。”

叶勉用气音哼了一声应他，便窝在那里合了眼睛，十分安心地睡下了。

叶勉连着三日没有归家，撺掇着魏昂渊给他打掩护，只说去了丞相府小住。

庄珝回程这两个月无法收到叶勉的信函，便缠着他将这两个月发生的事再细细讲与他听。叶勉虽没能寄信给他，却没断了每日画四幅漫画小像，他便偷偷使着丰今从瑶辉轩都取了来，每晚像讲睡前故事一般说与他听。

连着几天都宿在国子学，叶勉没收到侍郎府的催促，却收到了长公主府的花笺。长公主邀他明日去府上吃席，上面还特意提了一句：“不许带不相干的人来，带来了，本宫使人打出去。”

叶勉倒吸了一口凉气，心想，遭了，他竟忘了庄珝他娘也正盼着儿子归家……

第二日是国子学旬假，叶勉早早就催着庄珝与他一起穿戴妥当。国子学正门一开，他们便去了长公主府。

两人进府时，长公主和驸马正带着庄珩在下人的服侍下用早膳。庄珩见到半年才归家的大哥，自是十分高兴，往日里并不敢亲近他，这回却主动坐到他旁边，亲自给他布着碗筷，眼里尽是喜意。

叶勉摸了摸鼻子，倒是有些赧然。他决定今晚就回家给他娘请安。

长公主拿起锦帕在唇角按了按，描画得十分精致的黛眉略扬了扬，脸上似笑非笑道：“哟，我们勉哥儿这是从哪里带来的小公子，长得怪好看的，就是无礼自来熟了些，头回登门，主人家还未说话呢，倒自己坐下了。”

一边的庄珩缩了缩脖子，埋头扒饭。

庄珝的脸上无动于衷，他站起身来又规规矩矩地给长公主和驸马揖礼。长公主没叫他起身，他便一直弯着腰没敢起身。

叶勉咽了咽口水，从一旁的小丫鬟手上拿过牡丹团扇，讨好地给长公主轻轻扇着。长公主这回却似气得狠了，只端过茶轻啜，不理庄珝。

叶勉赶紧向驸马眨眼求救，驸马无奈地摇头笑了笑，道："行了，珝儿坐下，与你母亲布膳赔罪。"

长公主虽还没消气，却不会驳了驸马。叶勉与庄珝小意地侍奉她用了早膳。

长公主虽脾气不好，却到底是当娘的，膳后眼里虽仍有嗔意，却将庄珝拽到身前好一阵查看。看他的脸颊瘦削了不少，她心疼得直念叨，一叠声地要将跟他去的下人治罪，还是驸马在一旁拦了拦，她才平了火气。

庄珝走的这半年，叶勉倒是经常来长公主府。庄珝十天半月才往长公主府寄一封信函，上面不是简单的问安，便是商议公事。长公主初时未觉着不对劲，却挡不住思念长子，经常召叶勉过来府上给她念信，因而叶勉现在与长公主和驸马都十分熟稔。如今就算没有庄珝带着，他出入长公主府也随意得很。门上下人见了他的马车，从不让他等候通报，只满脸笑意、恭恭敬敬地将他请进门。庄珩一直不避着人唤他"三哥"，长公主也从未拦着，叶勉每回过来，又都是夏内监亲自照管，因而这半年下来，府里下人们倒将他作自家小公子来服侍了。

长公主府办了家宴给庄珝接风洗尘，叶勉同他们热热闹闹地吃了晚宴才要回府。最后，庄珝愣是随着叶勉一起上了马车，去瑶辉轩隔壁的院子住。

叶勉自此每日散了学，都要去隔壁院子与庄珝一起用晚膳，再玩闹一会儿才溜回侍郎府。几天下来倚浓、倚翠愁得不行，四少爷每日晚膳只用那么一点儿，倒似失了胃口的模样，也不见他脸色不好，心里暗忖着，再过两日四少年若依旧如此，她们得让夫人知晓才行。

碧华阁办满月宴这日，叶勉作为叶府的嫡子，自然要帮着他哥迎客。叶璟自出仕后向来低调示人，这回却为了他这长子大摆宴席，因而这日碧华阁门庭若市，客如云集，平日里摸不到门路的皆带着厚礼前来。

叶勉从早上一睁眼忙活到暮色苍茫，累得腰都快直不起来了，哪想他哥却留他在碧华阁一道用膳。叶勉心虚，吭哧了半晌也没敢说个"不"字。叶璟奇怪地看了他一眼，却也没说什么。

叶勉有些心不在焉地与他们吃过便饭便急着要走，叶璟却皱了皱眉，将他带去书房。

叶璟坐在书案后面，抿了口茶，无奈地问道：“说吧，在闹什么？”

叶勉一愣，半晌没明白他哥是什么意思，便小心地回道：“哥，我没与您闹……您何出此言？”

叶璟盯着叶勉的眼睛看了半晌，突然温声道：“可是因着我近日里太忙，顾不上你？”

叶勉赶紧摇头。

“那……是因着你小侄儿出生，大哥疏忽了你？”

叶勉瞧了瞧书房里侍奉茶水的几个小厮，脑袋摇得如拨浪鼓一般。

叶璟叹了口气，将叶勉唤至身前，缓声问道：“那怎的最近一段时日都不见你来碧华阁寻我，与大哥生分了？”

叶勉低下头，支吾了几声，心底升起几丝愧疚，更不敢抬眼看他哥。

叶璟哄了半晌，也没能让叶勉开口与他说些什么，便无奈地让叶勉回去了。然后，他皱着眉思索了好一会儿，唤来一人单独吩咐了他几句。那人听了吩咐，利落地拱手而去。

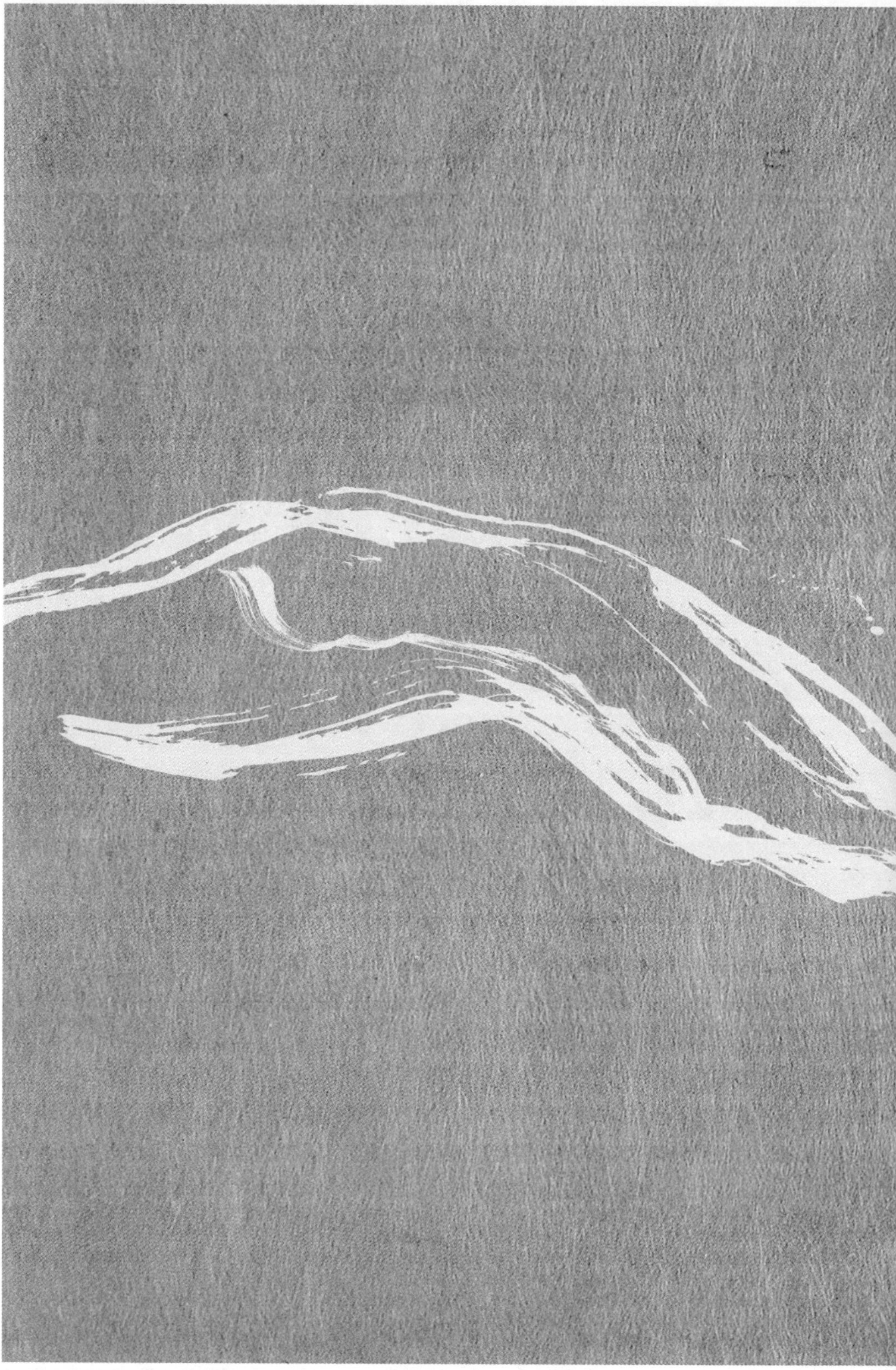

第二十三章

东窗事发

『日后不要再与长公主府的人来往。』

叶勉这两日散学后在庄珝的院子里用晚膳，归府的时间越来越晚。依仗着如今叶府全家人的心思都在他那可爱的小侄儿身上，无人盯管着他，他对府里只说与人在外头吃酒，夜里才回去。

这日用过膳后，叶勉依旧趴在贵妃榻上看书，庄珝坐在一边给他讲解。庄珝虽小半年都没回国子学读书，学业上却依旧比叶勉强上不少。他自小启蒙便有长公主给他请的名师教习，这回去了岭南，长公主也是不容许他落下课业的，带去的老师每晚都会给他授课。叶勉虽聪颖，这半年来也肯苦学，却是半吊子出身，与庄珝自然不能比。

庄珝讲得口干，便伸手在一旁的碧荷青釉碗里拈了一颗莓果入口，觉着汁水甘甜，便又拈了一颗喂叶勉。叶勉一边思考着庄珝刚刚教给他的破题之法，一边十分自然地微微张嘴接了过来。

叶勉听他讲了一晚上，有些困倦，正准备闭上眼睛歇息半刻，就见夏内监急急地从外厅小跑进来。他没避着叶勉，却一脸小心地与庄珝禀报着："端华公子使了人来，如今人在外头等候。"

庄珝皱眉，叶勉却瞬间弹了起来，穿着雪白的罗袜站在石青厚织地毯上瞪着眼睛看着夏内监，微微张着嘴，一副吓蒙了的模样。

庄珝直起身，将吓得有些失神的叶勉扶坐在榻上，一面抚着他的背给他安神，一面问夏内监："派来的是什么人，怎么说的？"

"是大理寺的属官少事，说叶少卿请郡王去大理寺喝茶。"

刚回过神的叶勉倒吸了长长的一口冷气却忘记吐出，差点儿将自己憋死。他哥这是要做什么……

庄珝垂眸思索了一下，抬头安慰叶勉道："无碍，我去大理寺与你哥，"说到这里，他顿了一下，"……说说话。"

叶勉已经醒过神来，蹙着眉对庄珝摇头："你们能说些什么？你可待着吧，自是我去！"他怅然叹道，"是我的家事，自应由我来料理……"

叶勉下了马车，看见大理寺官府大门时依旧有些腿软，心里更是后悔不已。前两日在碧华阁书房是个多好的"坦白"时机，如今被他大哥抓到大理寺，不似来承认错误，倒像来招供！

如今天色已经不早了，除了大理寺门口守着的几个带刀侍卫，这条街上空无一人。几个侍卫显然是叶璟安排的人，见了叶勉和荣南郡王，眼睛都没眨便开门将二人放了进去。那位少事将他们俩引去一间浅堂，轻声道："此处是大理寺应待访客的会知堂，深处外人倒不好进，少卿已在里面恭候了。"说完，他便轻轻在门上叩了三声，也不用里面应声，便推门掀帘子请他们二人进去。

叶勉在门外深吸了一口气，便与庄珝一前一后地进了屋子。他无心四处打量，抬头就见他哥身上还穿着绣着孔雀黼子的玄色官服正端坐在上头看着他们，面上冷峻，如罩霜雪。

叶勉咽了咽口水刚想说话，就听庄珝在一旁唤了一声："哥。"

叶勉一惊："？？？"

叶璟凉凉地看着庄珝，声音冷冽无比："比你不要脸的我见得多了，不必把这一套用在我身上。"说完，他淡淡地瞥向叶勉："你先出去。"

"哥，我——"

"出去！"叶璟厉声斥道。

叶勉无法，只好俯身给他哥揖了个礼退出门去，出去前杀鸡抹脖般给庄珝使眼色。

叶勉虽只在外头等了一盏茶的工夫，却心焦不已，竖着耳朵听了好些回也没有听到争吵的声音，心里越发害怕。

庄珝推门出来时，脸上也是冰冷一片，眼底阴郁不定。他刚走近叶勉想与他说话，就听叶璟在里头冷冷出声唤叶勉进去。

叶勉不敢耽搁，庄珝却一把抓住他，弯了弯唇角，道："不怕，叶璟他，不会罚你。待一会儿回府后你只须如往常一般安心睡觉,后面一切都有我。”

叶勉对他点了点头，便转身进去了。门还未合上，他就听外头守着的那位少事对庄珝说：“请小郡王随小的出官府。”

叶勉关上门后，认命地走到厅堂中间，屈膝跪了下去。他垂着头，半晌也没听到他哥出声，却不敢抬头，又过了会儿却听到脚步声逐渐靠近，一双皂靴停在他眼前。

叶璟将叶勉拉了起来，叶勉抬头咬唇看向他哥。

“走吧，回府。”叶璟轻声道，声音没有什么起伏。

“哥……”

快半年了，叶勉又住进了碧华阁的小书房。两兄弟简单地擦洗了一番，叶璟便把下人们全都赶了出去，命他们不准在书房附近守着。叶勉知道他大哥这是有话要与他说，腰身僵直了些。果然叶璟招手让他在榻上坐下。叶勉盘腿在他哥前面坐下，微微垂着头，已经做好了被斥责的准备。

叶璟正色道：“日后不要再与长公主府的人来往。”

叶勉猛地抬头，虽未说话，可眼里要表达的意思一清二楚。叶璟长长地叹了一口气，抬手抚额轻轻地按揉着，好一会儿才开口道：“那一家子是非多得很，你别被他们诓骗了。”

“哥……”

叶勉张了张嘴，尽是乞求之意。

“怎么？”叶璟立眉怒斥道，“你现下长大了，连我的话都敢违逆不听了？”

叶勉被他吓得一抖，咬着嘴唇不再言语，垂下的眼眸里却一片倔强。

◆ ◆ ◆

叶勉被他哥从瑶辉轩移了出去，禁足在宝丰院，勒令他整日反省，也暂不准他去国子学。整个叶府从上至下都被吓了一跳，叶侍郎和邱氏急急召长子来问。叶璟说叶勉在外头惹了祸事，待他出面打点好再放他出来。叶侍郎问他是何事，叶璟却不肯说，只安慰二老，此事全权由他料理，让他们放心便是。

姜氏这回却急了眼，嗔他手伸得太长，兄长教训幼弟是常有，可闹出这么大动静却不知会父母是何事，拿不出个章法来，岂不是要惹人闲话?

叶璟禁了叶勉的出行，却没拦着他学里好友来府里看他。

魏昂渊听叶勉将那日发生之事细细说与他们，满脸难以理解地看着他，阮云笙也看着他摇头。

叶勉抱臂趴伏在书房的桌案上，双眼无神，一副不欲与他们辩驳的模样。

魏昂渊见叶勉如此，也来了火气，气道："依我看，你不如就依了你哥的意思！"

阮云笙拽了拽魏昂渊的袖子，劝道："行了，他刚被璟哥哥斥责，心里正难受着，你还招他作甚？"说完，他又看向叶勉叹道："这回来，荣南郡王倒是托我们带了话。"

叶勉直起身子，眼睛里也有了光彩。

魏昂渊翻了个白眼，阮云笙摇头轻笑道："他说他会与你哥议着这两日就将你从宝丰院放出来，你只要如往常一般每日去上学就好。"

叶勉眼珠转了转，一脸不放心地问道："他可说他要如何应对？"

阮云笙摇了摇头，想了想又道："不过他这两日确实在与璟哥哥接触。前日他与你哥会面，还不小心叫人瞧见了，倒引了不少有心人的注意，纷纷猜度这两个不相干的人在为何事而合谋。"

叶勉皱眉想了一会儿，嘱咐阮云笙道："云笙，你帮我带话给他，叫他万不可使那些偏执的法子，我哥如何，我心里自然有数，待他气消些，我会再与他对谈。"

第二日，果然如他们所说，叶勉被叶璟解了禁足令，从宝丰院放了出来。他去学里上学，也没遇见庄珝。

叶勉也不敢在这个时候去寻他，刺他哥的眼，便老老实实地上了两日学，心里盘算着这几日瞅准时机就去碧华阁寻他哥，再好好与他敞心谈上一回。他连腹稿都打好了，哪想屋漏偏逢连夜雨，还没等他去回旋，又横出变故，打得他猝不及防。

叶勉散学回府后，一进瑶辉轩的院子就看见满院子的下人都跪在离正屋最远的院角，从倚浓、倚翠到院里的粗使丫头，一个不落。叶侍郎身边的右铭正看着她们，不许她们说话，更不准她们跑出去报信。

叶勉一看这阵仗，当即就明晓，这是东窗事发了……

右铭给叶勉施了礼，请他进去正屋，说叶侍郎正在里头等他。他又看了看四周，对叶勉小声说道："奴才也不知是何事，不过这回老爷生气不若往回，真真是气得很，四少爷小心回话才是。"

倚浓、倚翠等人虽不能说话，却都十分关切地看着叶勉，频频对他摇头，示意他一会儿不要与叶侍郎顶嘴。

叶勉苦笑，他哪敢顶嘴，这回他能囫囵个儿地走出来就是老天眷顾他了。他将手上的书袋交给右铭，在外头深深地吐了两口气，才走过去，自行掀了帘子进屋。

叶勉一进去，还没等看清人，叶侍郎就将手中瓷盏朝他砸了过来，所幸他扔得偏了，落在地上，爆出一声脆响。

"你个逆子！"叶侍郎气得满脸通红，指着他的手抖得厉害，"我上辈子是造了什么孽，竟养出你这么个恬不知羞的孽障！你不若现下就把你爹给气死了，我也好早些去地下给叶家列祖列宗谢罪！"

前些日子叶勉被禁足时，叶侍郎就过去宝丰院问过他是何事惹得他大哥动怒。叶勉只垂头缄口不言。叶侍郎虽对叶璟处置叶勉却瞒着他因由有些不满，却相信长子做事向来稳妥，因而只是不痛不痒地斥责了叶勉一回，叫他以后莫要淘气，便就此揭过，不再插手。他还偷偷使人去外头买了叶勉爱吃的零嘴儿给他送去，哪想这不孝子竟如此大逆不道，竟去做皇族的义子！

见叶侍郎站在那里连气都喘不匀，叶勉跪在地上半句也不敢辩驳，怕他爹气坏了身子。

外头院子角落里跪着的一片奴仆也不敢大声喘气，纷纷支棱着耳朵听屋里的动静。奈何他们离得太远，门窗又关得严，只能隐隐约约地听到叶侍郎在怒吼，至于他吼了些什么，他们却听不真切。

宝年急得额上直冒冷汗，给右铭使眼色，右铭却只作不见。宝年心里暗恨，打算趁他不备，硬闯出门去寻邱氏和老夫人来救人，事后如果四少爷护不住她，她就去做那粗使丫头！宝年思定便一直觑着大门口那处。只是还没等她找准时机，就见大少爷身上官服未下，急急地进了院子，瞥了她们一眼，便朝主屋疾去。

叶璟在大理寺听了下头的人急急向他禀报，说容王、五皇子那派上回见他与荣南郡王见面，便使了人去打探消息，今日午后就将叶勉的事说与叶侍郎。叶侍郎虽未当场失态，却也没收住，勃然变色，如今已经回了叶府。叶璟不敢耽搁，赶紧推了手上的事，急急赶回府来。

叶璟推开门时，正见叶侍郎一巴掌打在叶勉脸上。

"你个孽畜！你再与我说上一遍！"叶侍郎怒不可遏，呼喝痛斥道，"你还去不去长公主府？你重给我说！"

叶璟顾不得礼数，赶紧上前将叶勉护住。叶侍郎气极了，这一巴掌极重，叶璟掰过叶勉的脸来看，只见他嘴角已经裂了一道口子，血珠子已冒了出来，右脸脸颊红胀不已。

叶璟将叶勉挡在身后，又伸手去扶叶侍郎，让他坐到一边的椅子上消气。叶侍郎却气急败坏地一把甩开叶璟的手，迁怒道："你也不要碰我！你这个当大哥的，不先来向我禀告，倒自行处置！我看你如今也是翅膀硬得厉害，不将你爹看在眼里了！"

叶侍郎这话虽是气话，却诛心得很，叶璟赶紧也跪了下去。

叶勉一急，想要为他哥说话，却被叶璟一个眼神吓了回去，讷讷地闭了嘴，心里却焦急万分。

叶侍郎被叶勉气得头昏脑涨，来回地踱步。之前夜里醒了，他想到自个儿的这俩嫡子都要咧嘴乐上一回，如今再看地上这两个，一个羽翅丰满后主意比天还大，另一个三天两头给他闯祸，现下更是了不得了，招上惹不得的人！

叶侍郎大动肝火，气得七窍生烟，直接让人开了祠堂，罚他们兄弟二人同去跪叶氏祖宗牌位。这一下不说邱氏和碧华阁的姜氏，连着寿云斋的叶老夫人都给惊动了，只是这回老夫人却没去护着孙儿，更没使人去打探，只让人吩咐下去，寿云斋上上下下管好自己的嘴。她儿子大动干戈开了祖宗祠堂，连璟哥儿都破天荒地被罚了，还没避着府内下人，那绝对不是一般的祸事。叶老夫人虽心疼两个孙儿，却在此事上不糊涂，未去拦着叶侍郎教子，只是晚上在佛堂里多跪了一炷香的时间。

姨娘们的院子里更是院门紧闭，纷纷下了死令，哪个敢出去瞎探听嚼舌头，抓住就卖出去，绝不留人。

侍郎府阖府的下人，从正院到碧华阁，别说是嚼舌头，现下就是大气都不敢喘，都心头惴惴，和主子回话都要将事项在舌头上转三圈再开口。

正院内室里，下人们都被赶了出去，独留叶侍郎和邱氏二人。

邱氏拿着帕子抹泪，怒其不争道："这个混账小子，怎么就这么不让我省心啊……"

叶侍郎把手里的杯子重重地往茶案上一撂，怒道："这半年多我道他是转性了，知晓要上进，正正经经地博个功名回来，与璟儿一般光耀我叶氏门楣。哪想那逆子却是打的那般主意！"

邱氏抽噎道："咱们家这一个两个竟都不省心，我上辈子是做的什么孽哟！"

叶侍郎一挥袖子，道："你不用拿璟哥儿与他作比，璟哥儿那时候虽外头也不省心，却不像你那小儿子，竟去攀附皇家！"他气得呼哧直喘，一拍桌子道，"打的主意倒好，敢往别人家飞，看我把翅膀给他敲折了！"

◆ ◆ ◆

夜色浓沉，四下一片静谧，一轮冷月和几颗稀疏的星子挂于穹空之中，洒下淡淡一片银辉。

叶府的祠堂里，供桌上的几盏灯烛火光幽幽。

叶勉跪在地上，一下又一下地偷觑着他身侧的叶璟。他哥是被他连累了。刚进祠堂时他焦急不已，见他哥在青石砖上屈膝跪下去，他满心的愧疚和心疼，恨不得自己多跪上两日替他哥受了。可跪久了，他便有一丝他自己都不好意思承认的情绪在心底渐渐冒了出来，这还是他第一回瞧见他哥被罚，这感觉还挺"新奇"……

"要看便大大方方地看，在列祖面前鬼鬼祟祟的做什么样子？"叶璟突然淡淡道。

叶勉脊背一直，忙把目光收了回来，过了好久，才出声道："哥，这都快后半夜了，这里也无人看着，要么……您去边上歇歇，我自己跪着。"他抬起右手做出三指起誓的模样，小声道，"我定不与第三人说！"

“谁说这里无人看着？”

叶勉心下一惊，忙闭了嘴，把身子跪直，转着头四下看去，却没见到守着的下人，便用气音问道：“在哪儿呢，哥？”

叶璟朝前面十几块黑漆木祖宗牌位略扬了扬下巴：“那不都看着呢？”

叶勉忍住，没去搓抚身上被激起的鸡皮疙瘩，知晓他哥这是还在生他的气，故意吓他，他却不敢多说半个字，只微微往他哥那边靠了靠。

叶璟从鼻子里淡淡地哼了一声，却没说什么。

又过了许久，叶勉用余光看见一直跪得笔直的他哥身子微微动了动，漆眉也似蹙非蹙。

叶勉一急，道：“哥，你是不是觉着膝上疼了？”

叶璟淡淡地嗯了一声，大方地承认了。如此罚跪，确是他有生之来头一遭，几个时辰下来，膝上十分不适。

“要么——”

“闭嘴吧！”叶璟打断他，轻斥道，“祖宗面前，不可放肆！”

叶勉咬唇，心疼道：“那你试着按我说的做，身子微微往后，用前膝这里在地上着力，足尖也微微用些力气撑着。”

叶璟按着叶勉说的轻移了下身子，果觉膝上没那么刺痛了，便微微吐出一口气。

“你倒是熟而生巧了。”叶璟轻声道。

“这半年也不行了。”叶勉摆手谦虚道，“往年我那双腿早已练得如金钢铁骨，如今只能靠这等机巧撑着。”

叶璟略弯了弯唇角：“行了，别贫了，也不看看这是什么地方。”

叶勉嘿嘿一笑，过了一会儿又小声问道：“哥，有我这么个弟弟，你是不是觉着是倒了八辈子霉才得来的？”

叶璟似是思索了一会儿，才微微点头道：“是。”

叶勉垂下头去，难为情地挠了挠脑袋。

过了一会儿，叶璟轻哼了一声，道：“前几辈子一直倒霉，这辈子总算转了些运道。”

叶勉抿唇而笑，却没好意思抬起头来。

叶家兄弟两个在祠堂里聊得亲热，别处却都是愁云惨雾，就连长公主府都得了消息。

庄琊看向长公主，无力道："母亲，你明日去叶府，可否带着医官先去瞧瞧他伤得如何？"

长公主轻哂了一声，长这么大，长子难得央她一回。

"行了，我自是有数。"长公主应道。

庄琊起身要走，长公主急急拦道："这是要去哪里？"

"去寻五皇子。"

"宫里都下钥了，你急什么？"

庄琊咬牙冷笑道："哪里是我急，是他们急着找死罢了。"

"可不能这个时辰去宫里胡闹！"长公主急斥道，"我看你是糊涂了。"

"他不在宫里，我自有分寸。"

庄琊冷声说完便带着人走了，长公主在后头摇头直叹。

第二日一早，长公主就去了叶府，虽未用仪仗，却打扮得十分矜庄。

邱氏一夜未合眼，又气又急，便犯了头疼的毛病。下人急急进来禀报时，她正在丫鬟的服侍下喝药。这一口苦药汤子急急地咽了下去，她咳个不停，身后的嬷嬷赶紧给她抚背，又吩咐丫鬟拿清茶来给她漱口。邱氏喝了口清茶将嘴里的味道冲淡，便拿帕子点了点唇角，站起身叹道："快些走吧，去接驾。"

这半年来，她倒是和长公主有些私交。昨天夜里她不是没在心里暗恨过，往日她还老时不时和叶侍郎吹嘘她在外头交酬得好，哪想着人家早就有了主意，还打的是她儿子的主意！邱氏越想越气，在心里轻呸了一声，说："想要我的儿子，没门儿！"

长公主虽与邱氏熟稔，但因着身份不便，倒是第一回来叶府。她见着邱氏走过来，眼下的乌青连脂粉都遮盖不住，她心下也是有些愧意，急急地将给她行礼的邱氏亲手扶了起来。

下人都被支了出去，两人都坐稳后，长公主笑了笑，先开口道："咱们勉哥儿可还好？"

邱氏扯了扯嘴角，半晌不知晓怎么应声。往日里她们二人惯常说起这几个不省心的小子，可经过昨夜，现下再听长公主如此亲昵地叫她的勉儿，她这心里就翻涌个不住。

邱氏过了好半天才僵着应声道："昨儿跪了一宿，今儿一早送回院子禁了足……"她看了长公主一眼，又道，"叫他好生反省着，什么时候晓得错了，什么时候再放出来，若是不肯悔改，便一直待在里头吧，学也不用去上。我们叶府虽不是堆金砌玉的豪奢之户，富足地养他一辈子却也不难。"

邱氏的这一番话夹枪带棒，长公主听了倒没有生气，只垂了垂眼睫，笑道："那便好，我还担心他的伤势如何，看来是我多虑了。"

邱氏一哽，本没什么血色的脸突然涨红，急道："我们勉哥儿福薄，就不劳您来惦记了！"

长公主叹了口气，拍了拍邱氏的手安抚道："你别动气，我这回来也并非要与你讨他，叫勉哥儿这老实孩子吃了亏，我便先与你赔个不是。"

邱氏一滞，总觉着长公主这话有些不对味儿，警惕道："长公主倒不必与我赔不是，哪有谁吃亏一说，更别提来府上讨人了，扯远了。"

◆ ◆ ◆

长公主脸上神色如常，口里不疾不徐道："是我说岔了，用'讨'字确实不妥，"她端起杯盏，茶汤却未入口，面上思忖了一会儿，又道，"只是收义子这事儿没什么章程让我们参鉴，倒难为我们了。"

"什么……什么参鉴？"邱氏急着摆手道，"我们叶府可不参鉴，更不为难。勉儿年岁还小，在外头犯些错在所难免，我们只好好教他道理，日后改了就是。"

邱氏说到这里，抬头觑了长公主一眼，张了张嘴小心道："长公主，往日我们也常在一起说话，这回这事儿与我们两府都有干系，我就说句逾矩的，您别怪罪。"

长公主舒展眉头笑了笑，道："我这回来就是为了要与你议这事儿。现下这里也没有不相干的人，你有什么话尽管讲，我们只讲道理讲情分，不说那等子规矩和身份。"

邱氏脸上的神色微微缓和了些，她斟酌了半晌才开口道："我们勉哥儿虽是个好的，却与您府上不能比。之前我们说私房话，我也知晓您喜欢勉哥儿，但义子之事不敢高攀……您府上怎么就放任他……"

长公主口里嗐了一声，放下杯盏，轻笑道：“什么身份不身份、名声不名声的，那都是给外人看的，与我又有什么干系？”长公主挑眉倨傲道，“我若是想活得体面，整个大文又有哪个能与我比？想当年我以大文荣懿长公主的身份下嫁金陵盐商之子，从朝中上下到贵妇闺阁，哪个不在背后议我，说我是猪油蒙了心、昏了头才做出此等天大的糊涂事？”

“可如今你再看看，”长公主哼道，“我捏着庄家，把控南边最要紧的盐务和漕运水道，再回京来，别说是当年那些碎嘴的短见之人，就是皇兄，也得好生供着我，与我合谋取利。”

长公主叹了口气，对邱氏意味深长道：“万事不能只看眼前，更不可只看别人如何看你。”

邱氏愣怔在那里，半晌没说出话，最后只胡乱道：“我们哪里只是在意别人嘴里说道，我与我们老爷自是为了勉哥儿好。”

长公主笑了笑，道：“不说这些，今儿我与你说说我们长公主府的好处。”

邱氏一时气闷，口里也失了轻重：“您往常哪里少与我说了，我都能背上几句给您听了。”

长公主笑得直颤，却又道：“那我与你说个新鲜的，未曾与你说过的。”

邱氏未言语，一脸好奇地看着她。

长公主哼笑道：“我们家手指缝松，只要勉哥儿勾勾手，便为你们倾囊而出。”她起身叹道，“行了，我看你面上也是个没大精神的模样，我就不在这里与你说话了，你好好回去歇着。”

叶勉被禁足，长公主不好在此时提去看叶勉而刺邱氏的心，便未在叶府多停留，与邱氏说了一番话便带着人出了侍郎府。

在回长公主府的马车上，长公主脸上已不复在叶府那般俱是温和笑意，她肃着面孔仔细思量着。跪坐在一侧侍奉的丫鬟垂着头，连呼吸都放轻了声音。

她如此中意叶勉，一是因着这孩子招人喜爱，二却是叶府这等清贵的背景与他们长公主府是最合适不过的，没有公侯之府那等乌七八糟的烂事儿不说，叶璟又是她皇兄悉心重培之人，前两年京里都冷眼看着，如今谁人不知此人绝非池中之物，位极人臣不过早晚，长公主府若是与叶府有了干系，在京里的地位越发稳固不说，她皇兄与太子怕是日后也能放下戒心了……长公主想到这里，轻叹了一声，只是这人怕是不好讨，她能想到的，叶璟又何尝思量不到？今天在叶府那一番话，她只能说与邱氏这等后宅妇人听，若是说给他们家的大公子，怕是人家早在心里嗤笑她了。

邱氏自长公主离开后，定定地在那里愣了许久。之前长公主那一番话像是有些道理，可又似全是歪理，邱氏在额上揉了揉，越想越头疼。

让邱氏头疼不已的叶勉用了“牢饭”后，正在书房里摸鱼。现下他心里也是乱糟糟的，哪里能静下心来读书，正一手撑着下巴，一手用手指百无聊赖地拨着九宫拼板。

叶勉的眼睛在玩具上，心却不在其上，因而叶璟在他身旁发声时，将他吓得一哆嗦。

“哥！”叶勉惊后瞪大眼睛问道，“你怎么来了？”

“来瞧瞧你，”叶璟淡道，又朝他的嘴角看了看，“从宫里给你讨了药来。”

叶勉看着他哥放在桌案上的青瓷小药罐，不好意思地挠了挠头：“我连累你挨罚，惹你生气……”

“我只是来瞧瞧你有没有又闹什么幺蛾子。”叶璟瞥了他一眼，轻哼了一声，道，“我只这半年疏忽了你，你就在外头惹了事，再不管你，你怕是要上天了。”

叶勉半句不敢吭声。

叶璟朝一边侍立的丰今扬了扬下巴，示意他给叶勉上药，便在一旁的椅子上坐了下来。他的眼睛不经意扫到案角摆放的一只漆木黑匣，匣子开着盖，里面净是些精巧玩具，有玉连环、鲁班锁、华容道，样式繁多，都镶金贴玉，精致不已。

叶璟皱眉，警惕道：“这些是从哪里来的？”

叶勉一边仰着头让丰今给他涂药，一面顺着他哥的眼神看过去，咬了咬唇再没敢撒谎，小声道：“刚刚……庄珝让人送来的，他……怕我禁足在屋里烦闷。”

叶璟眼神凌厉起来：“哪个给他开门了？”

叶勉没敢吱声，叶璟却迅速反应过来，一拍桌子怒道：“鼠窃狗盗之辈！竟然如此放肆！”

叶勉缩了缩脖子。

自那日后，长公主又寻邱氏说了一回话，邱氏回府后自是要与叶侍郎细细讲上一回。叶侍郎听后只冷冷地笑。从那日起，邱氏便对外称病，再不与人交际。

长公主倒也未做任何反应。邱氏躲着她，全在她意料之中，她不过是通过邱氏的口与他们叶府表态罢了，此事各处都干系重大，叶恒与叶璟都如人精一般，哪里能不知晓其中关窍？

长公主府那头似凉了下来，不上赶着使人去打听，邱氏心里却更不安了，尤其是这两日，她的右眼皮突突地跳，总像是有什么事要发生。

晚上，待叶侍郎回了府，邱氏寻到外院书房，与他抱怨："现下可怎么好？他们府上虽不来'胡闹'了，咱们勉哥儿放出去也不是，一直关着却也不是个长久法子！"

邱氏等了半晌也不见叶侍郎回话，便抬头仔细去看他，只见今晚回了府就将自己关进书房的叶侍郎脸色阴沉。邱氏被他吓了一跳，忙问道："这是怎的了？可是外头又出了什么事？"

叶侍郎咬了咬牙，恼恨道："北陲那边的驻军怕是要返京了。"

邱氏愣了好一会儿，才倒吸了一口冷气，帕子捂在嘴上好半晌才知道吐出，惊颤道："那三皇子岂不是也要回来？"

叶侍郎叹了口气。

邱氏恨不得直接两眼一翻晕过去得了，她再出声时，声音竟有一丝尖厉："我璟儿才刚安生两年，那混世魔王又被放回来做什么？"她被逼得落了泪，哭声道，"我上辈子是造了什么孽，两个儿子竟都躲不开他们家的人。"

叶侍郎见邱氏哭得伤心，赶紧将她揽了过来，口里安慰道："还没定准的事，你先莫着急。"

邱氏止了啼哭，满眼希冀地看着叶侍郎。

叶侍郎脸色阴沉："那长公主府当真是好手段！竟将圣上与太子都扯了进来……"

◆ ◆ ◆

月上中天，叶府已下钥，碧华阁的大门却被一阵急促声拍响，门房的下人被吓了一跳。往常若这个时候有人叫门，他们必要抱怨两句的，只是最近府里一副“不太平”的模样，他们片刻都不敢耽搁，赶紧披上衣裳去开门。

魏昂清刚打宴上过来，身上还有一丝酒气，被下人领去了叶璟的书房。

叶璟还未歇下，正在书房里批复公文。魏昂清看他桌案上摞着一尺多高的案卷，眼前摊开的公报上密密地写着批注，墨迹还没有干透。

魏昂清扶额道：“都什么时候了，你怎的还有心思看这玩意儿！又不会在大理寺待一辈子，犯得着吗你？”

叶璟把笔搭在暖玉笔搁上，往椅背上一靠，抬了抬下巴示意下人给魏昂清上茶，便吩咐他们出去守着。

“怎么，外面天塌了？”

“天没塌，我的心塌了！”魏昂清愤愤道。

叶璟摇头闷笑。

魏昂清横了他一眼，道：“别告诉我你还没得着消息，我刚与人吃宴，就有人巴巴地凑上来与我讲。”

叶璟轻轻地嗯了一声，淡然道：“有人与我说了，还没来得及细打听，不过我都不怕，你怕什么，三更半夜还来敲我府门？”

魏昂清瞪他：“我怎么不怕，那人于你是个疯子，于我就是条疯狗！逮住就死扑乱咬不撒口，我招他了吗？”他又委屈道，“我他娘的前儿日做噩梦都是他，他祸害得我还不够吗？”

叶璟摇头，十分不走心地安慰道：“还未定准的事，你先急什么？明日待我去打探一番再议也不迟，你先回去吧，我这里还有公文没有看完。”

魏昂清哪里肯走，他安安稳稳地坐在椅子上，还给自己重新倒了杯热茶，口里道：“你还和别人打探什么？我今儿晚上都给你细细地打听清楚了，你倒不如直接问我。”

叶璟无奈，将眼前的公文收了起来，瞥了他一眼：“说吧。”

魏昂清正了正神色，道：“我前两日听昂渊说，你那宝贝弟弟被禁了足，如此看来长公主府倒是有些借着此事与你们叶府交手的意思。”

叶璟垂下眼睫嗯了一声。

魏昂清叹道:"半年多前，朝上就对北蛮那边如何措置闹成了一锅粥，一派人要单扶持北鞨，我们再通过拿捏北鞨来左右北蛮众多的部落，却也怕让他们一家独大后倒养虎为患。"

叶璟点头："不错。"

魏昂清又继续说道："另一拨人却认为，北蛮几个部落历经几年的混乱厮杀，如今正粮草尽敝、瓮尽杯干，不若大文就遂他们的愿，助他们休养生息，一来能换来几十年正正经经的北陲安稳，二来能让他们互相牵制，不惧惮北鞨在那头独大，还能彰显我们大文的大国风范和气度。"说到这里，他轻嗤了一声，"他们上下嘴皮子一碰，说得倒是轻松，那银钱又由谁来出？长公主府因急着要在京城站稳脚跟，才肯依了圣上之意去扶持北鞨，整个北蛮那么多部落，那得多少银子？怕是他们的算盘拨碎几个都数不清！"

叶璟听后嗤了一声，苦笑道："如此说来，我这弟弟倒值些银子。"

魏昂清也摇头笑叹道："可不是？长公主前两日与圣上和太子提起，要重议这事儿。若庄家真的肯出这银子，圣上自然乐得此事，不过，北陲的驻军便没必要虚耗在那里，那疯狗就要跟着回来了……"说到最后，魏昂清咬牙切齿。

叶璟修长的手指一下下地敲在桌案上，他思索了半晌，轻哼了一声，道："怕是没那么简单，现下圣上与太子必定已着人查明了为何长公主府突然有此一出，不然他们在上书房秘议之事怎么会传到你的宴席上？"

魏昂清与叶璟说了半晌的话，酒意已消退了不少，头脑也清醒过来。他想了一会儿，也皱眉道："圣上与太子也有意长公主府与你们叶府绑在一起？"

叶璟靠在椅背上，长长地叹了一口气，道："至少是乐见其成吧。"

魏昂清看着叶璟，摇了摇头，安慰道："这样说来，那疯子也不一定回得来。圣上与太子也要冷眼看着你这里的应对，若是你们叶府真与长公主府成了那事，他们自此绑紧了这棵摇钱树，不比单单给北蛮那一票买卖更有赚头？"

"况且，两年多前那人……"魏昂清咳了一声，看了一眼叶璟才继续道，"那人惹恼了你，圣上十分震怒，才把那疯子发去北陲驻军。这都两年多过去了，若说下旨调他回京倒也无可厚非，可若因着这个返京，那不是故意恶心你吗，圣上岂不会顾虑寒了你的心？”

叶璟垂眸，不置可否地点了点头：“不必担心，我自会应对。”

魏昂清看他面上永远都是那副淡然的模样，叹了口气，调侃道：“行了，我也没什么好担心的，回去我让下人多给我备上几根上好的打狗棍，他回来了，我自挡在你前面替你揍他。”他又以拳击掌，咬牙切齿道，“那孙子！还欠我一顿好揍就去了北边，这回若真敢回京，我先打断他的狗腿！”

第二日，叶侍郎自然将叶璟召来过问此事，叶璟口上安抚了父亲几句，说会应荣南郡王之邀，明日与之会面，谈上一番再议。叶侍郎满面愁云地叹了口气。

隔日，叶璟赴庄玥之邀去了六皇子在京郊的一座庄子，却带上了在瑶辉轩禁足的叶勉。

水阁之上，薄如蝉翼的晴空色纱帐将午时耀目的阳光遮得轻柔了些许，侍人皆静静伫立在远处候命。

水阁里，庄玥手里拿着淡青色的瓷罐细细地往叶勉嘴角涂药脂。叶勉的唇角这次是裂了一道小口子，伤口不大却有些深，夜里他睡着了又总是无意识地去舔，因而这么些天了，还没好利索。另一边，叶璟盘腿坐在地板的蒲团上，面色极冷。

六皇子是山庄主人，自然要与叶璟同坐，此时心里后悔不已，他之前嘴怎么就那么欠，非要央着庄玥要他同邀叶家兄弟二人……他埋怨地看了一眼那头正抓着叶勉说话的表弟，心里打定主意，今儿这里要是打了起来，坏了一桌一椅他都要找姑母赔银子，他们太缺德了，此等事竟然约在他这里！

叶勉在今日之前一直被禁足在瑶辉轩，自然不清楚外面发生了何事，因而这一路上，心里打鼓，不明晓他哥这是什么意思。他问了他哥两回，他哥都不肯说。他便也不敢再言语。

叶璟不错眼地看着叶勉的眉眼越来越舒展，不复在府内之时的苦闷模样。一旁的六皇子咳嗽了一声，几人都看向他，六皇子瞪了庄玥与叶勉一眼。

庄琊脸上没什么反应，坐到叶璟对面的蒲团上，十分“有礼貌”地给在座的几人都倒了杯茶水，然后平静地看向叶璟道：“情势所逼，多有得罪，还请端华公子不要见怪。”

叶勉在一旁皱眉，问道：“发生了什么事？”

庄琊安抚道：“晚点儿我与你解释。”

六皇子也冲叶勉微微地摇了摇头，给他使了个眼色。叶勉只得闭口不语，先听他们讲话。

庄琊又看向叶璟道：“出此下策，只是为了逼您带着叶勉出府，我们三人同议。今日我无论是否能说服你，都不会用那法子将我三表哥唤回京城，还请宽心。”

叶璟眯了眯眼睛没有说话，庄琊也不在意，又继续道：“端华公子向来不受世俗约束驱使，我并不认为你拦着叶勉进公主府，是因着叶府与碧华阁的名声。”

叶璟的神色终于有了些许变化，他抬眸看向庄琊，淡淡道：“你说得不错，若是勉哥儿执意，我也不会拿他如何，只是，不能是长公主府。”

庄琊弯了弯唇，嘴角却露出一丝苦意：“我猜得没错，不过我这回用这么个法子逼着你带他出来，也是想说与你听，我家纵是千般不好，只一点是好的，”他直直地看着叶璟的眼睛，“我们能护得住他。叶少卿如今固然是朝中之重、圣上宠臣，整个京城也无人敢在明里暗里得罪，你们却依然要惧惮我那毫无章法的三表哥。”

叶璟的眼神陡然凌厉起来，庄琊却垂下眼眸，抿了口茶，又继续道：“当然，以端华公子之才，位居上品、手握极权是必然之势，但总归不会是近几年，而这十年工夫，你保你自己尚且要费些周章，又如何确保能护得住叶勉？”

叶勉坐在那里听得云里雾里，心想，他们的事怎的又与三皇子扯上关系了？

第二十四章 富荣一生

『可是有想去的地方了？』
叶勉点了点头。

早在叶璟与庄珝“剑拔弩张”之时，六皇子就派人去接魏氏兄弟二人了。他虽然十分想将这几位爷现下立时就给送走，却不能叫人大老远地跑来京郊，连饭都不给吃就让他们空着肚子回去。

叶勉早已被叶璟吓到了。庄珝也不欲在今日惹叶璟不快，便忍着。叶璟的脸色越来越冷，叶勉最后只得垂头，数自己杯子里的茶叶。

几人在水阁里默默品茶，无人讲话，六皇子扶着额头陪着他们坐了一会儿，好在在庄子里的下人将席面摆好之前，魏氏兄弟赶到了。六皇子松了口气，十分热情地将他们迎进阁内。

夏天雨水多，外面不知何时已经小雨淅沥起来，魏家兄弟二人进阁前虽有下人给撑伞，袍角却也不免被雨打湿，两人一进来就闹哄哄地使着侍人给他们擦拭，阁内一下便热闹起来。

魏昂清怎么可能不知晓六皇子为哪般叫他们兄弟二人来赴宴，待侍人收拾妥当，他便拉着叶璟与六皇子聊起了近日朝内局势。魏昂渊也好些天未见叶勉，高兴地坐到他那边。两拨人终于互不打扰。

叶勉赶紧小声问庄珝：“你们刚刚在讲些什么，我听得不甚明白，我们二人之事为何会扯上三皇子？”

庄珝神色未变，心内却在快速地打腹稿。

哪想叶勉旁边的魏昂渊眼睛一亮，抢先他一步拉着叶勉道：“我知道，我二哥前儿个才与我讲。”

魏昂渊扒着叶勉咬耳朵说了好一会儿，叶勉的脸色越来越差，顾不得他哥那边，急急地将庄琊拉至水阁的角落。纱帐外面雨珠打在湖面上沙沙作响，将二人说话之音隐去了。

叶勉与他急道："你这是做什么！惹恼了我哥，我也不饶你！"

庄琊辩解道："我心里有数，自是不会真用这法子将我三表哥召回京，这段时日你哥怎么都不肯见我们，我们也是急了才出此下策。"

"你们急什么？"叶勉嗔道。

庄琊一脸严肃地皱眉："他们打你！"

"打就打呗，"叶勉一脸无所谓道，"我一男的，被打两巴掌揍一顿又有什么，你又不是没叫人打过，比这还疼呢！"

庄琊一滞，好半天才道："这事儿都过去多久了，怎的还提？"

叶勉挑眉："怎的不能提？我还打算将那日之事画成小像，裱起来挂在你书房，贴在你床头，再置一幅在你厅堂之上，叫你'每日三省'，还当真以为那事儿就这么过去啦？"

庄琊理亏，便不再言语了，只垂着头，倒有一丝委屈之意。

叶勉蹙着精致的眉尖对他语重心长道："下回万不可再用这等招数对付我哥，你还真以为他怕你不成？如你们所说，两三年前他都不怯三皇子，又何况如今！"他看着他哥那边，沉默了一会儿，叹道，"不过是为了我罢了。"

阁内几人的余光一直往他们俩那边瞧。

魏昂清用胳膊肘碰了一下叶璟，笑着与他打趣。叶璟脸上没什么变化，只定定地去看那边的叶勉。

六皇子能说的不多，便转移了话题，与魏昂清半认真半玩笑道："上回与你说将你妹妹留与我，你可应？"

魏昂清一愣，嘴上打着太极："这我应不应又有什么用，这种事儿你得叫你母妃与我母亲商议才是。"

六皇子淡笑着看了他一眼，没有说话。

魏昂清打哈哈道："家里多了个六皇子这样的妹婿自然是好，以我之私见必是应的。看上我哪个妹妹，您只管让齐妃娘娘与我母亲去提便是。"

六皇子："……"

众人说了一会儿话，侍人将席面布好，几人便"不甚愉快"地一起用了膳。

◆ ◆ ◆

回城里的路上，叶璟一路都在闭目养神，叶勉知晓他哥这是正在心里琢磨事情，便没去打扰，只趁路面颠簸他哥微微睁眼时，倒了杯温茶给他。

叶璟抿了一口清茶润喉，却没再闭眼，坐直了身子，看向他问道："有话与我说？"

叶勉点了点头。

"说吧，只是我现下心绪不佳，别说出那等讨打的话来。"叶璟淡淡地威胁道。

叶勉揉了揉鼻子，看向他哥，正色道："哥，我想解禁，回国子学去读书。"

叶璟皱了皱眉，却没立时就说不行，只略抬了抬下巴，示意他继续往下说。

"我回去国子学上学，大哥与爹爹不必担心我。"叶勉小声道。

叶璟挑眉："怎么，这是想通了？"

叶勉想了想，又道："我知晓认义子之事十分惹人口舌，整个叶府都会因着我受到旁人指摘，所以父兄怎么惩治打罚我，都是我该受的。"

叶璟皱眉："你到底想说什么？"

叶勉吸了吸鼻子，垂头道："父亲那日发作时与我说，若是我不与长公主府绝断，便让我滚出叶府，再没我这个儿子。"

"少胡说八道！"叶璟低声斥道，"父亲当日的气话，你也要当真不成？"

"我自然知道爹爹这是气话，"叶勉小声道，"就算不是气话，我也不走，我这人自私又贪心，我也想尽自己之能使叶府少受责难，因而我只想这两年好好地读完国子学。我可以与父兄作誓，我会比往日更刻苦勤勉，三年后春闱必博个功名回来，不敢大话能与大哥一般光耀我叶家门楣，却也不敢使叶府蒙羞。"

叶勉抬眸看向叶璟，又道："待日后出了仕，外面一切是非诘责皆由我自己承受。"

叶璟看着他，摇了摇头，重重地叹了一口气，道："你与长公主府相比，太过纯良，与我们院子里养的那些兔儿差不离。"

叶勉瞪着眼睛，脸上略有一丝不服气。

叶璟岂能看不出，淡淡道："机灵有余，却涉世太浅，不过这也怨不得你，要怪只能怪我与父亲，先时只想着让你日后富贵闲散着，便从未教过你这些。而长公主府截然不同，他们手握权柄，权略与手段却比朝上大多数人还要厉害一些。"

叶勉挠了挠脑袋："这个我清楚。"

叶璟轻叹道："所以你刚刚说得并不对，义子之事只要过了明路，叶府上下便与长公主府再也解不开，这其中利益与日后各方谋划都十分复杂，便是我现下也探不到底，又怎能如你所想一般简单，你出仕后，叶府便与之无关？"

叶勉愣愣地看着他哥，叶璟轻笑了一下："不过这些都不是紧要的，单从政事上来看，叶府与长公主府联合，必然是利大于弊，不过是我与父亲日后都会更辛苦些罢了。"

"只是，"叶璟摸了摸他的头，轻叹道，"你这心性太过简单，我又怎能放心得下……"

叶勉咬唇不语，叶璟看着他轻嗤了一声，道："行了，你能想到先在学业上下功夫，没有撒泼耍赖地逼迫我现下就应了你，就算我没白疼了你这么些年。"

回瑶辉轩前，叶璟把叶勉叫住，说："解你禁之事，我会在这两日内外都打点妥当之后再找时机与父亲商议，你莫要自行与父亲去提。"

叶勉赶紧小鸡啄米般点头，心里微微地松了口气，他现下年岁还小，自己有几斤几两，他心里还是有数的，更不能因着此事逼得家人伤了心。日子还长，慢慢走便是，他身边的人都很疼他，他也要尽自己所能，让他们也都好好的才行。

看得到希望便好。这段时日哽在叶勉心口的那团郁气终于消散一些。回到瑶辉轩时，他脸上终于有了些笑模样，不似前几日那般睡觉时都锁着眉头。下人们见他与大少爷出去一回，神色舒展了不少，自然也都十分高兴，赶紧去厨上多叫了两个他爱吃的菜，服侍他用膳。

叶勉刚换了家常的衣裳，又用澡豆洗了手准备用晚膳，邱氏便带着人进了瑶辉轩。

叶勉一愣："娘，您怎么过来了？"

邱氏在他对面坐了下来，嗔了他一眼："你当我想来看你这个不省心的？"

叶勉忙站起身坐到邱氏旁边，挽着邱氏的手臂，小声道："娘，您别生我的气了，您这些天都没来瞧我，儿子都想您了……"

邱氏脸上还有一丝余怒，恨声道："我来看你做什么，找气来生不成？"

叶勉低头不语，任邱氏责骂。

邱氏看了看满桌的饭菜，无奈地把他按在一边的椅子上，没好气道："快些用膳，一会儿菜凉了，又闹肚子疼，还得扯我给你出汤药钱。"

跟在邱氏身后的两个嬷嬷赶紧把带来的几样菜品从食盒里取了出来，一一摆在桌上，笑呵呵道："都是四少爷平日里爱用的。这乳鸽鲜笋汤，夫人叫灶上熬了好些个时辰，肉都酥烂了，四少爷多用些才好。"

叶勉笑眯眯与邱氏道谢："谢谢娘，还是您最疼我。"

邱氏白了他一眼："你少气我些，我更疼你！"说完，她又抱怨道，"你爹他偏偏要自行来养你，与你生了气却又不管不顾！你这院子里每日撤出去的膳菜根本没动几口，他也没个动静！"

在一旁站着的嬷嬷笑道："老爷是男子，自然没有夫人心细，粗心没瞧着罢了。"

邱氏淡淡地哼了一声，又瞧了瞧叶勉的脸，见他唇角的伤痕还没完全消退，脸颊也瘦削了不少，她心里自是不好受，提起一边的筷箸夹了一筷子嫩白的鱼肉，细心地给他剔着上面的刺。

叶勉今晚心情本来就不错，一直与他赌气的邱氏又来陪他用膳，母子俩不一会儿就有说有笑起来。邱氏生他气是真，却更看不得他受苦，只这么几日他便瘦了这么多，这还了得？

俩人用完膳，邱氏也没急着走，与他在院子里的亭阁中吹风纳凉。下人们给他们点上了驱蚊的香草，又上了两杯消食的淡茶，便默默地退了下去，剩他们母子二人说话。

邱氏抿了一口茶，与他温声道："明儿个娘在府里办个宴，到时候我让人来唤你，你给夫人们见个礼。"

叶勉一愣："我不是还在禁足中吗？"

邱氏笑道："不碍，与你父亲商议过了，他是准的，你只管来便是。"

叶勉转了转眼珠，小心问道："娘，您叫我去可是有事？"

邱氏本也没打算瞒他，便拍了拍他的手，说道："你可还记得云家那个六丫头，来过咱们府上两回的？"

叶勉心口一跳，有一种不太好的预感，皱眉问道："云蓉？"

"对！"邱氏笑着叹了一声，道，"我与她娘这小半年关系还不错，前几日她娘终肯与我说，这丫头自有一回捡了那纸鸢，便一直记着你。"说到这里，她啧了一声，"我之前本是觉着这丫头性子烈了些，可现下想想，她却胜在性子纯直，长得又十分好，倒能与你相配。今儿我与你爹说了，他也是欢喜的，明儿个你便出来给云家夫人请个安。"

叶勉呼吸一滞，忙道："娘！这怎么能行？"

"怎么不行？"邱氏撂下脸子斥道，"儿女婚事自来是父母之命、媒妁之言！"她又恨声道，"你还要忤逆我与你父亲不成？"

叶勉脑袋摇得拨浪鼓一般："娘，您别逼我。"

"胡说什么？让你爹听了，看他不打你！"邱氏往他胳膊上捶了一记，想了想又哄道，"你听话，爹娘自不会害你。这云蓉的曾祖父是开国郡公，祖父是辅国将军，一家子都有功勋在身，就算日后那个荣南郡王想找你的麻烦，也要掂量掂量自身。"

叶勉摇头，正色道："娘，我爹现在何处，我去与他说，他打我，我认打便是，只是这事儿我万不能应。"

邱氏见叶勉顽固，气得狠骂了他几句，叶勉却摇头不允，邱氏气得直抖："我现在越发说不得你了，行！我去寻你父兄收拾你，再不白白来心疼！"邱氏说完便头也不回地转身出了瑶辉轩。

叶勉空坐在亭阁里愣了好一会儿，双手捂着脸无力地吐出一口气。

过了好一会儿，叶勉让宝雪把丰今唤了过来，与他耳语一番。丰今听令后一脸凝重地去了碧华阁。

叶勉在亭阁中踱步，丰今去了快半个时辰才回来，与他秘禀道："奴才去的时候，夫人正在与大少爷哭诉，待夫人走了，奴才才说上话。”

叶勉心不在焉地点了点头。又过了许久，他哥那边也无消息传来，叶勉正等得心里如油煎一般，就见他大嫂领着下人疾步进了瑶辉轩。

叶勉赶紧迎了上去：“大嫂。”

姜氏面上些许凛色，见着叶勉也不与他客套，只朝他招手，口里道：“与我来，娘与你大哥说完话，他便急急赶去外院了，我来带你过去。”

叶勉赶紧跟上，与他大嫂一同出了瑶辉轩，去了外院叶侍郎的书房。

姜氏将下人们都留在院子外头看着，只与叶勉二人往书房走去。还没走到门口，叶勉就听到叶侍郎隔着紧闭的窗门传出的怒吼声。

“你糊涂！你个当大哥的怎的如此糊涂！我叶家家门不幸啊！”叶侍郎怒道。

叶勉一急，赶紧要往里面跑，却被姜氏一把拉住袖子，小声道：“你现下进去，你哥便白使力气了！”

叶勉一滞，往那里看了看。他哥在说些什么，他根本听不清，顾自站在原地喘了几口粗气，咬唇使自己冷静了一会儿，便与他大嫂商量道：“大嫂，我不冲动便是，我们近处去听一听，爹十分生气的模样，我实在不放心。”

姜氏看了他一眼，点了点头，俩人便走去书房窗下。

叶勉透过细薄的窗纱往里面看去，正看见他哥屈膝冲着负手而站的叶侍郎跪了下去。

“父亲，四年多前，我殿试被点了榜眼，与新科进士们一齐赴了圣上赐下的琼林宴。那晚喜宴，众人一直闹到三更才罢，您却一直站在外头等着我，亲自接我回府要与我再贺上一回。那晚我们父子二人十分欢喜，饮了许多的酒。您与我打趣说，当年母亲与您定亲之时，您只是一个六品小官儿，当时最想的便是给她挣个诰命夫人回来，后来您一直为之奋勉。自此，母亲的诰封文书上的品级也越来越高。”

叶侍郎侧过去的脸慢慢地转了过来，看向跪在地上的叶璟。

叶璟又继续道：“您说您最开怀的时候并不是自己拿到官印那一刻，而是看见母亲捧着新的诰书满脸欣喜地看个不住之时。您那晚问我我想要的是什么。儿子当时没有娶妻生子，也未授得官位，想了想便说，母亲有您护着，那我想护着我的弟弟恣意一生。您当时笑得十分开怀，大赞我有长兄风范，还与我说，我们爷俩就这么定下了，各自都辛苦些，只护着他们安好随愿。”

叶勉在外头死咬着嘴唇，眼酸不已。

叶璟顿了好一会儿，复又开口道：“如今，儿子得了圣上赏识，每日一睁眼便是朝廷、案件、叶府、碧华阁，每人我都要照料妥当。勉儿那边，我自是管得许多，却也随着我身上内外肩负日渐繁重而越发力不从心，疏忽了许多，哪还记得当年与您的许诺？”

叶侍郎重重地叹了口气，却没有说话。

叶璟又继续道：“这两日儿子想了许多，心内十分羞愧，当年许诺要护他恣意一生，可若连此事都不能让他如意，那还何来‘恣意’一说？如此拦着他，不过是惧怕那等麻烦，又为了自身方便。儿子既想明白了，便不会容许自己这个长兄再如此去做，还请父亲也能成全，璟儿日后必更加兢业勤勉，护得叶府周全。”

叶璟说完便伏身磕下头去。

叶勉抹了一把眼睛，轻轻拂开姜氏拽着他袖子的手，推门进去，也跪了下去。

◆ ◆ ◆

寿云斋的内室里，叶老夫人微微合着眼坐在木榻上，手上一串蜜色沉香木佛珠，正慢慢地拨转着。

过了一会儿，一位老嬷嬷急急进了内室，将侍立的丫鬟们全都撵去了外厅，才附耳与叶老夫人道：“俩孩子在那书房跪了半晌了，大少奶奶也陪着在外头站着，老爷不说话，只坐在那里叹气，几人僵在那处了。”

叶老夫人慢慢睁开眼叹了口气，缓缓道：“叫云儿过来。”

云儿进来后，叶老夫人与她吩咐道：“你去老爷的书房跑一趟，就说是我的话，叫他们这两日把姓庄的那孩子带来给我看看。”

云儿听得云里雾里，却也没敢深问，听令后便躬身出去了。

老嬷嬷倒了一杯清茶给叶老夫人，脸上带着笑意道：“他们还瞒着咱们呢，这一去传话，倒要将他们吓一跳。”

叶老夫人将佛珠搁在一边的檀木矮案上，端过茶盏轻抿了一口，道：“这府里的事，我什么不知？这些日子闹出这么大的动静还能瞒得过我？”

“老爷和夫人是怕您忧心坏了身子才瞒着，都孝敬您呢。”

叶老夫人摇了摇头：“我这把老骨头虽不中用了，却比他们经得多，他们倒小瞧了我。”

老嬷嬷似是知道老夫人在讲什么，只笑笑不语。

叶老夫人却主动提了起来，轻叹道：“璟哥儿和勉哥儿的样貌都随了他们的叔祖父，特别是咱们勉哥儿，这两年的性子与他叔祖父年幼之时越发像了,那股子讨喜的机灵劲儿简直如出一辙,”她又叹了一声,道,“去年我就想着，怕是日后要有这么一遭，果不其然啊……”

老嬷嬷也叹道：“可不是，您提起了，老奴才敢说，有时候啊，四少爷来咱们这儿，老奴看着他，这脑子里总是一阵阵儿地恍惚，总像看着过去的五少爷一般。”

叶老夫人摇了摇头，回忆道：“想当年我进叶家门时，我那小叔子才不过五岁，比姜氏见着勉哥儿时还小，那才真的是长嫂如母，婆母身子不利索，倒是我将他给带大了，我疼他比疼自己的老大还厉害些。哪想着待他大了，还没等给他相个媳妇回来……”

老嬷嬷也想起了那时之事，拿着帕子点了点眼睛。

叶老夫人摇了摇头，继续说道：“我那小叔子自被逐出叶府，我只在十来年后偶见过他一回，竟还如幼时一般，样貌和性子都没怎么变，一见我就笑弯了眼，那么大了，还是那副不知人间疾苦的模样，倒是比我们这些‘正经’人活得好。”

“哪想那却是我见着他的最后一面。”叶老夫人长叹了一声，“公婆去世前那几年，总爱召我去问他去世那日的情景。我与他们讲了上千上万遍还不够，他们临离世那晚还是抓着我问那日他是个什么模样。”

老嬷嬷见叶老夫人有些伤感，赶紧安慰道：“五少爷心善，下一世必是个有福的。”

叶老夫人缓过神来，轻叹道：“我如今年岁大了，一只脚已经迈进了棺材,倒是看得明白,这世上的世俗规矩、他人礼法，”叶老夫人摆了摆手，“都不重要，父母与子女，有情义之人，和和乐乐地过得一生，便是没白来这一遭，旁人说的什么，皆不必去听。”

叶老夫人与老嬷嬷说了会儿话，又待云儿回来复命，说老爷已放了两位少爷回去，四少爷随着大少爷去了碧华阁，叶老夫人才放下心在丫鬟们的服侍下歇下了。

过了两日，叶老夫人一大早便穿戴妥当，等着见一见长公主府的人。

庄玥从叶侍郎的书房出来之后，一直被右铭挡在远处偷听不到的叶勉赶紧跑了过去，急急问他道："我爹都与你说了些什么？"

庄玥弯了弯唇角："既是将你赶了出去，自是不能说与你。"

叶勉瞪眼："少拿我的话堵我！"

庄玥一笑，刚想说话就听叶侍郎在书房里斥声道："还不带人去见你祖母？在门口磨磨蹭蹭地作甚！还要她老人家等你不成？"

"爹，我马上就滚！"

叶勉抻着脖子朝里头喊了一声，便给庄玥杀鸡抹脖子地使了个眼色，拉着他走了。

出了院子，他才没好气道："我因着你们，之前是我爹的儿子，现下在他面前就是个孙子！硬生生地降了一辈，你还气我！"

庄玥歉意道："你受苦了，过两日你去长公主府上，让你横着走。"

叶勉赶紧摆手，看了看四周，然后与他小声道："我提醒你，一会儿见了我娘，可千万别提什么我去你们府上，做客吃宴也不行。昨儿我提了一嘴，我娘当场就摔了筷子，说我如此稀罕长公主府，不如去了就再别回来。"

庄玥脸上却没什么变化，淡道："这有什么，不伤皮肉心神，只舍得些脸皮罢了。"

俩人一路说笑着去了碧华阁。

邱氏正在姜氏这里看她孙子。叶勉带着庄玥进来后，庄玥给邱氏行了晚辈礼，因着他身上有郡王的爵位，姜氏站起身给他行了半礼，庄玥侧身让过。邱氏却没起身，看了两人一眼，脸上不咸不淡的，只手上抱着孙子哄。

叶勉赶紧凑了过去，逗了逗正在冲他乐的小侄儿，又抱着邱氏的手臂小声道："娘，您如今眼里只有瑧哥儿了不成，我来了，您都不看我一眼。"

邱氏剜了他一眼，哼道："撒手！别摔了我们臻哥儿！"

叶勉："……"

姜氏垂头轻咳了一声，随即轻柔地从邱氏怀里将臻哥儿接了过来，又冲邱氏摇了摇头，往庄珝那边使了个眼色。

邱氏好一会儿才缓了神色，只是看向庄珝的眼神充满审视，好半天才问道："你家里是三个兄弟，再没旁人了？"

庄珝赶紧应是。

邱氏点了点头，又问："你今岁多大啦？"

"我与叶勉同月同日出生，比他大整整一年。"

"哟，那倒是巧，"邱氏一愣，随即又顾自算道，"我们勉儿属兔，那你属虎。"

◆ ◆ ◆

从碧华阁出来后，叶勉拉着庄珝去了他祖母的寿云斋。

老夫人端坐在椅榻上笑呵呵地看着他们进来。庄珝十分恭敬地俯身给老夫人行了个晚辈礼，老夫人赶紧叫他起身。叶勉则直接走过去，跪坐在他祖母脚下的梨花木脚踏上，搂着她的腿，脸伏在她的膝上。

老夫人满脸慈爱地抚着孙儿的头顶，笑呵呵道："都几岁啦，还与祖母撒娇。"

叶勉却没有起身，脸颊在祖母膝上蹭了蹭，闷声道："祖母，您最疼孙儿了，勉儿也最喜欢您。"

老夫人笑得十分开怀，叶勉依旧跪坐在她身前，仰着脸与老人家说话："祖母，孙儿不孝，惹你们生气了，爹恼了我打我出气便可，孙儿却一直害怕您知晓了会气坏了身子，可您不仅没与孙儿生气，还帮着孙儿说话！"

老夫人笑眯眯地把他从地上拉了起来，搂到她身旁坐着，拍哄着他道："祖母自然要与我们勉哥儿站在一头，我乖孙儿要什么我都给他，旁个要敢拦着，"老夫人指了指一边立着的鹿头拐杖，作势狠道，"我就打他！"

庄珝歪着头盯着叶家祖孙二人看，十分新奇，叶勉虽看着娇里娇气的，平日里在外头却横得很，从不与人撒娇，倒是陆离峥、温寻几人一见他就与他赖缠，这样的叶勉他倒从未瞧过。

老夫人留着二人与她一道用饭。寿云斋破例设了荤宴，席上叶老夫人嘱咐庄珝："我这孙儿打小就在我身边娇惯着，被纵得不像个样子，若日后因着他不懂事，与长公主府有了口角争执，还请几位贵人多多包容。"

庄珝赶紧应声，看了叶勉一眼，轻笑道："老夫人放心，府里大家万事都让着他。"

"欸？"老夫人不赞同地摆了摆手，又道，"可不能都让着他，我这孙儿我清楚得很，如此让他拿捏你们，他能上了天，你只管来寻我便是，我虽上了年岁，却不是老糊涂，辩得清是非曲直！"

叶勉知晓他祖母这是在担心他，赶紧笑嘻嘻道："祖母，我日后定多多来寿云斋看您。"

叶老夫人笑个不住，口里道："你个机灵鬼。"

今日是旬假之日，叶勉邀了国子学的一众好友在醉馨阁吃酒。

精致的双层画舫缓缓悠行在玉霄河上，外面白云朵朵，清风徐徐，舫内笙歌悠悠，丝竹之音袅袅。齐野闲散地斜歪在一张横榻上，一面吃着侍女剥好的葡萄，一面感叹道："果真是三十年河东、三十年河西哈，上回来我们还被这醉馨阁的少东家摆了一道，船都险些没登上，如今这回再来，咱勉哥儿倒成了这里的主人。"

李兆哈哈大笑，道："还与人打了一架，被撵了出去，当真是狼狈。"

阮云笙单手支着下巴，挑眉道："早知这里会是勉哥儿的产业，昂渊，你那日倒不该砸。"

魏昂渊冷哼，道："那还要烦请荣南郡王将你们京里的产业与我们报上一报，可别藏着掖着的。"

叶勉干咳了一声，瞪向他们道："行了啊，兄弟们，不知道的还以为你们是强盗出身……"

魏昂渊嗤了一声，道："怎么，他们家就那铜臭味儿的东西最多？"说完，他瞥了庄珝一眼。

叶勉翻了个白眼，叨咕道："吃都堵不住你们的嘴……"说完，他给最省心的正闷头吃冰奶糕的温寻倒了杯茶，哪想温寻喝了茶却突然一拍大腿道："昂渊说得对！"

叶勉赶紧站起身叫停，他再不拦着，几人怕是要滚在一起“扯头花”了。

好不容易将这宴吃完，没砸盆也没砸碗，叶勉累得一身的汗，回去瑶辉轩就让人备水沐浴。

洗好后，他也没叫下人给他烘干头发，只略擦了擦便去了院子里。庄珝早已坐在瑶辉轩与隔壁院子的院墙上等着他。

银月挂空，满穹星子。

叶勉轻轻一跃便上了墙。

俩人挨在一起坐着，庄珝将叶勉松松绾着的头发拆了下来，披散在他背上，又递给他一只精巧的青玉酒壶。

叶勉接过来对着壶嘴嗅了嗅，咧嘴乐道：“寒潭香！”

“你倒还记着这个味儿。”

叶勉对着壶嘴喝了一大口，用手背抹了抹唇：“这等好酒，我自然不会忘。”

庄珝挑眉：“我也记着，因着这一口酒你将我打得脸都破了相，我在府里养了半个来月才敢去上学。”

“你别以为我那日喝醉了你便可以胡言！”叶勉瞪他，“我当日是因着这酒打你吗？”

庄珝闷笑不已。

叶勉又喝了几口酒，突然咳了一声，出言道：“今日我几个兄弟所言，你别当真。”

“嗯？”庄珝反应了一会儿才了然，却不在意道，“那有什么？今儿我们在醉馨阁嚷得那么大声，下人们早报上去了。”

叶勉倒吸了一口冷气，半晌都吐不出来一个字。

“你怕什么？我母亲早早地就盼着我能接手长公主府与庄家，她好一身轻松地与我父亲去各处游历。今儿她听了下人的话，知晓我又得了这么多友人，指不定乐成了什么样。”

庄珝歪着头思忖了一下，又认真道：“怕是连夜就得启程回金陵。”

叶勉半晌无言，道：“……你娘就这么急着出去观山览水、游历四方？”

庄珝点了点头，道：“这是我母亲未出嫁时便有的夙愿。”

叶勉被他挑起了一丝兴趣，微微仰头看着他问道：“是吗？”

“你不是熟悉舆图？”庄珝笑了笑，“从北陲到岭南，你指你可意的便好，我们家还有外海的船，你若不怕，我们还可以出海去异国游玩作耍。”

叶勉想了想，问他：“你去过？”

庄珝摇头：“之前未提起过兴趣。我在岭南那段时日十分急着回京，却也觉着那里的花树与这里的不同，甚有异趣，当时便想，若是你能在，更好。”

叶勉若有所思。

庄珝问道：“可是有想去的地方了？”

叶勉点了点头。

“哪里？”

“北陲。”

“这是为何？”庄珝好奇地问道，他万没想到叶勉会首选北面荒蛮之地。

叶勉眯着眼睛，指节掰得咔咔作响：“去揍人！”

庄珝反应过来，嘟囔道：“你们家人可真够记仇的。”

叶勉回头瞪他：“没你们家人会惹事！”

“那便去，叶璟饶了我这一回，”庄珝笑了笑，“我倒戈了。”

叶勉眼睛笑成月牙。

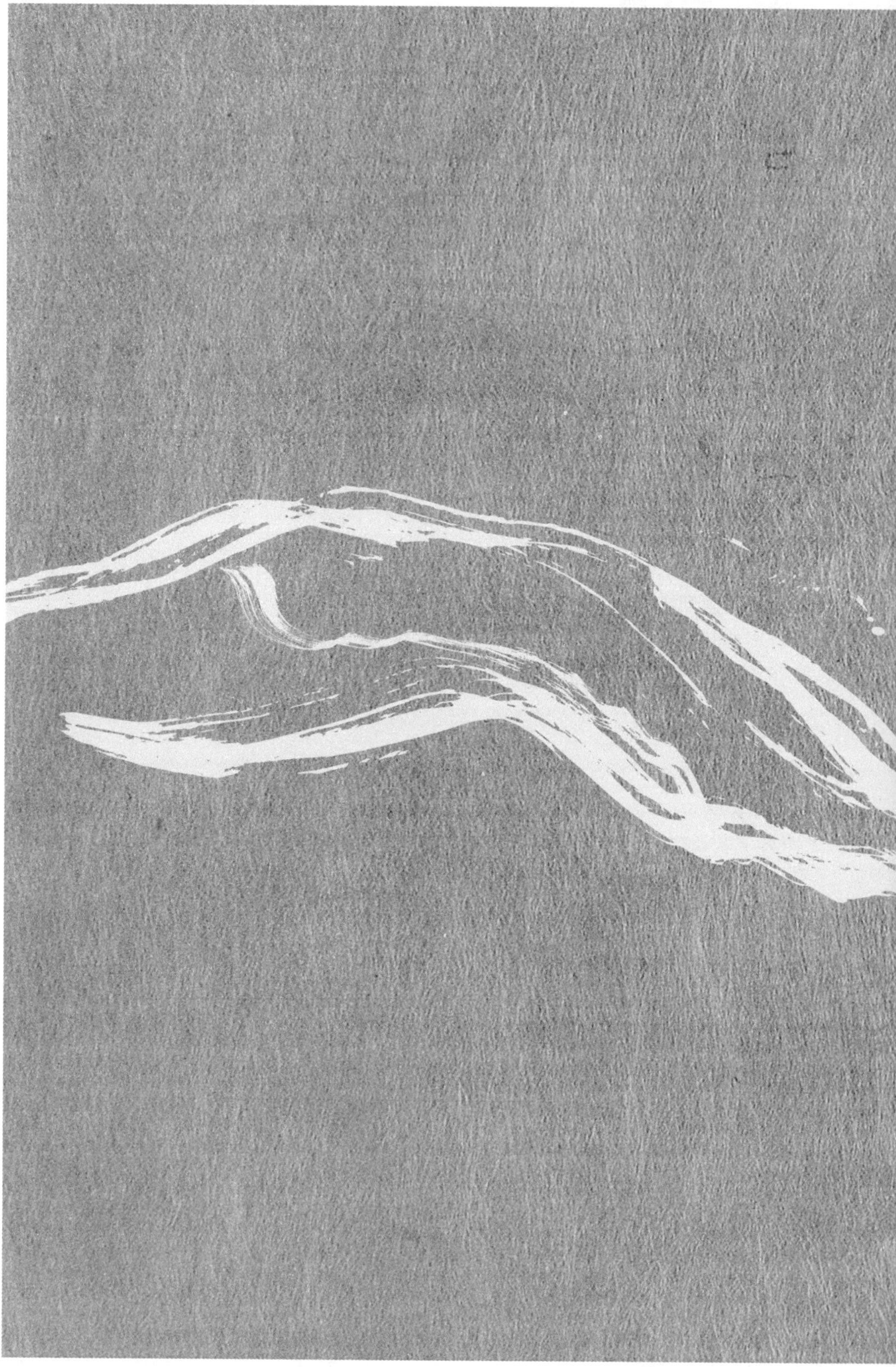

番外

叶勉那晚给他拆蟹、斟菊花酒、讲笑话，哄他开心，还笑吟吟地叫他『哥哥』。

番外一

庄珝视角

庄珝初至京城，日日都在和宫里那些难缠的人周旋，闲暇之余却也让人去打听了京里国子学的景况。探子两日后向他禀报，一切与他料想的差别不大，国子学里人虽杂多，除了那些寒门，都是些惯常的官家子弟，只有两三个极臣之子。庄珝漫不经心地一面品茶，一面听探子与他说着这几人。只是听到这一年的启字生之首并非丞相之子魏昂渊，而是另一个叫叶勉的三品官之子时，他诧异地挑了挑眉，饶有兴趣地吩咐探子与他讲一讲这个叶勉。

这叶勉虽刚入国子学半年，却是个极嚣张的人物，因而探子早早地将他查了个清楚，遂半刻没耽搁就将这人在学里学外的事俱向主子禀报了一番。

庄珝听完冷笑不已，他还以为这是个多了不得的，原来是另一个庄瑜，只是这端华公子的弟弟怕是还不如他那胞弟，庄瑜虽自小就酸妒他，却从来不屑在外头借他的势为自己谋利，而这个叶勉一面在府里与父兄酸闹，一面又借着他哥的势在学里拉帮结派做起了小霸王。

想到这里，庄珝便想了起来，这几日散学后，每每一开学屋的门就能见到院子里的雪人身上插满给陆离峥的冰糖葫芦，红彤彤的一片，引得启南院众学子一片羡叹，这可不就是那个叫叶勉的干的？他倒真真是个小白眼儿狼，翻着花样铆劲儿与外人亲近。

庄珝只听着这人的事便觉厌恶至极，却也没想着去寻他麻烦，哪想那人却自己找上门来。

那日，庄珝正在启南院学屋里读书，叶勉来撺掇陆离峥假借出恭与他出去戏冰玩耍，却敲错了窗扇。庄珝虽从未见过他，但看陆离峥的表情也能猜出，窗子外头正对着他口出轻佻之言的人就是叶勉。

窗子推开后，叶勉踉跄了几步才站稳，庄珝本想借着这回惩治他，哪想这人却比自己还生气，一手捂着被撞痛的口鼻，瞪着一对形状极好的杏眼怒视着他，只那眼里氤氲的雾气越来越厚，眼角也渐渐晕出一片绯色，怒色不知怎的却变成了潮湿的丽色，在秀眸中流转如水。

坐在他前头的陆离峥赶紧提醒叶勉给庄珝见礼。庄珝眼见着这人起身时偷偷地白了他一眼，雾气凝成的一滴晶莹顺势滑出眼框，却被他用袖子一把抹了去。庄珝心内被那股被湿意浇灭的怒火腾的一下复又燃起，烦躁更甚。

庄珝初入京，每日忙得如陀螺一般，宫里容王和五皇子又频频给他使绊子，太子那边虽暗暗助他，却也对他存有颇多算计，他每日一睁眼就要想着如何应对他们，夜里闭眼前居然好多回想到那人满眼潮湿要哭不哭的模样。

庄珝再见叶勉是在魁元庙山上的桃李苑，他穿着一袭天碧色的春衫，却与魏丞相之子在桃树下打闹滚成一团，粉白花瓣沾了他一身，他笑得放肆却璨若春光。

挂祈福荷包时，满山的学子都在祈求学业，只有他带着他那院子的人要去求桃花运，口里还煞有其事地说些歪理，连带着启南院这几个老实的孩子都活了心思被他拐了去。

庄珝心内十分不悦，这人小小年纪竟然满脑女色，倒糟蹋了这一副他看着十分顺意的好皮相。他身上的东西不便落在外头，下山之前陆离峥将他的祈福荷包取了回来，哪想着他的荷包与叶勉的缠绕到了一起。

跟来的侍人正仔细地解着，陆离峥围在一边咋呼："轻着些，那个湖蓝色的荷包也不许弄坏，那是我勉哥求姻缘的。"

庄珝旁边的慧文大师呵呵笑道："世人皆到我们魁元庙求学业，却不知我们这里求姻缘最为灵验，那位淘气的小公子倒是误打误撞，将来定能娶上贤妻，恩爱后生。"

庄翊不自觉地皱起眉头，看向侍人手里的两个荷包，问道："那个荷包随意在树上挂了挂便也有了灵福？"

慧文大师笑道："心诚则灵，要看那小公子的心意。"

庄翊想到刚刚叶勉那副至诚的模样，不知怎的心里一阵恼火，他掏出袖中的匕首将那个湖蓝色荷包上的络子一刀割断了。

陆离峥将那残破的荷包送还给叶勉后，回来怯怯地对庄翊说道："勉哥儿说让我给您带个话，他说他以后要与您一同打光棍儿。"

启南院一学子朝地上呸了三声，讨好庄翊道："这人尽胡说，咱们郡王可刚从慧文大师那里得了积福十几年的珊瑚串，将来定会娶得绝世佳人做王妃，哪个要与他一同打鳏！"

庄翊本就不能娶妻，被人说嘴两句倒也不在意，只不过叶勉真是放肆得很，上回没惩治了他，他居然如此胆大，敢对他放狠话，下回定不能饶他。

庄翊垂眸心里暗道，要叶勉哭着向他求饶才行！

庄翊只是随意地想了想，却没想到第二日还真被他撞上了，叶勉因着在学里与人逞凶打架，被行思阁拉去庸光门前的广场上当众执刑打手心。他过去时，这人早已不复平日里的嚣张模样，看向执行司正的眼神有些许瑟缩，杏眼里窝了两汪水儿，衬得漆黑的瞳仁又亮又润，倒是副极讨人怜爱的样子。

庄翊正看得出神，就见叶勉吸了吸鼻子，抬手用袖口一把将眼里的那抹晶莹拭了去。

庄翊醒过神来气极，转头吩咐训导司正狠狠地执刑。叶勉终是忍不得疼，被打得眼泪珠子大颗大颗地往下掉，只是他被打得身子发抖、嘴唇发白了都不肯软声求饶。庄翊十分不满意地制止了行思阁停刑的命令。

庄翊许是因着最终都没如愿地听到叶勉向他告饶，一时烦闷不已，想了想便放了两个探子在他身边，却不经意知晓了他与刚刚回京的端华公子十分亲昵，这与之前他得来的消息倒是相左，不是说叶勉因着酸妒，与从小和他一处玩儿的姜家那小子都生分了吗？

自此之后，庄翊每日忙完公务和学业，都会让探子向他禀报一番叶勉那边的动静。

叶勉一个上学的孩童能有什么值得报的？探子前几日心惊胆战地与他说了些叶勉无关紧要的日常，庄珝倒听得津津有味。之后探子便心里有数，自此连叶勉睡前吃的点心是什么馅儿的都会跟他汇报。

庄珝在六皇子的桃溪庄见到叶勉时心里并不是不高兴的，可哪想自己还没与他说上两句话，那个魏昂渊便一副护崽的模样将叶勉与他隔开，这让他心里十分不熨帖，便借着晚宴整蛊捉弄了叶勉一番。后来见叶勉吐得厉害，他想了想便吩咐庄子上按着叶勉的口味准备温食给他，这人如此娇气，真坏了脾胃，可别赖上他！哪想叶勉脾气大得很，竟连特意为他准备的粥膳都不肯用，还自己摸去厨房，鼓捣出几碗面，把他和他六表哥都给唬住了。

回京后，庄珝做的第一件事就是将叶勉身边的探子换了一拨。叶勉却又做了一件让他意想不到的事，他竟自己跳下湖去救了一个平民之子。庄珝在启南院的学屋里看到他差点儿同那人一起沉了湖底，生平第一回被吓得手脚发抖。

新派去的探子更为详尽地向庄珝禀报着叶勉的每日行踪，庄珝至此也知晓之前是误会他了，这叶勉虽因着叶侍郎偏心，父子俩总是吵闹，却也没因着这个与端华公子生分，兄弟二人伯埙仲篪，十分和睦。

庄珝想了想幼时每日都与他形影不离、一同长大的庄瑜，心里哂笑了一声。所有人都拿京城里的端华公子与他作比，他却每每不屑，只觉这人没有一处能越过他，如今看来，他这弟弟倒是十分合他的心意，若是能拿了来，他十分愿意每日带在身边宠爱。

◆ ◆ ◆

庄珝午后从宫中回来，把在陆离峥宿苑里发热的叶勉带回了自己的院子。

他在书房与人议事，却总惦记着那边，少有地静不下心来，索性将人都打发了，不等夜里大黑就早早地回了屋子。

庄珝一进去就看见叶勉抱着锦枕侧趴在床上，脸冲着床外，虽合眼睡着，嘴巴却不自觉地鼓着，一副与人赌气的模样。听见他这里的动静，叶勉便睁开了双目，睡眼蒙眬。

庄玥的心情十分好，屋子里有这么个家伙，倒比平日里热闹不少。待他沐浴回来，叶勉已经褪去了不自在，一面让夏公公喂他吃粥，一面没规没矩地说他坏话，还撺掇夏公公写信回金陵跟他母亲告状。庄玥说了他两句，他竟梗着脖子与他顶嘴。庄玥心中冷笑，这叶勉还是欠教训！

庄玥知晓叶勉怕黑惧鬼神，便吩咐侍人们熄灭灯火退出房内。果然叶勉被吓得不复刚才那副神气模样，贴在床里侧瑟瑟发抖。庄玥借着这机会编了个可怖的鬼嫁娘故事说给他听，看他还敢不敢小小年纪就沉迷于女色！叶勉反抗得厉害，庄玥不让他逃，哪承想这平日里走去哪里都嚣张跋扈的"小地头蛇"竟被他吓哭了。庄玥一时诧异不已，倒没想到这人如此怕这鬼神之事，便不再逗他，只将他拉过来哄着。

第二日一早，下人来报端华公子来接叶勉回府，庄玥十分不高兴，吩咐下人不许吵醒叶勉，叫那人在外头空等着。

他哄玩叶勉正得趣呢，本来依他的意是强留叶勉在这里几天，转念一想，叶璟怕是要教训叶勉前日跳湖救人之事，心里衡量了一下，便放了人。

过了几日，庄玥随着皇舅舅去夏苗，还没等他去和皇外祖母请懿旨，叶勉就与国子学使了法子跟了去，倒省了他的力气。

叶勉跟着兵武监的几个武学生漫山遍野地胡跑了一天去抓锦狸，只为了要五皇子那两颗不值钱的破珍珠。而五皇子当真上不得台面，虽七皇子同叶勉一般也得了一只锦狸，却是他同母的胞弟，他竟不分先来后到地将赏头给了他七弟，还在众人面前献给了嘉贵妃。

叶勉坐在下首，眼角瞬间就耷拉下来，眸里也没了神采，庄玥气得肝都开始疼了。他使着穿着珠鞋的侍女当众下了嘉贵妃的脸给叶勉出气，又送了两颗更珍贵的夜荧珠哄他，心里才爽快些。只是晚上他等来等去也没等到叶勉来道谢，使人一打听，叶勉倒是去了端华公子那里再没出来，庄玥恨得肝儿又疼了半宿。

第二日一早，下人竟送来一封叶璟送来的信笺。庄玥读了好几遍才明晓叶璟说的是什么意思，他无视信里的威胁之意，只醍醐灌顶一般恍然大悟。

庄玥去司礼监抱来了昨日叶勉十分舍不得的锦狸，一刻也不能等，直接跑到端华公子的院子里寻他。后来听说嘉贵妃要召叶勉给七皇子做伴读，庄珝借着这个由头请了圣上口谕，把叶勉要了来教他练写书艺。

这日午后，叶勉被一场大雨拦在了庄珝这里。。

叶勉听了他爹娘在与他大伯商量过继他的事，伤心不已，坐在床上哭了一个晚上，庄珝看得心疼。

后来，叶勉如庄珝所愿留了下来。庄珝陪着他用过晚膳，本打算好好哄他，叶璟竟闯了进来，欺他在这国子学里无法安排太多侍卫，强行将叶勉抢了回去，还坏了他的珠串。

庄珝那晚上恨极了，他生平第一回知道了酸妒是什么滋味儿。

叶勉显然被他吓到了，连着好些天一直躲着他，庄珝气闷不已，叶勉竟还与人约着兰夜去帮好兄弟成事，独留他一人在京里孤孤单单地过节。

在马车里，叶勉龇牙挥拳头，庄珝虽未如愿，心里倒挺高兴，这人已不把自己当作外人相待了。

那天晚上他十分快活，带着叶勉回了长公主府，一起看了母亲与他念叨了许多年的舆图，又跟他讲了一些他父亲母亲的事。让他心生诧异的是，叶勉虽没见过他母亲，却总能说出与母亲一般的话，庄珝便知道，待他成为长公主府义子，母亲最疼的再不会是自己了。

中元节那天，叶勉被嘉贵妃派去的几个蠢物吓到了，庄珝虽夜里急赶过去哄了一番，第二日叶勉依旧病倒了，搬去了他哥的碧华阁，而叶璟拦不住贼人，竟去拦他！

俩人好些日子没见，再见面时却吵了一回，倒也不是因为什么大事，只是斗了几句嘴。庄珝并未与叶勉认真，准备从宫里回来再去寻他，哪想着他那好友魏昂渊竟敢在学苑里大声吵嚷辱他父族。庄珝大怒，又岂能饶他？

叶勉这回倒是不躲着他了，来他这里做低伏小地跟他求情，还一口一个“我们”，那俩人竟是一伙的，他才是他们要对付的外人！那日他们争吵得十分厉害。叶勉乖巧起来讨人喜欢能把人哄得晕陶陶，可伤起人来却是字字如刀、句句诛心。

庄珝那段时日难过得厉害，生叶勉的气便没去寻他，却忍不住去外头为他搜寻各式的金物给他做生辰礼。

门上的下人来报，说叶勉的马车在他们长公主府门口停了好一会儿却没进来。庄珝带着两箱子金饰玩物直接去侍郎府寻他。

叶勉那晚给他拆蟹、斟菊花酒、讲笑话，哄他开心，还笑吟吟地叫他“哥哥”。庄珝十分受用，当即便什么气都没有了。

庄珝陪着叶勉给他庶姐去雁栖送嫁，本想着重些给他庶姐添妆，夏内监却拦着，说让外人知晓倒要嚼舌头，庄珝便只准备了一万两的银票。

两人的生辰都在那日，夜里叶勉喝醉了，庄珝嘲笑了他几句，后来细细地品了一番，才知道这样的清酒确实也能醉人，闹腾了半宿。叶勉性子凶得厉害，打他直接朝脸上招呼，毫不留情。夏内监见着了他的伤，差点儿两眼一翻晕过去。

长公主进京后，庄珝还没来得及将叶勉带给他母亲看，他那胞弟就去招惹叶勉。庄珝大惊，教训庄瑜时第一回下了狠手，俩人差点儿又一次闹出人命。长公主和驸马都惊怒，庄瑜与他们闹着，问为何上回要将庄珝驱逐出府，这回却不肯同样惩治庄珝。

长公主不可能将庄珝驱逐，却第一回让下人对他狠狠地施了家法。

庄珝带着一身伤去尚阴寻被端华公子带走的叶勉，身上虽疼得厉害，却得了叶勉的怜惜，他自此便知道这人是个吃软不吃硬的性子。

庄珝在尚阴那段时日十分愉快，每日坐在山顶的院子里看叶勉满山地疯闹，叶勉还送了他一只蜜鹦哥的胎蛋，他好生地藏在袖子里带了回去，让下人去民间寻了会养鸟的人来，花费了好大的功夫将“小兔子”孵了出来。他喜欢得厉害，给那鸟儿取名字的纸写满了好几张，哪想庄瑜趁他不在时将那鸟儿捏死了。

庄珝气到发疯，不顾皇外祖母的足禁要强闯出宫去杀了庄瑜，他不怕庄瑜冲着他来，但是他怕庄瑜对他所爱下手。

圣上也被惊动了，龙颜大怒，打了庄珝一巴掌。庄珝心里清楚，庄瑜已拿捏住了他的命门，再留不得了。

番外二

前　世

今年冬日虽然没有下雪却格外冷，叶轩在墓碑前面盘腿坐了下来，又从身后拽过来一只装得鼓鼓囊囊的塑料袋。他摘下皮手套，将里面各式零食的包装一一撕开摆在墓前，又拉开一罐可乐放到最中间。

叶轩冲着石碑上的黑白小像笑了笑，道："太冷了，没给你加冰块，将就着喝，不许抱怨。"

墓碑上照片里的少年一副脾气很好的模样，也弯着眼睛笑着。

叶轩定定地看了他一会儿，伸出手在照片上擦了擦："臭小子……上次和你泡完温泉，买了可乐忘记给你加冰，你和我嘛了一个晚上嘴，现在就只会冲我傻笑。"

叶轩收回手，眼睛微湿，仰起头看着天上，好一会儿才复又挂上笑容。他从袋子里拈起一片薯片放在口里嚼着，道："这个月新出的口味儿，也不知道你爱不爱吃，要是喜欢，你托梦告诉我，我下次来多给你带两袋。"说到这里，他看着那小像叹了一声，"你说你这个臭小子怎么这么没良心，我每月都来看你，你就不知道来看你哥一回？人家都说日有所思，夜有所梦，我怎么就一回都梦不到你？"

"我明明这么想你，"叶轩又盯着碑上的照片看了好一会儿，"是不是还在和哥生气？都两年了，别气了好不好？"

照片上的人依旧弯眼笑着，没有回应。叶轩静静地坐在那里陪着，不再说话。

墓园的管理员正四处巡视着，见他如此也是见怪不怪，还与他打了声招呼，十分贴心地递给他一块半旧的棉垫。

叶轩和他礼貌地道了声谢，抬起身坐在那垫子上。这座陵园的管理和服务都十分周到，当然，价钱也十分昂贵。两年前，他弟因为车祸意外身亡，他爸妈用攒了半辈子给他们结婚买房的钱买了这座墓地。

叶轩还记着那天，陵园的销售员口若悬河一般和他妈讲了一上午，只最后一句话让他妈一直呆滞的眼神有了变化，那人说这块墓风水最好，葬在这里，墓主人下辈子准能投胎去个好人家，他妈当场就号啕大哭，说她自己不配当妈，下辈子她的勉勉得有个好妈妈才行。任谁都能听出这个陵园的销售员在胡说八道，他爸一句话没说，转身就将存在银行里的各种定期存款全都取了出来，和那人签了合同。

叶轩抬手摸了摸照片上他弟的脸："也不知道你现在是在哪里、过得好不好。"他低头看了看墓前摆着的各种零食，又苦笑道，"这些东西还能吃到吗？别和哥生气了，告诉哥一声好不好？"

叶轩在这里坐了快两个小时才起身，弯腰将零食袋子全都收拾干净装进塑料袋里，抬眼看见碑旁的石阶上放着两个矿泉水瓶，瓶子里面都是一块钱硬币。他顿了顿，将棉垫还给不远处的墓园管理员，又笑了笑问他："那个小同学还是每天都来？"

叶轩来得勤，管理员也认识他，便朝他点了点头，说："每天早上都来，一天一块硬币，说是欠了你弟的钱还没还完，与我商量别移走他的瓶子，我想着这瓶子里头装的都是硬币，风也刮不走，就没动它。"

叶轩点了点头，和他打了声招呼就出了墓园。

叶轩回到家时，他妈正在厨房给他包饺子，他小姨也在。叶轩进厨房和她们笑着说了几句话，叶妈却一看就是强打着精神与他应对，脸上的笑也十分牵强。小姨给叶轩使了个眼色，叶轩便退了出来。

过了一会儿，小姨也进了客厅，手在围裙上擦了擦，小声问他："刚从墓园回来？"

叶轩点了点头，问道："小姨，今天医生是怎么说的？"

小姨叹了口气，道："神经衰弱，开的还是那些药，我看不如你说的去看心理医生，可别得了那个什么抑郁症。"

叶轩点头："那我再劝劝她。"

小姨回厨房前又嘱咐了他一嘴："别和她提勉勉，也别说你刚从墓园回来的事儿。"

叶轩嗯了一声，待小姨转身走后，他双手捂着眼睛十分疲累地叹了口气。自从两年前开始，家里就是这副模样，他每月第一周的周末都会从京市赶回来陪他们。他回家，他妈自然是高兴的，可母子俩也没几句话好说，他妈和他说上几句话就会看着他愣神。他和勉勉长得相像，自然知道他妈心里在想些什么，可他不劝还好，一劝，他妈就会哭起来，接下来整宿整宿地睡不着觉。

叶轩透过指缝看着对面的单人沙发，那里曾经是他弟的"专座"。两年多前，勉勉高考完的那个暑假，他们一家四口每天晚上都会围坐在客厅里，看着电视有说有笑，如今再一想，恍如隔世。

叶轩今儿也不知怎么了，情绪突然就有些收不住，他不敢让他妈看见，就朝厨房喊了声，要出去见个朋友，一会儿就回来。

小姨在厨房应声："去吧，这里还得一会儿才能好，两个小时后回来吃饭。"

叶轩没走远，就在家里楼下的一家小餐馆。餐馆的老板小周是他的小学同学，俩人关系还不错。

小周看他脸色不对，就把他安排在角落的桌子上，陪着他开了两瓶啤酒。

"又去看你弟了？"

叶轩点了点头。

小周叹了口气，没有说话，拍了拍他的肩膀，给他倒了杯酒。

叶轩坐在那里缓了好一会儿，端起酒杯灌了一大口，道："我妈总是和我哭着说，她不配当妈，我这个当哥的又何尝不是，你说我那几年怎么就那么蠢？"

小周又给他倒了杯酒，劝道："白发人送黑发人，谁也不想，这也不怪你，节哀。"

"怎么能不怪我？"叶轩苦笑了一声，"如果不是因为我，勉勉那天也不会天不亮就跑出家去散心。"他眼睛发酸，"当年整理遗物的时候，我爸那么刚强的人抱着我弟的日记本哭了两天。勉勉性格虽然活泼却不爱和人吐苦水，当年又正是不爱和父母沟通的年纪，我这个当哥的但凡多关心关心他，也不至于看了他的日记才知道他的心思。”

小周知道他只是出来找人说说话，也不需要人劝解，就没说话，只听他说。

叶轩吸了吸鼻子，又道：“你去过我家，应该还记得我们家客厅的沙发，一组三人座，一组单人，我每回回家，我弟都会起身坐到那单人沙发上。我之前一直以为他小孩子贪图那个沙发可以转动、有趣，要去霸着，哪想他却是认为爸妈更喜欢我坐在他们身边。”

“他在日记里说他是多余的，”叶轩喝了口酒，“那傻孩子……”

小周见他眼圈红了，赶紧劝慰道：“也不怪你，那孩子受了委屈也不和你说、和你闹，好几回我在这儿瞧见勉勉在楼下接你上楼，他一见你就笑，谁能知道他心里委屈？”

叶轩深深地吐出一口气，道：“再没人在这里接我上楼了。”

俩人正说到这里，前台服务员突然喊小周过去。小周过去后不一会儿就回来了，与他说道：“没事，一个学生来换硬币，收银台里不够了，拿我身上的给凑凑。”

“换硬币？”

小周点头，伸手往窗子外头指了指：“就那边那个穿黑色棉袄的，每周都来一回，之前换一块钱的，今天说要换一毛钱的。我问他换一毛的干啥，他说欠了人钱，不想那么快还清。”小周摇头笑了笑，“现在这孩子心眼儿可真多，欠了人钱还不赶紧还清。”

叶轩顺着小周手指的方向往窗外看去，只能看见那个学生的背影，瘦瘦高高的，大冷的天，身上穿的棉袄却很薄。

叶轩看了好一会儿才收回目光，从自己包里翻出十几枚硬币递给小周：“下回他再来，你把这个给他吧。”

番外三

北　境

马上近年关，国子学终于放了春假。

今年冬日虽然没有下雪却格外冷，叶勉的屋子里摆了许多火盆，大丫鬟们轮流值夜，每隔一个时辰就要披上衣裳出来拨一拨炭火，万不敢让这屋子冷上半分。

外面已经微亮，室内却无一丝声响，叶勉盖着厚厚的锦被在罗帐里睡得喷香。邱氏带着嬷嬷火急火燎地赶过来时，一掀帐子，见他还睡得小脸通红，半点儿要醒的迹象都没有，气恼得一巴掌拍到他屁股上。

“你个小懒虫！”邱氏骂他道，“我昨儿与你说什么来着？让你今日天不亮就去北安山，慧文大师要给你念经积福，谁都求不来的好事，你个小浑蛋还敢在床上赖！”

“哎呀，娘！”睡得迷迷糊糊的叶勉冷不丁地被人拍醒，心里老大不乐意，翻了个身把被子往上一拽遮住脸，闷声道，“我不去，谁大冷天的往山上跑？”

邱氏竖起柳眉，一手掐腰一手去掀他的被子：“快给我起来！”

叶勉拽着被子与她扯锯，无奈道：“娘，您做什么啊？”

邱氏把他拉扯起来，一边给他披着袄子一边哄道：“快些起来，从山上回来，娘让厨房给你做你最爱吃的酒醋白鱼。”

叶勉坐在那里，脸上皱成一团，打着哈欠抱怨道：“娘，我都多大了，您还随意出入我屋子，让人知道了都笑话我。”他鼓着腮帮子把袖子从邱氏手上拽了回来，“我自己穿衣裳。”

邱氏嗔了他一眼，道："你多大了都是我生的，要么你给我娶个媳妇回来，我再也不来管你。"说完，她甩着帕子转身出去，在外厅朝里面喊道，"我也懒得伺候你，赶紧让倚翠她们给你穿衣裳，我就坐在这里等着，看你磨蹭到几时才能出得了这门！"

叶勉翻了翻眼皮，也不用丫鬟们过来伺候，自己抓起衣裳胡乱地穿上，又抓起一边的狐皮斗篷，冲着瞪着他的丫鬟们嘘了下，打开一边的窗子抬腿跳了出去。

邱氏的骂声从窗里传过来时，他已经骑在墙上了，利落地一蹦就到了隔壁院子。

庄珝屋子外面静静地侍立着十几个丫鬟，见叶勉连衣裳都没穿齐整就跑来了，都被吓得一愣，却没敢多话，赶紧给他开门掀帘子，让他进去暖和着。

屋子里静得滴水闻声，显然庄珝正在睡着。叶勉一路走一路往地毯上甩衣裳，掀开了锦帐。庄珝似是听到了动静，刚蒙眬地睁开眼。

叶勉滚到床上，庄珝被他冰得一激灵。

"怎么这么凉？"庄珝刚醒，声音还有丝嘶哑。

被窝里的温度让叶勉舒坦地喟叹了一声。"还不是怪你？"叶勉吸了吸鼻子，出声抱怨道，"你半年前和慧文大师都说了些什么？我娘又逼我去听大师敲木鱼，放假第一天哪，还让不让人活啦？"

半年前，庄珝为了拉拢邱氏，请了慧文大师给他当托儿，那慧文大师竟还神神道道地与邱氏说了些别的，吓得邱氏也学着叶老夫人在正院供了个小佛堂，初一、十五都要茹素，就怕叶勉真如大师所说，此世羁缘太浅，要去续那未尽的前缘。叶勉每月都被逼着上一回山听着慧文大师念经文，盘腿一坐就是一整天。叶勉本就活泼好动，哪里受得住，不知道抱怨了多少回。

庄珝冤枉道："确是我安排的不假，后面所言却绝非我说，"他思索了一番，"应该是我母亲，她编出这么个话来，倒让叶夫人认了真。"

叶勉哼唧道："你娘都已经回金陵了，你就浑赖她吧。"

庄珝轻笑了笑，道："那你在我这儿再睡上一会儿，睡饱了午后我陪着你上山。"

叶勉嗯了一声，就不再言语，没一会儿就呼吸均匀了。

两人再醒来时已是正午，童子们伺候他们更衣洗脸。夏内监在外厅里指派着丫鬟们摆膳，口里叨叨道：“小少爷可再不能衣裳都穿不齐整就在外头跑，这么冷的天儿，冻着了可如何是好？叶夫人生了好一场气，与我说她不要你这坏孩子了，晚上也不许你回府，回去也没你的饭吃。”

叶勉已清醒过来，他挠了挠脑袋，自知这是又闯祸惹得他娘生气了，也不知道回去他哥会不会收拾他。

庄珝看着他道：“今儿就躲这里，明儿个我就带你走了。”

“走？”叶勉看向庄珝，“走去哪里？”

庄珝抬着手让童子们给他系腰带：“北境，你之前不是说想去吗？”

叶勉一愣：“怎么这么急，之前也没听你提过。”

“今早你来之前我刚睡下，前一夜都在与六哥商议此事，定得是急了些，不过我们早些去，要是顺利倒能赶回来过年。”

“是公事？”叶勉问。

“嗯，”庄珝点了点头，“北面有些异动，我也要去查一查那边的账目，我们与六哥还有鸿胪寺的人同去。”

庄珝说得含糊其词，叶勉知道不能深问，便高兴地点了点头，心想，公费旅游，不去白不去！

叶勉从北安山上听经回来，就跑回府去收拾行李。邱氏顾不得与他闹气，一晚上指挥着瑶辉轩的丫鬟们收出来十来个大箱笼给他带着。

宽敞的马车上铺着厚厚的狐皮褥子，暗壁里装着的火盆将车厢里烤得暖烘烘的，座位全被收起来，只放了几个大引枕。庄珝靠在上面看着各方给他的信函和北鞲那边的账目，叶勉则盖着被子呼呼大睡，那架势似是要将这一年缺的觉都给补回来。王小羽也被叶勉带了来，穿着大红棉袄、葱绿裤衩，窝在叶勉腿边也睡得四仰八叉。

足足睡了两天两宿叶勉才觉过瘾，迷迷糊糊地坐起身，掀开车窗的挡风棉帘一角。外面已经天地白茫、冰雪晶莹，他张着嘴巴看着外面，惊奇不已。

庄珝放下信函，也凑了过去，给两人都围上狐裘围脖，又将车窗挡板全都打开。夹着雪粒的寒凉呼啸而入，叶勉一个激灵，好在车厢里热气足，俩人裹在被子里，庄珝看着外面道：“我也是第一回见如此景色，今儿一早醒来便如此了，我看你睡得好，就没叫你。”

叶勉前世只在北海道看过这么大的雪，却没如此震撼。官道上只他们这一队人马，四周全是白色覆盖的荒野，仿佛天地间只剩冰雪一般，他看得十分新奇。

俩人就这么靠着看了好一会儿。

终于无人打扰，叶勉困了就睡，醒了就趴在狐皮褥子上看会儿带来的杂书，读到有趣的就和庄珝讲一讲。俩人一面品茶一面赏景说笑，这一路竟半点儿不觉枯燥。

快到北陲之时，车队去边驿更换耐寒的马匹。六皇子已经一脸菜色，见这二人依然满面春光，似去京郊踏春一般，酸得牙直痒痒。

众人换完马匹没行上两天便到了北境。三皇子和骁骑将军派了兵马来迎他们，到了卫营之时，天还未黑，庄珝与六皇子去了营地，叶勉无公职，便直接去了住所。

屋子里，叶勉终于见到了心心念念许久的火炕和地龙，赶紧叫人备水沐浴。洗好后，他穿着春日里的薄衣裳躺在炕上舒舒服服地打了几个滚儿。王小羽也脱了棉袄，只穿着一条裤衩上蹿下跳，吱吱地乱叫。跟着叶勉伺候的，都是在南边就跟在庄珝身边的，也是新奇不已，见叶勉如此也只是抿着嘴乐。主仆几人说说笑笑的，屋子里倒是十分热闹。

到了晚膳时分，庄珝还未回来，叶勉便没等他，待膳菜上齐了便独自吃起来。只是他还没吃上几口，就听外面一阵慌乱的脚步声和呼斥声，叶勉抬头看向门那边，不一会儿就看一个庞然大物从门外慢悠悠地挤了进来。

叶勉张着嘴巴差点儿惊掉下巴，竟是一头棕熊！

屋里屋外几声惊呼，叶勉一时没反应过来，坐在那里没动。侍人们赶紧抄起身边的花瓶和剪刀，抖着腿挡在他身前。

叶勉刚站起身来，就见外面跑进来一个黑瘦黑瘦的孩子，比他还小几岁的模样，也顾不得给他行礼，去拽那棕熊的腿往外拖。那棕熊倒是脾气很好的模样，只抖了抖腿将那孩子抖开，便坐到叶勉的膳桌跟前，十分不客气地拿起一颗苹果就往嘴里塞，嘎嘣嘎嘣吃得十分香甜、愉快。

屋内的侍人都傻了眼，叶勉站在炕上贴着墙角看了一会儿，问那孩子："这熊咬人吗？"

那孩子哄熊哄得满头大汗，用手背抹了抹额头，道："贵人，小叶子不咬人，它是我们三皇子养的，全营的人都稀罕它，您别怕它，也别叫侍卫们伤它，我这就将它哄走。"

围过来的侍卫们听这是三皇子养的凶物，互相使了个眼色，其中一人去请示叶勉："少爷，咱们去另外的屋子用膳，奴才们好将这畜生赶出去。"

叶勉看了看一脸憨态可掬、正在那里啃苹果的棕熊，又见无论那孩子怎么拽扯，那熊都没个不耐烦的模样，他倒不甚害怕，只觉得有趣。他小心翼翼地蹭过去，那熊也只是十分温和地看着他，嘴里大口大口地嚼着苹果。

叶勉笑了笑，蹲在炕上躲在那孩子后面逗了那熊两下，又递给它一只苹果。

庄珝回来时一进屋就直了眼，叶勉穿着薄薄的春衫盘腿坐在矮炕上，前面是雕花檀木案桌，案桌上摆着各种精致的膳菜，桌对面却是一头棕熊，坐在地上竟和叶勉一样高，面前摆了一盆苹果，一人一熊对着吃得甚是开心。

庄珝走过去，在那熊脑袋上拍了一巴掌："它怎么来我们这儿蹭饭了？"

"你认得小叶子？"叶勉笑着问道。

"我三哥养的，刚还在营地里。"庄珝一面拿着湿巾子擦手一面说道，"他净养那些怪东西。"

"还有什么？"叶勉好奇问道。

"一只雪狼，一会儿用完膳让人带给你看看。刚我见了，一身皮毛雪白，倒是威风好看。"

叶勉点了点头。

旁边的黑瘦小子似是懂的规矩不多，听他们讲起雪狼，眼睛一亮，插话道："贵人，一会儿我去领白眼儿狼过来给您看，它长得可好看啦。"

叶勉一怔，问："什么狼？"

"白眼儿狼！"黑小子大声答道，"也是我们三皇子给取的名儿！"

叶勉眉毛一皱，嘴里讷讷道："小叶子，白眼儿狼？"他口里嘶了一声，反应过来，一摔筷子，怒道："不是，你哥他怎么骂人啊？"

◆ ◆ ◆

叶璟在叶勉心中不说是神圣不可侵犯的，那也是绝不容许外人诋毁的，便是去岁庄珝与他哥打擂台时在他面前说了两句不客气的，叶勉听了也会抬脚就踹，又岂能容忍三皇子骂他哥？

叶勉伸手去掰庄珝拦在他腰上的手："你放开我，我不与他动手，我又不是不要命了。可我得去问问他，他这暗戳戳地骂谁呢，以为躲在北边，我们叶家人就不知道了不成？"

"你先把晚膳用完，一会儿我带你去见他。"

"用什么膳，气都被气饱了。"叶勉立着眉毛，伸手把棕熊手里的半个苹果夺了下来，"你也不许吃了！"

棕熊冷不丁地被人夺食，愣在那儿半晌，却也没别的动作，只坐在那里好脾气地看着叶勉。

屋子里闹得欢，却没人注意门外两个人站在那里看了许久。

一人对门口守着的侍人淡淡地吩咐了声："不必通报了。"便转身走了。

六皇子转身跟上，问道："怎么又不进去了？"

那人只嗯了一声，却没说话。

六皇子想了想，笑道："这勉哥儿长得倒与端华公子少时一个模样，三哥之前可见过他？"

三皇子回忆了半晌，出声道："许多年前见过一回，记不得了。"

六皇子笑道："那时候他还小呢，豆丁模样，记不得也寻常，他这会儿也正是好糊弄的时候，叶璟拦都没拦住。"

三皇子冷声道："他是没想拦着，这世上岂有他想拦却拦不住的？"

六皇子咳了一声，干笑道："说是心疼他弟。"

"他长心了吗？"

六皇子："……"

两人静默了一会儿，此时依稀还能听见屋子里叶勉与庄珝的吵闹声。

“我三哥应是无恶意的。去岁你与我闹，不也将那锦狸取了名儿叫王小羽，玩笑罢了。”

“胡说八道！那哪一样？你少偏着你哥说话，那我回去就再养只乌龟，取名叫王八蛋，这俩东西一起养着，我一会儿唤王小羽，一会儿唤王八蛋，你气还是不气？”

“……”

“怎么啦？他骂我哥，我就骂他弟。”

六皇子没忍住，大笑出声，与三皇子道：“叶家兄弟容貌虽相像，性子却截然不同，我也时常奇怪，端华公子这样的人怎会有如此古灵精怪的胞弟。”

三皇子也弯着唇角，无奈地摇了摇头。

六皇子叹出一口雾花，又道：“不过，咱们叶少卿如今可不若几年前淡若云烟，谪仙一般，现下在那大理寺……”他啧啧道，“他身边有不少三哥你安排的人，你应该也知晓，人家给他起了个诨号叫‘玉面阎王’，可惹不得。”

三皇子从鼻子里哼了一声，声音却温柔：“都是父皇纵的他。”

六皇子呵呵笑着，问道：“三哥可想回京？如今父皇气消了不少，皇后娘娘又因着这事儿与父皇一直闹着，不若你写封信，我这次回去带给父皇，他定能应准。”

三皇子摇了摇头，好一会儿才淡淡道：“再过两年吧，待他翅膀再硬些，免得到时候又与父皇告状，说我欺负他。”

六皇子笑道：“别让弟弟等太久，我来北境之前刚定了亲，还想着三哥来吃我喜酒。”

三皇子挑眉：“定的哪家的？”

“魏丞相府上的。”

三皇子皱眉：“魏昂清的妹妹？”

“是，他四妹妹。”

“那得丑成什么样？”

六皇子：“……”

俩人出了院子，侍人就进屋子禀报庄玥说三皇子与六皇子刚刚来过，见他们二人在争执，便没进来。

叶勉一愣，赶紧把手里的半个苹果还给棕熊。

庄玥："……"

棕熊坐在地上又慢吞吞地嚼了起来，十分愉悦。

他们此次来北境是临时作定，又近年关，鸿胪寺的官员们都急着赶回京过年，因而庄玥这些日子也十分忙碌，白日里无暇陪叶勉，夜里更是在他熟睡后才回到住所。

叶勉知晓他们都在忙正经事，便不去扰他们，每日只带着安排给他的几个兵士玩耍。他每天睡到日上三竿才从炕上爬起来，与他们一起去山上狩猎，抑或在冰地上嬉冰，小叶子亲自给他拉冰车。国子学的学业繁忙，叶勉好不容易能出来作耍，倒玩得十分开心。只是这北境屋子里暖如春日，外头却是酷寒，他每日裹得和熊一般，小叶子又爱跟在他身后，他们两个晃晃悠悠地走在一起，没少被那些年纪小的兵士嘲笑。

几日之后，庄玥与六皇子终于松了口气，也定下了回京的日子。他们临出发前一天，三皇子设宴款待。宴到尾时，北鞨派来的使节和鸿胪寺的官员都走了，三皇子也未叫人撤宴，反而又吩咐厨上重新置了席面上了好酒。

宴厅里灯火通明，地龙与暖墙将屋子里烘得如春夏一般，一只浑身皮毛如雪的吊白眼公狼从外头缓缓地走了进来，理都没理这些人一眼，直奔坐在上位的三皇子，十分优雅地趴在他身侧。

如今宴上只剩了这兄弟几人与他们带来的几个心腹，也没那么多规矩，三皇子将一直紧扣的衣襟扯松了些，懒懒地斜倚在木榻上，漫不经心地抚着雪狼后背上的皮毛。因着刚刚饮了许多酒，他脸上泛着红晕，眼里也有一丝迷离。几个刚刚被他挥退的舞姬也没出去，纷纷绕到他身侧给他捏肩揉腿。

叶勉挑眉，这三皇子倒与他那些兄弟不一样。京里的皇子们从太子到这席上的六皇子再到年纪还小的八皇子，全都清雅得很，在他人面前，从衣着到说话行事，从无纰漏。而这三皇子不知是性子使然，还是在这北陲军营待得久了，身上倒有一股子恣意不羁。

三皇子似是感觉到叶勉在看他，也侧过头看向他，随即弯唇笑了笑，冲他招了招手。

叶勉一愣，却没有迟疑，走上前去，在他面前盘腿坐了下来。

那雪狼站起身来在叶勉身上嗅了嗅，吊白眼冷冷地盯了他半晌。三皇子在它额上弹了一指，那雪狼抖了抖脑袋，复又老实地趴了下来。

三皇子从袖子里掏出一只金线纹绣的红色荷包，递给叶勉："压岁钱。"

叶勉还没等接，就被也围坐过来的庄珝伸手接了过去。

庄珝顾自拆开荷包，朝里头看了看，挑眉道："这么大的礼，三哥手头倒是宽裕，看来这北陲也未如骁骑将军前两日所讲那般囊箧萧条，倒是弟弟多余操心了。"

六皇子也走了过来，在庄珝后脑上轻轻拍了一巴掌："你少胡来啊，银子该什么时候到就什么时候到，一文也别想少。"

三皇子看着庄珝，轻嗤了一声，道："看得倒是紧。"

六皇子将荷包从庄珝手里夺过来塞到叶勉手里，也瞪了他一眼："三哥将他作小辈待，胡想什么呢你？"

三皇子朝立在他后面的侍人抬了抬手，不一会儿就有两个侍人抬着一口箱笼进来，放在叶勉身前。

三皇子出声道："不知道你喜欢什么，小孩子爱玩儿的东西，都让人去给你寻了些。回京路上辛苦，你在马车里玩儿吧。"

侍人打开箱盖，叶勉伸头朝里看了看，十分无语地从里面拿出一只狼牙拨浪鼓，连庄珝都一愣，转头看傻子一般看向他三哥。

叶勉又从里面取出一套九连环，三皇子见他拿出来这个，问他："可会解这个？"

叶勉摇了摇头，道："解不好。"

三皇子从他手里拿过九连环，指上快速地翻动着，不一会儿就将环扣一一解开。

叶勉愣愣地看着他。

"你哥教我的。"三皇子轻笑，淡然道。

叶勉皱眉，刚想说话就被六皇子拍了拍肩膀打断道："勉哥儿快回去，那大熊要将你的蜜梨给偷吃了。"

叶勉转过头一看，小叶子自己盆里的蒸蜜梨已经被它吃光了，如今正伸着爪子去抓他桌案上的。叶勉赶紧起身过去，把梨抢了回来，轻斥道：“不许再吃了。”这梨子蒸之前刷了一层蜂蜜，叶勉不敢让它吃得太多。

兄弟几个说了大半宿的话才散了宴席。

第二日，三人早早地起了准备回京。骁骑将军派来的人刚刚将他们送上官道，就听给他们驾车的车夫惊呼了一声。

庄珝将叶勉挡在身后，伸手去掀帘子，只见一只狼头伸了进来，雪狼嘴里叼着一只锦盒，将它放到叶勉怀里就跳下车辕跑了。

叶勉与庄珝对视了一眼。庄珝皱眉，打开那只锦盒。叶勉看了一愣，里面是一套全部解开的九连环，却不是昨日那套。

锦盒里这套是碧翠青玉所制，似是经常被人把玩，梅花形手柄被磕坏了一小块儿，豁口也被磨平了棱角。盒子里还有一片纸笺，上面写有五个字——“替我还给他。”

番外四

花　楼

大理寺的公衙里，叶璟批完最后一摞报文，搁下笔后长长地舒了口气。守在他身边的小少事赶紧给他添了杯热茶。叶璟端起白釉茶盏靠在椅背上轻啜了一口。

小少事一面整理着桌案上的报文，一面与他禀报：“大人，魏家二公子的车马还在外头候着。”

叶璟皱了皱眉，道：“不是说让你去回了他？”

小少事笑说：“今儿也不知怎么了，难打发得很，魏二公子还让人传话与您，说——”小少事看了看叶璟。

“说吧。”

叶璟发了话，小少事才敢继续说道：“魏二公子说，近一年他邀了您十回，您回绝他十一回，这次他晋升官职又赶上做寿，要是您还不应邀，他就与您断了这份兄弟情谊。”

叶璟抬眼看他。

小少事解释说：“魏公子说，有一回您去了，吃了一半的宴，竟然拿出带来的公报在一边批阅，如此您还不如不去，省得气得他半夜头疼。”

叶璟无奈地摇头笑了笑，却没应声。

小少事看了看叶璟的脸色，小心道：“要么大人这回就应了吧。这几日咱们大理寺正轻省着，今儿这公文也批完了，您不如出去松快松快，现下外面这天正好着呢。”

叶璟朝窗外看了看，风轻云淡，春光融融。

叶璟看了半晌，转过头朝小少事抬了抬下巴。小少事赶紧笑着吩咐身边的人：“去外头告诉魏二公子的人，咱们一下衙就过去。”

那人听令跑出去后，叶璟又问道：“他定的哪里？”

“醉月楼。”少事笑了笑，说，“魏公子他们早先就到了，等着您呢。”

叶璟眉头皱成一个疙瘩：“怎么定去了那里？”

醉月楼里，姑娘们一一得知，今天晚上容貌才华双双冠绝大文的端华公子将至，纷纷急跑回房里换上最好看的衣裳，对着镜子细细地描眉，画出比平日里精致几倍的妆容，又拿出偷攒的银子纷纷去贿赂管事的，和老鸨撒娇，求着他们要去魏公子那个雅院里伺候。

老鸨也是乐得合不拢嘴。这端华公子虽是风云人物，却不风流，向来束身自爱，从不踏足她们这等烟花之地。今天也不知是刮的哪股子邪风，竟能将这神仙人物吹了来，这要是她们哪个姑娘能将他拢住了，她们这醉月楼日后岂不了得！老鸨也顾不得得罪别的客人了，将醉月楼的几个头牌从其他院子撤了回来，又点了好些个讨人喜欢的，也没管魏昂清要没要人，一股脑地送去他那院里伺候。没被点到的姑娘有那性子辣的，当场就坐在地上撒起泼来，老鸨今天心情好，将人扶起来后好一顿哄。

魏昂清也被这阵势吓得一跳，反应过来后哈哈大笑，自是高高兴兴地将人都留了下来，心想，这等便宜，不占白不占！

醉月楼这里热闹了得，叶勉却无辜受累。

姜氏抱着还在襁褓里的叶臻，带着一众仆妇去了叶勉的瑶辉轩。因着叶勉现在大了，叔嫂二人也要避嫌，姜氏没进他的屋子，就在院子里的风亭中坐了下来，也不说话，只红着眼圈坐在那里。

叶勉被吓得不敢说话，愣愣地站在那儿，最后还是宝雪上前给大少奶奶绞了湿帕子，又给叶勉使了个眼色，叶勉才战战兢兢地上前问道：“大嫂，您与我大哥吵架啦？”

姜氏将襁褓递给奶娘，拿着帕子擦了擦眼角，道：“我哪里敢与叶少卿吵嘴，便是想吵，也找不着人。”

叶勉挠了挠脑袋。

姜氏身边的杜嬷嬷朝叶勉笑了笑，道：“四少爷，老奴和您说。”

叶勉点了点头。

杜嬷嬷笑道："今儿咱们大少爷从公衙里回来得早，却没在府里用膳，换了身衣裳就出去了。咱们让人打听了一嘴，下人说是去了醉月楼。"杜嬷嬷轻咳了一声，和叶勉解释道，"那醉月楼可是青楼……"

叶勉瞪着眼睛愣在那里，他自然知晓醉月楼是何处，上回他在那里被庄珝出阴招整耍，差点儿要了他的命，要不是他机灵，能被他爹当场拍死在那儿。只是他却不信他哥会去青楼，他大哥这人最是正经不过、洁身自好之人，怎会去那等烟花之地？他遂笑了笑，说道："想必是误会了，下人糊涂，怎的这般胡说？"

姜氏看着他道："是不是误会，你去看看不就知晓了？"

叶勉指了指自己的鼻子："……我去？"他连连摆手支吾道，心想："我也不敢啊。大嫂，您最多与我大哥吵上两嘴。长公主府那边知道了，能闹得我脱掉一层皮……"

姜氏不说话，只坐在那里垂泪。

叶勉："……"

叶勉耷拉着脑袋换完衣服，出门前，姜氏又咳了一声，与他道："万不可与你大哥说是我叫你去的。"

"哦，我自是揽在我身上，大嫂放心。"叶勉应道。

姜氏笑了笑，脸上哪还有半分伤心的模样，与他悄声嘱咐道："灌他些酒，借醉将他带回府，别叫外人瞧出来。还有，"她冷哼了一声，"拦着那里的姬女，不许她们凑上去。"

叶勉出府后没直接去醉月楼，而是拐去丞相府把魏昂渊接了出来。

魏昂渊坐在马车里，打着哈欠抱怨道："多大点儿事，去个醉月楼也值当你大嫂当真。"

两人到了醉月楼，被管事的点头哈腰地领去魏昂清所在的雅院。

叶勉进了院子却没直接去找他哥，而是拉着魏昂渊偷偷爬上了院子里的一间三层阁楼。

"你要做什么？"魏昂渊问他。

叶勉和他嘘了一声，咬着嘴唇与他兴奋道："我要看看我哥在这等地方可也会胡天胡地。”

魏昂渊挑眉，与他转到飞角阁楼的另一面，此处正好能看到下面灯火通明、亮如白昼的宴厅。

宴厅内丝竹之音悠悠，歌舞正酣，众公子正推杯换盏，觥筹交错中，一派热闹景象，更是夹杂着打扮得极尽艳丽的姬女们的一片莺声娇语。

叶勉扒在漆红栏杆上啧啧道：“上回咱们来，她们可没如此热情，这些姬女竟看人下菜碟。”

魏昂渊笑道：“咱来那回才几岁，人家是寻恩主，又不是找儿子。”

叶勉撇了撇嘴，却没说话。

宴厅内人虽多，叶璟却不难找，叶勉只一眼就看到了他哥。

一身月白色宽袍锦衣的叶璟正微微侧着身子坐在窗边，一只胳膊搭在窗沿上，单手支颐，另一只手臂自然垂下，衣袂曳地，如霞的面孔上带有一丝醉意，三分慵懒，三分漫不经心，确是绝代风华。

宴厅里暧昧又甜腻的香气缓缓浮动，别说是姬女们都粉面薄晕一眼一眼地往他身上瞧，就是席上几个公子一眼扫过去，都有些口干舌燥，拔不开眼。

魏昂渊皱了皱眉，与他嘟囔道：“以后你可别长这样，麻烦死了，怪不得你大嫂使了你来。”

叶勉没理他，拉着他跑下阁楼。

两人进了宴厅。众人一愣。魏昂渊朝他哥往叶璟那里使了个眼色，魏昂清面上不变，站起来笑道：“哎哟，了不得，咱们叶家双璧同来与我贺寿，今儿我这面子倒是赚足了。”

叶勉与魏昂渊年纪小，纷纷向众人行礼。

叶璟朝叶勉招了招手。叶勉走过去，挤开那些姬女，坐到他哥身边。

“怎么来这里？”叶璟淡淡问道。

叶勉看了看魏家兄弟，扒着他哥的耳朵道：“清哥哥的夫人知晓他来花楼，不高兴啦，使了昂渊来唤他回府。昂渊怕惹得清哥哥不快，不敢独来，便把我也拽上了。”

叶璟斜着眼睛看了他半晌，哼了一声，道：“在我面前也敢闹鬼了。”

叶勉塌下肩膀，哼唧道：“您知道了就别为难我，咱们赶紧回家去，不然我下回去碧华阁，饭都没得吃，况且，”他撇了撇嘴抱怨道，“明儿我还不知晓怎么应对呢……”

叶璟揉了揉额角，淡淡道：“今儿是你清哥哥做寿，不好早离席。”

一旁围着的姬女有那有眼色的，见叶勉年纪不大，端华公子又将他半揽在怀里护着，便没往前凑，只端来各式的清甜酒水，一一斟满。

叶勉闻着味道倒好，叶璟便挑着喂了他几杯。

另一边众公子交换着眼神：“叶家兄弟这颜色，果真名不虚传啊。”

魏昂清端着酒杯吊儿郎当道：“别他娘的瞎想了。”

叶勉酒量不好却贪杯，喝着喝着就没了数。叶璟知晓第二日是国子学的旬假，这酒又确实不错，不伤身子，便没拦着他。

叶勉几杯酒下肚就忘了是来干吗的，后面干脆离了他哥这里，去主桌那里与公子们划拳耍闹，他的性子与他哥不同，不畏生又玩得开，不一会儿就与这些哥哥闹成一片。

叶璟坐在那边无奈地摇头。

一直闹到后半夜，这宴才散。马车里，叶勉趴在他哥身上打着酒嗝儿，傻兮兮地和叶璟讲着这两日听来的笑话。

到了碧华阁门口，小厮从车辕上跳下去叫门，门内却无人应声。

叶勉愣在那里好半晌，反应过来后酒醒了一半，道：“这下坏了……嫂子是恨死我们兄弟二人了！嗝——”

叶璟揉了揉额角，道：“我随你去瑶辉轩对付一晚。”

叶勉刚想点头，就见丰今从叶府大门那边跑了过来，气喘吁吁地与他禀报道：“主子，荣南郡王在瑶辉轩等了您半宿，那脸色可十分不好看。”

叶勉倒吸了一口冷气，再吐出时，另一半酒意也似乎随之呼出。

“哥，”叶勉抓着叶璟的袖子，咽了咽口水，出主意道，“我跳过墙去给您开门，您容我在碧华阁住上一宿。”

“不必麻烦，”叶璟抓着叶勉的手往叶府大门处走，“有我在，那姓庄的能奈你何？”

叶勉力气不如他哥，被他哥拖着走，一边走一边哼唧：“不是，凭什么呀，我招谁惹谁了我……”

番外五

争　吵

叶勉最近十分烦恼，这段时日庄珝这家伙与他吵得厉害，整日闹个不休，愁得他头疼。

起因是云家那个丫头云蓉。邱氏不敢耽搁人家好姑娘，赶紧寻了个妥当的因由婉拒了云家夫人。云夫人本是试探口风，虽觉可惜，倒也没多说什么。可云家那丫头却是个痴缠的，在自家府里闹了好几场，云家夫人心疼女儿，只得厚着脸皮又来了几回侍郎府。

那云蓉性子泼得很，下了学竟敢带着女学里的几个姐妹来国子学门口“堵”叶勉。几回过后，半个国子学都传开了，气得云夫人在府里动了家法，但云蓉仍不肯“悔改”。

前两日叶勉和他大哥阴差阳错地一起逛了回花楼，庄珝等在瑶辉轩里，脸黑得锅底一般，叶勉被他吓得直往他哥身后躲。他越躲，庄珝越气，冷着脸要抓他回隔壁院子。叶勉哪里敢和他走，躲在他哥身后抓着他哥的腰带不放手。

叶璟顾自解了腰封去隔间擦洗，庄珝眼睁睁地看着叶璟从隔间出来后就躺在叶勉的床上歇下了。叶勉当时吃了酒，脑子里缺根弦，也往床上躲，口里还哄着他，让他快些走。庄珝被他气得直抖，看着他半天说不出话，当场便甩袖子走了。

隔日叶勉醒了酒，脸都没洗就跑去隔壁院子做低伏小。他脸皮厚，嘴又甜，庄珝也禁不住，不到晚上就让他哄得没了脾气，却也把他好一顿数落，叫他以后不准和叶璟去花楼。叶勉想了想也不是没有道理，便拍着胸脯满口答应了他。

哪想那晚叶勉睡到半夜哭着醒了过来。庄珝被吓得不轻，问他是怎的了。叶勉没醒透，还糊涂着，哽咽着说："梦见了我大哥，他说他思念我，我也好想他。"

庄珝听了，气得脸上青一阵儿红一阵儿的，合着这才离开叶璟一天的工夫，叶勉就能想哭了，这两兄弟果真是手足情深！庄珝气得不再理他。叶勉过了好一会儿才反应过来，庄珝误会了，他却也不知道怎么和庄珝解释，他说的这个大哥并非叶璟。

庄珝这回是真的被叶勉惹毛了，旬假后早上去上学都没等他一起。叶勉口上轻嗤他幼稚，心里却自知理亏，在学里一整日地抓耳挠腮。

上个月叶璟生辰那日，叶勉心血来潮去厨房煮了碗寿面给他哥。其实东西都是厨上备好的，他只把面条撒锅里而已。哪想这事儿被庄珝知道了，他酸气了一回，说叶璟还有他学里的兄弟都吃过他亲手煮的面，他求了一年的鸡蛋灌饼却影儿都没见。

叶勉去了厨房，叫来两个会做面食的厨娘问话。他前世就会煮个面条，哪会做什么烙饼？叶勉和厨娘描述了一番那吃食是什么模样，厨娘赶紧着试了几锅出来。最后叶勉尝着和他之前吃的差不离，便让厨娘在一旁教他做。

因着起了个大早，叶勉倒没迟到，拎着食盒到庄珝的学屋时，学里还没敲第一遍钟。

没在座位上瞧着庄珝，叶勉便把食盒放在他的书案上，问一边的陆离峥："他人呢？"

陆离峥凑了过来，揽着他的肩膀朝窗外努了努嘴，示意他往外头瞧。

叶勉转过头去看，只见庄珝正与一人站在湖边说话，庄珝背对着他，叶勉看不见他的表情，却能看得见另一人。叶勉皱眉，那是个生面孔，长得倒是清隽，脸上笑意轻快。看起来俩人谈兴正好。

"这人连着两日早上来寻庄珝哥了，那话说不完似的。"陆离峥瞪了外头一眼，"你猜这人是哪个？"

"谁？"叶勉问。

陆离峥鬼鬼祟祟地与他附耳道："就是那个云蓉的三哥，叫云启。我昨日偷偷打听了一番，那云蓉敢这么硬气，可没少得她哥撑腰，这兄妹俩打的是什么主意？”

叶勉哦了一声。

陆离峥十分不满意他的态度，恨铁不成钢地瞪着他：“哦什么哦，这还了得！勉哥儿，你一会儿就去问我庄珝哥，他若是遮掩，你就叫我去，这回我必是站你这头的，不给他脸！”陆离峥拍着胸脯。

叶勉呵呵笑道：“哪有你说得如此严重，不过就是与人说说话罢了。你庄珝哥那人，你又不是不知道，在这事儿上没那么多糟乱心思。”

陆离峥却不干，与他叨叨个没完。叶勉笑着安抚了他半晌。最后，叶勉拍了拍他的肩膀，教他道：“哥与你说，大男人心胸得豁达，可不能整日胡思乱想，咱又不是女娘。”

陆离峥点了点头。

那边国子学敲了钟，叶勉打算回自己学屋去上课。

陆离峥见他把食盒也带走了，便奇怪地问他：“这不是带给我庄珝哥的？”

“啊？”叶勉看了看食盒，抬头笑道，“不是，这是给阿春的。”

阿春是今岁春日在湖边捡到的一只野狗，叶勉瞧它瘦得可怜，便交给院子里的侍人养着，如今阿春日日在这湖边的学苑里看大门。

敲第二遍钟前，叶勉把饼一块一块地撕得稀碎，喂了阿春。阿春吃得十分开心，他却阴着一张脸。

叶勉拿着帕子擦了擦手，一整日都没去寻庄珝，晚上下了学也没等他，独自回了叶府。

庄珝却憋不住了，晚上翻墙来寻他：“早上你都来了，怎么又不等我回来？”

叶勉正在用晚膳，连头都没抬，口里哼道：“郡王贵人事多，可不敢扰了您。”

叶勉阴阳怪气的，庄珝一愣，问他怎的了，叶勉又不说。庄珝无奈，在膳桌前坐了下来。叶勉却使人将膳菜都收了起来。

“不许吃我们家的稻米！”叶勉瞪着他，终是发了脾气，重重地哼了一声，起身回内室了。

庄珝愣在那儿半晌，却没追进去，而是转身出了瑶辉轩。

一个时辰后，庄翊从陆离峥那里回来，找到了站在书房里写字的叶勉，道：“你还在意便好。”

叶勉烦躁地说：“离我远着些。”

庄翊顺势坐在他身后的椅子上。

叶勉瞪他。

“阿峥来了京城两年，别的没学会，每日只出去胡打探，那云启是我这两日唤来的，我要给他妹妹保媒，便先寻她哥哥来说话。”

叶勉鼓着脸，没有吱声。

庄翊心里却十分愉悦。

“下回再不能把我的东西喂狗。”

“你就是狗！”叶勉哼唧道。

独番

惩　戒

六月明夏，时值正午，炎热的暑气兜头。

瑶辉轩院子里的金桂树枝繁叶茂，将炽烈的阳光滤了一遍，荫下倒是清凉不少。

叶勉坐在树下石凳上，心头比天上的日头还燥。在一旁给他兑冰梅暑汤的宝荷摇了摇头，支使小丫鬟端来冰盆放在他脚边，嘴里劝道："这大正午的，正是用膳的时候，哪能这时候就来咱们府里？我说，四少爷还是回屋等去。"

叶勉不动，只抻着脖子往院子外头看。

宝荷刚想再劝，就见门外丰今慌里慌张地跑了进来。

叶勉跳了起来，问他："可是来了？"

丰今用袖子擦了擦脑门上的汗，气喘吁吁道："刚从九门提督府出来，去了雍兴街上的悦食楼用膳，怕是一个时辰内就要来了。"

叶勉紧张地咽了咽口水，严肃地吩咐丰今："再探再报！"

"是！"丰今左脚绊右脚地又跑了出去。

这下瑶辉轩的下人们也紧张起来，连向来沉稳的宝雪都肃了脸，唤来一个二等丫鬟吩咐道："再带两个机灵的去老夫人的寿云斋守着，要是前面事不好了，你们机灵些。"

"哎！"那丫鬟答应了一声，也拎着裙子跑了出去。

夏日蝉鸣阵阵，叶勉急得在树下直转圈。前两日他在国子学里闯了祸，被行思阁惩戒后，季大司正还不解气，又把他拎去教苑，找来贾苑正，两位师长口沫横飞地训了他半盏茶的时间，还说改日要来户部侍郎府走一遭找他爹告状。这种话叶勉早听得耳朵起茧了，每回在行思阁受训后，训导司正都如此吓唬他，因而他并未在意。

哪想昨日下学前贾苑正就写了个条子给他，说是明后两日的旬假学里要安排走访，其中就有他家，叫他爹或他哥明日午后在府里暂候。

叶勉心下打鼓，收了条子，赶紧去修德院找齐野。果然，他一进学屋就见齐野的手里也攥着条子，正坐在椅子上发呆。叶勉登时就知道要糟，前两日正是他和齐野一起惹的那祸事……

六月初六是大文朝的晒书节，家家曝书。国子学里的藏书众多，要在六月里挑着艳阳日晒上小半个月。晒书是文人雅事，学里每年会让修字生承办此事，搬书、晒书、归书都要学子们亲力亲为，更不准他们使唤侍童佐助。

今年叶勉升了修字班，自然也要带着修瑞院众人一起曝书。他们这个年纪正是爱闹爱玩儿的时候，把书晒在山石亭阁上，哪里还耐烦在一旁细细看着？齐野便来寻叶勉，邀修瑞院和他们修德院一起去湖上划船。

叶勉他们晒书的地方就在未湖边上，往日里也有其他院子的学生一边晒书一边游湖，他便没多想就答应了。因着荣南郡王今日没来学里，他还把修南院一行人也带上了。

哪想叶勉竟走了背运，连着几日都是丽日晴天，中午天上还碧空朗朗，午后突然从远处飘来一大片乌云。叶勉他们还没反应过来，一阵急雨就落了下来，三个院子的学子们登时傻眼，赶紧手忙脚乱地往岸边划。奈何雨势太急，待他们从湖中心划回来时，山石上的书籍已经被雨水打湿了……

好在其他院子的学子帮着抢收了一部分，不过到了晚上一统计，还是损坏了上千册。其中就有几本名士手稿和珍藏孤本。藏书阁的掌书司正气得两眼一翻，险些当场背过气去，去教苑找了这三个院子的苑正好一场闹，要他们赔书赔画。

齐野见叶勉来了，都快哭出来了：“我二哥上个月刚从北境回来，我们家他揍我最狠，这回不得拿鞭子抽死我？！”

叶勉自身难保，也没心思安慰他。俩人蔫头耷脑地在学里坐到天黑才磨蹭着各自回府。

叶勉当晚把条子给了他爹，也没敢说别的。叶侍郎听说学里要来他府上走访，还挺高兴。叶勉自打说要科考入仕就一直表现得不错，每天晚上都在他书房里苦读一阵儿，这几个月旬考的成绩也让他十分满意。叶侍郎心想，必是他这幼子这几个月在他的教导下进益了得，学里特意挑了他们家要来赞表一番。

国子学去学子家里走访是每年都有的。之前叶璟在念书的时候，学里也曾来过一回，叶侍郎被夸赞得连着好些天都满面红光，春风得意。

今天一早上，侍郎府的下人们就早早起来四下打扫。叶侍郎用完朝饭，换了身崭新的待客衣裳在府中候客。

叶勉却吓得一晚上没合眼，他爹好些日子没揍他了，他这身皮肉养得越发娇贵，哪里承受得一顿家法？他想去长公主府搬救兵，可庄珝前些日子就进宫给身子欠安的太后侍疾，他不好因为这等事扰他尽孝。

丰今跑出去后，叶勉定了定神，没什么食欲也硬咽下去几块糕饼，一会儿怕是少不了一顿板子，肚子里没食更撑不下去。

瑶辉轩里从主到仆陷入愁云惨雾。待叶勉被叫出院子和叶侍郎一起去大门上迎客，丫鬟们连上好的金疮药都备好了，就等着四少爷屁股开花被抬回来。

国子学的任职官员品级并不高，不过他们若是以老师的身份去学子府上走访，任学子府上是多高的官职，都得到大门口亲自迎接。

叶侍郎带着叶勉恭恭敬敬地将贾苑正和季大司正一行人请进府里。叶勉一见行思阁都来人了，腿就开始打战，在待客的正厅里给各位师长行学生礼时险些乱了步子。叶侍郎皱了皱眉。贾苑正则好笑地看了他一眼，又转头客气地和叶侍郎寒暄，问起他最得意的学生叶璟的近况。

叶侍郎今日本就心情不错，谈起自己的大儿子更是满面容光。俩人说了好半晌叶璟，才把话头转到叶勉身上。

这屋子里皆是叶勉的师长，自然没他坐的地方，叶勉便乖觉地立在一边，亲自为他们执壶侍茶。

叶侍郎喝了两杯叶勉倒的茶才微微觉出有些不对劲。他这幼子，他清楚得很，是个无事不起早的鸡贼性子，如此小意奉承讨好，要么有事要拜求于他，要么就是有妖事在后……

叶侍郎不由得心里打鼓，看了一眼贾苑正。贾苑正依旧在面容和煦地夸赞叶勉，说他这几个月来学业进益了不少，几次旬考下来，成绩竟一次比一次好，各个科目的授教先生都对他刮目相看。教叶勉律令的授课先生也频频点头，跟着附和了两句。叶侍郎赶紧谦逊了两回，也就把心放回肚子里。

叶勉手里执壶，恭谦乖巧地站在一侧，眼里十分有活儿，谁的茶盏半空了，他立马过去弯腰斟满。

贾苑正与叶侍郎相谈十分投机，听叶府已明定要叶勉科考入仕，还与他浅浅谋划了一番，想与他再说说时，肚子里却不知觉地灌了个水满。因不好在主人家失仪，他只好就此打住，相邀日后再细细详谋。

叶勉面上从容，其实紧张得脚趾在靴里抓地。丰今刚刚可知会他了，学里先生们从九门提督府走后不久，齐野号得墙外头都听得见，他可不信他们只是来夸他的，而且行思阁的季大司正还没说话呢……

叶勉添茶添得越来越勤，季大司正瞪了他一眼。叶勉找个他爹看不到的角度，朝季大司正眨了眨眼，脸上满是求饶和示弱。

季大司正没搭理他，捋了捋美须，笑着和叶侍郎说道："叶大人教子有方，大公子才识非凡，名满大文，若日后府上的嫡次子也能春闱入仕，便是一府两榜进士，让人羡杀啊！"

"岂敢肖想？"叶侍郎笑着拱了拱手谦逊道，"犬子愚笨，承蒙先生们悉心教导，才让他有两分体面。"

"叶大人过谦了。"季大司正呵呵笑道，说完从袖子里拿出一个纸封，递到叶侍郎手上，又道，"叶勉与端华公子一母同胞，若是细说，资质并不比您家大公子差，只是开窍得晚些，性子也有些顽皮。这不，学里一些器物被这孩子毁损了，还得侍郎府依着这单子赔偿。"

叶侍郎一时愣住，闹不明白这是哪出，半晌才拆开纸封。

那边国子学众师长已经起身了。

贾苑正朝叶侍郎拱了拱手："叶大人，我们今日还有两个学生府上要走，如此就不再在您府上叨扰了。"

叶侍郎来不及看那纸封上的内容，只得站起身，带着叶勉一起将贾苑正等人礼送出门。

在回外院书房的路上，叶勉垂着脑袋磨磨蹭蹭地跟在他爹后面。叶侍郎回头一看，见叶勉的头都快折到胸上了，便冷哼一声，驻足抄廊上，把手里捏着的纸封打开。

叶勉心如擂鼓地站在原地，手里紧张地捻着荷包穗子，却半晌没听见他爹的怒吼，小心地抬眼看了看，就见叶侍郎脸上青白交加，正满眼难以置信地看着手里的两张纸。叶勉咽了咽口水，往那纸上看了看，只瞧着满满地写了两页，却瞧不清楚是什么内容。

叶勉抻着脖子使劲往那纸上看去，就见他爹缓缓转过头来，胸膛起伏，颤着手指着他，讲不出囫囵话。

“你个逆子……你……”

叶勉赶紧在廊上跪下：“爹！儿子错了，您别生气……”

外院伺候的下人不少，都被吓得噤了声。

“右铭！去给我取家法来！”叶侍郎怒吼道。

叶勉倒吸了一口冷气，膝行两步抱住他爹的大腿，嘴里讨饶：“爹……勉儿真的知道错了，以后再不敢在学里淘气了，您别打啊……咱们好好说不成吗？”

右铭也一脸焦急，不肯挪步子：“老爷，您先消消气……”

叶侍郎已经气疯了，一把甩开叶勉，也没再支使小厮，拔腿往书房去了。不一会儿，他就杀气腾腾地从书房里走了出来，手里提着一根原本插在花瓶里的鸡毛掸子。

叶勉嗷的一声跳了起来。他还记得去岁在书房里被叶侍郎拿戒尺抽过，疼得他直接昏死过去。

“爹爹爹！有话好好说！您先把鸡毛掸子放下！”

这里老子打儿子，儿子是不能躲的，那是大不孝。叶勉不敢跑远，就躲在几步远的廊柱后面，可怜兮兮地求饶：“我以后都听您的话还不行吗？您好好教我就是了，别动手啊……”

叶侍郎看叶勉居然敢跑，更生气了，怒骂道：“我先打死你个不肖子！也省得那力气去教你！”

叶侍郎骂完就举着鸡毛掸子去揍叶勉。叶勉可不像去岁那么轴，赌气不动让他打。见他爹动真格的，他拔腿就跑。

“你给我站住！你个混账东西还敢跑！”叶侍郎追了过去。

叶勉不敢跑得太快，更不敢跑出院子，被叶侍郎抓住机会，屁股上挨了两下。

“哎哟！疼疼疼！”叶勉一边跑一边号，“爹，您别打了，好疼啊！”

院子里的下人见叶侍郎真下手了，有几个年纪大且有身份的忙上来拦着，可只敢虚拦苦劝。

“老爷，您消消气，别气坏了身子。”

“四少爷肉皮嫩，经不起这棍棒哟！”

“老爷快别打了，老夫人知道了又要心疼……”

叶侍郎几下拨开拦着的下人们，指着躲在转角处的叶勉骂道：“你个混账东西！你还敢跑？给我跪下！”

“爹，您不打我我就跪！您罚我跪祠堂还不成吗？”叶勉哭丧着脸。

“你还敢和我讨还！看我不打死你！”

“啊！疼啊！爹！”

书房外院正被父子俩闹得鸡飞狗跳，就听门口的下人高喊了一声：“大公子来了！”

叶勉转头就见他大哥一身素色锦服步履匆匆地从门口进来。

“哥！！”

叶勉单手撑在抄手游廊的栏杆上，纵身一跃就翻了下去，几步跑过去，挂在他哥身上。

“哥，您快救救我！爹要打死我了！”

叶璟被他撞得一个踉跄，没好气地瞪了他一眼，道：“下去！后面跪着！”

“那您不准让他打我了……”叶勉抽搭两声。

叶璟抬手往他屁股上狠拍了一巴掌：“快些！不然我先揍你！”

“我跪我跪……”

叶勉老实地跪在院子中央。其实他昨日不是没想过去碧华阁搬他哥救命，只是去打探的小丫头说他大哥今日要去梁国公府上吊唁。叶勉没脸因为学里闯祸去耽误他哥的正事，便没过去求他哥。

暴怒的叶侍郎被大儿子劝进了书房。

叶勉在院子里跪了快半个时辰，才见他大哥从书房里出来。

“哥……”

“起来，跟我回碧华阁。”叶璟冷声道。

叶勉站起来，可怜兮兮地揉了揉膝盖，见他哥没搭理他顾自往前面走，便臊眉耷眼儿地跟了上去。

碧华阁书房里。

“季大司正也太狠了些！”

叶勉难以置信地看着手上的两张纸，终于明白为何他爹刚刚一副要打死他的架势。这纸上岂止列了他毁损的书籍名册，行思阁竟然将他这一年的调皮捣蛋之事全都罗列出来了。

“继续念。”叶璟面无表情道。

叶勉吭哧了两声，只好继续念下去：“在院子里带人蹴鞠，毁损学屋花窗两扇，十八两银子；在廊下捶丸，打到薛先生的头，医养费五十两银子；用弹弓打鸟，打到国子学私养的紫雾鹦哥，二百八十两银子；在学里养兔子，吃了花园里名贵的翡翠春兰花，八百两银子——什么破花这么贵？”叶勉气死了，瞪眼道，“他们这是讹人！”

“闭嘴！”叶璟厉声斥道，“你还有脸嚷嚷！”

叶勉缩了缩脖子，不敢再说话。

叶璟夺过他手里的“状纸”，看了两眼又冷声问他：“还有这里，为何要毁损学里的外墙？”

叶勉揉了揉鼻子，小声咕哝道：“我们之前逃学的地方被行思阁发现了，他们派了训导司正在那处巡逻，我们就又另找了一处。那里本就有个狗洞，我就是把那狗洞扒得大了些，那补墙的十两银子无论如何也不能全算在我头上啊……”

叶璟闭了闭眼睛，揉着太阳穴，十分疲累的模样。

“哥，我再不犯浑了还不成吗……”叶勉去摇他哥的袖子，“您再饶我这最后一回。”

叶璟正在考虑要不要自己先抽他一顿时，书房外伺候的小厮突然慌慌张张地进来禀报："大公子，正院过来传话，说老爷病了，已经叫了大夫进府。"

兄弟二人一下站起身来，叶勉脸色煞白，叶璟皱眉问："怎么回事？"

那小厮小声道："好像是……气得猛了。"

俩人不敢再废话，慌忙赶去正院。

到了正院主屋门口，叶璟拦住叶勉，嘱咐道："你先在这里站着，父亲若真怒火攻心，你这时候进去，他又要一场好气。"

叶勉无奈，只得在门口站下，焦急道："哥，您和爹讲，就说我真的知道错了，他要是还想打我，我一定不跑，叫他打个够！"

叶璟白了他一眼便抬脚进了屋子。

叶勉在正房门口心神不安地站了半盏茶的时间，房门才被打开，叶璟亲自把大夫送了出来。

"周大夫，我爹怎么样？"叶勉急急上前问道。

这周大夫经常到叶府给他们把平安脉，因而对叶勉也熟悉，呵呵笑道："四少爷莫急，侍郎大人身子无碍，倒是最近因着公务繁忙亏了身子，又生了场气，才一时血气上攻，头脑眩晕，体力不支。老夫开了些养神的药给他用，你们平日里也要多劝他休养才好。"

大夫嘱咐完兄弟两个，被大管家送出院子。

叶璟看着吓白了脸的弟弟叹了口气，摇头道："你一会儿跟我进去，不能再与父亲顶嘴。他说什么，你都乖乖应着。"叶璟说到这里，想了想又小声说，"你哄哄他，平日里那么机灵，怎的一到父亲跟前就犯蠢？"

叶勉点头，跟在他大哥后面进了正房。

正房里，邱氏正坐在外间吩咐丫鬟煎药，见叶勉进来便站起身，攥着拳头捶了他两下，气道："你个小浑球儿！你看我忙完了捶不捶你！快去给你父亲赔不是！"

叶勉不敢吭声，待他娘打完了才绕过屏风进了内室。

叶侍郎已经换了寝衣躺在床上，脸色不太好，正闭着眼养神。

叶勉蹭过去，小心翼翼地唤了一声："爹……"

叶侍郎猛地睁开眼睛，骂道："你个小畜生，还敢过来气我！"

屏风外头的邱氏见叶侍郎又动了气，想进来安抚两句，再替小儿子说说情，就被叶璟抬手轻轻拦住，冲她摇了摇头。

叶勉赶紧跪在床边，道："我不气您！我给您出气！"说完，他抬手狠狠地给了自己一巴掌。

"你！咳咳……"叶侍郎怔了一下，气得咳了起来，半晌才说出来话，"哪个让你打自己的脸了？"

"怎么又生气了，我不是在给您出气吗？"叶勉委屈道。

"我看你是想气死我！身体发肤受之父母，除了我和你娘，就是自己也不能随意损伤！"

"爹……"叶勉看了叶侍郎一眼，小心地问道，"您是不是心疼我了啊？"

"放屁！"叶侍郎气得都爆了粗口，"我还心疼你？待我身子好了，第一件事就是办你！"

"那您快些给身子养好，儿子给您打罚，再不跑了。"

叶侍郎冷哼了一声。

叶勉乖巧地拿起一边小几上的梨汁儿燕窝粥，乖巧地侍奉："爹，我喂您喝粥，您润润喉咙再骂我。儿子今晚不走了，就在您床边伺候，等您身子好了，儿子再让您打。"

"少跟我来这套，你当我是你娘那般好糊弄？"

"我没糊弄您，我当真不跑，爹要是不信，我给您起个毒誓。"

"你个混账胡说什么！"叶侍郎伸手要打。

叶勉果真没躲，还把脸凑了过去。

叶侍郎抬着手却没有真的落下，气得直吹胡子。

叶勉把燕窝粥放在小几上，嘻嘻一笑，伸手拽着叶侍郎的手："爹，您果真心疼孩儿……"

"谁心疼你！"叶侍郎甩开小儿子的手，"去去去，你离我远着点儿，我这病还能好得快些。"

叶勉哪里肯走，跪在床边俯身抱住他爹，把脸埋在他爹胸前撒娇道："爹啊，您就别生我的气了，儿子以后听您的话。"

"少在我这里歪缠！"叶侍郎在他背上落下一巴掌。

就是叶璟，待他两岁后，叶侍郎也没上手抱过，对于小儿子的亲密之举，叶侍郎觉着有些别扭，却也有些得意，平日里总见小儿子和邱氏撒娇耍赖，娘俩好得像儿辈子亲母子一样，他有的时候看得酸溜溜的……严父慈母，看来他这嫡次子虽有些浑，却也不是不懂事的，知道他平日里对他严厉也是为他的前程着想……

“爹，我不走，您打我我也不走，我要留下给您侍疾。”叶勉索性脱了靴子，三两下爬到床上，抱住他爹的腰可劲儿地赖缠。

叶侍郎哼了一声，道：“我屋子里那么多侍人，用得着你？”

“那怎么能一样？他们又不是您儿子。”

“他们还不气我呢！”

“我也不气您了……”叶勉哼唧道。

“你就会嘴上说得好听！”叶侍郎长叹了一声，沉默了一会儿，教训道，“你说你，怎的在学里那般淘气？那是为国养才的国子学，又不是供孩童玩乐的育婴堂，我这张老脸都让你这混账给丢尽了！”

“我以后再不淘气了。”叶勉认真地说道，“您快些好起来，看儿子日后的表现。”

“当真？”叶侍郎瞥了叶勉一眼。

“当真！”叶勉抱紧他爹的腰，“我不怕您打我，我就怕您生气，刚刚听下人说您病了，儿子快吓死了。”

“你少哄我！”叶侍郎哼道，“还不怕我打，不怕打你刚刚跑什么？”

“我以为您又要往死里打我。”叶勉吭哧道，“您以前只喜欢我哥，不喜欢我，都快把我打得疼死了，可现在您也喜欢我，我便不怕了。”

“胡说八道！”叶侍郎急了，“我什么时候往死里打你了？”

“去岁，书房里拿戒尺抽的。”

“你……你个不肖子，还敢记你老子的仇！”叶侍郎有些心虚，咳了一声，辩解道，“那时候也不是不喜你，只是被你气得猛了，你自己又不知道跑。”

叶勉：“……”

父子俩沉默了一会儿，叶侍郎摸了摸小儿子的脑袋，温声道：“以后别说什么我只喜欢你哥而不喜欢你的话，你们俩都是一样的，只不过……爹以前把你留给你娘教导，便对你有些疏忽了，以后爹补给你便是。”

叶勉在他爹胸前拱了拱，哼唧道：“那我以后也不淘气了。以前以为爹不喜我，我才故意淘气。”

“这是为何？”叶侍郎不解。

“我淘气作闹，惹您生气，您才理我呗。”

叶侍郎叹了口气，没再说什么，只是抚弄小儿子脑袋的手越发温柔。

屏风外头，一直留心里面动静的邱氏松了口气，撇了撇嘴道：“老家伙倒是越来越会卖好，两个儿子都被他哄了去。”

叶璟轻笑了下，倒了杯茶给邱氏：“母亲喝茶，儿子也侍奉您。”

邱氏拿帕子掩嘴笑着说：“行了，你少来你弟弟这套，这等歪缠的本事，咱们好人不学也罢。”

叶璟舒展了眉宇，也笑了起来。

图书在版编目（CIP）数据

在古代上学的日子：全二册 / 微微多著. -- 北京：北京联合出版公司, 2023.3（2023.4重印）

ISBN 978-7-5596-6177-7

Ⅰ. ①在… Ⅱ. ①微… Ⅲ. ①长篇小说 - 中国 - 当代 Ⅳ. ①I247.5

中国版本图书馆CIP数据核字(2022)第215227号

在古代上学的日子：全二册

作　　者：微微多
出 品 人：赵红仕
特约监制：穆　晨
产品经理：张梦璇　陈隽萱
封面设计：吴思龙@4666啊
出版监制：辛海峰　陈　江
责任编辑：李艳芬
特约编辑：丛龙艳
内文制作：陈佳玲

北京联合出版公司出版
（北京市西城区德外大街83号楼9层　100088）
北京联合天畅文化传播公司发行
天津丰富彩艺印刷有限公司印刷　新华书店经销
字数 535千字 710毫米×1000毫米 1/16 35印张
2023年3月第1版　2023年4月第2次印刷
ISBN 978-7-5596-6177-7
定价：98.00元（全二册）